RRV ▶ THRILLER

EDWIN KLEIN

DER SCHATTENLÄUFER

THRILLER

RASCH UND RÖHRING VERLAG

CIP-Titelaufnahme der Deutschen Bibliothek

Klein, Edwin:
Der Schattenläufer: Thriller / Edwin Klein
Hamburg: Rasch und Röhring, 1991
ISBN 3-89136-310-9

Schutzumschlaggestaltung: Peter Albers
Satzherstellung: Fotosatz Otto Gutfreund, Darmstadt
Druck- und Bindearbeiten: Ebner Ulm
Printed in Germany

Es wirkte wie eine Strafe, so, wie der Regen stundenlang das Land aufgeweicht hatte. Und jetzt schluckte der kalkhaltige Boden wie zum Trotz, da feucht und schwer und dampfend, das Licht des tiefstehenden, prallen Mondes, falls es diesem einmal gelang, zwischen den vom Westwind getriebenen Wolken eine Lücke zu finden. Bizarre Schattengebilde, die ständig ihre Konturen veränderten und einem unbekannten Ziel zuzuströmen schienen, huschten dann übers Tal und krochen die bewaldeten Hänge hoch.

Er stand ruhig an einen Baum gelehnt, verschmolz mit seiner Umgebung und war ein Teil dieser frühen Nacht, denn alles an ihm war dunkel: Kleidung, Schuhe, Handschuhe, Kapuze und sogar die Augen, die man hinter den Schlitzen nur erahnen konnte.

Fast gemächlich sah er auf seine Uhr und schirmte dabei das beleuchtete Zifferblatt mit der rechten Hand ab. Er nickte, löste sich vom Baum und schnallte sich einen länglichen Gegenstand auf den Rücken, der, an den Stamm gelehnt, die ganze Zeit durch eine Plastikhülle vor der Feuchtigkeit geschützt worden war. Vorsichtig und auf den glitschigen Untergrund achtend, stieg er eine Böschung hinauf, blieb geduckt knapp unterhalb des Kamms stehen und lauschte. Ein feines Singen war in der Ferne zu hören, das anschwoll, heller wurde, und dann war das Auto vorbei. Der Dunkle verharrte noch einige Sekunden, richtete sich auf und steuerte auf die neue Autobahnbrücke zu, die eine Eisenbahnlinie und die Syr, einen kleinen Fluß, überspannte. Nicht die von Bogenlampen erleuchtete Brücke war sein Ziel, sondern ein davor aufgebauter Kran, dessen metallisches Gerippe an den tiefziehenden Wolken zu kratzen schien. Einem überdimensionalen Galgen gleich spreizte sich in luftiger Höhe im Neunzig-Grad-Winkel der Kranarm vom Rumpf ab. Irgendwo in seinem vorderen Drittel verlief ein Seil nach unten, an dessen Haken mehr als zehn Meter über dem Boden eine Kiste im Wind schaukelte. Dem Aussehen nach eine Werkzeugkiste, deren Inhalt man kaum besser gegen Diebstahl sichern konnte.

Der Dunkle stieg über die Laufschienen, umrundete an ihrem hinteren Ende das klobige Gegengewicht – bestehend aus aufeinandergeschichteten Betonplatten, die dem Kran bei maximaler Ausladung und Belastung stabilen Halt geben sollen –, kletterte daran hoch und kauerte sich neben eine querliegende Walze, auf die das eingefettete Stahlseil aufgerollt war. Erneut warf er einen Blick auf seine Uhr, lugte an der Walze vorbei nach Westen, in Richtung der Stadt Luxemburg.

Anschließend beobachtete er von seinem erhöhten Punkt die Autobahn, deren nasser Asphalt im Bereich der angestrahlten Brücke matt glänzte. Ruhe lag über dem Land. Nichts, kein Fahrzeug war zu sehen, kein Scheinwerfer tastete sich durch die Dunkelheit.

Im Aufrichten entledigte er sich des länglichen Gegenstandes, den er an die Walze lehnte. Geschmeidig zwängte er sich in den strebenfreien Innenraum des Krans, hangelte sich behende einige Meter hoch, stellte sich auf ein Winkeleisen und blickte auf die andere Seite der Fahrbahn. Schräg gegenüber, in ungefähr achtzig Metern Entfernung, wurde für einen Augenblick ein zweiter Baukran voll vom Mond angestrahlt. Allerdings stand er etwas abseits mitten in einem eingezäunten Materialdepot, und er stand etwas tiefer. Auch an seinem Haken baumelte eine Kiste. Was die beiden Kräne verband und für den Dunklen so interessant machte, war nicht ihre Baugleichheit, sondern ein kaum fingerdickes Stahlseil, das, zwischen ihnen gespannt, in der lichtschwankenden Nacht mehr zu ahnen als zu sehen war. Entschlossen umklammerte der Dunkle jetzt mit einer Hand das Seil, ruckte an ihm und prüfte die Spannung. Sie schien ihm für sein Vorhaben ausreichend zu sein.

Der Dunkle kletterte wieder herunter, schälte sich aus dem Stahlgerippe und hockte sich neben den länglichen Gegenstand. Während er diesen einer letzten Kontrolle unterzog, spähte er immer wieder über die beleuchtete Brücke hinweg in eine bestimmte Richtung. Ohne Hast erhob er sich nach wenigen Minuten, wußte er doch genau, ihm blieb noch genügend Zeit, schulterte den länglichen Gegenstand und machte sich erneut an den Aufstieg. Dieses Mal ging er wesentlich langsamer vonstatten, denn er achtete darauf, daß er mit seinem Gepäck nicht gegen die Metallstreben stieß. Oben angekommen, stellte er sich im Inneren des Krangerüsts auf zwei rechtwinklig zueinander verlaufende Eisenträger. Während er sich mit einer Hand festhielt, löste er mit der anderen eine Art Flaschenzug aus seinem Gürtel. Er klappte den unten angebrach-

ten U-förmigen Bügel zur Seite, legte die Rolle auf das Seil und arretierte den Bügel wieder. Mit seiner freien Hand überzeugte er sich durch kurzes Hin- und Herschieben vom leichten Lauf der Rolle. Während er mit der linken Hand um den Längsträger des Krans langte und die Rolle festhielt, weil sie nach physikalischem Gesetz bestrebt war, zum tieferstehenden Kran auf der gegenüberliegenden Seite der Autobahn zu enteilen, ließ er mit der Rechten einen Karabinerhaken an dem U-förmigen Bügel einrasten. Durch das Gerippe des Krans hindurch klinkte er anschließend die Öse eines Nylonseils in den Haken, das an seinem Hüftgürtel befestigt war. Angeseilt wie ein Bergsteiger, konnte er nun beide Hände benutzen, um sich des länglichen Gegenstandes zu entledigen, die Plastikhülle abzustreifen, zusammenzufalten und unter seinem Pullover zu verstauen. Dann klemmte er sich den Gegenstand unter den linken Arm, umfaßte mit der Hand den nach unten weisenden Griff und wartete.
Plötzlich sah er in der Ferne die Scheinwerfer, wohl ein Dutzend an der Zahl. Sein Körper spannte sich, er wirkte angriffsbereit. Vorsichtig hievte er sich mit der linken Körperhälfte über eine schräge Metallstrebe und preßte sich, vom rechten Arm und vom rechten Bein gehalten, außen an den Kran.
Für wenige Sekunden blieben die Scheinwerfer hinter einer vorspringenden Waldzunge verschwunden, dann tauchten sie wieder auf und kamen direkt auf den Dunklen zu. Als sie vielleicht dreihundert Meter von ihm entfernt waren, stieß er sich ab und schwebte langsam, von Seil und Rolle gehalten, zur Mitte der Autobahn. Während seiner kurzen, nur wenige Sekunden dauernden Reise legte er ohne Hast den länglichen Gegenstand über die Schulter, fixierte durch den Laserzielbeleuchter das vordere Scheinwerferpaar, wanderte dann eine Nuance höher bis zur Windschutzscheibe, hielt sie im Sucher fest und drückte ab.
Das anvisierte Auto schien nach wenigen Zehntelsekunden von innen viele starke Blitze auszustrahlen, setzte wie zum Sprung an und wurde augenblicklich von der Gewalt der Explosion zerrissen. Fortgeschleuderte Räder und abgesprengte Karosserieteile flogen durch die Luft, das Fahrzeug klappte wie eine Faltschachtel auseinander, und sofort gingen die Überreste in Flammen auf. Ein

Motorradfahrer der Eskorte konnte seine Maschine nicht mehr abbremsen und raste in das Inferno.
Der Dunkle war mittlerweile auf der anderen Seite angelangt, entklinkte sich, nahm die Rolle vom Drahtseil, schulterte die Panzerfaust und kletterte am Kran hinunter. Ohne Eile kroch er durch das Loch im Bauzaun und schlich halb geduckt in den sich anschließenden Buchenwald. Bereits nach wenigen Minuten erreichte er einen im Gebüsch abgestellten PKW, öffnete die Heckklappe, verstaute die Panzerfaust, streifte sich die Gummiüberzieher ab und legte sie neben die anderen Schuhe. Ohne Licht entfernte er sich auf dem glitschigen, unbefestigten Waldweg.

War es Routine oder Vorahnung? Zumindest reagierten die luxemburgischen Behörden mit einer Schnelligkeit, die auf exakte Planung und ein reibungsloses Einspielen aller Organe hindeutete. Noch während das Fahrzeug brannte, der einzige verfügbare Feuerlöscher eingesetzt und leer war, jede Hilfe für die Insassen, auch für den Kradfahrer, zu spät kam, sperrten die Motorradfahrer und die Besatzung des Begleitfahrzeuges die Autobahn notdürftig ab. Durch Funk verständigt, brauste fünfzehn Minuten später die Polizei heran, die den Absperrgürtel bis auf die Orte Senningen, Niederanven, Rodt-sur-Syr, Mendorf, Uebersyren und Munsbach ausweitete, was sämtliche Zufahrtsstraßen und Feldwege mit einschloß. Eine weitere halbe Stunde später erreichten weniger spektakulär die ersten Zivilbeamten den Ort des Geschehens. Mittlerweile hatte man auch schon die ansonsten offenen Grenzen des kleinen Landes so weit geschlossen, daß die Autos nur noch im Schrittempo ins Ausland fahren konnten, aber erst, nachdem man sie gründlich kontrolliert hatte.
Und als dann zwei Stunden später starke Suchscheinwerfer den grauenvollen Attentatsort taghell ausleuchteten, konnte man unter dem einheimischen Dialekt auch die deutsche Sprache ausmachen. Experten der Abteilung Terrorismus des Bundeskriminalamtes bewegten sich zwischen ihren luxemburgischen Kollegen, und die Frage nach ihrem schnellen Erscheinen wurde durch einen mitten auf der Autobahn stehenden Hubschrauber beantwortet, an dessen Rumpf man die Farben Schwarz-Rot-Gold ausmachen konnte.

Kurt Weisel und Ulrich Imst waren ein eingearbeitetes Team, was man auf den ersten Blick wegen ihrer äußerlichen Gegensätzlichkeit nicht vermutete. Weisel, der Ältere und Kleinere, war von einer Gesprächigkeit, die nur darin ihren Ursprung haben konnte, daß Imst es sich zur Gewohnheit gemacht hatte, die Zähne wie eine unüberwindbare Schranke vor seine Worte zu schieben. »Das hätte aber ins Auge gehen können« war der längste Satz, an den sich Weisel in den nun vier Jahren ihrer Zusammenarbeit erinnern konnte, von Imst wuterfüllt und voller Verachtung nach dem Attentat auf einen Bankpräsidenten ausgesprochen.

Zumindest Weisel und Imst erwiesen sich als würdige Vertreter ihres Staates und mischten sich nicht unnötig in die Ermittlungen des Gastlandes ein, im Gegensatz zu den vielen Fotografen, Reportern und Berichterstattern, die mit berufsbedingter Hektik alles und jeden zu fotografieren und zu interviewen versuchten. Einen übereifrigen Störer hatte man trotz wutschnaubenden Protests, der sich lautstark und frech auf das verbriefte Recht der Pressefreiheit bezog, schon vom Schauplatz entfernt und zur Grenze geleitet, die anderen wurden daraufhin von rot-weiß-gestreiften Bändern am Betreten gewisser Bereiche gehindert.

Aber ihre Augen und Ohren hatten Weisel und Imst überall.

»Die Motorradeskorte hat nichts gesehen«, erklärte Weisel, während er mit Imst das durch die Hitze verbogene Gerippe des ausgebrannten Fahrzeuges umrundete.

»Hm.«

»Wird wohl eine Panzerfaust gewesen sein, so, wie es aussieht.«

Imst mit gerunzelter Stirn: »Möglich.«

Weisel drehte sich zu seinem Kollegen. »Was meinst du, welche da in Frage kommt?«

Imst hob die Schultern. »Keine Ahnung.«

»Die RD7?«

Wieder hob Imst die Schultern.

»Oder vielleicht eine Daltona?«

Weisel wandte sich ab, kannte er doch die Antwort von Imst schon im voraus.

»Muß enorme Sprengkraft gehabt haben«, bemerkte er nachdenklich und mehr zu sich selbst.

Die Deutschen steuerten auf einen ernst aussehenden Luxemburger zu, der eine erkaltete Pfeife zwischen die Lippen geklemmt hatte.
»Herr Baltes, gibt es schon weitere Anhaltspunkte?« fragte Weisel höflich und zog ein Notizbuch aus der Manteltasche.
»Stehen noch vollkommen im dunkeln«, gestand Baltes, ohne die Pfeife aus dem Mund zu nehmen. »So etwas Schreckliches haben wir bisher in unserem Lande noch nicht erlebt.« Dabei sah er die Deutschen an, als hätten sie persönlich Schuld an diesem Verbrechen.
»Ja, ja, sehr schrecklich. Was ist mit dem Transparent dort?« wollte Weisel wissen und deutete mit dem Kugelschreiber auf eine Rolle weißen Stoff, aus dem zwei Stäbe hervorlugten.
»War über die Autobahn gespannt. Sie wissen schon, wegen der Eröffnung.«
»Und was steht drauf?«
Baltes' Lachen klang verächtlich und wütend zugleich. »›Europa wächst endlich zusammen‹, steht drauf.« Er schüttelte den Kopf, nahm die Pfeife aus dem Mund, fuhr sich mit der Zunge über die Lippen und verstaute sie dann im linken Mundwinkel. »Ganz schön makaber, nicht?«
»Und das Transparent hat dort oben an dem Seil...« Weisel legte den Kopf in den Nacken und blickte in den Nachthimmel.
»Ja.«
»Dann hat also der Attentäter...«
Baltes kaute auf dem Mundstück, was seine Pfeife zum Wippen brachte. »Könnte sein«, quetschte er hervor. »Müssen wir noch überprüfen.« Mit einem Nicken wandte er sich ab.
»Kalte Pfeife im Mund, und das stundenlang. Muß ekelhaft schmecken«, raunte Weisel seinem Kollegen Imst zu, als der Luxemburger außer Hörweite war. »Oder?«
»Keine Ahnung.«
»Du kaust lieber auf Streichhölzern, nicht?«
»Meine Sache.«
»Also ich wette eins zu tausend, daß der Kerl das Drahtseil als eine Art Lift benutzt hat.« Weisel sah Imst schräg an.
»Gewonnen«, war alles, was dieser dazu sagte. Und Weisel genügte

das als Bestätigung, denn er schätzte nichts mehr an seinem schweigsamen Kollegen als dessen brillante Kombinationsgabe.
Die Stunden schleppten sich dahin, der Morgen meldete sich schmutziggrau. Noch mehr Reporter schwirrten inzwischen durch die Gegend, sie alle kamen aber nur bis an die Absperrung heran, die von Polizisten gesichert wurde. Fluchend machten sie kehrt, weil ihre Versprechungen und Drohungen nichts gegen die stoisch dastehenden Luxemburger Gendarmen ausrichten konnten, die es ohne weiteres mit den Wachen des Buckingham-Palastes hätten aufnehmen können.
Weisel und Imst saßen mit einigen Presseleuten in einem abseits errichteten Zelt auf harten Holzbänken und tranken gerade einen Kaffee, dem sie von der Stärke her zutrauten, ihre Lebensgeister anzustacheln, als ein Auto mit Bonner Kennzeichen vorfuhr. Ein Mann stieg aus, rückte seine Brille zurecht, zog sich einen Trenchcoat an und kam auf sie zu. Unvermittelt blieb er stehen, schien zu überlegen, kratzte sich dabei hinter einem Ohr, schwenkte ab und wollte sich zum Tatort begeben. Als er von einem Polizisten aufgehalten wurde, zeigte er ihm einen Ausweis und ein Begleitschreiben, woraufhin er passieren durfte. Einige Reporter quittierten das aufmüpfig mit berufsstandbezogener Verwunderung: Wieso der, und wieso nicht ich?
»Wer ist denn das?« Fast träge hatte Imst die Worte ausgesprochen, mit einem Schuß Desinteresse, als sei ihm wenig an einer Antwort gelegen.
»Schmidt«, antwortete Weisel, der bei seinem Kollegen deutlich die höchste Stufe von Neugier herausgehört hatte.
»Schmidt?« Mit aufgestütztem Kinn sah Imst den Älteren von der Seite an und legte die Stirn in Falten.
»Ja, Schmidt. *Der* Schmidt.«
»Soso.« Und weil Imst es dabei beließ, fühlte sich Weisel verpflichtet, aufklärend hinterherzuschicken: »Koordiniert die Operationen der Bundesbehörden im Kampf gegen den Terrorismus. In seinem Amt laufen alle Fäden zusammen. Ist auch für die Öffentlichkeitsarbeit zuständig.«
»Hohes Tier also?«
Weisel schüttelte den Kopf. »Kluges Tier, verdammt kluges Tier.

Würgen ihn ab, lassen ihn nicht groß werden. Ist bei denen so üblich, die Guten findest du nur in der zweiten Reihe, wenn überhaupt. Hat übrigens was gemeinsam mit dir.«
»Tatsächlich?« Die Falten verschwanden von Imsts Stirn.
Weisel schmunzelte. »Denkt auch viel.« Er trank einen Schluck von seinem längst erkalteten Kaffee, verzog das Gesicht und sagte nachdenklich: »Wenn Schmidt hier erscheint, dann hat das was zu bedeuten.«
»Kennst du ihn persönlich?«
»Nein.«

Auf den Reiz einer Stadt angesprochen, antworten viele ausweichend und umschreibend: Sie hat Flair, was immer man darunter verstehen mag, oder Fluidum, Ambiente, das gewisse Etwas. Und weil man Flair samt verwandten Umschreibungen schlecht greifen, riechen oder schmecken kann, benutzt man den Begriff auch gerne in der Werbebranche, will man aus guten Gründen präzise Formulierungen vermeiden: Flair eines Kleides, eines Autos oder eines Parfüms, auch das von Wohnungen, Häusern und Frauen.
Falls überhaupt vorhanden, versteckt sich das Flair von Knokke, der belgischen Seemetropole, geschickt vor dem Besucher. Zyniker wiederum gestehen ihr ein gewisses Maß an Flair zu, allerdings nur auf die Vergangenheit bezogen, denn spätestens mit dem Wachsen der Betonhochburgen an der Küstenlinie, die nun einen uneingeschränkten Blick auf die Nordsee verhindern, soll auch Knokkes Flair mehr und mehr zubetoniert worden sein. Nur die Bewohner der Stadt, noch mehr allerdings die zeitweiligen Bewohner, die sich in Knokke einen Zweitwohnsitz leisten können, bewegen und benehmen sich so, als habe ihre Stadt den Rang von Florenz, Pisa, Venedig, Nizza oder Monaco. In dieser Fehleinschätzung liegt ihr Verhalten begründet, das, von einer alles vereinnahmenden Arroganz überlagert, zu lachhaften Exzessen führt: Pelze im Frühsommer oder an warmen Tagen? In Knokke ja, ohne ihre Besitzer als singuläre Erscheinungen oder spleenige Exoten

abtun zu können. Viele laufen bei jeder sich bietenden Möglichkeit so herum, auch bei Regen, dann allerdings unter einem durchsichtigen Cape, und versuchen ihre Physiognomie mit der Höhe des Bankkontos in Einklang zu bringen. Wen wundert es da, daß man sich in unabgesprochener Übereinkunft gerne dem Schein hingibt, um Wert vorzutäuschen? So auch mit der Raubkatze, die als unverkennbares Autosignum Geschmeidigkeit und Kraft verspricht – wobei sich beides allerdings in den typ- oder fabrikationsbedingten gehäuften Werkstattaufenthalten kaum entfalten kann. In Knokke fühlt sich ausgerechnet diese Marke heimisch, noch weit vor Stern und Blau-Weiß. Vielleicht, weil passend zum Mantel?

Aber Knokke hat auch seine guten Seiten – jedenfalls für jene zielstrebigen Herren, die verstohlen aus unterschiedlichen Richtungen auf ein verkommenes und zum Abriß bestimmtes Gebäude zustrebten. Es lag wie seine Nachbarn gleich in vorderster Strandlinie am Zeedijk, begünstigt mit einem unbezahlbaren Blick auf das Meer, dessen einziger Nachteil darin lag, daß täglich die unentwegt von einem Sand-Salzwasser-Gemisch vollgepuderten Fensterscheiben gereinigt werden mußten. Inzwischen waren die Scheiben des Abrißgebäudes blind geworden, der Putz war fleckiggrau und an einigen Stellen aufgeplatzt, die Architektur nicht mehr zeitgemäß, also zuviel Tradition und zuwenig Beton. Aber zumindest der Name *Empereur*, dunkel vom Schmutz der Jahre umkränzt und noch genau dort zu sehen, wo einst die Leuchtschrift angebracht war, korrespondierte augenfällig mit den anderen der Umgebung wie *Carlton, Charl's* und *Shakespeare*, die mit ihren Hotelsternen protzen, was bissige Zeitgenossen zuweilen zu der Bemerkung veranlaßt, man zähle wohl die des Cognacs mit. *Vivaldi, Mozart* und *van Gogh,* allesamt unzweifelhaft in ihrer Größe, rangierten nur unter ferner liefen und bemühten sich, mit übertrieben großen goldenen Buchstaben Appartementhäusern zu mehr Ansehen zu verhelfen.

Das zum Sterben freigegebene *Empereur* suchten die Herren auf. Obwohl sie wegen des meist himmelwärts gerichteten Blickes der Anwohner vor Entdeckung sicher sein durften, bewegten sie sich umständlich und vorsichtig, ließen ihre Autos irgendwo abseits vom Zentrum am Beginn der Lippenslan oder der Elizabetlan stehen, um zu Fuß zu ihrem Treffpunkt zu gelangen. Andere wiederum reisten mit dem Zug an, benutzten ein Taxi und stiegen zwei Querstraßen vorher aus. Eines allerdings hatten alle Männer gemeinsam, als sie die angegebene Adresse erreichten. Sie stellten sich zuerst einmal mit dem Rücken zum Haus, beobachteten wie ein Urlauber die Umgebung, blickten zur Nordsee und klopften erst, wenn sie sich vor einem Beobachter sicher wähnten, versteckt und in einem bestimmten Rhythmus gegen die blaue Metalltür. Ohne Quietschen, weil gut geölt, wurde daraufhin geöffnet, der Ankömmling hereingebeten und die Tür sofort wieder verschlossen.

Als schließlich der Franzose eintraf, zählten sie fünf, und es fehlte keiner mehr. Unschlüssig, wie es schien, standen sie sich in dunklen Mänteln und ebensolchen Anzügen gegenüber, inspizierten mit Befremden die Baumaterialien, den zusammengekarrten Schutt oder die Palette mit Zement. Sie waren normalerweise eine andere Umgebung gewöhnt als kahle Räume und nackte Birnen, die ein grelles, ungefiltertes Licht verbreiteten. Ihre Augen verirrten sich, suchten die Wände ab, an denen es außer freigestemmten Leitungen nichts zu sehen gab, wanderten dann weiter nach oben und blieben für eine Weile an dem Loch in der Betondecke hängen, durch das man ins nächste Geschoß und, durch ein weiteres, sogar bis ins übernächste blicken konnte.

Auf der Suche nach einer Sitzgelegenheit entdeckte der Deutsche einen Eimer, den er umdrehte. Belgier und Luxemburger, schon seit langem Währungs- und Wirtschaftspartner, nahmen gemeinsam die Schubkarre in Beschlag, legten ein Brett quer über die Mulde und setzten sich gleichzeitig, da auch in etwa gleichgewichtig, auf die überstehenden Enden. Sie nickten sich zu, was man auch als Absprache für ein späteres synchrones Aufstehen auslegen konnte.

Der Niederländer erspähte eine leere Bierkiste, stellte sie hochkant, hockte sich darauf und sah zum Belgier, als wolle er ihm als Vertreter der Nation, die weltweit führend im Bierverbrauch war, um eben diese Position den Krieg erklären.

Für den Franzosen blieb nur eine kleine Stehleiter übrig, was allerdings den Vorteil hatte, daß er die übrigen weit überragte. Nach-

dem sie alle ihre Plätze eingenommen hatten, blickten sie sich der Reihe nach an, als gelte es, einen von ihnen auszugucken.
»Ich danke Ihnen, meine Herren, für Ihr Erscheinen«, begann der großgewachsene, blond-graue Luxemburger auf englisch.
»Kein Problem, haben ja sowieso alle im Augenblick in Brüssel zu tun«, warf der Deutsche mit dem streng nach hinten gekämmten grauen Haar ein. Nicken und Murmeln reihum faßte er als Zustimmung auf.
»Nochmals vielen Dank. Nun«, begann der Luxemburger bedeutungsvoll, atmete wie zum Auftakt tief durch und rückte seine randlose Brille zurecht. »Sie werden diesen Treffpunkt als etwas ungewöhnlich empfinden, die Umstände auch, aber ich persönlich habe für uns keine andere Möglichkeit gesehen, so schnell und auf unbürokratische Art zusammenzukommen. Der Grund ist Ihnen allen geläufig: das grausame Attentat vor drei Wochen in meinem Land. Wieder hat der internationale Terrorismus zwei Todesopfer gefordert. Ich sage bewußt internationaler Terrorismus, weil die Regierung meines Landes glaubt, daß an diesem Anschlag nicht nur eine Nation beteiligt gewesen ist.«
»Die Toten waren ja auch aus zwei Ländern«, pflichtete ihm der Franzose aus der Höhe bei. »Also auch schon international.«
Nach wenigen, als pietätvoll auszulegenden Augenblicken fragte der Luxemburger die Anwesenden: »Haben Sie sich in der Zwischenzeit schon die Möglichkeit eines effektiveren Vorgehens überlegt?«
Alle hörten sie das heftige Klopfen an der Tür. Verwirrt sah der Luxemburger in die Runde und erhob sich. Das über die Schubkarre gelegte Brett kippte zur Seite, und der Belgier fand sich auf dem Boden wieder. Seine strafenden Blicke sah der Luxemburger aber nicht mehr, weil er schon auf dem Weg zur Tür war. Er öffnete sie einen Spalt und hörte sich an, was ihm ein Mann zuflüsterte. Mit einem Nicken verschloß er die Tür und kam zurück.
»Meine Herren, wir müssen nachher leider einen anderen Ausgang benutzen.«
»Wieso?« wollte der Belgier wissen, der sich immer noch demonstrativ die Hose abklopfte.
»Auf der Uferpromenade sind zwei Reporter gesichtet worden.«

Und nachdenklich sich das Kinn reibend: »Verstehe ich nicht. Wie konnte das durchsickern? Gibt es vielleicht irgendwo eine undichte ...«
Der Luxemburger verschluckte den Satz und wiederholte seine Frage von vorhin: »Gibt es aus Ihrer Sicht die Möglichkeit eines effektiveren Vorgehens gegen den Terror?«
Staatssekretär Augustin vom Innenministerium in Bonn, durch und durch Politiker und mit allen Untiefen und Fußangeln seines Berufes vertraut, gab sogleich zu bedenken: »Brauchen wir überhaupt andere Wege in der Bekämpfung? Genügt denn die manifestierte und vertraglich abgesicherte Zusammenarbeit zwischen unseren Staaten nicht mehr?«
»Zu viele Länderkompetenzen«, gab der Belgier von der Schubkarre her dem neben ihm sitzenden Luxemburger trotz des Sturzes Schützenhilfe. »Und dann der Instanzenweg. Bis wir uns geeinigt haben ...«
»Wie soll denn der neue Weg aussehen?« hakte Augustin nach. Keiner fühlte sich angesprochen, erst recht nicht bei einem derart heiklen Thema. Wie schnell konnte man sich in einem solchen Fall für alle Zeiten die politische Karriere verbauen? Unüberlegtes Vorpreschen war nicht ratsam.
Gérard, der Luxemburger, griff daraufhin in seine Brusttasche und zog einen Zettel hervor. Ohne ihn zu Rate zu ziehen, begann er: »Grob und vereinfacht gesagt, gibt es bekanntlich zwei Arten von Terrorismus: erstens den zerstörenden, sich auf brutale Anschläge stützenden, der Todesopfer in Kauf nimmt, die Öffentlichkeit schockieren will, manchmal als Alibi schwammige politische Anschauungen anbietet, und zweitens die gezielte Entführung an sich zur Erpressung von Lösegeld, um die Kasse aufzufüllen.«
»Wodurch man dann genug Geld hat, ersteres in die Tat umzusetzen«, knurrte Ramige, der drahtige Franzose, abfällig von seiner Leiter, denn er kannte sich in den Methoden der französischen Nationalplage, der *Action Directe*, besonders gut aus.
»Ja, das ist oft der Kreislauf«, gab sich Gérard resigniert und schränkte sofort ein: »Wenn man die italienische Form des Kidnappings, die sich schon fast zum kriminellen Nationalsport ausgeweitet hat, vorerst ausklammert.«

»Und die spanische Variante?« Vith, der Belgier, erhielt keine Antwort, so, wie man ihm auf die Frage nach der IRA-Version auch keine Antwort hätte geben können, fiel es den Experten doch immens schwer, Konflikte von nationalen Minderheiten in irgendeiner Form dem Terrorismus zuzuordnen. Als Freiheitskämpfer bezeichneten sich die Terroristen meist selbst in falscher heroischer Anwandlung, wodurch der Bevölkerung suggeriert werden sollte, sie lebte in permanenter Unfreiheit. Und Vith konnte all dies wohl aus eigener Anschauung noch am besten beurteilen, weil in seinem Land Flamen und Wallonen von jeher zu Reibereien neigten, deren Ursprung, vereinfacht ausgedrückt, im sprachlichen Gegensatz zu suchen war, während die CCC, die kämpfenden kommunistischen Zellen Belgiens, sich einen Dreck um die Sprache scherten und mehr auf RAF-Pfaden wandelten.
Gérard faltete langsam seinen Zettel auseinander, benutzte ihn aber immer noch nicht. »Wie Sie vielleicht wissen, meine Herren, sind das Kidnapping und die anschließende Lösegeldforderung nicht unser Hauptproblem. Zum einen, weil jedes Kidnapping von der Öffentlichkeit sofort als Verbrechen entlarvt wird, also der vorgetäuschten Ideologie zuwiderläuft, und zum anderen gibt es für diese Fälle schon speziell abzuschließende Versicherungen.«
»Bei Lloyd's, wenn ich mich nicht irre.«
»Genau, Herr Augustin.«
»Ist dadurch das Kidnapping als weniger gefährlich einzuordnen? Ich meine das Kidnapping von Personen im hochsensiblen Bereich, in der Politik etwa.«
»Nein, aber einem Kidnapper liegt meist nichts an seinem Opfer, er will Geld. Und die Versicherung garantiert es ja förmlich.«
»Genau deshalb werden auch so viele Opfer umgebracht, wenn man das Geld erst einmal hat«, entgegnete Augustin sarkastisch und dachte dabei an Vorfälle, die sich in Deutschland abgespielt hatten.
Gérard überhörte dies und blieb freundlich. »Herr Augustin, Sie haben mir das Stichwort geliefert. Lloyd's hat auf dem Höhepunkt der Entführungen, sozusagen in der Zeit des Booms, eine Antikidnapping- beziehungsweise eine Antiterror-Einheit ins Leben gerufen. Haben Sie davon schon gehört?«

Augustin glaubte sich als einziger zu erinnern, winkte aber trotzdem ab.
»Einer der Gründer war ein ehemaliger britischer SAS-Offizier«, sprach Gérard weiter. »Man gab der Einheit den Namen *Control Risks Limited.* Ist Ihnen vielleicht der Name in irgendeinem Zusammenhang mal begegnet?«
Das war nicht der Fall. Nun besann sich Gérard endlich auf seinen Zettel und begann: »*Control Risks* wurde 1973 gegründet, um bei Geiselnahmen im Auftrag der Versicherung die Verhandlungen zu führen. Ziel von *Control Risks* ist es, die Geisel unbeschadet freizukaufen und die Lösegeldforderung auf ein vertretbares Maß zu senken. Das ist *Control Risks* immer wieder gelungen.« Gérard sah auf, bemerkte die skeptischen Gesichter, ließ sich dadurch nicht irritieren und sprach besonnen weiter: »Das Unternehmen expandierte, die Leistungen stabilisierten sich, gewannen an Qualität. Und da Sie, meine Herren, noch nichts von *Control Risks* und ihren Erfolgen gehört haben, ist zumindest ein weiterer Grundsatz der Gesellschaft erfüllt worden: Geheimhaltung. Absolute Geheimhaltung. Beides, Qualität und Geheimhaltung, bürgt für den bemerkenswerten Erfolg von *Control Risks,* deren Mitarbeiter sich fast ausschließlich aus ehemaligen Agenten der Geheimdienste rekrutieren. Natürlich gibt es auch Stimmen gegen eine solche Einrichtung, Stimmen aus der Politik und von Polizeiexperten, denen die Methoden nicht zusagen und die dadurch eine Schädigung ihrer Arbeit befürchten. Wir glauben doch auch alle, wenn wir ehrlich sind, daß die Bekämpfung des Terrors nur in den Aufgabenbereich des Staates fällt. Ist aber mit dieser Forderung auch zugleich der Erfolg gewährleistet?« Gérard suchte die Blicke seiner Gesprächspartner, die ihm Mal für Mal entglitten. »Nein, es ist kein Erfolg gewährleistet«, beantwortete er sich seine Frage selbst, »sonst hätten wir das Problem des Terrors längst entschärft.«
Gérard machte eine Pause, in die Augustin hineinplatzte: »Und jetzt sollen wir eine ähnliche Einrichtung gründen, unter Wahrung der absoluten Geheimhaltung, wenn ich Sie richtig verstanden habe.«
Gérard schüttelte den Kopf. »Nein. Aber lassen Sie mich erst einmal meine Ausführungen beenden. *Control Risks* hat in der Folge-

zeit einen EDV-gestützten Informationsservice aufgebaut, der die Bezeichnung CRIS trägt. CRIS ist wohl die umfangreichste Datenbank, was Terroristen, deren Arbeitsweise, Geldbeschaffung, Ruheräume, Plätze zum Untertauchen und ähnliches anbelangt. Nur wenn wir datentechnisch sofort reagieren können, haben wir eine Chance, den Kampf gegen den Terror zu gewinnen. Das ist es, was ich Ihnen zuerst vorschlagen möchte, meine Herren. Eine europaweite Datenbank, in die wir alle Informationen eingeben, die wir zur Bekämpfung des Terrors benötigen.« Gérard faltete seinen Zettel zusammen und steckte ihn wieder in die Brusttasche.
Ramige, der Franzose, reckte sich auf seinem Hochsitz und gab zweierlei zu bedenken: »Überschätzen Sie da nicht unsere Möglichkeiten? Haben wir denn nicht auch schon bisher äußerst erfolgreich zusammengearbeitet? Interpol fällt mir da ein, mehr noch aber unsere Antiterror-Einheiten.«
Augustin räusperte sich, da er den letzten Punkt nicht ganz zutreffend fand. Wie oft schon hatte sein Ministerium vergeblich versucht, Terroristen habhaft zu werden, die sich in Frankreich verschanzt hatten. Wie oft akzeptierten die Franzosen deren Auffassung, sie seien politisch verfolgt, um diese als Vorwand für eine Nichtauslieferung zu benutzen. Und die Jugoslawen?
Gérard stellte richtig: »Wir wollen kein zweites Interpol, sondern eine datenbankgestützte Einrichtung, die staatenübergreifend ohne hemmende Kompetenzschwierigkeiten operieren kann.«
»Aber was nützt uns das Wissen um die Arbeitsweise der Terroristen, was nützt es uns, ihre Schlupflöcher zu kennen, wenn wir keine Möglichkeit haben, schnell und hart zuzuschlagen. Nur mit einer Datenbank ausgestattet, müßten wir immer wieder andere um Mithilfe ersuchen. Wie sieht es aber dann mit der von Ihnen so beschworenen Geheimhaltung aus?«
Gérard war Augustin dankbar für den Einwand, so glasklar, wie dieser das eigentliche Problem ausgesprochen hatte.
»Herr Augustin, wir sind heute inoffiziell zusammengekommen, sind sozusagen unter uns. Es gibt kein Protokoll, kein Tonband, nichts. Wir können also frei unsere Bedenken äußern und, falls es sich ergeben und wir einer Meinung sein sollten, dementsprechend auf unsere Minister einwirken. Und damit komme ich jetzt zum

eigentlichen Anlaß unseres Treffens, zu dem Punkt, über den wir uns möglichst schnell einigen sollten.« Gérard rückte sich die Brille zurecht und wirkte nervös. »Sicherlich wäre es aus unser aller Sicht erstrebenswert, eine aktiv operierende Einrichtung zu schaffen, die europaweite Befugnisse hat, mit allen Daten versorgt wird und nicht gegenüber jeder Regierungsstelle Rechenschaft ablegen muß, liegt doch die Effizienz einer solchen Einrichtung überwiegend in ihrem offiziellen Nichtvorhandensein.«

Schmidt wirkte so unauffällig, daß es fast schon wieder auffallend war. Dunkelhaarig, aber weder schwarz noch braun, dazu nur wenig mehr als mittelgroß und leicht übergewichtig, fügte er sich nahtlos in das Bild eines Durchschnittsbürgers ein. Schmidts Gesicht verleitete dazu, es zu vergessen, denn es fand sich in ihm nicht ein Detail, nicht ein Zug, der es von den vielen anderen unterschied. Und die Brille, ein einfaches, dunkles Gestell, das lediglich Fenstergläser in der Fassung hielt, half bei Schmidts Einordnung auch nicht weiter. Schon seit Jahren trug er sie, damals allein auf Wunsch seiner Ehefrau angeschafft, als sie sich mit weiblichem Instinkt dranmachte, das Image ihres Ehemannes aufzuwerten. Mit der Brille hatte sie angefangen, der die Bemerkung vorausging: Ohne Brille siehst du so nichtssagend aus, blasser als ein Mauerblümchen.

Schmidt hatte sich gefügt – und die Brille trug er immer noch. Seine Ehefrau dagegen gab es nicht mehr, zumindest nicht in der gesetzlich angetrauten Form. Vor zwei Jahren hatte sie sich scheiden lassen, Möbel und Sohn eingepackt und war in ein teures Appartement gezogen. Seither hatte sie sich vieles gegönnt und deshalb den Zwangsverkauf des erst kurz zuvor erstandenen Eigenheimes beschleunigt. Und Schmidt zahlte, ohne zu murren.

»Du bist doch ohne Ziel, hast keine Motivation, in deinem Beruf weiterzukommen, mit dir kann ich nicht zusammenleben, so wie du mich anödest«, warf sie ihm als Scheidungsgrund vor. Schmidt zuckte nur mit den Schultern. Was hätte er auch sonst tun sollen, war sie doch möglicherweise im Recht? Vielleicht sich aufraffen, ihr Versprechungen machen, sich zum Kämpfer entwickeln, die Methoden der anderen im Ministerium anwenden, um von der untersten Stufe der Erfolgsleiter, auf der er als Regierungsdirektor nun mal stand, in höhere und angesehenere Gehaltsgruppen aufzusteigen?

Schmidt machte keine Versprechungen, raffte sich nicht auf und war auf seine Art auch weiterhin zufrieden. Er kam mit seinem Gehalt zurecht, besser gesagt mit dem, was ihm das Gericht und seine geschiedene Frau übrigließen, paßte seine Wünsche den pekuniären Möglichkeiten an, verzichtete auf einen Schneider, normalerweise ein Muß in jedem Ministerium, und begnügte sich statt dessen mit Konfektion. Zwar billiger, aber auch sofort von den Insidern als solche einzuordnen. Schmidt störte sich nicht daran, wie er sich an vielen Dingen nicht störte, wobei er selbst nicht wußte, ob aus Desinteresse oder Weltfremdheit.

Seinen Urlaub verbrachte er in den deutschen Mittelgebirgen, was zum einen finanziell verkraftbar war und ihn zum anderen der Pflicht enthob, stapelweise an alle möglichen Bekannten und Kollegen exotische Karten zu schreiben, die nur dazu dienten, Neid zu erwecken, indem sie die scheinbare Lust an derlei Reisezielen vorgaukelten – noch mehr allerdings die Tatsache, sie sich auch leisten zu können!

Die Malediven sollten es deshalb in seinen Kreisen schon sein oder die Seychellen, ersatzweise auch noch Madagaskar, aber dort dann einer der bekannt exklusiven Clubs, die so abenteuerliche Namen hatten. Kuba stand besonders hoch im Kurs, als letzte Bastion des Realkommunismus mit seinem längst angegrauten Revolutionär, der wohl als einziger auf der Welt einen Kampfanzug mit Bügelfalten trug. Und Bildung, Bildung gehörte unbedingt dazu, auch wenn sie nur durch ein Foto belegt wurde, das den Urlauber inmitten von freundlich lächelnden Negerkindern zeigte.

Aber Hohes Venn als Urlaubsziel? Oder Soonwald, der Höhenzug im Hunsrück? Das Kannebäckerland? Da mußte man ja tatsächlich den Atlas zu Rate ziehen, um diese Gegenden zu finden! Schmidt jedoch brauchte keinen Atlas mehr und kam immer als einziger seines Amtes erholt zurück, worüber sich seine Mitarbeiter stets wunderten. Deutschland und sich erholen? Wie denn das?

Wenn man Schmidt etwas näher kannte, dann gab es da schon einen Grund, der verhinderte, daß er die über ihm befindlichen Sprossen der Erfolgsleiter erklomm: Schmidt war zu ehrlich, zu offen und zu direkt. Sein Chef mochte zwar seine Aufrichtigkeit, aber wenn man in der Beamtenhierarchie aufzusteigen gedachte, war sie fehl am Platz. Meinung denken, ja, Meinung sagen, nein, denn jeder konnte jeden bestimmt irgendwann einmal gebrauchen, spätestens dann, wenn es um den eigenen Vorteil ging.
Da es kaum einen gab, zu dem er noch hätte ehrlich sein wollen, neben seinem Chef höchstens noch die Sekretärin, hatte sich Schmidt in den letzten Jahren immer mehr aufs Denken verlegt. Zwangsläufig blieben dabei seine rhetorischen Fähigkeiten auf der Strecke, zumindest entwickelten sie sich nicht weiter. Als wortkarg und einsilbig gab er sich. Fast tödliche Eigenschaften, wenn man von Berufs wegen auf das Wort angewiesen ist und auf die Technik des Wortbeugens, nicht zu vergessen auch die taktische Form des dem eigenen Interesse dienenden Interpretierens. Was Schmidt als rhetorische Anhängsel abtat, unnütz wie eine Warmhaltekanne in der Sahara, machten andere zu ihrem Lebensinhalt, weil sie außer ihrem Beruf sonst nichts kannten und vorzuweisen hatten.
So ist es müßig zu fragen, ob Schmidt Kollegen zu seinem Freundeskreis zählte: Er zählte sie nicht dazu. Lieber grüßte er als erster, wenn er durch die Gänge eilte, als sich auch noch in seiner Freizeit mit den Umschlägen abzugeben, wie er die meisten Mitarbeiter des Ministeriums wegen ihrer Leere abfällig bezeichnete.
Es gab nur einen, der Schmidts Leistung über alles schätzte, für den er fast unverzichtbar geworden war: Staatssekretär Augustin. Delegierte er an Schmidt ein Problem, Schmidt löste es. Dazu brauchte er keine Wortgewandtheit, sondern die Fähigkeit, sich logisch und strategisch geordnet an sein Ziel heranzutasten.
Nicht umsonst stand Schmidt jetzt dem kleinen Amt vor, dessen Aufgabe überwiegend darin bestand, sich bei der Terrorismusbekämpfung vermittelnd und koordinierend zwischen die einzelnen Bundesbehörden zu schalten. Oft waren Reibereien und Unstimmigkeiten bei der Zusammenarbeit von Bundeskriminalamt, Verfassungsschutz und Bundesnachrichtendienst aus der Welt zu schaffen.

Schmidt hatte seinen vorläufigen Abschlußbericht fertig, der so lange vorläufig bleiben würde, bis man die Attentäter aus Luxemburg gefaßt hatte. Bewundernswert, wie ihn die Kollegen aus dem Nachbarland immer wieder unterstützen, fand Schmidt, klemmte sich die Mappe unter den Arm und meldete sich bei Staatssekretär Augustin an.
Wenigstens zwei kleine, als Lagebesprechung bezeichnete Unterredungen pro Woche gab es zwischen Schmidt und Augustin, die in aufgelockerter Atmosphäre und ohne strikte Einhaltung der Hierarchie abliefen. Alle fanden im Arbeitszimmer des Staatssekretärs statt, das diese Bezeichnung zumindest vom Aussehen her nicht verdient hatte, da es sich mehr wie die Bibliothek eines englischen Landsitzes darstellte: die Wände mit Regalen bestückt, alle vollgestopft mit Büchern, die meisten mit Lederrücken, ein großer Schreibtisch aus rötlich gebeiztem Nußbaum, schräg vor dem Fenster mit Blick auf Rhein und Friedrich-Ebert-Brücke, und eine Sitzecke mit zwei ledernen Ohrensesseln, deren Messingnieten jetzt in der tiefstehenden Novembersonne glänzten. Etwas abseits und dadurch nicht so auffallend stand ein alt und wertvoll aussehendes sekretärähnliches Möbelstück, dessen Inhalt allerdings neueren Datums und neuester Entwicklung war: ein Computer. Staatssekretär Augustin gab sich aufgeschlossen und innovatorisch. Durch sich selbst und seine Tätigkeit im Ministerium motiviert, hatte er sich in mühevoller Kleinarbeit die Kenntnisse für dieses Gerät angeeignet.
»Herr Schmidt, bitte setzen Sie sich.« Augustin kam ihm entgegen und deutete wie immer auf den Sessel, der mehr der Mitte des Raumes zugeordnet war, während er den benutzte, hinter dem sich gleich die schützende Wand befand. Rücken freihalten, in der Politik war das keine Phrase, sondern gehörte unbedingt zur Überlebenstaktik.
»Kaffee?«
Schmidt nickte.
Augustin bestellte per Telefon und setzte sich anschließend zu Schmidt, der seine Mappe vor sich auf den runden Tisch legte, der gleichfalls aus Nußbaum angefertigt und mit wertvollen Intarsien versehen war.

»Dann fangen Sie mal an.« Freundlich kam die Aufforderung von Augustin, während er die Beine übereinanderschlug und die Arme vor der Brust verschränkte. Augustins Anzug war nicht von der Stange, wie Schmidt wußte, ohne es aber vom Schnitt her erkennen zu können. Besonders die Herstellerfirma mit dem kurzen, suggestiven Firmennamen erfüllte die ungeschriebene Norm des Ministeriums. Folglich blieb es nicht aus, daß sich die Träger allesamt genauso darstellten, wie es innen auf dem Futter stand oder außen auf dem Ärmel eingestickt war, wodurch man dem neugierigen Betrachter die richtige Einordnung enorm erleichterte.
Schmidt schlug die Mappe auf und wollte den Bericht vorlesen.
»Nein, mein lieber Schmidt, nicht das steife Amtsdeutsch. Mit Ihren eigenen Worten.« Belustigt sah Augustin den Jüngeren an, weil er wußte, wie sehr sich Schmidt vor der freien Rede drückte. Seit vielen Monaten schon machte er sich deshalb einen Spaß daraus, den untergeordneten Kollegen zu dieser Arbeitsweise zu zwingen, die noch dadurch erschwert wurde, daß er Schmidt bei allen sich bietenden Möglichkeiten unterbrach, um Zwischenfragen zu stellen oder nachzuhaken. Als Schmidt sich einmal deswegen zaghaft beschwerte, meinte Augustin: »Spontane Fragen, die sich aus dem Inhalt ergeben, müssen spontan beantwortet werden. Für mich ist das eine Grundform der bürokratischen Kreativität.« Schmidt enthielt sich einer Antwort; er verstand unter Kreativität alles andere, aber nicht eine simple Frage-Antwort-Technik.
Schmidt ließ die Mappe aufgeschlagen, blickte Augustin kurz ins Gesicht, dessen Haut sich ungewöhnlich straff und wie von starken Wäscheklammern am Hinterkopf zusammengehalten über die Knochen spannte, so daß Schmidt anfänglich dachte, dies müsse in dem Alter das Produkt einer kosmetischen Operation sein. Weil er keine Indizien dafür und keine Narben entdeckte, unterstellte er ihm einfach den Gebrauch einer Wundercreme, um die er ihn zu gegebener Zeit einmal angehen wollte. Schmidt senkte die Augen und begann: »Terroranschlag erfolgte am 26. Oktober gegen 23 Uhr 45. Zwei Tote: der Fahrer, ein Deutscher, und ein Luxemburger Polizist. Er gehörte zur Motorradeskorte.«
»Weiß ich längst.«
Schmidt sprach ungerührt weiter: »Tatwaffe eine Panzerfaust mit

enormer Sprengkraft, Modell *Armbrust*. Darauf komme ich aber später noch zu sprechen. Zuerst einmal zu den Spuren, die die Luxemburger Kollegen gefunden haben.«

»Es waren auch deutsche Experten dort. Haben sie etwa keine...?« Augustin runzelte die Stirn, was ihm zu Schmidts Verwunderung trotz der straffen Haut immer wieder gelang.

»Was unsere Leute entdeckt haben, ist aus bestimmten Gründen diskret in den offiziellen Bericht mit eingeflossen. Es stellt sich deshalb für die Öffentlichkeit so dar, als seien nur die Luxemburger für das Ergebnis der Untersuchung verantwortlich.«

»Demnach gibt es auch noch einen inoffiziellen Bericht, und zwar den des Bundeskriminalamtes.«

»Stimmt.«

»Haben Sie auch deren Fakten berücksichtigt?«

»Ja.«

»Gut, dann weiter.«

»An diesem 26. Oktober sind laut Wetterstation in Trier zwischen sechs Uhr am Morgen und 22 Uhr am Abend zirka 24 Millimeter Niederschlag gefallen.«

»Ist das viel?«

»Dafür, daß kein Gewitter war oder es keinen Wolkenbruch gegeben hat, schon.«

»Also ein starker Landregen, wenn man es einmal allgemeinverständlich ausdrücken will.«

»Könnte man so bezeichnen.«

Die Sekretärin brachte den Kaffee und für Augustin einen Orangensaft. Wortlos ging sie wieder hinaus.

»Bitte fahren Sie fort.«

»Verschiedene Spuren wurden entdeckt«, kam Schmidt auf seinen Bericht zurück, während er in der Tasse rührte. »Da wären zum einen die drei unterschiedlichen Fußabdrücke, einer davon zweifelsfrei von einer Frau. Unterschiedlich, was die Größe anbelangt, und auch unterschiedlich in der Erhaltung.«

»Wird wohl der Regen schuld sein«, bemerkte Augustin leichthin.

Schmidt trank, stellte die Tasse ab. »Möglich, aber mich irritiert es schon etwas, zumindest, was den Erhaltungszustand anbelangt.

Die letzte Spur, die des Attentäters, ist überdeutlich. Die anderen beiden sind viel mehr aufgeweicht und nicht mehr so gut zu verwerten.«
Augustin lehnte sich zurück, stützte sein Kinn auf die rechte Hand und blickte zum Fenster hinaus. »Wäre es denkbar, daß zwei der drei Terroristen sich schon früher aus dem Staub gemacht haben?« gab er Schmidt, der erneut den Scharfsinn des Staatssekretärs bewunderte, das Ergebnis seiner kurzen Überlegung bekannt.
»Wäre denkbar.«
»Und auch logisch«, fügte Augustin hinzu. »Die Vorbereitungen sind abgeschlossen, nur einer kann das Attentat ausführen, also dann nichts wie weg.«
»Genau diese Annahme paßt auch zu den Reifenspuren. Die undeutlichere, weil vermutlich ältere Spur wurde von Serienreifen mit einem Allerweltsprofil hinterlassen, die Marke können Sie in jedem Kaufhaus erstehen. Die breite dagegen, Verursacher ist hier das Produkt eines japanischen Herstellers, war noch voller Konturen.«
Augustin rieb sich das Kinn. »Scheint ja dann zu passen, ich meine, daß die Vorhut abgerückt ist. Was sagen denn die Luxemburger dazu?«
»Sind auch der Auffassung.«
»Sehen Sie?« Augustin lächelte, weil er mit seiner Fragetechnik und ohne fremde Hilfe zum selben Ergebnis gekommen war. Als zusätzliche Ergebnissicherung bezeichnete er das. »Und das Bundeskriminalamt? Was meint man dort?«
»Keine wesentlichen Abweichungen zu Luxemburg.«
Augustins Nicken wirkte zufrieden, als er Schmidt mit einem aufmunternden Blick zu verstehen gab, in seinem Bericht fortzufahren.
»Der Terrorist muß ein gewiefter Hund sein«, tat Schmidt mehr seine private Meinung kund. »Benutzt ein gespanntes Drahtseil und eine Rolle, um sich mitten über der Autobahn in die beste Schußposition zu bringen, und verschwindet dann. Gewieft und kaltblütig, äußerst kaltblütig.«
»Haben denn die Motorradfahrer und die Männer des Begleitfahrzeuges nichts gesehen?«

»Nein, aber das hängt mit der Art der Panzerfaust zusammen, komme noch darauf zu sprechen. Zuerst einmal zum Stahlseil, das mit einem Gefälle von ungefähr zwanzig Prozent von Kran zu Kran über die Autobahn gespannt worden war. Dicke des Seiles exakt sechs Millimeter, zopfgeflochten, mit Führungskern in der Mitte. Hersteller ist die Firma Acconza aus Duisburg. Sie hat in den letzten drei Monaten von diesem Typ mehr als zehntausend Meter ausgeliefert. Also zehn Kilometer. Das Stück in Luxemburg war 86,62 Meter lang. Schauen Sie sich bitte einmal die Art der Befestigung an.«

Schmidt reichte dem Staatssekretär zwei Fotos, auf denen zu erkennen war, daß man jeweils am Ende eine mit Rohrschellen arretierte Öse gebildet hatte. In die Öse war ein Karabinerhaken eingeführt, den man, wenn er samt Öse um den Eisenpfosten des Krans geschlungen wurde, bequem in das freitragende Seil einklinken konnte.

»Normale Konstruktion, würde ich sagen. Nichts Weltbewegendes.«

»So, wie die Rohrschellen angelegt worden sind, ist er zweifelsfrei ein Linkshänder.«

»Der Attentäter?«

»Der Bastler. Kann auch der Attentäter sein, muß aber nicht.«

»Demnach könnte also auch eine Frau aus der Terrorszene die Linkshänderin sein«, schloß Augustin.

»Kaum, es sei denn, sie ist überaus kräftig. Die Schellen wurden bis zum Gehtnichtmehr angezogen«, schickte Schmidt sofort eine Begründung für seinen Widerspruch hinterher.

»Haben Sie eine Ahnung, wie kräftig Frauen sein können.« Augustin schmunzelte, was seinem Gesicht etwas den maskenhaften Ausdruck nahm.

Meine war es nicht, durchzuckte es Schmidt, dafür aber um so berechnender. Und durchtriebener, denn bis heute wußte er nicht, wie sie auf sein verstecktes Konto hatte stoßen können, dessen Guthaben ebenfalls im vom Gericht vorgesehenen Verhältnis geteilt worden war.

»Wie ist denn das Seil gespannt worden?« konfrontierte Augustin ihn wieder mit der Wirklichkeit.

»Kratz- und Schleifspuren am höherliegenden Kran deuten auf eine Eisenstange hin, die man in die Öse geschoben hat, um das Seil durch stetiges Hebeln zu spannen.«
Augustin blickte auf seine Uhr. Für Schmidt immer ein Zeichen, sich mit seinem Bericht zu beeilen.
»Nachdem das Geschoß den Wagen getroffen hatte, rutschte die Fahrgastzelle, denn alles andere war durch die Explosion abgesprengt worden, noch knapp vierzig Meter weiter, bevor sie endgültig zum Stehen kam. Das Fahrzeug brannte vollständig aus, vom Fahrer war nicht mehr viel...«
»Ich weiß, schlimme Sache. Was wohl in seiner Frau vorgegangen sein muß?« warf Augustin ein und wurde traurig. »Mit dem Sand, das haben Sie ja veranlaßt.«
»Ja. Zumindest die Träger brauchten nichts davon mitzubekommen, daß sie einen fast leeren Sarg auf den Schultern hatten.«
Schmidt trank einen Schluck von seinem inzwischen kalt gewordenen Kaffee. »Teile des Fahrzeuges im Umkreis von annähernd zweihundert Metern verstreut, Teer unter der Brandstelle aufgeweicht, Hitzeentwicklung nach Aussage eines Experten über zweitausend Grad. Hängt mit der Waffe zusammen.«
»Dann erklären Sie mir endlich mal Ihre Waffe«, gab sich Augustin ungeduldig.
Als seien die nun folgenden Ausführungen für den Fall sehr bedeutungsvoll, legte Schmidt eine kleine Pause ein. »Wie schon gesagt, Modell *Armbrust*, Hersteller eine Firme aus Deutschland, MBB. Länge 0,85 Meter, Kaliber 80, Startmasse 6,3 Kilo...«
»Startmasse?«
»Starter und Geschoß«, erklärte es Schmidt genauer. »Die Waffe durchschlägt bis auf eine Entfernung von dreihundert Metern Stahlplatten mit einer Stärke von dreißig Zentimetern.«
Augustin schüttelte den Kopf. »Da können wir mit unseren Scheiben aus Panzerglas in den Dienstfahrzeugen ja wirklich einpakken.«
»Das Luxemburger Fahrzeug hatte noch nicht einmal Panzerglas«, stellte Schmidt richtig. Weil Augustin nicht darauf einging, führte er die technischen Daten der *Armbrust* auf: »Reichweite 1500 Meter, der Geschoßkopf wiegt 0,99 Kilo, Mündungsgeschwindigkeit

220 Meter pro Sekunde. Gerät ist mit einem Laserzielbeleuchter ausgestattet, LATAM genannt. Die Vorzüge der *Armbrust* sind: Sie ist leicht, wartungsfrei, von jedem zu bedienen, dazu schultergestützt einsetzbar und arbeitet ohne Rückstoß. Kann deshalb auch in Räumen eingesetzt werden oder in Fahrzeugen, wenn nach hinten mindestens achtzig Zentimeter Platz ist. Und jetzt kommt das Besondere: Bei der *Armbrust* sieht man kein Mündungsfeuer, keinen Rauch und keinen Flammenrückschlag.«

Augustin erinnerte sich an seinen Wehrdienst und sah Schmidt skeptisch an. »Und wie kommt das?«

»Als Gegenmasse werden beim Abschuß ungefähr 5000 kleine Kunststoffflocken mit nahezu derselben Geschwindigkeit, wie das Geschoß sie hat, nach hinten geschleudert. Deshalb.«

»Aha«, meinte Augustin, und Schmidt wußte, diesen Punkt hatte er nicht verstanden.

»Schwimmende Kolben«, sprach Schmidt ungerührt weiter, »verhindern das Mündungsfeuer. Aus diesem Grund haben die Männer nichts gesehen, Herr Staatssekretär.«

»Aber gehört. Sie müssen etwas gehört haben«, protestierte der. »Sonst könnte ja jeder...«

»Nur die Explosion beim Auftreffen. Die schwimmenden Kolben dämpfen auch das Abschußgeräusch, das dadurch nicht lauter als ein Pistolenschuß ist. Und wenn man auf dem Motorrad fährt, dazu noch mit Sturzhelm...«

»Schon gut. Ein Teufelsspielzeug, wie Sie mir die *Armbrust* schildern. Aber wie kommen die Terroristen an die Waffe? Ist die denn so verbreitet?«

Schmidt klappte seine Mappe zu, blickte auf und antwortete: »Sie ist nur in wenige Länder geliefert worden, und das in kleiner Stückzahl. Wir haben sie, und die *Delta Force,* die amerikanische Eingreiftruppe, setzt sie in der Drogen- und Terrorismusbekämpfung ein. In der Golfregion gibt es sie allem Anschein nach auch schon. Ist damit Ihre Frage beantwortet?«

Augustin nickte ernst. »Haben Sie überprüft, wo man in letzter Zeit eine Panzerfaust eingesetzt hat? Ich meine jetzt nicht das Modell *Armbrust.*«

Schmidt schloß seine Mappe. »Im terroristischen Umfeld ist eine

solche Waffe in den vergangenen drei Jahren nicht benutzt worden. Die Mafia hat auf Sizilien zweimal auf sie zurückgegriffen. Und einmal die Franzosen.«
»Die Franzosen? Gangster etwa?«
»Ja, in der Nähe von Marseille beim Überfall auf einen Geldtransport, vor knapp drei Jahren.«
»Hm. Wissen Sie, wo die Gangster eine solche Waffe herbekommen konnten?«
Schmidt lächelte flüchtig und antwortete ironisch: »Von der eigenen Polizei.«
»Von der...« Augustin überlegte und rieb sich dabei die Stirn. Vielleicht massiert er sich auf diese Art die Falten weg, kam es Schmidt in den Sinn. »Mein lieber Schmidt, Sie meinen nicht etwa diesen Schmuggel... äh... diesen Waffenskandal um den Obergefreiten, der für die Bewachung der französischen Botschaft in Beirut eingesetzt war?«
»Doch, den meine ich. Und Beirut ist nicht weit weg von der Golfregion«, fügte er ungerührt hinzu und brachte damit die Möglichkeit, auf welchem Weg die *Armbrust* zurück nach Deutschland gekommen sein konnte, ins Spiel. »Drehscheibe des Schmuggels war seinerzeit die Einheit 38 der Bereitschaftspolizei CRS in Mülhausen, Elsaß.«
»Schon ganz schön nahe bei uns, nicht wahr?« Und als Schmidt nicht antwortete: »Letzte Frage, mein Lieber. Wer steckt Ihrer Meinung nach hinter dem Anschlag in Luxemburg?«
Schmidt stülpte die Lippen vor. »Wenn ich das nur wüßte. Kein Bekennerbrief, keine vergleichbare Spur zu vorangegangenen Anschlägen, nichts.«
Augustin genügte das nicht. »Jeder brüstet sich mit einem Anschlag, erst recht, wenn er erfolgreich war. Nur die *Gruppe 9. November* hat das in der Vergangenheit noch nie getan«, gab er zu bedenken. »Ist gerade das vielleicht ein Hinweis auf die Täter?«
»So erfolgreich war der Anschlag gar nicht«, protestierte Schmidt. »Diejenigen, denen er gegolten hat, sind verschont geblieben.«
»Also jetzt klipp und klar: *Gruppe 9. November*, oder wer sonst!«

Zurück in seinem Arbeitszimmer, ging Schmidt zum Rechner und rief die Daten des Anschlages ab. Als erstes sah er sich den protokollarischen Ablauf der Autobahneröffnung an. Weil nicht geheim, konnte jeder aus ihm ersehen, um welche Uhrzeit was vorgesehen war. Auch die verhängnisvolle Rückreise zur Grenze. In Luxemburg hatte man sogar in einer Zeitung den Zeitplan samt der Reihenfolge der Fahrzeuge im Konvoi veröffentlicht. Leichter konnte man es einem Attentäter nicht mehr machen!
Besonders interessierten Schmidt die Reifenabdrücke und die Einpreßtiefe im Boden, durch die man auf das Fahrzeuggewicht schließen konnte und damit auf den Typ. Nach Aussage des Bundeskriminalamtes konnte es in beiden Fällen jeder in Europa erhältliche Mittelklassewagen gewesen sein. Und die Spurbreite war laut BKA auch kein sicheres Indiz, denn es gebe genügend Möglichkeiten, sie nach Gutdünken mit Hilfe von Distanzscheiben zu verändern.
Schmidt ließ den Rechner eingeschaltet, schob eine Kassette in den Videorecorder und betrachtete sich die Aufzeichnung der Autobahneinweihung. Gegen die Proteste von Umweltschützern war das Verbindungsstück zwischen Trier und Luxemburg endlich fertiggestellt worden, wodurch sich die Fahrzeit nach Brüssel und von dort weiter an die Nordsee erheblich reduzierte.
Der deutsche Verkehrsminister, sein luxemburgischer Kollege und der Innenminister von Rheinland-Pfalz, die, unter Schirmen stehend, gemeinsam das Band durchtrennten, hätten sich für ihren Auftritt besseres Wetter gewünscht. So blieb die Resonanz der Bevölkerung ausgesprochen gering.
Schmidt sah auf den Bildschirm, erlebte die Fahrt sozusagen aus der zweiten Reihe, aus der Perspektive der Kamera einer Fernsehgesellschaft. Die Autokarawane bewegte sich auf die beiden Kräne zu, zwischen denen das Transparent gespannt war, auf dem in großen Buchstaben stand: EUROPA WÄCHST ENDLICH ZUSAMMEN.
Schmidt wußte inzwischen, daß niemand den Auftrag für das Anbringen des Transparents gegeben hatte. Allerdings kamen auch keinem Bedenken, als ein Mann, dessen Beschreibung irgendwo zwischen Gary Cooper und Woody Allen anzusiedeln war, sich dranmachte, die Seile über der Autobahn zu befestigen: das sechs

Millimeter starke oben und ein dünnes Spannseil einen Meter tiefer. Noch weniger Bedenken kamen, als er das Transparent ausrichtete, dessen Eigenart darin bestand, daß man es von dem tieferstehenden Kran aus mit Hilfe des Spannseils wie einen Fächer zusammenfalten und abnehmen konnte. Europa wächst endlich zusammen! Jetzt ließ Schmidt seinen Rechner nach signifikanten Übereinstimmungen zu weiter zurückliegenden Anschlägen und Attentaten suchen. Unbefriedigt, weil es offensichtlich noch keine Verbindung mit Luxemburg gab und er deshalb erst einmal den genauen Bericht des BKA abzuwarten hatte, wollte er den Rechner abschalten. Zögernd nur rang er sich schließlich, wie bei all den anderen Anschlägen auch, die er bisher bearbeitet hatte, zur Pflichtübung durch und warf einen Blick in die jährlich von der Bundesregierung in Auftrag gegebenen Reporte, in denen Experten den Terror zu klassifizieren versuchten.
Es war schon beinahe ein Ritual, vergleichbar mit dem Griff nach dem berühmten Strohhalm, als Schmidt mit dem ersten im Jahre 1970 erstellten Bericht begann, den er, wie die folgenden auch, in vielen Passagen auswendig kannte. Kein Wunder, so häufig, wie er ihn auf der Suche nach neuen Anhaltspunkten durchgearbeitet und dabei vergeblich gehofft hatte, Querverbindungen zu entdecken.
In den Anfängen noch bagatellisierte man die Gefahr, unterschätzte die Auswirkungen, tat die Terroristen als Spinner, einfache Kriminelle, verschrobene Phantasten und Verrückte ab. Das legte sich jedoch schnell in den folgenden Jahren. Schon Ende 1972 sah ein Experte die weltweite Verknüpfung des Terrors, beschrieb die zu erwartenden Auswirkungen und wurde deswegen von seinen Kollegen milde belächelt.
Drei Jahre später lächelte keiner mehr, und nach dem Tod der einsitzenden Terroristen in Stammheim weitere zwei Jahre danach war auch dem allerletzten Optimisten das Lachen vergangen. Hoffnung keimte auf, Hoffnung in der Art, nun sei erst einmal die größte Gefahr ausgeräumt. So zu lesen im Jahresabschlußbericht von 1977, obwohl ausgerechnet dieses brutale und an Attentaten reiche Jahr dazu wahrlich keinen Anlaß gegeben hatte.
Schmidt war wie immer sehr ernst und konzentriert, als er die

weiteren Ausführungen studierte, in denen Anfang der achtziger Jahre die Experten verwundert fragten: Wo sind die gesuchten Terroristen? Wo befinden sich ihre Rückzugsräume?
In der Mitte des Jahrzehnts ließ man durchblicken, der unpolitische Terrorismus sei wohl ein für allemal gebannt, dank der konsequenten Haltung der Bundesregierung und der Bundesländer, genauso gebannt wie der in Frankreich und Italien. Mit IRA und ETA sollten sich gefälligst die anderen herumschlagen, so, wie die Israelis es mit den Palästinensern taten.
Auch die Attentate in der Folgezeit konnten die Experten nicht umstimmen, die Bedeutung des Terrors stuften sie an der Wende zu den neunziger Jahren nur noch als marginal ein. Genauso marginal wie die neuaufgetauchte *Gruppe 9. November*, deren Ansinnen an sich schon unsinnig sei, wo doch jeder aufrichtige Deutsche für eine Wiedervereinigung eintrete.
Kassandrarufe gestanden die Experten den Politikern auch weiterhin zu, um eine stetige Wachsamkeit zu erhalten, sie seien aber, realistisch betrachtet, nicht mehr vonnöten. Und wenn die Herren Politiker in immer wiederkehrender Monotonie die erhöhte Anzahl von Anschlägen als Beweis erbrächten, dann solle man allein um der Fairneß willen hinzufügen, daß es außer Sachschaden in den meisten Fällen nichts zu beklagen gebe. Schmidt schob den Bürostuhl zurück, schlug die Beine übereinander und blickte zum Fenster hinaus. So recht wußte er nicht, wie er die letzten beiden Berichte einordnen sollte, in denen man sich überwiegend mit den Auswüchsen in der ehemaligen DDR beschäftigte und sie posthum noch für vieles verantwortlich machte. Zugegeben, die Schweinerei der Staatssicherheit war in seinen Augen kaum noch zu überbieten und erklärte so manches, beantwortete auch die Frage der frühen achtziger Jahre, wo denn die Terroristen abgeblieben seien. Wurden aber durch die Stasi indirekt nicht auch einige Attentate suspekt, die man, vielleicht, weil es sich schon so eingebürgert hatte, einfach der RAF unterstellte?
Schmidt starrte auf den Monitor und fühlte die gleichen Bedenken auftauchen wie all die Male zuvor, wenn er sich mit den Berichten beschäftigte:
Aus welchen Gründen hat die Zahl der Raub- und Banküberfälle,

in der Vergangenheit von Terroristen zur Geldbeschaffung ausgeführt, so rapide abgenommen?
Kann es nicht sein, daß sich parallel zur alten Clique der RAF, die gut getarnt all die Zeit in der DDR überwinterte, eine neue, dynamische, brutale Seitenlinie entwickelt hat, die jetzt mehr und mehr das Sagen und Handeln bestimmt? Arbeitet vielleicht die Enkelgeneration der RAF mit der der *Action Directe* und der *Roten Brigaden* zusammen?
Worin liegt die Begründung, daß seit dem 9. November 1989, dem Tag der Grenzöffnung der DDR, die erhoffte Zahl der enttarnten Ostspione weit hinter den Erwartungen zurückgeblieben ist?
Die letzte Frage, für Schmidt unerklärlich, hatte sich seit einiger Zeit zu den anderen gesellt, obwohl sie nicht in sein Ressort fiel, sondern in das des Bundesnachrichtendienstes und des Verfassungsschutzes. Aber Schmidt wußte, im Jahre 1990 wurden nur ganze 15 Spione mehr enttarnt als in den Jahren zuvor, wenn man einmal von den unbedeutenden Zuträgern absah, die gleichfalls ins Netz gegangen waren. Genau das gab ihm zu denken.

Für jede Lüge eine Mark, und ich brauchte ein Jahr lang nicht zu arbeiten, soll einmal ein Politiker gesagt haben, als er von einem dieser typischen Bonner Empfänge kam, die dem Beobachter ein Panoptikum an Eitelkeiten garantierten.
Wird man sechzig Jahre alt, dann ist das für einen Abgeordneten allemal ein Anlaß, einen solchen Empfang zu geben, allein wegen der vielen schönen Lobreden. Und weil Augustin sich nicht drükken konnte, denn immerhin war es ein Parteifreund, der seinen Geburtstag standesgemäß begehen wollte, war er also zugegen. Lediglich der Umstand, daß er die Gelegenheit nutzte, um einen Bekannten zu treffen, milderte Augustins Abneigung gegen diese aufgesetzte Form des Feierns. Sie trafen sich vor dem phantasielosen, obligatorischen kalten Büffet, nickten sich zu und setzten sich im Nebenraum ans hintere Fenster, wo sie durch einen ausladenden Gummibaum und eine variable spanische Wand vor neugierigen Blicken geschützt waren.

Augustin kannte Harings schon viele Jahre, und Harings' Stellung war der von Augustin gleichwertig, denn er bekleidete die Position eines stellvertretenden Direktors in einem großen europäischen Versicherungskonzern. Harings war nur unwesentlich größer als Augustin, beide erreichten sie gerade die vorgeschriebene Zahl an Zentimetern, die die Polizei ihren Anwärtern vorschreibt. Aber der größte Fehler wäre, die beiden Herren wegen ihrer Körpergröße zu unterschätzen.
»Erfolgreich gewesen?«
Augustin wußte, daß Harings auf Knokke anspielte, wodurch die Zusammenkunft in der belgischen Seestadt nicht so geheim geblieben war, wie es sich der Luxemburger Gérard gewünscht hatte. Harings und Augustin, langjährige Freunde und diskrete Vermittler von wichtigen Informationen, konnten sich jeweils auf die Verschwiegenheit des anderen verlassen.
»Kann man noch nicht sagen«, antwortete Augustin, und Harings lauschte für wenige Augenblicke der Stimme, die ihn so faszinierte. Sie klang, als käme sie aus einem Berg, aber mit einer Klarheit und mit einer Tiefe, die man dem schlanken Körper von Augustin nie zugetraut hätte. »Bei länderübergreifenden Maßnahmen dauert es meist sehr lange.«
»Wird es wieder nur bei wohlklingenden, aber nichtssagenden Absichtserklärungen bleiben, oder geht man dieses Mal in die Tiefe?«
»Keine Ahnung.«
»Und der Minister? Wie hat er reagiert?«
Augustin hob eine Augenbraue. »Vorsichtig, äußerst vorsichtig. Wenn ich ihn richtig interpretiere, dann ist er im Prinzip dagegen. Wegen der Öffentlichkeit, allein wegen der Öffentlichkeit. Hat wohl Angst. Du verstehst?«
Harings verstand nur zu gut, wie er mit seinem von einem flüchtigen Lächeln begleiteten Nicken anzeigte. In der letzten Zeit gab es auch zu viele Skandale, die die Regierungspartei etliche Sympathien und noch mehr Stimmen gekostet hatten, wenn man die Landtagswahlen in den einzelnen Bundesländern als Meinungsbarometer betrachtete. Zum Glück wurde durch die letzte Bundestagswahl der negative Trend nicht bestätigt. Im Gegenteil! »Wird

dann wohl immer ein Wunschtraum bleiben, wenn die Deutschen nicht mitziehen. Ohne uns läuft nichts in der europaweiten Terrorismusbekämpfung.«
»Liegt nicht in meiner Entscheidungsbefugnis. Dafür ist allein der Minister zuständig. Ich bin nur sein Berater.«
»Jetzt spiel deine Position bloß nicht herunter.« Harings lachte. »Ich weiß genau, wie du...«
Abwehrend hob Augustin die Hände, obwohl er gerne Komplimente hörte.
»Aber die anderen Staaten wären dafür.« Harings schob den Teller beiseite und tupfte sich mit der Serviette den Mund ab. »Unsere europäischen Partner haben nicht so viele Bedenken wie wir. Liege ich mit meiner Einschätzung richtig?«
Augustin nickte. »Soweit ich es beurteilen kann, ja. Scheint auch eine vielversprechende Sache zu sein.«
»Doppelt schade. Jetzt könnten wir mal mit den anderen, und nun wollen wir nicht. Wirklich schade.«
»Eine europaweite Datenbank zur Bekämpfung des Terrors gibt es ja im Prinzip schon. Zumindest im Anfangsstadium. Und grenzübergreifend kooperieren tun wir auch. Aber aktiv operierende Einheiten, vielleicht sogar vergleichbar mit der amerikanischen Task Force? Nur noch geheimer?« Augustin schüttelte bedenklich den Kopf. »Allein schon, daß die Deutschen daran beteiligt sind, gibt allen Kritikern ausreichend Munition, falls einmal etwas durchsickern sollte. Genau das wird der Minister zu bedenken haben! Genau das wird sein Ablehnungsgrund sein.«
»Es muß einfach was zu machen sein.« Harings spielte auf die ablehnende Haltung des Ministers an und brachte deutlich seine Hoffnung auf eine Änderung zum Ausdruck, die, wie Augustin wußte, von einem ganz bestimmten Vorfall genährt wurde: Fünf Jahre zuvor hatten Terroristen den Direktor der Versicherungsgesellschaft entführt und nach Erhalt des millionenhohen Lösegeldes doch noch umgebracht.
Augustin antwortete nicht und drehte den silbernen Serviettenring zwischen den Fingern.
»Und was ist vor einigen Wochen in Luxemburg passiert?« Harings kochte auf seiner Flamme weiter.

Augustin druckste herum. »Zwei Tote, richtig. Aber es war kein Minister in dem Fahrzeug. Gott sei Dank.«
Harings' Lachen klang hart und verschärfte den Sarkasmus in seiner Stimme. »Aha, Bürger dürfen sterben, ohne daß reagiert wird, Minister nicht.«
Augustin setzte sich zurecht, suchte flüchtig Augenkontakt mit Harings, atmete tief durch und blickte zum Fenster hinaus auf den hochwasserführenden Rhein, hörte dumpf das Tuckern der sich stromauf kämpfenden Schiffe, die grollende Dieselwolken ausstießen, als wollten sie sich über das Mehr an Kraftaufwand beschweren.
»Es ist noch etwas anderes, Dirk«, begann er vorsichtig. »Die Bundesregierung hat vor einigen Monaten unter dem Druck der Opposition ihre Terrorismusstrategie neu überdacht und stuft die Gefahr als weniger latent ein. Gut, Luxemburg spricht im Grunde genommen dagegen, aber was haben wir denn sonst noch an Terroristen? Nicht mehr viel. Die Enkelgeneration von RAF und *2. Juni* setzt sich andere Ziele, wenn sie überhaupt welche hat. Feuerwerke wollen sie veranstalten, die Öffentlichkeit schockieren mit ihren selbstgebastelten Bomben. Und was ist das Ergebnis? Sie richten kaum noch Schaden an. Ihnen ...«
»Moment mal«, protestierte Harings. »Vergiß bitte nicht die Attentate auf Politiker und Manager mit per Lichtschranke gesteuerten Sprengstoffanschlägen. Ausgesprochen wirkungsvoll, die Variante. Findest du nicht?«
»Schon«, gab Augustin zu. »Der letzte Anschlag dieser Art liegt aber bereits mehr als ein Jahr zurück. Und der erfolglose auf einen meiner Kollegen noch länger. In der Zwischenzeit jedoch, wie bereits gesagt, nur noch Donnerhall. Man hat den Verbrechern den Boden unter den Füßen weggezogen, ihre Ruheräume im Osten existieren bereits lange nicht mehr, spätestens seit der Währungsunion und der Wiedervereinigung sind ihnen diese Regionen entzogen worden. Das ist eine Tatsache! Der Harz liegt jetzt mittendrin und ist ohne Grenze. Sag mir: Was bleibt ihnen also noch?«
Harings starrte Augustin groß an. »Willst du mir einreden, dies sei auch deine Meinung? Oder die der Regierungspartei? Muß ich dich erst noch an den Anschlag auf die Raffinerie in der Nähe von

Frankfurt erinnern? Oder die Bombe vor dem Giftgasdepot der US-Streitkräfte?«
Augustin hob eine Hand. »Sind bei den Amerikanern nur bis zur zweiten Sicherung vorgedrungen. Bestand überhaupt keine Gefahr«, versuchte er den Vorfall herunterzuspielen.
Harings verschränkte demonstrativ die Arme. »Wenn ich mich recht erinnere, hat es die Presse aber ganz anders gesehen. Noch eine Stahltür mehr, und das Chaos wäre nicht mehr zu verhindern gewesen. Und außerdem: Haben die Amerikaner in der letzten Zeit nicht immer behauptet, sämtliches Giftgas abgezogen und vernichtet zu haben?«
»Also weißt du«, begann Augustin eher kleinlaut und ohne auf Harings' Anmerkung einzugehen, »das ist ja auch nur unter dem Druck der Opposition geschehen. Ich meine die neue Strategie, die neue Einschätzung des Terrors, zu der wir öffentlich natürlich auch stehen. Schließlich haben wir sie mitgetragen, schweren Herzens mittragen müssen. Aber die Opposition in ihrem Messiaswahn will noch den Beelzebub in der Hölle bekehren. Drogensüchtige als Kranke behandeln, das sehe ich ja noch ein. Aber Terroristen, die gleichzeitig auch Mörder und Bankräuber sind, nur aufgrund eines Loslösungsversprechens gleich zu begnadigen? Alles vollkommen irreal. Weißt du«, Augustin machte bewußt eine kleine Pause, »wir haben da innerhalb der Partei eine ganz andere Meinung. Für uns ist die Gefahr noch längst nicht gebannt. Und wir verharmlosen sie auch nicht, gaukeln auch nicht den Bürgern eine heile Welt vor, wo keine ist. Leider ist die Opposition zu stark in den Gremien vertreten. Außerdem kocht sie momentan ganz geschickt ihr Süppchen mit der unsteten Hitze der öffentlichen Meinung.«
Harings ließ die Worte auf sich wirken, strich sich mit gespreizten Fingern durch das volle eisgraue Haar, rückte seine Hornbrille zurecht, deren dicke Gläser die Augen verkleinerten und dadurch anzeigten, daß er unbedingt auf sie angewiesen war. »Hätte mich auch sehr gewundert«, meinte er dann, »so eine Kehrtwendung um einhundertachtzig Grad. Und bei dir hätte es mich am meisten gewundert.«
»Was ich denke, spielt überhaupt keine Rolle.« Augustin untertrieb seinen Einfluß.

Harings starrte eine Weile in Gedanken versunken vor sich auf den Tisch, blickte sich unnötigerweise um, rutschte näher und bedeutete Augustin, es ihm gleichzutun. Dann senkte er seine Stimme zu einem Flüstern. »Du meinst also, der Minister und die Regierung werden nicht das Ersuchen der anderen Staaten unterstützen?«
Übertrieben eine Hand vor den Mund haltend, erklärte der Staatssekretär: »Strikte Geheimhaltung, wie in Knokke gefordert, sozusagen eine geheime Geheimpolizei? Nein, werden sie nicht tun, können sie einfach nicht tun, so, wie man ihnen auf die Finger schaut.« Augustin schüttelte den Kopf und fügte hinzu: »Unmöglich. Da bin ich mir absolut sicher.«
Eine solche Antwort hatte Harings erwartet. »Aber verbunden mit mehr Transparenz, wie es die Opposition permanent bei unserer Polizei und den Ermittlungsbehörden fordert, ist die Wirkung einer solchen Einrichtung erheblich geringer. Habe ich recht?«
Augustin nickte mit geschlossenen Augen. »Stimmt. Fast null.«
Scheinbar ohne Wertung meinte Harings darauf, während er sich die bleiche Narbe auf der linken Wange rieb, ein Relikt aus Studententagen: »Eigentlich schade, daß man eine so gute Idee schon im Ansatz abwürgt.«
Nach einigen Sekunden, in denen er Harings' Worte vergeblich nach ihrem verdeckten Inhalt abgeklopft hatte, fragte Augustin: »Wie meinst du das?«
Harings lächelte unverbindlich, seine Augen aber blieben neutral. »Wäre eine einmalige Chance. In zwei Jahren gibt es die Kerle nicht mehr, der Fall ist erledigt, keiner spricht mehr darüber. Eine einmalige Chance. Und was macht ihr?«
Als treffe ihn der Vorwurf persönlich, suchten Augustins Augen erneut den Rhein. Er floß immer noch in seinem Bett, führte immer noch Hochwasser, was weiterhin die stromauf fahrenden Schiffe behinderte.
»Herbert, was ist deine Meinung, deine private Meinung über eine solche Einrichtung?« wollte Harings von seinem Gesprächspartner wissen. »Verschanz dich jetzt nicht hinter einer nichtvorhandenen Schweigepflicht, es hört uns nämlich keiner zu.«
Augustin fühlte sich in die Defensive gedrängt. »Habe in diesem Fall keine private ...«

»Stopp, stopp, keine Ausreden.«
Und aus der Verpflichtung heraus, einem langjährigen Freund nicht die Antwort schuldig zu bleiben, gab Augustin vorsichtig zu: »Es wäre eine Überlegung wert.«
»Du wärst also dafür, nicht?«
Augustin nickte zögernd und umging dadurch das Ja.
»Dir und deiner Partei sind aber die Hände gebunden. Der Regierung natürlich auch.«
Augustin nickte erneut und mußte lange warten, bis Harings, jedes Wort betonend, seine nächste Frage stellte: »Hast du dir schon mal eine andere Möglichkeit überlegt?«
Augustins geneigter Kopf signalisierte, er hatte noch nicht. »Welche andere Möglichkeit?«
»Trinken wir noch einen Cognac?«
Irritiert stimmte Augustin zu. Harings stand auf, ging in den großen Saal, begrüßte ein paar Bekannte und kam mit zwei gefüllten Gläsern zurück. Er setzte sich, widmete sich ausgiebig dem Schwenker und der aromatischen Flüssigkeit, nippte, ließ sie über die Zunge laufen, bevor er beiläufig und in Rätseln meinte: »Man kann sich nur die Finger verbrennen, wenn man die Kastanien selbst aus dem Feuer fischt.«
»Aha.« Mehr sagte Augustin nicht. Aber dieses Aha war der Auftakt zu einem Gedankensolo, in dessen Verlauf er zu eruieren versuchte, wer sich denn nun unbedingt und mehr oder weniger freiwillig die Finger verbrennen wolle.
»Weißt du, worauf ich hinauswill?«
Augustin schüttelte den Kopf, sah Harings an und unterdrückte nicht den neugierigen Ausdruck in seinen Augen. Und er war auf der Hut.
»Du hast selbst zugegeben, eine solche Einrichtung wäre eine tolle Sache. Komm, komm, protestiere jetzt nicht, ich habe es genau so verstanden«, würgte Harings den schwach aufkeimenden Widerspruch des Staatssekretärs ab. »Zu oft schon haben wir privat über dieses Thema gesprochen. Ich wüßte vielleicht, wie man beides erreichen könnte: Erfolg bei der Bekämpfung der Terroristen und Kastanien ohne verbrannte Finger.«

Viele Bürger von Mainz-Weisenau waren der Auffassung, die Polizei übertreibe, sie schieße wohl wieder mal mit Kanonen auf Spatzen. Und wer das Aufgebot der Mainzer Polizei sah, war geneigt, der Bürgermeinung zuzustimmen, hatten die Uniformierten doch die Portlandstraße vollkommen abgeriegelt, ebenso die auf sie stoßenden Nebenstraßen. Vielleicht hätte man das noch verstanden, aber die Anwohner zu evakuieren, das ging allerdings in den Augen der Beobachter ein bißchen zu weit, die lautstark jede Aktion kommentierten und dabei die ersten Flaschen Bier kreisen ließen. Jetzt fanden sie dafür einen neuen Grund, denn nun eilten im Laufschritt Polizisten in Schußwesten heran, die Gewehrläufe wie zur Abbitte zum Himmel gerichtet. Sie verschanzten sich hinter querstehenden PKW und blickten gebannt und in grimmiger Entschlossenheit in eine ganz bestimmte Richtung.
»Da vorne der Opel muß es sein«, meinte einer der Gaffer besserwisserisch. »Der sieht mir schon so komisch aus. Dreckig und verrostet. Nur der kann es sein.« Seine Zuhörer nickten, denn sie hatten sich mittlerweile auch auf den Opel eingeschossen.
»Weiß eigentlich einer, wem der gehört?« Der Frager blickte sich um und erntete nur Schulterzucken. »Logisch, kann ja keiner von uns sein«, gab er seine umwerfende Meinung kund. »Alle anderen Autos kennen wir ja.«
Die Aufmerksamkeit der Anwesenden wurde von einem Bus abgelenkt, der langsam durch die Portlandstraße rollte. Das Besondere an dem Bus waren die Sehschlitze, zu denen man die Scheiben umfunktioniert hatte. Und tief in der Federung lag er auch. Der Bus hielt. Die rückwärtige Doppeltür schwang von innen auf, zwei Eisenträger wurden herausgeschoben und verankert, als sie in schrägem Winkel den Straßenbelag berührten. Dann rollte ein seltsames Gefährt die Rampe herunter. Auf Ketten und zu klein, als daß einer drinsitzen konnte.
»Mensch, das scheint ja ein Entschärfungsfahrzeug zu sein. Hab' mal ein ähnliches Ding in der Zeitung gesehen. Zum Bergen und Entschärfen von Sprengstoff werden die benutzt«, wunderte sich der Frager von vorhin. Aber man beachtete ihn nicht weiter, denn die Zuschauer waren von dem seltsamen Gefährt und dessen Arbeitsweise gefangen. Über Funk gesteuert, rollte es jetzt vom Bus

weg auf einen am Straßenrand abgestellten PKW zu. Es war nicht der Opel, wovor es stehenblieb und einen seiner beiden Metallarme ausstreckte, an dessen Ende eine Scheibe rotierte. Knapp zwei Minuten später hatte die Scheibe ein kinderkopfgroßes Loch in das Seitenfenster gefräst. Der zweite Metallarm führte eine Sonde in das Fahrzeug ein, die wie bei einer mobilen Kamera Bilder aufnahm und mittels Glasfibertechnik in den Bus weitergab. Drinnen saßen zwei Beamte vor den Monitoren und dirigierten die Sonde in jeden Winkel des Fahrzeuginnenraumes. Nach einer halben Stunde wußten sie es genau: Dort waren mit absoluter Sicherheit kein Sprengstoff und auch keine Bombe versteckt. Vorsichtshalber untersuchten sie nochmals den Unterboden, dann den Motor- und den Kofferraum, nichts. Nach einer Stunde Arbeit gaben sie Entwarnung. Trotzdem gingen die beiden mit schweren Bleiwesten bestückten Sprengstoffexperten ausgesprochen vorsichtig und mit wackeligen Knien auf das Auto zu. Einer griff durch das gefräste Loch und entriegelte die Fahrertür, der andere blickte derweil auf ein Instrument, das bestimmte Sorten von Sprengstoff lokalisieren kann. Auch hier hat die Technik mittlerweile den Schnüffelhund verdrängt. Als die beiden Experten mit ihrer Untersuchung fertig waren, trauten sich auch der Leiter des Sonderkommandos und sein Assistent, das Fahrzeug in Augenschein zu nehmen. Mit ihnen machten sich Spurenexperten daran, eventuell vorhandene Fingerabdrücke zu sichern. Gleich darauf unterzog man das Handschuhfach und die anderen Ablagemöglichkeiten einer Kontrolle. Es war wenig, was den Experten in die Hände fiel: eine Straßenkarte von Ostbelgien, zwei alte Parkscheine, ein Zettel mit einigen Zahlen, wohl eine Telefonnummer, Papierreste von diversen Kaugummistreifen, das Etui einer Brille, mehrere zerknüllte Tankbelege.

»Was machen wir jetzt?« fragte der Assistent seinen Vorgesetzten und deutete auf den Personenwagen.

»Natürlich einkassieren und bei uns auf den Kopf stellen. Werden wir mal ganz gehörig auseinandernehmen.«

»Ist denn der Tip wirklich so heiß?«

Der Leiter der Sonderkommission sah seinen Assistenten belehrend an. »Auto geklaut, Nummernschilder gefälscht, reihenweise rote Ampeln überfahren und vor ein paar Monaten bei den Amerikanern gesehen worden, kurz bevor es bei denen im Giftgasdepot geknallt hat. Brauchen wir noch mehr Beweise?«

Der Assistent gab sich noch nicht geschlagen. »Jetzt haben wir das Fahrzeug zwei Tage rund um die Uhr observiert. Warum ist denn der Fahrer nicht zurückgekommen? Er kann unmöglich Verdacht geschöpft haben.«

»Sie können einem aber auch...« Der Leiter der Sonderkommission schüttelte den Kopf, schob die Hände in die Hosentaschen und beobachtete die Spurenexperten bei der Arbeit. »Genügt es denn nicht, daß Anwohnern das Fahrzeug schon seit einer Woche aufgefallen ist? Dann hat unser Mann also gar keinen Grund mehr gehabt, nach fünf, sechs oder sieben Tagen nochmals zu seiner Karre zurückzukehren. Oder sehen Sie das anders?«

»Und warum hat er ihn...?« Der Assistent sprach die Frage nicht aus, als er das unwillig nach vorn geschobene Kinn seines Vorgesetzten sah.

»Die Kiste ist ihm wohl zu heiß geworden.«

»Mittelgroß, kräftig, vielleicht dreißig Jahre alt soll er gewesen sein. Und dazu noch mit Bart, Vollbart. So zumindest erinnert sich die alte Dame, die gleich gegenüber wohnt.« Der Assistent klappte sein Notizbuch zu und deutete auf ein Reihenhaus mit schmutziger Fassade, das alle Versprechungen des nahe liegenden Zementwerkes Lügen strafte, dessen Geschäftsleitung schon seit Jahren versicherte, keine Schadstoffe mehr in die Luft abzulassen. Aber abends und nachts, da färbte sich der Himmel manchmal auf erstaunliche Art dunkel, immer nur schräg in Verlängerung des Schornsteins, je nach Windstärke.

»Beschreibung trifft auf Heinfried Jonas zu. Ist denn der kleine Mitläufer jetzt schon bis zum Kern der Bewegung vorgestoßen?« Der Leiter der Sonderkommission rieb sich zweifelnd das markante Kinn. »Kann ich mir kaum vorstellen.«

Um hochstehende Positionen zu erreichen, benötigt man Fähigkeiten, die einen von den vielen anderen unterscheiden, die auch nach oben streben. War es bei Schmidt die schon fast verbissene Art zu denken, die bei ihm mittlerweile zu einer künstlichen, selbstanerzogenen Introvertiertheit geführt hatte, bevorzugte Augustin die Planung, agierte wie ein Stratege, bezog die möglichen Auswirkungen gewisser Handlungsweisen ins Kalkül mit ein und lenkte dadurch sein Vorgehen bewußt in eine bestimmte Richtung.

Seit zwei Tagen nun klopfte er Harings' Ansinnen nach allen Regeln seiner strategischen Kunst ab. Zugegeben, Harings' Vorschlag hatte etwas Bahnbrechendes, sogar etwas Faszinierendes, aber allein das war noch kein Grund für Augustin, ihm vorbehaltlos zuzustimmen. Im Gegenteil, zuviel Faszination rief bei Augustin immer Widerspruch hervor, weil sie auf Gefühle und Emotionen aufbaute, die, da nicht meß- und einschätzbar, sich nachher als Fallen entpuppen konnten. Und trotzdem, der Reiz blieb.

Augustin, der mit auf dem Rücken verschränkten Händen in seinem Büro hin und her wanderte, gab sich jetzt diesem Reiz hin und überdachte die möglichen Auswirkungen. »Was kann sein, wenn« war sein stereotyper Einwand, den er in allen Punkten, die er ankratzte, parat hatte. »Nichts kann sein«, sagte er sich dann jedesmal nach einigen Minuten, denn er brauchte nun wirklich nicht die Kastanien aus dem Feuer zu holen. Das täte ja ein anderer.

»Wenn nun aber...« Augustin blieb am Fenster stehen, blickte hinaus, nahm nicht die entlaubten Bäume wahr, sah nicht die Brücke, die über den Rhein führte, würdigte die tief vorbeiziehenden Wolken, deren dunkle Schwere auf Regen schließen ließ, keines Blickes. Was er am Horizont sah, war der mögliche Erfolg, den er dem möglichen Mißerfolg gegenüberstellte. Zugegeben, den Terrorismus ein für allemal auszumerzen war schon ein gewisses Risiko wert.

Aber ich habe kein Risiko, sagte er sich, meine Partei und die Regierung auch nicht, keiner trägt ein Risiko, außer vielleicht, wenn...

Augustin nahm seine Wanderung wieder auf, senkte den Kopf und begann wie ein Soll und Haben vergleichender Kaufmann, alle

Chancen und Risiken abzuwägen. Seine Sekretärin klopfte an, er sagte, er wolle nicht gestört werden. Wenig später versuchte sie ihn zum Telefon zu bewegen, er bat sie, den Anrufer zu vertrösten. Und als sie entgegnete, es sei der Präsident der Industrie- und Handelskammer, da wiederholte Augustin mit einer nicht zu überhörenden Schärfe seine Anweisung und fügte hinzu: »Ich bin für *niemanden* zu sprechen.«

Augustin ging an den Regalreihen vorbei, ließ die Augen über die vielen Buchrücken schweifen. Bei einem verweilten sie, verweilten sie immer, wenn er ein Problem zu überdenken hatte: Blücher. Warum gerade bei Gebhard Leberecht Fürst Blücher von Wahlstatt? Warum gerade »Marschall Vorwärts«? Und dann auch noch in der heutigen Zeit, wo das Vorwärtsstreben in manchen Kreisen so unendlich verpönt war, man deshalb dort mit Bravour den Rückzug übte.

Augustin wußte, was ihn an Blücher immer schon beschäftigt hatte: der vielleicht physische Drang des zu seiner Zeit so genialen Feldherrn, nach vorn zu marschieren, nachzuvollziehen in all seinen Schlachten, obwohl er viele Nackenschläge und Niederlagen einstecken mußte. Genau diese Verhaltensweise hatte sich auch Augustin zu seinem Prinzip erkoren: aus Niederlagen eine gute Portion Motivation herüberzuretten, um sofort ein neues Ziel anzusteuern.

Abrupt wandte sich Augustin ab, ging zum Telefon, wählte eine Nummer und legte sofort wieder auf. »Schmidt muß es sein«, murmelte er nach einer Weile vor sich hin. Mit den Fingerkuppen trommelte er auf den Schreibtisch, als wollte er seine Feststellung akustisch bekräftigen. »Nur Schmidt ist in der Lage, die Aufgabe zu bewältigen.«

Genau dasselbe hatte er auch zu Harings gesagt, als dieser ihm seinen Plan erläutert und auf einen geeigneten Mitarbeiter angesprochen hatte. Als Harings sich erkundigte, was es denn an diesem Schmidt so Besonderes gebe, meinte Augustin schmunzelnd: Schmidt lasse sich führen, sei im höchsten Maße kooperativ und obrigkeitsergeben. Harings schmunzelte daraufhin auch, denn das waren genau die Eigenschaften, die er suchte.

»Mir ist Schmidt allein mit seinem Wissen über den Terrorismus

lieber als das gesamte BKA. Er hat alle Fakten stets abrufbereit, kann Schlüsse ziehen, ist eigenständig in seiner Arbeit, für dein Vorhaben geradezu ideal.«
Harings hatte zu diesen Worten nur bedeutungsvoll genickt.
»Und was vielleicht das Wichtigste ist: Er wird dich über jeden Schritt informieren. Liegt in seiner Berufsauffassung begründet. Untadelig und aufrichtig.«
Augustin seufzte und löste sich aus seiner Nachdenklichkeit, denn noch war es nicht soweit. Er drehte das Telefon in seine Richtung, wählte erneut und fragte, als am anderen Ende abgehoben wurde: »Haben Sie im Augenblick Zeit?«
Schmidt hatte immer Zeit, wenn Augustin anrief.
»Gut, dann möchte ich bitte das Presseecho mit Ihnen besprechen. Von Frühsommer bis heute. Geht das?«
»Jetzt gleich?«
»Sofort.«
Bei Schmidt ging immer alles, wie Augustin bereits nach wenigen Minuten sehen konnte, als er in der Tür stand. Augustin ignorierte den fragenden Blick von Schmidt, warum er denn ausgerechnet das Presseecho durchzugehen beabsichtige, und bot ihm den obligatorischen Sessel an. »Wir bewegen uns alle mit unserer Arbeit im sensiblen Bereich, Herr Schmidt, da muß man auf jede noch so unbedeutende Reaktion von seiten der Bevölkerung achten«, lieferte er eine vage Rechtfertigung nach, die Schmidt ohne Wertung aufnahm und in die Schublade »Übergangsfloskel« ablegte.
»Wann sind wir zum letztenmal die Presseberichte durchgegangen?«
Schmidt dachte nicht lange nach, schlug den Ordner auf und fand die Notiz. »Kurz nach dem Attentat von Luxemburg, am 30. Oktober.«
»Viel zuwenig, beschäftigen uns viel zuwenig damit«, murmelte Augustin abwesend. »Haben verdammt viel Macht. Können uns ganz schön ...« Er hielt inne und sah zu Schmidt. »Schießen Sie los, bitte die wichtigsten Berichte aus den letzten Monaten.«
Schmidt kam gleich zur Sache: »Raubüberfall auf eine Bank in Straßburg im April dieses Jahres. Erneut Forderung nach europaweiter Fahndung und europaweiten Bekämpfungsmaßnahmen.«

»Ein Toter, nicht?«
»Ja, und zwar erschossen mit einer Waffe, die man lange vorher aus dem Bundeswehrdepot in Bexbach, das ist im Saarland, gestohlen hatte.«
»Hm. Ist ja interessant. Europaweite Bekämpfungsmaßnahmen, sagten Sie?«
Schmidt nickte.
»Weitere Reaktionen? Wenn ich mich recht erinnere, dann sind die Typen ja noch nicht gefaßt worden.«
»Einer beinahe, bei einer routinemäßigen Verkehrskontrolle, konnte aber flüchten. Sollen drei gewesen sein, darunter eine Frau.«
»Luxemburg«, murmelte Augustin, einem Impuls nachgebend, vor sich hin. »Vielleicht waren sie auch in Luxemburg. Ähnlichkeiten in der Arbeitsweise?«
»Soweit sind wir noch nicht. Aber zurück zur Presse. In der Folgezeit, ich meine Ende April, Anfang Mai, da wurden massiv Stimmen nach einer verschärften Gangart laut. Hier zum Beispiel in einer Frankfurter Zeitung: ›Läßt sich der Staat in die Defensive drängen?‹ Oder aus Hamburg: ›Nicht reden, sondern handeln.‹«
»Boulevardblatt?«
»Ja. Aber jeder liest es. Oder fast jeder.«
»Schon gut. Noch was in der gleichen Richtung?«
»Aus München kam die Aufforderung, jetzt endlich die Taktik den neuen Gegebenheiten anzupassen. ›Neue Terroristengeneration erfordert neue Strategie.‹«
Augustin nickte unmerklich, da diese Forderung ausgerechnet zu dem Zeitpunkt erhoben wurde, als man gerade die neue, abgemilderte Strategie im Bundestag verabschiedet hatte. »Im Sommer dann der Anschlag auf das Giftgasdepot. Die Reaktionen dort?«
Schmidt blätterte weiter, überging die unbedeutenderen Berichte und las ab: »Dem Chaos gerade noch entronnen.«
»Kann man wohl sagen. Obwohl die keine Ahnung haben, daß die Terroristen nie und nimmer...« Mit seinen dunklen Augen, die ihn so sympathisch wirken ließen und das manchmal Maskenhafte seines glatten Gesichts abmilderten, sah Augustin Schmidt an. Der fuhr in seinen Ausführungen fort: »Anschließend bewegte sich die

Presse auf ein anderes Feld und wurde zynisch, indem sie der Polizei vorwarf, mehr auf Parksünder denn auf die Terroristen zu achten. ›Hat die Polizei vielleicht Angst?‹ vermutet hier eine Kölner Zeitung. In derselben kann man zwei Wochen später nachlesen: ›Hat auch der Staat Angst?‹ Man spielt dabei gezielt auf allzu zögerliche Maßnahmen an. So soll ein Mobiles Einsatzkommando erst vierzig Minuten nach Eingang der Meldung, ein gesuchter Terrorist sei in einem Schnellimbiß gesichtet worden, am Ort eingetroffen sein. Fahrzeit normalerweise nicht mehr als acht Minuten.«

»Rush-hour, wenn ich mich recht entsinne.«

»Na und? Interessiert keinen und ist zudem Interpretationssache. Es gibt ja Blaulicht, wie die Presse meint. Erfolge wollen sie sehen, egal, mit welchen Methoden.«

Augustin legte das Kinn auf die Brust, starrte seine Fußspitzen an und grübelte.

»Hier gibt eine Zeitung die Befürchtung weiter, daß nun bald auch ein Kernkraftwerk an der Reihe sei«, fuhr Schmidt fort. »Einer der Reporter hat sich die Mühe gemacht und ausprobiert, wie weit man in einem Kernkraftwerk vordringen kann. Er kam, eingeschleust in eine Besuchergruppe, bis an die innere Abschirmung des Reaktors heran.«

Augustin winkte ab. »Sind alles Mätzchen. Werden genau kontrolliert, bevor man sie hereinläßt.«

Es klang nicht wie eine Widerrede, sondern wie eine Richtigstellung, als Schmidt daraufhin ruhig antwortete: »Der Reporter hat aber unbemerkt ein großes Transistorradio mit Klebeband gleich in der Nähe von Ventilen befestigt, die den Primärkreislauf regeln helfen. Das hat die Leser ganz schön aufgeschreckt.«

Augustin ging nicht weiter darauf ein, schien in seinem Sessel zu schrumpfen, so, wie er auf der Ledersitzfläche mehr und mehr nach vorn rutschte und das Gesicht hinter den verschränkten Fingern zu verbergen suchte.

»Die Reaktionen nach Luxemburg sind Ihnen ja noch geläufig.«

Augustin sah Schmidt schräg von unten an. »Ja, da haben sie die ausländischen Kollegen ganz schön fertiggemacht. Aber gemeint, gemeint haben sie in Wirklichkeit uns. Kann man deutlich zwi-

schen den Zeilen lesen.« Seine Augen wanderten wieder in die alte Richtung.
»Und die Presse hat uns Deutschen mangelnde Kooperation mit dem Nachbarn vorgeworfen. Wir würden sie zu arrogant behandeln, könnten ja sowieso alles besser.«
Als Augustin nichts sagte, sprach Schmidt weiter: »Dann kam in den letzten Wochen der Vergleich mit den anderen europäischen Staaten. Die Medien haben die Franzosen gelobt, denen es gelungen sein soll, ihre *Action Directe* vollkommen auszuschalten. Daran sollten sich die Deutschen mal ein Beispiel nehmen. Sogar die Italiener mit ihren *Roten Brigaden* kommen besser weg als wir. Sicherlich deswegen, weil im Ausland oft Deutsche an den Anschlägen beteiligt sind oder zumindest die Waffen aus unserem Land stammen, während man aber bei uns in letzter Zeit in dem Maße keine Ausländeraktivität festgestellt hat. Sehen wir mal von Kurden und anderen ethnischen Minderheiten ab, bei denen es immer gärt. Und von den terroristischen Querverbindungen in der Logistik.«
Augustin brummte ein ärgerliches »Ist mir bekannt«.
»Und wieder einmal wird, dieses Mal in einer Bremer Zeitung, die Forderung nach einem europäischen Konzept erhoben«, verwies Schmidt auf einen anderen Bericht.
»Haben sie schon in den Siebzigern und Achtzigern getan. Denen fällt auch nichts Neues mehr ein.«
»Aber die Umstände haben sich geändert, Herr Staatssekretär. Jetzt nur noch ein Deutschland und bald ein Europa, ich meine die Gemeinschaft, sie gibt sich als ein Ganzes, tritt als weltgrößter Wirtschaftsblock auf. Hinken da nicht die Fahndungsmethoden etwas hinterher?«
Augustin nickte. »Die letzten Reaktionen, die aus den vergangenen zwei Wochen?«
»Ich würde nicht soviel darauf geben«, bemühte sich Schmidt, schon vorab zu beschwichtigen. »Werfen uns Unfähigkeit vor, wir seien noch nicht einmal in der Lage herauszufinden, wie die Terroristen an eine so exotische Waffe kommen konnten, wie es die *Armbrust* nun mal ist.«
Augustin lächelte flach. »Zumindest in dem Punkt stimme ich der Presse zu.«

»Fazit, Herr Staatssekretär: härtere Gangart, endlich ein europaweites Konzept, Ruf nach Erfolgen. So kann man es nennen.«
Augustin nickte und meinte dann, wobei sein Ausflug ins Sarkastische sicherlich beabsichtigt war: »Aber alles ohne ein Mehr an Polizeiaufgebot, ohne spürbare Kontrollen, ohne die Grundrechte der Bürger anzutasten und ohne Fehlleistungen. Wehe, es wird mal ein Falscher verhaftet.«
Schmidt enthielt sich einer Reaktion.
»Themenwechsel. Herr Schmidt, wenn Sie die Presseberichte der letzten Monate auf sich wirken lassen und sie mit der inoffiziellen und geheimen Forderung von Knokke vergleichen, was denken Sie dann?«
Schmidt überlegte lange, bevor er antwortete: »Ich würde sagen, Knokke liegt genau in deren Trend, sozusagen als logische Konsequenz.«
»Soso. Und der Minister? Wie sieht er es?«
»Das müßten Sie am besten wissen«, antwortete Schmidt ausweichend. »Ich kenne ihn ja kaum.«
»Bitte, was denken Sie?«
»Er kann nur ablehnen.«
Augustin nickte und fragte nicht nach, durch welchen Umstand Schmidt zu seiner Einschätzung gekommen war. »Und Sie, wie sehen Sie es?«
Schmidt lächelte unsicher und rückte seine Brille zurecht. »Ich bin nicht der Herr Minister.«
»Trotzdem interessiert mich Ihre Meinung. Als Privatmann und als Mitarbeiter des Ministeriums.«
Nach einer Weile antwortete Schmidt vorsichtig: »Luxemburg hat den Vorschlag an die übrigen Staaten herangetragen. Wir sollen jetzt dazu Stellung nehmen. Wenn die anderen Staaten dafür sind, dann wäre ich es unter Umständen auch.«
Augustin schmunzelte. »Sehr diplomatisch, mein lieber Schmidt. Man spürt richtig Ihre langjährige Tätigkeit in diesem Hause. Jetzt aber bitte geradeheraus und ohne Schnörkel: Wie stehen Sie zu dem Ansinnen?«
»Privat wäre ich voll dafür.«

Am frühen Nachmittag fuhr Schmidt mit dem Zug nach Köln. Er wußte nicht, wie der Mann aussah, mit dem er so lange am Telefon gesprochen hatte und den er nun zu treffen beabsichtigte. Als jedoch ein grauhaariger Endfünfziger zielgerichtet auf ihn zusteuerte, da war es Schmidt, als kenne er ihn.
»Weisel«, stellte sich der Ältere vor.
»Schmidt.«
»Ich weiß. Sind uns mal auf einer Tagung...«
»...in Dortmund begegnet«, beendete Schmidt den Satz. »Erinnere mich jetzt auch wieder.«
»Und ich habe Sie erst kürzlich in Luxemburg gesehen.«
»So?« Schmidt schob seine Brille in die richtige Position und überlegte. »Kann mich nicht erinnern, außer an einen langen...«
»Mein Kollege. Fällt natürlich mehr auf als ich.«
»Verzeihung.«
»Macht nichts.« Weisel lächelte. »Bin ich gewohnt.«
Schmidt blickte sich in der Bahnhofshalle um. »Warum heute dieses Treffen? Haben Sie mein Telefax nicht erhalten?«
Weisel packte Schmidt am Mantelärmel und zog ihn sanft in eine bestimmte Richtung. »Immer, wenn ich hier in Köln aussteige, dann esse ich von diesen ungemein frischen Teilchen hier«, griente er und blieb vor einem Backshop stehen. »Sie auch eins?«
Schmidt sah an sich herunter. »Nein, nur Kaffee.«
Während Weisel sich einen Blätterteig mit Vanillefüllung und einen Kirschstreusel bestellte und auf den Kaffee wartete, postierte sich Schmidt an einem mehr als hüfthohen Rundtisch, der mitten in der Unterführung stand, die zu den Gleisen führte.
»Wirklich gut, und frisch«, lobte Weisel seinen Kauf und biß hinein. »Das Telefax wird spätestens heute von einem meiner Mitarbeiter beantwortet, könnte dann schon am Abend in Ihrem Büro sein«, sprach er mit halbvollem Mund und war bemüht, dem dünnen Blätterteig nicht das Fliegen beizubringen.
Schmidt wurde ungeduldig, wartete jedoch, bis Weisel mit dem Essen fertig war.
»Was ist mit den Reifenspuren?« schoß er seine erste Frage ab. »Der negative Lenkrollradius ist bei beiden gleich. Wie kommt das?«

»Zufall kann es nicht sein, denn es gibt keine zwei Fahrzeuge von unterschiedlichen Herstellern, die den gleichen Radius haben«, erklärte Weisel. »Allerdings war der Boden auch verdammt weich. Und die schmalen Abdrücke sind leider nicht mehr so gut erhalten, Herr Schmidt.«
»Somit könnten es also auch zwei gleiche Modelle gewesen sein«, folgerte Schmidt.
Weisel nickte.
»Und beide Male ein französischer Renault.«
Wieder nickte Weisel.
»Nicht älter als fünf Jahre.«
»Richtig.«
»Und wo ist er...?«
Weisel schnippte mit den Fingern. »Was weiß ich, Schrottpresse!«
»Gut, jetzt zu den Fußspuren. Profil? Haben Sie es überprüft?«
»Ja. Die größten Abdrücke stammen von einer Gummistiefelmarke, die in Gusterath, einem kleinen Ort in der Nähe von Trier, produziert wird.«
Schmidt stutzte. »Demnach müßte ja der Terrorist mit Stiefeln auf den Kran geklettert sein?«
»Kann doch sein? Wenn er den Schaft abschneidet, sind sie bequem wie Schuhe.«
»Und die anderen Spuren?«
»Da wären einmal die von einem Paar Turnschuhe, werden überwiegend in Kaufhäusern verkauft.«
»Turnschuhe? Damals bei dem Regenwetter?« Schmidt zog skeptisch die Augenbrauen zusammen.
»Wie ist das Wetter denn heute?«
»Ich weiß nicht, was die...«
»Heute regnet es auch, oder nicht?« half Weisel Schmidt bei der äußerst schwierigen Beantwortung der Frage. »Dann schauen Sie sich mal an, wie viele mit Turnschuhen durch die Gegend laufen?« Weisel deutete auf die Reisenden, die vorbeihasteten.
Nach dem zehnten Paar gab sich Schmidt geschlagen. »Okay, schon gut, also Turnschuhe im Regen. Jetzt zur kleineren Fußspur. Von einer Frau?«

»Möglich.«
»Wieso nur möglich?«
»Die Spur ist zwar klein, aber die Frau muß ein beträchtliches Gewicht gehabt haben.«
»Ich dachte, die beiden älteren Spuren seien verwischt?«
»Sind sie auch, aber miteinander vergleichen können wir die Spuren schon. Daher das Gewicht. Ist tief eingesunken, die Dame.«
»Vielleicht hat sie was Schweres getragen?«
»Wäre denkbar. Aber warum hat ihr der andere nicht die Last abgenommen?«
»Nehmen die Emanzipation wörtlich. Sind nicht so wie wir: Blumen schenken, Tür aufhalten, in den Mantel helfen, Stuhl zurechtrücken . . .«
». . . und Rechnung bezahlen«, schickte Weisel grinsend hinterher. Dann wieder ernst: »Mag ja sein, Herr Schmidt, daß sie was geschleppt hat. Trotzdem . . .«
»Was bleibt, ist demnach hinsichtlich der Frauenschuhe ein noch nicht widerlegter Restzweifel«, gab Schmidt eine Floskel der Kriminalisten weiter, wenn diese andeuten wollen, daß sie noch im dunkeln stehen.
Weisel hob nur die Schultern.
»Gut, jetzt zum Seil und zum Anschlag. Was ist bei Ihrem Experiment herausgekommen?«
»Deshalb treffen wir uns ja hier. Ist auf heute verschoben worden, können es also gleich miterleben. Aber einige Dinge vorweg, Herr Schmidt. Das Fahrzeug war ungefähr 170 Meter entfernt, als es von dem Attentäter unter Beschuß genommen wurde. Beim Aufprall des Geschosses, etwa null Komma acht Sekunden später, noch 139 Meter.«
Schmidt nahm die Brille ab, putzte sie umständlich, hielt sie gegen das Licht. »31 Meter in null Komma acht Sekunden?« gab er sich überrascht, während er seine Brille richtete. »Ist das nicht etwas viel in der kurzen Zeit?«
»Kein Problem, denn das Fahrzeug fuhr ziemlich genau 140 Stundenkilometer. Neue Autobahn, kein Regen mehr, kein Verkehr und dann auch noch mit Eskorte. Die Jungs mit den Motorrädern wollten schnell wieder nach Hause, nehme ich an.«

Schmidt wirkte erstaunt, als er feststellte: »Und dabei so genau getroffen? Allerhand.«
»Also, wie gesagt, das Fahrzeug fuhr 140, da mußte er es früh treffen, sonst wäre er womöglich durch die Explosion selbst gefährdet gewesen. Außerdem hat er ja mitten über der Autobahn geschwebt. Nach dem Treffer ist das Fahrzeug 47 Meter weit gerutscht. Besser gesagt, das, was noch von ihm übriggeblieben ist. Ein Rad fanden wir knapp 200 Meter entfernt in der Prärie.«
Schmidt hatte alle Daten in sich aufgenommen. »Zurück zur Entfernung und zum Treffer an sich. Ist das nicht zu weit für einen gezielten Schuß? Ich meine, weil der Attentäter ja selbst in Bewegung war.«
Weisel schüttelte den Kopf. »Habe mich mit dem Hersteller in Verbindung gesetzt. Nach seinen Aussagen kein Problem, weil der Attentäter genau von vorn feuerte. Und dazu in einem äußerst flachen Winkel zum Fahrzeug, da konnte er es kaum verfehlen. Außerdem hat ihm bestimmt der Laserzielbeleuchter in dieser Nacht große Dienste erwiesen. Denkbar ist auch, daß sein Geschoß einen Wärmefühler gehabt hat. Frage beantwortet?«
Nicht ganz, wie Schmidt zu verstehen gab. »Demnach hätte doch ein anderes Fahrzeug getroffen werden können, produzieren ebenfalls Wärme.«
»Aber nicht, wenn das Ziel so genau erfaßt worden ist, wie wir vermuten.«
Schmidt gab sich nicht geschlagen, er wollte nun einen anderen Aspekt klären. »Geschoß, welcher Typ?«
Weisels Gesicht veränderte sich, er schien nachdenklich zu werden und ernst.
»Macht uns noch Kopfzerbrechen. Keine klare Spur, kein Stückchen Metall, wenn man von einem verformten Ringteil aus Stahl mit sechs Komma fünf Zentimetern Durchmesser einmal absieht.«
»Zünder?«
»Nichts.«
»Und was ist Ihre Vermutung?«
Weisel neigte den Kopf, blickte an Schmidt vorbei, betrachtete die Reisenden. »Ich bin der Auffassung, daß es sich um ein Vollkunst-

stoffgeschoß mit geringer Treibladung gehandelt hat. Nun schauen Sie mich doch nicht so entgeistert an«, beschwerte sich Weisel bei Schmidt, der daraufhin mit seinen Augen ein anderes Ziel suchte und es in einer gutgekleideten Dame fand. »Die von der Herstellerfirme haben sich auch an den Kopf getippt, als ich ihnen meine Vermutung mitgeteilt habe. Ein Vollkunststoffgeschoß mit einem hitzebeständigen Stahlring am Ende, genau an der Stelle also, wo der Treibsatz für Schub sorgt. Das ist meine Meinung.«
»Und der Kunststoff ist anschließend vollständig verbrannt«, zeigte Schmidt an, daß er Weisels Theorie mitverfolgt, zwischenzeitlich vielleicht sogar akzeptiert hatte.
Weisel beugte sich nach vorn. »Marke Eigenbau möglicherweise, eventuell sogar ein Unterkalibergeschoß oder aus verschiedenen Geschossen fabriziert, wer weiß. Aber mit einer enormen Sprengwirkung, wie sich gezeigt hat. Ist wahrscheinlich mit dem Auftreffen oder leicht verzögert aufgeplatzt wie eine Milchtüte. Peng.«

Mit dem Taxi verließen sie Köln in Richtung Frechen. Vor einem noch nicht fertiggestellten Autobahnzubringer bedeutete Weisel dem Fahrer, er möge anhalten. Verwundert sah der Schmidt und Weisel nach, als diese den Autobahndamm hochstiegen und sich mehr und mehr entfernten. Nach knapp fünf Minuten erreichten Schmidt und Weisel den Punkt, an dem das Experiment stattfinden sollte. Sofort fiel Schmidt auf, daß man die Luxemburger Szene authentisch nachempfunden hatte, auch hier standen sich zwei Kräne gegenüber, zwischen denen ein Drahtseil gespannt war.
»Alles stimmt bis aufs Tüpfelchen«, verriet ihm Weisel. »Dicke des Seiles, Gefälle, Vorspannung, Entfernung zur anderen Seite. Hält übrigens einen Zug von mindestens zwei Tonnen aus. Seilgewicht beträgt bei der Länge annähernd dreißig Kilogramm. Glaubt man gar nicht, wenn man es so sieht.«
»Demnach auch für einen allein kein Problem, es mit einer leichten Laufleine herüberzuziehen«, mutmaßte Schmidt, der sofort an die praktikable Umsetzung dachte und das Spruchband vor Augen sah: EUROPA WÄCHST ENDLICH ZUSAMMEN.
»Der Meinung sind wir auch. Leute von der Soko und vom Bundesgrenzschutz werden uns gleich alles vorführen.«

»Etwa mit scharfer ...?«
Weisel sah Schmidt schräg an. »Natürlich nicht. Aber mit vergleichbarem Treibsatz und bei gleicher Fahrzeuggeschwindigkeit.«
»Und die Fahrer?«
»Total geschützt. Außerdem sind es nur Farbbeutel, die benutzt werden.«
»Hoffentlich keine roten.«

Zehn Minuten später begann die Demonstration. Zuerst kletterte ein Bundesgrenzschützer in den rechten Kran, hielt sich bereit und wartete, bis das Auto an einer Tonne vorbeifuhr, dem Entfernungszeichen. Er stieß sich vom Kran ab, legte die Panzerfaust, eine *Armbrust*, wie Schmidt sehen konnte, über die Schulter, visierte sein Ziel an und drückte ab. Ein Knall, platsch, die Frontpartie des Fahrzeuges färbte sich gelb. Getroffen.
Mit Wasser wurde die Farbe abgespült, und ein zweiter machte sich für den Versuch fertig. Auch er traf. Insgesamt 23 Schüsse wurden abgefeuert, und es gab nur einen Fehlversuch.
»Hat mir schon imponiert«, gestand Schmidt ein, als Weisel ihn von der Seite musterte. »Wirklich imponiert.«
Weisel blickte auf seine Uhr, dann hoch zum Himmel, dessen Trübe sich im Osten allmählich mit der heranziehenden Dämmerung vermischte. »Dann warten Sie noch zwei Stunden ab, bis die Versuche in der Dunkelheit abgewickelt sind. Im Dunkeln soll die Zielgenauigkeit noch größer sein, wegen des Laserzielbeleuchters.«

Janos Konjar umkreiste das Auto, ließ die Fingerspitzen über das Blech gleiten und war mehr denn je davon überzeugt, einen guten Kauf getätigt zu haben. Knapp drei Jahre alt war der Renault, mit wenigen Kilometern Laufleistung, dazu schöne Felgen, breite Reifen, ein Radio und eine Anhängerkupplung. Und das alles für nur 8500 Mark. Viel Geld zwar für einen Polen, annähernd zwei Jahresgehälter, aber das war Konjar der Wagen schon wert.

Heute nun wollte er den Renault zum ersten Mal richtig testen, auf der langen, mit Bäumen bestandenen Chaussee, die von Glogau in Richtung Lissa verläuft.
Gemächlich rollte er gegen Abend aus der Stadt heraus. Der Straßenbelag war trocken, Gegenverkehr gab es hier kaum, die Sonne stand schon tief in seinem Rücken. Und die kahlen Kastanienbäume störten ihn auch nicht, die wie aufgereihte, knöchern erstarrte Soldaten seinen Weg säumten.
Konjar bechleunigte auf 80 Kilometer, lauschte dem Motor, der ruhig drehte und willig das Gas annahm. Dann hoch auf 110, umschalten in den vierten Gang, noch etwas mehr Gas, jetzt waren es schon 120. Toll! Konjar lehnte sich zurück, lächelte zufrieden, ließ gelassen die Geschwindigkeit auf sich wirken und beherrschte sie. Erneuter Gangwechsel bei 140 in den fünften, Gas geben, tief durchatmen. Puh, was war das für ein unbeschreiblich schönes Gefühl! Und dann tauchte vor Konjar unvermittelt aus dem Nichts eine Sonne auf, ganz dicht, noch viel greller als die hinter ihm. Als letztes glaubte er zu registrieren, daß er genau in die gleißende, verschluckende Helligkeit hineinraste.

Die beiden Polizeibeamten stiegen aus ihrem Lada, näherten sich dem Autowrack und schüttelten den Kopf: So etwas hatten sie noch nicht gesehen. Ein zerborstener Klumpen von Metall hatte sich um einen Baum gewickelt und war in Flammen aufgegangen. Die Fahrgastzelle, durch die Wucht des Aufpralls auf weniger als ein Drittel der ursprünglichen Größe zusammengequetscht, ließ dem Insassen nicht den Hauch einer Überlebenschance. Unnatürlich klein und geschrumpft sah er aus, so, wie er hinter dem Lenkrad eingeklemmt war und einem verkohlten pygmäenhaften Bergmann ähnelte.
Der kleinere Polizist deutete auf die radierten Reifenspuren weit hinter sich. »Hier kam er schon ins Schleudern. Klarer Fall, überhöhte Geschwindigkeit.«
»Seitdem sie alle einen Narren an westlichen Autos gefressen haben, häufen sich die Unfälle mehr und mehr«, stimmte der andere der Version zu und schüttelte tadelnd den Kopf. »Die können einfach noch nicht mit den Fahrzeugen umgehen.«

Zwar kratzte sich der Kleinere am Hinterkopf, weil er mehr als dreißig Meter vor dem Baum die seltsam zerbeulte Motorhaube neben der Straße entdeckte, was physikalisch nicht so einfach zu erklären war, und ein Rad lag gleich daneben, aber er überlegte nicht länger. Wird wohl schon vorher einen anderen Baum touchiert haben, kombinierte er. Die ungewöhnlich verbogenen Gestänge im Motorraum übersahen die Polizisten, gleichfalls den aufgeplatzten Motorblock aus Grauguß. Warum auch sollten sie nach etwas suchen? Die Situation war eindeutig: überhöhte Geschwindigkeit, mindestens 150 Stundenkilometer. So schrieben sie es in ihr Protokoll. Dann gaben sie das Auto zum Abschleppen frei.

Wäre den beiden Polizisten in irgendeiner Weise ein Verdacht gekommen, dann hätte sich leicht feststellen lassen, daß der Unfallwagen erst vor wenigen Tagen von einem in Köln ansässigen Belgier nach Polen exportiert worden war, zusammen mit acht weiteren. Im Rahmen der Amtshilfe mit Deutschland hätte sich auch feststellen lassen, daß Felix Rieplon, der Autohändler, schon viele Fahrzeuge in den Osten verschickt hatte, manche von ihnen sogar bis in die UdSSR. Inzwischen muß er sie in Frankreich und Luxemburg organisieren, denn der deutsche Markt ist wie leergefegt. Mit den Angaben nimmt es Rieplon aber nicht so genau. Er kauft alte PKW auf, dreht die Kilometerleistung zurück, versieht sie mit Papieren von wesentlich jüngeren Unfallfahrzeugen und lebt ganz gut von den 300 Prozent Aufschlag, die man ihm in Polen zahlt. Und weil Rieplon so geschickt an den Fahrzeugen manipuliert, wäre es unmöglich gewesen, den Weg des Renault bis nach Luxemburg zurückzuverfolgen. Mehrere Wochen stand er dort vor der Hauptstadt gleich neben der Autobahn und wartete auf einen Käufer. Zwischendurch machte ein Interessent sogar eine Probefahrt, die allerdings nur bis in die Stadt führte und vor einem Schlüsseldienst endete. Und mit dem Zweitschlüssel tauchte derselbe Interessent eines Nachts wieder auf und lieh sich heimlich den Renault für einige Stunden aus. Als er ihn nach Mitternacht notdürftig gereinigt an seinem alten Platz abstellte, lud er den Inhalt des Kofferraums in einen Citroën um. Im Motorraum, gleich hinter dem mittleren Lufteinlaßschlitz unterhalb der Stoß-

stange, befestigte er eine Knetmasse und versah sie mit einem Druckfühler. So konnte es gar nicht ausbleiben, daß bei einer bestimmten Geschwindigkeit...
Aber wie gesagt, für die beiden polnischen Polizisten war sie einfach nur überhöht!

Am nächsten Tag – es war ein Freitag, der zweite im Monat, was für ihn bedeutete, daß er morgen endlich wieder seinen Sohn besuchen durfte – saß Schmidt in Gedanken versunken in seinem Arbeitszimmer. Immer noch beschäftigte er sich mit der gestrigen Demonstration. Und Weisel hatte recht behalten, die Treffgenauigkeit der *Armbrust* war in der Dunkelheit noch größer gewesen: Es gab keinen einzigen Fehlversuch. Bei einer Rollzeit zwischen den Kränen von 14 bis 18 Sekunden, je nachdem, wie fest man sich abstieß, blieb den Schützen genügend Zeit, ihr Ziel anzuvisieren. Und warum der Attentäter nicht von einem Kran geschossen hatte, was ja wesentlich einfacher gewesen wäre, war ihm jetzt auch klar: Allein über der Mitte der Autobahn hatte er die Gewißheit, daß kein Fahrer der Eskorte, der ja ebenfalls mit seinem Motorrad eine Wärmequelle darstellte, in die Schußbahn hineinfuhr, was bei schrägerem Winkel leicht möglich gewesen wäre. Aber vor dem Fahrzeug befanden sich keine Motorräder.
Wie um dem noch unbekannten Attentäter nicht allzuviel Respekt zu zollen, grummelte Schmidt vor sich hin: »Unter der Anspannung, in der er sich befunden haben muß, war schon eine gute Portion Glück mit im Spiel. Er wird bestimmt nicht jeden Tag mit so einem Ding üben und in der Gegend herumballern.«
Das Telefax aus Wiesbaden war inzwischen eingetroffen, wie von Weisel versprochen. Neue Details entdeckte Schmidt allerdings nicht, da Weisel ihm gestern schon alle Fragen ausführlich beantwortet hatte. Deshalb machte er von dem Telefax zwei Kopien, eine davon heftete er in einen Ordner, auf dessen Rücken in dicken Buchstaben »Luxemburg« stand.
Nach einer belebenden Tasse Kaffee vertiefte sich Schmidt in einen anderen Fall. Er studierte den erst kürzlich eingegangenen Bericht

der Mainzer Polizei, die inzwischen das Fahrzeug des mutmaßlichen Terroristen Heinfried Jonas genau untersucht hatte. Die Fingerabdrücke belegten eindeutig, daß Jonas das Auto benutzt haben mußte. Weitere verwertbare Hinweise auf andere Personen gab es nicht.

Die Mainzer waren in der Zwischenzeit fleißig gewesen und hatten fast alle Spuren bis zu deren Ursprung zurückverfolgt. Die Straßenkarte mit dem Netz von Ostbelgien konnte man in jeder Buchhandlung kaufen. Die vorgefundene stammte aller Wahrscheinlichkeit nach aus einer Darmstädter, wie man anhand des aufgeklebten Preisschildes herausgefunden hatte. Allerdings benutzten auch noch andere Geschäfte die gleichen Preisschilder, was eine direkte Zuordnung unmöglich machte. Im Zusammenhang mit einem Tankbeleg, der gleichfalls aus Darmstadt stammte, und unter Heranziehung der Computeraufzeichnung der Buchhandlung fanden die Ermittler heraus, daß am Tanktag eine Straßenkarte Ostbelgiens verkauft worden war.

Der zweite Tankbeleg führte die Polizei nach Mainz und mit Hilfe des Parkscheins in ein innerstädtisches Parkhaus, in der Nähe des Südwestfunks. Den anderen Parkschein konnte sie einem Duisburger Parkhaus zuordnen. Einen Zusammenhang zwischen den einzelnen Indizien gab es noch nicht.

Ein weiterer Tankbeleg stammte aus Aachen, ein vierter aus Dortmund. Der fünfte war nicht verwertbar. Ihn hatte man in der Mitte durchgerissen, und zudem fehlte die wichtige obere Hälfte. Die Kaugummistreifen gaben nichts her, die Marke wurde an jeder Straßenecke verkauft. Eine Ansichtskarte, die unter der Fußmatte gelegen hatte, wies nur Fingerabdrücke von Jonas auf, die Schrift konnte trotz genauer kriminaltechnischer Untersuchung keiner aus dem terroristischen Umfeld bekannten Person zugeordnet werden. Der Text: »Viele Grüße aus dem Urlaub, Dein Gert«, war auch keine Hilfe, genausowenig wie der Absendeort: Hamburg. Experten meinten sogar, die Karte sei eine Blase, um bewußt eine falsche Spur zu legen.

Mit zwei Dingen beschäftigte sich die Polizei immer noch. Zum einen war da ein Zettel mit verschiedenen aufsteigenden Zahlen, die man anfänglich für eine Telefonnummer gehalten hatte. Alle diesbezüglichen Überprüfungen waren bisher ergebnislos verlaufen, obwohl man die Zahlen auf jede nur denkbare Kombination hin abgeklopft hatte. Ein weiterer Zettel, gleichfalls unter der Fußmatte gelegen, gab der Polizei noch mehr Rätsel auf. Aus ihrer Sicht zeigte er die ersten mißlungenen Versuche eines Schulkindes, mehreckige Formen zu Papier zu bringen. Seltsame Dreiecke waren zu sehen, deren Schenkelenden allerdings über die Endpunkte hinausgezogen worden waren und einfach irgendwo aufhörten, oder blitzartige Gebilde, die, abrupt die Richtung wechselnd, über das Papier liefen. Mit viel Phantasie konnte man ein Z erkennen, auch ein Y oder ein verschnörkeltes E, dann auch wiederum eine Art von digitalen Ziffern, aber keine, in denen eine Rundung war.

Schmidt rief die beiden Zettel auf dem Monitor ab und betrachtete sie sich genau. Neben den wie eine Telefonnummer anmutenden Zahlen 6, 10, 18, 19 und 24 entdeckte er jetzt noch einen Buchstaben, ein kleines h mit einem Punkt dahinter, den er vorhin im Bericht übersehen oder zumindest nicht beachtet hatte. Was könnte das h bedeuten, fragte er sich. Vielleicht *heute*? Oder *heimlich, halbherzig, hirnverbrannt*? Ihm fiel keine sinnvolle Deutung ein, und so wandte er sich nach einer Weile den abstrakten Figuren, oder wie immer man die Abbildungen bezeichnen wollte, zu.

Mit aufgestütztem Kinn starrte er auf den Monitor, als neben ihm das Telefon anschlug.

»Haben Sie heute nachmittag Zeit?« wollte Staatssekretär Augustin wissen.

»Kommt darauf an, wie lange. Wollte noch ein paar Einkäufe erledigen.«

»Den ganzen Nachmittag.«

»Hm. Morgen sehe ich meinen Sohn.«

»Ist aber wichtig.«

»Also gut«, willigte Schmidt zögernd ein. Einkaufen konnte er zur Not auch noch Samstag früh. »Soll ich zu Ihnen kommen?«

»Nein.«

»Wohin dann?«

»In ein Hotel.«

»In ein . . .?«

»Ja. Nach Köln. Hotel Intercity. Gleich am Bahnhof. Oder im Bahnhof. Sie können es nicht verfehlen.«
Schmidt schluckte. »Und um welche Uhrzeit?«
»14 Uhr.«
»Kommt außer Ihnen noch jemand?«
»Lassen Sie sich mal überraschen«, vertröstete ihn Augustin.

Aber Schmidt liebte keine Überraschungen. Er wollte immer wissen, was auf ihn zukam und wie er sich zu verhalten hatte. Sein Beruf, in allen Punkten überraschungslos, forderte wenig Flexibilität, denn ein Tag war wie der andere. Oder fast wie der andere. Das war einschätzbar, das war ein Zeichen von Kontinuität, das war beruhigend. Auch beruhigend war die Regelmäßigkeit seines Gehalts, am 25. eines jeden Monats konnte er damit rechnen, falls nicht irgendein Feiertag sich dazwischenmogelte. Morgens um acht war er im Dienst, jeden Morgen, denn die Kranktage hielten sich in Grenzen. Zwei waren es in den letzten vier Jahren, eine Freude für seinen Arbeitgeber. Punkt zwölf machte Schmidt seine Mittagspause, höchstens dann um einige Minuten verschoben, wenn Staatssekretär Augustin ihn daran hinderte. Um 16 Uhr 30 Feierabend, der Heimweg, das erste Stück zu Fuß zur Bushaltestelle und anschließend eine Viertelstunde Fahrt, bis er zu Hause war. Jeden Tag. Abends ein Buch, die Nachrichten, auch mal ein Bier oder zwei, aber nie so viel, daß er am nächsten Morgen einen dicken Kopf hatte. Ein lobenswerter Grundsatz, dessen wirkungsvolle Umsetzung seine Krankmeldungen deutlich belegten.
Zwei Wochen Urlaub im Sommer in den Mittelgebirgen, zwei Wochen über Weihnachten in seinen vier Wänden, unterbrochen von gelegentlichen Verwandtenbesuchen, die er erdulden oder die sie erdulden mußten, und schon zwischen den Jahren die Vorbereitungen für seine Steuererklärung, damit spätestens bis Ende März die Rückzahlung zu verbuchen war.
Schmidt konnte sich also auf sich selbst verlassen, auf seine Regelmäßigkeit, auf die des Lebens, und nun der Anruf von Staatssekretär Augustin mit der Andeutung, er solle sich mal überraschen lassen. Genau das gab Schmidt zu denken. Und so grübelte er bis Mittag der Andeutung hinterher, verlor sie auch nicht während der

Pause aus seinen Gedankengängen, beschäftigte er sich doch – da ganz Beamter, mit Haut und Haaren und noch mehr – auch oft in der Freizeit mit seinem Beruf. Schmidt spielte alle Möglichkeiten durch, die aus seiner Sicht für eine Überraschung gut waren. Keine war ihm stichhaltig genug, um Augustin eine solche Bemerkung zu entlocken. Dann auch noch Köln, wo er doch erst gestern gewesen war. Aber nicht an irgendeinem besonderen Punkt, in einem Restaurant oder am Rhein, nein, im Bahnhof, ausgerechnet wieder im Bahnhof. Wenn das nicht...

So machte sich Schmidt, gewappnet gegen alle Überraschungen der Welt, die da möglicherweise auf ihn einstürmen konnten, mit dem Zug und einem unguten Gefühl in der Magengegend auf den Weg nach Köln. Auch heute übte die Bahnhofshalle den Reiz eines Lagerschuppens auf ihn aus, obwohl er interessiert am Büchergeschäft stehenblieb, sich eine neue Abendlektüre ausguckte, den Kauf aber auf später verschob, dann zum Blumenkiosk schlenderte und dabei überlegte, wann er wem und zu welchem Anlaß Blumen geschenkt hatte. Als er sich nahe an der Lösung wähnte, seine Ehefrau und auch Rosi, die biedere Dauerbefreundete, schon ausgeklammert hatte, da verspürte er ein Zuppeln an seinem Ärmel. Er dreht sich um und blickte Staatssekretär Augustin genau in die dunklen, melancholischen Augen.
»Kommen Sie, Schmidt. Ich führe Sie.«
Und Schmidt folgte, genauer gesagt, er ging neben Augustin her, ließ sich von ihm die Tür aufhalten, stieg hinter ihm die Treppen hinauf und wartete geduldig – den Nacken Augustins mit dem akkurat geschnittenen Haaransatz dicht vor Augen –, bis aus dem Zimmer, an dessen Tür der Staatssekretär angeklopft hatte, endlich ein erlösendes »Herein« ertönte.
Die Tür wurde von innen geöffnet. Schmidt stand unvermittelt einem Mann gegenüber, der seiner ersten Einschätzung nach Augustins Kaliber besaß, und zwar beginnend mit der Körpergröße über die Kleidung bis hin zur Ausstrahlung von zweifellos vorhandener Kompetenz.
Augustin machte sie miteinander bekannt. »Herr Harings, Herr Schmidt.«

Die Angesprochenen reichten sich die Hände, Harings zog Schmidt dabei weiter in das Zimmer hinein, dessen Einrichtung mehr als bahnhofswürdig war und jedem guten anderen Hotel auch zur Ehre gereicht hätte. Wie Schmidt im Weitergehen registrierte, war es ein Appartement, dessen eine Tür in ein Bad führte, wie er vermutete, und die andere in eine kleine Küche, wie er sehen konnte.

Nachdem Harings Schmidts Trenchcoat, ein Mantel für alle Fälle, an der Garderobe deponiert hatte – Staatssekretär Augustin mußte seinen Mantel selbst aufhängen –, forderte er ihn auf, Platz zu nehmen.

»Herr Schmidt, ich kann mir vorstellen, daß Sie mein Anruf beschäftigt hat«, eröffnete Staatssekretär Augustin die Unterhaltung. »Hier ist meine angekündigte Überraschung: Herr Harings. Er ist stellvertretender Direktor eines Versicherungskonzerns. Herr Harings und ich, wir kennen uns schon etliche Jahre.«

Schmidt, sichtlich von der Überraschung überrascht, ließ seine Augen zwischen Augustin und Harings hin- und herwandern. Jetzt verstand er überhaupt nichts mehr.

Als Harings ihn fragte, ob er etwas zu trinken wünsche, nickte Schmidt ergeben. Und dann begann Harings zu sprechen. Mit einem Ernst, der sofort Schmidts Aufmerksamkeit verlangte.

»Sie fragen sich bestimmt, was unser Treffen soll. Geben Sie mir etwas Zeit, dann versuche ich es Ihnen zu erklären. Nur eine Bitte habe ich vorab, Herr Schmidt. Nein, Bitte ist falsch ausgedrückt, es ist eine Bedingung.«

Schmidt blickte Harings in die Augen und tat sich schwer, den Ausdruck in ihnen zu deuten. Und weil er nichts sagte, sprach Harings weiter: »Meine Bedingung ist, es darf kein Wort aus diesem Raum dringen. Gleichgültig, zu welchem Ergebnis wir auch kommen, wie wir auch verbleiben, kein Wort aus diesem Raum.«

So intensiv, wie Harings nun Schmidt ansah, fast schon hypnotisch, blieb diesem nichts anderes übrig, als automatisch und wie unter Zwang zu nicken. Augustin quittierte das mit einem erleichterten Seufzer, zu dem seine Bemerkung allerdings nicht recht zu passen schien, fand Schmidt, denn sie ergab für ihn keinen Sinn: »Was habe ich dir gesagt, Dirk? Schmidt ist mein bester Mann.«

Schmidt, von soviel Lob irritiert, setzte seine Verlegenheit in nervöses Hin- und Herrutschen um und versuchte sie so zu überspielen.

Während er noch darauf wartete, daß Harings weitersprach, erhob sich Augustin und bemerkte jovial: »Wie ich sehe, kommt ihr auch ohne mich zurecht. Dann wünsche ich noch ein gutes Gelingen.«

Mit einem Nicken verabschiedete er sich, schnappte sich den Mantel und war verschwunden.

Jetzt erst setzte sich Schmidt bequem hin, weil er sich nicht mehr so unter Beobachtung fühlte. Zwei Augen konnte er immer noch Paroli bieten.

Harings legte keinen Wert auf überflüssige Konversation und kam nach wenigen einleitenden Sätzen, die ihn, seinen Werdegang und seine jetzige Position betrafen, zum Thema.

»Herr Schmidt, ich weiß einiges über sie, kenne Ihre Arbeitsweise, auch Ihre Erfolge. Und nur weil Sie so gut sind, habe ich den Mut gefunden, Herbert, ich meine Staatssekretär Augustin, um dieses Arrangement zu bitten. Erinnern Sie sich noch an die Entführung von vor gut fünf Jahren? An die Entführung von Dr. Korting, dem Direktor unseres Konzerns?«

»Ja, ich erinnere mich«, bestätigte Schmidt nach wenigen Augenblicken. »Traurige Geschichte. Habe damals noch nicht in meinem jetzigen Amt gearbeitet«, erklärte er, als könne er sich vorstellen, unter ihm hätte es möglicherweise ein anderes, ein unblutigeres Ende gegeben.

»Ich weiß. Damit Sie mich verstehen, und Sie müssen mich verstehen, um meine Beweggründe nachvollziehen zu können, möchte ich gerne vor fünf Jahren beginnen, mit eben dieser Entführung.«

Harings lehnte sich zurück, schlug ein Bein über das andere und faltete die Hände um das obere Knie.

»Ich war noch nicht zum stellvertretenden Direktor ernannt worden, als es geschah. Ich erinnere mich, als wäre es letzte Woche gewesen. Zuerst die Nachricht über Telefon und wenig später das Bekennerschreiben, beides über eine Zeitung, schlug bei uns ein wie ... wie ...« Harings fand nicht das rechte Wort und sprach mit belegter Stimme weiter: »Dr. Korting war also entführt worden, und die Kidnapper verlangten ein Lösegeld von fünf Millionen

Mark. Und das innerhalb von zwei Tagen. Sie können sich natürlich vorstellen, Herr Schmidt, eine solche Summe kann man kaum in zwei Tagen zusammenkriegen, erst recht nicht an einem Freitagnachmittag.«

Schmidt nickte, er konnte es sich vorstellen.

»Das Geld stand trotz der ungünstigen Umstände rechtzeitig bereit, alles kleine, gebrauchte Scheine, wie gefordert, ein ganzer Kofferraum voll, als ich mich auf den Weg machte. Ziellos fuhr ich mit meinem Auto in der Gegend umher. Schließlich lockte man mich nach Bad Godesberg, wo in einem Papierkorb ein Hinweis lag. Ich ging diesem Hinweis nach, kam zu einem Bahnhofsschließfach, in dem ein Sprechfunkgerät deponiert war. Da sie mich jetzt direkt über Funk erreichen konnten, dirigierten sie mich zuerst auf die andere Rheinseite, dann wieder zurück, hinein in den Kottenforst und kurz darauf zum Venusberg in Bonn. Später, in der Eifel, nicht weit hinter Mayen, mußte ich aus meinem Fahrzeug aussteigen und mich zu Fuß zum neuen Treffpunkt begeben. Inzwischen war es dunkel geworden. Und dann sah ich ihn unvermittelt vor mir auftauchen, schlank, groß, maskiert. Mit verstellter Stimme redete er auf mich ein, rasselte ein paar nichtssagende politische Parolen herunter wie ›Der Imperialismus muß bekämpft werden‹, ›Alle Ausbeuter an die Wand‹, na, Sie kennen das ja. Und dann versprach er, daß Dr. Korting in 24 Stunden freigelassen werde, wenn das mit der Geldübergabe reibungslos ablaufe. Damit war ich entlassen. Ich wollte zu meinem Auto zurück, es war weg. Also hat die Übergabe geklappt, redete ich mir ein und machte mich auf den Heimweg. Trotz aller zwiespältigen Gefühle war ich irgendwie beruhigt, denn ich hatte meines getan.

Zwei Tage später fanden wir Dr. Korting in dem Übergabefahrzeug, tot. Neben ihm lagen kleine Mikrofone und ein Tonband, auf dem meine Unterhaltung mit den Kidnappern aufgezeichnet war. Sie können sich denken, Herr Schmidt, wer Mikrofone und Tonband im Auto versteckt hatte.«

»Die Polizei sicherlich. Hat sie es zugegeben?«

Harings schüttelte den Kopf. »Nein, sie hat alles abgestritten, weil der Zusammenhang ihrer verdeckten Maßnahme mit Dr. Kortings Tod allzu offensichtlich war. Die Presse hätte sie zerrissen.«

Schmidt zögerte, dann fragte er: »Hat die Presse nichts von dem mißlungenen Abhörversuch erfahren?«
»Kein Wort.«
»Und wie konnte das auf die Dauer geheimgehalten werden?«
Harings lächelte unsicher. »Ich weiß nicht, ob ich es Ihnen sagen darf, aber Ihr Vorgesetzter, Herr Augustin, er hat das vorzüglich arrangiert. Arrangiert ist das falsche Wort, er mußte einfach so handeln, um die Polizei zu decken. Er war nämlich für die Koordination der Polizeieinheiten verantwortlich. Mit Augustin konnten wir damals ausgezeichnet zusammenarbeiten, denn er verstand uns, ich meine, die Versicherung. Sogar über seinen Kopf hinweg hat man die Mikrofone...« Harings ließ den unausgesprochenen Satz wirken. »Er bat meine Gesellschaft um Diskretion, damit das Mißgeschick nicht an die Öffentlichkeit drang.«
Schmidt wollte Zeit gewinnen. Umständlich schenkte er sich Mineralwasser ein, trank langsam, denn ihm dämmerte allmählich, wie möglicherweise die Überraschung, von der Augustin am Telefon gesprochen hatte, aussehen könnte.
»Und Sie, Herr Harings, waren wohl sehr betroffen.«
Harings schluckte. »Das kann man wohl sagen.« Er schüttelte den Kopf, als könne er es immer noch nicht fassen. »Übrigens, Herr Schmidt, die Kidnapper von damals hat man nie gefaßt.«
»Was ist mit den Geldscheinen? Sind wenigstens davon welche aufgetaucht?«
Harings lächelte abfällig. »Nein, denn die haben *wir* ja ausgesucht, nach Absprache mit unserer Hausbank. Wie gesagt, kleine, gebrauchte, unregistrierte Scheine. *Wir* haben die Forderungen der Kidnapper in allen Punkten erfüllt. An *uns* hat es nicht gelegen, Herr Schmidt.«
Schmidt hörte die Verbitterung aus Harings' Worten heraus, und er verstand ihn. »Der damalige Vorfall hat Sie wohl für die Zukunft sehr ... ja, wie soll ich sagen, sehr beeinflußt. Sehr geprägt.«
»Mehr als das, Herr Schmidt. Mein Weltbild wurde erschüttert, mein Glauben an die Polizei zerstört. Und das sitzt hier ganz tief und ganz fest drin, das können Sie mir glauben.« Bei seinen letzten Worten tippte sich Harings mit dem Daumen gegen die Brust. »Und es frißt immer noch in mir«, fügte er hart und mit einem zu

allem entschlossenen Zug um den Mund hinzu. Bleich zeichnete sich die Narbe auf seiner Wange ab.

»Ich weiß nicht, ob Rache ein gutes Motiv ist, sich mit der Vergangenheit auseinanderzusetzen«, versuchte Schmidt seine Auffassung deutlich zu machen. »Man treibt sich selbst emotionell in eine ganz bestimmte Richtung, oft in eine Sackgasse, aus der man dann nur schwer herausfindet. Meist steht einem die Rache im Wege.«

»Unterstellen Sie mir Rache?«

»Ja, und ich könnte das auch verstehen, Herr Harings.«

»So, können Sie das wirklich?«

Harings stand auf, ging ins Bad, blickte in den Spiegel und trank ein Glas Wasser. Als er zurückkam, waren alle harten Züge aus seinem Gesicht verschwunden. Es wirkte jetzt neutral, gefaßt und ohne jegliche Regung.« Er blieb vor Schmidt stehen und fragte: »Können Sie sich eventuell jetzt schon den Grund ausrechnen, warum ich heute um dieses Gespräch ersucht habe?«

Schmidt sah ihn von unten herauf an. »Damit ich Ihnen helfe, nehme ich an.«

»Und wobei helfen?«

»Ihre Rache zu befriedigen.«

»Auf welche Art?«

»Vielleicht wollen Sie Informationen von mir haben?«

Harings lächelte wissend. »Nein. Informationen, die könnte ich *Ihnen* zuhauf anbieten, Herr Schmidt.«

»Weshalb also dann?« Während Schmidt fragte, runzelte er die Stirn und fixierte Harings eindringlich. »Staatssekretär Augustin ist aus einem ganz bestimmten Grund gegangen, nehme ich an. Ist es nicht so?«

Aus Harings' Gesicht sprach Anerkennung, so, wie er die Lippen leicht vorwölbte, und er erinnerte sich sofort an Augustins Bemerkung, nur Schmidt sei in der Lage, die Aufgabe zu bewältigen. »Herbert, ich meine, Ihr Vorgesetzter hat sicherlich nicht übertrieben, was Ihre Fähigkeit anbelangt, logische Schlüsse zu ziehen.«

Harings' Kompliment prallte an Schmidt ab. »Das kann nur bedeuten«, kombinierte er weiter, »er will, aus welchen Gründen auch immer, nicht mit unserem heutigen Gespräch in Verbindung gebracht werden. Warum will er das nicht? Wir arbeiten in einem

Ministerium, er und ich. Und warum bin ich...« Schmidt drehte den Kopf, seine Augen klebten für wenige Sekunden auf der gegenüberliegenden Wand an einem Bild, das den Kölner Dom zeigte. Dann sah er aus dem Fenster und hatte das imposante Original vor sich. Sein Blick riß sich los, wanderte an Harings hoch und versuchte, in dessen Augen zu lesen.
Harings setzte sich wieder, beugte sich nach vorn, stützte die Ellenbogen auf die Knie. »Ich frage Sie, Herr Schmidt, was würden Sie in einem solchen Fall empfinden, wie würden Sie handeln?«
»Ich weiß nicht. Aber es würde mich schon beschäftigen«, gab Schmidt offen zu. »Auf vielerlei Art beschäftigen.«
»Mehr wollte ich nicht von Ihnen hören, denn mich hat es auch beschäftigt, mich beschäftigt der Terrorismus unentwegt, der immer wieder und dann auch noch in brutalerer Form aufflackert, geht das Bestreben doch dahin, sich von den Vorgängern zu unterscheiden und noch mehr Aufmerksamkeit zu erregen. So ein Geschwür muß man mit allen Mitteln bekämpfen. Schon allein deswegen, weil man es den treuen, braven Bürgern schuldig ist, die überhaupt nicht verstehen können, warum der Staat sich so zögerlich verhält.«
»Aber der Staat bekämpft den Terror! Und es ist allein seine Aufgabe, Herr Harings«, verteidigte Schmidt seinen Arbeitgeber.
Harings hob beschwichtigend die Hände. »Da bin ich schon Ihrer Auffassung. Aber gibt Ihnen die neue Strategie gegen den Terrorismus nicht auch zu denken?«
Schmidt fand keine Zeit, sich darüber zu wundern, wieso Harings von der neuen Strategie wußte, da dieser sofort weitersprach: »Spätestens, seit man damals in der DDR die veralteten Reste von RAF und *2. Juni* aufgespürt hat, ruht er sich aus, unser Staat, spielt die Gefahr herunter. Und was geschieht in Wirklichkeit? Was ist vor wenigen Wochen in Luxemburg passiert?«
Schmidt wirkte abweisend, als er erklärte: »Wenn ich Sie richtig verstehe, Herr Harings, dann wollen Sie dem Staat die Aufgabe abnehmen. Sie wollen, vielleicht, weil Sie die Rache dazu drängt, in privater Initiative gegen den Terror vorgehen. Ist es das?«
Harings antwortete nicht, und Schmidt legte sein Schweigen einfach als »ja« aus.

»Dann«, sagte Schmidt nach wenigen Sekunden, »dann ist hiermit unser Gespräch beendet, denn ich bin ganz und gar nicht Ihrer Auffassung.«
Er wollte sich erheben, als Harings ihn mit beiden Händen zu verstehen gab, er solle sich bitte noch etwas gedulden.
»Herr Schmidt, Sie können jederzeit gehen. Aber geben Sie mir bitte zumindest Gelegenheit, Ihnen unsere Art der Bekämpfung vorzustellen.«
»Unsere?«
»Sie haben richtig gehört. Ich bin kein Einzelkämpfer, müssen Sie wissen, aber darauf komme ich noch. Geben Sie mir die Gelegenheit?«
Nach einer Weile nickte Schmidt, aber ohne allzuviel Bereitschaft und Interesse zu signalisieren.
Harings bemerkte das und begann deshalb ohne Umschweife: »Nur der Staat hat das Recht, direkt gegen Terroristen vorzugehen. Sie sehen also, Herr Schmidt, ich stimme Ihnen zu. Aber wir«, Harings deutete auf Schmidt und auf sich, »wir haben die Pflicht, ihn dabei zu unterstützen. Zumindest habe ich die Fahndungsplakate immer so verstanden, die überall aushängen, und zudem setzt der Staat eine Belohnung aus für denjenigen, mit dessen Hilfe er einen Täter dingfest machen kann.«
Schmidt fühlte sich nicht zu einer Antwort aufgefordert und wartete ab.
»Ob wir ihm jetzt helfen, indem wir ihm Tips geben, oder ob wir es in etwas aktiverer Form tun, das bleibt sich gleich, solange wir keine Waffe in die Hand nehmen, nicht Räuber und Gendarm spielen und uns als Privatdetektiv betätigen. Stimmen Sie mir da zu?«
Schmidt stimmte nicht zu, blieb zurückhaltend und strahlte eine gute Portion Vorsicht aus.
»Was ich Ihnen jetzt sage, ist nicht allein meine Meinung, sondern die von etlichen Bekannten, Freunden und Geschäftspartnern. Schon seit Jahren treffen wir uns regelmäßig und diskutieren über das von mir angesprochene Problem. Aber da Worte allein nicht helfen, sind wir längst einen Schritt weitergegangen. Jeder von uns ist zur Mithilfe bereit, Herr Schmidt, zur aktiven Hilfe, wohlge-

merkt. Und damit Sie sehen, um wen es sich handelt, zeige ich Ihnen einen Zettel, auf dem die Firmen und Konzerne stehen, für die meine Bekannten und Geschäftspartner in maßgeblicher Funktion tätig sind.«

Harings griff in seine Brusttasche, zog ein postkartengroßes Stück Papier hervor und hielt es Schmidt vor die Augen. Als dieser danach greifen wollte, zuckte er mit der Hand zurück und schüttelte den Kopf. »Bitte nur lesen.«

Nachdem Schmidt die Namen der Konzerne gelesen hatte, allesamt zur deutschen Spitze zählend, so zwei Großbanken, ein Chemiekonzern, ein Automobilhersteller, eine weitere Versicherung, ein Stahlunternehmen und eines, dessen Schwerpunkt in der Telekommunikation lag, war er mehr als verwundert.

»Wollen Sie etwa behaupten, all diese...« Er deutete auf den Zettel, »all diese Gesellschaften sind zur Hilfe, zur aktiven Hilfe...«

»Ja. Auf Direktorenebene hat man das beschlossen, schon vor längerer Zeit beschlossen. Diskret, versteht sich, denn unsere Tätigkeit hängen wir nicht an die große Glocke.« Harings steckte den Zettel wieder in seine Jackentasche. »Kurz nach Dr. Kortings Tod wandten sich diese Gesellschaften mit der Bitte um Zusammenarbeit an meine Versicherung. Mich schlugen sie vor, die Koordination in der privaten Terrorismusbekämpfung zu übernehmen. Sie unterbreiteten auch gleich ein ganz passables Konzept, das einen dichten Informationsring innerhalb der Gesellschaften vorsieht, durch dessen Einsatz man sich Anhaltspunkte über terroristische Aktivitäten verspricht. Vergessen Sie bitte nicht, Herr Schmidt, Banken und Versicherungen verfügen über sensible Daten!«

»Aber... aber...«

»Wie gesagt«, überbrückte Harings die Phase von Schmidts Erstaunen und kam wieder zielstrebig auf sein Anliegen zu sprechen, »unsere Hilfe für den Staat sähe wenig spektakulär aus, wäre sie aber am Ende dennoch. Das können Sie mir glauben.«

Jetzt war es Neugier, die Schmidt zu seiner Frage trieb: »Und auf welche Art wollen all die Firmen dem Staat helfen?«

Harings lehnte sich zurück und strahlte wie ein Sieger. »Es wird da einen nicht unbeträchtlichen Geldfonds geben. Zum anderen richten wir eine Stelle ein, in der alle Möglichkeiten der Kommunika-

tion, die Sie sich in Deutschland vorstellen können, zentral zusammenlaufen. Sämtliche Großrechner werden dabei uns zur Verfügung stehen. Auch die der Polizei, auch die der Ministerien.«
Als Harings bei Schmidt Skepsis auszumachen glaubte, wiederholte er überdeutlich: »Auch die der Ministerien. Das Wie lassen Sie dabei mal unsere Sorge sein«, fügte er süffisant hinzu, da er sich vorstellen konnte, wie stolz die Behörden und Ministerien auf ihre vor Mißbrauch geschützten Datenträger waren. »Unsere Datenleitstelle, wollen wir sie vorerst einmal so nennen, wird jede nur denkbare Nachrichtenquelle erschließen. Jede! Sie haben eben, Herr Schmidt, die Namen der Konzerne gelesen. Was glauben Sie wohl, über welch umfangreiche Dateien Banken verfügen? Versicherungen verfügen? Automobilunternehmen und Chemiebetriebe? Und dazu noch die neueste Technik in der Telekommunikation.«
»Wie groß soll denn Ihre Datenleitstelle werden? Ich meine, personell gesehen.«
»Zwei Personen, höchstens drei.«
»Nicht mehr?«
»Nein, das genügt, denn die Stelle wird lediglich versuchen, mit Hilfe von Informationen, Fakten und logischen Kombinationen an die Terroristen heranzukommen. Schafft sie das, liegt ein verwertbarer Hinweis vor, dann wird das Bundeskriminalamt verständigt. Es wird keinen Außendienst geben, Herr Schmidt.«
»Und ich soll... Wie sind Sie eigentlich auf mich gekommen?«
»Ihre Fähigkeiten schätzt man sogar im BKA, Herr Schmidt. Sie kennen sich in der Materie aus, sitzen koordinierend an übergeordneter Stelle. Ausschlaggebend für mein Ansinnen ist allein die vertrauliche Aufklärung Ihres Vorgesetzten gewesen.«
»Heißt das, er ist...?«
»Gar nichts heißt das«, unterbrach ihn Harings sofort. »Herrn Augustin wollen wir nicht mehr erwähnen, er hat mit alledem nichts zu tun. Aber sich Gedanken darüber machen, warum er das Gespräch heute vermittelt hat, können Sie schon.«
Schmidt atmete tief durch, gab sich einen Ruck, stand auf und sagte entschlossen: »Ich glaube, Herr Harings, ich bin nicht Ihr...«

»Ich will von Ihnen heute keine Entscheidung, Herr Schmidt«, unterbrach ihn Harings mit einem devoten Lächeln und erhob sich gleichfalls. »Überlegen Sie es sich, vielleicht kommt diese neue Tätigkeit Ihrer Auffassung von Terrorismusbekämpfung mehr entgegen als die bisherige, in der Sie nur Fakten und Hinweise der anderen zusammentragen dürfen, ohne selbst jemals aktiv eingreifen zu können.«

Obwohl er heute keine Kapuze trug, wirkte er auch jetzt dunkel, wozu neben seiner anthrazitfarbenen Lederjacke die schwarzen Haare, die tiefe Bräune seiner Haut und die Sonnenbrille mit Spiegelgläsern beitrugen.
Dieses Mal stand er nicht ruhig an einen Baum, sondern an einen Betonpfosten gelehnt. Er verschmolz auch nicht mit seiner Umgebung, sondern war einer der vielen Fahrgäste, die an der U-Bahn-Station L'Opéra warteten. Als dann aber der Zug einlief, hatte er es gar nicht eilig und konnte gerade noch so durch die zuschnappenden Türen hineinschlüpfen. An der nächsten Haltestelle machte er das Spielchen umgekehrt und quetschte sich im letzten Augenblick aus dem Zug nach draußen. Anschließend sprintete er die Stufen einer Treppe hinauf, benutzte dann die Rolltreppe, drehte sich um 180 Grad und beobachtete, wer ihm folgte. Er schien zufrieden zu sein, und ein angedeutetes Lächeln umspielte seinen Mund.
Wieder am Tageslicht, wurde er einer von den hastenden Passanten der Weltstadt Paris, die an diesem Freitag nachmittag die Hektik ihres Berufes mit nach Hause nahmen. Er glich sich ihrem Tempo an, überquerte mit ihnen im Pulk die Straße, scherte wenig später aus, kaufte an einem Kiosk eine Zeitung, stellte sich mit dem Rücken an die Wand und las. Häufig blätterte er um, ließ zwischendurch die Zeitung sinken, suchte scheinbar etwas in seiner Hosentasche und beobachtete dabei versteckt seine Umgebung. Ohne Eile blickte er auf die Armbanduhr, faltete die Zeitung zusammen, klemmte sie sich unter den Arm und betrat wenig später am Boulevard Haussmann eine Bank, deren Name verriet,

daß der Hauptsitz der Gesellschaft im östlichen Nachbarland zu finden war. Gezielt steuerte er auf einen Schalter zu und erkundigte sich nach dem heutigen Goldpreis, Fixing London. Die Dame verwies ihn an eine Kollegin, die freundlich nickte, hatte sie doch mit einem wohlwollenden Blick bemerkt, daß ihr Kunde den Wirtschaftsteil der Zeitung aufgeschlagen hatte. Nur die Sonnenbrille störte sie etwas. Er nahm Platz und wartete, bis ihm die Bankangestellte die gewünschte Auskunft gab. Ob er sich das bitte abschreiben dürfe, fragte er, und zwar samt den dazugehörenden Kommentaren. Er interessiere sich nun mal enorm für die Preisentwicklung des Edelmetalls. Immer noch freundlich drehte sie den Bildschirm in seine Richtung. Auf einen Zettel notierte er sich die Angaben, stand auf, murmelte abweisend: »Ist leider noch zu früh, um long zu gehen«, bedankte sich und ging hinaus.

Aus einem ganz bestimmten Grund wählte er am nächsten Tag nicht das Flugzeug, sondern fuhr schon sehr früh am Morgen mit dem Zug vom Gare de l'Est nach Metz, stieg dort um und erreichte nach der Mittagszeit die Stadt Luxemburg. Er schlenderte über den Boulevard Royal, die Hauptgeschäftsstraße der Stadt, benutzte auch hier die vielen, oftmals dunkel getönten Schau- und Glasfenster als Spiegel, um all das zu beobachten, was sich hinter ihm abspielte. Unschlüssig und sich wie ein Tourist gebend, bog er in die Rue de Longwy und verschwand gleich darauf zielsicher in einer kleinen Bank. Er mußte sich nicht ausweisen, als er im Schalterraum hinter einem raumtrennenden Vorhang ein bestimmtes Schließfach ansteuerte, es mit seinem Schlüssel öffnete, einen dikken Umschlag entnahm, diesen einsteckte und das Gebäude wieder verließ.

Auf der Toilette eines Restaurants betrachtete er den Umschlag und prägte sich das darauf vermerkte Datum ein. Sorgfältig zählte er dann den Betrag nach: 20000 Mark, in Hundertmarkscheinen, wie verabredet. Für seine Spesen war das Geld gedacht, denn der eigentliche Lohn, der Lohn eines Spezialisten, war um ein Vielfaches höher.

Achtlos steckte er das Geld ein, zerriß den Umschlag in feine Schnipsel, warf sie in die Porzellanschüssel und betätigte die Spülung.

Die Überraschung war Augustin gelungen, mußte Schmidt zugeben, als er im Zug nach Bonn saß. Und die Überraschung zeigte auch Nachwirkungen, da er sich unentwegt mit dem beschäftigte, was Harings ihm gesagt und angedeutet hatte.
In Bonn waren inzwischen die Geschäfte geschlossen, einkaufen konnte er nicht mehr. So fuhr Schmidt mit dem Bus hinaus nach Ippendorf, wo er ein kleines Eineinhalbzimmerappartement von 40 Quadratmetern bewohnte, dessen Mietpreis monatlich den Gegenwert eines 40quadratmetrigen Teppichbodens der unteren Preisklasse ausmachte. Aber immer noch günstig im Verhältnis zu dem, was seine geschiedene Frau für ihre Wohnung in Bonn-Plittersdorf bezahlte. Und das auch nur, um bei Bekannten sagen zu können: Ich wohne gleich neben dem Regierungssprecher. Und der Moderator aus dem Ersten ist auch ein Nachbar von mir.
Schmidt war an diesem Abend nicht nach seinen vier Wänden zumute, die er mit Gelegenheitskäufen und nach dem Prospekt eines nordischen Möbelhauses allein auf Sparen eingerichtet hatte, sondern nach einem Bier. Er steuerte seine Stammkneipe Juppi an, wenn man bei höchstens drei Besuchen im Monat überhaupt von Stammkneipe sprechen kann, quetschte sich in die hintere Ecke des Lokals und setzte sich an den einzigen freien Tisch. Zum Bier ein Omelett, dann noch ein Bier. Mit dem zweiten in der Hand ging er in den Nebenraum, wo der örtliche Schachclub allabendlich seine Übungspartien spielte. Schmidt war auch Mitglied in dem Club, konnte sich aber bisher allen Verpflichtungen, auch an Wettkämpfen teilzunehmen, geschickt entziehen: zuviel Arbeit, keine Zeit. Nach einer Stunde, in der er an verschiedenen Brettern kiebitzt hatte – er selbst konnte das nicht ausstehen, wenn er spielte –, ging Schmidt wieder nach vorn, trank das letzte Bier im Stehen am Tresen und machte sich dann auf den Heimweg.
Und dort trat genau das ein, was er befürchtet hatte: Harings' Angebot pflanzte sich in seinem Kopf fest und verlangte Beachtung. Schmidt wollte aber genau das umgehen, setzte sich vor den Fernseher, legte die Füße auf den Glastisch und ließ einen Spielfilm in sich hineinrieseln, anschließend auch noch die Spätausgabe der Nachrichten und fragte sich anschließend erstaunt: Was habe ich denn jetzt eigentlich gehört und gesehen?

Am nächsten Morgen war er vom Grübeln unausgeschlafen, mit mürrischem Gesicht ging er einkaufen. Zumindest eines gestand er zu diesem Zeitpunkt Harings schon zu: Die Idee mit der Datenflut versprach Erfolg, wenn es einem Experten gelang, alle Fakten in eine bestimmte Richtung zu lenken, um dann das Wichtige zu kanalisieren und zu selektieren.
Als er gegen halb elf seinen Sohn abholte, giftete ihn seine geschiedene Frau wie erwartet an: »Mach aber wenigstens, daß du am Abend wieder pünktlich bist.«
»Mußte noch einkaufen«, entschuldigte sich Schmidt artig für die halbstündige Verspätung, küßte Volker auf die Wange, was seine Frau nicht gerne sah, und der küßte ihn zurück, was sie noch weniger gerne sah.
Dann packte er seinen fünfjährigen Sohn auf die Rückbank des Kleinwagens, dessen vier ineinandergeschlungene Ringe am Kühlergrill ihn aus unerklärlichen Gründen immer schmerzlich an seine gescheiterte Ehe erinnerten, und fuhr mit ihm, wie vor längerer Zeit schon versprochen, in die Eifel, zum Nürburgring.
Volker interessierte sich für Autorennen, zumindest, wenn er vorm Fernseher saß, Schmidt auch, und so traf es sich gut, daß am heutigen Samstag auf dem Nürburgring ein Trainingslauf für Tourenfahrzeuge angesagt war. Mit Limonade für Volker und Cola für ihn schwemmten sie die fettigen Pommes frites hinunter, anschließend auch die pappigen Hamburger, die Volkers Augen einen verklärten Schein verliehen und Schmidt grinsen ließen, weil er vor etlichen Monaten in der Bonner Innenstadt unverhofft einem Ministerialdirigenten in einem dieser gelb-roten Fast-food-Abfüllstellen begegnet war, die er auch manchmal aufsuchte, und sich an dessen verblüfftes Gesicht erinnerte.
Auf dem Heimweg zeigte Schmidt seinem Sohn das Ahrtal, kehrte mit ihm bei einem Winzer ein, um seinen bescheidenen Weinvorrat aufzufüllen. Wein trank Schmidt allerdings nur, wenn er Gäste hatte.
In Bonn angekommen, gab es dann das versprochene Eis, in das Volker mit seinem Gesicht eintauchte, als bedürfte es der Kühlung. Und das im November!
»Was macht denn Mama heute?«

»Sie fährt mit dem Onkel weg.«
»Hier, wisch dir mal das Gesicht ab. Auch unterm Auge. Da.« Schmidt deutete mit dem Finger drauf.
Während Volker mit der Serviette kämpfte, hakte Schmidt nach: »Welchem Onkel? Onkel Ferdi?«
Volker schüttelte den Kopf.
»Ist es nicht Onkel Ferdi?«
»Nein. Aber ich darf darüber nicht sprechen. Mama hat es verboten.«
»Von wem hast du denn die Armbanduhr?«
Volker blickte auf sein Handgelenk und drehte es hin und her. »Von Onkel...« Volker biß sich auf die Lippen.
»Heißt er Klaus?«
Wieder schüttelte Volker den Kopf. Aber nach zwanzig Namen wußte Schmidt, er hieß Edgar. Allerdings wußte er auch, daß es zwischen Ferdi und Edgar in der Zwischenzeit noch einen weiteren Onkel gegeben hatte. Onkel Kurt.
Schmidt fühlte Groll aufsteigen, weil seine Frau die Art der Erziehung ihres gemeinsamen Sohnes so großzügig auslegte und Volker ihm schon wiederholt gestanden hatte, daß alle Onkels auch über Nacht blieben. Und Schmidt machte sich nicht zum erstenmal Vorwürfe, bei der Scheidung zu schnell nachgegeben zu haben. Seinerzeit dachte er noch, eine Mutter könne ihr Kind besser erziehen als ein Vater. Daß sie allerdings dazu die Hilfe so vieler Onkels benötigte, hätte er damals nicht vermutet.
»Was ist mit dir, Papi?« fragte Volker und legte seine Hand auf die des Vaters. Ein wohliger Stromstoß durchzuckte Schmidt, er sah seinen Sohn an und lächelte. »Ich bin etwas traurig, weil wir uns nur alle zwei Wochen sehen dürfen.«
»Ich bin auch traurig. Komm einfach öfter vorbei. Dann spielen wir zusammen.«
Und dann erklärte Schmidt seinem Sohn erneut, daß dies nicht gehe, er nur jeden zweiten Samstag kommen dürfe, weil der Richter es so angeordnet habe.
Sein Sohn sah ihn an und verstand nichts.

Wieder zu Hause, wieder bedrückt, wie nach allen Begegnungen mit seinem Sohn. Er ließ die Vorwürfe der Vergangenheit, aus Unterlassung und Nachgiebigkeit geboren, nicht aufkommen, stellte den Fernseher an und gestattete der langweiligsten Nebensache der Welt, ihn abzulenken. Mit dem Gefühl, zumindest die Hälfte des Tages vertan zu haben, die Hälfte nach Volker, ging Schmidt lange nach Mitternacht ins Bett. Der Sonntag plätscherte dahin, unterbrochen vom wöchentlichen Routinebesuch bei Rosi, die ihn mit allen erdenklichen lukullischen Kostbarkeiten zu verwöhnen suchte, ihm auch ihren lukullischen Körper anbot, aber Schmidt hatte keinen Appetit. Und heute war es nicht die Leere, deren Ursprung Schmidt an falscher Stelle suchte, es waren seine Gedanken an den kommenden Tag, wenn er seinem Vorgesetzten gegenüberstehen würde und sie automatisch auf Harings zu sprechen kämen.

Augustin erwähnte Harings am Montag mit keinem Wort. Am Dienstag auch nicht. Als er aber Schmidt am Mittwoch für das kommende Wochenende zum Kaffee einlud, für den Samstag so gegen 15 Uhr, da wußte dieser, Harings würde ihr allgegenwärtiges Thema sein. So war es dann auch. Nachdem Schmidt artig seine Blumen bei Frau Augustin abgeliefert, sie sich genauso artig bedankt und ihn in den Wintergarten geführt hatte, wo Augustin sich einem Buch widmete, als sie Kaffee und Kuchen hingestellt und sich zurückgezogen hatte, da meinte Augustin, während er einschenkte: »Interessanter Mann, dieser Harings, nicht?«
Schmidt pflichtete ihm bei und bedankte sich für das angebotene Stück Kuchen. Marmorkuchen, trocken und am Boden angebrannt. Wahrscheinlich ein vergeblicher Ökoversuch von Frau Augustin, waren doch die sogenannten naturreinen Mehle nicht mehr so leicht einzuschätzen, was die Backtemperatur und deren Reaktion anbetraf.
»Nicht zu vergessen, wer alles hinter ihm steht. Hat er Ihnen die Namen der...« Augustin hüstelte.
»Ja. Wirklich sehr beeindruckend. Ich hätte nie gedacht, daß es in Deutschland so eine... so eine...« So eine Organisation gibt, wollte Schmidt sagen, aber Augustin winkte ab.

»War mir sicher, daß es Sie beeindrucken würde. Konnten Sie sich schon mit ihm einigen?«

Schmidt zog es vor, nicht zu antworten, und biß in den Kuchen. Gleichzeitig hatte er aber mit der Einwilligung zum heutigen Kaffee seinem Vorgesetzten signalisiert, ihm sei es recht, über Harings zu sprechen.

»Ist ja auch ein diffiziles Thema, das Ganze«, verriet ihm Augustin. »Oder sehen Sie es nicht so?«

Schmidt schluckte und spülte den Rest mit Kaffee hinunter. »Doch, doch, Herr Staatssekretär.«

»Mein lieber Schmidt, nun lassen Sie für heute mal den Staatssekretär beiseite«, bot ihm Augustin großzügig an, wodurch er aber gleichzeitig versteckt darauf hinwies, am Montag, also im Dienst, da sei er wieder angebracht.

»Ist gut, Herr Augustin. Ja, sehr diffizil, kann man nicht anders sagen.«

»Zu diffizil für Sie?«

Schmidt suchte nach einer richtigen Antwort, fand sie nicht und fragte statt dessen: »Und für Sie?«

Augustin blickte drein, als täte es ihm leid, so voreilig auf den Staatssekretär verzichtet zu haben. Was sich dieser Schmidt...

»Das sind zwei verschiedene Dinge, mein lieber Schmidt«, gab er zu bedenken. »Ich möchte es zwar nicht betonen, aber meine Position ist eine andere als die Ihre.«

»Sie meinen, Ihnen schaut man noch mehr auf die Finger als mir?«

Augustin fand den Vergleich zutreffend und nickte. »Stellen Sie sich nur einmal vor, ich ginge als Staatssekretär in die Wirtschaft. Was das vielleicht Gerüchte nach sich ziehen würde?«

»Aber ich, ein unbedeutender Regierungsdirektor, ich könnte gehen.«

»Noch etwas Kaffee, mein lieber Schmidt?« Obwohl Schmidt nicht zustimmte, füllte Augustin ihm die Tasse auf. War es schon so weit mit ihm gekommen, daß man seine Antwort nicht mehr abwartete?

»Zucker?«

Nachdem Schmidt entschieden sein Nein verkündet hatte, fragte er

beiläufig: »Ich gehe davon aus, daß Herr Harings Sie mittlerweile über unser Gespräch unterrichtet hat.«
Augustin sagte nur mit den Augen ja, als befürchte er einen heimlichen Lauscher.
»Das bedeutet auch, Sie wären damit einverstanden, falls ich sein Angebot annähme?«
»Haben Sie schon meinen Bananenbaum dort in der Ecke bewundert, Herr Schmidt? Er gedeiht prächtig in dieser feuchtwarmen Luft, finde ich.«
Irritiert blickte Schmidt in die angedeutete Richtung, wo ein kleiner, kindgroßer Baum kleine, zwergenhafte Bananen trug.
»Schön, sehr schön«, murmelte er und legte den Hinweis auf den Bananenbaum einfach als Augustins Zustimmung aus. »Kann man die auch essen?«
Wie Augustin ihn ansah, konnte man es nicht.
»Wie gesagt, mein lieber Schmidt, sehr diffizil, das Ganze. Und deshalb kommen auch nur Sie für mich in Betracht. Ich kenne Sie, kenne Ihre Arbeitsweise und Ihre Loyalität.« Augustin verneigte sich leicht in Schmidts Richtung. »Deshalb wären Sie, falls Sie sich für Herrn Harings' Angebot entscheiden könnten, der richtige Mann.«
Schmidt, jetzt von der Offenheit überrumpelt, stammelte ein »Finden Sie wirklich?«.
»Ja, das finde ich. Ist ja auch keine schlechte Sache, die Ihnen Harings im Auftrag der anderen Gesellschaften vorgeschlagen hat. Sie selbst haben vor wenigen Tagen zu mir gesagt, als ich Sie auf Knokke und die dort formulierte Empfehlung ansprach, Sie seien für eine effektivere Form in der Bekämpfung des Terrors. Und jetzt bietet man Ihnen die Chance, Herr Schmidt, die Ihren privaten Vorstellungen voll entgegenkommt. Vergegenwärtigen Sie sich nur mal Ihre zukünftige Situation. Ohne Druck von oben frei aus eigener Erfahrung zu entscheiden, eigene Wege einschlagen zu können, keine Absicherung nach allen Seiten, wie es jetzt noch der Fall ist. Herr Schmidt, allein schon die Zeit, die Sie einsparen werden, ich meine, die Genehmigungen, das Beachten der rechtlichen Aspekte, die Berichte, das Herumärgern mit dem BKA und dem Verfassungsschutz. All das fiele weg.«

Schmidt war erstaunt, wie offensichtlich ihn der Staatssekretär in eine bestimmte Richtung drängte. Dafür gab es nur einen Grund: Auch ihm erschienen die staatlichen Maßnahmen in der Terrorbekämpfung als nicht ausreichend. Eine andere Erklärung fand Schmidt an diesem Samstag nicht. Aber wozu dann die Anspielung auf ihr erst kürzlich geführtes Gespräch und seine Meinung zu Knokke? Ahnte Augustin bereits die Entscheidung des Ministers? War dessen vermeintliches Nein für ihn Grund genug, seinem Mitarbeiter so zuzureden? Um vielleicht über ihn ...

»Aber es gibt noch soviel zu bedenken«, warf Schmidt ein, als sei er schon halb auf Harings' Seite. »Ich bin Beamter, dem Staat gegenüber verpflichtet und nicht einer Versicherung. Wie läßt sich denn das vereinbaren?«

Augustin hatte auch hier eine Lösung bereit, wie sich zeigte. »Eine Möglichkeit wäre, Sie ließen sich für einen gewissen Zeitraum, sagen wir einmal zwei oder drei Jahre, beurlauben.«

»Ohne Dienstbezüge?«

»Natürlich, was denken denn Sie? Muß hieb- und stichfest sein.«

»Aber ich darf während meiner Beurlaubung keiner hauptamtlichen Tätigkeit nachgehen«, erwiderte Schmidt. »So steht es in den Bestimmungen.«

»Es sei denn«, belehrte ihn Augustin, »sie wäre wissenschaftlich. Verstehen Sie?«

Schmidts indifferenter Gesichtsausdruck veranlaßte Augustin zu der Erklärung: »Ich könnte mir vorstellen, daß die gemeinnützige Ruger-Stiftung, die gesellschaftsinterne Stiftung der Versicherung, Ihnen einen Forschungsauftrag zukommen lassen wird. Das wäre dann wissenschaftlich, oder nicht?«

»Und mit welchem Thema?«

Augustin seufzte über Schmidts typische Beamtenungläubigkeit. »Wo ein Wille ist ... ›Analyse der versicherungsinternen Datenerfassung‹ könnte zum Beispiel so ein Auftrag lauten.«

»Aber was wird nach diesen zwei oder drei Jahren? Kann ich dann wieder in den Dienst eintreten?«

Augustin lächelte flüchtig und verkündete noch einen Ton tiefer als sonst, so daß es wie ein dumpfes Grollen klang: »Frage ist, ob Sie überhaupt noch wollen.«

»Angenommen, ich will. Wie ist es damit?«
»Sie haben nach Ihrer Beurlaubung das Recht, Herr Schmidt, wieder in den Staatsdienst einzutreten. Und zwar in vergleichbarer Position.«
»Hm.« Schmidt überlegte. »Wenn nun aber einer herausfindet, wofür und für wen ich tatsächlich tätig bin, was dann? Wird mein Recht dadurch nicht verwirkt?«
Augustin schüttelte den Kopf. »Nein.«
»Und später? Ich meine, wenn ich wieder im Dienst sein sollte? So eine Entdeckung wirkt sich im nachhinein manchmal fatal aus. Sie wissen genau, wie genüßlich man solche Dinge ausschlachtet.«
Augustin wollte nicht den ganzen Samstag nachmittag mit diesem Schmidt herumkämpfen und meinte lapidar: »Auch hier könnte ich mir eine für beide Seiten angenehme Konstruktion vorstellen. Man könnte ja bei einem Notar ein Schreiben hinterlegen, daß Sie im Dienste der Regierung tätig sind. Sozusagen in geheimer Mission. Würde Ihnen diese Form der Absicherung genügen?«
»Warum denn überhaupt?« fragte Schmidt, der den Zusammenhang noch nicht erkannte.
Augustin, ganz der große und gewiefte Taktiker, lächelte hintergründig. »Es besteht immerhin die Wahrscheinlichkeit, und da ich Sie kenne, mein lieber Schmidt, erachte ich sie als ausgesprochen groß, daß Sie erfolgreich sein werden. Stellen Sie sich nur mal vor, dank Ihrer Hilfe und Kombinationsgabe gelingt ein massiver Schlag gegen die Terroristen!«
Schmidt, der zum jetzigen Zeitpunkt unangebracht voreilige Erfolgsprognosen von sich weisen wollte, wurde einfach von Augustin überrannt, als dieser weiter ausführte: »In einem solchen Fall würde Ihnen eine notariell hinterlegte Erklärung in der von mir geschilderten Art enorm helfen. Ich meine, bei Ihrer weiteren staatlichen Karriere. Denn Sie haben noch viele Stufen vor sich. Oder finden Sie das etwa nicht?«
Schmidt empfand Augustins Vorschlag zumindest als weitsichtig und wohlüberlegt, ohne allerdings zu ahnen, welche Konsequenzen sich für ihn ergeben konnten, falls der Staatssekretär in einigen Jahren nicht mehr im Amt war.
Ein bißchen öffnete Augustin, der Schmidts Zögern richtig ein-

schätzte, den Sack und ließ ihn in die funkelnden Augen der Katze blicken. »Herr Schmidt, wenn Sie sich für Harings entscheiden, dann wollen wir doch alle etwas davon haben. Sie natürlich, Herr Harings sowieso und ich auch.«
»Sie auch? Was hätten Sie denn ...?« Sofort kam ihm die notarielle Erklärung in den Sinn. »Wenn sie mir irgendwann mal hilft, dann aber erst recht ...«
Augustin sah Schmidt betont freundlich an. »Ich stimme dem Unternehmen ja nur unter zwei Bedingungen zu. Erstens absolute Geheimhaltung, was mich und unsere Gespräche anbetrifft. Das versteht sich von selbst. Ich weiß von nichts.« Augustins drängenden Augen erzeugten bei Schmidt unbewußt ein Nicken. »Und zweitens: Ich will von Ihnen über alle Punkte informiert werden. Ich will wissen, was Sie herausfinden, will Einblick in die Ergebnisse haben und über Ihre Vorgehensweise auf dem laufenden sein. Sie, mein lieber Schmidt, sind mein Mann, werden es immer bleiben, auch wenn Sie für Harings arbeiten.«
Schmidt fand Augustins Bedingungen schon leicht sonderbar, besonders die letzte. Zuerst drängte er ihn in Harings' Arme, und nun wollte er auch noch die Früchte ernten.
Augustin, wohl mit einer Antenne für den Empfang von Unschlüssigkeit ausgestattet, betonte: »Herr Schmidt, verstehen Sie denn nicht! Ich kann Sie nur decken und Ihnen Beistand leisten, wenn ich über alles informiert bin.«
So ganz leuchtete Schmidt die Argumentation nicht ein.
»Harings und Sie haben also Vorteile, wenn ich mich dafür entscheiden sollte.«
»Vergessen Sie unseren Staat nicht, mein lieber Schmidt, falls sich der Erfolg einstellt. Und daran zweifle ich bei Ihren Fähigkeiten nicht eine Sekunde«, wiederholte er sich.
Das voreilige Kompliment prallte auch jetzt an Schmidt ab. »Welchen Vorteil soll ich denn bei der Sache haben?«
»Hat Ihnen Harings das noch nicht gesagt?« gab sich Augustin erstaunt.
»Mit keinem Wort.«
»Hat er nichts von Ihrem Gehalt erwähnt? Zweihunderttausend Mark im Jahr plus Spesen.«

Schmidt schluckte, weil ihm die Sprache wegblieb. »Zwei ... Zweihunderttausend?« vergewisserte er sich.
Augustin nickte lange. »Plus Spesen. Die Zweihunderttausend bleiben am Jahresende übrig, wie ich Harings kenne. Sie wohnen umsonst, essen umsonst, haben einen Blankospesensatz von dreihundert Mark am Tag. Nur was darüber liegt, müssen Sie einzeln nachweisen.«
Schmidt schenkte sich nun selbst Kaffee nach, was Augustin zu einem verstehenden Lächeln veranlaßte. Schmidt trank, merkte nicht, daß der Kaffee inzwischen kalt war.
»Ich kann mir vorstellen, daß Ihre Scheidung eine ganze Menge gekostet hat, mein lieber Schmidt. Der Geldsegen wird Ihnen guttun, denke ich mir.«
Und als Schmidt dann zu Augustin blickte, im Gegenlicht der tiefstehenden Novembersonne dessen straffes, großporiges Gesicht sah, da wußte er, wie der heutige Sieger hieß. Um nicht zu sehr enttäuscht zu sein, vermied er sich zu fragen, wann er denn das letzte Mal gewonnen habe.
»Alle näheren Details wird Ihnen Harings erklären. Zum 1. Dezember könnten Sie Ihren Urlaub nehmen, und ab Januar ginge es dann mit frischen Kräften los. Oder auch schon früher, wenn Ihnen danach ist.«
Schmidt fühlte sich wackelig und angeschlagen wie ein Boxer, dazu auch noch recht benebelt, als er in sein Auto stieg und vom Fuß des noblen Venusbergs, wo Augustin eine repräsentative Dienstvilla bewohnte, nach Hause fuhr.
Warum das viele Geld? fragte er sich und suchte nach einem Haken, denn bei einem so hohen Einsatz, da mußte es einfach einen geben. Wie er auch überlegte, er fand ihn nicht. Schließlich redete er sich damit heraus, sein Gehalt, für ihn persönlich astronomisch hoch, sei für all die Konzerne, da sie ja zusammenlegten, nur ein Almosen, mehr nicht.
Vielleicht hat aber auch Augustin mein Gehalt so weit hochgedrückt, damit ich nicht mehr nein sagen kann, fand er ein anderes Argument. Denn dadurch erst kommt er in die glückliche Position, durch mich über alles informiert zu werden.
Weil Schmidt sich einigermaßen im Bonner Intrigenspiel aus-

kannte und das glatte Parkett der gesellschaftlichen Machtkämpfe einzuschätzen wußte, forschte er nach all den Punkten, die ihm gefährlich werden könnten. Zugegeben, er fand einige, so den Notarvertrag, dessen Wirksamkeit er anzweifelte, aber da waren dann auch wieder die Zweihunderttausend, die ihn anlächelten.
Das Wort eines Staatssekretärs, zumal noch privat und ohne Zeugen ausgesprochen, ist nur soviel wert, wie er Rückgrat und Gewissen besitzt, überlegte er weiter. Schmidt traute Augustin beides zu, zumindest im Augenblick noch. Was aber, wenn sich die politische Landschaft verändert, Augustin sich wegen eines anderen Vorfalls plötzlich vor einem Ausschuß wiederfindet, im Kreuzfeuer steht und schließlich gehen muß?
Wer die eigene Haut retten will, bietet oft die eines anderen an. Auch das wußte Schmidt, sogar aus eigener Erfahrung. Aber falls ich einwillige, dann begehe ich nichts Unrechtmäßiges, verteidigte er sich vehement vor seinen eigenen Angriffen. Die Firmen und Konzerne stellen mir ihre Rechner zur Verfügung, ich kann weiter an die... Halt, das habe ich zu fragen vergessen, stoppte er sich selbst. Ich muß an die entscheidenden Quellen heran, sonst wird es nichts mit dem Erfolg. Sogleich erinnerte er sich an Harings' Versprechen, ihm alle nur denkbaren Dateien zur Verfügung zu stellen, auch die der Behörden und Ministerien. Zeigt das nicht überdeutlich, daß er Beziehungen bis in die höchsten Stellen hat?
Als Schmidt in dieser Nacht nicht einschlafen konnte, sich schon im unangepaßten Übereifer eine Strategie für seine Vorgehensweise zurechtlegte, da ermahnte er sich, nicht zu voreilig, nicht zu euphorisch an die neue Aufgabe heranzugehen. Ich muß mit jemandem sprechen, der alles neutraler sieht und unbefangener, als ich es im Augenblick tue. Wer käme da in Frage? Zu wem habe ich so viel Vertrauen.

Es gab nur eine Person, zu der Schmidt so viel Vertrauen hatte, sie um Rat anzugehen, der er genügend Fachkompetenz zutraute, und die rief er gleich am nächsten Morgen an. Dolling war zu Hause und freute sich auf seinen Besuch.
Als Schmidt am Sonntag nachmittag wieder mit einem Strauß Blumen unterwegs war, kam er sich komisch vor. Jahrelang keine

Blumen, auch nicht während seiner Ehe, und nun gleich an zwei aufeinanderfolgenden Tagen!

»Du kommst mich tatsächlich besuchen? Das freut mich. Aber du weißt doch sicherlich, daß ich noch nicht gestorben bin«, feixte Richard Dolling, Schmidt-Vorgänger im Amt, der immer noch genau der alte gefürchtete Zyniker war wie zu seiner Dienstzeit. Inzwischen kurz vor den Siebzig, aber schlank, hochgewachsen, mit grauem Haar und einer Hakennase, gab er allemal eine imposante Erscheinung ab. »Für wen sind denn die?« meinte er, nachdem er Schmidt begrüßt hatte, und deutete auf die Blumen.

»Für deine Frau.«

»Für meine Frau?« Dolling lachte. »Du, vielleicht kannst du sie wieder zurückgeben. Mia ist nämlich nicht zu Hause. Sie hilft beim Umzug.«

»Umzug, heute am Sonntag?«

»Ja, zu mehreren machen sie es. Dann besser Möbelverrücken, wenn dir das Wort lieber ist.«

Schmidt verstand nichts, und Dolling fragte ihn: »Oder wie nennst du es, wenn man sich um einen Tisch herumsetzt, die Hände auflegt und ihn am Weglaufen hindert. Weißt du es?«

»Séance.«

»Richtig, da ist sie im Augenblick. Zusammen mit ihren Gespielinnen. Komm endlich herein.«

Dolling ließ Schmidt eintreten und überholte ihn in der Diele. Unvermittelt blieb er stehen, drehte sich um und warnte Schmidt: »Paß auf, hier verläuft eine Wasserader.« Dabei deutete er auf den Fußboden. »Ausgesprochen gefährlich, das Zeug. Bringt deinen ganzen Biorhythmus oder was immer durcheinander. Wenn Mia auf eine tritt, ist sie für Wochen zu nichts mehr zu gebrauchen.«

Schmidt grinste. »Und wer behauptet das?«

»Mia, meine Frau natürlich. Besser gesagt, ihr neuer Gesundheitsguru. Kostete ein Schweinegeld, der Kerl. Lief neulich mit einer Rute durch den Garten. Wie ein Schlafwandler. Sah heiß aus. Wasseradern hat der gefunden? Was heißt hier Wasseradern. Ganze unterirdische Seen. Die armen Maulwürfe. Seine Rute hat gewippt wie ein Jo-Jo. Fünfhundert Mark. Soviel konnte ich hinblättern. Also, für fünfhundert Mark lasse ich die Rute noch viel

öfter wippen. Aber Mia ist ihm hörig. Kannste nichts gegen machen, ist ihm wirklich hörig.«
Nachdem sie die Wasserader glücklich umrundet hatten, führte Dolling seinen Besuch ins Wohnzimmer und bot ihm einen Sessel an.
»Kaffee, wenn ich mich nicht irre. Den trinkst du immer noch gerne, nicht?«
Bevor Schmidt antworten konnte, war Dolling in einem Nebenraum verschwunden.
»Mit Milch und Zucker?« rief er und spähte um den Türpfosten.
»Ja.«
»Was denn ja. Milch oder Zucker?«
»Beides.« Nur bei Augustin, da hatte er aus Protest keinen Zucker genommen.
Als die Maschine blubberte, kam Dolling wieder zurück, befreite Schmidt von dem Blumenstrauß. »Bist du dir wirklich sicher, daß du ihn nicht mehr zurückgeben kannst?« Schalkhaft sah er Schmidt an und stellte den Strauß dann samt durchsichtiger Folie in eine Vase. »Also das mit dem Strauß glaubt sie mir nicht. Heute abend löchert sie mich bestimmt, was ich denn wieder ausgefressen habe.«
Dolling blieb mit in die Seite gestemmten Armen vor Schmidt stehen, sah zu ihm runter und musterte ihn ungeniert. »Zugenommen, nicht?«
»Etwas.«
»Ja, ja, wir sind nicht mehr die Jüngsten. Wieviel hast du denn jetzt auf dem Buckel?«
»Siebenunddreißig.«
»Hm. Werde nächstes Jahr ... ach, was reden wir übers Alter. Alt werden wir von allein.« Dolling fuchtelte mit einer Hand durch die Luft, als könnte er dadurch einige Jahre verschwinden lassen.
Interessiert fragte Schmidt: »Und wie geht es dir sonst, Richard?«
Dolling verzog sein Gesicht zu einer süßsäuerlichen Grimasse, hob beide Hände und ließ sie wieder fallen. »Wenn du es genau wissen willst, also hier unten fängt es an.« Er deutete auf seine Füße. »Verschleiß, Arthrose. Dann zieht es höher in die Gelenke, in die

Knie, auch die Oberschenkel tun mir weh, spüre jeden Wetterumschwung. Nein, hier, da tut nichts mehr weh«, meinte er und ließ seine Hand zwischen den Beinen verharren. »Aber der Magen. Kommst du ins Alter, in mein Alter, kannst du nicht mehr alles essen, darfst nicht mehr alles essen«, verbesserte er sich, »mußt aufs Fett aufpassen, aufs Cholesterin und auf die Kalorien . . .«
»Du bist schlank wie eh und je.«
Dolling protestierte. »Das sagst du so in deinem jugendlichen Leichtsinn. Wenn du nicht mehr alles essen darfst, dann . . . also hier tut es ebenfalls weh, die Pumpe«, fuhr er in seiner Körpergeographie fort und tippte sich gegen die Brust. »Und im Kopf stimmt auch nicht mehr alles. Du glaubst ja nicht, was man im Alter so vergißt. Das halbe Leben vergißt man. Und das Lesen fällt mir neuerdings schwer, wegen der Augen, du verstehst, werden immer so schnell müde. Ein Hörgerät brauch' ich übrigens auch schon. Aber das ist ein feines Ding. Kannst dran drehen und die Sensibilität einstellen. Wenn ich nicht hören will, was Mia sagt, drehe ich es einfach herunter.«
Dolling hielt inne, als überlege er, rieb sich das Kinn, eilte in die Küche und kam mit dem Kaffee zurück. »Vergessen tut man wirklich alles, wie du sehen kannst.«
Während Dolling zum zweitenmal in die Küche entschwand und vor sich hin murmelte: »Zum Kaffee muß was Süßes her«, hoffte Schmidt, es möge nicht schon wieder Marmorkuchen sein.
»Mußt du unbedingt probieren. Mia hat ja im Backen wirklich was los«, lobte er seine Frau und stellte das Tablett mit dem Hefekuchen auf den Tisch.
Und dann staunte Schmidt, als Dolling seinen Kuchen nahm und den Puderzucker herunterblies. Bevor er nachfragen konnte, erklärte ihm der Ältere ungerührt: »Auf dem Berber sieht das sowieso keiner. Was denkst du, was da schon alles an Puderzucker draufliegt.«
»Bist du nicht mehr für süß?«
»Bin ich immer noch, darf nur nicht. Zucker. Das Leben meint es nicht mehr allzugut mit mir.« Gottergeben blickte er zur Decke.
»Zucker? Hast du den nicht schon zu deiner Dienstzeit gehabt?«
»Schon, ist aber schlimmer geworden. Wenn du Diabetiker bist,

dann gibt es für dich nur noch Broteinheiten. Alles läuft in Broteinheiten ab. Und ein Stück Erdbeerkuchen mit Sahne? Fast tödlich, sage ich dir. Fast tödlich.«
»Im Augenblick gibt es ja keine Erdbeeren«, tröstete ihn Schmidt.

Nach dem Kaffeetrinken gingen sie in Dollings Arbeitszimmer. Schmidt erzählte von Harings' Angebot, ohne Namen, Firmen und Umstände zu nennen, kam auch auf die Schwachpunkte zu sprechen und konnte dann nicht mehr ausweichen, als Dolling dazu die Meinung von Augustin hören wollte. Anschließend war Dolling sehr nachdenklich.
»Ich kann verstehen, wie es dich reizt. Komm, komm, mach dir nichts vor«, sagte er, als Schmidt protestieren wollte. »Mich hätte so etwas in jungen Jahren auch gereizt. Und daß du Erfolg haben wirst, steht für mich außer Frage.«
»Danke. Mir wäre mehr geholfen, wenn du mich auf die negativen Aspekte aufmerksam machen würdest.«
Dolling strich sich mit der Handfläche übers Haar. »Ob man dich, wenn nach einem Fehlschlag alles an die Öffentlichkeit kommen sollte, juristisch belangen kann, glaube ich noch nicht einmal. Allenfalls vielleicht, wenn du ohne Genehmigung an deinen eigenen Rechner im Ministerium rangehst. Dafür aber muß Augustin sorgen, gleichgültig, wie er das anstellt, sonst stehst du ziemlich nackt da. Juristisch scheint es also, wie gesagt, in meinen Augen keine Probleme zu geben. Spontan drängt sich mir die Frage auf, warum sie soviel Geld ausgeben für etwas, wofür eigentlich der Staat zuständig ist.«
»Schalten sie die Terroristen aus, fühlen sie sich vielleicht beruhigter. Außerdem gibt es dann keine Entführungen mehr«, hatte Schmidt sofort eine Antwort parat. »Oder zumindest weniger.«
Dolling wedelte wieder mit einer Hand in der Luft, als gelte es diesmal, Mücken zu vertreiben. »Die Brüder wird es immer geben, sei also nicht zu optimistisch. Obwohl . . .«
»Obwohl was?«
»Als Boß eines Konzerns könnte ich auch ruhiger schlafen, wenn einige der Typen für ewig und alle Zeiten von der Bildfläche verschwunden wären.«

»Siehst du, da haben wir ein Motiv.«
So schnell gab sich Dolling nicht geschlagen. Sie besprachen sich lange, suchten Schwachstellen, waren bemüht, alle nur denkbaren Konsequenzen aufzuzeigen. Schmidt war über seine Art, die Fragen persönlich zu nehmen und sogleich Rechtfertigungen anzubieten, maßlos erstaunt. Dabei benutzte er heute schon einen Teil all der Argumente, mit denen ihn Harings und Augustin zu überzeugen versucht hatten.
»Leuchtet mir jetzt alles ein«, meinte Dolling nach zwei Stunden. »Den Vorteil, mit so einer Einrichtung den elenden und aufreibenden Kompetenzschwierigkeiten aus dem Weg zu gehen, sehe ich auch. Frage ist nur, ob nachher, falls du zu konkreten Hinweisen kommen solltest, auch das BKA mitspielt. Greifen sie auch wirklich ein, wenn du die Informationen an sie weiterleitest?«
Schmidt sah darin kein Problem. »Können den Ruhm für sich allein in Anspruch nehmen. Sollen sie sogar, damit nichts auf den tatsächlichen Informanten hindeutet.«
Dolling winkte ab. »So einfach ist das nicht. Du brauchst jemanden, der dir im BKA Rückendeckung verschafft und auf den du dich verlassen kannst. Ich kenne da noch einen aus meiner Zeit. Weisel heißt er, hatte damals einen verdammt guten Draht zu ihm. Wende dich an ihn, in meinem Namen.«
Schmidt sah Dolling von der Seite an, woraufhin dieser ihn vorwurfsvoll fragte: »Was hast du denn? Ist etwas …?«
»Nein, nein, schon gut«, unterbrach ihn Schmidt, »habe Weisel bereits kennengelernt. Ist wirklich ein guter Mann, glaube ich.«
»Kann man sagen. Zieh ihn zu gegebener Zeit so weit ins Vertrauen, wie es eben geht. Der haut dich nicht in die Pfanne. Und da auch der Punkt geklärt zu sein scheint, habe ich im Augenblick nur noch einen Einwand. Was passiert, wenn man dir Fehler nachweisen kann? Wer hätte davon einen Vorteil?«
»Keine Ahnung.«
»Dann überleg das mal.«

Der November war bestrebt, sich so zu verhalten, wie die Leute ihn immer schildern. Genauso war auch Schmidts Stimmung: trüb und trist, weil er sich in einem Vakuum wähnte und nicht wußte, wo die Reise hinging. Dolling hatte ihn als graue Maus bezeichnet, dann als Beamten ohne Konturen, ohne jegliches Profil, sonst wäre er nicht immer noch Regierungsdirektor, sondern schon mindestens zwei Stufen höher. Wird langsam Zeit, daß du endlich in die B-Gruppierung kommst, sonst fährt der Beförderungszug im Ministerium ohne dich ab, wenn er nicht schon abgefahren ist.
Schmidts Einwand, er sei nicht so darauf erpicht, es den anderen gleichzutun, den Vorgesetzten nach dem Mund zu reden, sich mit aller Macht unentbehrlich zu machen, hatte Dolling mit der Bemerkung weggewischt: Werde endlich mal ein Egoist, denk an dich, überwinde deine Karriereträgheit.
Dann dürfe er unter keinen Umständen Harings' Angebot annehmen, hatte Schmidt zu bedenken gegeben.
Genau umgekehrt ist es, mein Junge, hatte Dolling ihn belehrt. Wenn du zwei oder drei Jahre etwas anderes tust, steigt damit automatisch dein Image. Im Ministerium ist es wie in der Wirtschaft, wie überall. Der Prophet im eigenen Land, der Experte aus dem eigenen Stall... Stell dir nur mal vor, du hast Erfolg, und das kommt raus. Und merke dir eins: Erfolge braucht man nicht für sich zu behalten!
Während er im Zug saß, bei Kaub durch das enge Rheintal fuhr und die Touristenstadt Rüdesheim vorbeihuschen sah, gingen Schmidt diese Worte durch den Kopf und verbündeten sich willig mit denen von Augustin, der, was den Erfolg betraf, in ähnlicher Weise argumentiert hatte. Zwar immer noch unentschlossen, aber zumindest bereit, sich mit Harings zu treffen, war Schmidt zur Direktion der Versicherung nach Frankfurt unterwegs.
Er wägte unentwegt die Sicherheit, aber auch die Lethargie seines Beamtentums ab gegen den Reiz, etwas vollkommen Ungewöhnliches zu tun. Vielleicht eröffnete sich ihm in seinem neuen Betätigungsfeld sogar die Chance, innovativ tätig zu werden, was er sich schon seit Jahren insgeheim erträumte? Und kreativ dazu, für seine Verhältnisse kreativ, ohne eine übergeordnete Person ständig um

Erlaubnis fragen zu müssen? Aber mit staatsdienerhaft ausgereifter Akribie suchte er weiter nach fadenscheinigen Argumenten gegen Harings' Vorschlag und wußte weiß Gott schon, er war längst dafür. Dazu brauchte er sich noch nicht einmal die schrecklichen Bilder des Luxemburger Attentats zu vergegenwärtigen, die für ihn allein schon Motivation genug waren, selbständig und mit aller ihm zur Verfügung stehenden Macht gegen den Terror vorzugehen. Möglicherweise hatte ihn auch Dollings »graue Maus« beeinflußt, der Ältere ihm mit seinem Sarkasmus die Augen geöffnet und überdeutlich die tunnelartige Perspektive im Ministerium aufgezeigt. Nicht links, nicht rechts, nur geradeaus, aber nicht aus eigener Kraft, sondern weil man ihn schob oder zog.
Schmidt erschrak vor der eigenen Courage, denn er war auf dem besten Weg, Dollings Vorschlag in die Tat umzusetzen und ein Egoist zu werden! Ein Egoist mit zweihunderttausend Mark Jahresgehalt!

Der Zug rollte im Frankfurter Sackbahnhof ein, und Schmidt tat in seinem Gedankengefecht immer noch so, als sei er unentschlossen. Auch als er in der gewaltigen Limousine saß, die Harings ihm geschickt hatte, spielte er in gleicher Weise weiter. Vielleicht, aber nur, wenn ... Nein, besser überhaupt nicht, denn ich weiß ja nicht, was alles ...
Als er schließlich Harings im 19. Stockwerk gegenüberstand, er sich zuerst einmal Frankfurt von oben ansah und erstaunt feststellte, daß es in der Stadt am Main noch viele Gebäude gab, die wesentlich höher in den milchigen Himmel ragten als das des Versicherungskonzerns, war Schmidt sich selbst gegenüber bereit zuzugeben, daß die Aufgabe eventuell sogar reizvoll sein könnte. Aber nicht für mich, schränkte er sofort in pessimistischer Anwandlung ein. Eher für einen Draufgänger oder einen von diesen flotten Managertypen, die in all ihren Aktionen so schnell sind, daß sie keinen Schatten mehr werfen, keinen Eindruck hinterlassen.
»Na, Herr Schmidt, wie gefällt Ihnen unsere Zentrale?« Mit einem Armschwung, als beabsichtige er, das 28stöckige Gebäude zu umschließen, drehte sich Harings einmal um die eigene Achse.

»Schon imposant«, mußte Schmidt zugeben, den die Einrichtungskomposition in Harings' tennisplatzgroßem Büro ungemein beeindruckte: die weißen Wände mit wenigen, aber ausgesucht gelungenen Ölgemälden, der riesige Chrom-Glas-Schreibtisch, die Sitzlandschaft aus cremefarbenem Leder. Schon das Vorzimmer, in dem Harings' Sekretärin residierte, hätte es mit jedem Büro in Schmidts Ministerium aufnehmen können. Dann die Teppichböden, so dickflauschig, daß sie alle Geräusche schluckten, während in den Gängen ausgesuchter Marmor, dessen Muster ineinanderzufließen schien und dadurch eine Struktureinheit bildete, gerade gut genug für die Füße war. Und erst die Toiletten, ganz in Schwarz gehalten mit rosaroten Sanitärobjekten, dazu Armaturen in Altmessing, alle Achtung! Hier wurde Geld verdient, aber auch ausgegeben, hier kontrollierte kein Bundesrechnungshof und machte Abstriche, wo es nur eben ging.

»Ist aber gar nicht so einfach, in das Gebäude hereinzukommen: Videokameras, zweimal eine Ausweiskontrolle und dann so ein komischer kurzer Gang.«

»Sicherheitsschleuse.«

»Aha.« Schmidt tat so, als verstehe er. »Gehören die Männer in den blauen Uniformen mit den umgeschnallten Revolvern zum konzerneigenen Wachpersonal?«

Harings lächelte selbstgefällig, denn das wirkungsvolle Konzept ging noch auf die Zeit zurück, als er Sicherheitschef des Unternehmens gewesen war. »Ja. Auf unseren Schutz legen wir großen Wert, wie Sie gesehen haben.« Bedauernd fügte er hinzu: »Schade, daß es in der heutigen Zeit nicht mehr ohne geht! Außerdem kann man dem Staat nicht alle Verantwortung aufbürden. Stimmt's?«

Als Schmidt darauf nicht antwortete, fragte er freundlich: »Whisky, Cognac oder einen Aperitif?«

»Mineralwasser bitte.«

Dann versanken sie in der Sitzlandschaft und sahen sich einige Sekunden an.

»Sie haben auch mit Ihrem Vorgesetzten gesprochen, nehme ich an?«

»Ja.«

»Aber mit aller Diskretion.«

Schmidt nickte.
»Herrn Augustin wollen wir wirklich aus dem Spiel lassen, es geht nur um Sie und um mich.«
Schmidts Augen wanderten durch das Fenster zu der gläsernen Spitze eines Hochhauses, deren Form einer Pyramide nachempfunden war.
»Wie ich sehe, haben Sie noch Bedenken, mein lieber Herr Schmidt.«
Schmidt antwortete nicht.
»Kann ich verstehen. Wie lange arbeiten Sie jetzt schon für den Staat?«
»Mehr als zehn Jahre. Gleich nach dem Studium bin ich in den Dienst eingetreten.«
»Darf ich fragen, was Sie...?«
»Volkswirtschaft.«
»Alle Achtung. Aber Juristen haben es wohl im Staatsdienst einfacher. Habe ich recht?«
Kennen die Paragraphen und die Hintertürchen, treten nicht so in die Fußangeln, dachte Schmidt für sich. Für Harings hob er nur die Schultern. »Mag sein.«
Harings suchte nach einer Überleitung, um auf sein Thema zu kommen. »Schauen Sie, ein jeder Wechsel ist mit Ungewißheit verbunden. Macht aber nicht gerade das den Reiz aus? Um so mehr, wenn auch das Umfeld stimmt? Sie sich frei entfalten können?«
»Schon möglich.« Schmidt gab sich einsilbig.
»Herr Schmidt, ich kann Ihre Reserviertheit verstehen, denn falls Sie zur Zusammenarbeit mit uns bereit sind, dann begeben Sie sich nach der engstirnigen Sicht der Polizei auf das Feld der verdeckten Ermittlungen. Und verdeckte Ermittlungen haben etwas Anrüchiges, erst recht, wenn der Staat sie begeht, weil er eine Methode anwendet, die Juristen im übertragenen Sinne gerne mit derjenigen von Verbrechern vergleichen: Verdeckt ist heimlich, heimlich ist in einem Rechtsstaat mehr als suspekt, weil es meistens nicht um belegbare Fakten, sondern um den Anschein geht. Ein Staat sollte möglichst nur offen und im Rahmen der Gesetze gegen das Verbrechen ankämpfen. Das ist übrigens auch meine Meinung. Aber ge-

rade durch diese Forderung sind seine Möglichkeiten eingeschränkt. Sie, Herr Schmidt, wären an diese Einengung fortan nicht mehr gebunden. Sie wären eher ein ... ein ...«

»Ein *Undercover Agent*«, half Schmidt Harings weiter, »wie die Amerikaner so bildhaft sagen.«

»Wenn Sie damit andeuten wollen, daß Sie nicht mehr in dem Maße Ihrem Beamteneid verpflichtet sind, wobei dies in Ihrem Fall, Herr Schmidt, sowieso zweitrangig ist, da Sie ja kein Polizist draußen an der Front sind, dann könnte man das so bezeichnen. Aber im Gegensatz zum UCA, einem Undercover-Agenten, halten Sie sich voll an die Gesetze. Sie, Herr Schmidt, werden keines übertreten. Das ist ein ganz, ganz großer Unterschied.«

»Aber ich arbeite auf eigene Faust, so wie ein UCA. Oder werde ich von einem Vorgesetzten geführt?«

Harings lächelte, Schmidts Beamtenmentalität war unwiderstehlich. »Herr Schmidt, im Grunde genommen bin ich froh, weil Sie Ihre Bedenken offen aussprechen. Ein Manager aus meiner Gesellschaft hätte sie erst gar nicht. Damit will ich sagen, daß durch Sie während Ihrer Tätigkeit gewiß nichts Ungesetzliches geschehen wird, denn dazu sind Sie zu sehr mit den Prinzipien des Staates verwurzelt. Das beruhigt mich. Und in die Situation, unter den Paragraphen 34 der Strafprozeßordnung zu fallen, wenn Sie zum Beispiel auf der Flucht in ein Haus eindringen, werden Sie auch nicht kommen, da es für Sie nie den gesetzlichen Notstand geben wird. Paragraph 163, der das Legalitätsprinzip regelt, wonach bestimmte Straftaten nicht wegen einer größeren geduldet werden dürfen, kommt für Sie erst recht nicht in Frage. Sind damit Ihre Ressentiments ausgeräumt?«

Schmidt überlegte und beobachtete dabei die kleinen aufsteigenden Perlen des Mineralwassers in seinem Glas.

»Ich wäre also nur im Innendienst, sozusagen.«

»Richtig. Zusammen mit noch einem Mitarbeiter oder einer Mitarbeiterin. Wenn Sie noch mehr Mitarbeiter brauchen sollten ...? Sagen Sie es ruhig.«

»Wird wohl nicht erforderlich sein.«

»Gut. Ich stelle aber einen Computerexperten für Sie ab.«

»Kenne mich selbst ganz gut aus.«

»Mag schon sein, Herr Schmidt«, gab sich Harings freundlich, »aber mit unseren speziellen Rechnern und Dateien kommen Sie als Außenstehender nicht so ohne weiteres zurecht. Wenn Sie sich eingearbeitet haben, können wir wieder darüber reden.«
»Und wo befände sich mein ... mein Einsatzort?«
»Hier in Frankfurt. Nicht weit weg von der Bundesbank, in einer Jugendstilvilla. Tolles, guterhaltenes Gebäude übrigens.«
»Ich müßte dann zwischen Bonn und Frankfurt hin- und herpendeln«, gab Schmidt zu bedenken und kehrte ohne Absicht den unflexiblen Beamten heraus.
»In der Villa gibt es eine Wohnung«, konterte Harings. »Eine sehr schöne Wohnung.«
»Hm.« Und dann kam Schmidt ins Grübeln. Er war sich darüber im klaren, faktisch schon dem Angebot von Harings zugestimmt zu haben. Einen Rückzieher machen wollte er auch nicht mehr, wenn er ehrlich war. Aber er grübelte trotzdem, dabei zierte er sich nur noch vor sich selbst. »Das mit den Mitarbeitern paßt mir nicht so recht«, beschwerte er sich zaghaft, der bisher immer gewohnt war, auf sich allein gestellt zu arbeiten. Als Einzelkämpfer zu agieren sagte ihm zu, denn so konnte nur einer Fehler machen: er selbst. Und da er sich einschätzen konnte, ihm selten Fehler unterliefen, ging ihm die Arbeit auch so reibungslos von der Hand.
Harings bezog keine Stellung zu Schmidts letztem Einwand, überließ ihn seinen Gedanken, stand schließlich auf, sprach mit seiner Sekretärin und verlangte die Unterschriftenmappe. Zwei Minuten später las Schmidt den ersten Vertrag durch. Damit fertig, sah er Harings erstaunt an. »Warum überweisen Sie mein Gehalt von Ihrem Filialunternehmen in Luxemburg auf das Konto einer dort ansässigen Bank?«
»Können Sie sich das nicht denken?«
Schmidt konnte schon, ihm waren die steuerlichen Aspekte und im besonderen die Vorzüge des Nachbarlandes gut geläufig.
»Nein«, antwortete er unschuldig.
»Herr Schmidt, Sie werden von unserer Filiale in Luxemburg angestellt und auch in Luxemburg bezahlt. Bringt Ihnen nur Vorteile. Steuerlich gesehen.«
»Zweihunderttausend im Jahr«, murmelte er vor sich hin, wozu

Harings nickte. »Aber die Spesen mache ich hier in Frankfurt, zumindest außerhalb von Luxemburg.«
»Richtig. Spesen und Gehalt sind getrennt. Ihr Spesenkonto wird eingerichtet bei der Hoch-Main-Bank. Wir sind zu mehr als fünfzig Prozent an ihr beteiligt«, lieferte Harings die Begründung gleich hinterher, warum er ausgerechnet diese Bank ausgewählt hatte.
»Und der zweite Vertrag? Wie soll ich ihn verstehen?« wollte Schmidt wissen, obwohl ihm Augustin schon die Möglichkeit einer solchen Konstellation angedeutet hatte.
»Wie Sie erkennen können, arbeiten Sie offiziell für unsere gesellschaftseigene Stiftung. Und zwar wissenschaftlich, wie man das zu nennen pflegt. Sie sollen neue Praktiken der computertechnischen Verwertbarkeit von Bank- und Versicherungsdaten entwickeln. Bezahlt werden Sie nur, wenn Sie Erfolg haben sollten. Der zweite Vertrag ist für Sie immer im Zusammenhang mit dem ersten zu sehen. Verstehen Sie, was ich meine?«
Schmidt verstand Harings nur zu gut. Nachdem alle Fragen, die ihm noch einfielen, und ihm fielen viele ein, geklärt und, wie er zugeben mußte, zu seiner Zufriedenheit beantwortet worden waren, wollte er seinen neuen Arbeitsplatz, die Jugendstilvilla, sehen.
»Wir können zwar hinfahren, aber im Augenblick wird sie noch renoviert. Verschieben wir das lieber um zwei Wochen. Einverstanden?«
Schmidt war einverstanden, konnte sich aber die nächste Frage nicht verkneifen: »Renoviert? Haben Sie denn mit meiner Zusage gerechnet?«
»Nein.« Harings lächelte fein. »Gehofft, ja, aber damit gerechnet, nein. Allerdings, Herr Schmidt, haben wir auch nicht auf Sie allein gesetzt. Sie verstehen? Uns liegt die Bekämpfung des Terrorismus so am Herzen, daß wir, gleichgültig, wie Ihre Entscheidung auch ausgefallen wäre, mit unserer selbstauferlegten Mission begonnen hätten. Seit beinahe fünf Jahren schon arbeiten wir an diesem Plan, jetzt endlich wird er gezielt in die Tat umgesetzt. Wollen Sie nicht doch vielleicht einen Cognac, Herr Schmidt?«

Bei Vertragsabschlüssen gehört es sich, daß man feiert. Harings lud Schmidt zu sich nach Hause ein. Und wenn Schmidt nach Besichtigung der Konzernzentrale gedacht hatte, es gäbe keine Steigerung mehr an Komfort, Harings belehrte ihn eines Besseren. In seinem Bungalow, am Rande des Taunus in Lorsbach gelegen, sah Schmidt den Gegenwert von etlichen Jahresgehältern an den Wänden hängen, auf dem Boden liegen oder einfach im Raum herumstehen.
Ein Hallenbad gehörte natürlich auch dazu, das im Sommer dank einer ausgeklügelten Hydraulik in ein freies umfunktioniert werden konnte, außerdem ein Fitneßraum samt Sauna und Solarium. Von der nach Westen gelegenen Terrasse genoß Schmidt den unbeschreiblichen Blick in Richtung Taunus, dessen Mischwald schon in knapp hundert Metern Entfernung begann. Beiläufig klärte Harings ihn darüber auf, daß die Grundstücksgrenze nicht am Waldrand ende, sondern um einiges dahinter.
Harings' junge Frau lernte Schmidt auch kennen. Auf mindestens zwanzig Jahre schätzte er den Altersunterschied zwischen seinem Gastgeber und Rebecca Harings, wie sie ihm vorgestellt wurde. Mitte Dreißig mochte sie sein, höchstens. Und Tanja, die Tochter, zählte knapp fünf, war also in Volkers Alter. Aber: Was Schmidts Sohn bisher in seinem jungen Leben an Spielzeug in den Geschäften gesehen hatte, bei Tanja konnte man es im eigens eingerichteten Spielzimmer höchst dekorativ aufgebaut bewundern.

Während Schmidt, durch und durch Beamter, auf der Rückfahrt nach Bonn zum x-ten Male seine Entscheidung überdachte, sich dann, wenn ihm Zweifel kamen, an dem für ihn wichtigen Passus der Abmachung aufrichtete, wonach er zu jeder Zeit aus dem Vertrag aussteigen konnte, traf sich Harings mit den Sprechern der anderen Konzerne und Firmen. Zwar ganz zünftig, aber in keinem Fall standesgemäß hatte man eine Kneipe in Sachsenhausen ausgewählt, wo es den berüchtigten Äppelwoi zu trinken gab und sich die meist jugendlichen Gäste die Türklinke in die Hand gaben.

An einem blankgescheuerten Rundtisch aus Buchenholz saßen die sieben Herren etwas abseits in der Ecke, wirkten in dieser verräucherten Atmosphäre, welche die Augen tränen und den Blick sich trüben ließ, wie eine doppelte Skatrunde, die ihre Spielkasse auf den Kopf hauen will. Wer vermutete schon hier in einer solchen Umgebung die Spitzenmanager und Direktoren von Großunternehmen?

»Verlief wie erwartet«, begann Harings seinen kurzen Bericht in einer Lautstärke, die seine Worte nicht über den Tisch hinaustrug. Dem Ergebnis entsprechend sah er keine Veranlassung, seine Zufriedenheit zu verbergen. »Die Regierung wird das Angebot der anderen EG-Staaten aller Voraussicht nach nicht annehmen. Und ohne deutsche Beteiligung wird es EG-weit keine verdeckt operierende Einheit gegen den Terrorismus geben.«

»Kommt ja unseren Vorstellungen sehr gelegen, diese Entwicklung«, ließ sich der Vertreter der Banken vernehmen.

Harings sprach weiter: »Wir haben den Mann, den wir haben wollen. Er ist für uns der beste. Mit ihm kommen wir zum Ziel.« Harings blickte in die Runde, man nickte ihm zu. »Nach der intensiven Vorarbeit konnte er nicht mehr absagen.«

»Wird er uns die gleiche Loyalität entgegenbringen wie seinem bisherigen Arbeitgeber?« fragte der Vertreter der Chemie ohne unterschwellige Skepsis.

»Leute wie Schmidt können nur geradeaus denken, auch wenn sie einen Banküberfall begehen. Er wird loyal sein. Und er wird alles dransetzen, um uns nicht zu enttäuschen, weil er genau weiß, wie man Mißerfolge unters Volk bringen kann.«

»Wann fängt er an?«

»Schon am 1. Dezember, in zehn Tagen also. Ich werde ihn noch ausführlich in seine neue Tätigkeit einführen. Er wird mir jede Woche einen Bericht zukommen lassen, den ich an Sie alle weiterleiten werde.«

»Kontakt zu seinem Noch-Vorgesetzten?«

»Wir wollten Schmidt, wir haben ihn. Zu Augustin darf uns kein Kontakt nachgewiesen werden. Keine Eigenmächtigkeiten bitte, meine Herren, die eventuell schlimme Folgen haben können. Wir müssen ihn abschotten. Gut, er und ich, wir kennen uns schon

lange. Aber in Augustins Gegenwart werde ich, mag der Kreis auch noch so privat sein, nie ein Wort über Schmidt und dessen neue Tätigkeit fallenlassen. Auch die Regierung muß herausgehalten werden. Wir helfen ihr uneigennützig, und zwar ohne ihr Wissen! Sind wir uns da einig?«
Bedeutungsvolles Nicken. Mit diesen warnenden Worten war der offizielle Teil beendet. Und dann wurde es noch eine lange und teure Nacht. Standesgemäß wechselte man nach der zweiten Runde Äppelwoi in exklusivere Lokalitäten.

Die nächsten Tage kamen Schmidt vor wie ein Spießrutenlauf. Jeder im Ministerium, so dachte er, müsse ihm den Verrat ansehen. Jeder müsse ihn darauf ansprechen, ihn tadeln und dann als unausweichliche Konsequenz vor ihm ausspucken. Nichts. Noch nicht einmal Augustin erwähnte auch nur ein winziges Wort, behandelte Schmidt wie all die Jahre zuvor auch.
Haben sie sich abgesprochen, kam es Schmidt in den Sinn? Bestrafen sie mich jetzt, indem sie bewußt das Thema ausklammern?
So ganz unbegründet war sein Verdacht nicht, da er seine Beurlaubung zum 1. Januar eingereicht und gleichzeitig für den Dezember um den restlichen Jahresurlaub ersucht hatte. Beides wurde ihm in erstaunlich kurzer Zeit bewilligt, obwohl die unteren Gehaltsklassen normalerweise zwischen den Jahren Dienst schieben müssen, weil sich die höheren irgendwo südlich des Äquators sonnen. Oder oberhalb von zweitausend Metern.
Dann kam der 30. November. Schmidt packte seine Sachen zusammen, wurde seinem Nachfolger vorgestellt, den er in der Kürze der Zeit nicht mehr hatte einarbeiten können, und wollte klammheimlich verschwinden. Augustin hinderte ihn daran und bat zu einem letzten Gespräch. Erwartungsgemäß pochte er nochmals darauf, von Schmidt über alle wichtigen Ergebnisse informiert zu werden, dafür dürfe er als Gegenleistung ja auch an die Rechner des Innenministeriums heran. Natürlich nicht auf dem normalen Wege, wäre ja zu auffällig, aber Herr H. werde ihm schon mitteilen, wie das anzustellen sei.

Schmidt versprach, was man von ihm erwartete, war sogar froh, auf diese ungewöhnliche Art den Kontakt zu seiner alten Dienststelle aufrechtzuerhalten.
Augustin meinte dann, Schmidts Freude dämpfend, alle zukünftigen Treffen müßten leider außerhalb des Ministeriums stattfinden, was Schmidt gar nicht paßte. Bei ihm zu Hause, das sei auch zu gefährlich, fügte Augustin hinzu. Aber da er ja wisse, wo er Schmidt finden könne, werde er sich alle ein oder zwei Wochen telefonisch bei ihm melden. Damit war Schmidt dann endgültig entlassen.

Mehr als eine Woche war der Dunkle schon wieder in Paris und hatte in all den Tagen seltsame Aktivitäten entwickelt. Übervorsichtig, als sei die Angst sein neurotischer Partner, suchte er diverse Adressen auf und gab unterschiedliche Dinge in Auftrag. Prompt führte man seine Bestellungen aus, jetzt war er auf dem Weg zu einem weiteren Lieferanten, dem vorletzten.
Unschlüssig verharrte er an der Kreuzung, wandte sich dann nach links und schlenderte über die Rue La Fayette bis in die Nähe des Bahnhofs Gare du Nord.
Vor einem kleinen Schaufenster, vollgestopft mit Requisiten für Angel- und Jagdsport, blieb er stehen und erweckte den Eindruck, als interessierten ihn die Auslagen. Entschlossen ging er nach einer Weile in das Geschäft. Wie von ihm beabsichtigt, war er, da kurz vor Feierabend, an diesem Samstag der einzige Kunde.
Der Besitzer erkannte den Mann mit dem dichten Vollbart, denn gleich nach der Begrüßung eilte er unaufgefordert in einen Nebenraum und kam mit einem schwarzen, länglichen Kasten zurück, den er auf der Theke abstellte. »Monsieur, alles fertig, wie gewünscht.« Er rieb sich die Hände an seinem Kittel, öffnete den Kasten, griff mit spitzen Fingern nach einem etwa fünfzig Zentimeter langen, daumendicken Rohr aus Metall und hielt es ihm hin.
Der Mann nahm das Rohr entgegen, wog es in der Hand, drehte sich zum Schaufenster, setzte es ans Auge, kniff das andere zusammen und blickte hindurch.

»Ausgezeichnete Arbeit«, meinte er und wandte sich wieder dem Besitzer zu. »Und wo ist der Druckbehälter?«
Der Angesprochene lächelte und zog einen Gegenstand, der zwar wesentlich kürzer, aber gleich dick wie das Rohr war, aus seiner Hosentasche.
»Hier, Monsieur. Sie schrauben ihn am hinteren Ende einfach fest.« Er nahm das Rohr an sich und demonstrierte den Vorgang. »Vorher allerdings müssen Sie daran denken, daß Sie noch . . .«
»Ich weiß«, unterbrach ihn der Mann. »Wieviel?«
»Tausendfünfhundert letzte Woche angezahlt, also noch zweitausend Franc.«
Wortlos zählte der Mann das Geld ab, während der Besitzer den Gegenstand in den Kasten zurücklegte und verpackte, bedankte sich für die saubere Arbeit und verließ den Laden. An der ersten Straßenecke nahm er den Hut vom Kopf und stopfte ihn achtlos in einen Papierkorb. Zwei Straßen weiter tat er das gleiche mit seinem Vollbart. Die Sonnenbrille aus Spiegelglas aber ließ er auf.
Im Hotel Clichy in Corbeil-Essonnes, einem südlichen Vorort von Paris gleich an der Autobahn nach Lyon, verschloß er zuerst die Tür seines Zimmers, packte dann das Metallrohr aus und befestigte an ihm zwei Halterungen. Anschließend schraubte er hinten den Druckbehälter fest. Vorne schob er eine durchgebohrte Kugel aus schwarzem Kunststoff über das Rohr, die von Größe und Oberflächenstruktur einem Golfball ähnelte. Alles zusammen montierte er auf eine Videokamera. Unheilvoll wirkte sein Gesicht, und es schien von einer satanischen Vorfreude überzogen zu sein, als er die Kamera aufnahm und durch den Sucher blickte.

Die Villa paßte sich nahtlos Schmidts Komfortmaßstab an, der inzwischen vom Versicherungskonzern geprägt war. Unweit der Bundesbank, zwischen Hessischem Rundfunk und dem Hauptfriedhof gelegen, stand sie als Einzelobjekt auf einem länglich zugeschnittenen Grundstück, dessen hinterer Teil von einem zweiten, gleichfalls der Versicherung gehörenden Gebäude begrenzt wurde.

Von der Straße her wirkte die Villa mit der breiten, vierstufigen Außentreppe sehr wuchtig für Jugendstil. Den Eindruck konnten auch die hohen Fenster, eingerahmt von kunstvoll bearbeiteten Sandsteinsimsen, nicht mildern. Der Außenputz war schon leicht verwittert und in einer undefinierbaren beigebraunen Sandfarbe gehalten, Koniferen postierten sich vor dem Eingang wie nimmermüde riesige Wachposten.
Es war schon eine gewisse Andacht auszumachen, als Schmidt durch die Räume wandelte, das Parkett bewunderte, gelegt im klassischen Fischgrätenmuster, die Stuckverzierungen an der Decke betrachtete und ehrfürchtig durch die fast raumhohen Türen ging, als sei er in der Zwischenzeit auf ein wesentlich kleineres Maß geschrumpft.
»Nun, sind Ihre Erwartungen erfüllt?« fragte Harings.
»Kann man wohl sagen«, antwortete Schmidt und blieb im Erdgeschoß interessiert im wichtigsten und größten Raum stehen, in dem alle nur denkbaren technischen Einrichtungen vorhanden waren: Drei Monitoren zählte er, alle miteinander und dann gemeinsam mit einem großen Kasten verbunden, den Schmidt mit fachkundigem Blick sofort als die zentrale Speichereinheit erkannte. Dazu mehrere Telefone, eines abhörsicher, wie ihm Harings verriet, zwei Telefaxgeräte, zwei leistungsfähige Drucker, ein Kopierer, ein Aktenvernichter und mehrere Fernsehgeräte, das mittlere sogar mit einem knapp einen Quadratmeter großen Bildschirm.
»Das also wird Ihr gemeinsamer Arbeitsraum sein, Ihrer und der des Computerexperten.« Harings schmunzelte und blickte auf die Uhr. »In einer Stunde werden Sie den Experten kennenlernen.«
Gemeinsam gingen sie dann in Schmidts Büro, wo ebenfalls eine Computeranlage stand und ein zum Hinlegen einladendes Sofa. Frischfarbige Aquarelle in Blau und besonders in Gelb verzierten die ansonsten weißen Wände aus Rauhfaser. Sie verliehen dem Raum etwas Freundliches, trotz der nüchternen und funktionellen Büroeinrichtung.
»Meinen Sie, als Beamter brauche ich so etwas?« gab sich Schmidt belustigt und deutete auf das Sofa.
Harings überging Schmidts Bemerkung, zeigte ihm den zweiten Büroraum, den des Computerexperten, und einen dritten, falls er

noch einen zusätzlichen Mitarbeiter benötigte. Sie sahen sich die volleingerichtete Küche an, den schon zum Teil mit gängigen Konserven und unverderblichen Waren aufgefüllten Vorratsraum, den kleinen Salon, gedacht zum Frühstücken und für die Pausen, und die Toilette. Anschließend führte Harings Schmidt ins Obergeschoß.

»Wie, soll ich allein all diese Räume bewohnen?« staunte Schmidt, als er die luxuriös eingerichtete Wohnung in Augenschein nahm und sie mit seiner in Bonn verglich. »Sind bestimmt über hundertfünfzig Quadratmeter.«

»Zweihundertzwanzig.«

Schmidt schluckte und wirkte verlegen.

»Unten gibt es kein Wohnzimmer. Wenn Sie einmal eine Gesellschaft geben wollen, Herr Schmidt...?« Es war Absicht von Harings, den Satz nicht zu beenden, weil er sich noch mehr an Schmidts Überraschung weiden wollte.

»Ich, eine Gesellschaft geben?« Die Verlegenheit nahm zu, während Harings mit einer Selbstverständlichkeit über all die Dinge sprach, die Schmidt nur aus Zeitschriften oder Filmen kannte.

»Herr Schmidt, ein harmonisch ausgewähltes Umfeld ist wichtig für die Arbeitsleistung, stimuliert die Kreativität, setzt Impulse. Das müßten auch Sie wissen.«

Ich ja, aber der Staat weiß es nicht, dachte Schmidt und drückte mit einem Finger auf das französische Bett, als habe er Ahnung, wie weit eine teure Matratze nachgeben durfte.

Je länger Schmidt sich in seiner neuen Wohnung bewegte, die Behaglichkeit und den Geruch von frischer Wäsche, vermischt mit dem von Leder, auf sich wirken ließ, desto mehr schob er alle unangenehmen Gedanken beiseite, die ihn immer noch wegen seiner Entscheidung heimsuchten. Hier läßt es sich aushalten, sagte er sich, hier läßt sich auch bestimmt gut arbeiten.

Auf dem Weg nach unten fragte Schmidt: »Als was wurde die Villa früher genutzt?«

Harings blieb auf dem breiten Treppenpodest stehen und wandte sich ihm zu. »Hier haben in den vergangenen Jahren diskret alle wichtigen internen Gespräche des Konzerns stattgefunden, ich meine die zwischen den Direktoren und den leitenden Abteilungs-

leitern. Und wir haben auch mit anderen Gesellschaften in diesem Hause konferiert. Ein idealer Ort, mitten in Frankfurt und dabei so sicher.«
»Sicher?« Schmidt verstand den Zusammenhang nicht ganz und fragte nach: »Inwiefern?«
»Nun, Mitte der siebziger Jahre machten sich verschiedene Terrorgruppen einen mehr als makabren Spaß daraus, Industrielle oder Konzernvorsitzende zu entführen und umzubringen. Deshalb haben wir die Villa im höchsten Maße den erforderlichen Sicherheitsansprüchen unseres Hauses angepaßt. Die Fenster beispielsweise sind aus doppeltem Panzerglas und mit Stahl eingefaßt. Man kann sie nicht öffnen. Der Luftaustausch erfolgt über eine Belüftungsanlage, die über Infrarotmelder, Temperatur- und Feuchtigkeitsfühler gesteuert wird.«
»Aha«, murmelte Schmidt und besah sich das Fenster gleich neben sich.
»Sieht aber normal aus.«
»Dann klopfen Sie mal dagegen.«
Schmidt wunderte sich über den dumpfen Klang.
»Es gibt keine tragbare Feuerwaffe, die dieses Glas durchschlagen kann, ausgenommen eine Panzerfaust natürlich«, schränkte Harings ein, und man sah ihm an, daß er diese Sicherheitslücke bedauerte.
»Sehr beruhigend.« Schmidt dachte unwillkürlich an das Luxemburger Attentat.
»Und die Türen sind noch sicherer. Ich meine die Außentüren. Sechs Zentimeter gehärtete Stahleinlage, verkleidet mit Asbest.«
»Ist aber krebsgefährdend.«
Harings lächelte mitleidig. »Einbruchsmelder an jeder Hausöffnung, gekoppelt mit unserem konzerneigenen Sicherheitsdienst und dem nächsten Polizeirevier, dessen Beamten in spätestens fünf Minuten hiersein werden. Durch das Dach kann auch keiner, Unterschalung aus feuerverzinktem Stahlblech, zwölf Millimeter stark.«
»Und an eine ferngesteuerte Laufkatze im Kanalrohr haben Sie bestimmt auch gedacht.«
»Eine was?«

»Die wieseligen Dinger, wie sie die Post beim Kabelziehen in Rohren benutzt. Kleine elektrische Maulwürfe, kommen überall durch.«
Harings' Augen flackerten. »Nein, daran haben wir nicht gedacht.«
»Aber ich, als mein Ministerium die Sicherheitseinrichtungen des Kanzleramtes vervollständigt hat. Und an die Wasserleitungen auch. Wie schnell kann man davon eine anzapfen und ihr eine bestimmte Injektion verpassen.«
Harings wirkte leicht verstört, als er die Treppe hinunterging und sich unten im großen Arbeitszimmer auf einen Stuhl setzte. Aber er hatte noch einige Überraschungspfeile im Köcher, die er jetzt nacheinander zog.
»Bisher haben wir nur über Ihr Gehalt und Ihre Spesen gesprochen, Herr Schmidt. Sicherlich vermuten Sie, daß es auch einen ausgewiesenen Etat für das Unternehmen gibt?«
»Haben Sie schon erwähnt, wenn ich mich richtig erinnere. In Köln, glaube ich.«
Harings nickte. »Fünf Millionen.«
»Fünf Millionen?«
»Fünf Millionen Mark für die ersten zwei Jahre. Das ist der Etat. Nicht zu verachten, was?«
Schmidts Stirn legte sich zuerst in Falten, dann sackte sein Unterkiefer leicht nach unten.
»Aber warum soviel?« brachte er allmählich hervor, nachdem sich seine Überraschung gelegt hatte. »Mit welchen Kosten rechnen Sie denn überhaupt?«
»Nun, Nachrichten und Informationen haben ihren Wert. Und man muß meistens für sie bezahlen. Die Informationen, die Sie benötigen, sind ausgesprochen teuer, wie ich mir vorstellen kann. Fünf Millionen auch deshalb, weil das genau der Summe entspricht, die damals die Kidnapper von Dr. Korting verlangt und erhalten haben. Betrachten Sie es als symbolisch.«
Schmidt schwieg.
»Wollen Sie denn nicht wissen, in welcher Art Sie darüber verfügen können?«
»Äh... natürlich, will ich schon. Ist ja 'ne Menge Geld.«

»Bis fünftausend Mark genügt eine einfache Eigenbestätigung von Ihnen. Wir gehen davon aus, daß Informanten keine Quittungen unterzeichnen. Was über fünftausend hinausgeht, müssen Sie nachweisen. Unter bestimmten Umständen genügt auch der Geldfluß auf eine andere Bank, den wir überprüfen können. Verstehen Sie sicherlich.«
»Aber auf Wunsch eines Informanten das Geld ins Ausland zu überweisen wäre auch denkbar.«
»Ja.«
»Von meinem Spesenkonto?«
Harings schüttelte den Kopf, erhob sich und bedeutete Schmidt, ihm zu folgen. Er stieg in den Keller und blieb vor einer normal aussehenden, mit Eiche furnierten Tür stehen, deren einzige Auffälligkeit etwas oberhalb des Griffes eine Tastatur und eine postkartengroße Scheibe aus Milchglas waren.
»Das eigentliche Kernstück unseres Hauses ist der Raum, der hierhinter liegt«, verkündete er stolz. Dann drehte er sich zur Tür, verdeckte mit seinem Körper die Tastatur und tippte eine Zahl ein. Die kleine Scheibe wurde daraufhin von innen beleuchtet.
»Legen Sie bitte Ihre Hand drauf«, forderte er Schmidt auf.
Schmidt, an Verwunderung nun schon gewöhnt, tat es.
»Wann ist Ihr Sohn geboren? Nur Tag und Monat.«
»31. Mai.«
Harings gab die Zahl 3105 ein.
»An welche geschichtliche Jahreszahl erinnern Sie sich jetzt im Augenblick? Bitte nur drei Stellen.«
»732.«
»Was war denn da?«
»Schlacht bei Tours, Karl Martell besiegte die Araber.«
»Aha. Ich sage es ja immer: Man lernt nie aus.« Er gab auch noch die Zahl 732 ein und erklärte: »Wenn Sie diesen gelben Punkt hier drücken, das Geburtsdatum Ihres Sohnes und die Zahl 732 eingeben, anschließend Ihre Hand auf die Scheibe legen, dann schwingt die Tür automatisch auf. Probieren Sie es mal.«
Wenige Sekunden später befand sich Schmidt in einem ungewöhnlichen Kellerraum, der mit Metall verkleidet war und an dessen rechter Längsseite mehrere Safes standen.

»Ich kenne kaum eine Bank, die es mit uns aufnehmen könnte«, verkündete Harings nicht ohne Stolz. »Wozu Luftschutzkeller doch dienlich sind«, schickte er lächelnd hinterher. »Und wenn Sie, Herr Schmidt, egal, aus welchen Gründen auch immer, einmal ungesehen das Haus verlassen müssen, dann legen Sie einfach diesen roten Hebel um.« Harings ging zur gegenüberliegenden Wand, legte den bewußten Hebel um, worauf ein Teil der Metallverkleidung fast geräuschlos zur Seite glitt. Dahinter war ein Gang zu sehen, in dem jetzt flackernd das Licht ansprang. »Führt zu dem zweiten Gebäude, am Ende des Grundstücks«, klärte er Schmidt auf. »Man kann ja nie wissen.« Er führte den Hebel in die alte Position zurück, und die Öffnung schloß sich wieder.
Schmidt war nachdenklich geworden. Für ihn bedeutete der Hinweis auf diesen Fluchtweg, daß seine neue Tätigkeit gefährlicher werden könnte, als er es sich gedacht hatte.
»Ich glaube nicht, daß Sie ihn jemals benutzen müssen.« Harings schien seine Gedanken erraten zu haben und ging auf einen Safe zu. »Bis zu zweihunderttausend Mark liegen immer bereit, Herr Schmidt. Manchmal muß es mit dem Geld ziemlich schnell gehen, denn Ihre Informanten werden nie viel Zeit haben. Hier, überzeugen Sie sich selbst.«
Zum erstenmal in seinem Leben sah Schmidt eine solch hohe Summe auf einmal. Er atmete durch, schüttelte den Kopf, was im Augenblick die einzige Möglichkeit für ihn war, seiner Verwunderung Ausdruck zu geben. Dann trat er näher an den Safe, griff sich ein Bündel Hundertmarkscheine, ließ es über die Daumenkuppe laufen und legte es wieder zurück. Wortlos drehte er sich um und ging auf den Ausgang zu.
Harings, ganz angetan von seiner gelungenen Überraschung, trug ein undefinierbares Lächeln zur Schau und verschloß den Saferaum. »Nicht vergessen, das Geburtsdatum Ihre Sohnes und die Schlacht bei... bei...?«
»Tours, 732.«
Wieder im Erdgeschoß, blickte Harings auf seine Uhr. »Wir haben noch einige Minuten Zeit, Herr Schmidt. Lassen Sie uns in den gemeinsamen Büroraum gehen, dann erkläre ich Ihnen die Arbeitsweise unserer Spezialdatei.«

Ohne eine Antwort abzuwarten, ging Harings voran, schaltete den Rechner ein und setzte sich hin. Schmidt nahm neben ihm Platz.
»Der Computerexperte wird Sie über die allgemeinen Dateien unterrichten, aber das hier«, Harings deutete zum Monitor, der gerade aufflackerte und seine Bereitschaft signalisierte, »das hier ist unser ganzer Stolz. In mühevoller Arbeit haben wir in den vergangenen Jahren all die Informationen zusammengetragen, die wir greifen konnten. Ich glaube, es gibt nicht viele Einrichtungen in Deutschland, die, den Terrorismus betreffend, so gut bestückt sind wie wir.«
Harings nannte die Codewörter, mit deren Hilfe man in die Datei einsteigen konnte, und verwies darauf, daß es Schmidts Entscheidung unterliege, ob er sie dem Experten mitteilen wolle. Anschließend zeigte er ihm den Aufbau. »Wir haben sämtliche Terrorakte nach folgenden Gesichtspunkten alphanumerisch systematisiert: alle in Deutschland und nur unter deutscher Beteiligung, dann die in Deutschland mit ausländischer Beteiligung und die im Ausland mit deutscher Beteiligung begangenen. Hinzu kommen noch global wichtige und spektakuläre Anschläge, zu denen sich eventuell später erst Querverbindungen ergeben könnten.«
Schmidt war fasziniert, als er die Datenvielfalt sah. Und er war fasziniert, mit welcher Gewissenhaftigkeit man die Details zusammengetragen hatte. Jeder Anschlag war in allen Einzelheiten aufgelistet und analysiert worden: von der anfänglichen Logistik über die ausführende Planung bis hin zu den Waffen und den erkennungsdienstlich verwertbaren Spuren. Der Waffenbeschaffung hatte man besondere Aufmerksamkeit geschenkt, denn gerade in diesem Punkt ergaben sich die oftmals wichtigen Verbindungen zu anderen Organisationen.
»Angenommen, Fahnder des BKA finden nach einem Attentat oder in einer konspirativen Wohnung einen Hut der Größe 59. Sie geben es ein, wenn Sie davon erfahren, und können so in Sekundenschnelle herausfinden, ob es einen Terroristen mit eben dieser Kopfgröße gibt. Hängen an dem Schweißband noch einige Haare, kann man den Träger des Hutes, falls er erkennungsdienstlich erfaßt ist, in kürzester Zeit absolut sicher identifizieren. Aber das werden Sie ja alles schon aus Ihrer bisherigen Tätigkeit kennen.«

Schmidt nickte, war aber trotzdem beeindruckt, zu welchen aussagefähigen Informationen eine private Interessengemeinschaft wie die der Firmen und Konzerne kommen konnte. Bisher hatte er gedacht, diese seien allein dem Staat vorbehalten.

»Mit Pistolen und Projektilen, die bestimmte Merkmale haben, ist es das gleiche wie mit dem Hut, wie mit allen anderen Hinweisen auch. Sie können zuerst nach Übereinstimmungen in Deutschland suchen und dann, wenn Sie nicht weiterkommen, auf das Ausland ausweichen. Wollen Sie es mal an einem Beispiel testen?«

Schmidt war einverstanden und gab unter dem Stichwort »Brille« die Gläserstärke, die ihn interessierte, mit mehr als sechs Dioptrien an. Auf der zwanzig bis dreißig Personen umfassenden Kommandoebene oder im »harten Kern« der RAF gab es einen, auf den dieses Kriterium zutraf. Bei den organisatorisch darunter angesiedelten »Kämpfenden Einheiten«, deren Größe man auf bis zu fünfzig schätzte, keinen, ebenso wie beim noch weiter unten rangierenden sogenannten militanten Umfeld, dessen Stärke nicht genau bekannt war. Unter den mehr als 2000 Sympathisanten entdeckte er allerdings 18 Personen mit der von ihm gesuchten Gläserstärke.

»Statistisch gesehen, liegen diese Gruppierungen nach dem Merkmal der Augenschwäche weit über Bundesdurchschnitt. Fazit: Sie müssen sich nach und nach Brillen beschaffen, weil sich aller Wahrscheinlichkeit nach mit der Zeit ihre Augen verändern werden. Genau hier, Herr Schmidt, hätten wir schon einen Ansatzpunkt in der Fahndung.«

Schmidt sah Harings skeptisch an. »Wieso?«

»Wer rechnet seine Brille, und Brillen sind teuer, wie Sie wissen, nicht über die gesetzliche oder private Versicherung ab?«

Als Harings ihm anhand der Arztrechnung auch noch den Weg aufzeigte, wie er dies eventuell mit Hilfe der anderen Dateien herausfinden konnte, entfuhr Schmidt anerkennend: »Das ist ja teuflisch genial.«

Harings schmunzelte und schluckte das Lob. »Welches Zugriffswort wollen wir festhalten?«

»Diabolo«, antwortete Schmidt, ohne lange zu überlegen.

Schmidt gab sich der Meinung hin, der Tag habe für ihn genug an

Höhepunkten gebracht. Er ging in die Küche, suchte alles zusammen und braute einen Kaffee. Als er sich gerade im großen Arbeitsraum an die Computereinheit setzen wollte, hörte er das melodische Dingdong der Eingangstür.
»Wird der Computerexperte sein«, vermutete Harings, drückte auf einen Knopf, woraufhin ein Monitor aufleuchtete und den Eingangsbereich zeigte.
Schmidt wäre beinahe die Tasse aus der Hand gefallen, so erschrak er, als er die Person erblickte.
»Aber das ist ja... das ist ja eine... eine Frau?« stotterte er und deutete auf den Bildschirm, als müsse er Harings von einer weltbewegenden Feststellung überzeugen.
»Und was für eine Frau, Herr Schmidt«, entgegnete dieser genüßlich. »Zudem ist Silke Kadenbach auf ihrem Gebiet fast unschlagbar. Sie ist meine beste Computerexpertin.«
Harings öffnete die Tür. Schmidt stand auf, wanderte umher, ging schließlich in die Küche, als wolle er sich verstecken. Und dann stand Silke Kadenbach mit offenem Mantel vor ihm. Harings zögerte bewußt die Vorstellung etwas hinaus, weil er sah, wie Frau Kadenbach auf Schmidt wirkte: wie sie immer auf Männer wirkte.
Schmidt wußte nicht, wohin mit seinen Händen, ließ die Tasse von der linken in die rechte wandern, rückte sich mit der jeweils freien Hand die Brille zurecht, blickte zu Boden, lief mit den Augen dem Muster des Parketts nach oder sah hoch zur Decke, wo er die Verzierungen in Stuck ausgesprochen gelungen fand. Dabei gab es keinen Grund, dem Anblick von Silke Kadenbach auszuweichen, es sei denn, man versuchte sich vor zuviel Feminität zu schützen.
Silke Kadenbach wies wirklich alle Attribute auf, die sich ein Mann an einer Frau wünscht. Schlank, mittelgroß, mit gutgeformten Beinen, wohl auch ohne die halbhohen Pfennigabsätze, die besonders ihre Waden betonten. Langes, kastanienbraunes Haar hatte sie, leicht gelockt, aber mit einem Übermaß an Widerspenstigkeit, was ihr etwas Verwegenes gab. Dann die Augen, so grünblau und unergründlich, wie Schmidt bisher noch keine gesehen hatte, deshalb starrte er auch sofort wieder in eine andere Rich-

tung. Aber für einen Augenblick konnte er noch ihren Mund wahrnehmen, der, grellrot geschminkt, ihm wie die personifizierte Verlockung vorkam.
»Darf ich vorstellen: Herr Ansgar Schmidt, Frau Silke Kadenbach. Sie sind ab sofort ein Team, hoffe ich.«
Zögernd ergriff Schmidt die Hand von Silke Kadenbach, drückte sie flüchtig, wollte sie wie heißes Eisen wieder loslassen, aber daran hinderte sie ihn.
»Freut mich, mit Ihnen zusammenzuarbeiten«, sagte sie mit einer Stimme, die Schmidt den Rücken herunterlief. Endlich hatte er seine Hand frei. Er betrachtete sie, als sei er froh, daß sie ihm wieder gehörte.
»Das ... das war nicht verabredet, Herr Harings«, verhaspelte sich Schmidt. »Von einer Frau war nie die Rede.«
Für seine Verhältnisse brüsk, wandte er sich ab und stellte sich ans Fenster.
»Haben Sie etwas gegen Frauen?« fragte ihn Silke Kadenbach.
»Nein.«
»Oder trauen Sie Frauen nicht zu, ihre Arbeit genausogut zu verrichten wie Männer.«
»Doch«, antwortete Schmidt einsilbig. »Traue ich ihnen zu.«
»Was ist es dann?«
»Das war so nicht abgemacht.« Zu mehr konnte Schmidt sich nicht aufraffen. »Habe noch nie mit einer Frau zusammengearbeitet«, lieferte er verspätet eine fadenscheinige Begründung nach, die mehr seinem Trotz denn einer Überlegung entsprang.
»Ach so ist das«, antwortete Silke Kadenbach gedehnt. »Mein Geschlecht stört Sie.«
Zögernd wandte sich Schmidt ihr zu, sah dann an ihr vorbei in Harings' Gesicht, den er am liebsten jetzt und auf der Stelle ...

Wenig später waren sie allein. Silke Kadenbach hatte ihren Mantel ausgezogen, und Schmidt befahl seinen Augen, sich mit anderen Dingen als mit ihrer Figur zu beschäftigen. Sie wanderte im Haus umher, besah sich die Arbeitsräume, anschließend im oberen Geschoß die Wohnung – Schmidt hatte auf ihre höfliche Frage nur nicken können –, kam zurück und setzte sich neben ihn.

»Wie es aussieht, müssen wir wohl miteinander zurechtkommen, Herr Schmidt. An mir soll es nicht liegen.«
Ruhig hatte sie gesprochen, ohne Emotion, sachlich. Trotzdem konnte Schmidt auch diesmal nicht verhindern, daß ihre Stimme ihm eine Gänsehaut bescherte. Daraufhin beschimpfte er sich, schalt sich einen verknöcherten Narren, dessen Pubertät wohl wieder durchgeschlagen sei. Unstet folgten dabei seine Augen dem verschlungenen Muster ihrer dunklen Strümpfe, das sich als kleine, eingewebte Herzchen entpuppte.
Schließlich gelang es ihm, mit ihr den Arbeitsablauf zu besprechen, wie er ihn sich vorstellte.
Silke Kadenbach war damit einverstanden und meinte, sie sei jeden Morgen um acht Uhr zur Stelle. Bis 18 Uhr könne ihre Arbeitszeit schon dauern, denn schließlich werde sie gut bezahlt.
Ganz auf Umsicht eingestellt, orderte sie zuerst telefonisch all die Dinge, die in eine Küche und in einen Kühlschrank gehören, wobei sie Schmidts Wünsche respektierte.
»Mittags können wir entweder in der Kantine des Hessischen Rundfunks essen«, schlug sie vor, »oder in der des Sozial- und Landesarbeitsgerichts. Die Oberfinanzdirektion würde ich nicht empfehlen.«
Am Nachmittag erzählte Silke Kadenbach, welche Tätigkeit sie bei der Versicherung ausgeübt hatte.
»Ich war für die Vertragsüberprüfung, insbesondere für den versuchten Versicherungsbetrug zuständig. Sie glauben ja nicht, zu welchen detektivischen Methoden man da gezwungen wird.«
Froh über das unverfängliche Thema, hakte Schmidt nach: »Wie hoch ist denn bei Ihrer Gesellschaft die Rate des Versicherungsbetruges?«
Silke Kadenbach lächelte. »In manchen Sparten über dreißig Prozent, so zum Beispiel bei Autos in der Teil- und Vollkasko. In anderen Bereichen ist es weniger. Hausrat, da gehen wir von zehn bis fünfzehn Prozent aus. Ist aber zum Teil schon in den Beiträgen berücksichtigt.«
»Ach, so ist das. Jetzt weiß ich auch, warum die so hoch sind und jedes Jahr aufs neue steigen.« Schmidt schmunzelte. »Und Ihre Aufklärungsquote? Wie war die?«

»Meine persönliche, wenn ich einen Verdacht gehabt habe?«
»Ja.«
Sie senkte den Kopf, wodurch ihre Haare nach vorne fielen und ihr Gesicht verbargen.
»Fast achtzig Prozent, würde ich sagen«, antwortete sie im Aufschauen. »Ganz gut, nicht?«
»Nur vom Schreibtisch aus?«
»Fast ausschließlich. In den seltensten Fällen schicke ich einen von unseren Überprüfern los.«
»Und Privatdetektive?«
»Nie.«
»Wenn Sie einen erwischt haben, dann kommt es sicherlich zur Anzeige.«
Silke Kadenbach lachte, bog den Kopf nach hinten und zeigte all ihre gleichmäßigen Zähne. »Haben Sie eine Ahnung. Zu Anzeigen kommt es in den meisten Fällen nicht. Erstens müßten wir vor Gericht die Schuld haarklein nachweisen, was gar nicht so einfach ist, wenn die Gegenseite einen gewieften Anwalt hat, zweitens läge zuviel Zeit dazwischen, in der sich der Verdächtige neue Ausreden überlegen könnte. Nein, wir klären das meistens schnell und intern. Der Erwischte unterschreibt, den Schaden gutzumachen, die von uns gezahlte Summe wird von ihm erstattet, und wir verzichten im Gegenzug auf die Anzeige. Damit ist beiden Seiten geholfen.«
Am späten Nachmittag waren die unverfänglichen Themen abgehakt. Schmidt wollte nun wissen, wie gut Silke Kadenbach mit dem Computer umgehen konnte, und bat sie, die von Harings erwähnten Dateien einmal aufzurufen. Gerne hätte er sich auf ihre Arbeit konzentriert, wenn da nicht ihre langen Fingernägel, lakkiert in der Farbe ihres Lippenstifts, gewesen wären, die er nicht mehr aus den Augen lassen konnte, und ihr Parfüm, dessen animierende Wirkung ihn veranlaßte, mehr und mehr von ihr wegzurücken.
»Wenn Sie etwas an mir stört, dann sagen Sie es nur«, forderte ihn Silke Kadenbach auf, die keine gute Psychologin sein mußte, um die Ursache von Schmidts Nervosität zu lokalisieren.
»Nein, nein, es ist nichts«, log Schmidt.

Als er an diesem Wochenende nach Bonn fuhr, hatte er nur noch einen Gedanken im Kopf: Silke Kadenbach. Er kam sich wie ein Pennäler vor, der hin und her gerissen war zwischen seiner ersten Liebe und nicht wußte, wie er sich zu verhalten hatte: Sollte er es der Angebeteten gestehen oder so tun, als ob nichts sei?
Schmidt bemühte sich, sehr erfolgreich, wie er meinte, so zu tun, als ob nichts sei, und deshalb wurde ihm seine Übertreibung in dieser Richtung nicht bewußt. In den zwei Tagen, die sie bisher zusammengearbeitet hatten, eignete er sich einen kühlen, routiniert klingenden Ton an, übertrieb es natürlich, wie man in vergleichbaren Situationen immer übertreibt, gilt es doch etwas zu verbergen, dessen Entblößung einer kleinen inneren Revolution gleichkommen würde, und verstieg sich dabei manchmal ins Unfreundliche und Muffelige. Kurz angebunden gab er ihr Anweisungen, beschwerte sich über dies und jenes, nörgelte herum, als hinge der Segen der Welt von ihren noch unbedeutenden Anfängen ab.
Silke Kadenbach ertrug ihn und durchschaute ihn. Wohl nur deshalb ertrug sie ihn. Aber jetzt, auf dem Heimweg nach Bonn, konnte Schmidt sich selbst kaum ertragen, weil es ihm trotz aller Willensanstrengung nicht gelang, sich von so etwas Profanem wie seinen Gefühlen zu lösen. Er sah sie vor sich, ihren Gang, die wiegenden Hüften, sah sie lächeln, wobei sich zwei Grübchen auf ihren Wangen bildeten, hörte sie reden. Und dann erst die Augen! Warm und kalt zugleich kamen sie ihm vor, wie ein auf Tiefe eingestellter Laser, der ihn gezielt von innen heraus verbrannte. Und geträumt von ihr hatte er auch schon.
Auf diesem vorläufigen Höhepunkt seiner gefühlsbedingten Zwiespältigkeit verabredete er sich für den nächsten Tag mit Rosi, seiner Freundin, die seit einem Jahr in lauernder Wartestellung verharrte, oder mehr in wartender Lauerstellung? Ein Regierungsdirektor, das wäre noch etwas für sie. Die Pension sollte ja auch ansprechend sein!
Und weil Schmidt so früh am Tag schon kam, das Essen noch nicht fertig war, versorgte sie ihn erst einmal mit ihrer körperlichen Hausmannskost. Und dabei war Rosi verwundert, zu welch ungeahntem Temperament sich Schmidt aufschwang und zu welch freudvoller Ausdauer. Sie konnte nicht wissen, er hatte nur ein Bild

vor den geschlossenen Augen: Silke Kadenbach. Nicht ihren Namen zu murmeln gelang ihm gerade noch.
Rosi, so ungemein angetan von Schmidt, einem fast neuen Schmidt, wähnte sich ihrem Ziel ein gutes Stück näher und gab sich alle Mühe, ihn aus tiefer Dankbarkeit mit einem Abendessen zu verwöhnen.
Rouladen mit Sauerkraut war eines von Schmidts kalorienstarken Lieblingsgerichten, und das servierte sie ihm mit allen Finessen. Sogar einen herben Weißwein, dazu noch richtig temperiert, opferte sie. Wenig später dann der Nachtisch: Tiramisu, mit dem sie Schmidt immer noch herumgekriegt hatte. Und Schmidt erweckte nach wie vor den Eindruck, als sei er in irgendeinem Himmel, dabei bewegte er sich im Augenblick gedanklich im dritten Stock des Hessischen Rundfunks, dort, wo sich auch die Kantine befand.

An diesem verregneten Dezembertag war der Dunkle der einzige Spaziergänger im südlichen Teil des Bois de Boulogne. Ziellos – er wechselte oft die Richtung, betrachtete interessiert einen Baum oder bückte sich – schlenderte er mit aufgespanntem Regenschirm, der wegen seiner extremen Wölbung fast gänzlich seinen Kopf verbarg, über die aufgeweichten Wege. Unschlüssig blieb er nach einer Weile vor einer Bank stehen, die von zwei Schwarzkiefern flankiert wurde. In der Hoffnung, sein Regenmantel schütze ihn vor der Feuchtigkeit, nahm er Platz.
Nach wenigen Minuten hörte er Schritte, ein Mann setzte sich neben ihn. Ohne den Schirm auch nur einen Millimeter anzuheben, fragte er den Ankömmling: »Ist Ihnen einer gefolgt?«
»Nein.«
»Das ist gut. Haben Sie es dabei?«
»Ja.«
Der Dunkle hob jetzt den Schirm so weit wie nötig und betrachtete seinen Nebenmann, der vor Nässe triefte und dessen Haar in langen Strähnen herunterhing.
»Beides?«
Der Mann neben ihm nickte.

»Gut. Auch die . . .?«
Wieder nickte der Mann, griff in seine Jackentasche und hielt dem Dunklen eine Schachtel hin. »Insgesamt fünf habe ich organisieren können.«
»Das reicht. Erklären Sie mir bitte, wie sie funktionieren.«
Der Mann öffnete die Schachtel und nahm einen schlanken, knapp drei Zentimeter langen, mattglänzenden Gegenstand heraus.
»Wenn der Pfeil auftrifft, gleitet die bewegliche Hülse weiter und drückt das Gift aus dem kleinen Hohlraum«, der Mann deutete mit dem Finger darauf, »durch eine dünne Kanüle nach vorn. Wie bei einer Spritze. Ende.«
»Interessante Konstruktion. Nur den vorderen Teil in das Gift zu tauchen genügt also nicht?«
»Doch. Aber Sie wollten ja die absolute Garantie.«
Der Dunkle lächelte flüchtig. »Und wo ist das Gift?«
Der Mann griff erneut in seine Jackentasche und stellte zwei verschiedenfarbige Glasfläschchen zwischen sich und den Dunklen auf die Bank.
»Blau ist für Blausäure«, meinte er grinsend, »und gelb für Rizin.«
»Welches ist das wirksamere?«
»Rizin.«
»Aha. Und wenn es schnell gehen muß, wie kann ich die Pfeile präparieren?«
»Kein Problem. Sie drücken die Hülse nach vorn, durchstoßen einfach den Deckel und ziehen das Gift auf. Fertig.«
»Kann ich es eimal probieren?«
Der Mann zuckte mit den Achseln. »Meinetwegen. Aber seien Sie vorsichtig. Benutzen Sie dabei immer Handschuhe.« Unaufgefordert reichte er dem Dunklen ein Paar.
»Sie denken auch an alles.«
Der Dunkle ließ den Schirm los, der nun von Kopf und Schultern gehalten wurde, riß die Verpackung auf, zog die Gummihandschuhe über und fragte: »Viertausend Franc, wie verabredet, nicht?«
Der Mann schüttelte den Kopf. »Sechstausend. Ging nicht billiger.«

»Okay.«
Der Dunkle durchstieß mit dem Pfeil den Deckel des gelben Fläschchens und schob die Hülse nach hinten. Der kleine Hohlraum füllte sich.
»Geht wirklich kinderleicht. Ach ja, hier das Geld.« Vorsichtig legte er den Pfeil auf die Bank und zählte 6000 Franc ab.
Hastig und mit zittrigen Fingern griff der durchnäßte Mann nach den Scheinen und malte sich aus, wieviel Stoff er davon kaufen konnte. Während er nachzählte, nahm der Dunkle den Pfeil und hantierte äußerst ungeschickt mit ihm. Er entschuldigte sich auch sofort für den kleinen Riß, den er dem Mann auf dem Handrücken beibrachte.
»Emile, was haben Sie...« Der Mann griff sich an die Kehle, riß die Augen auf und kippte zur Seite.
Ohne Regung betrachtete der Dunkle den Toten, nahm das Geld an sich, verstaute Fläschchen und Schachtel in seinem Regenmantel und stand auf.
»Wirkt tatsächlich enorm schnell«, murmelte er anerkennend, während er die Gummihandschuhe abstreifte. Ohne Eile entfernte sich Emile, wie der Mann den Dunklen genannt hatte. Aber Emile war nur einer der vielen Namen, die er benutzte.

Endlich wieder in Frankfurt. Oder schon wieder in Frankfurt? Schmidt wußte es nicht. Zumindest hatte ihm das Wochenende geholfen, sich über einen Punkt klarzuwerden: Wenn er weiterhin so emotionell auf Silke Kadenbach reagierte, dann käme er seinem Ziel und seinem Auftrag keinen Schritt näher. Mit dieser Erkenntnis und mit dem Vorsatz, sich ab sofort allen Empfindungen abhold zu zeigen, stieg er schwungvoll die Stufen zur Villa hoch, wo Silke schon auf ihn wartete.
»Wie war das Wochenende?«
»Hervorragend«, log Schmidt und grinste einfältig, während er seine Reisetasche in die Ecke stellte und sich den Mantel auszog. »Nur das Wetter... na ja, wohl nicht anders als hier in Frankfurt.«

»Ich war nicht in Frankfurt.«
»Nein?« fragte Schmidt und war sich gleich bewußt, wieviel Neugier er in dieses Nein gelegt hatte. Sich geschäftig gebend, drehte er sich um und ließ das Nein weiter ungeklärt zwischen ihnen stehen.
Wenig später saßen sie sich im gemeinsamen Arbeitszimmer gegenüber. Ihr heutiges Programm sah eine grundlegende Information und die erste Einweisung in die Strategie des Terrorismus vor. Jeder hatte vor sich einen Monitor, auf dem er in geraffter Form die Entwicklung des Terrorismus in Deutschland, im benachbarten Ausland und die Querverbindungen zueinander abrufen konnte.
»Wenn wir einmal die Historie außer acht lassen, dann hat bei uns im eigentlichen Sinne alles in den sechziger Jahren begonnen«, meinte Schmidt, als das erste Bild auftauchte. Schulmeisterhaft dozierte er weiter: »Experten geben gerne den 2. Juni 1967 als Stichtag an, als der Schah von Persien und seine Schabanu die Bundesrepublik besuchten und auch einen Abstecher nach Berlin machten. Während sie im Deutschen Opernhaus Mozarts ›Zauberflöte‹ genossen, braute sich draußen ein Proteststurm gegen das persische Regime und besonders gegen die Methoden des Savak, der persischen Geheimpolizei, zusammen, den der amtierende Polizeipräsident mit der von ihm so bezeichneten *Leberwursttaktik* bekämpfen wollte.«
»Leberwursttaktik? Was ist das?«
Froh, ihre Frage beantworten zu dürfen, antwortete er: »Die Demonstranten waren sozusagen die Leberwurst, in die er mitten hineinstechen wollte, damit sie am Ende auseinanderplatzte. Und das mit Hilfe des Einsatzkommandos.«
»Primitiver Vergleich«, merkte Silke Kadenbach an.
»Wenig später, gegen Abend, begann die Aktion *Füchse jagen*«, sprach Schmidt weiter und blätterte auf seinem Bildschirm. »Polizeitrupps rückten hinter den Flüchtenden her, Beamte in Zivil bemühten sich darum, die Rädelsführer zu fassen. Aus der Dienstpistole eines Beamten löste sich ein Schuß, der dem schon überwältigten Benno Ohnesorg in den Kopf drang. Er starb. Damit begann alles, und eine Bewegung nennt sich in Anlehnung an diesen Tag *Gruppe 2. Juni*.«

»Und die RAF?«
»Sie erwuchs gleichfalls aus dem Berlin der damaligen Zeit. Protest hier, Protest da, ein paar Benzinbomben, ein paar Autodiebstähle, Unzufriedenheit in höchster Potenz und der Staat als Übeltäter für alles. Sie bezeichneten ihn später als Polizeistaat, ähnlich dem in Chile, weil sie ständig abgehört wurden. Den Grund dafür sahen sie allerdings nicht ein, genausowenig wie die Folge, daß sie fortan ohne Wissen der Polizei keinen Schritt tun konnten. Also starteten sie neue Proteste, nun in schärferer Form. Das war die eigentliche Saat für den Terror, die Saat für viele der damals noch unbekannten, kleinen Gruppierungen. Als dann auch noch das Attentat auf Rudi Dutschke erfolgte, 1968, da eskalierten die Aktivitäten der Bewegungen, aus denen sich später die Terroristen formierten.«
Nachdenklich fragte Silke Kadenbach: »Genügten dem einzelnen als Motivation, sich einer terroristischen Vereinigung anzuschließen, allein die von Ihnen geschilderten Vorfälle? Also der Tod von Benno Ohnesorg und der Anschlag auf Rudi Dutschke? Oder steckt da noch mehr dahinter?«
»Nun, das Ganze ist als eine Art Entwicklungsprozeß zu verstehen«, erwiderte Schmidt. »Einmal die allgemeine Staatsverdrossenheit: Man demonstrierte in den späten Sechzigern und frühen Siebzigern gegen den Vietnamkrieg, gegen den Vernichtungsfeldzug, wie einige ihn bezeichneten, weil die Amerikaner auch ihr gefürchtetes Entlaubungsgas *Agent Orange* einsetzten. Dann der Kampf gegen die amerikanischen Besatzer und für die sogenannte Befreiung der Bundesrepublik von US-Soldaten, US-Geheimdiensten und allem, was mit den USA zusammenhing. Heute sind es immer noch die USA, denen man Einmischung vorwirft, sie als selbstherrliche Weltsheriffs bezeichnet, so auch während des Golfkriegs. Und es sind die Konzerne, die multinationalen Konzerne. Profitsucht unterstellt man ihnen, Gewinnstreben um jeden Preis, wobei die Moral auf der Strecke bleibe.«
»Nicht zu Unrecht«, warf Silke Kadenbach ein. »Man braucht ja nur die Zeitungen aufzuschlagen.«
Schmidt ging über ihre Bemerkung hinweg. »Viele sahen eine Gefahr in der Wiederholung der deutschen Geschichte, erst recht müssen sie es seit der Wiedervereinigung so sehen. Die *Gruppe*

9. November hat es sich deshalb zum Ziel gesetzt, ein erstarktes Deutschland mit allen Mitteln zu bekämpfen. Dies zu den politischen Motiven, wenn man sie als solche bezeichnen will.
Auf der anderen Seite gibt es in gewissen studentischen Kreisen, die als radikal verschrien sind, seit jeher den latenten Widerstand gegen antiquierte Gesellschaftsformen und -normen. Alternativ wollten sie sich in den Siebzigern geben, weg von der traditionellen Familienzelle. Das Phänomen der Wohngemeinschaften gewann an Bedeutung und gilt auch heute noch als erstrebenswert, weil das Zusammenleben mehrerer zwangsläufig an antiautoritäre Erziehungsideale gekoppelt ist. Wie Sie vielleicht wissen, Frau Kadenbach, hat man in der Folge wesentlich mehr konspirative Wohnungen entdeckt, als gemeinhin angenommen.«
»Ja, ich erinnere mich.« Sie hob den Kopf und sah ihn an. »Ich habe es vor längerer Zeit in einem Magazin gelesen, in dem ein ehemaliger Terrorist seine Lebensbeichte abgelegt hat.«
Mit hochgezogenen Augenbrauen sprach Schmidt weiter: »Und auf dem Weg bis zum endgültigen Bekennntis zum Terrorismus durchlaufen und durchliefen viele von ihnen ähnliche Stationen. Sie unterstützten Gefangene, am Anfang alle, danach nur noch die sogenannten politischen, drängten auf deren Zusammenlegung, sahen sie doch darin eine Möglichkeit, ihr RAF-Syndrom zu befriedigen. Sie besetzten Häuser, provozierten den Staat, um anschließend dessen Reaktion als brutal und unangemessen zu bezeichnen. Sie kamen aus Heimen, waren straffällig geworden und schlossen sich zu Randgruppen-Kollektiven oder anderen Gruppierungen zusammen, aus Angst vor dem Faschismus, wie sie sich zu rechtfertigen versuchten. Zu nennen wäre an dieser Stelle besonders das *Sozialistische Patientenkollektiv*, gebildet aus Therapeuten und ehemaligen Psychiatrie-Patienten, die sich mit den politischen Gefangenen solidarisierten und deren erklärtes Ziel es war, in ihrem Namen gegen den Staat zu kämpfen. Ihn machten sie wegen der kapitalistischen Gesellschaftsform verantwortlich für ihre seelischen Leiden. Ihr Motto lautete: Macht kaputt, was euch kaputtmacht! Einige sprangen von diesem Patientenkollektiv ab und wandten sich fortan dem *Komitee gegen Folter* zu, so dem Heidelberger und dem Hamburger. Sie waren nach außen hin nicht nur

gegen Folter, sondern gegen jegliche Art von Gewalt. Aber wenn es darum ging, eindeutige Signale zu setzen, unterliefen sie ihre eigene Maxime und gaben sich extrem gewalttätig. So beim mißlungenen Überfall auf die deutsche Botschaft in Stockholm, als man versuchte, Gefangene der RAF freizupressen. Das Terrorkommando bestand je zur Hälfte aus Mitgliedern eben dieser Heidelberger und Hamburger Komitees.

Nun aber zurück zum normalen Werdegang, der sich meist in geschlossenen Kreisen oder Zellen abspielte, in denen immer dieselben Personen zusammenkamen, um an einer selbstauferlegten Sache zu arbeiten. Diese Kreise entwickelten eine vorgegebene Gruppendynamik, die beim einzelnen gewisse Denkweisen blokkierte, weil er seine abweichende Meinung den anderen nicht offen mitteilen durfte. Das war der erste Schritt zur folgenschweren Realitätsferne. Irgendwann kristallisierte sich dann zwangsläufig die Phase heraus, in der sie zu erkennen glaubten, brutalere Mittel anwenden zu müssen. Nur so sei der verruchte, korrupte Staat zu bekämpfen. Che Guevara mit seiner *Fokus-Theorie* galt als ihr Idol, ihm eiferten sie nach. Aber es war ein Irrtum zu denken, ein Aufstandsherd könne selbst die revolutionären Bedingungen erzeugen, weil es ihnen noch nicht einmal im Ansatz gelang, einen Aufstand anzuzetteln. Im Gegenteil, sie schreckten mit ihrer Brutalität all die ab, in deren Namen zu handeln sie vorgaben. Und viele verurteilte Terroristen sehen deshalb inzwischen ein, daß das Konzept der Stadtguerilla gescheitert ist, weil die Rahmenbedingungen in Mitteleuropa nicht stimmen, die Bevölkerung nicht am Rande des Existenzminimums vegetiert. Das blutige Ende eines perversen Traumes.«

»Oder eine verlorene Jugend auf der Suche nach Idealen«, zeigte sich Silke Kadenbach verständnisvoll. »Ideale, um die Leere in ihren Köpfen zu ersetzen, die Konsum, Werbung und Medien hinterlassen haben. Und wenn ich ehrlich bin: Mein Kopf kommt mir manchmal auch leer vor.«

Schmidt bedachte Silke mit einem abschätzenden Blick, als müsse er sie wegen ihrer Auffassung neu einordnen. Hart und präzise widersprach er, ohne sich zu fragen, ob er seine Meinung oder die des Staates verkündete: »Eher eine verschrobene und verlogene

Jugend, eine militante Randgruppe der Gesellschaft, erfüllt von Haß und Zerstörungswut, die sich den Gegner ideologisch zurechtbastelt, damit sie endlich einen Grund hat, gegen ihn vorzugehen.«

Wenn Schmidt am Computer saß und Silke Kadenbach über die Hintergründe unterweisen konnte, dann fühlte er sich gut, und es gelang ihm, seine permanente Unsicherheit durch Wissen zu überspielen. Aber schon während des Mittagessens, meist in der Kantine des Hessischen Rundfunks eingenommen, nahmen ihn Unsicherheit und Verlegenheit wieder in Beschlag. Mit vielen unnützen Dingen beschäftigte er sich dann, zählte die Spitzen der Schwarzkiefern draußen vor der großen Glasfront, sah den Spatzen nach, die vorbeiflogen, oder rückte in nimmermüder Monotonie sein Besteck zurecht.
Fand Schmidt einmal Gelegenheit, allein über sich und das Problem Silke Kadenbach nachzudenken, dann suchte er vergeblich nach einer Erklärung für sein Verhalten. Weil nicht sein durfte, was er nicht begreifen konnte, stemmte er sich mit aller Macht gegen die Erkenntnis, daß ihn diese Frau ungemein beschäftigte und körperlich ansprach. Den vorläufigen Höhepunkt seines Interesses stimulierte auch noch ausgerechnet sie selbst, als sie beiläufig erwähnte, daß sie seit zwei Jahren geschieden sei, keine Kinder und im Augenblick auch keine feste Bindung habe. Nur einige unbedeutende Freunde gebe es.
Schmidt, in den Jahren des Ministeriums trotz seines noch vorzeigbaren Alters schon etwas angetrocknet und absonderlich geworden, da man dort völlig weltfremden Einflüssen und Gesetzen unterlag, entwickelte sich mehr und mehr zu einem in sich widersprüchlichen Konglomerat. Dem Gedankenschmidt mit all seinen Empfindungen auf der einen Seite und dem Realitäten- und Gegenwartsschmidt auf der anderen, der mit jedem ihm zur Verfügung stehenden Trick die Gefühle zu überspielen und in ihr Gegenteil umzukehren versuchte. Weil sich beides auf die Dauer schlecht vereinen ließ und ein gut Teil seiner Nerven beanspruchte, glitt Schmidt allmählich und gehäuft in Phasen über, in denen er immer reizbarer wurde. So wie jetzt, als er seine höflich gemeinte Aufforderung zur Arbeit in einen barschen Befehlston kleidete.

»Wir wollen heute mit der ersten Struktursequenz beginnen, Frau Kadenbach. Können wir gleich?«
Wenig später saßen sie wieder im großen Arbeitszimmer vor den Computern. Schmidt hatte sie inzwischen so angeordnet, daß er im spitzen Winkel zu Silke Kadenbach saß, wodurch er nicht so schnell in die Verlegenheit kam, zu ihr hinzublicken. Allerdings hatte diese Anordnung auch einen Vorteil, wie er schon am letzten Freitag hatte feststellen können. In dieser Position war es für ihn unauffälliger, seine Mitarbeiterin zu betrachten, falls ihm danach war. Und ihm war immer öfter danach.
»Unsere gemeinsame Aufgabe ist, mit den uns zur Verfügung stehenden Möglichkeiten nach mutmaßlichen Terroristen zu fahnden. Was unterscheidet Terroristen also von Normalbürgern?« spielte sich Schmidt erneut wie ein Lehrer auf, in der Hoffnung, sich dadurch selbst die nötige Sicherheit zu vermitteln und zur Räson zu rufen.
Silke Kadenbach sah ihn aus den Augenwinkeln an, lächelte flüchtig und antwortete dann aber brav: »Die falsche Identität.«
»Gut, und durch was herbeigeführt?«
»Gefälschte Pässe, Führerscheine, Ausweise allgemein.«
»Okay, geben wir es ein.« Beide markierten sie einen Punkt in ihrer graphischen Vorlage auf dem Bildschirm.
»Und weiter?«
»Benutzen gestohlene Fahrzeuge, verschaffen sich Doublettenkennzeichen.«
»Richtig.«
»Mieten Wohnungen, natürlich unter falscher Identität, an, oft nur über einen Strohmann.«
»Oder beziehen die von Sympathisanten, auch von Studenten und Ehepaaren, die für eine Weile ins Ausland gehen. Später kommen dann die Hintermänner... die Hinterfrauen dazu. Sagen Sie mal, Frau Kadenbach, wieso kennen Sie sich eigentlich so gut aus?«
Sie blickte Schmidt über den Bildschirm an. »Seit einem halben Jahr weiß ich, für welche Aufgabe ich vorgesehen bin. Habe mich nur etwas schlau gemacht, mehr nicht.«
»Seit einem halben Jahr schon?« wunderte sich Schmidt, dem sofort sinngemäß die Worte von Harings einfielen: Wenn Sie nicht

den Job übernehmen, dann wird es eben ein anderer tun. »Warum haben Sie mir das nicht vorher gesagt? Dann hätte ich mir einiges sparen können.«
Silke Kadenbach lächelte amüsiert: »Sie haben sich so hineingesteigert, da wollte ich Ihnen den Spaß nicht verderben.«
»Also gut, Wohnungen haben wir«, fuhr Schmidt irritiert fort. »Was gibt es außerdem für Möglichkeiten?«
»Sind oft als Ehepaar getarnt, wenn sie einziehen, oder als Touristen. Erhalten aber keine Post.«
»Sehr wichtig, sehr wichtig. Markieren Sie diesen Punkt. Weiter bitte!«
»Oft haben sie auch kein Telefon, sind in der letzten Zeit in den ländlichen Raum ausgewichen, einsame, alte Gehöfte ...«
»So die *Action Directe* zum Beispiel.«
»Wie bitte?« Silke Kadenbach blickte von ihrem Monitor auf.
»Ach, nichts. Einsame Gehöfte. Noch etwas?«
»Geben keine Gesellschaften ...«
Genau wie ich, überlegte Schmidt.
»Haben nie Kontakt mit den Nachbarn ...«
Genau wie ich auch.
»Zeigen ein mißtrauisches Verhalten ...«
Genau wie ... Schmidt brachte seine Gedanken auf Vordermann und warf erneut einen dieser verstohlenen Blicke in Richtung seiner Mitarbeiterin.
»Leben sexuell frei, zum Teil ausschweifend, wechseln häufig die Partner.« Und dann mit süffisantem Unterton. »Bumsen wie wild in der Gegend herum. Toll, nicht?«
Genau wie ich es ... auch gerne täte. Schmidt wurde sich Silke Kadenbachs Bemerkung bewußt und erstarrte. Als habe er sich verhört, sah er sie mit großen Augen an.
Spöttisch zwar, aber ohne jede weitere Reaktion sprach sie weiter: »Sind nicht in Vereinen, haben keine feste Arbeitsstätte, zahlen meist in bar oder durch Banküberweisung, unterhalten selten ein eigenes Konto. Mehr fällt mir nicht ein.« Unschuldig hob sie den Kopf.
Schmidt hatte sich einigermaßen gefangen. »Sehr gut«, lobte er, jetzt wieder ganz Oberlehrer, aber mit etwas zittriger Stimme.

Seine Augen krallten sich am Monitor fest, auf daß sie ihm ja nicht enteilten. Dozierend fügte er hinzu: »Bei den Wohnungen vielleicht noch ein Aspekt: Sie versuchen sie mit Sichtblenden oder Vorhängen vor Einblicken zu schützen. Außerdem scheuen sie sich, Handschriftliches zu hinterlassen, bemühen sich immer um sorgfältige Spurenbeseitigung. Und auf ihre schreckliche Tätigkeit bezogen: Oft fertigen sie ihre Munition oder ihre Bomben selbst. Überwiegend aus dem knet- und formbaren Plastiksprengstoff Semptex. Die Tschechen produzierten und verkauften ihn seinerzeit an jedermann.«

Während Schmidt die Punkte eingab, murmelte er vor sich hin: »Einkaufsverhalten ungeklärt, in der Stadt, auch in Tante-Emma-Läden oder auf der grünen Wiese. Urlaub machen sie auch, oft im Süden, besonders Griechenland, die Inseln in der Ägäis, dann Südspanien und Nordafrika, falls sie sich nicht gerade irgendwo in einem Trainingscamp aufhalten.«

Mit leichter Ironie meinte Silke Kadenbach: »Jetzt gilt es also nur noch, alle Bürger unseres Staates auf die vorhin ausgewählten Kriterien hin abzuklopfen, und wir haben den mutmaßlichen Terroristenkreis.«

Silke Kadenbach hatte auf prägnante Art die Schwachstelle aufgedeckt. Und weil sie es so leicht und beiläufig erwähnt hatte, wurmte es Schmidt, der sich auf seine Fähigkeiten etwas einbildete. Schmidt stellte mit Hilfe des Großrechners im Statistischen Bundesamt und dem Ergebnis der letzten Volksbefragung, bereinigt um die natürlichen Veränderungen wie Sterbe- und Geburtenrate, eine Personendatei zusammen, die er als EXTRAKT bezeichnete. In der Folgezeit reagierte er mit Verbissenheit, um den Wust der Namen zu lüften, als müsse er ihr beweisen, wer denn hier der Kompetentere sei. Schmidt, jetzt nicht nur gefühlsmäßig, sondern auch nervlich labil, pachtete für sich auch noch die Aggressivität, gab kurz angebundene Antworten, vergriff sich im Ton, wurde laut, einmal sogar ausfallend.

Aus Silke Kadenbachs Sicht steuerte die Beziehung, die längst keine Arbeitsbeziehung mehr war, mehr und mehr einer von ihr nicht mehr duldbaren Reizschwelle zu.

Mit seiner Reisetasche sah der Dunkle aus wie viele auf dem Bahnhof. Er ging in die Toilette, schloß sich ein, zog Handschuhe an, packte die Videokamera aus und legte sie sich auf die Knie. Dann nahm er das schlanke Rohr, montierte es auf die Kamera und schob vorne die Kunststoffkugel drauf. So weit fertig, bückte er sich und fischte eine kleine Schachtel aus der Reisetasche. Mit zwei Fingern hob er den Deckel an, entnahm einen in Watte eingepackten kleinen Gegenstand, führte ihn vorsichtig und mit der Spitze zuerst am hinteren Ende in das Rohr, prüfte dessen Sitz und schraubte anschließend den Druckbehälter fest.
Er streifte die Handschuhe ab, hängte sich die Kamera über die Schulter, entriegelte die Toilettentür, nahm die Reisetasche, legte ein Geldstück in den Porzellanteller und machte sich auf den Weg zu den Schließfächern.
Nur mit der Kamera trat er wenig später aus dem Bahnhof, überquerte auf einem Zebrastreifen die mehrspurige Straße und betrat den Frühstücksraum des gegenüberliegenden Hotels. Zielsicher steuerte er auf einen Tisch zu, an dem ein Mann saß, grüßte ihn freundlich und fragte, ob noch ein Platz frei sei.
Der Angesprochene bemerkte die Videokamera, lächelte wissend und deutete auf einen Stuhl. Nach einer Weile unterhielten sie sich angeregt.

Die große Videokamera im Arm, reihte sich der Dunkle in die Gruppe der anderen Reporter ein, die ungeduldig im Hotel Graf Zeppelin in Stuttgart warteten. Alle hielten sie eine Karte in der Hand, die besagte, daß sie zu der anberaumten Pressekonferenz zugelassen waren.
Es war eine normale Pressekonferenz, einberufen für Anfang Dezember, in dem ein Chemiekonzern durch den Vorsitzenden des Aufsichtsrates die positive Entwicklung des letzten halben Jahres verkünden und auf die Perspektiven der nächsten Monate hinweisen wollte. Nicht umsonst legt man einen so wichtigen Termin meist in die Vorweihnachtszeit. Als frühzeitige Bescherung für die Kleinaktionäre ist das weniger gedacht. Sondern eher für die institutionellen Anleger, also für Banken und Investmentfonds, denn positive Meldungen und Nachrichten bestimmen den Aktienkurs,

auch wenn Experten behaupten, die Erwartung sei schon im Kurs enthalten. Da die Großanleger ihre Bilanz mit dem Jahresende abschließen, versucht man nach Absprache mit den Konzernen auf diese Weise, unterstützt durch den Folgeeffekt der Kleinanleger, die ihre Weihnachtsgratifikationen immer öfter in Aktien anlegen, unter Zuhilfenahme von positiven Nachrichten den Kurs zu puschen. Als Kurspflege bezeichnet man das, und nicht als Manipulation, was in vielen Fällen sicherlich zutreffender wäre. Beschönigt wird durch diese Maßnahme besonders die Bilanz der Banken und Fonds; stolz kann man nach der sogenannten Weihnachtsrallye des Aktienmarkts im Jahresabschlußbericht auf den Überschuß verweisen. Was sich in der Sauregurkenzeit, also in den Wochen nach dem 1. Januar, tut, interessiert nicht, denn das Jahr dauert ja noch so lange!

Leider hatte es im Vorfeld zu dieser Pressekonferenz aus der Sicht des Konzerns einige unschöne Szenen gegeben. Eine als rabiat angesehene Umweltgruppe warf ihm brutale Ausbeutung der Drittweltländer und Umweltverschmutzung in höchster Potenz vor. Nicht zu vergessen auch der Chemikalientransport nach Südamerika, und dort besonders in Staaten der Andenregion, sowie in der Vergangenheit der Export von Fertigungstechniken für Dünge- und Pflanzenschutzmittel nach Nordafrika und in die Golfregion.

Sogar ein Transparent hatte die Gruppe in der Nacht zuvor entfaltet und an der gelbgrauen porösen Fassade des Hotels befestigen können, auf dem zu lesen stand: Unsere Kinder sterben an Umweltgiften, aber der Gewinn steigt ungebrochen.

Es gelang gerade noch, das Transparent vor Erscheinen der Presse zu entfernen.

Die Journalisten wurden endlich eingelassen, stürmten an der Rezeption vorbei in den vorgesehenen Saal. Jeder versuchte einen der günstigsten Plätze vor dem Podium und dem Rednerpult zu ergattern, baute seine Kamera auf und wartete. Der Andrang der Berichterstatter war so groß, daß ein Firmensprecher um Ruhe und um weniger Körpereinsatz bitten mußte. Der Dunkle war jetzt in dem Gewühl nicht mehr auszumachen. Dann betrat der Vorsitzende unter Klicken und Blitzlicht den Konferenzsaal. Er schritt an dem langen Tisch vorbei, an dem nachher die Teilnehmer der Diskussion *Chemie contra Umweltschutz* Platz nehmen würden, ging auf das Rednerpult zu, verharrte einen Augenblick in gestelzter Pose, weil er zu wissen glaubte, was die Presse von ihm erwartete, beugte sich über sein Manuskript, räusperte sich laut ins Mikrofon, trank einen Schluck Wasser, stellte das Glas noch ab und begann dann ansatzlos und mit weit aufgerissenen Augen zu schreien. Immer kreischender und schriller wurde seine Stimme, während er sich mit einer Hand an den Hals griff und mit der anderen am Rednerpult festzuhalten versuchte. Ein letztes Aufrichten, ein Krächzen, dann brach er zusammen.

Die Reporter, erstarrt und zugleich von der makabren Szene fasziniert, filmten und fotografierten, als gebe es einen Preis zu gewinnen. Nur der Dunkle zeigte kein Interesse mehr, drückte sich nach hinten durch den Kreis seiner Kollegen, ging rückwärts bis zur Eingangstür und war verschwunden. Zu Fuß eilte er die wenigen Meter vom Hotel Graf Zeppelin bis zum nahen Bahnhof, nahm seine Reisetasche aus dem Schließfach und stieg in den Intercity nach Frankfurt.

Stuttgart lag bereits hinter ihm, als er den Schaffner, der seine Fahrkarte kontrollierte, nach einem bestimmten Zug fragte. Der sah in einem dicken Kursbuch nach und gab die gewünschte Antwort. Grüßend verließ er das Abteil.

Der Dunkle zog ein Notizbuch aus seiner Hosentasche, schlug eine markierte Seite auf und strich die zuoberst stehende Zahl durch.

Die Sensation war perfekt: ein Mord vor den Augen der Presse, vor laufenden Kameras und vor vielen Zeugen. Aber keiner kam drauf, auf welche Art man den Vorsitzenden des Chemiekonzerns umgebracht hatte. Alle vermuteten sie Gift. Gift im Wasserglas, das auf dem Rednerpult gestanden hatte.

Mit der Vermutung Gift lagen sie richtig, aber nicht mit dem Wasserglas. Erst der obduzierende Arzt entdeckte die wahre Todesursache: einen kleinen Metallpfeil, der dem Opfer in den Hals gedrungen war. Natürlich vergiftet. Mit Blausäure. Eine standesgemäße Todesursache für einen Chemieboß, wie ein Zyniker meinte. Und dann fragte sich die Polizei, wer der Täter gewesen sein könnte. Folgerichtig vermuteten sie ihn unter den Journalisten und Reportern, denn sonst hatte es keine Möglichkeit gegeben, so nah an den Vorstandsvorsitzenden heranzukommen, um einen Metallpfeil auf ihn abschießen zu können.

Henri Montier wunderte sich, als er am Nachmittag aufwachte, unsägliche Kopfschmerzen verspürte und dachte, seine Zunge sei eine trockene, aufgequollene Wurst. Er schleppte sich ins Badezimmer, sah in den Spiegel, sah sofort wieder weg und übergab sich zuerst einmal. Als er anschließend auf dem Rand der Badewanne saß, versuchte er zu ergründen, seit wann ihm denn so übel war. Muß gleich nach dem Frühstück passiert sein, kombinierte er. Nachdem ich mit dem freundlichen dunkelhaarigen Mann gesprochen habe. Vielleicht hat er mich sogar noch aufs Zimmer gebracht, mutmaßte er, weil er sich nicht mehr daran erinnern konnte.
Zwei Stunden später ging es Henri Montier wieder so gut, daß er sich nach dem nächsten Zug Richtung Straßburg erkundigte. Weil dieser schon in einer halben Stunde abfahren sollte, packte er hurtig seine Sachen. An der Rezeption des Hotels Zeppelin bezahlte er die Rechnung und ging sofort hinüber zum Bahnhof.
Dem Wirtschaftsjournalisten einer Straßburger Zeitung war in seinem mißlichen Zustand ganz entgangen, daß sich sein Akkreditierungsausweis, der ihm die Teilnahme an der Pressekonferenz erlaubt hätte, nicht in seinem Gepäck befand.

Schmidt empfand diesen Anschlag als eine persönliche Provokation. Gerade jetzt, während er sich durch den Datendschungel kämpfte, schlug ein Attentäter zu, der, wie bei einigen anderen Anschlägen zuvor auch, keinen Bekennerbrief hinterlassen hatte. Vorausgesetzt, es war immer derselbe, dann reichte durch diesen erneuten Anschlag die Bandbreite, innerhalb derer man den Täter vermutete, von extrem links bis noch extremer rechts. Von den kläglichen Resten der Neonazis bis zu den streitbaren Naturschützern gerieten alle in Verdacht, wobei man letztere in der politischen Landschaft ganz bewußt und allein in der Absicht in eine bestimmte Richtung drängte, um ihnen doppelte Schuld oder zumindest die doppelte Anzahl von Verdachtsmomenten aufzubürden: Politisch links und dazu ökologisch gesinnt! Eine höchst verwerfliche Mischung in den Augen der Konservativen, die sich selbst der Mitte zurechneten.

Schmidt, von einer inneren klammheimlichen Wut ergriffen, hockte in seinem Arbeitszimmer und grübelte. Draußen auf dem Flur hörte er Silke Kadenbach vorübergehen. Kurz darauf bot sie ihm Kaffee an.

Mürrisch saß er ihr wenig später in dem kleinen Salon gegenüber. Beiläufig erwähnte sie: »In der Presse steht, Arenz, der Vorstandsvorsitzende, sei nicht sehr beliebt gewesen.«

Über die Tasse sah Schmidt seine Mitarbeiterin an. »Was wollen Sie damit andeuten?«

»Hm, eigentlich nichts«, antwortete sie gelassen. »Obwohl der Tod von Arenz einigen sehr gelegen kommt. Scheint auch ein Despot gewesen zu sein.«

Schmidt gefiel die Betonung nicht, in der Silke Kadenbach den letzten Satz ausgesprochen hatte. »Auch ein Despot?« fragte er nach. »Wieso auch?«

»Es gibt viele.«

»Wen zum Beispiel.«

Äußerlich ganz ruhig, gab sie zur Antwort: »Sie zum Beispiel, wenn Sie ihr Benehmen mir gegenüber nicht ändern.«

Es dauerte einige Sekunden, in denen Schmidts Kaffeetasse in der Luft zuerst in einem ruhigen, dann in einem zittrigen Schwebezustand verharrte, bis er die Worte begriffen hatte. Hart setzte er die Tasse ab, so daß der Inhalt überschwappte. Erst ungläubig und gleich darauf verärgert, weil die Bemerkung seiner momentanen Stimmung ausgesprochen gelegen kam, raunzte er: »Sie vergessen wohl, wen Sie vor sich haben. Ich bin derjenige, der hier bestimmt. Ich lege das Arbeitstempo und die Arbeitsschritte fest. Ohne mich läuft hier nichts!«

Silke Kadenbach sah ihn an, und Schmidt gelang es nicht, sich

ihrem Blick zu entziehen. Unruhig rutschte er auf dem Stuhl hin und her, seine Augen flackerten, flackerten noch mehr, als er das spöttische, entwürdigend anmutende Lächeln in ihrem Gesicht bemerkte. Mit nicht mehr zu überbietendem Sarkasmus meinte sie dann: »Hier können Sie vielleicht den Chef rauskehren, Herr Schmidt, aber in der freien Wirtschaft hätte man Ihnen schon vor Jahren das Fliegen beigebracht.«
»Das Fliegen ...« Schmidt schluckte, mit einer solch ungebührlichen Antwort hatte er nicht gerechnet. Im Ministerium war alles viel einfacher, da konnte man sich schon im voraus die Antworten ausrechnen. Und im Streitfall auf die Bestimmungen zurückgreifen. »Was glauben Sie wohl, wer Sie sind!« brauste Schmidt auf und schob entschlossen seinen Stuhl zurück. Vielleicht wäre er mit seinem Auftritt zufrieden gewesen, hätte er bei ihr Wirkung gezeigt und den Spott abgewürgt, der sich in ihrem Gesicht ausbreitete. Das war nicht der Fall, im Gegenteil, das Spöttische nahm sogar noch zu. Für Schmidt und seine labile Gefühlswelt war das zuviel. Er sprang auf und schrie: »Das lasse ich mir nicht bieten, mit Ihnen arbeite ich nicht länger zusammen. Noch heute werde ich Herrn Harings anrufen!«
»Spielen Sie sich nicht so auf, Herr Schmidt«, entgegnete sie kühl. »Überschätzen Sie nicht Ihre Möglichkeiten, denn ich bin nur noch auf ausdrücklichen Wunsch des Herrn Harings hier. Schon letzte Woche wollte ich unsere Zusammenarbeit aufkündigen.«
»Was wollten Sie?« Schmidt stemmte die Arme in die Seite, sein Mund formte unkontrolliert ein erstauntes O. So etwas war ihm noch nicht passiert. Ihm die Arbeit aufkündigen?
»Sie haben richtig gehört. Mit Ihnen kann man nicht zusammenarbeiten, Sie stecken ja voller Komplexe.«
Schmidts Unterkiefer fand keinen Halt mehr, sein Gesicht wurde rot, dann kalkweiß. »Ich voller ... voller ... voller Komplexe«, stotterte er und merkte nicht, daß er ihr nachträglich die Bestätigung lieferte.
Silke Kadenbach war ganz Dame, und elegant dazu, wie sie sich jetzt erhob, den Rock glattstrich, die Bluse zurechtrückte und vor Schmidt aufbaute. Und dann schnappte sie ihn am Ärmel. Schmidt zuckte zurück, aber sie zerrte ihn vor den großen Spiegel

in der Diele. »Schauen Sie sich doch mal an«, forderte sie ihn auf und leuchtete ihn mit der Garderobenlampe an. »So nichtssagend, so blaß und blutarm war noch kein Typ, den ich kennengelernt habe. Sie sind die absolute Spitze. Ihre Haare, akkurat und fein gescheitelt, als erwarte jedes aus der Reihe tanzende sofort eine Strafe. Dann die Opabrille. Mit der können Sie höchstens noch in einem dunklen Tunnel die Kinder erschrecken.«

Silke Kadenbach nahm ihm einfach die Brille ab, hielt sie sich vor die Augen und meinte abfällig: »Wie ich es mir gedacht habe. Fensterglas. Wollen Sie sich Persönlichkeit und Profil erkaufen? In Ihrem Ministerium mag das ja noch gelingen, aber außerhalb?«

Schmidt rang schluckend um Fassung, wie sein hüpfender Adamsapfel zeigte. Gleichzeitig war er auf unerklärliche Weise von der Frau beeindruckt, denn so hatte noch niemand mit ihm zu sprechen gewagt.

»Aber ich... aber ich...«, setzte er zu seiner Verteidigung an, schluckte erneut und gab es dann auf.

»Krawatte, jeden Tag eine Krawatte, und immer eine andere. Alle an Langweiligkeit nicht mehr zu überbieten. Vor zehn Jahren wären sie schon veraltet gewesen. Warum eigentlich tragen Sie so etwas? Hier sieht Sie doch keiner. Dann Ihre Hemden und Hosen, beides zum Einschlafen und Abgewöhnen. Wollen Sie es den Frauen auf diese Art endlich einmal heimzahlen? Rührt mich ja nicht an, denn ich bin der Schmidt. Der einbalsamierte Beamtenschmidt.«

Schmidt blickte tatsächlich an sich herunter, ließ dann seine Augen wieder hochwandern, fand die gediegene Zusammenstellung seiner Kleidung englisch zeitlos und gelungen, denn all die Jahre hatte sich deswegen noch keiner bei ihm beschwert. Und jetzt das. Er ballte die Fäuste, sah das Maß dessen, was er einzustecken bereit war, als übervoll an, machte einen Schritt auf Silke Kadenbach zu, vergaß zu atmen, giftete und schrie zugleich: »Sie... Sie... was erlauben Sie sich!«

Silke Kadenbach wich nicht zurück. Irritiert verharrte Schmidt vor ihr, roch ihr Parfüm, spürte ihren Atem und wollte klein beigeben oder sich zurückziehen, wie so oft schon, wenn er auf Widerstand gestoßen war. Silke Kadenbach sah das ganz anders. Sie kam

sogar noch näher. Ihre Arme umschlangen seinen Nacken, zogen den sich Sträubenden herunter, und dann drückte sie ihre grellrot geschminkten verlockenden Lippen, von denen Schmidt so oft geträumt hatte, auf die seinen. Schmidt, überrumpelt wie noch nie in seinem Leben, und das von einer Frau, preßte trotzig den Mund zusammen und wollte dadurch sich selbst beweisen, wie weit er mit der Taktik des Gefühle-Negierens inzwischen gekommen war. Aber Silke Kadenbach suchte sich den Weg, drang mit ihrer Zunge zwischen seine Zähne, drückte den sich abweisend gebenden Beamtenkörper an sich, fühlte, wie seine Verkrampfung zögernd einer vagen Bereitschaft wich. Sie ließ sich auf den Boden sinken, hauchte ihm ein »Komm schon« zu, zog Schmidt dann einfach mit, dessen Hände sich nun endlich aus dem leblosen Herumpendeln lösen und zu einer Umarmung entschließen konnten.
Von den Knien sanken sie auf die Seite, saßen halb, küßten sich, zerrten an den Kleidungsstücken und rissen daran, wenn die Knöpfe allzu sperrig waren. Silke ließ sich nach hinten fallen, Schmidt beugte sich über sie, schaute sie an, schloß aber brav und bieder die Augen, als ihr Blick den seinen traf.
Und dann fand sich Schmidt mit sich selbst nicht mehr zurecht. Eine Woge überflutete ihn, eine warme, entkrampfende, begierliche Woge, die sich willig von Silkes Händen nähren ließ, denn überall, wo sie ihn berührte, da bildeten sich augenblicklich Brandflecken. Mit einer Hand schob sie den Rock hoch, und er zerrte an ihrem Schlüpfer. Sie löste seine Gürtelschnalle, er strampelte sich von der Hose frei, dachte nicht an die Bügelfalte, schickte gleich seine Unterhose hinterher. Stoßweise atmend kam er näher und verströmte nur noch Gier, nur noch: Ich will, ich will, ich will dich endlich haben! Geschickt führte sie ihn zu Beginn und gab ihm den Rhythmus vor, indem sie ihre Finger in sein Gesäß krallte, während ihre Beine den Weg um seinen Rücken suchten, um ihn erst dann wieder aus der Verschränkung zu entlassen, wenn sie ihre Kraft verloren hatten.
Schmidt, halb aufgerichtet und sich mit den Armen abstützend, erlebte die Vorstufe zur Hölle, schwebte auf Wolken, lief über Dornen, kaute Rosenblätter. Er stöhnte mit geschlossenen Augen, merkte, wie ihm der Schweiß von der Stirn lief, vom Kinn tropfte,

wollte ihn wegwischen. Verwirrt riß er die Augen auf, als müsse er sich von der Wirklichkeit überzeugen, schaute sie an, zum erstenmal voll an, mit einer verinnerlichten Lust, die Silke aufwühlte, sie aufpeitschte, wegschwemmte. Silke schrie, wand sich, nahm Schmidts Schweißtropfen wie Weihwasser auf, drückte ihn mit den Beinen in sich hinein, noch einmal und starb unter Schluchzen den wollüstigen Liebestod.

Gelöst und erleichtert sah sie Schmidt an, lächelte beim Anblick seines verzerrten Gesichtes, das anzuschwellen und zu zerspringen schien, so, wie die angespannten Halsmuskeln hervortraten. Schmidt dachte gar nicht daran, sein raumfüllendes Stöhnen zu unterdrücken, richtete sich ein letztes Mal auf, krümmte sich, verharrte wenige Augenblicke in Katzenposition mit stark gewölbtem Rücken, um dann kraftlos in sich zusammenzufallen. Zwei Jahre hatte es gedauert, bis Schmidt auch endlich vor sich selbst die Scheidung vollzogen hatte.

Einige Sekunden war es still. Silke richtete sich halb auf, lachte, lachte lauter, hell, befreit und gab den tausend Teufelchen in ihren Augen die Erlaubnis, sich blitzend zu entfalten.

Schmidt rieb sich im Anflug von Betroffenheit mit dem Unterarm über die feuchte Stirn, erweckte für einen Augenblick den Anschein, als wolle er sich für die ungebührliche Entgleisung entschuldigen, für die Schweißtropfen erst recht, und grinste dann unsicher.

»Ich glaube, ich habe mir den Steiß aufgescheuert«, verkündete sie gutgelaunt und drehte sich auf die Seite. »Puh, tut das weh.«

»Und ich mir die Knie. Ganz schön hart, das Parkett.« Mit den Fingern klopfte er dagegen. »Kein Wunder, Eiche, deutsche Eiche.«

Dann sahen sie sich an. Schmidt wurde durch den Glanz in ihren Augen aufgebaut, der Stolz und Befriedigung verriet und eine Spur von Übermut, wie man ihn bei kleinen Siegen vergleichbarer Art öfter entdecken kann.

»Ich habe dich vernascht«, gab Silke sogleich im Ton eines Siegers zu und klatschte in die Hände. »Ich habe den vertrocknetsten, penibelsten und akkuratesten Beamten von ganz Bonn vernascht. Was sage ich, von ganz Bonn, von ganz Deutschland. Das soll mir mal eine nachmachen.«

Genauso fühlte sich Schmidt. Er fühlte sich vernascht, überrumpelt, aber er fühlte sich auf wundersame Weise gut und erlöst. Sein innerer Druck war weggespült, der Befreiungskampf glücklicherweise gewonnen. Und als er dann wie ein Buchhalter eine Bilanz der Emotionen und Gefühle zog, da lag die spontane Begegnung mit Silke ganz oben, weit vor allen anderen. An Judith, seine mechanische Exfrau, verschwendete er kaum einen Gedanken.

»Komm, laß uns duschen gehen.«

Schmidt folgte ihr ins Obergeschoß, ohne jetzt das Gefühl zu haben, über ihn würde bestimmt. Was eine Viertelstunde zuvor ihre Gier verhindert hatte, jetzt holten sie es nach: Sie entkleideten sich vollständig. Silke warf ihre Bluse, an der zwei Knöpfe fehlten und ein Ärmel eingerissen war, sogleich in den Abfalleimer.

Aber sie duschten nicht, sondern setzten sich in die große Badewanne. Silke drehte ihm den Rücken zu, rutschte zwischen seine Beine und lehnte sich an seine Brust. Er streichelte ihren Nacken, küßte sie, massierte leicht die Schulterspitzen, merkte, wie sie unter seinen Fingern erschauderte. Schmidt fühlte sich angespornt und erschrak, als Silke zu stöhnen begann, sich in der Wanne aufbäumte, um schließlich ermattet nach hinten zu fallen.

»Was ... was hast du ...?« Mit großen Augen blickte er ihr über die Schulter und bemerkte ihre Hand, die halb zwischen ihren Oberschenkeln verschwunden war.

»Weißt du«, setzte sie mit erschöpfter Stimme an, »ich war so ... so erregt, da mußte ich es einfach tun.«

Seit Beginn seiner Tätigkeit im Ministerium hatte es für Schmidt nur zwei Jahreszeiten gegeben: hell und dunkel. Jeden Tag, das ganze Jahr über. Nun nahm er die Vorweihnachtszeit seit langem wieder einmal bewußt wahr, und sie kam ihm eher wie der Frühling vor mit einem wunderschönen Erwachen, das er zum ersten Mal in seinem Leben zu spüren glaubte. Er freute sich über die geschmückten Schaufenster, ließ das warme Licht der Leuchtgirlanden auf sich wirken, trank im Stehen Glühwein und aß heiße Maronen.

Silke hatte ihn sich einfach geschnappt und auf die Zeil entführt, Frankfurts Hauptgeschäftsstraße, um ihn neu einzukleiden. End-

lich mal zeitgemäß, wie sie ihm versprach. Sie suchte die Hosen aus, einige Hemden, auch zwei Paar Schuhe und ein Jackett. Krawatten dagegen übersah sie. Und als er dann allein, wie in seinem bisherigen Leben eigentlich immer, die Unterwäsche auswählen wollte, da protestierte sie: »Nichts, mein Lieber. Nur das, was auch mir gefällt. Schließlich sehe ich dich jetzt öfter darin.«
Schmidts pastellfarbener Geschmack wurde von Dunkelrot übertrumpft, an das klinisch saubere Weiß verschwendete er keinen Blick mehr, und auf Türkis einigten sie sich auch noch. Ob denn dieses winzige Etwas an Stoff auch ausreichte, seine Blöße zu bedecken, wagte er erst gar nicht zu fragen.
Auf dem Rückweg zeigte ihm Silke ihre Wohnung, die er entzükkend fand, wie er sagte, vor allem wegen des Blickes auf den Main, bis er das Bild eines Mannes entdeckte. Auch ihr Hinweis, die Beziehung sei schon lange beendet, konnte Schmidt nicht so richtig beruhigen. Er fühlte Eifersucht in sich aufsteigen. Und einen Besitzanspruch, zu dem er ja schließlich ein Recht habe, wie er meinte.
Bepackt mit kleinen Paketen und Tüten, kamen sie gegen Abend zurück in die Villa. Silke hatte auch an eine Flasche Sekt gedacht. Nach dem Zuprosten meinte sie ungewohnt ernst: »Ansgar, auf der einen Seite sind wir, auf der anderen ist unser Job. Wenn uns beides Spaß machen soll, dann müssen wir beides trennen. Die Verlockung, mit dir ein Stockwerk höher ins Bett zu gehen, ist sehr groß für mich. Erst recht, da ich aus dir jetzt einen besonderen Beamten machen werde. Einen emsigen, kreativen, starken Beamten. Aber wir müssen es trennen.«

Nun, das mit dem Trennen klappte nicht so, wie sie es sich vorgestellt hatte, sondern mehr, wie es Schmidts momentaner neuer Gefühlsauffassung entsprach. Sie arbeiteten so lange konzentriert, bis einer den anderen in eindeutiger Absicht ansah. Unabgesprochen erhoben sie sich gleichzeitig, gingen aufeinander zu, lagen sich in den Armen, küßten sich, rannten dann beinahe die Treppen hoch ins Obergeschoß und schonten auf dem französischen Bett, dessen Matratzengüte Schmidt in Harings' Beisein noch grundlos geprüft hatte, Steiß und Knie. Und gleichfalls, ohne sich abgesprochen zu haben, belegte Silke bereits nach wenigen Tagen mit ihren persönlichen Sachen die eine Schrankhälfte des Schlafzimmers. Schmidt erhob keinen Einspruch, im Gegenteil, denn Silkes Wohnung war für ihn tabu, wegen des Bildes!

Bei Schmidt stellten sich nach und nach wundersame Gefühle ein, oder schälte er die vorhandenen, verschlossenen nur aus ihrer einklemmenden Verpackung? Alles ging ihm leicht von der Hand, und die Freundschaft mit Silke war ihm Ansporn, nicht mehr den Oberlehrer herauszukehren, sondern sämtliche verbliebene Energie in die ihm aufgetragene Arbeit umzusetzen. Er wollte Silke was beweisen!
Trotzdem, wenn er ehrlich zu sich war, dann betrachtete er die von Harings gestellte Aufgabe jetzt mit etwas Distanz. Er führte keinen Privatkrieg mehr gegen die Terroristen wie bisher, sondern konnte das Thema abends aus seinem Kopf bannen, mußte sich nicht auch noch nachts damit beschäftigen. Er verlor seine Verbissenheit und gewann an Lockerheit, fühlte sich in den weiten modischen Hosen wohl, auch in den Slippern, wo man so leicht rein- und rausschlüpfen könne, wie Silke einmal andeutete, wie man es gerade brauche. Schmidt aß mit Silke Bratwürste an der Imbißbude, dazu Fritten mit den Fingern aus der Tüte. Und beim Chinesen benutzte er Löffel und Gabel anstelle der Stäbchen. Für einen Regierungsdirektor in Bonn ein Fauxpas, der sich in Windeseile verbreiten und als beförderungshemmend auswirken konnte. Schmidt scherte sich nicht mehr drum.

Inzwischen glaubte das Bundeskriminalamt zu wissen, mit welch ausgetüfteltem Instrument man den Vorstandsvorsitzenden Arenz umgebracht hatte: Es war ein Metallrohr gewesen, ähnlich dem in einem Luftgewehr, nur etwas kürzer. Montiert war dieses Rohr auf eine Videokamera, und zwar genau an der für ein Mikrofon vorgesehenen Stelle. Da auch Mikrofone manchmal dünn und länglich aussehen, lieferte man gleich die Erklärung mit, warum sich keiner um ein solches Gebilde gekümmert hatte. Der

Antriebsmechanismus kann nur eine Kohlendioxid-Patrone gewesen sein, die man gleichfalls zuweilen beim Luftgewehrschießen einsetzt und die im Handel frei erhältlich ist, erklärte man weiter. Angetrieben durch dieses Gas, wurde dann der vergiftete Stahlpfeil aus dem Rohr geschleudert.
Auf die Treffsicherheit angesprochen, gab das BKA zu, man könne wohl ohne weiteres bis auf eine Distanz von zwanzig Metern äußerst präzise mit einer solchen Waffe operieren, da die Videokamera samt Objektiv womöglich als Zielsucher diene. Aus der Lageskizze ging hervor, daß der am weitesten wegstehende Journalist sich keine zwölf Meter entfernt aufgehalten hatte. Die Frage nach dem Täter beantwortete das BKA mit Schulterzucken. Die nächste Frage nach einer möglichen Verbindung zwischen Luxemburg und Stuttgart wies man brüsk zurück und behauptete einfach, es gebe zwischen beiden Anschlägen nicht die geringste Verbindung. Genauso wie beim Anschlag auf das Gasdepot der Amerikaner, wenn man einmal davon absehe, daß zwischen Blausäure und einem Giftgas schon ein Zusammenhang zu konstruieren sei.
Schmidt, wieder vor dem Computer sitzend, während Silke die allwöchentlichen Berichte für Harings abfaßte, fand sich mit dieser Erklärung nicht ab. Erstaunlich, wie wenig eine Einrichtung wie das BKA in fünf Tagen herausfinden konnte, obwohl ihr alle Möglichkeiten offenstanden.
Um sich auf unkonventionelle Art eine eigene Meinung zu bilden, klammerte Schmidt vorerst einmal Stuttgart aus und rief nacheinander die letzten Terroranschläge auf deutschem Boden auf dem Monitor ab. In sie vertiefte er sich in der Absicht, eventuell Zusammenhänge und Gemeinsamkeiten zu erkennen. Der Nachmittag glitt schon in den Abend über, aber etwas Greifbares, etwas substantiell Verbindendes hatte er nicht herausgefunden. Auch der folgende Hinweis erschien ihm eher unbedeutend, entpuppte sich allerdings in all den ungeklärten Fällen als einzige doppelte Spur, falls man die Entdeckung der Mainzer Polizei mit einbezog: Man glaubte, den PKW von Heinfried Jonas bei dem Anschlag auf das Giftgasdepot schon einmal gesehen zu haben. Also konzentrierte sich Schmidt auf diesen Heinfried Jonas. Er fragte seinen Steckbrief ab, der sich bis zum 25. Lebensjahr las wie der eines jeden

anderen Studenten auch. Dann kam der Knacks, nachdem er wegen unerlaubten Waffenbesitzes verurteilt worden war. Wegen dieser Tat und des Zusammentreffens mit einer überwachten Person fand er Eingang in die Fahndungsdatei PIOS (Personen, Institutionen, Objekte, Sachen), seit dieser Tat gehörte Jonas zum erweiterten Kreis der *BEFA-7-Kontaktpersonen*, jenem Kreis der 11 000 Personen also, die man in Begleitung von Leuten angetroffen hatte, die unter die *Beobachtende Fahndung* des Bundeskriminalamtes fielen. Der letzte feste Wohnsitz von Jonas war in München gewesen, seit mehr als zweieinhalb Jahren bewegte er sich im Untergrund. Und als Schmidt soweit war, kam ihm die Idee, die Datei des BKA und die eigene, als EXTRAKT bezeichnete, mit Harings' Datei DIABOLO zu kombinieren, um Verdoppelungen auszuschalten. Zwei Stunden später hatte Schmidt 1200 verdächtige Personen herausgefiltert.
Was kann ich denn jetzt mit diesem Ergebnis anfangen? ging es ihm durch den Kopf. Sind diese 1200 die Sympathisanten und Terroristen von morgen, oder sind etliche von ihnen schon in den Untergrund getaucht, ohne daß jemand eine Ahnung davon hat?

Weihnachten stand vor der Tür, der Abschied von Silke entpuppte sich als schwer und ausdauernd. Sie versprachen sich, einander zumindest jeden zweiten Tag anzurufen und nette Dinge zu sagen. »Vielleicht setze ich mich dabei in die Badewanne«, sagte sie schmunzelnd.
Schmidt lief zu Hause in seinem kahlen Appartement unruhig umher, das für ihn in den letzten Wochen den Charakter eines Wohnwagens angenommen hatte. Seit zwei Wochen bestand die Freundschaft mit Silke, zum erstenmal waren sie getrennt, und er fühlte sich einer ungewohnten Leere ausgesetzt. Was mache ich nur ohne sie, fragte er sich und erwischte sich dabei, wie er Zukunftspläne schmiedete. Noch sträubte er sich, zu sehr die rosaroten Gefühlsfarben zuzulassen. Statt dessen zog er eine dicke Jacke an und ging in sein Stammlokal, um sich bei einem Schachspiel abzulenken. Aber spätestens als er seine Bauern schützend und zum Opfer bereit um die Dame aufbaute, nistete sich Silke wieder in seinem Kopf ein.

Volker freute sich über das ferngesteuerte Auto, Judith, seine geschiedene Frau, ärgerte sich über die Gleichgültigkeit, die er ihr entgegenbrachte. Unwillig, wie es ihm vorkam, vertraute sie ihm Volker am ersten Weihnachtstag an, denn Schmidt gab in seiner ungewohnt modischen Kleidung und mit der neuen Haarfrisur, die lediglich darin bestand, daß er nach dem Duschen das Handtuch als Kamm benutzte, ein ungewohntes Bild für sie ab. Und die Brille trug er auch nicht mehr. Und dann auch noch die natürlich anmutende Lockerheit, oder war es berechnende Frechheit, so mit ihr zu scherzen?
Der Weihnachtsbaum in Schmidts Appartement wirkte als unpassendes Requisit und einziges Zeichen der Jahreszeit deplaziert in der ansonsten funktionellen Umgebung und war dazu noch laienhaft geschmückt. Zwei Kugeln verloren ihre dekorative Wirkung vorzeitig durch ein Platsch aus zwei Meter Höhe und wanderten unter Schmidtschen Flüchen in den Abfalleimer.
Volker störte das alles nicht, wie Kinder vieles nicht stört, an das sich Erwachsene so klammern, als er mit glänzenden Augen auch noch die übrigen Geschenke auspackte. Schmidt fotografierte seinen Sohn in der egoistischen Absicht, die Freude auf dessen Gesicht für sich allein festzuhalten. Und anschließend knipste Volker seinen Vater, dann fotografierten sie sich beide gemeinsam mit Hilfe des Selbstauslösers.
Unter Weihnachtsklängen aus der Stereoanlage aßen sie Lebkuchen und Marzipan. Schmidt erzählte all die Geschichten, die ihm zu diesem Fest einfielen, und fragte Volker nach einem speziellen Wunsch.
»Papa, mach bitte Schwabbel mit mir«, bat sein Sohn ihn mit glänzenden Augen, die seine Vorfreude verrieten.
Schmidt lachte, schnappte ihn sich, ging mit ihm ins Schlafzimmer und warf ihn auf das Bett. Und dann verlangte es das Ritual, daß er Volker minutenlang im schnellen Rhythmus immer wieder nach unten drückte, während die Federung den leichten Körper unter Schwung zurückbrachte. Volker juchzte und quiekte, gab komische Laute von sich, ähnlich denen, die man jemandem entlocken kann, dem man beim Sprechen auf den Bauch klopft.
Es war ein schöner Nachmittag gewesen, und es wurde ein noch

schönerer Abend, durfte Volker doch sogar über Nacht bei ihm bleiben. Schmidt lieferte seinen Sohn am nächsten Vormittag wieder brav bei seiner geschiedenen Frau ab und lernte nun auch den neuen Onkel kennen, der ungemein stolz auf sein Geschenk zu sein schien, so, wie er den Bademantel noch in der Mittagszeit im Wohnzimmer spazierentrug.
Außer einem flachen Lächeln hatte Schmidt, den diese Begegnung vor wenigen Wochen noch unsäglich gewurmt hätte, für den Onkel nichts übrig. Und es war mehr als Nachdenklichkeit, mit der Judith ihren Ex-Schmidt beobachtete, fand sie ihn auf einmal gar nicht mehr so grau und unscheinbar, sondern von einer ungewohnten Ausstrahlung, die bei ihr eine Art neidisches Interesse weckte. Und die Frage provozierte: Woher hat er das nur?

Schon vor der Wohnungstür hörte Schmidt das Telefon klingeln. Er beeilte sich und dachte sogleich, es sei Silke, die ihm schöne Dinge zuflüstern wollte. Etwas ernüchtert bemühte er sich dann um Freundlichkeit, als es nur Weisel war, der Beamte des BKA, der ihn anrief.
»Was gibt es denn?«
»Hätten Sie womöglich Zeit, Herr Schmidt?«
»Was, heute, am zweiten Weihnachtstag?«
Weisel lachte blechern am anderen Ende. »Ich dachte, Sie seien so heiß hinter Terroristen her? Denen ist es gleichgültig, ob Weihnachten oder Ostern ist.«
»Okay, Vorwurf angekommen. Um was geht es denn?«
»Morgen früh, sechs Uhr, wird von einem Sonderkommando eine konspirative Wohnung gestürmt.«
»Und wo?«
»Nicht am Telefon.«

Eine halbe Stunde später saßen sie sich am Remigiusplatz in einem Bierlokal gegenüber. Eine Weile schon quittierten Weisels Augen den neuen Eindruck, den Schmidt ihnen bot, mit Verwunderung.
»Wo liegt denn die Wohnung?«
»Eigentlich dürfte ich es Ihnen nicht sagen.«

»Und warum haben Sie mich herbestellt?« wollte Schmidt wissen.
»Ihr ehemaliger Vorgesetzter, Staatssekretär Augustin, meinte, es würde Sie interessieren.«
»Haben Sie etwa mit ihm persönlich gesprochen?«
Weisel schüttelte den Kopf. »Nein. Mein Chef hat so eine Bemerkung fallenlassen.«
»Ach so. Verstehe. Also: Wo soll der Einsatz sein?«
»In Trier.«
»Was? In Trier, der alten Römerstadt?«
Weisel grinste. »Terror macht auch vor Kultur nicht halt.«
»Und um wen geht es?«
»Um ein schillerndes Früchtchen. Jonas, Heinfried Jonas. Sie werden ihn kennen.«
Schmidts Aufmerksamkeit war geweckt. »Dessen Auto man in Mainz . . .?«
Weisel nickte. »Und der aller Wahrscheinlichkeit nach an dem Anschlag auf das amerikanische Gasdepot beteiligt war.«
Als Schmidt schwieg, sprach er weiter: »Den auf die Raffinerie schreiben wir ihm zum Teil auch zu.«
Schmidt merkte verwundert an: »Der geht eindeutig auf Kosten der *Gruppe 9. November.* Was hat Jonas denn mit dieser Gruppe zu schaffen?«
Weisel drehte sein Glas zwischen den Fingern. Zögernd, als scheue er sich, zuviel zu verraten, meinte er: »Wenn Sie mich fragen, Herr Schmidt, dann zieht mit dieser Gruppe eine große Gefahr für uns auf. Vielleicht ist sie auch schon gegenwärtig.« Weisel hob die Schultern, sah Schmidt schräg an und lächelte fahrig. »Wir wissen sehr wenig über sie, kennen nicht ihre Strategie und ihre Geldquellen, auch nicht ihre Verbindungen zu ausländischen Sympathisanten, arbeiten also fast nur mit Vermutungen. Jonas ist als einziger in PIOS erfaßt, wer noch alles dazugehört, liegt für uns im dunkeln.«
»Jonas und die *Gruppe 9. November* also«, murmelte Schmidt ahnungsvoll. Und dann lauter: »Wer leitet die Aktion?«
»Ich.«
Damit war für Schmidt auch die Frage beantwortet, wem er es

denn zu verdanken hatte, zu diesem Unternehmen eingeladen zu werden. Sogleich vermutete er, daß Weisels Angebot, mit nach Trier zu fahren, sicherlich auch ohne Augustins Intervention beim BKA, ihn trotz der offiziellen Beurlaubung für diese Aktion vorzuschlagen, zustande gekommen wäre. Wie weit ist dieser Weisel über mich und meine neue Tätigkeit informiert? überlegte er, weil er sich noch genau an Augustins Bitte um absolute Diskretion erinnern konnte. Und an die von Harings.

»Wann fahren Sie los?«

»Gegen zwei Uhr.«

»Kann ich mit Ihnen ...?«

»Ja. Sie dürfen auch in meiner Begleitung nachher mit in die konspirative Wohnung. Und wenn wir später noch etwas entdecken sollten, erhalten Sie die Information über unseren gemeinsamen Kanal.«

»Warum sind Sie so entgegenkommend?«

»Sie scheinen kompetente Fürsprecher zu haben«, grinste Weisel.

Die Wohnung lag im obersten Geschoß eines einseitig angebauten dreistöckigen Hauses in der Saarstraße, in Trier Zubringer des westlichen innerstädtischen Verkehrs, die in der Verlängerung, allerdings unter wechselnden Namen, bis zum Hauptmarkt und der Porta Nigra verläuft. Um unnötiges Aufsehen bei den nächtlichen Spätheimkehrern und den morgendlichen Frühaufstehern zu vermeiden, postierten sich die Einsatzfahrzeuge in Seiten- und Nebenstraßen. Zu Fuß bewegte man sich um das Objekt, studierte anschließend in den abgedunkelten Kombifahrzeugen die Pläne. Beim Einsatz konzentrierte sich das Sonderkommando darauf, über den Giebel und die rückwärtige Front in das Haus einzudringen. Ihm kam gelegen, daß die Tür zum Hof nicht verschlossen war. Um Punkt sechs Uhr hechtete ein Beamter vom Nebengebäude aus durch das Dachfenster, während man im Treppenhaus die Tür aufbrach. In weniger als fünf Sekunden hatten die Spezialisten alle Räume unter Kontrolle und hielten die vier aus dem Schlaf aufgeschreckten Bewohner mit an der Schläfe aufgesetzten Pistolen in Schach. Einer solch überwältigenden Argumentation konnten die sich nicht entziehen und gaben sich friedlich. Zumin-

dest bot sich Schmidt dieses Bild, als er in Begleitung von Weisel durch die unordentliche und schmutzige Wohnung schritt. Aber leider war ihnen Heinfried Jonas nicht ins Netz gegangen.
Die vier Bewohner wurden abgeführt, danach durchsuchte man die einzelnen Zimmer mit der BKA-eigenen Gründlichkeit, die manchmal eine Totalrenovierung erforderlich machte, wie einmal ein Betroffener sich vor Gericht zu beschweren versuchte.
Schmidt, immer an Weisels Seite, war zwar übernächtigt, aber mit aller Konzentration bei der Sache. Nichts schien ihm zu entgehen, alle Gegenstände tasteten seine Augen ab, als besäßen sie die Fähigkeit, sie zu durchdringen. Und es war Schmidts Verdienst, daß die Beamten so schnell auf ein Versteck stießen, das sich als doppelter Boden einer verchromten Wasserkanne entpuppte.
»Wie sind Sie darauf gekommen?« fragte Weisel verwundert, nachdem ein Spezialist den unteren Boden entfernt hatte, der durch einen primitiven Schnappverschluß gehalten worden war.
»Schauen Sie sich mal die Wohnung an«, antwortete Schmidt.
Weisel tat ihm den Gefallen und blickte sich um. »Total vergammelt, wenn es das ist, was Sie hören wollen.«
»Richtig. Und die Kanne?«
»Hm. Sauber. Fast sauber«, schränkte er ein. »Und das allein hat Ihnen ...«
»Besonders die fehlenden weißen Flecken, die Kalkablagerungen, die Leitungswasser nun mal mit sich bringt«, gab Schmidt den Grund seines Mißtrauens preis.
»Könnte man noch gestern gereinigt haben.«
»Und wie kommen dann die vielen Fingerabdrücke drauf?«
»Wie haben Sie denn die erkannt?« wunderte sich Weisel und betrachtete die Kanne intensiver.
»Von der Seite, gegen das Licht. Schillern unter einem bestimmten Blickwinkel bunt wie ein Regenbogen.«
Inzwischen hatte ein Beamter mit Hilfe einer Pinzette aus dem Versteck ein zu einem kleinen Umschlag zusammengefaltetes Stück Papier hervorgezogen. Er legte es auf den Tisch und faltete es auseinander. Weißes Pulver wurde sichtbar.
»Nur Rauschgift«, kommentierte er den Fund, nachdem er mit einem Finger probiert hatte. »Schade.«

Schmidt beugte sich über das Papier. »Können Sie bitte einmal das Pulver etwas zur Seite schieben?«
Der angesprochene Beamte orientierte sich an Weisel, und als dieser nickte, machte er die Mitte des Papiers frei.
»Interessant«, murmelte Schmidt, der noch näher heranging. Und dann stellte er mit Bestimmtheit fest: »Wie es aussieht, muß Jonas tatsächlich hiergewesen sein. Und er scheint auch den Stoff zu benutzen.« Schmidt deutete auf das weiße Pulver. »Ist ein interessanter Aspekt, Herr Weisel. Finden Sie nicht?«
Weisel runzelte die Stirn. »Wollen Sie das anhand der komischen Zeichen hier herausgefunden haben?«
Schmidt nickte. »Sind in ihrer Art die gleichen, die man in Mainz in seinem Auto gefunden hat.« Schmidt richtete sich auf und zog Weisel hinaus auf den Flur. Eindringlich, damit er es ja nicht vergesse, bat er ihn dann: »Sie müssen mir umgehend die Kopie von diesem geometrischen Muster zukommen lassen. Versprechen Sie mir das?«

Es war nicht Silke Kadenbach, die erst zwei Tage später kommen wollte, sondern die Entdeckung in Trier, die Schmidt veranlaßte, zwischen den Jahren nach Frankfurt zu fahren und sich mit den Zeichen zu beschäftigen. Allein der Umstand, daß das gleiche Muster mittlerweile zum zweitenmal aufgetaucht war, bewirkte bei ihm ein Kribbeln, das er immer dann empfand, wenn ihm ein wichtiger Hinweis begegnete. Oft baute die Fahndung nur auf einem kleinen Indiz auf, und er hatte jetzt zwei. Ohne Zweifel hatten sie eine Bedeutung, und die versuchte er zu ergründen.
Der Bildschirm genügte ihm nicht, er ließ sich die Zeichen ausdrucken. Auf einem Blatt malte er sie dann in verschiedenen Varianten nach, um herauszufinden, welchen Zusammenhang es zwischen den unterschiedlichen Darstellungsmöglichkeiten gab. Schließlich konzentrierte er sich auf eine Form, die der Zahl Vier ähnelte, mit dem einzigen Unterschied, daß der Querstrich eben nicht waagerecht verlief, sondern in einem 45-Grad-Wikel schräg nach oben. Für Schmidt gab es nun zwei Wege, das Zeichen, ohne abzusetzen, aufs Papier zu bringen. Er konnte unten am Längsbalken der seltsamen Vier beginnen oder rechts oben am Ende des

Schrägstrichs. Wie er auch probierte, später sogar mit Absetzen, es ergab keinen Sinn, das Zeichen blieb eine mißlungene geometrische Figur, die nur für denjenigen von Nutzen war, der sie zu deuten verstand.
Schon etwas ungeduldig wandte sich Schmidt dann dem Zettel zu, den man in Mainz im Auto von Jonas unter der Fußmatte gefunden hatte. Die durch Komma abgetrennte Zahlrenreihe 6, 10, 18, 19, 24 ähnelte tatsächlich einer Telefonnummer, wie man anfänglich im BKA gemeint hatte, bis einer drauf kam, daß es in Deutschland nur sehr wenige neunstellige Telefonnummern gibt. Es sei denn, man hatte es unter der Nummer möglicherweise mit einer größeren Einrichtung zu tun, und die letzten zwei oder drei Zahlen waren die eines Nebenanschlusses.
Was Schmidt zu denken gab, waren die Anordnung der aufsteigenden Zahlen und der kleine Buchstabe h am Ende der Reihe, h konnte alles bedeuten: eine Abkürzung für einen Namen oder ein Wort, vielleicht war h auch in dem Zusammenhang ein bestimmter Begriff? h wie *heimatlos* etwa? Schmidt merkte nicht, wie er sich mehr und mehr in seine Arbeit verbiß. Erst als Silke kam, löste sich seine Anspannung. Er gestand sich ein, daß er in den beiden letzten Tagen gegen seine Gedanken und Gefühle anzukämpfen versucht hatte, indem er sie einfach mit Arbeit und Disziplin zudeckte.

»Bist du mir böse, wenn ich dir eine heikle Frage stelle?« Schmidt fuhr mit den Fingerspitzen über ihre Haut, verweilte auf der Brust, wanderte dann schräg bis hinter ihr Ohr. Sie hielt die Augen geschlossen und genoß die Berührung.
»Bitte, frag nur.«
Schmidt druckste herum, überlegte sich eine möglichst unverfängliche Formulierung. »Harings hat dich gefragt, ob du diesen Job machen willst. Ich meine, den mit mir. Nicht?«
»Ja.«
»Hat er auch von dir verlangt, daß du ihn über all unsere Ergebnisse auf dem laufenden halten sollst?«
Silke öffnete die Augen, drehte den Kopf und sah ihn an. »Nein, hat er nicht.«

»Wirklich nicht?«
»Warum sollte er. Kriegt ja jede Woche seinen Bericht, in dem er alles nachlesen kann.«
»Okay, dann ist es gut.« Schmidt schien erleichtert zu sein.
»Sag mal, hast du mich für eine kleine Spionin gehalten?« Silke richtete sich auf. »Ist dies das Heikle an deiner Frage?«
Schmidt blickte zum Fenster hinaus, er fand Gefallen an den tiefstehenden Wolken, die von den Strahlen der Wintersonne gelbviolett eingefärbt wurden, und so konnte er Silkes Augen entgehen.
»Hat mich schon beschäftigt«, gab er schließlich zu.
»Willst du auch noch wissen, ob ich mit ihm im Bett war?«
Er ruckte herum. »Was soll denn das jetzt?«
»Wenn du mir eine Zuträgerschaft unterstellst, warum nicht auch das?«
Und als er nicht antwortetete, sagte sie: »Falls es dich beruhigt, ich war nicht mit ihm im Bett.«
Schmidt ließ es sich nicht anmerken, aber es beruhigte ihn schon.

Über Radio hörten sie es am nächsten Tag in der Früh: Frau und Kind eines Bankdirektors hatte man entführt. Der Nachrichtensprecher erwähnte im ersten Bericht keine Namen; als dann aber der Ort bekanntgegeben wurde, an dem die Tat begangen worden war, fuhr Silke Kadenbach hoch. »Was, Schleiden in der Eifel? Da hat doch der Schwager von Harings ein Wochenendhaus.«
»Wer ist Harings' Schwager?«
Hastig stellte Silke richtig: »Es ist eigentlich nicht sein richtiger Schwager, Baumann heißt er. Harings hat die Stiefschwester von Baumanns Frau geheiratet. Und Baumann ist Bankdirektor. Rebecca Harings ist die Stiefschwester von Vera Baumann. Verstehst du jetzt?«
»Und Frau Baumann samt Kind ist entführt worden, wie du vermutest?«
»Glaubst du, es gibt sonst noch einen Bankdirektor, der in Schleiden ein Wochenendhaus hat?«
Noch bevor Schmidt antworten konnte, schlug das Telefon an. »Harings hier. Kommen Sie bitte sofort bei mir zu Hause vorbei.« Das klang wie ein Befehl.

Schmidt wollte gleich Silkes These anbringen und fragte: »Geht es um die . . .?«
»Sofort. Bringen Sie bitte Frau Kadenbach mit.« Die Leitung war tot.

Als sie beide in Lorsbach an Harings' Haus vorfuhren, wunderten sie sich über die vielen Autos, die in der Sackgasse parkten. Erst nachdem sie sich ausgewiesen hatten, ließ man sie durch. Darüber wunderten sie sich dann noch mehr. Und darüber, daß so viele Männer im Haus und auf Harings' Grundstück herumliefen – allesamt Polizisten in Zivil.
»Schmidt, endlich, Sie sind da.« Harings kam ihnen im Flur entgegen. Er wirkte nervös und aufgelöst, wußte nicht, wohin mit seinen Händen.
»Haben es im Radio gehört«, meinte Schmidt teilnahmsvoll, der sich jetzt alles zusammenreimen konnte, wie er glaubte. »Tut uns leid, das mit Ihrer Schwägerin.«
Harings lachte gekünstelt, lief vor ihnen her ins Wohnzimmer und ließ sich in einen Sessel fallen. Mit gespreizten Fingern fuhr er sich durch das dichte Haar. »Ist nicht meine Schwägerin«, stellte er dann richtig und bedeutete ihnen, sich zu setzen.
»Nein? Wer dann?«
Mit weit aufgerissenen Augen sah Harings sie an, ohne sie zu bemerken. »Meine Frau. Meine Frau und mein Kind. Rebecca und Tanja haben sie entführt«, antwortete er und bemühte sich, beherrscht zu sein. Und dann schlug er die Hände vors Gesicht, ohne allerdings das trockene Schluchzen unterdrücken zu können.
»Was?« Unschlüssig sah Schmidt zu Silke Kadenbach. »Ihre . . .?«
Harings beachtete sie nicht, schüttelte immer nur den Kopf, strich sich jetzt mit beiden Händen durchs Haar und murmelte ein »Das verstehe ich alles nicht« vor sich hin. »Warum ausgerechnet sie?« Aufschauend und sich der für ihn schrecklichen Situation bewußt werdend, schrie er: »Warum sie?«
Ein Mann kam ins Wohnzimmer geeilt, der sich mit der Frage: »Soll ich Ihnen jetzt nicht besser ein Beruhigungsmittel geben?« als Arzt auswies.

»Nein, ich will nichts«, raunzte Harings den Arzt an und schüttelte dessen Hand von seiner Schulter. »Ich will meine Frau und mein Kind zurückhaben!«
Zögernd begann Harings zu erzählen, nachdem der Arzt den Raum verlassen hatte. »Zwischen den Jahren habe ich immer viel im Büro zu tun. Meine Frau fährt deshalb oft allein mit unserer Tochter in Urlaub. In diesem Jahr zog es sie zu ihrer Stiefschwester nach Schleiden in die Eifel. Deren Mann hat auch keine Zeit. Die Frauen wollten sich einmal aussprechen, nehme ich an. Heute morgen ist es dann passiert.«
Harings seufzte, erhob sich langsam, wirkte alt und kraftlos. Er ging zur Bar in der Ecke des Wohnzimmers und schenkte sich einen doppelten Cognac ein. »Wie die Polizei mir mitgeteilt hat, wollte meine Frau mit unserer Tochter in den Ort fahren, um frische Brötchen zu kaufen. Dazu benutzte sie das Auto ihrer Schwester Vera. Weil sie nicht vom Einkaufen zurückkamen, wurde Vera unruhig. Sie fuhr die Strecke ab und entdeckte wenige hundert Meter vom Wochenendhaus entfernt das verlassene Auto. Das ist alles.« Harings kam mit dem Glas in der Hand zu ihnen zurück und setzte sich wieder auf seinen Platz.
»Sie sagten, Ihre Frau und Tanja benutzten das Auto der Stiefschwester?«
Harings nickte. »Einen Speedster. Für den Winter allerdings viel zu luftig.«
»Hm.« Schmidt wollte sich aus Gewohnheit den Krawattenknoten zurechtrücken. Silke sah das und lächelte. »Ähneln sich die beiden Schwestern?«
Harings runzelte die Stirn. »Nicht allzusehr, wie ich meine.«
»Hat Ihre Schwägerin auch Kinder?«
»Ja, ebenfalls eine Tochter.«
Und dann nach einer kleinen Pause: »Ist Ihnen nicht auch schon der Gedanke gekommen, Herr Harings, daß es sich um eine Verwechslung handeln könnte?«
Harings rieb sich die bleiche Wangennarbe. »Sie meinen, weil Rebecca das Auto ihrer Schwester gefahren hat?«
»Ja. Und weil Tanja auch im Auto saß.«
»Und die Entführer dachten, es sei...«

Eine halbe Stunde später erschien ein Beamter der Sonderkommission, der Schmidts Vermutung bestätigte. Wie es aussehe, handele es sich um eine Verwechslung. Das habe man sich schon gleich heute morgen gedacht und deswegen in den Nachrichten keine Namen bekanntgegeben.

Allmählich sickerten die Worte in Harings ein. Man merkte, wie er sich an sie klammerte. So betont hoffnungsvoll, wie er sich nun gab, glaubte er offensichtlich fest daran, daß die Entführer womöglich Frau und Kind laufen ließen, wenn sie den Irrtum entdeckten.

Bevor der Beamte hinausging, versuchte er Harings noch mehr aufzubauen. »Ihre Schwägerin Frau Baumann hat sich bereit erklärt, heute abend über Fernsehen und Rundfunk zu den Entführern zu sprechen. Vielleicht zeigen sie sich einsichtig, wenn sie den Fehler entdecken!«

So schnell, wie Schmidt auf seine Verwechslungstheorie gekommen war, so schnell sah er die demotivierende reale Kehrseite, weil er sich sagte, daß es keinen allzu großen Unterschied machte, ob man Frau und Kind eines Bankdirektors oder Frau und Kind eines Versicherungsdirektors entführte, falls man es allein aufs Lösegeld abgesehen hatte.

Harings, der sich etwas beruhigt zu haben schien, nahm die Verwechslungsthese auf wie ein Schwamm das Wasser. Argwöhnisch sah er Schmidt an, als dieser ihn fragte: »Wer wußte denn alles, daß Ihre Frau und Ihre Tochter in die Eifel fahren wollten?«

»Glauben Sie jetzt etwa nicht mehr an Ihre Version?« baffte ihn Harings an.

»Schon. Falls sie sich aber als falsch erweisen sollte, dann verlieren wir Zeit, wenn wir nicht gleichzeitig alle anderen Möglichkeiten einkalkulieren.«

»Du hast die Sensibilität eines Ambosses«, flüsterte Silke von der Seite, während Harings sich Schmidts Argument gegenüber einsichtig zeigte und für seinen rüden Ton entschuldigte.

»Sie haben recht, Herr Schmidt. Was nützt es, wenn ich mich an falsche Hoffnungen klammere.« Er überlegte einige Sekunden und begann dann zu berichten: »Zuerst wollten wir zwischen den Jahren in die Berge. Zum erstenmal seit langer Zeit wieder. Noch bis

Anfang Dezember war das unser Plan. Aber schon da zeichnete sich bereits für mich die unverschiebbare Terminarbeit ab, und wir überlegten, wohin sie allein mit dem Kind fahren könnte. Eine Woche vor Weihnachten hat sie sich dann mit ihrer Schwester verabredet.«

»Somit wußten zumindest die Familien Harings und Baumann davon. Sonst noch jemand?«

»Ich glaube, meine Sekretärin auch. Und natürlich die von Herrn Baumann«, fügte er hinzu.

»Eine Woche vor Weihnachten verabredet. Demnach wäre genügend Zeit gewesen, eine Entführung zu planen«, zog Schmidt das vorläufige Fazit.

Er stand auf, ging in Gedanken versunken hinaus und suchte den Beamten der Sonderkommission, der im Wohnzimmer gewesen war.

»Warum ist denn Frau Harings eigentlich mit dem Wagen ihrer Schwester zum Einkaufen gefahren?«

Der Beamte zuckte die Schultern und fragte, ob er telefonieren dürfe.

»Herr Harings wird nichts dagegen haben.«

Nach wenigen Minuten konnte er Schmidts Frage beantworten. »Neben dem Haus gibt es nur eine schmale Einfahrt, in die der Länge nach zwei PKW passen. Das Auto von Frau Harings wurde von Frau Baumanns blockiert. Deshalb vielleicht.«

Bis auf zwei Beamte, die eine Fangschaltung installiert hatten und nun stur neben dem Telefon ausharrten, gingen sie doch davon aus, daß sich die Entführer bei Harings melden würden, war das Haus von der Polizei geräumt worden. Auch draußen auf der Straße deutete nichts mehr auf einen Polizeieinsatz hin.

Als Schmidt sich ebenfalls verabschieden wollte, forderte ihn Harings zum Bleiben auf.

Und dann warteten sie gemeinsam. Den ganzen Nachmittag tat sich nichts.

Am Abend bat Frau Baumann mehrmals die Entführer über die Medien, ihre Opfer freizulassen. Kurz nach den Durchsagen ging bei einer Zeitung ein vages Bekennerschreiben ein. Es lautete:

Die Großfinanz beutet die Dritte Welt aus. Sie macht ihren Profit auf Kosten der Armen, die dadurch noch ärmer werden. Bekämpft die Großfinanz.
Eine Unterschrift oder ein Hinweis auf die Entführer fehlte.

Wieder in Frankfurt, standen Schmidt und Silke Kadenbach am nächsten Tag, es war mittlerweile Silvester, in ständigem Telefonkontakt mit Harings. Dort tat sich nichts, kein Anruf, kein zweites Schreiben.

Schmidt durchforstete seinen Rechner nach vergleichbaren Texten, die in anderen Entführungsfällen eingegangen waren. Von der Wortwahl her gab es keine Parallelität, mit Ausnahme vielleicht eines Schreibens in Italien, in dem die Kidnapper von einem Industriellenehepaar mehr als umgerechnet acht Millionen Mark Lösegeld gefordert hatten.

Allerdings lag der Fall schon einige Jahre zurück. Und er erlangte eine zweifelhafte Berühmtheit, weil die Entführer dem Opfer als Beweis, es auch tatsächlich in Händen zu haben, zwei Finger abschnitten, die man den Eltern zukommen ließ. Nach mehr als einem Jahr war der junge Mann endlich wieder frei.

»Gibt es da vielleicht einen Zusammenhang?« wollte Silke wissen, als sie den Text gelesen hatte.

»Nein, glaube ich nicht. Sicherlich wird er auch noch durch die Übersetzung verfälscht.«

Schmidt zog sich in sein Büro zurück. Er ging alle möglichen Aspekte dieser Entführung durch und sah mit einemmal die drohende Gefahr. Wie reagieren die Kidnapper, wenn sie feststellen, sie haben das falsche Opfer erwischt? Haben sie überhaupt das falsche Opfer? Ist ihnen in einem solchen Fall nicht jedes finanzkräftige Opfer recht? Er tastete sich noch einen Schritt weiter und knüpfte wieder bei den Überlegungen an, die er schon in Harings' Haus angestellt hatte. Harings bekleidete in der Versicherung eine so hohe Position, daß die Kidnapper, wenn sie den Irrtum entdeckten, ihren Plan noch nicht einmal aufgeben mußten. Sie brauchten nur die Erpressung zu verlagern: von Direktor Baumann auf Direktor Harings. Dazu allerdings benötigten sie Informationen über Harings, vorausgesetzt, es handelte sich um eine Verwechslung. Informationen über seine finanzielle und berufliche Situation, Informationen über Lebensweise und Gewohnheiten. Als Schmidt zu dieser Erkenntnis gelangt war, rief er im Hause Harings an und bat die Beamten, sorgfältig darauf zu achten, wer sich in der Nähe des Hauses aufhielt, und es über Gebühr in Augenschein nahm. Das werde bereits getan, versicherte man Schmidt. Zwei auffällige Personen, die lange das Haus beobachtet hatten, würden bereits beschattet.

Am Nachmittag suchte Schmidt erneut Harings auf, der zaghaft lächelte und sich über Schmidts Anwesenheit zu freuen schien.
Schmidt sah Harings die nervliche und psychische Belastung an. Mit kleinen Augen, gerötet und mit dunklen Ringen unterlegt, saß er vor einer Tasse Kaffee und stierte meist abwesend und irgend etwas Unverständliches vor sich hin murmelnd hinaus in die kahle Winterlandschaft. Unentwegt beschäftigten sich seine Finger mit allem, was sie greifen konnten.
»Man muß immer alle Möglichkeiten in Betracht ziehen«, begann Schmidt, vorsichtig seine Worte wählend, »um sich dann auf die wahrscheinlichste zu konzentrieren. Ich habe da etwas in meinem Computer entdeckt, was in Ihrem Fall eine weitere Möglichkeit bedeuten könnte. Zumindest in der Art, daß sich die Chancen für eine Unversehrtheit Ihrer Familie erhöhen.«
»Bitte, erzählen Sie.«
Schmidt zog ein Blatt aus seiner Hosentasche und glättete es. »Sie wissen, daß man sich gegen Lösegeldforderungen versichern kann.«
»Ja.«
»Sind Sie es?«
Harings schüttelte den Kopf. »Meine Gesellschaft bietet diesen speziellen Service leider noch nicht an.«
»Aber eine englische tut es.«
»Ich weiß.«
»Worauf ich hinauswill, ist etwas ganz anderes«, betonte Schmidt. »Haben Sie die Bezeichnung *Control Risks Limited* schon einmal gehört?«
Harings verneinte.
»Lloyd's, die englische Versicherung, hat eine eigene Antiterror-

beziehungsweise Antikidnapping-Einheit ins Leben gerufen, deren Hauptaufgabe es ist, in speziellen Fällen wie dem Ihren tätig zu werden.«

Harings setzte sich zurecht. »Ich halte die deutsche Polizei für fähig genug, allein und ohne Hilfe von außen mit dem Fall fertig zu werden.«

»Ich auch«, stimmte Schmidt zu. »Allerdings hat Lloyd's seit der Lindbergh-Entführung im Jahre 1932 gerade in diesem Bereich enorme Erfahrungen gesammelt.«

Harings gab sich verschlossen. »Nein, kein Interesse.«

»Ich meine ja auch nur, und das ist jetzt meine Frage, ob es sinnvoll wäre, einen ihrer Vertreter herzubitten, der Sie und die Polizei beraten könnte. Mit der Datei CRIS verfügt Lloyd's über einen Informationsservice, der in der Welt beispiellos ist.«

Harings hob die Augenbrauen. »Lediglich zur Beratung?«

»Ja, zumindest vorerst.«

Zögernd signalisierte Harings jetzt Bereitschaft, die Schmidt geschickt weiter untermauerte. »Lloyd's setzt bei allen Aktivitäten nie das Leben der Entführten aufs Spiel. Ihre Spezialisten, die in England aus der Regierung, aus Geheimdiensten und MI 6, in Amerika aus FBI, Green Berets oder dem U.S. State Department stammen, verhandeln mit den Kidnappern, bieten ihnen Sicherheiten an. Und sie haben es bisher fast immer geschafft, die Lösegeldsummen auf ein normales Maß herunterzuschrauben. So in einem mir bekannten Fall von 14,2 Millionen Dollar auf 2,5 Millionen.«

Voller Skepsis wollte Harings dann wissen: »Und Sie sind der Überzeugung, das bringt was?«

Schmidt hob die Schultern. »Sie selbst wissen aus eigener Erfahrung am besten, daß die Polizei immer bestrebt ist, den Gangstern eine Falle zu stellen. Sie hat nichts zu verlieren. Nicht so die Experten von *Control Risks*. Sie wollen die Geisel gegen eine moderate Zahlung auslösen, tragen nie eine Waffe mit sich und wenden keinerlei Gewalt an.«

In den nächsten vier Tagen tat sich nichts, wenn man einmal davon absah, daß ein gewisser Malcolm Hurtington von London anreiste und sich diskret der Entführung annahm. Silvester ging vorbei, Neujahr auch, die ersten guten Vorsätze wurden gebrochen, und Harings hatte noch keine Zeit gehabt, seine in die Tat umzusetzen, denn dazu fehlten ihm immer noch Frau und Kind. Er wurde zusehends nervöser, konnte nachts kaum noch schlafen, wie er Schmidt versicherte, und war bereit, auf jede Forderung der Kidnapper einzugehen. Nur Hurtington gegenüber blieb er reserviert und mißtrauisch, wie die ermittelnden Beamten auch, die den hochgewachsenen Engländer nicht gerne in ihrer Nähe hatten, weil er so viele und gutdurchdachte Fragen stellte. Perfekt Deutsch sprach er zudem auch noch.

»Hoffentlich sind es nur Kidnapper und keine Terroristen«, gab Harings seinem Bangen Ausdruck, als er mit Schmidt allein war. »Kidnapper wollen nur Geld sehen. Aber Terroristen?«

»Wie kommen Sie auf Terroristen?« fragte Schmidt.

»Nur so«, antwortete Harings zögernd. »Es braucht sich nur herumgesprochen zu haben, es braucht nur das Gerücht durchgesikkert zu sein, daß ich mich privat für die Bekämpfung des Terrors einsetze. Das genügt denen schon.«

»Und wer käme als Verbreiter des Gerüchts in Frage?«

»Was weiß ich?«

Harings' Bemerkung brachte Schmidt dazu, in der von ihm vorgegebenen Richtung weiterzudenken. Wenn sie auf Harings gekommen sind, dann kommen sie auch schnell auf Silke und mich. Schmidt war weiß Gott kein Held und hatte nicht die Absicht, sich als Köder anzubieten. Gleichzeitig sah er aber gerade darin eine Chance, an die Entführer, wer immer sie waren, heranzukommen.

Die Polizei betrachtete es als Rätsel, denn ihre Theorie sah so ganz anders aus und ihre Erfahrung auch, aber nach genau einer Woche waren Rebecca Harings und ihre Tochter Tanja wieder in Freiheit. Auf der Autobahnraststätte Limburg hatte man sie am späten Abend ausgesetzt, ihnen Geld zum Telefonieren in die Hand gedrückt, und dann waren die Entführer einfach verschwunden.

Rebecca Harings fühlte sich nicht zu erschöpft, noch in der Nacht die ersten Fragen der Polizei zu beantworten, während ihre Tochter schon längst schlief. Nein, man habe sie beide gut behandelt, aber zu Gesicht bekommen hätten sie niemanden, es sei denn, hinter einer Maske versteckt. Und gesprochen habe keiner. Zwei Männer könnten es gewesen sein, meinte sie, aber sicher sei sie sich nicht. Aus ihrer Sicht schien auch denkbar, daß es nur einer war, der ihr etwas vorzuspielen versuchte. Sie hätten am Entführungstag einfach das Auto gestoppt, indem sie ein anderes quer über die Straße stellten. Ein japanisches Modell könne es gewesen sein. In Blaumetallic.

Frau Harings schilderte der Polizei alles, an das sie sich noch erinnern konnte. Leider gab es in ihrem Bericht keinen Anhaltspunkt, an welchen Ort man sie und ihre Tochter verschleppt hatte. Hurtington, mit dem sich Schmidt lange und intensiv unterhalten hatte, reiste wieder ab, die Polizei tappte weiter im dunkeln.

Zwei Tage tappte sie im dunkeln, bis sie dahinterkam, warum man die beiden freigelassen hatte. Ein Lösegeld war gezahlt worden, und zwar in Höhe von 1,5 Millionen Mark. Heimlich gezahlt von Herrn Harings, der sich das Geld über seine Versicherung besorgt hatte. Verständlich, daß die Polizei stocksauer war, denn Harings unterlief mit dieser Aktion all ihre Pläne, die so schön und so ausgeklügelt waren, daß sie einfach klappen mußten.

»Meine Familie gesund wiederzusehen ist mir wichtiger gewesen als Ihr vermeintlicher Erfolg!« schrie er die Beamten an, die Details wissen wollten. »Oder hätten Sie mir bei einem Polizeieinsatz für das Leben meiner Frau und das meiner Tochter garantieren können?«

Hätten die Beamten nicht, wie sie kleinlaut zugaben. Und weil er versprochen hatte, die Art der Geldübergabe für sich zu behalten, schwieg Harings beharrlich auf alle weiteren Fragen.

»Es macht schon einen Unterschied, ob man als Außenstehender Verbrechen bekämpft oder selbst von einem betroffen ist«, versuchte Harings sich später vor Schmidt zu rechtfertigen, der ihn wohl noch am besten verstehen konnte, weil er inzwischen in allen Einzelheiten die Hintergründe von Dr. Kortings Entführung von vor fünf Jahren kannte. Und mit tiefem Ernst fügte Harings noch

hinzu: »Sie glauben ja nicht, was ich in den Tagen der Entführung für eine Angst ausgestanden habe.«
Schmidt glaubte es ihm unbesehen.

Er war während des ganzen Fluges über den Atlantik ein unauffälliger Passagier gewesen, der nur Mineralwasser und Kaffee trank, obwohl es auf den interkontinentalen Strecken auch bei dieser Fluggesellschaft den Alkohol umsonst gab. Nachdem er auf dem John F. Kennedy Airport die Kontrollen ohne Beanstandung passiert hatte, flog er mit einem Helikopterzubringer auf die andere Seite des Hudson River zum Newark Airport. Für seinen weiteren Weg benutzte er zuerst bis Waldwick, ein Stadtteil im Nordwesten von New York, die Eisenbahn und stieg dort in ein Taxi um. Der Fahrer stutzte zwar einen Augenblick, als er ihm ein Ziel zwischen Waldwick und Oakland nannte, fuhr aber dann seinen Gast ohne Murren, jedoch unter heimlicher Beobachtung im Rückspiegel zu der angegebenen Adresse. Als er fragte, ob er warten solle, verneinte der Fahrgast, bezahlte und sah dem Taxi nach, bis es verschwunden war. Bedächtig, als sei er noch unschlüssig, legte der bärtige Mann die restliche Wegstrecke zu Fuß zurück.
Vor einem großen Tor am Ende der Oakland Avenue blieb er stehen. Mit neugierigen Augen betrachtete er die drei Meter hohe Kalksteinmauer mit den breiten, dunklen Fugen, auf deren Krone man zwischen spitzen Eisenpfosten noch etliche Meter Stacheldraht verarbeitet hatte, als trauten die Erbauer dem harten Gestein allein nicht die nötige Schutzfunktion zu. Zögernd trat er an das Tor, dessen Gitterstäbe mit gehämmertem Kupferblech hinterlegt waren und somit jeden Blick auf das Grundstück verwehrten, betätigte einen von diesen monströsen Klöppeln aus Messing, wie man sie von französischen Landsitzen und Schlössern kennt, und fragte sich, durch welche Übermittlungsart der Hausherr das Geräusch überhaupt wahrnehmen konnte. So, wie er den Zuschnitt des Grundstücks einschätzte, lag das Haupthaus wohl noch etliche Meter vom Tor entfernt.
Eine schnarrende Stimme, die gleich neben ihm aus der Wand zu

kriechen schien und ihn erschreckte, löste das Problem, ob man seine Ankunft bemerkt hatte. Überaus unfreundlich erkundigte sie sich, was er wünsche.
Der Ankömmling sah links von sich eine glänzende Metallplatte, durch deren Löcher sich die Stimme quetschte und antwortete: »Ich habe mit Mister Celudano eine Verabredung. Heute, um 18 Uhr.«
»Ihr Name?«
»Forrester, Michael Forrester.«
»Schauen Sie bitte nach oben.«
Forrester kam der Aufforderung nach, bemerkte in der Höhe die dunkle Öffnung einer versteckten Kamera und zwang sich ein Lächeln ab. Sein Gesicht schien dem unbekannten Beobachter zu gefallen, denn nach einigen Sekunden sprang leise surrend ein Elektromotor an, der langsam das schwere schmiedeeiserne Tor aufgleiten ließ. Zögernd betrat Forrester das parkartige Grundstück, wunderte sich über die hohen, kahlen Eichen mit ihren ausladenden Kronen, die Gruppen aus serbischen Fichten und die vereinzelt stehenden Zedern, die er hier nicht erwartet hätte. Während sich hinter ihm schmatzend das Tor schloß, begann er zügig auf dem geteerten Weg auszuschreiten. Nach wenigen Metern merkte er, daß er nicht allein war. Halb versteckt hinter den Sträuchern begleiteten ihn zwei Männer mit Hunden, die heftig an den Leinen zerrten.
Unvermittelt tauchte nach einer Biegung ein Haus vor dem Besucher auf, das seinem Besitzer von der Größe her gestattete, jeden Tag im Monat ein anderes Zimmer zu benutzen. Aber bei der Einordnung des Baustils, der zwischen den ihm bekannten Elementen hin und her pendelte, tat sich Forrester schwer: Dachform geschwungen und ans Barock angelehnt, Fenstereinfassungen dagegen klassizistisch schlicht, die Eingangstür präsentierte Jugendstil. Sie wurde gerade von innen geöffnet. Klein kam sich Forrester vor, als ihn die beiden Männer in Empfang nahmen und in das Haus geleiteten. Er durfte den Mantel ausziehen, durfte dann auch seine Mappe vorzeigen und seinen Körper, den man abtastete und nach versteckten Waffen absuchte. Zumindest einer seiner Begleiter schien enttäuscht zu sein, weil er nichts fand. Den verschlage-

nen Augen nach hatte er sich schon eine angemessene Form der Bestrafung ausgedacht.
»Mitkommen«, knurrte er unwillig und ging voraus, während der zweite so dicht hinter Forrester ging, daß dieser sich geschoben fühlte.
»Platz nehmen!« kommandierte der erste und gab Forrester einen weiteren Einblick in seinen abwechslungsreichen Wortschatz, indem er unwillig hinzufügte: »Chef kommt gleich.«
Bereits nach wenigen Minuten tauchte Mario Celudano auf, der in karikierender Form das Abziehbild eines alternden Gigolo verkörperte: angegrautes, glattes Haar, perfekt eingeölt, braunes Geiergesicht mit einem schmallippigen Mund und eng zusammenstehenden, unsteten Augen, die immer noch, heute wohl überwiegend aus Gewohnheit, auf der Suche nach dem Ehemann zu sein schienen. Seide bevorzugte er, wie sein schwarzes Hemd und der kunstvoll geschlungene beige Schal bekundeten. Und dazu Leinen, weißes Leinen für die Hose mit breitem Umschlag, gehalten von einem geflochtenen Gürtel aus Schlangenleder. Die Schuhe bestanden aus dem gleichen schuppigen Material und wirkten deplaziert, und das nicht nur, weil man die Tierart schon seit Jahren vergeblich zu schützen versuchte.
»Bitte setzen Sie sich, Mister Forrester«, flötete Celudano überfreundlich und deutete mit einer Zigarettenspitze, die pures Gold verriet, auf eine Sitzecke.
»Etwas zu trinken?«
Sie einigten sich beide auf Whisky. Dann schickte Celudano seine beiden übergroßen Hausboys hinaus.
»Ich habe Ihre Nachricht erhalten, Mister Forrester«, versuchte Celudano seine Höflichkeit noch zu überbieten. »Ein Freund von mir hat mich Ihnen empfohlen?«
Forrester nickte. »Ja, Mister Patrella. Sie kennen ihn doch.«
»Ah, der Gute. Lebt er immer noch in Turin?«
»Nein, er lebt in Genua, Mister Celudano. Seit vierzig Jahren schon.«
»Tatsächlich?« Celudanos Augen wanderten noch dichter aufeinander zu. »In Genua sagen Sie?«
Forrester nickte erneut.

»Ist er noch mit Monica verheiratet?«
Forrester lächelte und durchschaute das Spielchen. »Zu mir sagte er, er sei noch nie verheiratet gewesen. Seine vielen Freunde hielten ihn davon ab. Besonders der junge Pedro, wie er offen zugab.«
Celudano zog mit runden Lippen genüßlich an seiner Zigarettenspitze, in der allerdings keine Zigarette steckte.
»Interessant«, zwängte er durch die Zähne, wobei sein Lächeln wie eingeätzt in seinem Gesicht haftenblieb. »Wirklich interessant. Forrester, sagten Sie, ist Ihr Name?«
Forrester hob leicht die Hände, neigte den Kopf und grinste. »Forrester heute, Walker morgen. Oder paßt Ihnen Morrisson besser?«
»Bleiben wir bei Forrester. Patrella hat Sie mir so angekündigt. Allerdings hat er den Kinnbart zu erwähnen vergessen.«
»Vorhin war ich noch Morrisson, und der trägt immer einen Bart«, lächelte Forrester. »Walker dagegen nur eine Brille.«
Celudano schlug die dünnen Beine übereinander, nippte an seinem Whisky und schien über Forrester amüsiert zu sein. »Sie wollen mir also ein Geschäft vorschlagen, wie Patrella mir mitteilte. Darf ich fragen, was das für ein Geschäft ist?«
»Patrella ist überzeugt, Ihr Im- und Exporthandel sei sehr lukrativ, laufe immer auf Hochtouren.«
»Kann man so sagen«, stimmte Celudano zu und wurde jetzt ernster und aufmerksamer. »Aber man muß sich selbst um alles kümmern, muß selbst immer bereit sein, eine Chance wahrzunehmen. Sie wissen ja, jedes Geschäft kann nur so gut sein wie der Besitzer. Und die Kontakte, die er hat. Nicht wahr?«
Forrester verstand. »Sind Sie daran interessiert, Ihren Handel auszuweiten?«
Celudano schien auf eine Zitrone zu beißen, so verzog er sein Gesicht. »Och, Mister Forrester, noch mehr Arbeit? Ich bin so gut wie ausgebucht.«
»Vielleicht setzt mein Angebot bei Ihnen noch Kapazitäten frei?«
Celudano wirkte betrübt und pinscherhaft, wie er seine Züge zusammenschrumpfen ließ. »Schlecht möglich, mein lieber Forrester.«

»Patrella meint, in einem solchen Fall könnten Sie mir zumindest einen neuen Kontakt vermitteln.«
»Kommt darauf an, welche Waren Sie verschicken und wie hoch Sie in den Handel einsteigen möchten«, verklausulierte Celudano seine Bereitschaft.
Forrester knöpfte sich die Jacke auf, griff in die Innentasche und legte zwei Fotos mitten auf den Beistelltisch. »Es geht um diesen Mann.«
Ohne die Bilder anzuschauen, entgegnete Celudano: »Mit verderblichen Waren handeln wir nicht.«
»Es ist keine verderbliche Ware. Im Gegenteil, Sie sollen dafür sorgen, daß sie ihre Frische behält.«
»Ich soll ihre Frische erhalten?« Celudano legte seine Spitze im Aschenbecher ab und verschränkte die feinmanikürten Hände, die schon lange keine Bekanntschaft mehr mit körperlicher Arbeit gemacht hatten. »Wie soll ich das denn anstellen?«
»Patrella meint, da falle Ihnen schon eine Möglichkeit ein.«
»So, so, meint er das. Noch einen Whisky?«
Forrester schien die ungeschriebenen Gesetze der Cosa Nostra zu kennen, denn er lehnte ab. Der zweite war nämlich erst fällig, wenn das Geschäft zustande gekommen war. Und der dritte beim Abschied. Für viele gab es keinen zweiten Whisky oder was immer man trank.
»Wie lange soll ich denn die Frische garantieren?«
»Bis auf Widerruf.«
Celudano schüttelte den Kopf. »Eine Mindestzeit brauche ich schon, so als Anhaltspunkt. Und wegen der Planung.«
Forrester überlegte. »Vielleicht sechs Monate. Ja, sechs Monate werden es wohl.«
Celudano stieß einen dünnen Pfiff aus, wohl seine Art, Überrachung zu zeigen. »Lange Garantie. Und wo?«
»In Europa.«
Wieder biß Celudano auf eine Zitrone. »Teure Garantie, verdammt teure Garantie.« Er gab sich zerknirscht.
»Der Auftraggeber kann zahlen.«
»Im voraus?«
»Nur im voraus. Immer zwei Monate im voraus.«

»Interessant. Das ist gut wegen der Spesen. Sie verstehen?«
»Ja, Sie werden Spesen haben.«
Jetzt erst beugte sich Celudano über die beiden Fotos und sah sich den Mann an. »Lohnt sich denn die Garantie bei ihm überhaupt?« meinte er skeptisch. »Sieht mir nicht allzu erhaltenswert aus.«
Forrester schmunzelte. »Es sind die inneren Werte, die ihn für den Auftraggeber so unentbehrlich machen.«
»Aha.« Und nachdem sein Aha längst verklungen war, versuchte Celudano nachzubohren: »Man braucht bestimmt seine... seine Aussage.«
»Nein.« Mehr sagte Forrester nicht, aber Celudano genügte dieses Nein, denn er fragte nicht weiter nach.
»Wer könnte es auf seine Frische abgesehen haben?«
»Jeder.«
»Also rund um die Uhr?«
»Ja, mit mindestens zwei Garanten.«
Celudano schüttelte verwundert den Kopf. »Sehr teuer, wird ja immer teurer.«
»Er ist es uns wert, unbedingt und unter allen Umständen. Ich brauche Ihr Wort, daß Sie es arrangieren können.«
»Uns? Sind etwa mehrere an seiner Erhaltung interessiert?«
»Uns oder mir, was macht das für einen Unterschied?«
»Dreißigtausend im Monat.«
Forrester schüttelte den Kopf.
»Nein? Zuviel?« Celudanos Augenbrauen schoben sich unwesentlich zusammen, und ein steiles V kerbte sich mitten auf seiner Stirn ein.
Forrester antwortete nicht.
»Billiger geht es nicht.«
»Fünfzigtausend«, sagte Forrester und bot ohne ersichtlichen Grund sehr viel mehr als gefordert. »Fünfzigtausend von uns und das Wort von Ihnen, denn soviel ist es uns wert.«
Celudano fühlte sich geschmeichelt und verdrehte in naiver Theatralik die Augen. Geziert ordnete er seinen Schal, strich sich über die Haare.
»Patrella meint, ich solle ihm noch heute abend Nachricht geben, wie das Geschäft gelaufen ist.«

Celudano setzte sich zurecht und wußte mit einemmal, er war schon in der Pflicht, die Leistung zu erbringen. Dafür hatte er sich zu viel angehört, dafür war er zu sehr Zeuge geworden. Jetzt durchschaute er Forresters Taktik, legte dieser doch schon zu einem so frühen Zeitpunkt die Fotos auf den Tisch, daß er praktisch gezwungen war, den Auftrag anzunehmen. Und dazu auch noch die versteckte Drohung mit Patrella, die ganz klar besagte, daß er dafür sorgen würde, daß der Geschäftsabschluß in der Branche publik wurde. Wenn es schließlich jeder wußte, dann durfte er, Celudano, keinen Fehler machen, denn immerhin stand sein Name auf dem Spiel. Und in Celudanos Branche lebte man nur vom Namen, nur von dessen Ausstrahlung und der Angst, die er anderen einflößte.

»Ich möchte noch einen Whisky mit Ihnen trinken.«

Forrester atmete erleichtert auf. »Sehr gerne, Mister Celudano. Es ist mir eine große Ehre.«

Während sie tranken, sahen sie sich abschätzend an. »Haben Sie außer den Fotos noch andere Unterlagen über den Mann?«

»Ja, hier in meiner Mappe.« Forrester öffnete sie und legte einen Schnellhefter auf den Tisch. »Name, Anschrift, Lebensweise, all seine Gewohnheiten, all die gefährlichen Punkte, die er aufsucht, sein Umfeld, seine Freunde, die Arbeitsstelle, mögliche Feinde in der Vergangenheit, alles da. Und noch einige Fotos.«

»Sie nehmen Ihren Auftrag ernst, mein lieber Forrester, sehr ernst.«

Forrester lächelte unverbindlich.

»Nur über einen Punkt müssen Sie sich noch im klaren sein. Falls in einer bestimmten Situation der Garantiefall eintreten sollte, ist meine Verpflichtung hinfällig. Allein aus Sicherheitsgründen. Haben Sie verstanden?«

»Ja.«

Celudano wechselte spontan das Thema. Er plauderte über kleine Skandale, von denen er gehört hatte, und wollte dazu Forresters Meinung wissen. Reserviert enthielt der sich jeder Aussage, nickte artig, blieb weiterhin aufmerksam und überließ es Celudano, den Hauptteil der Unterhaltung zu bestreiten. Dieser stand nach einer Weile auf, führte Forrester durch das Haus, das ungeahnte Schätze

aufzuweisen hatte. So war jedes Zimmer im Obergeschoß in einer anderen Stilrichtung eingerichtet, beginnend mit dem Mittelalter und den massiven schweren Möbeln, über das Rokoko zum englischen Chippendale bis hin zum Übermodernen, einem Raum, samt Boden vollkommen in Weiß gehalten, in dem nur ein schwarzer Flügel und ein schwarzer Stuhl standen.
»Spielen Sie auch?« fühlte sich Forrester zu fragen bemüßigt und deutete auf den glänzenden Flügel.
»Nein, besser gesagt, nicht mit einem solchen Instrument.«
»Womit dann, wenn ich fragen darf?«
Celudano war nicht ungehalten wegen Forresters Neugier, führte ihn wieder ins Erdgeschoß und dort in einen Seitentrakt, deutete auf eine Wand mit vielen Fotos. »Damit spiele ich.«
Neugierig trat Forrester näher. »Aha.«
Celudano folgte ihm und schmunzelte.
»Aber nicht mehr aktiv«, meinte Forrester und drehte sich in Celudanos Richtung.
Der lächelte. »Nein, die hier abgebildeten Spieler gehören zu meiner Mannschaft, zu den Troupa Models. Nächstes Jahr schaffen wir im American Football den Aufstieg in die höchste Klasse. Darauf können Sie wetten.«
Forrester sah keinen Grund, das zu bezweifeln.

Wie es sich gehörte, verabschiedete sich Forrester nach dem dritten Whisky, den er im Anschluß an die Besichtigung von Celudanos Freizeitbereich, einem olympiareifen Schwimmbad samt tennishallengroßem Fitneßraum, trank. Celudano begleitete ihn noch bis zur Tür, und die beiden Bodygards eskortierten ihn über das Grundstück bis zum Eingangstor. Wegen der jetzt frei herumlaufenden Hunde, wie Celudano erklärte.
Erst als Forrester wieder in der Oakland Avenue stand, sich zu Fuß in Richtung Waldwick Zentrum aufmachte, ein Taxi erwischte und als Ziel Patterson angab, wo er in Lydia's Hotel zu übernachten beabsichtigte, atmete er auf. Er lehnte sich zurück in die Polster, lächelte in sich hinein, rieb sich in Vorahnung die Nase und drückte den Bart wieder fest an sein Kinn. Aus der Jackentasche nahm er Walkers Brille und setzte sie auf.

Der Weihnachtsbaum hatte längst keine Nadeln mehr, als Schmidt ihn endlich Mitte Januar aus seinem Appartement entfernte. Das lag nicht an Zeitmangel, sondern weil er im neuen Jahr noch nicht in Bonn gewesen war. Überhaupt verlor die Stadt immer mehr an Reiz für ihn. Sie war nur noch eine Station zum Aussteigen, um seinen Sohn zu besuchen.
Schmerzlich erinnerte sich Schmidt plötzlich daran, daß er vergessen hatte, die Weihnachtsfotos beim Händler abzuholen. Dabei hatte er Volker hoch und heilig versprochen, sie spätestens Neujahr bei ihm vorbeizubringen. Die Fotos waren gelungen, wovon Schmidt sich wenig später überzeugen konnte. Volkers Lachen wanderte von der glänzenden Oberfläche bis tief in seine Brust.
»Machen Sie bitte hiervon noch einige Abzüge«, bat er den Händler. Der nickte und notierte sich die Nummern auf dem Negativ. »Neun, vierzehn, fünfzehn und einundzwanzig. Ist das so richtig?« fragte er Schmidt.
»Was?«
»Ich meine die Nummern neun, vierzehn, fünfzehn und einundzwanzig. Die soll ich noch mal abziehen, oder?«
»Ja, richtig«, stammelte Schmidt, der hastig den Kontrollzettel einsteckte, hinausstürmte und vor sich hin murmelte: »Das könnte es sein, das könnte die Erklärung sein. Hoffentlich!«
Draußen an der frischen Luft atmete er durch, beruhigte sich wieder etwas, steuerte auf eine Telefonzelle zu und rief Weisel an. »Alles Gute noch im neuen Jahr«, wünschte er ihm durch die Leitung.
»Ihnen auch, Herr Schmidt. Aber deshalb haben Sie mich bestimmt nicht angerufen, oder?«
»Och, es gibt nichts Besonderes.« Schmidt gab sich unbefangen. »Bin nur hier in Bonn und habe mich Ihrer erinnert. Sitze gleich in der Nähe des Lokals, in dem wir Weihnachten... Sie wissen noch?«
»Ja, natürlich.«
Weisels Pause war so abwartend, daß Schmidt sich einfach erklären mußte. »Was ich noch fragen wollte, Herr Weisel. Hat man schon neue Details entdeckt? Ich meine, in Trier, in der Wohnung von unserem Freund?«

Weisel schnaufte. »Rufen Sie deswegen an? Die Kopie der Zeichen habe ich Ihnen längst zukommen lassen.«
»Nein, deswegen nicht. Habe ich erhalten, vielen Dank. Es geht auch um Mainz und um das Auto. Da hat man so einen seltsamen Zettel gefunden, mit verschiedenen Zahlen drauf. Wie Lottozahlen oder so, fehlt allerdings eine bis zum Sechser. Wissen Sie darüber etwas Näheres?«
Weisel überlegte, und Schmidt hörte sein erneutes Schnaufen in der Leitung.
»Nein«, antwortete Weisel schließlich. »Wie ich mich erinnere, sind wir da noch nicht weitergekommen. Sie etwa?«
»Ich auch noch nicht. Und die Probe? Ich meine, wie alt sind die Zahlen etwa?«
»Augenblick bitte«, seufzte Weisel, der sich wohl nicht allzusehr über die Störung freute. »Habe es jetzt auf dem Schirm. Mit Kugelschreiber geschrieben, oberster Film damals noch fast vollständig vorhanden gewesen, Alter am Fundtag höchstens zwei Wochen.«
»Interessant. Eine Frage: Könnten die Zahlen aus Mainz in Zusammenhang mit Trier stehen?«
»Sie meinen, weil sich unser Freund dort in der letzten Zeit manchmal aufgehalten hat?«
»Ja.«
»Wäre denkbar«, gab Weisel zu. »Aber warum verbeißen Sie sich so in die Zahlen?«
Schmidt lachte. »Weil noch nicht geklärt ist, welche Bedeutung sie haben. Darum.«

Die Bahn mit ihrer Verbindung nach Trier erwies sich als zeitverzögernd, und so entschied sich Schmidt für seinen Kleinwagen, dessen Markenzeichen ihn nun nicht mehr wegen der vier ineinander verschlungenen Ringe an seine gescheiterte Ehe erinnerte, denn in Frankfurt wartete eine intakte Beziehung mit Namen Silke auf ihn.
Als Schmidt in Trier ankam, wo er nur noch in einem Parkhaus einen Einstellplatz fand, da schalt er sich einen Narren, der unüberlegt und voreilig dubiosen Zahlen nachhechelte, und das ohne

Aussicht auf Erfolg, wie er sich wiederholt im Anflug von Zweckpessimismus eintrichterte: Jonas kann die Abzüge überall in Auftrag gegeben haben, falls die Zahlen überhaupt damit im Zusammenhang stehen. Warum also ausgerechnet in Trier?
Sich auf seine Aufgabe konzentrierend, versuchte er auf dem Weg in die Fußgängerzone herauszufinden, welche Bedeutung der Buchstabe h haben könnte, vorausgesetzt, seine hoffnungsvolle Theorie stimmte. Vielleicht ist h mit dem Wort »heller« in Verbindung zu bringen, überlegte er. Das Bild Nummer 24 soll heller reproduziert werden. Der Schwäche seiner Hypothese bewußt, klammerte sich Schmidt an diese vage Möglichkeit, die zugleich seine einzige war.
Mit Hilfe von Weisels Angaben über das Alter der Schrift rechnete er sich aus, daß die Abzüge ungefähr vier Wochen vor Weihnachten in Auftrag gegeben worden sein konnten. Und Heinfried Jonas wird nicht zu einem kleinen Fotohändler gegangen sein, sagte er sich, weil die Gefahr des Wiedererkennens zu groß gewesen wäre. Unter dieser Prämisse suchte er zuerst die Fotoabteilungen der Kaufhäuser auf, dort konnte man die Filmtaschen selbst ausfüllen und durchaus einen Namen wählen, der einem am meisten behagte. Allerdings mußte man sich den Namen merken, sonst blieben die Fotos für immer verschwunden. Schmidt verbiß sich die Frage, wie lange man denn nichtabgeholte Fotos aufhebe, und begann zu suchen. Er ging im Datum bis Anfang November zurück, bis zu dem Zeitpunkt also, an dem Jonas frühestmöglich die Zahlen aufgeschrieben haben konnte, schaute in alle Umschläge hinein, ohne zu wissen, wie denn die Fotos auszusehen hatten, und tastete sich so bis Ende Dezember vor, weil er davon ausging, man könnte die Tasche auch falsch eingeordnet haben.
Bis Geschäftsschluß hatte er alle Kaufhäuser abgeklappert. Er übernachtete in einem Hotel gleich gegenüber der Porta Nigra und setzte am nächsten Tag seine Tätigkeit fort.
Am Nachmittag wurde er fündig. In einer Passage entdeckte er in einem Elektro- und Fotogeschäft, dessen Einordnungssystem anders strukturiert war als das der Kaufhäuser, einen Umschlag, dessen Nummer auf ein älteres Datum hindeutete. Müller stand als Name drauf, genauso selten wie Schmidt. Angekreuzt hatte dieser

Müller auf der Rückseite all die Zahlen, die auf Jonas' Zettel standen. Schmidt blickte sich um, atmete tief durch und gab sich dann betont ruhig. Als er die Fotos endlich in Händen hielt, war er etwas enttäuscht. Zum einen, weil sie alle sehr unscharf und dunkel waren, zum anderen, weil er mit zweien überhaupt nichts anfangen konnte. Auf ihnen war lediglich eine flache Wiese und sonst nichts abgebildet.
Auf den anderen drei Bildern dagegen waren Personen zu sehen, mal schräg von der Seite, mal von hinten, so daß er die Gesichter nicht erkennen konnte. Und das Foto mit der Negativnummer 24 war so dunkel, daß Schmidt triumphierte: Der Auftraggeber hatte es sich also tatsächlich heller gewünscht.

An ihrem Frankfurter Arbeitsplatz versuchte Schmidt gemeinsam mit Silke Kadenbach auf den Bildern einen verwertbaren Hinweis zu entdecken. Auch die Negative, die mit im Umschlag gewesen waren, gaben sehr wenig her, und Fingerabdrücke fanden sich auch nicht mehr darauf.
»Willst du Weisel nicht darüber aufklären, was du gefunden hast?«
»Doch, schon. Aber zuerst schauen wir uns mal die Bilder in aller Ruhe an.«
»Wird nicht viel nützen. Und wenn wir zu einem Fotografen gehen und ihn bitten, soviel wie möglich aus den Negativen herauszuholen?«
Während Silke diese Aufgabe erledigte, beschäftigte sich Schmidt wieder mit diesen geometrischen Gebilden, die ihm Kopfzerbrechen bereiteten. Da man beides bei Heinfried Jonas gefunden hatte, versuchte er einen Zusammenhang zu konstruieren zwischen den Fotos und den seltsamen Zeichen. Aber Schmidt war nicht ganz bei der Sache, denn seine Gedanken glitten immer wieder ab und beschäftigten sich mit schöneren Dingen.
Harings kam am Abend zu ihnen in die Jugendstilvilla, um sich die vergrößerten Fotos anzuschauen, über die ihn Schmidt informiert hatte. Lange betrachtete er sie, hielt sie gegen das Licht, versuchte anhand des Schattenwurfs Rückschlüsse zu ziehen und kam damit auch nicht weiter als Schmidt und Kadenbach.

»Wenn ein gesuchter Terrorist sich unter einem falschen Namen Fotos nachmachen läßt, dann hat das eine Bedeutung«, meinte er. »Für Sie, Herr Schmidt, gilt es nun herauszufinden, was es ist.«
»Hier, auf dem ganz dunklen Foto, was könnte das dort in der Ecke sein?« fragte Schmidt.
»Sie meinen, neben diesem Personenumriß?«
»Ja.«
»Eine Hauswand. Oder, besser gesagt, eine Hausecke.«
»Dann vielleicht ein Zielobjekt? Fotografiert, um den nächsten Anschlag vorzubereiten?«
Harings wußte es nicht.

Weisel staunte nicht schlecht, als Schmidt ihm die Fotos zukommen ließ. Auf Schmidts Frage, ob sich neue Gesichtspunkte bezüglich des Stuttgarter Anschlags auf den Vorsitzenden des Chemiekonzerns ergeben hätten, meinte der Beamte des BKA, man habe bei seiner Dienststelle noch nie so wenige Anhaltspunkte gehabt wie gerade in diesem Fall.
Mit dieser Antwort gelang es Weisel nicht, Schmidt einen Motivationsschub zu geben, der spürte, wie gleichgültig er mittlerweile seiner Tätigkeit gegenüberstand. Und je mehr Schmidt darüber nachdachte, desto mehr kam er zu dem Ergebnis, daß es wohl die Zusammenarbeit, die allzu innige Zusammenarbeit mit Silke Kadenbach war, die ihn hemmte. Und daß ihm sein gefühlsmäßiges Engagement nicht mehr den gedanklichen Spielraum und die logische Abgeklärtheit ließ, die er bisher gewohnt war und dringend benötigte.
Nein, er wollte Silke unter keinen Umständen verlieren, aber beides ließe sich auf die Dauer nur schwer vereinbaren. Erst recht nicht, wo sich die Erfolge so zäh einstellten und dann auch noch als unbedeutend erwiesen.

Dolling, dem Amtsvorgänger von Schmidt, fiel die Aufgabe zu, diesen bei seinem nächsten Besuch in Bonn wieder etwas aufzurichten. Da Mia, Dollings Frau, diesmal auch zugegen war, vermied Dolling alle Anspielungen auf Wasseradern, magnetische Strömungen, Pendel und Tischrücken. Ungewohnt sachlich sagte

er zu Schmidt: »Ansgar, ich weiß gar nicht, was du hast. Sieht doch gut aus, für die kurze Zeit, die du erst tätig bist.«
Schmidt war anderer Auffassung. »Ich habe alle Möglichkeiten, kann an jede Datei. Dafür ist das Ergebnis ausgesprochen mager.«
Dolling entgegnete: »Aber eines ist zwischenzeitlich klar: Dieser Jonas scheint tiefer drinzustecken, als man bisher vermutete.«
»Mag ja sein. Aber hat er auch was im Kader zu sagen? Falls er überhaupt dazugehört«, schränkte Schmidt sofort ein, als zweifelte er daran.
Frau Dolling schenkte Kaffee nach, gab in Schmidts Tasse ein Stückchen Zucker, während sie ihrem Mann mit anklagendem Gesicht den Süßstoff hinhielt. »Versuch ja nicht, mich übers Ohr zu hauen«, warnte sie ihn. »Ich sehe genau, ob du Zucker oder Süßstoff nimmst.«
»Drache«, grummelte Dolling, verschluckte das Wort halb und hüstelte, um es in den Nebengeräuschen untergehen zu lassen.
»Was hast du da ...?«
»Mia, mein Herzbeschleuniger. Wie du siehst, habe ich Besuch. Laß mich bitte einige Worte allein mit ihm reden. Ich verspreche dir auch, keinen Kuchen zu essen. Nicht ein Stück. Einverstanden?«
»Geben Sie gut auf ihn acht, Herr Schmidt«, gab Frau Dolling Order. »Er darf um Himmels willen nichts Süßes essen. Aber das geht ja nicht in seinen geschrumpften Schädel hinein.«
»Also, jetzt mach aber, daß du ...«
Schmidt grinste, während Dollings Frau von der Tür einen letzten Kontrollblick auf ihren Ehemann warf, bevor sie endgültig hinausging.
»Brauchst gar nicht so zu grinsen, du kommst auch noch mal dran«, feixte Dolling. »Ich gönne dir einen richtigen Drachen, so mit Krallen und Feuer und Haaren auf den Zähnen. Wie ist sie denn?«
»Wer?«
»Jetzt spiel mir aber nichts vor, mein Junge. So, wie du aussiehst, schwebst du nicht auf, sondern weit über den Wolken. Guck dich nur mal an. Allein schon dein Äußeres, die Hose und das Hemd. So verdammt modisch. Gar nicht deine Art, bisher zumindest.«

Schmidt lächelte in sich hinein. »Richard, sie ist verdammt gut, wirklich verdammt gut.«
»In allem?«
»In allem.«
»Hm. Dann hat es dich also gepackt.«
»Ja.«
Erst nachdem Schmidt sich ausführlich über Silke ausgelassen hatte, wobei ihm jetzt der Verdacht kam, Dolling habe seine Frau nicht von ungefähr hinausgeschickt, fanden sie wieder zum eigentlichen Thema zurück.
»Jonas und die *Gruppe 9. November,* da könnte eine Verbindung sein«, vermutete Dolling. »Würde ich an deiner Stelle überprüfen. Weißt du übrigens, daß ein ehemaliger Genosse von Jonas einsitzt?«
»Billes meinst du. Horst Billes?«
»Ja. Zwar nur ein Mitläufer ohne jegliches Profil, ist aber mal ein guter Bekannter von Jonas gewesen. Zumindest steht es so in den Akten.«
»Und was soll ich mit ihm? Hat sich doch so vehement vom Terrorismus losgesagt. Außerdem ist er nur zu vier Jahren verurteilt worden.«
»Ist dir wohl zuwenig, was?«
»Nein, das nicht.«
»Was machst du, wenn du Durst hast und in der Wüste eine Palme siehst?«
Schmidt umging eine Antwort und meinte statt dessen: »Es ist ja auch nicht vollständig erwiesen, daß die Anschläge von Straßburg, dann der auf das Gasdepot und der Luxemburger auf das Konto der *Gruppe 9. November* gehen.«
Dolling blickte hilfesuchend zur Decke. »Kümmere dich einfach mal drum. Wenn ich mich recht erinnere, dann gab es vor etlichen Jahren einen Anschlag, vergleichbar mit dem auf das Gasdepot. Weißt du, welchen ich meine?«
Schmidt überlegte und schlug dabei Dolling leicht mit seinem Kaffeelöffel auf die Finger, als dieser vom Kuchen naschen wollte.
»Denk an deinen Zucker.«
»Hast dich wohl mit Mia verbündet, was? Also, weißt du es nun?

Oder willst du dir unbedingt von einem alten Mann zeigen lassen, wie gut dessen Gedächtnis noch ist?«

»Ich dachte, bei dir funktioniere nicht mehr alles so . . .«, Schmidt schmunzelte.

»Papperlapapp«, bollerte Dolling.

Schmidt wurde wieder ernst: »Du meinst sicherlich den Anschlag auf den militärischen Teil des Rhein-Main-Flughafens, den Anschlag auf die Amerikaner?«

»Genau den.«

»War am . . . irgendwann im August 1985, ist schon lange her. Terroristen drangen mit Hilfe eines gestohlenen Ausweises in den empfindlichen Bereich des Flughafens vor.«

»Genau am 8. August war es. Und wegen des Ausweises hatten sie am Tag zuvor den US-Soldaten Edward Pimental umgebracht. In Wiesbaden«, fügte Dolling hinzu.

Schmidt vervollständigte den Bericht: »Ließen dann zirka sechzig Kilogramm Sprengstoff in die Luft gehen, zwei Tote, etliche Verletzte.«

»Gut, Ansgar, hast ja noch einiges behalten. Und wen verdächtigten sie wegen des Anschlages?«

»Die RAF.«

»Ich meine, welchen Terroristen?«

»War es nicht eine Frau?«

»Richtig, sie hatten ja fast nur noch Frauen, zu der Zeit, als die besagte in der DDR verhaftet wurde. War vom Stasi mit einer neuen Identität ausgestattet worden.«

»Und die *Action Directe* lieferte seinerzeit das entsprechende Bekennerschreiben. Deutlich wird dadurch die Verflechtung zu ausländischen Terrorgruppen aufgezeigt. Und zwischen dem damaligen Anschlag und dem vor einem halben Jahr, da siehst du einen Zusammenhang?«

»Indirekt, nur indirekt.«

»Und wieso?«

Dolling verschränkte die Arme vor der Brust und schmunzelte. »Wenn du Horst Billes aufsuchst, dann kommst du vielleicht von selbst drauf.«

»Komm, sag schon.«

Dolling angelte sich mit seinem Löffel ein Stück Zucker und schob es in den Mund.
»Du sollst...«
»Wenn du Mia was davon sagst, dann erfährst du nichts mehr von mir«, drohte er. Und als er in Schmidts Gesicht dessen Bereitschaft zum Schweigen zu erkennen glaubte, erklärte er: »Billes hat meines Wissens zu Protokoll gegeben, daß Jonas die RAF-Terroristin, die man wegen Frankfurt in Verdacht hatte, noch aus den frühen achtziger Jahren kennt.«
»Jonas ist gerade erst dreißig«, gab Schmidt zu bedenken.
Dolling grinste. »Hat sie mit neunzehn kennengelernt, mein Lieber. Gutes Alter, um sich für den Terror begeistern zu lassen. Hält lange an, wie du siehst.«

Schmidt fuhr am nächsten Tag in sein altes Ministerium und bat Staatssekretär Augustin, der wegen seines Erscheinens etwas ungehalten war und sich mehr Diskretion ausbat, Einblick in eine bestimmte Akte nehmen zu dürfen. In Frankfurt könne er das auch, aber es sei dringend, es müsse jetzt sein.
Erst nachdem er Augustin alle Fragen ausführlich beantwortet hatte, der Vormittag schon zum Mittag wurde, rückte Augustin mit der veränderten Lage heraus. »In Ihr früheres Arbeitszimmer dürfen Sie nicht mehr, Herr Schmidt. Dort residiert inzwischen Ihr Vertreter, wie Sie sich bestimmt denken können.« Schmidt, die letzten Tage eher träge und kaum noch engagiert, schien es nach dem Gespräch mit Dolling plötzlich, als liefe ihm die Zeit davon.
»Könnten Sie es vielleicht über Ihr Terminal für mich versuchen?« drängte er.
Augustin erklärte sich zögernd dazu bereit, stand auf, ging zu dem antiken Nußbaumsekretär, dem das hochmoderne Innere nicht anzusehen war, öffnete die Klappe und bedeutete Schmidt, sich neben ihn zu setzen.
»Alles über die *Gruppe 9. November*«, soufflierte Schmidt dem Staatssekretär. »Und zwar die Zusammenfassung in Gelb.«
»Immer noch sehr umfangreich«, gab dieser zu bedenken und bearbeitete den Computer. Als die Datei stand, rückte Augustin zur Seite, damit Schmidt seine Wünsche selbst mit Hilfe der Tastatur

eingeben konnte. Allerdings blieb er daneben sitzen und sah interessiert zu.

»Hier beginnt es«, murmelte Schmidt mehr für sich. »Angefangen hat alles an jenem geschichtsträchtigen 9. November, an dem sich die Bevölkerung der DDR für die Demokratie entschieden hat. An diesem Tag erfolgte, auf das Datum bezogen wohl eher zufällig und ohne zeitlichen Zusammenhang, ein relativ harmloser Brandanschlag auf eine israelische Handelsmission.«

»Nur vierzigtausend Mark Schaden«, fügte Augustin hinzu, als sei das kaum der Rede wert. Vierzigtausend bringen kein Aufsehen, keine Publicity und erzeugen auch keine Angst in der Bevölkerung.

Schmidt überflog einen Zeitungsartikel und kommentierte: »Komisch, wie die Gruppe zu ihrem Namen gekommen ist. Die Presse hat ihn ihr praktisch aufgedrängt, weil der Anschlag an jenem bewußten Tag war.« Da Augustin nur zustimmend nickte, sprach er weiter: »Und fünf Wochen später, bei einem erneuten Attentat, dieses Mal auf ein Rheinschiff, da fanden die Terroristen bereits Gefallen an dem Namen *Gruppe 9. November* und nannten sich fortan selbst so. Hier, ein späteres Bekennerschreiben, in dem sich die Gruppe für den Namen rechtfertigt.« Schmidt deutete auf den Monitor und las den Text laut vor:

Die kapitalistische Bundesrepublik vereinnahmt die werktätige Bevölkerung der DDR und will sie in ihr imperialistisches System hineinpressen. Wir wehren uns gegen diese neue Form des Kolonialismus und fordern von den Kapitalistenschweinen: Laßt die Finger weg von unseren östlichen Nachbarn. Nieder mit dem Kapital. Es lebe die sozialistische Freiheit. Gruppe 9. November.

Augustin gab sich verwundert. »Sehr verworren, finden Sie nicht, Herr Schmidt?«

»Äußerst verworren. Nach diesem Bekennerschreiben gab es nur noch einen Anschlag, den man eindeutig auf die Gruppe zurückführen konnte, und zwar den von Langen bei Darmstadt.«

Schmidt blätterte in der Datei weiter und deutete auf den Bildschirm:

Selbstgebastelte Autobombe geht vorzeitig in die Luft, während der Fahrer noch Elektroartikel für den Anschlag kauft.

»Absolut kein Schaden verursacht worden.« Augustin gab sich erfreut. »Wie beim Anschlag auf das Giftgasdepot der Amerikaner. Genau hier ist allem Anschein nach die erste direkte Verbindung zwichen Jonas und der Gruppe nachzuweisen, denn man hat am Tatort sein in Mainz gefundenes Auto beobachtet.«
»Eindeutig.«
»Vieles, was in der letzten Zeit passiert ist und nicht einer anderen Terrororganisation zugeordnet werden konnte, meist fehlte ja der Bekennerbrief, hat man dann einfach der *Gruppe 9. November* zugeschoben«, faßte Schmidt zusammen. »Sehr bequem, diese Vorgehensweise, Herr Staatssekretär. Finden Sie nicht?«
Augustin reagierte zurückhaltend.
»Aber Herr Staatssekretär, kommt Ihnen die Gruppe denn von ihren Anfängen her nicht auch zu harmlos vor, um jetzt für die schweren brutalen Attentate der letzten Monate in Frage zu kommen?«

Auf dem Rückweg nach Frankfurt unterbrach Schmidt seine Fahrt in Diez an der Lahn. Er beabsichtigte, mit Horst Billes, dem Exterroristen, zu sprechen. Dolling hatte seine alten Beziehungen spielen lassen und ihn schon angekündigt. Billes war richtig darauf versessen, sich mit Schmidt zu unterhalten und ihn zufriedenzustellen. Aus einem bestimmten Grund, wie Schmidt später merkte, denn Billes versuchte noch einige Fleißpünktchen für eine vorzeitige Entlassung zu sammeln. Von Schmidt erhoffte er sich auch eines, falls er sich ihm gegenüber entsprechend kooperativ zeigte. Der Besprechungsraum wirkte nicht so sehr wegen der mäßigen Temperatur kalt, auch nicht wegen der dicken Mauern, sondern eher wegen einer gewollt abschreckenden Nüchternheit, die als erste Erziehungsmaßnahme zu verstehen war. Als Erziehungsmaßnahme für denjenigen, der einsaß, und gleichzeitig eine Warnung an den Besucher, es ja nicht so weit kommen zu lassen.
»Herr Schmidt, fragen Sie nur, was Sie wissen wollen«, bot sich Billes an, der so hager und ausgemergelt war, als hätte er gerade einen wochenlangen Hungerstreik abgebrochen.
Ohne Umschweife kam Schmidt auf sein Anliegen zu sprechen. »Die *Gruppe 9. November,* Sie kennen sie?«

Billes nickte. »Aber überwiegend aus der Zeitung. Bin ja schon länger Gast in diesem noblen Hause.«
»Und von früher? Was wissen Sie da noch?«
»Wenig. Im Grunde nur Gerüchte, die besagen, daß sich einige aus der Reihe der ›Kämpfenden Einheiten‹, also der Ebene gleich unter dem ›harten Kern‹, zusammengetan haben sollen, um Zoff zu machen. Und mehr waren ihre Anschläge am Anfang ja auch nicht. Irgendwann gab man ihnen mal den schönen Namen *Gruppe 9. November*. Tut mir leid, mehr kann ich Ihnen nicht bieten.«
Schmidt ließ sich seine Enttäuschung nicht anmerken. »Dann zu Heinfried Jonas. Ihn kennen Sie bestimmt.«
Billes nickte und kaute dabei auf seinen Fingernägeln.
»Gehört er zur Gruppe?«
»Ich würde sagen, ja«, antwortete Billes nach einigen Sekunden.
»Genau wissen Sie es nicht?«
Billes grinste. »Was weiß man denn schon genau?« gab er sich philosophisch. »Ist alles fließend in der Szene, damit die Bullen nichts zu greifen haben. Verstehen Sie? Kein Rhythmus im Leben, nichts Festes, wo man sich aufhält, heute hier und morgen nirgends.«
Schmidt nahm die Antwort ohne Regung hin. »Auf welche Art könnte Jonas zur Gruppe gestoßen sein?«
»Weil er seiner Tussi etwas beweisen ...«
»Seiner was?«
»Na, seiner Tussi, seiner Stoßtante, die aus der RAF, die ihn genährt und geführt hat in jungen Jahren und dann in die DDR abgehauen ist.«
»Ihr wollte er etwas beweisen?«
»Ja. War ihr hörig, habe ich gehört. Total hörig.«
»Aber das liegt doch schon Jahre zurück! Und die Zeit danach?«
Billes hob leicht die Schultern und kaute weiter auf seinen Fingernägeln. »Was weiß ich?« nuschelte er und spuckte in die Ecke.
»Hm. Was ist Jonas denn für ein Typ?«
»Muß sich enorm verändert haben«, meinte Billes und setzte ein undurchsichtiges Lächeln auf. »Zu meiner Zeit noch schleppten wir ihn überall mit hin und stellten ihn in einer Ecke ab, weil er zu nichts zu gebrauchen war. Und ich selbst war noch nicht mal erste

Garnitur«, lieferte er Schmidt das Maß für Jonas mit. »Nur im Tempel, da stand er seinen Mann.«
»Was ist denn der Tempel?«
»War mal eine Kneipe in der Szene. Oder ist es immer noch, was weiß ich. Und Jonas konnte die besten Sprüche klopfen.«
»Sie meinen, die Anschläge sind also eine Nummer zu groß für ihn?« legte ihm Schmidt in den Mund.
»Eine?« Billes lachte spöttisch und zeigte sein fehlerhaftes Gebiß. »Auf Spatzen schießen kann er vielleicht noch.«
»Wenn dem so ist, dann muß aber etwas eingetreten sein, denn einige der Anschläge sind eindeutig von der Gruppe begangen worden.«
»Schon möglich.«
»Und was könnte Ihrer Meinung nach eine Veränderung bewirkt haben?« hakte Schmidt nach.
Billes stützte seinen schmächtigen Oberkörper mit den dünnen Armen ab, die eher zu einem Kleiderständer denn zu einem Körper paßten. »Manchmal entwickelt sich eine Gruppe seltsam, sehr seltsam. Vielleicht neues Blut? Ein Kerl, der noch weniger Hemmungen hat als die anderen? Der durchtriebener ist und die richtigen Ziele auswählt? Und der auch an Waffen herankommt, denn ohne Waffen läuft gar nichts.«
»Aber dazu braucht man Geld«, gab Schmidt zu bedenken.
»Was denken Sie, wie viele Typen herumlaufen, egozentrische Spießer, reiche Spießer, die sich gut fühlen und es als prickelnd empfinden, wenn sie sich mit zwielichtigen Leuten abgeben. Das können Verbrecher sein, das können aber auch welche aus der Szene sein«, wurde Billes deutlicher. »Und die spucken jede Menge Geld aus, um ihr Prickeln zu erhalten.«
»Wollen Sie damit andeuten, daß diese Leute auch den Terrorismus unterstützen?«
Billes lachte. »Wer hat denn in diesem Zusammenhang den schönen Begriff ›Sympathisant‹ geprägt? Der Staat, glaube ich, war es. Leider hat er vergessen, eine Anleitung mitzuliefern, wo ein Sympathisant beginnt und bei welcher Form der Unterstützung er aufhört. Glauben Sie mir, manche sich nach außen hin bürgerlich gebenden Sympathisanten sind mitten im Terror zu Hause.«

Das wußte Schmidt. Genau aus diesem Grund erwächst der Terror aus sich selbst, sind die Grenzen der einzelnen hierarchisch geordneten Ebenen fließend. »Könnte Jonas demnach einen egozentrischen Geldgeber aufgegriffen haben?«
»Möglich. Solche Spinner gibt es immer. Sind oft richtig versessen drauf. Aber noch mehr braucht er jemanden, der ihm sagt, was er zu tun hat.«

Auf dem Weg nach Frankfurt stimmte Schmidt dem inhaftierten Billes zum Teil zu. Für einen neuen klugen Kopf in der *Gruppe 9. November* sprach aus seiner Sicht besonders der Umstand, daß es noch keinen konkreten Hinweis auf die anderen Aktivisten außer Jonas gab. Wer waren sie? Wo kamen sie her? Wie lauteten ihre Namen?

Der Dunkle verglich noch einmal seine Aufzeichnungen mit dem Standbild auf dem Bildschirm und nickte zufrieden. Bedächtig erhob er sich, ging zum Videorecorder, nahm die Kassette und schaltete ihn und den Fernseher aus. Zurück am Tisch, starrte er auf ein Blatt Papier und tippte mit dem Stift auf eine bestimmte Stelle. Konzentriert folgte er im Uhrzeigersinn einer verwinkelten Linie und begann an deren Knickstellen Buchstaben aufzumalen.

Zwei Tage später reiste er mit dem Zug nach Saarbrücken. Auf dem Bahnhofsvorplatz stieg er in ein Taxi und ließ sich zu der angegebenen Adresse fahren. Dort angekommen, zeigte er seinen Ausweis, unterschrieb die vorbereiteten Formulare und fuhr mit einem kleinen Wohnmobil – gerade ausreichend für zwei Personen – gleich aus der Stadt und auf die Autobahn in Richtung Trier. Bei Hermeskeil bog er auf die Hunsrückhöhenstraße. Deren Grundkonzept war schon von den Römern angelegt worden, bereits damals wollte man den Legionären eine möglichst kraftsparende Verbindung zwischen Trier, Koblenz und Mainz schaffen. Einige Historiker aber meinen inzwischen, daß hinter dem römischen Konzept der Höhenstraßen eine andere Taktik steckte. Und zwar die,

den Feind schon frühzeitig durch die Schlagkraft der Legionäre einzuschüchtern, die auf Höhen und Bergkuppen eher ausgemacht werden konnten als in Tälern.
Der Dunkle war gut gelaunt, pfiff vor sich hin, hielt sich an die Geschwindigkeitsbegrenzungen und fand sogar Zeit, die dichten Mischwälder beiderseits der Straße zu betrachten. Bergauf erlaubte ihm der schwache Motor längere Beobachtungsphasen; er erblickte einen verfallenen Bauernhof zur Rechten und wenig später in einem auslaufenden Seitental eine noch intakte alte Mühle, wie das sich drehende Rad bekundete.
Nach einigen Kilometern bog er in Richtung Büchenbeuren ab und rollte über serpentinenartige Straßen bis nach Kirchberg. Am Markt dieses kleinen malerischen Städtchens, umgeben von originalgetreu restaurierten alten Fachwerkhäusern, orientierte er sich zum erstenmal auf der Karte, schlug an der Ampel den Weg nach Süden ein und erreichte nach knapp zehn Minuten den kleinen Ort Dickenschied. Eine Skizze half ihm, den abgelegenen Bauernhof zu finden. Er inspizierte ihn nur von außen, denn er war verschlossen. Gleich darauf ging er die wenigen Meter bis zur Lagerhalle, die er zuerst umrundete und dann ausgiebig innen begutachtete. Mit den Örtlichkeiten zufrieden, stieg er wieder in sein Wohnmobil, fuhr gemütlich weiter bis nach Simmern und Argental, suchte die Autobahnauffahrt nach Mainz und legte kurz darauf an einer Raststätte eine verspätete Mittagspause ein.
Am frühen Abend war er an seinem Ziel angelangt. Er stellte das Wohnmobil am Straßenrand ab, ließ die Seitentür unverschlossen und wanderte auf dem gegenüberliegenden Bürgersteig hin und her. Nach einer halben Stunde sah er ihn zu Fuß die Nebenstraße hochkommen, an deren Ende eine U-Bahn-Haltestelle lag. Der Dunkle überquerte ohne Hast die Straße, öffnete die Tür des Wohnmobils vollständig, stellte sich seitwärts daneben und blickte in die Richtung, aus der er ihn erwartete.
So, wie das Wohnmobil geparkt war, verdeckte es für die vorbeifahrenden Autofahrer den Bürgersteig und das Opfer, das nahe am Wagen vorbeigehen mußte. Und dämmriger war es inzwischen auch geworden.
Bremsenquietschen, ein Auto hupte laut Protest. Der Mann, auf

den er es abgesehen hatte, stutzte, blieb stehen und blickte in die Richtung. Die unerwartete Gelegenheit ausnutzend, schlug der Dunkle mit dem bleigefüllten Lederknüppel zu. Sein Opfer sackte zusammen, fiel auf die Knie und wurde vom Dunklen mit einer ruckartigen Bewegung in das Auto geschleudert. Ohne Hast stieg er hinterher, verschloß die Tür, beobachtete durch die Scheiben den Bürgersteig. Niemand nahm Notiz von ihm, keiner hatte seine Aktion bemerkt.

Der Dunkle fesselte sein Opfer, legte ihm einen Knebel an, setzte ihm gekonnt eine Beruhigungsspritze und verstaute es zwischen den Sitzbänken, wo normalerweise der Tisch hingehörte. Über die Bänke breitete er eine Decke, die den Gefesselten vor neugierigen Blicken verbarg.

Noch besser gelaunt als vorher fuhr er aus der Stadt heraus, schlug einen anderen Weg ein als den auf der Herfahrt und erreichte gegen 22 Uhr das alte Bauernhaus. Er schnappte sich den jetzt tief und fest Schlafenden, wuchtete ihn ohne große Anstrengung über die Schulter und trug ihn in die kleine Lagerhalle. Mittendrin legte er das Bündel Mensch ab, ging hinaus und verschloß die Tür. Und dann tat der Dunkle etwas Ungewöhnliches. All seine Papiere und persönlichen Dinge wie Halskette, Uhr und Brieftasche verstaute er in einer Plastiktüte, verschloß diese sorgfältig mit Klebeband und versteckte sie abseits von Halle und Bauernhaus unter einem Stein. Das tat er aus Vorsicht immer, wenn er im Einsatz war, um keinen Hinweis auf seine wahre Identität zu liefern.

Der Schmerz setzte sich gegen die Bewußtlosigkeit durch und löste die Benommenheit nach und nach auf. Dafür aber hatte er jetzt das Gefühl, als sei sein Kopf in eine Schraubzwinge geraten, die jemand in sadistischer Anwandlung kräftig zugedreht hatte, und das besonders auf der linken Seite. Es kostete ihn große Überwindung, endlich die Augen aufzuschlagen, um dann festzustellen, daß er nichts sehen konnte. Im ersten Augenblick wußte er nicht, war es so dunkel, oder hatte man ihm eine Kapuze über den Kopf gestülpt? Aber daß er auf dem Boden lag, man ihm die

Hände auf dem Rücken und dazu auch noch die Füße gefesselt hatte, als wollte einer ganz sichergehen, war mittlerweile bis in sein Gehirn vorgedrungen. Schmidt rollte sich auf die Seite, stöhnte auf und schickte einen Fluch hinterher. Unnatürlich kam ihm seine Stimme vor, so krächzend, so trocken. Schmidt schluckte und fühlte, wie seine Zunge am Gaumen rieb.
Seiner Beamtenausbildung entsprechend, bemühte er sich um eine erste Bestandsaufnahme. Schmidt zog die Beine an, es gelang ihm. Er hob den Kopf vom Boden, das gelang ebenfalls, aber die Schraubzwinge wurde sofort um eine Windung angezogen. Also ließ er den Kopf wieder sachte nach hinten sinken und drehte ihn einige Male hin und her. Auch nicht schlecht, wie er fand. Das Schmerzzentrum lokalisierte er nach einer Weile im linken oberen Schädelbereich, hauptsächlich Schläfe. Als er soweit mit seiner Lageeinschätzung war, konnte er sich auch wieder bruchstückhaft an die letzten Sekunden erinnern.
Man hat mich zusammengeschlagen und dann verschleppt, kombinierte er folgerichtig. Wo bin ich? überlegte er und versuchte erneut, in der Dunkelheit etwas zu erkennen. Nichts. Und die Frage, wie lange er ohnmächtig gewesen war, konnte er sich auch nicht beantworten. Aber auf einem Holzboden lag er, wie ihm das trockene Knarren jedesmal anzeigte, wenn er seine Lage etwas zu verändern suchte.
Schmidt mußte eingedöst sein. Oder war er erneut ohnmächtig geworden? Als er wieder die Augen öffnete, zuckte er unwillkürlich zusammen. Einzelne verschwommene Konturen konnte er jetzt an seinem Aufenthaltsort ausmachen, die sich bei näherem Hinsehen als Balken entpuppten. Auf der Suche nach der hinter ihm liegenden Lichtquelle, drei längliche Schächte in etlichen Metern Höhe, sah er, daß die Balken quer von Wand zu Wand verliefen und das Dach abstützten. Scheune! durchzuckte es Schmidt. Ich bin in einer Scheune. Oder in einer Art Halle, vielleicht in einem Vorratslager. Außer mir liegt hier aber nicht viel rum.
In den nächsten Minuten fand Schmidt seine Vermutung bestätigt, daß es sich um eine kleine Halle handelte. Allerdings keine von diesen modernen in Stahlskelettbauweise, sondern eine alte, traditionell gemauerte mit normalem Satteldach. Und groß war sie

auch nicht, vielleicht zehn mal fünfzehn Meter, wenn überhaupt. Schmidt drehte sich um seine eigene Achse, sah in einer Ecke Säcke liegen, daneben eine dieser vorsintflutlichen Balkenwaagen mit Gewichten. An die Wand gelehnt stand eine Schaufel. Auf der anderen Seite entdeckte er ein zweiflügeliges Tor, groß genug für einen normalen Kleintransporter.

Schmidt schnupperte und glaubte nun auch zu wissen, wie man die Halle genutzt hatte: als Lagerstätte für landwirtchaftliche Produkte. Immer deutlicher nahm er den typischen Düngergeruch wahr, eine schwüle Mischung aus Stickstoff und Phosphat.

Und als es für Schmidt nichts mehr zu erforschen gab, er sich dafür um so mehr seiner Lage bewußt wurde, da konnte er den sich ihm aufdrängenden Fragen nicht mehr ausweichen. Wer hat mich hierher verschleppt? Wie viele waren es? Warum?

Auf die ersten beiden Fragen gab es für ihn keine Antwort. Aber die nach dem Warum sah er sofort im Zusammenhang mit seiner Tätigkeit. Und im Zusammenhang mit der Entführung von Harings' Familie. An diesem Punkt der Beurteilung kam es ihm vor, als enthielte sie einen Widerspruch. Seine Tätigkeit, die Bekämpfung des Terrorismus, mußte nicht unbedingt etwas mit der Entführung der Harings' zu tun haben. Es sei denn, Terroristen versuchten sich wieder mal Geld zu beschaffen. Aber wieso waren sie da ausgerechnet auf ihn gekommen?

Da Schmidt letzteres zuwenig belegbar erschien, bemühte er sich, den Kreis derer zu erfassen, die es auf ihn abgesehen haben konnten. Er kam nicht weit, denn aus seiner Sicht gab es überhaupt keinen Grund, ihn zusammenzuschlagen und zu verschleppen. Noch war das vorläufige Ergebnis seiner terroristischen Recherchen äußerst dürftig... Krachend wurde die Tür aufgestoßen. Schmidt wälzte sich herum und sah vor gleißendem Hintergrund den flimmernden Umriß eines Mannes, der langsam auf ihn zukam und dabei bedrohlicher und dunkler wurde. In der Hand trug die dunkle Gestalt etwas, das sich wenige Sekunden später als eine Waffe entpuppte. Mit den Augen verfolgte Schmidt den Mann so weit, bis er ihn nicht mehr sehen konnte, weil er genau hinter ihm stand. Schmidt fühlte, wie jemand seine Fesseln abtastete, zuerst die an den Händen, dann die an den Füßen.

»Wer sind Sie?« krächzte Schmidt mit ihm fremder Stimme und versuchte, über seine Schulter zu blicken.
Er erhielt keine Antwort.
»Was haben Sie mit mir vor?«
Wieder keine Antwort.
»Ich habe Durst.«
Der Mann entfernte sich, tauchte in Schmidts Blickfeld auf, schritt aus der Halle und kam nach wenigen Augenblicken zurück. In der Hand trug er einen Becher, aus dem ein Strohhalm ragte. Den Becher stellte er wenige Zentimeter von Schmidts Gesicht entfernt auf den Boden. Dann verschwand er wieder und zog die Tür zu.
Schmidt richtete sich auf und trank vorsichtig, damit der Becher nicht umkippte. Erschöpft ließ er sich danach wieder auf die Seite fallen und machte sich bereit zu einer erneuten Bestandsaufnahme, in die er den dunklen Mann mit einbezog. Groß kam er ihm vor und zugleich wuchtig.
Positiv vermerkte Schmidt, daß sich seine Kopfschmerzen in Grenzen hielten und seine Zunge nicht mehr so am Gaumen rieb. Wenn Schmidt gedacht hatte, sich in Ruhe Gedanken über seine Lage machen zu können, dann sah er sich getäuscht. Schlagartig setzte bei ihm ein Gefühl ein, das er vorerst noch widerstrebend als Angst einordnete. Angst vor der Ungewißheit, Angst vor dem bedrohlichen, schweigenden Mann. Und wenn Schmidt etwas zusetzen konnte, dann war es die Ungewißheit. Er, der im Leben bisher immer alles geplant hatte, wurde dadurch auf die Folter gespannt und mußte sich plötzlich Alternativen zurechtlegen, von denen er nicht wissen konnte, ob sie überhaupt greifen würden. Was mache ich, wenn, überlegte Schmidt zuerst neutral. Dann hängte er an das Wenn den möglichen Umstand dran, daß der Dunkle ihm eventuell die Fesseln lösen könnte und er, Schmidt, dadurch vielleicht in der Lage sei, sich zu wehren. Die Pistole, ein unüberwindbares Hindernis für einen Unbewaffneten, übersah er vorerst einmal. Ich trete ihm... nein, besser noch, ich verschränke die Hände, um dann mit einem Hammerschlag... aber was ist, wenn er nicht nahe genug an mich herankommt? Dann stürze ich mich...
Eine ganze Weile bastelte Schmidt an seiner Taktik des Entkom-

mens und Sich-Verteidigens, bis er durch einen ausgesprochen menschlichen Umstand abgelenkt wurde: Seine Blase meldete sich. Auch wenn Schmidt jetzt suchend um sich blickte, so doch nicht in der Hoffnung, ein Urinal und ein Waschbecken zu entdecken. Nein, er wartete tatsächlich darauf, daß der Dunkle sein Bedürfnis erraten und kommen würde. Und da Schmidt die Warterei zu lange dauerte, er sich aber auch nicht zu rufen getraute, gab er sich selbst das befreiende Kommando. Warm lief es zwischen seinen Beinen nach unten, um schließlich in den Fußbodenritzen zu verschwinden. Phosphor und Stickstoff wurden um eine süßliche Geruchsvariante bereichert.

Schmidt kam die Zeitspanne wie ein halbes Leben vor, bis endlich wieder die Tür aufgestoßen wurde. Erschrocken und erleichtert war er und voller Hoffnung, da sich ihm in den letzten Minuten ein anderer möglicher Grund für sein Hiersein eröffnet hatte: Es handelte sich um eine Verwechslung. Mit Verwechslungen konnte man vieles erklären, solange sich kein Gegenargument ergab.

Mit wenigen Schritten war der Dunkle bei ihm, schnitt ihm die Fesseln durch, trat dann in Schmidts Blickfeld und bedeutete ihm mit der Waffe, sofort aufzustehen.

Schmidt, immer gewohnt, ohne lange zu überlegen, Anordnungen nachzukommen, stützte sich ab und knickte zuerst einmal mit den Armen ein. Noch hatte er kein Gefühl in den Händen. Da aber die Waffe ungeduldiger wippte, rollte er sich auf die Seite, krümmte sich, drückte sich mit den Ellenbogen hoch, kam schließlich auf die Knie und richtete mühsam den Oberkörper auf. Wie ein schuldbeladener Büßer kniete er vor dem Dunklen, dessen Gesicht er jetzt zum erstenmal wahrnehmen konnte. Kantig und düster wirkte es, nicht nur wegen des Schattens, weil er mit dem Rücken zur geöffneten Tür stand. Schwarzes Haar hatte er und einen Zug um den Mund, der jedem Gegner signalisierte: Tu bitte, was ich will, oder ich kann sehr unangenehm werden. Bei Schmidt wurde er jetzt etwas unangenehm, so, wie er ihn mit der freien Hand am Oberarm packte und ihn vom Boden hochriß. Schmidt, erstaunt über soviel Kraft, vergaß daraufhin seine zurechtgelegte Taktik, benutzte die Hände nicht zum Hammerschlag, sondern massierte sie gegenseitig, um das taube Gefühl loszuwerden. Schwer atmend stand er schließlich vor seinem Entführer. Der drehte sich leicht und deutete mit der Waffe in eine Richtung, die Schmidts Herz hüpfen ließ, denn genau dort lag der Ausgang. Schmidt stolperte mit steifen Beinen vorwärts. In seinen Händen machte sich allmählich wieder Gefühl bemerkbar, das Blut zirkulierte befreit und rächte sich sofort mit pickenden Schmerzen.

»Stopp!«

Wie angewurzelt blieb Schmidt stehen, der Ausgang war noch einige Meter entfernt. Unschlüssig blickte er über die Schulter zu dem Dunklen, der um etliche Zentimeter größer war als er.

»Was wollen Sie von mir?« quetschte Schmidt hervor und bemühte sich, die Angst in seiner Stimme zu unterdrücken.

Der Dunkle bohrte ihm den Lauf der Waffe in den Rücken, griff mit der freien Hand nach oben. Zögernd folgten Schmidts Augen der Bewegung. Er erstarrte. Ein über einen der Balken geworfenes Seil baumelte in der Luft, dessen tiefer hängendes Ende zu einer Schlinge geknotet war. Schmidts Augen irrten von der Schlinge zu dem harten Gesicht des Mannes, der schräg hinter ihm stand. Ruhig, als sei es eine Routinetätigkeit, legte er Schmidt die Schlinge um den Hals und zog sie zu. Schmidt versuchte mit den Fingern unter das Seil zu schlüpfen, woraufhin ihm der Dunkle brutal die Waffe in den Rücken rammte. Laut stöhnte Schmidt auf und krümmte sich vor Schmerz zur Seite.

»Hände hoch!« kommandierte der Dunkle, und Schmidt streckte die Hände in die Höhe. Als Folge nahm der Druck um seinen Hals nicht weiter zu. Bevor Schmidt die Situation richtig einschätzen konnte, hatte der Mann ihn mit nach oben ausgestreckten Händen so geschickt gefesselt, daß sich automatisch die Seilschlinge um seinen Hals zuzog, wenn er versuchte, die Hände herunterzunehmen. Grinsend betrachtete der Dunkle sein Werk, steckte die Waffe in den Hosenbund und verließ den Lagerschuppen.

Nach und nach erst wurde sich Schmidt der Lage bewußt, in der er sich befand. Kam in den nächsten Stunden keiner vorbei, dann strangulierte er sich selbst, denn ewig so stehen konnte er nicht. Zu allem Überfluß begannen seine Hände jetzt schon zu kribbeln.

Schmidt testete, wie weit er die Hände herunternehmen konnte, ohne den Druck um seinen Hals zu verstärken. Höchstens zehn

Zentimeter, falls er sich kerzengerade aufrichtete, fünfzehn bis zwanzig vielleicht, wenn er sich auf die Zehenspitzen stellte. Aber auch dann waren die Hände noch mindestens dreißig Zentimeter vom Hals entfernt. Unmöglich also, die Schlinge mit den Fingern zu lockern.

Mit verzweifelten Augen, die bereits Panik signalisierten, versuchte Schmidt abzuschätzen, in welcher Höhe sich der Balken über ihm befand. Er reckte sich, streckte die Finger und wußte, so konnte er zwei Meter vierzig hoch greifen. Von den Fingerspitzen bis zur Balkenunterkante waren es aber immer noch mindestens fünfzehn Zentimeter.

Hochspringen! durchzuckte es Schmidt, hochspringen und dann an den Balken klammern. Müßte eigentlich gehen. Wie weit kann ich meine Beine beugen?

Er senkte seinen Körper bei völlig gestreckten Armen um knapp zehn Zentimeter, merkte, wie sich die Schlinge um seinen Hals spannte, wollte gerade abspringen, als er die Unsinnigkeit seines Unterfangens einsah. Und womit soll ich die Schlinge lösen, wenn ich mit den Händen am Balken hänge?

Sich wieder aufrichtend, kam ihm ein scheinbar rettender Einfall: Ich springe hoch, halte mich mit den Händen am Balken fest, schwinge dann meine Beine darum und umklammere ihn einfach. So müßte es doch möglich sein, das Seil...

Der Einfall war gut. Der Wille, ihn umzusetzen, auch. Leider hatte Schmidt nicht gleich die Physik bedacht, und zwar besonders die Schwerkraft, die für ihn wegen seines Übergewichts zu einer unüberwindbaren Größe wurde. Als Schmidt in seinen Berechnungen schließlich soweit war, an sich herunterschaute und die Bauchrundung betrachtete, da verfluchte er alle Leibgerichte, verfluchte Rosi mit ihren Rouladen, verfluchte seinen Drang nach Erdbeerkuchen mit Sahne und die abendlichen Currywürste an der Frittenbude. So geht es also nicht, sagte er sich und fühlte, wie mit dieser Erkenntnis sein Überlebenswille auf ein Minimum schrumpfte.

Mehr um sich abzulenken, beobachtete er eine Zeitlang seine Fingergymnastik, die die Blutzirkulation unterstützen sollte. Dann tippelte er auf der Stelle, um das in den Beinen gestaute Blut zum Fließen zu bewegen. Er drehte sich um sich selbst und verkürzte

dadurch das Seil, wie er gleich merkte. Schnell nahm er wieder seine Ausgangsposition ein.
Und dann überkam Schmidt Resignation, erkannte er doch die Aussichtslosigkeit, sich ohne Hilfe zu befreien. Bevor sein Gehirn in eine selbstaufgeberische Trägheit verfallen konnte, wurde es beherrscht von einem Gedanken: Silke. Aber Schmidt dachte nicht an Silke als Frau, sondern daran, daß sie in großer Gefahr war. Die vage Ausrede, der Dunkle wisse vielleicht nichts von ihr, ließ er nicht gelten. Wenn er von ihm wußte, dann wußte er auch von Silke. Als habe Schmidt nur auf einen Motivationsschub gewartet, begann er erneut, seine Lage abzuschätzen. Sie war immer noch hoffnungslos, wie er zugeben mußte, aber er wollte unter keinen Umständen vorzeitig aufstecken. Zumindest einige Stunden halte ich die Steherei noch aus, munterte er sich auf und wußte sogleich, er log. Ein bis zwei Stunden, ja, besser gesagt, vielleicht, aber bestimmt nicht mehr.
Schmidt begann zu rotieren, verkürzte das Seil, nahm seine alte Position wieder ein. Er rotierte erneut, umschlang jetzt mit beiden Händen das aufgewickelte Seil, preßte die Finger zusammen und hob zaghaft die Beine an. Schlapp hing er mit seinem Gewicht an dem Seil, aber sein Hals wurde wegen des festen Griffs nicht weiter zugeschnürt. Er stellte sich wieder hin, entwickelte das Seil und überlegte. Zwischendurch sah er mehr als skeptisch in die Höhe, betrachtete den Balken, über den das Seil geworfen worden war, so bittend und flehend, als wolle er ihn dazu bewegen, sich um zwanzig Zentimeter zu senken.
Nach etlichen Minuten redete er sich ein, so könnte es gehen. Wenn ich ...
Schmidt atmete durch, drehte sich dreimal um die eigene Achse und umschlang mit aller seinen kribbelnden Fingern noch zur Verfügung stehenden Kraft das Seil. Da es schon etwas durch die Drehungen verkürzt war, stand ihm nicht mehr viel Bewegungsspielraum zur Verfügung. Dann setzte Schmidt die Füße so weit wie möglich nach hinten, stellte sich auf die Zehenspitzen, steppte einen kleinen Schritt vorwärts, sprang ab und riß das linke Bein in der Absicht hoch, es über den Balken zu schleudern. Die Ferse kam auf das Holz zu liegen, was aber nicht genügte, um sein Gewicht abzufangen. Sie

rutschte ab. Schmidts Überlebenstrieb aktivierte seine letzten Reserven. Nur deshalb gelang es ihm gerade noch, den Fall zu bremsen und die Selbststrangulierung zu verhindern.
Ein zweiter Versuch, dann ein dritter und ein letzter, den Schmidt sich noch zugestand, fühlte er doch schon deutlich, wie seine Muskelspannung nachließ. Warum es beim letzten Versuch klappte, war ihm unerklärlich. Vielleicht, weil er das Bein nicht gestreckt nach oben schleuderte, sondern mehr aus der Drehung heraus? Aber es kam hoch genug, so daß Schmidt den ganzen Unterschenkel auf den Balken legen konnte. Schnell zog er das zweite Bein nach und fand dadurch in der Scherenposition genügend Halt. Mit dem Kopf nach unten hing er nun in der Luft, immer noch umklammerten seine Finger das zusammengedrehte Seil. Vorsichtig löste Schmidt eine Hand, spannte seine Bauchmuskeln an, um den Oberkörper am weiteren Absinken zu hindern. Ganz nah kam er jetzt mit seiner freien Hand an den Hals, konnte mit den Fingerspitzen unter die Schlinge greifen, sie lockern, noch mehr lockern und schließlich mit einem Nicken abstreifen.
Schmidt atmete erleichtert auf, sah das Ende des Stricks vor seinen Augen baumeln und fühlte sich gut. Jetzt brauche ich nur noch . . .
Die Tür wurde aufgestoßen, Helligkeit flutete in einem breiten Streifen in die Lagerhalle und lief, schwächer werdend, bis zur gegenüberliegenden Wand. Und mittendrin stand breitbeinig der Dunkle, aus Schmidts Position auf dem Kopf. Etwas von einem Racheengel ging von ihm aus, auch ohne flammendes Schwert.
Dann hörte Schmidt einen Fluch, denn mittlerweile hatten sich die Augen des Dunklen an die Lichtverhältnisse gewöhnt. Er stürmte tiefer in die Halle, seine Hand stach zur Hüfte und stieß mit der Waffe vor. Schmidt schloß die Augen und zuckte bei den Schüssen zusammen. Seine Hände lösten sich, seine Beine ebenfalls, er rutschte vom Balken, stürzte auf den Boden zu und spürte als letztes den ruckenden, stechenden Schmerz in den Schultergelenken.

Nur in der Hölle konnte es diese Schmerzen geben, die wellenartig seinen Körper durchfluteten. So kam es Schmidt vor, als seine

Erinnerung wieder einsetzte. Der Rücken brannte, die Schultern waren eine Wunde, und man hatte ihm die Arme ausgerissen, wie er glaubte.
Mit vorsichtigem Augenaufschlagen tastete sich Schmidt allmählich in die Wirklichkeit zurück und überprüfte, wie wirklich sie überhaupt noch war. Es gab sie noch, es gab ihn noch, auch seinen Kopf, der sich wieder der Schraubzwinge erinnerte und mit klopfenden, pulsierenden Stichen reagierte. Und da war der knarrende Boden, auf dem er lag.
Schmidt hob die Hände, sah an ihnen das Seil, befühlte seinen Hals. Als bemühe er sich darum, die gerade zurückgewonnene Wirklichkeit nicht durch unvorsichtige Bewegungen zu vertreiben, löste er sachte die Fesseln von den Handgelenken und drehte wie in Zeitlupe den Kopf in die ihm zur Verfügung stehenden Richtungen. Immer noch im Liegen tastete er zögernd seinen Körper ab und wartete darauf, sofort mit den Fingern zurückzuzucken, falls sie sich klebrig anfühlten. Über Brust, Rumpf und Oberschenkel glitten sie. Nichts! Er richtete sich halb auf, besah sich lange seine Beine und dann mit zunehmender Verwunderung die Stelle, wo er gelegen hatte. Nichts, kein Blut, kein dunkler, feuchter Fleck.
Wie um die Glaubwürdigkeit seiner Augen zu überprüfen, ließ er sie in der Lagerhalle umherschweifen, über die Wände, an die Decke und über den Dunklen zur geöffneten Tür. Augenblicklich kam ihm die Realität irreal vor. Als letzten Eindruck hatte er in seinem Gehirn gespeichert, daß, aus seiner baumelnden Position gesehen, der Dunkle auf dem Kopf stand. Jetzt lag er nur wenige Meter von ihm entfernt auf dem Bauch, immer noch mit der Pistole in der Hand und starrte ihn unentwegt mit zur Seite gedrehtem Kopf an. Und Schmidt starrte zurück. Und Schmidt zwinkerte, aber der Dunkle zwinkerte nicht. Und Schmidt bewegte sich, aber nicht der Dunkle.
Er rollte sich auf die Seite, und da tat ihm etwas weh, von dem er dachte, man habe es ihm ausgerissen. Die Erinnerung gab ihm nach und nach die Ursache für den Schmerz in seinen Schultern zurück: Er war beim Absturz vom Balken durch das gewundene Seil zurückgerissen und so lange am weiteren Fall gehindert worden, bis es sich von selbst aufgedreht hatte.

Schmidt wollte sich aufrichten, aber noch nicht einmal sein Vorsatz war schnell, geschweige denn die Bewegung. Nur der Wille, er peitschte ihn auf, sich endlich zu erheben. Schließlich habe er sich lange genug ausgeruht. Als er nach einer kleinen Unendlichkeit auf den Beinen stand und zwei, drei tapsige Schritte in Richtung des Dunklen machte, da sah er die feuchten Flecke, nicht mehr glänzend, sondern schon stumpf. Auf dem Rücken des Dunklen hatten sie sich ausgebreitet, den Stoff seiner Jacke getränkt und Verkrustungen gebildet. Überflüssig, ihm am Hals den Puls zu fühlen, was Schmidt nun tat.
Aber wer hat denn geschossen? Wer hat den Dunklen erschossen? Schmidt stolperte auf die Tür zu, lehnte sich an den Pfosten, verschnaufte, denn ihm wurde schwindelig. Er blickte hinaus, sah eine schmale geteerte Straße, Wiesen und in einiger Entfernung einen Wald. Und wenn er nicht allein gewesen ist? jagte ein Gedanke durch seinen Kopf, der höchst unsinnig war. Er konnte nicht allein gewesen sein, denn ein Mensch, der sich auf diese Weise in den Rücken schießen kann, wie es der Dunkle andernfalls getan haben müßte, wäre ein akrobatisches Wunder.
Schmidt verwarf die Einzelgängertheorie und konzentrierte sich auf die Personen, die den Dunklen glücklicherweise am Einsatz seiner Waffe gehindert haben mußten. Da er kein Auto sah, wandte er sich dem Toten zu und durchwühlte seine Taschen. Viel war es nicht, was er fand, denn nach einem Ausweis oder einem anderen amtlichen Dokument suchte er vergeblich. Dafür allerdings entdeckte er eine durchsichtige kleine Plastikhülle, in der verschiedene postkartengroße Blätter steckten. Neugierig nahm er sie heraus. Als habe sich Schmidt die Finger verbrannt, ließ er alles fallen, was er in der Hand hielt. Ruckartig richtete er sich auf und stöhnte, denn für seinen geschundenen Körper kam die Bewegung viel zu schnell. Voll nicht mehr zu überbietendem Erstaunen entfuhr es ihm: »Das kann doch nicht wahr sein!« und starrte gebannt auf den Boden.
Nach wenigen Augenblicken bückte er sich vorsichtig, sammelte die Blätter ein und überzeugte sich davon, daß er sich nicht getäuscht hatte. Auf jedem Blatt sah er ähnliche Zahlen, wie man sie auf dem Zettel in Jonas' Auto entdeckt hatte. Ob es sich wieder um Fotos handelt? überlegte er.

Nach einigen Sekunden gelangte Schmidt zu der Auffassung, mit den Zahlen müßte es eine andere Bewandtnis haben, denn durch ein Komma am Ende wurde deutlich, daß ihnen allem Anschein nach ein Wert zugrunde lag. Und etliche der Zahlen waren auch durchgestrichen, ähnlich, wie man es mit Telefonnummern macht, um nicht durcheinanderzukommen, falls man mehrere Personen anrufen will.
Schmidt verstaute die Blätter in der Hülle und deponierte sie wieder an der alten Stelle. Noch einen Blick auf die Waffe, eine Pistole mit einem unverhältnismäßig hohen Kunststoffanteil, wie er meinte, dann wandte er sich ab und verließ die Lagerhalle.
Mit unsicheren Schritten folgte er der schmalen Teerstraße. Zwei Dinge ließen ihn nach wenigen Metern gleich an der ersten Biegung abrupt stoppen. Zum einen sah er ein altes Bauernhaus, zum anderen ein Wohnmobil direkt vor der Eingangstür. Er war einen Augenblick versucht, zurück zu dem Toten zu eilen, um sich dessen Waffe anzueignen. Dann reimte er sich zusammen, daß der Tote womöglich mit dem Wohnmobil unterwegs gewesen war und sich für sein Vorhaben dieses abgelegene Bauernhaus ausgesucht hatte. Daraufhin bemühte sich Schmidt, vorsichtig weiterzuschleichen, aber nach wenigen Schritten gab er sein Vorhaben auf. Zu sehr schmerzte sein Körper.
Das Haus war verschlossen, leer und ausgeräumt, wie Schmidt durch die verstaubten Fenster erkennen konnte. Die Beifahrertür des Wohnmobils ließ sich jedoch öffnen. Schmidt stieg ein und suchte im Handschuhfach nach Papieren. Überall suchte er, fand aber nur eine Zuschlagkarte für den Intercity. Und Schmidt entdeckte das Firmenzeichen einer Autovermietung aus Saarbrücken. Wo aber waren die Papiere des Toten?
Hinten im Wohnbereich auch keine Spur, außer einigen Kleidungsstücken, diversen Toilettenartikeln und Schuhen. Ein Paar davon gehörte der Größe und dem Aussehen nach einer Frau.

Silke Kadenbachs Augen gaben nur unvollkommen den Schrecken wieder, den ihr Schmidts Gesicht eingeflößt hatte. Die Hände, zu Fäusten geballt, auf den Mund gepreßt, sah sie Schmidt an, als zweifle sie an dessen Existenz. Aber Schmidt war kein Geist, wie

sein zerschundener, an vielen Stellen blutunterlaufener Oberkörper, die geschwollene linke Schläfe und die vielen Blutergüsse bewiesen. Bei so vielen Blessuren und Schmerzen fiel ein unbedeutender Einstich in der rechten Armbeuge gar nicht auf.
»Wo, sagst du, liegt das Bauernhaus genau?«
»Mitten im tiefsten Hunsrück, außerhalb von Dickenschied, vielleicht einen Kilometer vom Ort entfernt am Waldrand.«
»Dann muß er dich von Frankfurt bis...«
Schmidt lachte gequält. »Wie ich mich beim Aufwachen gefühlt habe, hätte er mich auch bis nach München fahren können. Ich hätte nichts gemerkt.«
»Und er ist wirklich...?«
Schmidt nickte. »Wir müssen die Polizei anrufen, ist immerhin schon einen halben Tag her, seit ich das Gehöft verlassen habe.«
»Warum hast du sie nicht von unterwegs verständigt?«
Schmidt hob die Schultern. »Keine Ahnung.«
»Schock. Du standst unter einem Schock, wenn sie dich danach fragen sollten.«
Schmidt senkte zustimmend den Kopf.
»Vielleicht haben sie ihn auch schon entdeckt?«
»Glaube ich nicht. Liegt so abgelegen, der Bauernhof, daß er mir noch nicht einmal einen Knebel angelegt hat. Ich rufe jetzt...«
Schmidt zögerte, als habe er es sich anders überlegt, und sagte dann: »Weisel, genau, ich rufe Weisel an.«
»Dann weiß er sofort, daß du dort gewesen bist.«
»Na und? Bin doch kein Mörder.«
»Ansgar, du kannst später immer noch zugeben, daß du es warst, der dorthin verschleppt worden ist. Warte vorerst mal ab«, schlug Silke vor.
»Okay, dann ruf du sie aber an. In Kirchberg, da müßte es ein Polizeirevier geben.«
Während Schmidt sich in die Badewanne legte und die wohlige Wärme des Wassers genoß, rief Silke die Polizei an und meldete den Vorfall. Bevor man sie nach ihrem Namen fragen konnte, legte sie auf. Dann kam sie zu Schmidt ins Badezimmer und setzte sich auf einen Hocker. Schmidt war eingeschlafen.

Noch nie hatte ihm der hochprozentige Alkohol so gut geschmeckt. In einen Bademantel gehüllt, trank Schmidt den Cognac, der ihn von innen wärmte und gleichzeitig etwas den Druck abbauen half, der sich in seiner Magengegend eingenistet hatte. Und er genoß es, wie Silke, die auf der Lehne des Sessels saß, ihm zuerst den Nacken massierte, dann die Schultern.
»Ansgar, was hat er von dir gewollt?«
Sie merkte, wie er sich verkrampfte, und sie ahnte seine Antwort, bevor er sie ausgesprochen hatte.
»Ich glaube, der Kerl hätte mich irgendwann umgebracht.«
»Warum hat er es denn nicht schon unterwegs getan?«
Schmidt wußte darauf keine Antwort.
»Hat er dich ausgefragt?«
»Nein.«
»Und so reich bist du nun auch wieder nicht, um für ein Lösegeld gut zu sein.«
»Stimmt. Folglich gibt es nur eine Möglichkeit«, mutmaßte Schmidt und sprach nachdenklich weiter: »Ich sollte noch verhört werden. Das würde aber automatisch bedeuten, er wußte, womit ich mich beschäftige.«
Silke war der gleichen Auffassung. »Genau. Nur deswegen bist du zusammengeschlagen und verschleppt worden. Sonst sehe ich keinen Grund.«
Schmidt grübelte. »Vielleicht hat er noch auf jemanden gewartet und wollte mich erst später ins Jenseits befördern? So oder so wäre ich fällig gewesen«, sagte er mit belegter Stimme wie zu sich selbst, und ihm wurde mit einemmal eiskalt.

Er kam erst nach drei Tagen, obwohl Schmidt ihn schon früher erwartet hatte. Er meldete sich nicht an, stand einfach vor der Villa und klingelte. Und als er in die Diele trat, begutachtete er Schmidt, als sei er verwundert, ihn vor sich zu sehen. Dann folgte er Schmidt in dessen Büro und ließ sich aufseufzend in den Besucherstuhl fallen.
»Warum kommen Sie erst jetzt?«

»Haben Sie etwa mit mir gerechnet?«
Schmidt lächelte unsicher. »Herr Weisel, inzwischen ist mir klargeworden, welche Spuren ich in der Aufregung hinterlassen habe.«
Weisel ließ sich von Schmidts Lächeln anstecken. »Noch mal Schwein gehabt, mein Lieber. Aber warum spielen Sie den großen Unbekannten?«
Schmidt blies die Wangen auf. »Weiß nicht. Stand zu Anfang sicherlich noch unter Schock«, gab er Silkes Ausredevorschlag weiter.
»Schock?« Weisels Augen zeigten Verwunderung.
»Ja, kann schon sein«, antwortete Schmidt mit einer Überzeugung, die ihm Mut für spätere Lügen gab.
»Oder Angst?«
Weil diese Version Weisel besser zu gefallen schien, gab Schmidt zu: »Ja, auch.«
»Kann ich verstehen.«
»Wie sind Sie auf mich gestoßen? Über DESBITT?« Schmidt meinte eine spezielle Datensammlung all der Personen, die in der Fahndung im hochsensiblen Bereich aktiv sind.
»Schöne Einrichtung. Kommt in der Hektik ja schon mal vor, daß einer von uns etwas anfaßt, was er nicht anfassen darf.«
»Also sind meine Daten noch nicht gelöscht.«
Weisel schmunzelte mit einem Hauch von Selbstgefälligkeit. »Wie sich zeigte, zu Recht.«
»Fingerabdrücke auf der Plastikhülle?«
»Und im Auto, eigentlich überall. Sie haben mit Ihren Fingerabdrücken eine breite Fährte gelegt. Unübersehbar.«
Schmidt nagte auf seinen Lippen und malte sich schon in den schlimmsten Farben die unausweichlichen Konsequenzen aus. Er, ein Beamter, ein beurlaubter Beamter, und dann auch noch in einen Mord verwickelt. »Wer weiß inzwischen davon?«
»Nur wir vom BKA«, gab Weisel schließlich zu.
»Und wer wird noch davon erfahren?«
»Gute Frage.« Weisel sah ihn mit geneigtem Kopf an. »Wirklich gute Frage, kann ich aber leider noch nicht beantworten. Wird sich zeigen.«

Schmidts Farben wurden daraufhin noch düsterer, glichen jetzt denen bei Trauerfeiern.
Unpassend jovial forderte ihn Weisel auf: »Und jetzt erzählen Sie mal, mein lieber Herr Schmidt, wie alles abgelaufen ist.«
Schmidt spielte nicht auf Zeit, sondern war nur höflich, als er fragte: »Darf ich Ihnen etwas zu trinken anbieten?«
Nachdem der Saft vor Weisel stand, wollte Schmidt wissen: »Bei Ermittlungen kommen Sie fast immer zu zweit. Warum nicht bei mir?«
Weisel grinste flüchtig. »Ist keine Ermittlung, sondern ein Gespräch. Und, wie ich hoffe, genauso offen wie alle anderen bisher auch.«

Als Schmidt geendet hatte, wirkte Weisel nachdenklich, wie er mit gesenktem Kopf vor ihm saß und einen imaginären Punkt an der gegenüberliegenden Wand anstarrte. Nach einer Weile räusperte er sich und suchte Blickkontakt mit Schmidt.
»Wie ich schon sagte, verdammtes Glück gehabt, mein Lieber. Ich komme später noch drauf«, versprach Weisel. »Jetzt aber zu dem Bauernhof im Hunsrück und dem Wohnmobil. Haben Sie etwas an sich genommen?«
Schmidt brauchte nicht lange zu überlegen. »Nein.«
»Gut, habe ich mir bereits gedacht. Hat der Tote mit Ihnen gesprochen?«
Schmidt stieß einen kurzen Lacher aus. »›Stopp!‹ hat er gerufen. Und ›Hände hoch!‹.«
Weisels Haaransatz senkte sich, als er die Stirn in Falten legte. »Sonst nichts?«
»Nein, glaube nicht.«
»Seltsam.«
Schmidt verspürte nicht den Wunsch, dieses von Weisel so merkwürdig betonte »Seltsam« zu hinterfragen. Er verspürte überhaupt keinen anderen Wunsch als den, sich augenblicklich zu verkriechen. Für immer.
»Jetzt wollen Sie wissen, wer der Tote ist, nicht?«
Schmidt nickte. Wollte er es wirklich wissen? Oder nickte er nur, weil Weisel es erwartete?

»Kann ich Ihnen aber noch nicht sagen. Seine Daten werden im Augenblick europaweit überprüft. Spätestens in zwei Tagen wissen wir Bescheid.«
»Europaweit? War er denn kein Deutscher?«
»Allem Anschein nach nicht.«
»Sein ›Hände hoch!‹ sagte er aber auf deutsch.« Und dann, als fiele es ihm plötzlich wieder ein, fragte Schmidt: »Was war denn das für eine ungewöhnliche Lagerhalle, in die er mich verschleppt hat? Eine Scheune sieht doch anders aus.«
»Sie haben recht. Der Besitzer des Bauernhauses hat vor Jahren im Nebenerwerb diverse Produkte für die Landwirtschaft verkauft. Deshalb der Holzboden, deshalb auch der geteerte Zufahrtsweg und das doppelflügelige Tor.«
»Seit wann wird der Hof nicht mehr bewirtschaftet?«
Weisel hob die Schulter. »Vier Jahre, wenn ich mich nicht irre.«
»Dafür ist er aber noch einigermaßen gut erhalten.« Schmidt gab sich zunehmend gesprächiger. Noch lagen einige Punkte im dunkeln, die ihm wichtig erschienen und bei deren Aufklärung ihm eventuell Weisel behilflich sein konnte. »Sagen Sie, Herr Weisel, was hatte der Tote denn für eine komische Pistole? Habe so eine noch nie gesehen.«
So magenleidend, wie Weisel ihn jetzt ansah, machte ihm die Waffe schwer zu schaffen. »Eine Glock, Modell 18, 9 mm Para, stammt aus Österreich. War vor einigen Jahren mal als Terroristenwaffe verschrien. Ist im eigentlichen Sinne eine Maschinenpistole, man kann sie nämlich auf Reihenfeuer umstellen. Aber mehr als nur drei Schuß, denn das kann ja schon die Beretta. Nichts für Anfänger. Ungewöhnlich an ihr ist der hohe Kunststoffanteil. Deswegen war sie wohl von Terroristen so begehrt, weil sie dachten, eine solche Waffe sei auf den internationalen Flughäfen leichter durch die Kontrollen zu schmuggeln.«
»Und das Auto?« schwenkte Schmidt zu einem anderen Punkt, weil er von Waffen nicht viel verstand. »Das Wohnmobil?«
»Unter falschem Namen in Saarbrücken nach telefonischer Vorbestellung gemietet.«
»Vielleicht Franzose?«
»Könnte sein. Allein schon wegen seines südländischen Aussehens.

Da wir gerade dabei sind: Größe ein Meter achtundachtzig, Gewicht zweiundneunzig Kilogramm trotz des Blutverlusts«, schob Weisel einen makabren Scherz ein, »schwarze Haare, wie Sie ja selbst sehen konnten, keine besonderen Körpermerkmale mit Ausnahme einer gezackten Narbe links unter den Rippen. Wird ihm irgendwann mal ein Messer im Weg gestanden haben. Gutes Gebiß, zwei Zähne fehlen, die anderen sauber und in Ordnung. Gepflegte Erscheinung alles in allem. Paßt so gar nicht in das Bild, das wir von den Kerlen haben.«

»Todesursache zwei Schüsse in den Rücken, wie ich annehme.«

»Ja. Großes Kaliber, .44er Magnum. Hätten ihn mal von vorne sehen sollen. Faustgroße Ausschußlöcher.«

Und dann schwiegen sie eine Weile. Schmidt interessierte sich für die matte Oberfläche seines Schreibtisches, Weisel für Schmidts Augen, die dieser ihm aber geschickt vorenthielt.

Nur um etwas zu sagen und die belastende Stille zu beenden, kam Schmidt auf die Fotos des Terroristen Jonas zu sprechen, die er Weisel hatte zukommen lassen. »Konnte das BKA etwas mit ihnen anfangen?«

»Wenig bisher«, gestand Weisel betrübt. »Die Personen sind noch nicht identifiziert worden, und die Wiese gibt auch nicht viel her, wenn man mal von dem Zaun absieht.«

»Zaun?« hakte Schmidt verwundert nach. »Habe selbst keinen gesehen.«

»Nur ganz schwach im Hintergrund. Das wird auch keine Bedeutung haben.«

Weisel ließ nicht zu, daß sich erneut Schweigen ausbreitete. »Hat er bei Ihnen eine Maske getragen? Eine Kapuze?«

»Der Tote?« Schmidt verneinte.

»Ihnen die Augen verbunden?«

Wieder verneinte Schmidt.

Weisels Mimik zeigte, daß Schmidts Antworten seiner Lageeinschätzung entsprachen. Prompt lieferte er die Bestätigung. »Ich habe mit diesem Umstand gerechnet. Ich muß Ihnen ja nicht sagen, was das für Sie bedeutet hätte.«

»Hm. Wenn er sich mir so offen zeigte, dann durfte er keinen Zeugen zurücklassen. Ist es das, was Sie meinen?«

»Ja.«
»Er hat seinen Auftrag aber nicht erledigen können. Welche Konsequenzen wird das eventuell noch für mich haben?«
Weisel gab sich zugeknöpft. »Schwer zu sagen.«
»Ein neuer Versuch?«
Weisel seufzte. »Unwahrscheinlich, sehr unwahrscheinlich, zumindest in nächster Zeit, aber möglich.«
»Sehe ich auch so. Und für meine Familie? Meine geschiedene Frau und meinen Sohn?«
»Sie denken an Harings, nicht?«
»Ja.«
Weisel überlegte lange, gab sich einen Ruck und antwortete: »Nein, keine Gefahr. Bestimmt nicht.«
»Bin ich mir nicht so sicher«, widersprach Schmidt. »Könnten Sie von Bonn aus da etwas...?«
Weisel zuckte mit den Schultern.
»Bitte!«
Weisel sah Schmidt an, nickte bedächtig und wirkte ernst, als er ihm versprach: »Okay, ich werde es versuchen.« Er zog ein Notizbuch aus der Tasche, schrieb einige Wörter hinein und fragte, ohne aufzublicken: »Wollen wir jetzt nicht noch etwas über Ihr Glück plaudern, Herr Schmidt?«
»Welches Glück?« Schmidt gab sich überrascht.
Weisel klappte das Notizbuch zu und steckte es ein. »Nun, ich meine den seltsamen Umstand, daß ausgerechnet in dem Augenblick, als Ihnen der Tote die Durchschlagskraft seiner Waffe demonstrieren wollte, ein rettender Engel über die Felder des abseits gelegenen Bauernhofes spaziertkommt und ihn auf unhimmlische Weise daran hindert. Mit einer .44er Magnum nämlich.«
»Vielleicht hat ihn jemand beobachtet?« antwortete Schmidt vage.
»So, so. Und greift ausgerechnet dann ein, als er Sie erschießen will. Kommen Sie, mein lieber Schmidt, das glaubt Ihnen noch nicht einmal Ihr Beichtvater.«
»Wie kann es denn sonst gewesen sein?« fragte Schmidt unschlüssig.
»Soll ich Ihnen erzählen, was ich davon halte?« Spöttisch sah Wei-

sel den unruhig gewordenen Schmidt an. »Wollen Sie es wirklich hören?«
»Bitte«, forderte Schmidt ihn mit unterschwelligem Trotz auf und bemühte sich um einen gleichgültigen Gesichtsausdruck.
Weisel schlug die Beine übereinander und verschränkte die Arme vor der Brust. »Na gut. Zuerst einmal die Waffe. In Europa ist sie nicht so sehr verbreitet: .44er Magnum Revolver Smith & Wesson 629 mit einem Sechs-Zoll-Lauf. Noch weniger die Patronen, zwei Remington 180 grs HP. Mit einem solchen Kaliber können Sie auf Elefantenjagd gehen. Aber in Amerika, da trägt man solche Taschenartillerie mit sich herum, jedoch auch nur in ganz bestimmten Kreisen. Meistens ist es ein Hit-Kommando, das derartige Waffen benutzt, wollen sie sich doch des Erfolgs ihrer Mission von vornherein sicher sein.«
»Hit-Kommando?« Schmidt spielte auf Zeit.
Weisel lächelte. »Herr Schmidt, halten Sie mich bitte nicht für einfältig. Sogenannte ›racketeers‹, die nur einschüchtern, das Opfer in Schrecken versetzen wollen, gehen anders vor. Die Ihnen geholfen haben, das waren auch keine ›mechanics‹ oder ›soldati‹, also Kriminelle der untersten Kaste, die nur die Dreckarbeit verrichten. Herr Schmidt, Ihre Engel waren Spezialisten, wie gesagt, ein ausgebufftes Hit-Kommando, das man anheuern kann, wenn es nach Ansicht des Auftraggebers einen Menschen zuviel auf dieser Welt gibt. Oder mehrere. Natürlich kann man sie auch anheuern, um jemanden beschützen zu lassen. Kommt ja von der Arbeitsweise her aufs gleiche heraus.«
»Sie reden von Engeln. Meinen Sie denn, es waren mehrere?«
»Mindestens zwei, denn die arbeiten drüben immer als Pärchen, als tödliches Pärchen.«
Schmidt starrte wieder vor sich auf den Schreibtisch. Mit einem Fingernagel kratzte er an dem Resopal, und als er damit keinen Erfolg hatte, suchte er einen Stift und drehte ihn nervös zwischen den Fingern.
»Na«, bemühte sich Weisel, ihn aufzumuntern, »wollen Sie nicht endlich ...?«
Schmidt schwieg beharrlich.
»Wie ich die Sachlage sehe, war es absolut kein Mord, auch wenn

man dem Kerl mit einer großkalibrigen Kanone in den Rücken geschossen hat. Wir haben nämlich eine Patrone aus der Wand gepuhlt. Stammt von der Glock, Modell 18. Er wollte Sie umbringen und hatte schon auf Sie geschossen, bevor es ihn erwischte. Oder gerade in dem Augenblick, als es ihn erwischte.«
Zögernd hob Schmidt den Kopf und sah Weisel mit unsicheren Augen an. »Er hat schon auf mich . . .?«
Weisel nickte. »Ich sagte es ja bereits: Sie haben verdammtes Glück gehabt.«
»Und was ist es juristisch gesehen?«
»Nothilfe, wenn überhaupt. Wollen erst mal abwarten, was wir über den Toten alles herausfinden. Glaube aber nicht, daß man die Sache weiterverfolgen wird.«
Und dann klärte Schmidt den erstaunten Weisel über die Hintergründe auf.

Weisel war längst gegangen, aber Schmidt saß immer noch in seinem Büro und starrte vor sich hin. Es gab so viele Ungereimtheiten, die ihn beschäftigten und daran hinderten, sich auf einen Punkt zu konzentrieren. Und weil Ungereimtheiten wie eine Bedrohung im Raum stehen können, war es für Schmidt sozusagen existentiell wichtig, sie zu entwirren, weil seiner Einschätzung nach jederzeit wieder eine ähnliche Situation eintreten konnte wie die in der kleinen Lagerhalle.
Der Luxemburger Anschlag, das Attentat auf den Boß des Chemiekonzerns in Stuttgart, die Entführung von Harings' Familie, dann seine Verschleppung. Wie paßte das zusammen? Wo lag der gemeinsame Nenner, falls es ihn überhaupt gab?
Und dann der vermutliche Terrorist Heinfried Jonas, von dem der inhaftierte Billes meinte, er sei zu nichts zu gebrauchen. Welche Rolle spielte er?

Silke war seit zwei Tagen damit beschäftigt, eine Liste zu überprüfen, auf der Schmidt etliche Namen und Kennzeichen angekreuzt hatte. Es handelte sich um Vergehen im Straßenverkehr, meist das Überfahren einer roten Ampel oder eine Geschwindigkeitsüberschreitung, die aber nach Aussage der Polizei die Besitzer der Au-

tos samt Familienangehörigen unmöglich selbst begangen haben konnten. Unwiderlegbar allerdings schienen die Beweise zu sein, in diesem Fall mit Datum und Uhrzeit versehene Fotos, auf denen deutlich das entsprechende Tatfahrzeug zu erkennen war. Die Übereinstimmung der Kennzeichen und Fahrzeuge war perfekt, denn es handelte sich um sogenannte Doubletten, die bestimmte Personengruppen aus dem terroristischen Umfeld allein aus dem Grund anfertigten, um die Polizei zu verwirren und eine Enttarnung zu erschweren. Insgesamt 15 der 84 Vorfälle aus den letzten drei Jahren fand Silke beachtenswert, da es sich hierbei um Fahrzeuge handelte, die laut Polizei bisher weder von ihr entdeckt noch zwischenzeitlich von den Tätern aufgegeben worden waren.
Am Nachmittag verließ Silke Kadenbach die Villa mit dem Gefühl, Schmidt wolle den Abend allein mit seinen Gedanken verbringen.
Es war schon spät, als das Telefon anschlug. Mißtrauisch schielte Schmidt zum Hörer, hob ab und meldete sich kurz angebunden.
»Harings hier. Ich muß Sie unbedingt sprechen.«
»Kann morgen bei Ihnen in der Direktion vorbeischauen«, bot Schmidt an.
»Nein, ich möchte es jetzt klären. Bin noch in Frankfurt und komme in wenigen Minuten. Einverstanden?«
Ohne Schmidts Antwort abzuwarten, legte er auf.

Als Harings ihm wenig später gegenübersaß, fühlte sich Schmidt durch dessen prüfenden Blick zu einer Erklärung verpflichtet, der er jedoch auf seine Art begegnete. »Herr Harings, eine Bedingung für meine Bereitschaft, Ihr Angebot anzunehmen, war Ihre Zusicherung, es bestehe für mich keine persönliche Gefahr.«
»Tut mir leid. Das konnte ich nicht voraussehen, genausowenig, wie ich die Entführung meiner Familie voraussehen konnte.«
Schmidt merkte, wie sein Vorwurf verpuffte, und erklärte um so emotioneller: »Ich bin niedergeschlagen, verschleppt und gefesselt worden, konnte nur knapp dem Tod entgehen. Das war nicht Bestandteil unseres Vertrages.«
»Ich habe davon gehört«, meinte Harings mitfühlend.
Schmidt sah ihn erstaunt an, war er doch bisher der Meinung

gewesen, der inoffizielle Nachrichtenweg des BKA dauere wesentlich länger.
»Trotz allem hätte ich mir aber von Ihnen schon früher eine Nachricht gewünscht.«
Schmidt hörte den Tadel deutlich heraus, obwohl sich Harings freundlich gab. »Frau Kadenbach stellt morgen den Bericht zusammen.«
Harings schüttelte den Kopf. »Warum so abweisend? Herr Schmidt, ich will bitte von Ihnen informiert werden. Erst recht, wenn man Sie umzubringen versucht. Verstehen Sie?«
»Okay, sehe ich ein. Aber ich bin in den letzten Tagen zu sehr mit all meinen Problemen beschäftigt gewesen und brauchte Ruhe. Ich weiß nicht, aber irgendwie habe ich das Gefühl, als hätte ich mich verfranzt.«
»Nun lassen Sie mal nicht den Kopf hängen, Herr Schmidt. Sie sind ja erst zwei Monate bei der Arbeit«, munterte ihn Harings auf. »Allerdings ist schon eine Menge passiert in den letzten Wochen, das gebe ich zu.«
»Ich komme nicht dahinter«, murmelte Schmidt selbstvergessen vor sich hin. »Ich kann tun und lassen, was ich will, ich verstehe es einfach nicht.«
»Wohinter kommen Sie nicht?«
»Warum man mich zusammengeschlagen und verschleppt hat. Was wollte der Kerl damit erreichen? Hätte mich gleich hier vor der Tür abknallen können.«
Harings setzte sich zurecht und protestierte. »Nun malen Sie mal nicht... Also, Herr Schmidt, der hätte Sie bestimmt wieder laufenlassen. Vielleicht wollte er nur...«
Hart fragte Schmidt: »Was wollte er nur? Woher konnte er überhaupt von mir wissen? Von meiner Tätigkeit?«
Besänftigend erklärte Harings: »Inzwischen wissen viele von Ihrer Tätigkeit, könnte ich mir vorstellen. Besonders im Ministerium wird daraus kein Geheimnis gemacht, auch wenn Ihnen jeder verspricht, absolut verschwiegen zu sein. Aber das Spielchen kennen Sie ja bestimmt noch aus eigener Erfahrung.« Harings beugte sich vertraulich nach vorn und sagte augenzwinkernd: »Wenn ich bei uns im Hause ein Gerücht verbreiten will, dann picke ich mir drei

oder vier Personen heraus, von denen ich weiß, daß sie nicht den Mund halten können. Ihnen teile ich dann unter dem Siegel höchster Verschwiegenheit mit, was ich verbreitet haben möchte. Funktioniert hervorragend.«

Harings lehnte sich zurück und lächelte mit dem Wissen des Strategen. »Glauben Sie etwa, Herr Schmidt, in Ihrer damaligen Dienststelle ist es anders?«

»Ist ja auch egal«, wiegelte Schmidt ab. »Aber es beschäftigt mich.« Und dann nach wenigen Sekunden: »Herr Harings, warum wollten Sie mich eigentlich sprechen?«

»Ach ja.« Harings tat so, als erinnere er sich wieder. »Ich bin für mehrere Tage verreist, es muß also noch heute sein. Herr Schmidt, es gibt da ein Problem.«

»So?« entgegnete Schmidt gedehnt und hoffte, daß es sich nicht zu einem solchen ausweitete wie das vor kurzem mit Weisel.

»Ja, und zwar ein finanzielles Problem. Können Sie sich denken, welches?«

Schmidt überlegte und schob dabei die Unterlippe vor. »Nein.«

»Ich bitte Sie jetzt, mich nicht falsch zu verstehen. Außerdem kenne ich unsere Verträge sehr genau. Aber bei bestimmten Summen möchte ich schon unterrichtet werden, schließlich habe ich sie zu verantworten. Verstehen Sie?«

Schmidt protestierte sofort. »Ich dachte, ich hätte ...«

»Haben Sie, haben Sie wirklich«, beschwichtigte ihn Harings. »Es geht nicht darum, mich um Erlaubnis zu fragen, es geht darum, mich zu informieren. In meinen Augen ist das ein großer Unterschied.«

»Okay, werde ich das nächste Mal tun.« Für Schmidt schien die Unterhaltung beendet zu sein.

»Dann beginnen Sie mal, Herr Schmidt.«

»Womit?«

»Erklären Sie mir, was die hohen monatlichen Überweisungen zu bedeuten haben.«

So gut, wie Schmidt sich bei Weisel verstellen konnte, gelang es ihm auch jetzt, Verwunderung in seinem Gesicht auftauchen zu lassen. »Welche Überweisungen?«

»Die nach New York. Fünfzigtausend Dollar, Monat für Monat

von unserer Luxemburger Filiale angewiesen. Soll das noch länger laufen?«

Schmidt machte sich Sorgen, große Sorgen. Indirekt war durch ihn ein ... Ja, was war denn der Dunkle aus seiner Sicht? Ein Verbrecher, ein Kidnapper? Ein mutmaßlicher Terrorist? Schmidt wußte es noch nicht, aber gleichgültig, zu welcher Kategorie er auch zu zählen war, für alle, die ihn gekannt hatten, mußte es so aussehen, als habe Schmidt ihn umgebracht. In den Rücken geschossen.
Und Leute vom Kaliber des Dunklen hatten meist nichts anderes an Gefühlen vorzuweisen als ein seltsames Ehrgefühl für den Komplizen, den es in solchen Fällen zu rächen gab. Und deshalb machte sich Schmidt Sorgen. Weisels Versicherung, nur das BKA sei bisher über alles informiert, trug nicht gerade zu seiner Beruhigung bei, hatte ihm doch Harings bewiesen, wie wenig zutreffend sie war.
Schmidt sprach mit Silke, die vergeblich versuchte, all seine Bedenken zu entkräften. »Es weiß noch keiner, daß er umgebracht wurde«, unterstützte sie unbeabsichtigt Weisels Auffassung.
Schmidt konterte: »Es wird aber jemanden geben, der darüber informiert ist, daß er es auf mich abgesehen hatte. Das allein genügt schon, wenn er nicht mehr auftaucht und ich weiter frei herumlaufe.«
Schmidt zeigte Silke die mögliche Tragweite auf. Er sehe zu schwarz, meinte sie darauf. »Außerdem wissen wir ja noch nicht, wer der Kerl überhaupt ist«, schloß sie lapidar, als sei dadurch Schmidts Argument entkräftet.

Schmidt fuhr nach Bonn zu seiner geschiedenen Frau, die er an diesem späten Vormittag zufällig einmal allein zwischen den diversen Onkelbesuchen antraf. Volker sei im Kindergarten, antwortete sie kurz angebunden auf seine Frage.
Mit Engelszungen versuchte Schmidt sie zu überzeugen, sofort zu ihren Eltern nach Ingolstadt zu fahren. Nur für ein paar Wochen.
»Sag mal, willst du jetzt schon bestimmen, wo ich mich aufhalten soll?« entgegnete sie schnippisch und betrachtete sich die Finger-

nägel. Einer gefiel ihr nicht, mit der Feile verlieh sie ihm die rechte Kontur.

»Judith, ich will überhaupt nicht bestimmen. Aber man hat es auf mich abgesehen. Und ich glaube, daß auch du vielleicht in Gefahr bist. Und Volker natürlich auch. Versteh doch endlich.«

»Hast du was angestellt? Was hast du im Ministerium angestellt?« Lauernd sah sie ihn an, als sei es seine Pflicht, sie immer noch über alle Vorgänge auf dem laufenden zu halten. Nichts ist so wichtig in Bonn, wie mitreden zu können. Nur wer mitredet, ist wirklich in. Schmidt war es recht, daß sie immer noch dachte, er sei im Ministerium beschäftigt, und ließ sie auch weiterhin in dem Glauben.

»Ich habe nichts angestellt«, verteidigte er sich. »Aber einer meint, er müsse mich umbringen.«

»Huch, wie theatralisch.« Sie verdrehte die Augen. »Wie in einem Krimi. Komm, erzähl schon.« Erwartungsvoll setzte sie sich zurecht.

»Mir ist nicht nach Krimi zumute.« Schmidt wurde laut. »Wenn du schon nicht auf meinen Rat hören willst, dann tu es wenigstens für Volker.«

»Übertreibst du jetzt nicht?« Ein anderer Nagel war fällig.

»Nein. Es ist schon einer deswegen erschossen worden.«

Judith legte die Nagelfeile auf den Tisch und sah Schmidt mit großen Augen an. »Tatsächlich?«

»Ja.«

»Klingt aufregend. Woran arbeitest du denn im Augenblick?«

»Hat damit nichts zu tun.«

»Immer noch die bösen Terroristen?«

Er schwieg, so wie all die Jahre in ihrer Ehe, denn Judith hatte seine Arbeit noch nie ernst genommen. Nur die gesellschaftlichen Verpflichtungen waren für sie wichtig gewesen. Und dann natürlich die Aussicht auf eine Beförderung ihres Mannes, wofür sie sich mit geballtem Eigennutz einsetzte, und das allein in der Hoffnung, sich in der Folgezeit möglicherweise neuen, interessanteren Verpflichtungen zuwenden zu können.

Schmidt schluckte an diesem Tag jede Anspielung, jede Beleidigung. Judith warf ihm vor, er wolle sie nur in ihrem Bekanntenkreis isolieren, sich auf eine primitive Art an ihr rächen, weil er

immer noch in sie verliebt sei. Einige Minuten kokettierte sie mit dieser Behauptung, drückte die Brust heraus, ließ den Bademantel aufgleiten, damit er einen Blick auf ihre Beine werfen konnte, die ihm früher so gut gefallen hatten.
Er verneinte das, lächelte seltsam unbeteiligt, verschwendete keinen Blick auf die Beine, auch nicht auf ihr Dekolleté und ihr nichtssagendes, so überzeugt zur Schau getragenes Gesicht.
»Mach endlich, daß du verschwindest!« fuhr sie ihn wegen des Mißerfolges an, denn mittlerweile war das Hofieren ihrer Eitelkeiten für sie zum Lebensinhalt geworden. Und darauf keine Reaktion zeigen? Eine größere Beleidigung als die Mißachtung ihres Körpers gab es für sie nicht.
Schmidt stellte sich stur, dachte an Harings' Familie, bemühte sich erneut und mit noch mehr Eifer, bei ihr Einsicht zu erzeugen, brachte Volker verstärkt ins Spiel. Vergeblich.
Erfüllt von einer Enttäuschung, wie man sie vielleicht nur als Vater für sein Kind empfinden kann, wenn man vergeblich versucht hat, eine Gefahr abzuwenden, schlich Schmidt schließlich davon. Er kam sich elend vor, auch wie ein Versager, verzog sich in seine Bonner Wohnung und verfiel in depressive Stimmung.
Er mußte eingedöst sein. Geweckt wurde er durch laute Schläge an die Tür. Er schreckte hoch, wußte im ersten Augenblick nicht, wo er sich befand, machte dann Licht, stolperte durch den Flur und fragte: »Wer ist da?«
»Weisel. Öffnen Sie endlich!«
Schmidt, über den barschen Ton erstaunt, legte die Sicherungskette vor, löschte das Licht und stellte sich seitwärts neben die Tür. Dann erst entriegelte er sie. »Was gibt es denn noch um diese Zeit?« fragte er mit einem Anflug von Verägerung.
»Los, machen Sie schon auf!«
Schmidt entsicherte die Tür und ließ Weisel eintreten. Er entschuldigte sich für die Unordnung in seiner Wohnung und für das Unterhemd, das er anhatte. Mit leisem Vorwurf schob er die Schuld dafür teilweise auf Weisel. »Warum haben Sie denn nicht angerufen? Dann hätte ich noch ...«
Weisel reagierte nicht und ließ sich in den nächsten Sessel fallen. Daß er auf Schmidts Hemd saß, störte ihn nicht.

»Geben Sie mir bitte was zu trinken.«
»Cognac?«
Weisel nickte. »Nehmen Sie sich auch einen.«
»So schlimm?«
Weisel sah ihn nur an, und da genehmigte sich Schmidt auch einen.
»Hätten auch anrufen können«, beschwerte sich Schmidt erneut und prostete Weisel zu.
»Ich habe mich in Frankfurt gemeldet. Mehrmals. Können Sie mir glauben. Und weil da niemand an den Apparat ging, bin ich einfach hierhergefahren«, rechtfertigte sich Weisel. Er knöpfte im Sitzen seinen Mantel auf und zog einen Umschlag aus der Innentasche.
Schmidt konnte Weisel schließlich dazu bewegen, den Mantel auszuziehen, schnappte sich, da dieser dazu aufstehen mußte, geschickt sein Hemd und brachte beides nach draußen. Im Schlafzimmer zog er sich ein frisches Hemd an.
»Was gibt es denn?« fragte er im Hinsetzen. Erst jetzt fiel ihm auf, wie verstört Weisel wirkte.
»Ich glaube, wir haben einiges herausgefunden. Dank der Kollegen aus dem Ausland«, fügte er hinzu. »Wir wissen jetzt, wer der Tote auf dem Bauernhof ist.«
Schmidt war nun hellwach. »So? Dann schießen Sie mal los.«
Weisel zog aus dem Umschlag einige zusammengefaltete Blätter, glättete sie und begann mit spürbarem Ernst: »Sein Name ist Claude Pillond, Franzose, in Algerien geboren, vierunddreißig Jahre alt und von Beruf Soldat. Genauer gesagt, Söldner. Man kann ihn und seine Dienste mieten.«
Schmidt schüttelte den Kopf. »Verstehe ich nicht.«
Weisel ging nicht auf Schmidts Bemerkung ein und sprach weiter:
»Erkennungsdienstlich noch nicht in Erscheinung getreten, hat sich in Frankreich keine Straftat zuschulden kommen lassen.«
»Und woher wissen Sie, daß er Claude Pillond heißt?«
»Wegen der Umstände, Herr Schmidt.«
»Dann erklären Sie mir die bitte mal.«
Weisels Gesicht überzog ein flaches Lächeln. »Ich dachte immer

schon, wir seien weit mit unserer übergreifenden Datenerfassung, aber die Franzosen sind noch weiter. Der Vater von Pillond, Jacques Pillond, war Oberst in Algerien und gehörte der OAS an. Sie wissen, welche Motive die OAS hatte?«
»Nicht genau«, gab Schmidt zu.
»Die OAS, Abkürzung für *Organisation de l'Armée Secrète*, bekämpfte die Pläne General de Gaulles, der seit 1959 das Ziel verfolgte, Algerien das Selbstbestimmungsrecht einzuräumen. Sein Hintergedanke war jedoch, den autonomen Staat mit Frankreich zu assoziieren. Die Anhänger eines französischen Algerien waren natürlich dagegen. Am 24. Januar 1960 kam es zum Barrikadenaufstand in Algier, am 21./22. April 1961 zum Putsch der Generäle. Und mehr als ein Jahr später, am 22. August 1962, zum Attentat bei Petit-Clamart. Aber schon im März 1962 paraphierte man das Abkommen von Evian-les-Bains, eine Stadt am Genfer See, demzufolge Algerien die Unabhängigkeit erhalten sollte.«
»Aber zu dem Zeitpunkt war die OAS immer noch dagegen. Stimmt's?«
Weisel nickte. »Die Generäle Salan und Jouhaud widersetzten sich mit ihrer Geheimarmee einer Entkolonialisierung Algeriens und versuchten durch eine Reihe von Attentaten das Abkommen zu unterlaufen.«
»Das von Evian-les-Bains?«
»Ja.«
»Und der Vater von Pillond gehörte ebenfalls der OAS an«, vermutete Schmidt.
»Richtig. Als Oberst, wie ich bereits sagte. Allerdings war für die OAS der Fall Algerien noch nicht mit dessen Unabhängigkeit abgeschlossen. Auch in den Jahren danach zeichnete die Geheimarmee für viele Anschläge verantwortlich. Zwar wurden die Führer der OAS verhaftet, aber nach deren Entlassung unter Georges Bidault – einem alten Kämpfer und ehemaligen Mitstreiter de Gaulles in der Résistance – neu im *Conseil National de la Résistance* zusammengefaßt. Bidault ging 1963 nach Brasilien ins Exil. Und Jacques Pillond, der Vater des Toten, organisierte in Frankreich den Widerstand weiter. Irgendwann schlief er ein, spätestens zu dem Zeitpunkt, als Bidault 1968 wieder nach Frankreich zurück-

kehrte. Zwischenzeitlich, schon Mitte der sechziger Jahre, verlagerte Jacques Pillond seine Aktivitäten auf einen anderen, ausgesprochen lukrativen Bereich: Er gründete Anwerbebüros für Söldner.«

»Für die Fremdenlegion also, wenn ich Sie richtig verstehe«, unterbrach ihn Schmidt.

Weisel zögerte. »Ja und nein«, antwortete er vage. »Die französische Fremdenlegion hat ihre eigenen Rekrutierungsbüros, so zum Beispiel in Straßburg. In den letzten Jahren konnte sie sich vor Interessenten aus dem Ostblock kaum retten. Mittlerweile beträgt die Stärke der Freiwilligenarmee mehr als zehntausend Mann, darunter ungefähr sechzig Prozent Ausländer. Ist ja auch verlockend für einen aus dem Osten mit dunkler Vergangenheit, in der Legion unterzutauchen, wenn er sich mit falschem Namen anmelden kann. Außerdem hilft ihm der dubiose Ehrenkodex der Einrichtung, auch hochtrabend Asylrecht genannt, wonach alle Bewerber, die zu Hause Probleme mit der Justiz haben, diskret zu behandeln sind.«

»Demnach bietet die Fremdenlegion gesuchten Terroristen eine ausgezeichnete Möglichkeit, sich aus der Fahndung auszuklammern«, warf Schmidt ein.

Weisel kratzte sich am Hinterkopf. »Mann o Mann, jetzt kommen Sie auf einen Aspekt zu sprechen, der bei uns im Amt schon Anlaß zu vielen Spekulationen gegeben hat. Offiziell geht es nicht, Herr Schmidt, wie man uns versichert hat, und daran wollen wir uns vorerst halten.«

Schmidts Gesicht war an Ausdruckslosigkeit nicht mehr zu überbieten. Und so sprach Weisel, der Schmidts Reaktion richtig deutete, einfach weiter: »Möglich, daß Pillond auch der Fremdenlegion hat Leute zukommen lassen. Aber die Kollegen aus Frankreich meinen, er hätte mehr in Eigenregie gearbeitet und seine Privatsöldner gegen teures Geld an jeden Staat vermittelt, der sie brauchte. Je mehr man denen zahlt, desto besser schießen sie. Afrika benötigte damals enorm viel von diesen angemieteten Abenteurern, denn mehr waren sie nicht. Patriotismus war ihnen fremd, die Ziele ihrer Auftraggeber interessierten sie nicht, oftmals konnten sie noch nicht einmal deren Namen aussprechen. Übrigens tat

sich einer unserer Landsleute dort besonders hervor: Rolf Steiner. Er und seine sogenannten Kameraden, auch Condottieri genannt, verzögerten die Beendigung des Biafrakrieges um etliche Monate. Auch Steiner sagt man eine Verbindung zu Pillond nach, genauso wie Colonel ›Mad‹ Mike Hoare, der wohl schillerndsten und erfolgreichsten Figur im gekauften Krieg. Der Colonel hat sogar zwischen den Einsätzen als Berater bei einem Söldnerfilm gearbeitet. Zurück zu Pillond, in dessen Händen viele Fäden zusammenzulaufen schienen. Wahrlich kein Wunder, bei dem intensiven Kontakt, den er zu den Truppen *Selous Scouts* und *Special Air Service* hatte, die entweder über seine Büros bestückt wurden oder über eine Anzeige in der Söldnerzeitschrift ›Soldiers for Fortune‹. Dem sauberen Pillond unterstellte man deshalb wohl nicht zu Unrecht eine Schlüsselrolle bei der Entführung von Moise Tschombé im Jahre 1967, als sein General Bidault noch in Brasilien weilte.«
Schmidt, der sich sagte, daß die ausführlichen Hintergrundinformationen auch für ihn wichtig sein konnten, so ernst und konzentriert, wie Weisel sie vortrug, fragte nach: »Tschombé? War das nicht ein Politiker im gerade von Belgien unabhängig gewordenen Kongo?«
»Richtig.« Weisel warf einen Blick auf seine Blätter und las zum Teil ab: »Als entschiedener Gegner von Lumumba, an dessen Ermordung Tschombé beteiligt gewesen sein soll, erklärte er 1960 die Provinz Katanga für selbständig und regierte diesen Staat als Präsident bis 1963. Nachdem die UNO zugunsten der Zentralregierung des Kongo in die Krise eingegriffen hatte, floh Tschombé 1963 nach Spanien ins Exil. Ein Jahr später kehrte er in den Kongo zurück, stand schließlich sogar 1964/65 als Ministerpräsident an der Spitze der kongolesischen Zentralregierung und setzte im Kampf gegen die abtrünnigen östlichen Provinzen weiße Söldner ein. Was glauben Sie wohl, Herr Schmidt, von wem er die hatte?«
»Oberst Pillond, nehme ich an.«
»Richtig, damals schon. Als Tschombé 1965 vom Staatspräsidenten Kasawubu entlassen wurde, ging er erneut ins spanische Exil und wurde in Abwesenheit 1967 zum Tode verurteilt. Kurz darauf entführte man ihn nach Algerien, wo er zwei Jahre später starb.

Wer vermutlich hinter alledem gesteckt hat, liegt auf der Hand, nicht wahr?«

»Pillond.«

Weisel nickte. »Und wer außerdem noch zur damaligen Zeit in Algerien anzutreffen war, auch.«

»Die OAS.«

»Genau. Nach dieser kleinen, aber für das allgemeine Verständnis wichtigen Exkursion in die Vergangenheit, die deutlich die Praktiken zwielichtiger Einrichtungen aufzeigt, schließt sich nun der Kreis«, verkündete Weisel und trank mit geschlossenen Augen einen Schluck von seinem Cognac. »Die französischen Behörden beobachteten schon damals sehr genau die Aktivitäten dieser Söldnerbüros. Von Zeit zu Zeit durchsuchte man sie heimlich und fotografierte dabei wichtige Unterlagen. Und vor annähernd zehn Jahren entdeckte man auch eine Karte von Claude Pillond in einem solchen Büro. Seit diesem Zeitpunkt, sein Vater war inzwischen verstorben, schlummern seine Daten in französischen Computern. Gestern nun wurden sie entdeckt.«

Schmidt starrte in die goldbraune Flüssigkeit und wartete auf die Eingebung, die ihm alles erklärte, alle Zweifel wegräumte. Aber sie kam noch nicht.

Und so sprach Weisel weiter: »Auch heute noch gibt es diese Büros, in denen sich übrigens in der Vergangenheit viele Deutsche angeboten haben. Besonders in den sechziger und siebziger Jahren.«

Schmidt hob den Kopf. »Diese Büros gibt es auch heute noch?« wiederholte er skeptisch.

Weisel nickte. »Und das noch nicht einmal versteckt. Die SHD, die *Secure Help Division*, wie sich eine der speziellen Einrichtungen nennt, können Sie jedes Jahr auf der größten Luftwaffenmesse der Welt, in Le Bourget bei Paris, antreffen, und zwar gleich neben der staatlichen chinesischen Waffenhandelsgesellschaft CPMIEC. Die Schweizer 25-mm-Oberlikon-Kanonen, in aller Welt wegen ihrer Präzision geschätzt, gibt es wenige Meter weiter zu bestaunen, montiert auf dem italienischen Flakpanzer Oto Melara C 13. Wie gesagt, zwischen Chinesen und Schweizern sitzt die SHD und fühlt sich heimisch. Sogar Prospekte werden von jungen Hostessen ver-

teilt. Und in diskreten Gesprächen in einem der abgeschirmten Reihenhäuser gleich in der Nähe erfährt der Interessent, was er pro Söldner bezahlen muß. Der Preis ist abhängig von Dauer, Einsatzort, Risiko und Anzahl der benötigten Kämpfer. Wie viele hätten Sie denn gerne?«
Schmidt konnte über die Anspielung nicht lachen.
»Vor ungefähr zehn Jahren«, fand Weisel wieder zum Thema zurück, »als der Name Claude Pillond zum erstenmal in den französischen Computern erfaßt wurde, da tauchte bereits der Verdacht auf, daß ehemalige OAS-Kämpfer und deren Nachfolger sich für die Terrorgruppe *Action Directe* begeistern könnten. Es gab nämlich in Frankreich Anschläge, begangen von der *Action Directe*, die wie militärische Operationen geplant und ausgeführt worden waren: Bordeaux, Lyon, Nizza, vor drei Wochen erst Nancy, die in die Luft gesprengte Lagerhalle eines Israeliten. Und das Erstaunliche an der Geschichte ist, die Anschläge hörten auch nicht auf, als man angeblich die Gruppe *Action Directe* zerschlagen hatte. Fällt jetzt bei Ihnen der Groschen?«
Schmidt überlegte und fragte vorsichtshalber nach: »Sie meinen, was gewisse Zusammenhänge betrifft?«
»Ja.«
Schmidt sah Weisel an und rieb sich nachdenklich das Kinn. »Denken Sie etwa an den Anschlag auf den militärischen Bereich des Frankfurter Flughafens 1985, zu dem sich die *Action Directe* bekannt hat?«
»Genau.« Weisel nickte grimmig.
»Und wir glauben immer noch, daß eine bestimmte Dame der RAF daran beteiligt gewesen ist. Dieselbe Dame übrigens, die sich in der DDR von der Abteilung 22 des Staatssicherheitsdienstes eine neue Identität hat verpassen lassen, wie so viele andere auch. Was stimmt denn nun?«
»Die Dame war es nicht«, behauptete Weisel. »Aber es gibt genügend Beispiele für die internationale Verflechtung des Terrorismus. Und es gibt genügend Belege für gemeinsame Treffen, bei denen man die länderübergreifende Strategie festgelegt hat. Ich habe einmal eine Liste zusammengestellt. Ist noch längst nicht vollständig.« Weisel gab Schmidt ein Blatt, auf dem einige international be-

kannte Terrorgruppen aufgeführt waren sowie die Städte und das Datum, an dem man sich getroffen hatte. Deutsche Gruppen, und hier meist die RAF, einige Male auch die *Gruppe 2. Juni*, hatten an folgenden Zusammenkünften teilgenommen: in Baddawi, einer Stadt im Libanon, allerdings lag das schon etliche Jahre zurück, in Tripolis, in Malaga sowie in Havanna, Beirut, Frankfurt, Mailand, Lausanne, Südlibanon und Lissabon.
In den letzten Jahren fanden die Treffen verstärkt in Damaskus, Tripolis und in Teheran statt. Zählt man die Trainingscamps mit dazu, in denen sich die Terroristen für ihre Einsätze vorbereiteten, dann fehlte auch nicht die Sowjetunion mit ihren Ausbildungslagern in der Nähe des Schwarzen Meeres.
»Sie sehen also, Herr Schmidt, die Verflechtung zwischen den Terrorgruppen ist genauso intensiv wie die zwischen den multinationalen Konzernen. PLO, RAF und die *Brigate Rosse* waren zusammen mit der baskischen Befreiungsfront ETA und der irischen IRA an fast allen Treffen beteiligt, obwohl die beiden letztgenannten Gruppierungen eine Zusammenarbeit mit den Terroristen strikt ablehnen. Aber nur offiziell! Kubaner, Libyer, die nordafrikanische *Polisario* und einige andere vervollständigen immer das Bild. Wirklich, eine illustre Gesellschaft der brutalen Gewalt.«
»Gut, die Zusammenarbeit der Gruppen ist mir bekannt. Jetzt aber wieder zurück zu Claude Pillond. Welche Rolle hat er denn Ihrer Meinung nach bei den letzten Attentaten gespielt?«
»Eines können wir ihm jetzt schon ziemlich sicher nachweisen: den Mord an Arenz, dem Vorsitzenden des Chemiekonzerns. Etliche Reporter, die zu der Pressekonferenz gekommen waren, haben ihn vor wenigen Stunden identifiziert. So lange habe ich noch mit meinem Besuch bei Ihnen gewartet, um auch in diesem Punkt Klarheit zu haben.«
»Aber wie es aussieht, hat Pillond in Stuttgart keinen Helfer gehabt«, merkte Schmidt an.
Weisel belehrte ihn: »Ehemalige OAS-Kämpfer und Söldner arbeiten in vergleichbaren Einsätzen fast ausschließlich allein.«
»Dann steht ja der Mord von Stuttgart kurz vor der endgültigen Aufklärung«, gab sich Schmidt zufrieden. »Was aber ist mit Luxemburg?«

Weisel hob die Schultern. »Leider noch nichts. Außerdem hat man dort die Spuren von drei Personen entdeckt.«
Schmidt schenkte Cognac nach. Dann schwiegen sie beharrlich, beschäftigten sich mit ihren Gedanken, deren Düsternis sich auf den Gesichtern widerspiegelte und ihnen etwas Verkniffenes verlieh.
»Denken Sie das, was ich auch denke?« fragte Schmidt nach einer Weile und sah Weisel zögernd an.
»Was denken Sie denn?«
»Mehrere Dinge gehen mir durch den Kopf. Da ist zum einen dieser Pillond, seines Zeichens Söldner. Er wird ja nicht der einzige gewesen sein, den es noch in Frankreich gibt.«
»Anzunehmen.«
»Droht denn jetzt von den anderen nicht noch mehr Gefahr? Immerhin ist Pillond erschossen worden, zumal während eines Einsatzes.«
»Rache? Meinen Sie das?«
Schmidt schüttelte den Kopf. »Nein, jetzt eigentlich nicht mehr, denn die arbeiten doch nur für Geld. Aber genau darin liegt die Gefahr, die ich mir vorstellen könnte, Herr Weisel.«
»Inwiefern?«
»Zwischenfrage: Glauben Sie, daß Pillond mit einer Terrorgruppe zusammengearbeitet hat?«
Weisel wackelte mit dem Kopf. »Schon möglich. Zumindest dürfen wir diese Überlegung nicht aus den Augen verlieren.«
»Und die haben ihn bezahlt? Ihn bezahlt, damit er für sie die Attentate erledigt?«
»Klingt schon unglaubhaft«, gab Weisel schließlich zu. »Und paradox.«
»Aber ohne Auftrag kommt normalerweise kein Söldner auf die Idee, einen Mord zu begehen oder einen Anschlag zu verüben. Es sei denn, er hat private Motive. Die können wir aber in diesem Fall, ich meine, bei Arenz, ausschließen. Bei mir übrigens auch.«
»Richtig.«
»Demnach muß Pillond einen Auftraggeber gehabt haben«, folgerte Schmidt.
»Was Sie jetzt andeuten, habe ich mir auch schon überlegt«, er-

klärte Weisel. »Allerdings...« Er stockte, hob die Schultern und sah sein Gegenüber unsicher an.
»Es könnte also sein«, sprach Schmidt weiter, »daß man Arenz nicht wegen der Chemie, nicht wegen der Konzernstrategie und nicht wegen der Ausbeutung, die man der Firma in ideologsich gefärbten Phrasen unterstellt, umgebracht hat, sondern vielleicht aus viel niedereren Motiven.«
Weisel atmete tief durch, setzte sich zurecht, und es schien, als sträube er sich gegen die Erkenntnis. »Dann wäre das ja ein ganz anders gelagerter Mord«, konzedierte er schließlich. »Und unter vollkommen neuen Gesichtspunkten zu betrachten.«
»Genau so sehe ich es, Herr Weisel.«
»Wer aber könnte es auf Arenz abgesehen haben?«
»Viele, wenn ich den Kommentaren der Presse glauben darf. Menschlich muß er ein Schwein gewesen sein.«

Dieses Mal trafen sie sich nicht in Sachsenhausen in einem Äppelwoilokal, sondern in der Autobahnraststätte Wattenheim zwischen Ludwigshafen und Kaiserslautern. Keiner nahm Notiz von den PKW, die den Kennzeichen nach alle aus unterschiedlichen Städten kamen. Allzu protzig sahen sie nicht aus, denn es handelte sich meist um den Zweitwagen der Ehefrau, der man auferlegt hatte, Understatement zu betreiben.
Da es noch früh am Nachmittag war, gab es keine Platzprobleme in dem Rasthaus. Die Herren setzten sich in eine hintere Ecke, bestellten sich etwas zu trinken, einige zum Kaffee auch ein Stück Kuchen und vermittelten ganz den Eindruck einer zufälligen Vertreterzusammenkunft. Vertreter waren sie ja auch, allerdings ganz besondere und ausgewählte.
Harings hob kaum seine Stimme, als er mit dem Report begann. In allen Einzelheiten legte er Schmidts Aktivitäten dar, die er sich aus den Berichten zusammengestellt hatte.
»Schmidt hat also einen ersten Erfolg zu verbuchen«, teilte er emotionslos mit und klappte die dünne Mappe zu. »Allerdings wäre er dabei selbst beinahe ums Leben gekommen.«

»Habe davon gehört«, meldete sich ein Vertreter der Bank. »Welchem Umstand hat er es zu verdanken, daß er noch lebt?«
Harings lächelte dünn. »Dem Umstand, daß Schmidt denken kann und heraufziehenden Gefahren auf seine Art begegnet.«
»Genauer bitte.«
»Schmidt hat sich in den Vereinigten Staaten eine Lebensversicherung gekauft. Und zwar bei einem Boß der Cosa Nostra. Kostet jeden Monat fünfzigtausend Dollar.«
»Ganz schön gerissen, dieser Schmidt«, kam es anerkennend aus der Runde.
»Wie er mir sagte, sei die Entführung meiner Familie der entscheidende Umstand für seinen Entschluß gewesen.«
»Kann man verstehen«, meinte der Vertreter des Stahlkonzerns.
»Aber wir müssen es bezahlen«, ertönte es.
»Schmidt hat freie Hand«, erinnerte Harings. »Das ist Bestandteil des Vertrages. Er kann über den Etat verfügen, wie er es für richtig hält.«
»Wie weit ist inzwischen das BKA mit diesem Franzosen?« wollte der Vertreter des Automobilkonzerns wissen.
»Wenn ich die Fakten richtig deute, ist ihm die Identität des Claude Pillond bekannt.«
Harings blickte in die Runde. Als keiner sich zu Wort meldete, meinte er: »Ich hätte jetzt erwartet, daß von Ihnen ein Vorschlag über die Verwendung des Fonds kommt. Soll denn Schmidt diesem Gangsterboß aus den USA weiter unser Geld zukommen lassen für seinen persönlichen Schutz?«
»Wie, zahlt er denn immer noch? Dafür gibt es aber jetzt keinen Anlaß mehr.«
»Finde ich auch«, stellte sich Harings auf die Seite des zweiten Bankenvertreters. »Wenn es in Ihrem Sinne ist, dann werde ich mit Schmidt diesen Punkt besprechen.«
So unauffällig, wie die Herren gekommen waren, entfernten sie sich auch wieder. Nicht alle auf einmal, sondern in mehr oder weniger großem zeitlichem Abstand. Harings war der letzte, der die Raststätte verließ.

Schmidt hatte in der Nacht, nachdem Weisel gegangen war, keine Ruhe finden können. Unausgeschlafen und eingehüllt in peinigende Gedanken, bemühte er sich jetzt verzweifelt, seinem Sohn einen angenehmen Nachmittag zu bieten. Ein Umstand, auf den er schon einige Jahre gewartet hatte, kam ihm gelegen: Der Februar bescherte der Stadt Bonn eine dünne Schneedecke. Auf den Straßen schon längst getaut oder in braunen, fließenden Matsch umgewandelt, im Kottenforst, dem Bonner Stadtwald, hielt sie sich noch. So packte Schmidt den Schlitten, dessen Kufen stark angerostet waren, in den Kofferraum und fuhr mit Volker in der Nähe des Godesberger Baches auf einen Parkplatz. Als erstes bewies er seinem Sohn, daß der Schnee auch tatsächlich kalt war. Und dann zeigte er dessen besondere Eigenschaft auf: daß man ihn als Gleitmittel benutzen konnte. Nachdem die Kufen ihren bremsenden Rost verloren hatten, sausten Vater und Sohn etliche Male mit dem Schlitten einen Waldweg hinunter. Volker war begeistert. Schmidt in den wenigen Augenblicken auch, in denen das Juchzen seines Sohnes ein Loch in seinen Gedankenvorhang riß.

Der Montag begann ohne Volker, aber mit den nun schon allgegenwärtigen Problemen. Im Intercity nach Frankfurt lief ihm auch noch Weisel als Personifizierung seiner Probleme über den Weg, der ihm sogleich im Anflug eines schlechten Gewissens hoch und heilig versicherte, ihre Begegnung sei rein zufällig.

»Der Zug fährt doch nicht über Wiesbaden«, merkte Schmidt skeptisch an, da er wußte, daß Weisel oft zum BKA in die hessische Hauptstadt fuhr.

»Aber über Mainz. Und von dort ist es nur noch ein Katzensprung.«

Sie taten während der nächsten fünfzig Kilometer so, als habe die nächtliche Zusammenkunft vor zwei Tagen gar nicht stattgefunden. Sie sprachen über Dinge, die sie nicht sonderlich interessierten: den Wein und dessen Herstellung, wovon beide keine Ahnung hatten, anschließend über die Stadt Koblenz mit ihrem Deutschen Eck, dessen geschichtliche Bedeutung ihnen mittlerweile entfallen war.

Bei Boppard schließlich glaubte Schmidt, Weisel auf einen besonderen Punkt aufmerksam machen zu müssen, der ihn schon lange beschäftigte. »Pillond«, begann er ohne Überleitung, »Pillond hatte in seinem Wohnmobil nur wenige Dinge, die er benötigte. Wieso eigentlich?«

»Keine Ahnung.«

»Aber er müßte zumindest Ausweise bei sich gehabt haben. Und eine Kreditkarte. Wie sonst hätte er das Wohnmobil mieten können?«

»Wir vermuten, er hat alles vergraben.«

»Vergraben?«

»Ja, machen Söldner fast immer, wenn sie im Einsatz sind. Damit man sie nicht so schnell identifizieren kann. Verstehen Sie?«

Schmidt verstand es nicht und kam auf einen anderen Aspekt zu sprechen. »Gibt es da vielleicht noch eine Anlaufadresse? Eine Art Rückzugsraum?«

Weisel, endlich froh, sich wieder dem Beruflichen zuwenden zu können, bejahte dies. Allerdings schränkte er sofort ein: »Wo Pillond sich normalerweise aufgehalten hat, wissen wir noch nicht. Aber es muß eine Anlaufstelle geben.«

»Könnte die eventuell auch in Frankreich liegen? Vielleicht kurz hinter der Grenze?«

»Wäre denkbar«, stimmte Weisel zu.

»Und die französischen Behörden? Darf man sie mit einem solchen Problem belästigen?«

Weisel blickte zum Fenster hinaus und beobachtete ein Frachtschiff mit Langhölzern, das tief im Rheinwasser lag. »So ganz ohne konkreten Anhaltspunkt? Ich weiß nicht recht...«

Schmidt akzeptierte Weisels Bedenken und sah es als vertane Chance an, nicht zu erfahren, wo Pillond seinen Unterschlupf gehabt hatte. Dann, als sei es ihm wieder eingefallen, fragte er: »Ich habe einige Schuhpaare in dem Wohnmobil gesehen. Was ist damit?«

»Warum wollen Sie das wissen?«

»Weil ein Damenpaar darunter war.«

»Ach so. Stimmt, jetzt erinnere ich mich wieder. Habe aber nur davon gehört. Ich muß meinen Kollegen fragen, der das bearbeitet hat. Kann Ihnen leider keine genauere Auskunft geben.«

Mainz war erreicht, Weisel stieg aus und verabschiedete sich vom Bahnsteig mit einem Händedruck durch das geöffnete Fenster. »Ich rufe Sie wegen der Schuhe an«, versprach er.

Silke begrüßte ihn mit einem leidenschaftlichen Kuß, und Schmidt wußte, was das zu bedeuten hatte. Und er war einverstanden, als sie ihn nach oben dirigierte, um ihm zu beweisen, wie sehr sie sich in den letzten Tagen nach ihm gesehnt hatte. Schmidt war über die Gelegenheit froh, sein fast schon verbiestertes Grübeln für eine Weile zu vergessen, und wußte, er benutzte Silke und seine Gefühle für sie im Augenblick nur als Alibi. Als Alibi, um nicht dauernd mit der eigenen Unfähigkeit konfrontiert zu werden. Noch klaffte eine große Spanne zwischen seinem Anspruchsdenken und dem bisherigen Erfolg in der Terrorismusfahndung.

Er lag auf dem Rücken und starrte gegen die Decke. Er genoß die kraulenden Finger von Silke, die eine lustvolle Vorwitzigkeit entwickelten und Schauer hervorriefen. Als Silke dachte, er habe sich nun lange genug ausgeruht, und sich über ihn beugte, da schlug das Telefon an. Sie wollte ein Kissen darüberstülpen, aber Schmidt nahm schon den Hörer ab.

»Weisel hier. Komische Sache, Herr Schmidt, das mit den Schuhen.«

»Wieso?«

»Die Damenschuhe waren absolut neu.«

»Und die anderen?«

»Eines der Herrenpaare auch, und zwar das mit der beachtlichen Größe siebenundvierzig.«

»Wie, hatte Pillond so große Füße?«

Schmidt hörte Weisel auflachen. »Nein, ganz normale Füße hat er gehabt. Größe vierundvierzig.«

»Und warum dann . . .?« Schmidt stockte, preßte den Hörer an sein Ohr, hörte das Rauschen nicht, da er seinen grauen Zellen befahl, sich gezielt auf einen bestimmten Punkt auszurichten. Dann fragte er: »Welche Schuhgrößen haben denn die Luxemburger Beamten entdeckt?«

»Nur die Größe vierundvierzig stimmt mit einem Paar Schuhe aus Pillonds Wohnmobil überein.«

Schmidt, ganz konzentriert, bohrte nach: »Wenn ich mich richtig erinnere, dann hat man die Spuren der Helfer gleich in der Nähe des tieferstehenden Krans entdeckt. Auf dem Platz, wo unterschiedliche Baumaterialien gelagert waren. Ist es nicht so?«
»Sie haben recht.«
»Äußerst interessant. Sie wissen, was jetzt zu tun ist?«
»Ich kann es mir denken. Sind Sie etwa der Auffassung, Pillond könnte das Attentat von Luxemburg ohne Hilfe begangen haben?«
»Sagten Sie nicht selbst, daß Söldner lieber allein arbeiten? Sich immer wie Einzelkämpfer vorkommen?«
»Ja. Ach so, noch etwas. Ein Schuhpaar im Wohnmobil war zugeschnürt, und zwar von einem Linkshänder.«
Nach dem Telefongespräch sprang Schmidt aus dem Bett, nahm Silke und deren verlangende Augen gar nicht wahr, duschte, zog sich an und stürmte hinunter in das gemeinsame Büro. Dort stellte er sich vor die weiße Tafel, die man auch als Magnettafel benutzen konnte, und schrieb zuoberst mit einem blauen Filzstift den Namen Claude Pillond und daneben, mit einem kleinen Zwischenraum, Heinfried Jonas. Unter Pillond standen wenig später die Städtenamen Stuttgart und Luxemburg, wobei Luxemburg noch mit einem Fragezeichen versehen war. Unter Jonas kam zu stehen: Anschlag auf Flugplatz 1985, ebenfalls mit einem Fragezeichen versehen, und Anschlag auf Giftgasdepot. Etwas abgerückt davon vermerkte Schmidt die Städtenamen Mainz und Trier. Dann betrachtete er sein Werk.
Silke betrat den Raum und stellte sich neben ihn. »Was versuchst du damit zu erreichen?«
»Ich muß es vor mir sehen«, antwortete er. »Es darf sich nicht immer alles nur in meinem Kopf abspielen, ich muß es sehen«.
»Und was willst du sehen?«
»Ob es womöglich eine Verbindung gibt zwischen Jonas und Pillond.«
»Und gibt es sie?«
Schmidt sah Silke von der Seite an. »Ich weiß es noch nicht.« Er deutete auf die Tafel. »Aber es existieren sonst keine greifbaren Ansatzpunkte. Es könnte doch sein, nicht?«

Nach einer Weile bemerkte Silke: »Ich glaube, du wünschst es dir. Und zwar deshalb, weil du der Auffassung bist, Pillond muß Helfer gehabt haben. Jonas könnte so ein Helfer sein, denn um selbst ein Attentat zu begehen, dazu ist er zu ...«
»Ja, ich wünsche es mir«, gab Schmidt zu. »Dann könnte ich mir einiges viel besser erklären.«
Schmidt trat an die Tafel, setzte seinen Wunsch graphisch um und zog in einer anderen Farbe eine Verbindungslinie zwischen den Namen Pillond und Jonas. Allerdings versah er die Linie ebenfalls mit einem Fragezeichen. Dahinter schrieb er in Klammern: *Action Directe*.
»Sag mal, was mir gerade einfällt, konnte Pillond eigentlich Deutsch? Außer ›Hände hoch!‹.«
Silke wußte es auch nicht.
»Muß ich unbedingt Weisel fragen.« Und dann ohne Überleitung und ohne die Tafel aus den Augen zu lassen: »Übrigens, wie weit bist du inzwischen mit der Überprüfung der Doubletten?«
»Noch nichts Konkretes. Habe eine Anfrage in Flensburg laufen und eine bei der Polizei in Hannover. In fünfzehn Fällen scheinen sich die Fahrzeuge noch auf bundesdeutschen Straßen zu bewegen. Meist handelt es sich um PKW der unteren Mittelklasse, wie Kadett, Golf und Renault, allesamt in der Farbe Weiß und mindestens vier Jahre alt. Die Polizei fahndet schon lange nach ihnen.« Und als Schmidt nicht weiter reagierte, fragte sie: »Hast du mir überhaupt zugehört?«
»Wie bitte?« Von der Seite sah er sie an. »... Ja, ja, natürlich.« Sofort wandte er sich wieder der Tafel zu und notierte am Rand Hinweise, die er noch nicht deuten oder einordnen konnte, so auch die fünf Fotografien und die geometrischen Figuren. Hinter den Fotos vermerkte er: Wer und was ist abgebildet? Hinter den Figuren: Welche Bedeutung haben sie?
Silke, die Schmidt schweigend beobachtet hatte, sprach den neuralgischen Punkt seines Modells an. »Und was ist, wenn es keine Verbindung zwischen Pillond und Jonas gibt?«
Für Schmidt gab es sie. Ihm war zu diesem Zeitpunkt der noch unbewiesene Zusammenhang zwischen der *Action Directe* und Jonas' indirekter Beteiligung an dem Anschlag auf den Flughafen in

Frankfurt durch seine Tussi, wie Billes dessen RAF-Freundin bezeichnet hatte, Indiz genug.
Schmidt setzte sich rittlings auf einen Stuhl und starrte die Tafel an. Aus der Art, wie er das tat – aus Haltung und Blick –, konnte man etwas Forderndes herauslesen. Mit den Augen schien er die Tafel anzuweisen: Los, mach schon, erklär dich mir! Das Telefon läutete. Silke meldete sich, am anderen Ende war noch mal Weisel. Schmidt sprang auf, riß ihr den Hörer aus der Hand und schnarrte: »Was ist? Hat es Pillond allein getan?«
»Es wird immer wahrscheinlicher. Besonders die Fußabdrücke der Frau sind zu gleichmäßig, als sei ausschließlich von oben Druck auf die Fußsohle ausgeübt worden. In der Art etwa, wie es geschieht, wenn man sich kleinere Schuhe unterschnallt. Normalerweise sinkt der Absatz tief ein, und wenn man einen Schritt nach vorn macht, zieht man die Spitze über den Boden nach. Davon ist nichts zu sehen.«
»Könnte das Körpergewicht von Pillond mit der Abdrucktiefe übereinstimmen?«
»Könnte, wenn man bedenkt, daß die Spur durch den Regen schon ziemlich in Mitleidenschaft gezogen worden war.«
Schmidt genügte diese Antwort vorerst. Er nahm sie als Faktum auf und versuchte einen dazu scheinbar noch im Widerspruch stehenden Punkt sofort zu klären. »Reifen wechseln kann man auch in wenigen Minuten, wenn man es darauf anlegt. Dünne Reifen runter, dicke drauf.«
»Ist möglich«, gab Weisel zu.
»Und in größere Schuhe hineinzuschlüpfen ist ein Kinderspiel.«
»Moment«, unterbrach Weisel ihn. »Genau der Punkt ist strittig. Warum zieht ein Attentäter größere Schuhe an, genauer gesagt, abgeschnittene Stiefel, und setzt sich dadurch der Gefahr aus, beim Besteigen des Krans abzustürzen?«
»Für mich leicht erklärbar. Er will nicht, daß man ihm mit Hilfe der Schuhgröße auf die Schliche kommt. Wer seine Ausweise versteckt, der zieht auch größere Schuhe an«, folgerte Schmidt einfach.
Als Weisel nicht reagierte, fragte Schmidt: »Konnte Pillond eigentlich Deutsch?«

»Ja.«
»Und woher?«
»Seine Großeltern stammen aus dem Elsaß. Dort ging er auch die ersten Jahre zur Schule, als sein Vater noch aktiv für diesen Georges Bidault tätig war. Erst mit zwölf zog er zu ihm nach Paris.«

Schmidt stand am Scheideweg. Er merkte, daß er alle Informationen aufsaugte wie ein Schwamm. Er stellte sie einander gegenüber, suchte nach Zusammenhängen, zog Schlüsse. Über die Menge an Informationen konnte er sich jetzt nicht mehr beklagen, sondern höchstens über seine geistige Trägheit, wie er meinte, die ihn daran hinderte, zu einem greifbaren Ergebnis zu kommen. Er steigerte sich mehr und mehr in eine Verbissenheit hinein, die sich auch in seinen verkrampften Gesichtszügen widerspiegelte. Alles, was er tat, tat er verbissen: essen, nur noch in der kürzestmöglichen Zeit und allein mit dem Ziel, die notwendigen Kalorien zu sich zu nehmen. Trinken unter den gleichen Gesichtspunkten, vielleicht mit der Einschränkung, daß er seinen Alkoholkonsum ständig steigerte. Beim Sprechen reduzierte er die Worte auf das gerade noch erforderliche Maß, um sich verständigen zu können, er schoß seine Fragen an Silke ab wie Pfeile und erwartete die gleiche schnelle Beantwortung.
Feierabend und Freizeit gab es nicht mehr für ihn. Gelang es Silke, ihn für das obere Stockwerk zu begeistern, dann war der Beischlaf eine Verrichtung, die diesen Namen verdiente, die ihm sogar lästig zu sein schien und die ungestörte Entfaltung seiner Gedanken hemmte. Nur wenn der Punkt der Befriedigung nahte, dann überkam ihn auch hier eine Verbissenheit, die Silke sehr nachdenklich stimmte.
»Ich mache mir Sorgen um dich«, schnitt sie einmal das Thema an. »Du bist nicht mehr du selbst.«
»So?« Damit war für Schmidt die Angelegenheit erledigt, und er wollte sich wieder verkapseln, um seinen Gedanken nachzuhängen.
»Dir fehlt die Lockerheit. Du reflektierst nicht mehr unvoreinge-

nommen, fixierst dich zu sehr auf dein Ziel. Du phantasierst es dir herbei.«
»So?« Jetzt war dieses Wort mit einem zweifelnden Vorwurf behaftet. »Inwiefern?«
»Weil du keine Distanz mehr zu den Dingen hast, wirst du ein Teil von ihnen. Dadurch geht dir die Fähigkeit verloren, sie unvoreingenommen zu beurteilen.«
»Was du nicht sagst.«
»Du willst es nicht einsehen, Ansgar.«
Schmidt reagierte nicht, legte einen Arm unter den Kopf und starrte zur Decke.
»Und im Bett macht es auch keinen Spaß mehr mit dir, weil du unentwegt andere Dinge im Kopf hast. Du bist wie eine Maschine.«
Langsam drehte er den Kopf und sah sie an. »Gefällt es dir nicht mehr?«
»Am Anfang war es schöner«, entgegnete sie ausweichend.
»In der Diele, was?« Schmidt lachte gekünstelt.
»Ja, in der Diele. Ganz genau.«

Nahtlos, wie es Silke schien, glitt Schmidts Verbissenheit ins Mürrische. Nichts konnte sie ihm mehr recht machen, nichts konnte er sich mehr recht machen, alles wurde mit »verdammt«, »Schweinerei«, »Blödsinn«, »Was soll das« oder »Quatsch« und »Unsinn« quittiert. Und mit Flüchen, auch mit Beschimpfungen und Verwünschungen. Silke war der Auffassung, Schmidt gab sich deswegen so mürrisch, weil er mit der Verbissenheit nicht weitergekommen war, die Informationen für ihn nicht den Aussagewert hatten, den er sich erhoffte. Und jetzt kompensierte er den Mißerfolg mit einer schlechten Laune, an der jedermann teilhaben mußte.
Auch Weisels Nachricht, daß man nun sicher sei, Pillond habe den Anschlag in Luxemburg verübt – zwischenzeitlich hatte man herausgefunden, er war speziell an einer Panzerfaust ausgebildet worden, was auch die seltsame Treibladung erklärte –, konnte Schmidts Laune nicht aufbessern. Erst recht nicht der Hinweis, daß – siehe fehlende Abrollvertiefungen – die Fußabdrücke von Luxemburg tatsächlich getürkt seien, um eine falsche Spur zu le-

gen. Schließlich eröffnete ihm Weisel auch noch, Pillond sei Linkshänder gewesen, was man zum einen an den Schuhen herausgefunden habe, und zwar an der Schleifenbildung der Schnürsenkel, und zum anderen an der Art, wie in Luxemburg die Öse des Stahlseils befestigt worden war. Schmidt, dem sofort einfiel, daß Pillond auch die Pistole in der linken Hand gehalten hatte, nahm das alles ohne Regung hin – genauso, wie die traurig verpackte Mitteilung von Weisel, daß man seine Familie leider nicht schützen könne, obwohl er sich dafür ausgesprochen habe –, als hätte er es erwartet. Besonders wegen des letzten Punktes sah er keinen Grund, sein mürrisches Verhalten zu ändern.

Selbst Harings bekam Schmidts Launen zu spüren, als er ihn erneut auf den hohen Betrag ansprach, den Schmidt immer noch Monat für Monat in die USA überweisen ließ.

»Bin ich Ihnen nicht soviel wert?«

»So kann man das nicht sagen, Herr Schmidt.«

»Wie kann man es denn sagen?« raunzte Schmidt ihn an.

»Ich bin der Auffassung, genauer gesagt, wir, also auch die Vertreter der anderen Firmen und Konzerne, daß für Sie jetzt keine Gefahr mehr besteht.«

»Das sehe ich anders.«

»Dann sehen Sie es bitte so, wie wir es sehen, Herr Schmidt. Wenn Sie einen großen Etat zur Verfügung haben, bedeutet das nicht automatisch, daß Sie das Geld zum Fenster hinauswerfen können.«

»Wenn Sie nicht sofort und auf der Stelle verschwinden, dann werfe ich Sie zum Fenster raus!« schrie Schmidt ihn an. Harings zuckte zusammen, das Blut schoß ihm in den Kopf, die Narbe auf der Wange dagegen zeichnete sich blaß ab. Ungläubig blickte er zu Silke Kadenbach, deren Augen an Schmidts Stelle um Verzeihung baten. Harings ließ die angehaltene Luft pfeifend entweichen, schluckte vernehmlich, sah Schmidt mit kalten Augen an und ging wortlos hinaus.

»So einfach ist es, sich Feinde zu machen«, bemerkte Silke bissig zu Schmidt.

Wenn Schmidt allein war, dann konnte er nur mürrisch mit sich selbst umgehen. Oder mit Gegenständen. Ein einseitiges Spiel, in dem er es zu einer gewissen Perfektion brachte, wenn er Stifte zerbrach und Papier durch die Gegend schleuderte, um es anschließend zu umrunden und sein Werk von oben zu betrachten. Im Arbeitszimmer fühlte er sich ständig von der Tafel beobachtet. »Was glotzt du so!« schrie er.

Wenig später verlor er das Interesse an der Tafel, denn jetzt waren es die großen Aquarelle mit ihren gelb-blauen Farben, die auch bei tristem Wetter das Büro aufzulockern und freundlicher zu gestalten vermochten, die ihm mißfielen. Kurzerhand hängte er die Bilder ab und stellte sie hintereinander und mit der Rückseite zum Raum an die Wand. Mit in den Seiten gestemmten Armen betrachtete er anschließend die dunklen Haltestifte, die auf der großen weißen Fläche verloren und skurril anmuteten.

Durch diese Aktion zufriedener geworden, wie es schien, setzte er sich schräg zur Tafel und begann mit kleinen Karteikarten zu hantieren. Schräg deswegen, damit die Tafel nicht mitbekam, wie er »Claude Pillond« auf eine Karte schrieb. Anschließend suchte er nach Eigenschaften, die er dem Dunklen unterstellte. Brutalität gestand er ihm zu, sonst hätte er ihn nicht so behandelt. Intelligenz auch, denn noch hatte man nicht seinen Unterschlupf und seinen Auftraggeber gefunden. Gegen seine Disziplin und Beharrlichkeit bei der Durchführung der Anschläge war aus Schmidts Sicht auch nichts einzuwenden.

Auf die Karte von Jonas kamen andere Eigenschaften zu stehen: Labilität, Planlosigkeit, geringes Durchsetzungsvermögen und Inkonsequenz.

Mit Billes, dem einsitzenden ehemaligen Terroristen, beschäftigte er sich nur kurz, weil der es allein auf seinen Vorteil abgesehen hatte und möglichst schnell aus dem Gefängnis herauskommen wollte. Schmidt überlegte, wie dessen Aussagen einzuschätzen waren.

Und dann fragte er sich, warum er die Karten angelegt hatte. Er wußte es nicht und sah erst die Unsinnigkeit seines Vorhabens ein, nachdem er seinen eigenen Namen auf einer von ihnen lesen konnte. Wie zum Trotz suchte Schmidt nach Eigenschaften, die er selbst zu haben glaubte. Schrieb er eine hin, strich er sie wenige Sekunden später wieder durch. Wütend über die offensichtliche Schwäche, sich selbst nicht einordnen zu können, notierte er: von allem etwas und von vielem nichts!

Ja, bei Silke, da war es was anderes. Sie war liebenswert, freundlich, begehrenswert, entgegenkommend, hilfsbereit ... Viele andere Eigenschaften hätte er noch vermerken können. Sogar für Augustin fielen ihm etliche ein und für Harings. Nur auf sich bezogen mißlang die Einschätzung. Bin ich denn immer noch so grau, so übergrau, wie Dolling es einmal bezeichnet hat?

Dolling, das war das Stichwort. Ich muß zu Dolling, muß mit ihm sprechen. Er und seine Erfahrung, die können mir vielleicht mehr denn je nützlich sein.

Schmidt raffte die Karten zusammen, die von Billes lag zuoberst. Wie heißt denn noch mal das Lokal, das er mir genannt hat? überlegte er. Es fiel ihm nicht mehr ein. Ich muß es aber wissen, verdammt noch mal! Schmidt packte einige Unterlagen zusammen und verband die Fahrt nach Bonn mit einem Besuch in der Strafanstalt Diez.

Billes fühlte sich aufgewertet, weil Schmidt nun schon zum zweitenmal zu ihm kam. Und dann auch noch die vielen Zigaretten, die er mitgebracht hatte.

»Ihre Probleme brennen wohl«, begrüßte er Schmidt und steckte grinsend die Zigaretten ein. »Sie brauchen mich«, vermutete er und klopfte auf die Hosentasche, in der die Packungen verschwunden waren.

»Schauen Sie, Herr Billes, Sie haben die richtige Entscheidung getroffen, als Sie sich vom Terrorismus lossagten«, schmeichelte ihm Schmidt, und das fiel ihm in seiner augenblicklichen Gemütsverfassung ausgesprochen schwer. »Nur deshalb halfen Sie doch dem Staat. Oder sehe ich das falsch?«

»Vollkommen richtig«, beeilte sich Billes zu versichern. »Geht es wieder um den blassen Jonas?«

»Ja. Und um einen anderen, um einen Franzosen. Können Sie sich an einen großen, dunklen Franzosen erinnern? Wirkt auf den ersten Blick so brutal, wie er auch in Wirklichkeit gewesen ist.«

»Ist er denn nicht mehr wirklich?«
»Nein, er ist tot.«
Billes lachte und demonstrierte sein lückenhaftes Gebiß wie ein löchriges Gatter, durch das man einiges hätte durchschieben können. »Groß und dunkel, Franzose?« wiederholte er.
Schmidt nickte.
»Wie hat er sich genannt?«
Schmidt überlegte ernsthaft, ob er ihm den Namen mitteilen sollte, entschied sich dann, es zu tun. »Claude Pillond.«
Als könne er den Namen erst richtig verstehen, wenn er ihn selbst aussprach, wiederholte Billes mit zusammengekniffenen Augen einige Male »Claude Pillond«. Dann schüttelte er den Kopf. »Nie gehört, echt, Mann. Nie gehört.«
»Auch nicht zufällig in dem Lokal gesehen, in der Szenekneipe, im ...«
»Im Tempel? Nein!«
»In Frankfurt, nicht?«
»Was denn?«
»Der Tempel.«
Billes lachte und zeigte erneut sein löchriges Gatter. »Darmstadt. Und wissen Sie auch, wo?«
Schmidt wußte es nicht.
»In der Nähe des Oberlandesgerichts. Toll, was?« Weil Billes diesen Umstand so gut fand, grinste er mit diebischem Vergnügen. »Gleich unter den Augen von Justitia. Aber die trägt ja eine Binde, wenn ich mich recht erinnere. Besonders in Darmstadt.«
Schmidt brachte das Thema wieder auf Jonas, aber Billes fand den nicht weiter interessant. Für so ein blasses Huhn sei seine Zeit zu schade, meinte er und stemmte sich hoch. Die Zigaretten lockten ihn wohl in die Zelle zurück.
Schmidt erhob sich ebenfalls, schnappte sich seine Tasche und bat Billes spontan: »Schauen Sie sich bitte mal diese Fotos an. Erkennen Sie jemanden drauf?«
Für die Spurensicherung voll verwertbar, pflanzte Billes seinen rechten Daumen mitten auf den Glanzabzug. »Was soll denn der Quatsch mit der Wiese? Wen soll ich denn da erkennen?« moserte er. »Kühe etwa?«

»Vielleicht wissen Sie, wo das sein könnte?«
»Keine Ahnung. Bin doch kein Naturfreak oder so was. Nur wenn ich mal mit der Mutti ... Aber sonst bestimmt nicht.«
»Und hier, wer ist das?«
Billes betrachtete die dunklen Fotos, das dunkelste am längsten, hinter dessen Negativnummer Jonas ein kleines h auf dem Zettel vermerkt hatte, den die Mainzer Polizei in seinem Auto entdeckte.
»Kann man ja kaum was erkennen, außer dem Typen hier.« Billes tippte mit dem Zeigefinger drauf, dessen dunkler Nagelrand nahtlos mit dem dunklen Foto verschmolz. »Mit Gesicht und so ist nicht viel. Trägt aber einen Anhänger wie Harry.«
»Wer ist Harry?«
Billes sah Schmidt von der Seite an und überlegte, wenn er so an die heutige Zigarettenmenge dachte, ob er sich erst mal dumm stellen sollte. »Harry ist eben Harry«, sagte er vage. »Weiß nicht, wie er sonst noch heißt.«
»Und was trägt er für einen Anhänger?« wollte Schmidt wissen, der beim besten Willen mit dem auf dem Foto abgebildeten nichts anfangen konnte.
»So einen Lederriemen, wissen Sie, mit einem Totenkopf. Hat rote Augen in den Höhlen. Sieht irre aus.«
»Ach ja?« Schmidt gab sich desinteressiert, als er die Fotos verstaute. »Wo könnte ich diesen Harry denn finden, wenn ich wollte?«
»Mann, Sie sind doch scharf auf den wie Rapps Kater auf Nachbars Pussi«, griente Billes.
»Also wo?«
»Kommen Sie mich wieder mal besuchen?«
»Schon möglich.«
»Dann bringen Sie das nächste Mal bitte welche ohne Filter mit. Sind naturreiner. Sie verstehen?«
Schmidt verstand.
»Ich würde es auch mal im Tempel versuchen. Wenn nicht dort, dann in der Tarantel.«
»Auch ein Lokal?«
»Disco.«

»Und wo?«
»Frankfurt.«
»Und Harry hat wirklich keinen Familiennamen?«
»Alle kennen ihn nur als Harry.«
»Was macht er denn so? Beruflich, meine ich.«
»Harry und Beruf?« Billes amüsierte sich köstlich über Schmidts Frage. »Ist kein Spießer«, erklärte er, als hätten nur Spießer einen Beruf. »Alles und nichts. Genau weiß er das selbst nicht. Damals zumindest wußte er es nicht, zu meiner Zeit, meine ich.«

Auf dem Weg nach Bonn gelang es Schmidt nicht, den tatsächlichen Wert von Billes', Informationen zu ermessen. Jedoch bewirkten sie, daß er nicht, wie in der letzten Zeit, das Gefühl hatte, sich selbst zu blockieren. Es war schon schlimm für ihn, seinem Gegner nicht näher zu kommen, aber jetzt galt es zuerst einmal, sich selbst zu besiegen.

»Sag mal, wie siehst du denn aus«, erstaunte sich Dolling, als Schmidt vor ihm stand.
»Stimmt was nicht?«
»Hast du gestern lange gefeiert?«
»Nein.«
»Komm schon, mir kannst du es ruhig sagen. Na, wie heißt sie denn?«
»Wirklich nicht. Außerdem ist es immer noch dieselbe«, antwortete Schmidt und war sich nicht so sicher, ob Silke es auch so sehen würde.
»Und die Ränder unter deinen Augen? Dein blasses Gesicht? Farbenfreudig bist du ja noch nie gewesen, aber so blaß?« Dolling schüttelte verwundert den Kopf. Dann bat er Schmidt ins Haus, umrundete die Wasserader, ging gleich mit ihm die Treppe hoch, machte ihn auf das Magnetfeld aufmerksam und sagte: »Mia hat Gesinnungsgenossen eingeladen.«
»Séance?«
»Nein, heute mal nicht. Kämpfen für reine Medikamente. Alle Chemie raus und dafür Natur rein. Hoch lebe der biologisch abbaubare Kopfschmerz!«

Als sie sich in Dollings Arbeitszimmer gegenübersaßen, starrte ihn der Ältere lange an. »Du hast große Probleme«, sagte er Schmidt auf den Kopf zu. »Deshalb siehst du auch so mies aus. Und deine Probleme spielen sich hier drin ab.« Dolling tippte sich gegen die Schläfe.
»Jetzt laß mich bitte mal aus dem Spiel«, gab Schmidt patzig zurück. »Meinetwegen bin ich nicht gekommen. Ich meine, wegen meines Aussehens«, verbesserte er sich.
»Aber wegen deiner Probleme. Weißt du, Ansgar, ich habe manchmal nächtelang nicht geschlafen, Mia angeschrien und sogar im Ministerium getobt, wenn ich mit den Dingen nicht fertig geworden bin. Damals, zu Beginn der achtziger Jahre, als bei uns in der Fahndung fast nichts mehr lief. Verschwunden waren die Kerle und ihre Gespielinnen, einfach verschwunden. Inzwischen wissen wir ja auch genau, in welches freundliche Gastland sie sich zurückgezogen hatten, nicht?«
Schließlich gab Schmidt zögernd zu, daß es ihm im Augenblick ähnlich gehe. »Ich kann nichts greifen, alles rinnt mir durch die Finger.«
»Dann erzähl mal«, forderte ihn Dolling auf.
»Du bist zu ungeduldig, mein Lieber«, meinte er, nachdem Schmidt geendet hatte. »In der kurzen Zeit so viel zusammenzutragen und zu erleben, davon hätte ich nur geträumt.«
»Vielleicht bin ich das wirklich«, räumte Schmidt ein. »Aber warum ich gekommen bin, Richard, du hast dir seinerzeit so eine kleine private Sammlung angelegt, die über mutmaßliche Terroristen. Darin möchte ich gerne mal blättern.«
»Du meinst meine Psychogramme?«
Schmidt nickte.
Dolling lächelte verschmitzt. »Jeder Experte würde die Hände über dem Kopf zusammenschlagen, wenn er meinen privaten Dilettantismus in die Finger bekäme. Okay, wenn du sie unbedingt sehen willst, bitte.« Er stand auf, ging zu einem Schrank und öffnete die Tür. »Welche Jahre interessieren dich denn?«
»Wenn schon, dann von Anfang an.«
»Gut. Hast du überhaupt soviel Zeit?«
Dollings Psychogramme entpuppten sich als eine akribische Zu-

sammenstellung von Äußerungen, Schriften, Verhaltensweisen und psychologischen Beschreibungen aller mutmaßlichen Terroristen der obersten Kommandoebene. In graphischen Darstellungen hatte er jede Person eingeordnet und ein Verhaltensmuster erstellt. Zusammen mit ihren Terrorakten, die er mit der jeweiligen Persönlichkeit in Einklang zu bringen versucht hatte, ergab sich ein seltsames Bild, das er selbst als Nebelwand bezeichnete.

»Es gibt wohl sonst keine Gruppierung auf der Welt, die sich so konträr zu allen bekannten Regeln verhält, als eben die der Terroristen. Genau das ist ihr Erfolgsgeheimnis, wenn ich es mal so bezeichnen darf, daß man sie nicht einschätzen kann«, verdeutlichte Dolling seine Auffassung.

Schmidt ging mit einem Beispiel darauf ein: »Wenn sie einen Banküberfall in Hamburg begehen, dann kann man nicht sagen, aller Logik nach müßte der nächste in Köln oder in München stattfinden. Sehe ich das richtig?«

Dolling nickte. »Den zweiten begehen sie auch in Hamburg. Jetzt denkt jeder, der dritte, der muß aber ganz woanders ablaufen. Und was machen sie?«

»Wieder Hamburg«, tippte Schmidt.

»Erraten. Und wenn alle der Meinung sind, die rauben ja nur Banken in Hamburg aus und sich darauf einzustellen beginnen, dann kommt Köln oder eine andere Stadt dran.«

Schmidt blätterte im ersten Ordner. »Warum hast du hier das Wort Terrorismus so dick unterstrichen?«

»Was steht denn daneben?«

»Ein Datum aus dem Jahre 1982 und ›State Department‹.«

Dolling erinnerte sich. »Die Amerikaner wollten unbedingt den Terrorismus mit ihrer Verschwörungstheorie verquicken. Das richtete sich besonders gegen die Sowjetunion und deren Verbündete, die man beschuldigte, Rebellen und Terroristen mit Waffen, Ausbildern und Logistik zu unterstützen. Unrecht hatten sie damit natürlich nicht. Unser großer Bruder stand deshalb auf dem Standpunkt, daß Terroranschläge Teil der revolutionären Gewalt seien. So werteten sie automatisch und wohl auch vorsätzlich viele freiheitlich orientierte politische Organisationen ab, indem sie ihnen das sogenannte revolutionäre Potential absprachen.«

Während Schmidt weiterblätterte, sagte er: »Kann mich noch erinnern, daß besonders die Reagan-Administration unerschütterlich an dieser Darstellung festgehalten hat.«
Gleich darauf wollte er von Dolling wissen: »Warum hast du hier hinter dem Wort ›Definition‹ ein Fragezeichen gemacht?«
Dolling verdrehte die Augen. »Ansgar, das war damals eine undurchschaubare Kiste, wie wir Terrorismus überhaupt definieren sollten. Um aber etwas bekämpfen zu können, müssen wir wissen, was es ist, dem Verbrechen einen Namen geben und es von anderen bekannten Verbrechensmustern abgrenzen. Das gleiche Problem hatten die Kollegen der Polizei mit ihrem sogenannten ›organisierten Verbrechen‹. Bis heute sind sie sich noch nicht einig, was alles darunter fällt. Terroristen benutzen gerne romantische Bezeichnungen für ihre Ziele, um ihre Verbrechen zu verschleiern, sie vor sich und noch mehr vor der Bevölkerung zu legitimieren. Sie bezeichnen sich oft als Revolutionäre – was für ein geschichtsträchtiger Begriff –, begehen aber all ihre Anschläge aus dem Hinterhalt.«
Dolling schwieg plötzlich.
»Warum sprichst du nicht weiter?«
»Ich kann mir nicht vorstellen, daß du dir Dinge anhören willst, die du viel besser verstehst als ich.«
»Darum geht es doch nicht. Ich bin zu dir gekommen, um mich mit dir zu unterhalten. Und weil ich Wert auf deine Meinung lege.«
Dolling lächelte. »Also gut. Wo war ich stehengeblieben?«
». . . Anschläge aus dem Hinterhalt.«
»Heroisch oder revolutionär ist das nicht, wenn du mich fragst, eher feige und perfide. Gerne sehen sie sich als Soldaten, verkennen jedoch bewußt, daß sie in Wirklichkeit Diebe sind und Gangster, die Menschen entführen, um ein Lösegeld zu erpressen. Oder einfach auch nur Mörder. Wenn Unschuldige umkommen, dann ist das gewollt, wird zumindest billigend in Kauf genommen und dient allein dem Zweck, Angst zu erzeugen. Und für die Freiheit zu kämpfen, wie sie vorgeben, nimmt ihnen keiner mehr ab. Schau sie dir ruhig mal an, die satten, zufriedenen europäischen Terroristen. Findest du sie an irgendeinem Brennpunkt in der Welt? Wem ste-

hen sie denn bei? Wer will sie denn überhaupt? Trotzdem kannst du ihre Parolen überall hören und in ihren Bekennerbriefen nachlesen, klingt dann fast schon so ausgeleiert wie das Gebet eines Muezzin: An die Wand mit den Faschistenschweinen. Weg mit den Imperialisten, den Ausbeutern, Unterdrückern, den Blutsaugern der Gesellschaft, der kapitalistischen Verschwörung. Übrigens, die IRA und die ETA lehnen die sogenannten Euroterroristen strikt ab.«

Zweifelnd gab Schmidt zu bedenken: »Haben sich allerdings in den vergangenen Jahren oft mit CCC – den *Cellules Communistes Combattantes* aus Belgien –, RAF, *Action Directe* und *Roten Brigaden* getroffen: Barcelona, Damaskus, Teheran, Tripolis, wenn ich mich nicht irre.«

Eine Augenbraue von Dolling wanderte nach oben. »Weiß ich. Taktik, nur Taktik, um die vermeintliche Einheit nach außen zu dokumentieren. Du siehst ja, die Treffen sprechen sich herum. Hat nichts weiter zu bedeuten.«

»Hm, wollte es nur gesagt haben.« Schmidt beobachtete Dolling von der Seite und knüpfte an dessen Ausführungen an: »Was aber ist dann die PLO? Etwa keine Befreiungsorganisation?«

»Für die Israelis bestimmt nicht, wenn sie mit ihren Booten bei Nacht zu landen versucht, um die Bevölkerung niederzumetzeln.«

Schmidt protestierte. »Dann erkläre mir mal bitte den Unterschied zwischen den Aktionen der Palästinenser und denen der zionistischen Gruppe *Irgun Zvaì Leumi* und der *Stern-Bande*? Waren diese zionistischen Organisationen in den vierziger Jahren nicht für die Ermordung britischer Beamter und Offiziere verantwortlich? Haben sie nicht das King-David-Hotel in die Luft gesprengt? Bombenanschläge verübt, Attentate begangen?«

Dolling sah Schmidt an, als müsse er ihn belehren. »Das interessiert heute keinen mehr, weil es im augenblicklichen politischen Bild zu Verzerrungen führen würde. Man weiß es und schweigt. Vielleicht wird man in einigen Jahren auch über andere Dinge schweigen, weil die Entwicklung es gebietet? Stell dir nur mal vor, die ETA sitzt als eigenständige Vertretung im Europäischen Parlament. Meinst du, dann fragt noch einer nach deren Bomben?«

»Oder die IRA.«
»Genau. Die Engländer haben sowieso in bezug auf den Terrorismus eine sonderbare Ansicht. Die IRA-Anhänger sind aus ihrer Sicht Terroristen, während sie die Vertreter der PLO als Guerillas bezeichnen. In Dublin wurden übrigens vor einiger Zeit zwei bemerkenswerte Gerichtsurteile gefällt, die der englischen Auffassung extrem widersprechen. In einem heißt es, daß die Forderung der irischen Verfassung nach Einheit der ganzen Insel imperativ sei, also nicht nur eine bloße Absichtserklärung. Außerdem meinten die Richter, unter bestimmten Voraussetzungen könnten die Verbrechen der IRA durchaus als politische Taten einzustufen sein.«
»Ob das die anderen europäischen Staaten auch so sehen, die unter der IRA zu leiden haben? Nicht nur bei uns geht die IRA immer brutaler gegen die englischen Soldaten vor.«
»Wird ja spätestens dann aufhören, wenn die Tommys zu Hause sind.«
»Gut. Aber wie steht es mit den Holländern? Da gibt es keine Tommys, aber viele IRA-Bomben. Dort vermutet man ja inzwischen richtige IRA-Bastionen.«
Dolling zuckte mit den Schultern, was wohl soviel bedeuten sollte wie »Frag mich nicht«. »In einem anderen Urteil des Obersten Gerichtshofes in Dublin heißt es, die Verfassung spreche von der ganzen Insel. Folglich ist die Zusammenführung durch den nationalen Terrorismus ein konstitutioneller Imperativ. Na, was sagst du dazu?«
Schmidt lächelte Dolling an. »Wie eben schon gesagt, es gibt gute und schlechte Terroristen.«
»Und wir beschäftigen uns jetzt im Augenblick mit den schlechten«, sagte Dolling und deutete auf den Ordner, der auf Schmidts Oberschenkeln lag. »Zumindest die überwältigende Mehrheit im Ausland ist der Auffassung, daß unser Terror, der in Deutschland gemachte, schlecht ist.«
»Was die Franzosen aber nicht davon abgehalten hat, bei Auslieferungsanträgen ausgesprochen reserviert zu reagieren.«
Dolling stand auf, stellte sich ans Fenster und blickte hinaus in den Garten. »Die Zeit heilt Wunden, die Zeit vermittelt Einsichten,

und die Zeit ändert die moralische Auffassung. Ich denke nur an britische Sondereinheiten im Krieg, deren einzige Aufgabe es war, die deutsche Wehrmacht zu terrorisieren. Davon spricht heute keiner mehr. Oder ich denke an Vietnam, und da besonders an My Lai. Nenn mir einen, der dieses Massaker nicht als terroristisch einstuft? Und von wem wurde es begangen? Von amerikanischen Soldaten. Von Soldaten einer demokratischen Großmacht, der Weltmacht schlechthin, die für sich und ihre Bürger die große Freiheit in Anspruch nimmt und nichts als die große Freiheit.«
Schmidt stand gleichfalls auf und trug den Ordner zum Schrank. Dann stellte er sich neben Dolling. »Terrorist ist also im weitesten Sinne derjenige, dessen gewaltsame Aktivitäten nicht das Einverständnis der jeweiligen Regierung finden.«
»Gut, mein Junge, so kann man es bezeichnen. Andere Zeiten, andere Regierungen, andere Formen des Terrorismus. Zumindest auf die Vergangenheit bezogen stimmt es.«
»Und bei uns? Wie ist es da?«
Dolling zog den zweiten Ordner hervor. Er schlug ihn auf, suchte eine bestimmte Stelle und hielt sie Schmidt hin. »Hier, ein Artikel aus einer großen Zeitung. 1984 geschrieben. Lies ihn mal.«
Schmidt setzte sich und las. Sein Gesicht veränderte sich, wurde ernst und nachdenklich. »Gab es keine Proteste dagegen?«
»Von der Regierung, meinst du? Und ob. Ist ja auch ein dicker Hund, ihr zu unterstellen, der Terrorismus komme ihr bei der Durchsetzung gewisser Gesetze sehr gelegen. Angespielt hat man da besonders auf eine Partei aus Bayern, wie du sicherlich richtig vermutest.«
Und dann blätterte Schmidt weiter, weil Dolling ihn dazu aufgefordert hatte. Er gab ihm auch noch den dritten und vierten Ordner zu lesen. Es begann zu dämmern. Dolling stand auf und machte Licht. Erwartungsvoll sah er Schmidt an, der gerade den letzten Ordner zuklappte.
»Na, hat es was gebracht?«
»Es hat schon was gebracht, mit dir über mein Problem zu sprechen«, antwortete Schmidt, stand auf und reckte sich. »Aber weitergekommen bin ich eigentlich nicht.«
»Was hast du denn erwartet?«

»Ja, was habe ich erwartet! Einen Schlüssel, der mir zeigt, nach welchem Muster Terroristen vorgehen.«
Dolling lächelte ironisch. »Du, ein Experte des Ministeriums, ausgerechnet du willst einen Leitfaden für die Früherkennung von Terroristen und deren Straftaten haben? Keiner weiß besser als du, daß es so etwas nicht geben kann, weil das bedeuten würde, der Terror wäre einschätzbar. Und was einschätzbar ist, das ist berechenbar. Wenn man etwas berechnen kann, dann kann man Vorkehrungen treffen. Genau das wäre das Ende des Terrorismus.«
»Also lautet die Regel, daß es keine Regel gibt.«
»Ja.« Dolling nickte.
»Keine Ausnahme von der Regel?«
Dolling schüttelte den Kopf. »Keine. Allerdings darfst du das normale Verbrechen nicht in einen Topf werfen mit dem Terrorismus. Du darfst normale Gangster, oftmals dümmlich operierend und einfältig dazu, nicht mit hochintelligenten Terroristen verwechseln, die mit nahezu strategischer Perfektion zu Werke gehen.«
»Wie bezeichnest du es, wenn in Italien die Methode der Terrorismusfinanzierung über die erpresserische Geiselnahme läuft? Wie bezeichnest du es, wenn käufliche Profibanden die Opfer entführen und mit Vertretern der Versicherungsgesellschaft Lloyd's über den Preis der Freigabe verhandeln?»
Dolling hob die Schultern und ließ sie wieder fallen. »Eine Variante, möchte ich mal sagen, weil das Ziel ja mit diesem Geld erreicht werden soll. Und das Ziel ist meiner Einschätzung nach allein der Terror.«
»Und wenn ein Berufungsgericht die rechtsextremistischen Attentäter von Bologna, auf deren Konto 85 Menschenleben gehen, wegen Mangels an Beweisen freispricht, während man sie in erster Instanz zu lebenslänglich verurteilt hat? Genauso freigesprochen wie den Großmeister der P2-Loge und einen Geschäftsmann, die versucht haben, die Behörden auf eine falsche Fährte zu locken? Ist das auch eine Variante?« ereiferte sich Schmidt.
»Nein, eine verdammte Schweinerei. Und dazu ein Tiefschlag für das Rechtsempfinden jeder Demokratie.«
»Jetzt zu Kolumbien«, ließ Schmidt nicht locker. »Als dort in den achtziger Jahren die Gruppen FARC und M 19 zusammengingen,

dann doch nur aus dem Grund, um in den Drogenhandel einzusteigen. Sind das nun Terroristen, oder sind es einfache, hundsgewöhnliche Verbrecher?«
Dolling wußte es nicht. Lange sahen sie sich an. »Du willst eine Straßenkarte für die Wüste«, sagte er kopfschüttelnd. »Du kommst mit deiner Arbeit nicht weiter, kannst die Methoden nicht einordnen, kannst die Motivation für solche Anschläge nicht verifizieren und stehst ohne Anhaltspunkt da. Betrübliche Situation. Aber du mußt doch vorher gewußt haben, was auf dich zukommt.«
Schmidt widersprach. »Ich habe schon einige Anhaltspunkte. Was mir zu schaffen macht, ist deren Widersprüchlichkeit. Nehmen wir Pillond, von dem ich dir vorhin erzählt habe. Nach Ansicht des BKA ist er für den Anschlag in Luxemburg verantwortlich.«
»Hat ja auch eine tolle Waffe gewählt. Richtig spektakulär.«
Schmidt nickte. »Sehe ich auch so. Ihm kam es auf den Effekt an, paßt also genau zu dem, was wir vorhin festgestellt haben. Spektakulär und brutal. Beides erzeugt Angst, und die braucht der Terror. Was aber war in Stuttgart?«
»Man hätte ihn wegen der Sicherheitsvorkehrungen vielleicht abgehalten, mit einer Panzerfaust in ein Hotel zu spazieren«, schmunzelte Dolling. »Aber Spaß beiseite. Ist nicht die Unberechenbarkeit in der Wahl der Waffen gerade das, was den Terror gleichfalls so unberechenbar macht? Und die Unberechenbarkeit in den Methoden? Alles sucht nach Pistolen oder sonstigen Um-die-Ecke-Bringern, er dagegen wählt einen leisen, mit Druckluft angetriebenen Giftpfeil.«
Das sah Schmidt ein. Was er aber nicht einsah, war folgendes: »Auf der einen Seite agiert dieser Pillond perfekt. Auf der anderen Seite allerdings gibt es dilettantische Anschläge, die gerade etwas Sachschaden verursachen. Du kannst mir doch nicht erzählen, auch dies sei eine taktische Variante der Unberechenbarkeit?«
Dolling schmunzelte. »Du denkst an die Widersprüchlichkeit in der *Gruppe 9. November* selbst?«
Schmidt nickte.
»Und was ist deine Vermutung?«
»Ich weiß nicht. Vielleicht sind nur all die Anschläge erfolgreich gewesen, an denen Pillond mitgewirkt hat?«

Dolling rieb sich zuerst das Kinn, dann zupfte er sich am Ohrläppchen. »Dadurch unterstellst du ihm automatisch, er sei an den Terrorakten der *Gruppe 9. November* beteiligt. Zumindest an einigen von ihnen.«
»Nenn mir eine andere Möglichkeit?«
Dolling schlug die Beine übereinander, sah durch das Fenster hinaus in die Dunkelheit und überlegte. Schmidt betrachtete sein Profil, die lange Nase, deren Höcker von einem Unfall herrührte, wie er wußte, beobachtete, wie seine Schläfenader pulsierte.
»Mein lieber Ansgar«, begann Dolling ungewöhnlich ernst und wandte sich ihm zu. »Mach bitte nicht den Fehler, daß du einfach Dinge miteinander vermischst, die nur dem Anschein nach zusammenhängen.«
»Und warum soll ich es trennen?«
»Weil ich glaube, nach allem, was du mir von diesem Pillond erzählt hast, daß es keinen allzu großen Zusammenhang zwischen ihm und der *Gruppe 9. November* gibt. Er scheint ein Einzelkämpfer zu sein und Jonas, an dem du dich ja so festbeißt, nicht mehr als ein Wasserträger.«
»Sein Wasserträger?«
»Möglich.«
Als genüge ihm Weisels Auffassung noch nicht, fragte Schmidt: »Und warum begeht ein ehemaliger Söldner solche Terrorakte?«
Dolling überlegte sich seine Antwort genau. »Ganz einfach, weil er dazu einen Auftrag erhalten hat. Man bezahlt ihn dafür.«
»Die Gruppe etwa? Um sich nach außen hin durch einen wirklichen Experten aufwerten zu lassen? Public Relations in Sachen Terrorismus?«
Dolling hob die Schultern. »Finde es heraus.«

Schmidt gab es vor sich selbst nicht zu, aber Dolling hatte seine Gedanken in eine ganz bestimmte, schon von Weisel vorgegebene Richtung gedrängt: Pillond hat sich als Söldner für seine Arbeit bezahlen lassen! Diesen, auf den Terrorismus bezogen, scheinbaren Widerspruch nahm er anfänglich nicht allzu ernst, da die konsequente Umsetzung nichts anderes bedeutete als ein bestelltes Attentat und einen bezahlten Attentäter. Aber die Vorstellung fand in seinem Kopf eine Nische und setzte sich dort fest. Wenn Pillond bezahlt worden ist, wer ist dann sein Auftraggeber? Die *Gruppe 9. November* mit diesem blutleeren Jonas? Nie und nimmer.

Mit dem Nie und nimmer war vorerst sein Exkurs in diese ungewöhnliche Richtung beendet. Genau für zwei Tage. Dann versuchte er die Anschläge der letzten Monate nach dem Gesichtspunkt zu durchleuchten: Wer hätte einen Vorteil von ihnen gehabt?

Niemand, sagte er sich, kann einen Vorteil durch Terroranschläge haben. Folglich gibt es keinen, der sie in Auftrag gibt. Zumindest nicht in Deutschland, schränkte er ein. Sofort kam ihm die kolumbianische Variante in den Sinn, dann auch die libysche, die des Iran und Irak.

Aber die Möglichkeit bestellter Terroranschläge ließ sich nicht mehr aus seiner Vorstellung bannen. Etwas in Auftrag zu geben bedeutet, dem Ausführenden zu sagen, was man haben möchte. Bedeutet also, etwas unter Angabe von bestimmten Kriterien zu ordern. Und dann wird bezahlt. Auftrag und Bezahlung bedürfen der geschäftlichen Kommunikation. Wie kann man also jemanden einen solchen Auftrag zukommen lassen? So zukommen lassen, daß es keinen Hinweis gibt, niemand die verräterische Spur entdeckt und der Auftraggeber im Hintergrund bleibt?

Schmidt verschwand in seinem Büro und ließ sich in den nächsten Stunden nicht mehr blicken. Silke, die ihn zum Kaffeetrinken auffordern wollte, hörte nur ein »Laß mich bitte in Ruhe«. Zwar nicht freundlich, aber auch nicht mehr so barsch wie in den Tagen zuvor. Schmidt beschäftigte sich mit der Frage, wie eine solche Auftragsübermittlung aussehen könnte. Hilfsweise besah er sich dazu erneut die geometrischen Muster von Jonas, mit denen er immer noch nichts anzufangen verstand.

Es könnte doch einen Zusammenhang zwischen Pillond und der *Gruppe 9. November* geben, gab sich Schmidt gegenüber Dollings und seiner eigenen Auffassung trotzig, und zwar dann, wenn Jonas diesem Pillond die Art des Auftrags übermittelt hat. Besser gesagt,

das Ziel des Anschlags. An diesem Aspekt tat sich Schmidt eine weitere Möglichkeit auf. Falls es einen Auftraggeber gab – für Schmidt seit dem Zeitpunkt mehr und mehr wahrscheinlich geworden, an dem er von Weisel erfuhr, daß Pillond ein Söldner war –, dann hatte er vielleicht aus bisher noch nicht nachvollziehbaren Gründen ein Interesse daran, die *Gruppe 9. November* in der Öffentlichkeit aufzuwerten. Vorsätzlich aufzuwerten durch von anderen ausgeführte Attentate. Sozusagen als Nebeneffekt würde der Auftraggeber – da die Gruppe ja nicht an die Presse ginge und dementierte, im Gegenteil, sie fühlte sich bestätigt – von sich, seinen Absichten und den eigentlichen Tätern ablenken.
Schmidt fuhr sich durchs Haar, als könnte er damit auch gleich seine schwirrenden Gedanken ordnen. Mit dem vorläufigen Ergebnis, der Franzose habe bestimmt mit den sonderbaren Zeichen etwas anfangen können, stellte er seine Überlegungen ein. Er zeigte sich wieder Silke, die ihn über die festgefahrenen Bemühungen bezüglich der Doublettenfahrzeuge informierte und gerne mit ihm ausgegangen wäre, wie sie gleich darauf andeutete. Schmidt gab ihr einen Korb und erklärte, er habe noch etwas zu erledigen. Allein.
Er ging nach oben, zog sich um, störte sich nicht an Silkes seltsamem Blick, mit dem sie seine Kleidung musterte, und fuhr nach Darmstadt.

Progressiv wollte sich Schmidt geben, was immer er darunter verstand, aber in der Szenekneipe Tempel, die Billes ihm genannt hatte, fiel er trotz seiner Maskerade auf wie ein Eskimo am Nudistenstrand.
»Na, Opa, verlaufen?« wurde er gleich am Eingang von einem schmächtigen Jüngling begrüßt, der krampfhaft bestrebt war, sich so gefährlich zu geben, wie es sein einstudierter Blick ankündigte. Schmidt, ganz auf stur und dickköpfig eingestellt, ging in das schummrige Lokal, stellte sich an die Theke, legte seinen Arm in die schon getrockneten Bierringe und bestellte eine Cola. Nun beguckte man ihn wie einen Aussätzigen. Cola, und das in der Szene? Dazu auch noch ohne Prise?
»Wen suchst du denn?« fragte ihn der Wirt, dessen wippender

Bauch ihm um einen halben Meter vorauseilte, der dafür aber keine Probleme mehr mit den Haaren hatte. Ein Kamm mit jeweils einem Zacken an den Rändern genügte.

»Ich suche Harry.«

»Ist hier einer, der Harry heißt?« rief der Wirt mit einer Stimme, die ihr gewaltiges Volumen aus der unglaublichen Leibesfülle schöpfte. Für einen Augenblick verstummten bis auf die Musik alle Geräusche.

Zwei Typen kamen gemächlich an die Theke, aber keiner von ihnen war der gesuchte Harry, denn sie trugen nicht diesen seltsamen Anhänger, den der nie ablegte, wie Billes behauptete.

»Wir heißen Harry«, meinte einer der beiden und grinste. »Wollen wir zu dir oder zu mir?«

Schmidt redete sich heraus, er suche einen anderen Harry, und kam mit zwei Getränken davon.

»Wenn du mal wieder einen Harry brauchst, komm einfach vorbei«, bot ihm der zweite an und verzog sich mit seinem Kumpel.

Schmidt bemühte sich in der Folgezeit, die ausgeflippten Besucher des Tempels unauffällig zu beobachten. Aber immer, wenn er einen anschaute, blickte dieser nach einer Weile zurück, als sei er gewarnt worden.

Als er die zweite Cola bestellte, machte ihn der Wirt auf ein anderes Lokal in derselben Straße aufmerksam. »Da gehen viele in deinem Alter hin. Brauchst auch nicht an der Theka zu stehen, findest immer einen Sitzplatz. Und der Wirt ist kein Energiesparer so wie ich«, meinte er und deutete auf die schwache Beleuchtung an der Decke.

Schmidt verstand den Wink, bezahlte und kam den Kerlen zuvor, die sich schon links und rechts von ihm postiert hatten. Er ging hinaus, blieb im Eingang stehen und atmete erst einmal die kalte Nachtluft ein. Dann knöpfte er seine Jacke zu und machte sich auf den Weg zu seinem Auto. Als er an den Fußgängerüberweg kam, hörte er sie kommen. Er warf einen Blick über die Schulter und erkannte im Schatten zwischen den Straßenlaternen zwei Gestalten: eine lange und eine kleinere. Er eilte über die Straße, war an seinem Auto angelangt und hantierte mit dem Schlüssel im Schloß herum, das ausgerechnet jetzt wieder klemmen mußte.

»Guten Abend, Herr Schmidt. So spät noch unterwegs und dann auch noch in Darmstadt?«
Schmidt erkannte die Stimme und atmete erleichtert auf.
»Was machen Sie denn hier, Herr Weisel?«
»Das wollte ich Sie gerade fragen. Übrigens, darf ich Ihnen meinen Mitarbeiter vorstellen? Herr Imst.«
Der große, schlanke Mann neben Weisel, dessen Gesicht halb im Dunkeln lag, nickte kurz und kaute dann auf seinem Streichholz weiter.
»Wollen wir uns nicht unterhalten?«
»Jetzt?« Schmidt zeigte sich erstaunt wegen der Uhrzeit. »Wo denn?«
Weisel blickte sich um und deutete auf eine Bushaltestelle. »Dort. Können sogar dabei sitzen.«
Nachdem sie Platz genommen hatten, besah sich Schmidt Weisels Begleiter genauer. »Waren Sie nicht auch in Luxemburg dabei?«
Imst wirkte erstaunt, so, wie er zuerst Schmidt und dann Weisel anschaute. Aber er antwortete nicht.
»Klar, Sie haben in dem Zelt gesessen, gleich neben den Reportern. Stimmt es?«
»Ja«, quetschte Imst hervor und spuckte das Streichholz aus.
»Herr Schmidt, Sie müssen verstehen, mein Kollege spricht nicht viel«, amüsierte sich Weisel.
Dann saßen sie einige Sekunden schweigend auf der Wartebank einer Darmstädter Bushaltestelle, hatten die Kragen hochgeschlagen und die Hände in den Hosentaschen vergraben.
»Woher wissen Sie hier von dem Lokal Tempel?« Weisel beugte sich nach vorn und sah an Imst vorbei Schmidt an.
»Von Billes. Horst Billes. Habe ihn in Diez aufgesucht.«
»Ich weiß.«
Schmidt zeigte keine Reaktion. »Und was machen Sie heute abend hier?«
Weisel lächelte und stieß seinen Kollegen mit dem Ellenbogen an. »Haben auch Billes besucht«, grinste er. »Vor vier Tagen.«
Schmidt schluckte zwar, war aber besonders über den Zusatz »vor vier Tagen« beruhigt. Demnach konnten sie unmöglich wissen, was ihm Billes vor zwei Tagen erst über diesen Harry erzählt hatte.

»Und jetzt kreuzen Sie einfach hier in der Szene auf«, sprach Weisel weiter, »und wollen an diesen Jonas heran. Ist es das?«
Schmidt nickte. »Sie etwa nicht?«
Ein Taxi rollte langsam vorbei und beschleunigte wieder, als sie keine Anstalten trafen, es heranzuwinken.
»Sie etwa nicht?« wiederholte Schmidt.
»Wir auch«, antwortete jetzt Imst.
»Dann war ja mein Vorhaben gar nicht so abwegig«, stellte Schmidt fest. »Und meine Überlegungen auch nicht. Wenn schon das BKA hier aufkreuzt?«
»Wir«, betonte Weisel und beugte sich wieder nach vorn, »wir beobachten diesen Schuppen aber nicht erst seit vier Tagen«, stellte er richtig.
»Nur wegen Jonas der Aufwand?«
»Überwiegend«, gab Weisel zu. »Macht uns langsam etwas Kopfzerbrechen. Aber viele Schlupflöcher hat er nicht mehr. Irgendwann taucht er wieder hier auf.«
Schmidt fühlte sich nicht ganz wohl und wurde den Verdacht nicht los, daß man ihn gleich mit beschattete. Gut, der Besuch bei Billes konnte Zufall sein. Aber daß Weisel und Imst gerade jetzt auftauchten, war keiner mehr. Und so unbefangen, wie sie sich gaben, schienen sie nicht zu sein.
»Ist es denn nicht leichtsinnig, wenn Sie beide das Lokal ohne Beobachtung lassen?«
Weisel schüttelte den Kopf. »Tun wir nicht.« Damit bestätigte er Schmidts Vermutung, daß mindestens noch zwei weitere Leute des BKA eingesetzt waren.
Schmidt lenkte bewußt vom Thema ab, als er wissen wollte: »Haben Sie inzwischen mehr auf den Fotos entdeckt, die ich Ihnen zukommen ließ?«
»Nein. Wie gesagt, die Wiese und darauf ein Zaun, das ist bisher alles. Und mit den anderen drei können wir überhaupt nichts anfangen.«
»Was ist mit den Zetteln, die Pillond in einem Plastiketui bei sich getragen hat?«
»Sie meinen die komischen Zahlen?«
»Ja.«.

»5231203,5 zum Beispiel.«
»Wie bitte?«
»Sie meinen doch diese Zahl, Herr Schmidt. Nicht?«
»Kann schon sein. Wie lautet sie?«
Weisel tat ihm den Gefallen und wiederholte die Zahl.
»Was könnte sie bedeuten?«
Weisel seufzte. »Herr Schmidt, Sie können aber auch Fragen stellen? Wahrscheinlich bedeutet sie gar nichts, rein gar nichts. Aber wir gehen der Sache nach, glauben Sie es mir.«
»Klingt wie eine Mengenangabe«, sinnierte Schmidt. »Für eine Entfernung ist die Zahl wohl etwas groß.«
»Wenn sie was zu bedeuten hat, dann werden wir es auch herausfinden.«
Sie schwiegen wieder für etliche Sekunden. Imst kam das wohl als vertane Zeit vor, denn er blickte demonstrativ auf seine Uhr. »Schlafen wäre jetzt auch schön«, meint er gelangweilt.
Vor der Bushaltestelle reduzierte eine Luxuskarosse ihre Geschwindigkeit, bremste ab und hielt. Das Beifahrerfenster glitt nach unten, und eine der beiden Damen fragte: »Haben die Herren Langeweile?«
Imst wollte sie wohl mit einer Hand verscheuchen, so abfällig, wie er mit ihr wedelte. Weisel, anscheinend ein Kavalier der alten Schule, stand auf, ging die zwei Meter bis zum Seitenfenster und verneigte sich leicht.
»Ist ganz scharf auf pralle Möpse«, raunte Imst respektlos in Schmidts Richtung. Schmidt konnte gar nicht übersehen, daß er damit den Inhalt der wohlgefüllten freizügigen Dekolletés meinte, die die Damen vorzuweisen hatten. Und gleich neben dem Seitenfenster hatte Weisel einen Logenplatz.
»Na, Jungs, wollt ihr euch das wirklich entgehen lassen?«
Die Sprecherin knöpfte langsam die Bluse auf und drapierte ihre Brüste auf dem Fensterrahmen. Mit den Oberarmen drückte sie sie noch etwas zusammen. »Appetitlich, nicht?«
Weisel warf einen schnellen Blick zu Schmidt und Imst, schluckte und bemühte sich, seine Hände ruhig zu halten, denn nur wenige Zentimeter von ihnen entfernt lockte das begehrliche Fleisch.
»Meine Damen, leider ...«

»Ich mache es dir auch besonders schön«, gurrte die Liebesdienerin und sah Weisel vielversprechend an.
Davon schien Weisel überzeugt, so wehmütig, wie er nach der erneuten Ablehnung dem davonfahrenden Auto nachblickte.
»Manchmal steht einem der Beruf tatsächlich im Weg«, beschwerte er sich und setzte sich seufzend neben Schmidt, der nun von den Mitarbeitern des BKA eingerahmt wurde.
»Ich glaube, da braut sich was zusammen«, meinte Weisel ahnungsvoll zu Schmidt und machte ein betrübliches Gesicht. »Alle Indizien deuten auf ein dickes Ding hin.«
»Neuer Anschlag etwa?« riet Schmidt und sah ihn von der Seite an.
»Weiß nicht, ob Anschlag oder Entführung oder sonstwas. Aber es braut sich was zusammen.«
»Weshalb vermuten Sie das?«
»Pillond, der macht uns zu schaffen. Wir können ihn nicht richtig einordnen. Liegt noch unverdaut rum, der Kerl.«
»Weil er ein Söldner war? Einer, der für Geld zum Terroristen wird?«
»Zum Terroristen wäre der nie geworden. Aber er war einer, der für Geld alles getan hat. Und die anderen werden auch für Geld alles tun.«
»Sie meinen, diejenigen, die wie Pillond denken?«
»Ich meine all die Kerle, die hier auf der Liste stehen«, drückte sich Weisel präzise aus und faßte sich an die Brust.
»Muß das sein«, ließ sich Imst vernehmen.
»Ulrich, Schmidt können wir ruhig aufklären. Ihn geht es noch am meisten an.«
Imst zuckte mit den Schultern, verstaute seine Hände noch tiefer in den Manteltaschen, rutschte nach vorn und legte sein Kinn auf die Brust. Wie ein Schlafender wirkte er jetzt und desinteressiert obendrein.
Weisel griff in seine Innentasche, faltete ein Blatt auseinander und hielt es ins Licht der Straßenlaterne. »Hier, können Sie sich mal zu Gemüte führen.« Er reichte Schmidt das Blatt.
»Was ist denn das?« wollte dieser nach wenigen Sekunden wissen, weil er mit der Aufstellung nichts anfangen konnte.

»Sehr aufschlußreich. Von den Franzosen haben wir die Information. Sie lassen verstärkt die Rekrutierungsbüros überwachen. Und das ist eine Aufstellung aus dem Büro, bei dem auch Pillond registriert war.«
Schmidt legte die Stirn in Falten. »Was bedeuten denn die Namen und dahinter die Aktionen? Anschlag in Bordeaux, Bombe auf einem Schiff und hier, ein Politiker erschossen. Sagen Sie, was hat das zu bedeuten?«
»Die Namen auf der linken Seite, das sind Leute wie Pillond. Söldner, die auf ihren Einsatz warten. Und die Anschläge in der zweiten Spalte scheinen mit den Namen davor im Zusammenhang zu stehen. Denn immer, wenn einer der Kerle für eine gewisse Zeit verschwunden war, dann gab es irgendwo ein Attentat. Passiert so etwas einmal, dann ist es Zufall. Aber hier, fünfzehnmal in den letzten neun Monaten? Glauben Sie mir, Herr Schmidt, das ist kein Zufall mehr.«
»Sind die Franzosen denn nicht in der Lage, die Männer rund um die Uhr überwachen zu lassen.«
Weisel lachte. »Und aus welchem Grund? Keiner von ihnen wird gesucht.«
»Verstehe ich Sie jetzt richtig, Herr Weisel, daß sie aufgrund dessen auch bei uns wieder einen Anschlag erwarten?« Schmidt deutete auf das Blatt.
»Ja. Und zwar, wie gesagt, im Zusammenhang mit diesem toten Pillond.«
»Das würde aber auch bedeuten, daß irgendeiner diesen Anschlag in Auftrag geben muß«, gab Schmidt zu bedenken und schickte, entgegen seiner Auffassung, die skeptische Bemerkung hinterher: »Ist das nicht zu sehr an den Haaren herbeigezogen?«
Weisel drehte sich zu Schmidt und sah ihn eindringlich an. »Herr Schmidt, ich weiß nicht, welchen Standpunkt Sie und Ihre Kollegen damals im Ministerium vertreten haben. Wir vom BKA vermuten schon lange, daß man gewisse Attentate, lassen Sie es mich mal so ausdrücken, gezielt in eine Richtung lenkt.«
»Also vorgibt.«
»In Auftrag gibt«, stellte Weisel klar.
»Bei unserem letzten Zusammentreffen haben Sie noch . . .«

Weisel winkte ab.
»Und wer macht das?«
Weisel lehnte sich wieder zurück. »Was weiß ich? Haben ja nette Nachbarn in Europa. Und noch nettere auf der anderen Seite des Mittelmeeres. Auch weiter im Osten. Was weiß ich?«
Schmidt teilte Weisel seine Zweifel mit, weil seine Intentionen, die er vorerst noch für sich behielt, in eine andere Richtung gingen. »Welcher Staat hat denn ein Interesse daran, daß in Luxemburg drei Minister ermordet werden?«
Weisel schwieg, dafür aber fühlte sich Imst zur Korrektur veranlaßt: »Kamen alle ungeschoren davon, die ehrenwerten Herren Minister.«
Ohne auf Imsts ironischen Einwand zu reagieren, fragte Schmidt weiter: »Und welcher Staat ist daran interessiert, einen Chemieboß umzubringen?«
Weisel räusperte sich. »Also vor ein paar Jahren, als der Deal Libyens mit der Firma aus Lahr an die Öffentlichkeit gekommen ist, da hätte ich Ihnen mindestens einen nennen können. Und etwa zur gleichen Zeit, als man die Rohrstücke gefunden hatte, die zu einer irakischen Superkanone gehören sollen, auch noch einen anderen. Genügt Ihnen das, oder soll ich ...?«
»Wollen Sie damit andeuten, daß schon wieder so eine Mauschelei wie in Rabta im Gange ist?« unterbrach ihn Schmidt.
Weisel schüttelte den Kopf. »Nichts will ich andeuten, mein lieber Schmidt, aber Gründe gibt es immer. Mauscheleien allerdings auch.«
Schmidt ließ nicht locker. »Und Sie wissen wirklich nicht, was geplant ist?«
»Nein.«
»Auch nicht, in welche Richtung der Anschlag gehen könnte?«
»Auch nicht.«
»Verdammt«, fluchte Schmidt, »es müßte eine Möglichkeit geben, den Nachrichtenweg zu überwachen.« Noch etwas unschlüssig entschied sich Schmidt schließlich, einen Teil seiner Überlegungen preiszugeben. »Wenn Sie mit Ihrer Vermutung richtigliegen, Herr Weisel, dann muß zwischen Auftraggeber und Ausführendem eine Art Kommunikation ablaufen.«

Weisel lachte, und auch Imst zwang sein Gesicht in freundliche Falten, als er Schmidt jetzt von der Seite anblickte.
»Genau das ist der wichtigste Punkt, Herr Schmidt. Aber geben Sie sich bitte nicht der Illusion hin, da hebt einer den Hörer ab und bestellt einen Bombenanschlag. Oder er verschickt ein Telefax, noch dazu mit genauer Anleitung, wo denn bitte das entführte Opfer hinzubringen sei. Kommunikation, ja, schnelle Kommunikation sogar, aber in einer uns noch völlig unbekannten Form.«
Sie hatten sich nichts mehr zu sagen. Schmidt stand auf, verabschiedete sich von Weisel und dann auch von Imst, dem er für das aufschlußreiche und informative Gespräch dankte.
»Ganz meinerseits«, gab dieser trocken zurück.
Als Schmidt während der Autobahnfahrt nach Frankfurt ein Resümee zog, da stimmte er Weisel in vielem zu. In all den Punkten, in denen er anderer Meinung war, unterstellte er dem BKA-Mitarbeiter, daß ihm das erforderliche Mindestmaß an Weitblick fehlte. Schmidt war nämlich der Auffassung, ein Auftraggeber könnte durchaus im eigenen Land sitzen.

Schmidt bemühte sich, leise zu sein, aber Silke war noch wach. Sie kam ins Bad und fragte: »Erfolg gehabt mit deiner nächtlichen Tour?«
Schmidt grummelte ein »Weiß nicht« und wollte sich das Gesicht waschen.
»Was ist denn das hier?« fragte er und drehte sich in Silkes Richtung.
»Siehst du doch, eine Karte. Eine Zuschlagkarte für den Intercity.«
»Und wieso liegt die hier herum?«
»Habe ich hingelegt, vor zwei oder drei Wochen.«
»Du?« Skeptisch sah er sie an.
»Ja, fand sie in einer deiner Hosen.« Silke kicherte und versteckte das Gesicht hinter den Händen.
»Was gibt es denn da zu lachen«, ärgerte sich Schmidt.
»Weil es die Hose war, die so nach Urin gestunken hat.«
Nachdenklich nahm Schmidt die weiße Karte in die Hand und betrachtete sie. Jetzt fiel ihm auch wieder ein, wo er sie das erste

Mal gesehen hatte: im Wohnmobil von Pillond. Und zu Weisel hatte er gesagt, er habe nichts an sich genommen.
Macht nichts, sagte er sich und legte die Karte wieder zurück auf die Ablage. So wichtig wird sie schon nicht sein.

Weil ihm das zufällige Treffen mit Weisel und Imst in Darmstadt gar nicht mehr so zufällig erschien, benutzte Schmidt am nächsten Abend erstmals den versteckten Gang zum Haus im hinteren Teil des Grundstücks, den Harings ihm gezeigt hatte. Er kam an eine Tür, in deren Sicherheitsschloß ein Schlüssel steckte. Er öffnete sie vorsichtig, verschloß sie wieder hinter sich und machte sich in dem düsteren Gewölbekeller auf die Suche nach einem Ausgang. Schmidt stieg die Treppe hinauf und landete in einer großen Diele. Wenige Sekunden später stand er auf der Straße.
Als müsse er sich seinen Verdacht beweisen, schlich er um den Block und beobachtete den Eingang zur Villa. Aber sosehr er auch spähte, er entdeckte kein geparktes Fahrzeug mit zwei sich uninteressiert gebenden Männern, die gelangweilt ab und zu einen Blick aus dem Fenster auf die helle Eichentür der Villa warfen.
Zu Fuß ging Schmidt an der Bertramswiese vorbei zur U-Bahn-Haltestelle Dornbusch. An der Hauptwache stieg er um und fuhr anschließend weiter bis zur Merianstraße. Nach wenigen Minuten stand er vor der Tarantel, die sich nicht als Szenekneipe, sondern als Diskothek entpuppte, wie von Billes angekündigt.
Schmidt begegnete gelassen dem argwöhnischen Blick des Türstehers, bezahlte seinen Eintritt, ging hinein und erkannte zuerst einmal überhaupt nichts, weil ihn das blitzartig abgeschossene Laserlicht über alle Maßen blendete. Als sich seine Augen etwas an die Lichtverhältnisse gewöhnt hatten, da glaubte er einen skurrilen Film zu sehen. Unnatürlich abgehackt bewegten sich die Paare auf der Tanzfläche, als nutzten sie die Phase der kurzen Dunkelheit, um ihre Position einen Tick zu verändern. Es schien die Absicht dahinterzustecken, einen Beobachter zu verwirren. Aus seiner Darmstädter Erfahrung klug geworden, fragte Schmidt nicht nach einem Harry, sondern stellte sich zuerst einmal in eine Ecke und sah dem Treiben zu. Und wie sie es auf der Tanzfläche trieben, die Jungen und Mädchen, deren Durchschnittsalter Schmidt auf weit

unter zwanzig schätzte, wie sie sich die Körper rieben, die Hüften nach vorn schnellen ließen, daß er Angst um so manches zarte Becken hatte. Es war warm in der Diskothek. Nur so erklärte sich Schmidt den fast hüllenlosen Körper, der unvermittelt vor ihm auftauchte und dessen einzige Bedeckung ein Tablett war, das in Bauchhöhe im Takt der Musik rhythmisch hin- und herschwebte.

»Was soll es sein?«

»Bier.« Schmidt hielt seine Eintrittskarte hin, die ein Freigetränk versprach.

Er bekam auch wenig später sein Freigetränk, ein kleines Glas Mineralwasser, und dazu ein Bier.

»Fünfzehn.«

»Was?«

»Fünfzehn Schuck.«

»Ach so.« Er verstand endlich und gab der Hüllenlosen fünfzehn Mark.

Während Schmidt beobachtete, bemerkte er, daß er auch beobachtet wurde. Überhaupt schien hier jeder jeden zu beobachten. Nur die auf der Tanzfläche hatten keine Augen für ihre Umgebung und beschäftigten sich weiter mit der Erforschung der ihnen noch unbekannten Anatomie des Partners.

»Bulle«, raunzte ihm ein etwas älterer Typ von etwa 25 zu. »Verschwinde!«

»Bin kein Bulle«, protestierte Schmidt und lüpfte seine Jacke, als genüge es schon, auf diese Weise zu demonstrieren, daß er keine Waffe trug.

»Was willst du?« meinte der Typ und gab sich scheinbar mit der Antwort zufrieden.

»Die Musik hier gefällt mir«, log Schmidt und wippte leicht im Takt.

»Arschloch.«

Schmidt schluckte die Bemerkung widerspruchslos und allein um den Preis, in Ruhe gelassen zu werden.

Der Typ verzog sich auch, blickte noch einige Male über die Schulter und gab sich schließlich mit dem Eindruck von Schmidts spießerhaftem Flair zufrieden.

Schmidt, jetzt ganz mutig geworden, wagte es, einen Rundgang durchs Lokal zu starten. Zu seiner Verwunderung gab es viele Nischen, in denen Gäste saßen, die es sogar mit seinem Alter bequem aufnehmen konnten. Und junge Mädchen hatten sie so um sich geschart, daß Schmidt sich verpflichtet fühlte, aus Gründen der Moral schnell wegzublicken.

Silke Kadenbach wunderte sich zwar, auf welch geheimnisvolle Weise Schmidt zuweilen das Haus verließ, vermutete auch einen zweiten Ausgang, fragte aber trotzdem nicht nach, wenn er abends überraschend vor dem Bett stand und sie keine Haustür hatte zuschlagen hören. Sie wollte auch nicht wissen, was Schmidt den ganzen Tag in seinem Büro tat, wenn er sich einschloß und stundenlang nicht blicken ließ. Silke selbst hatte genug zu tun, denn an Arbeit mangelte es ihr nicht, da Schmidt sie mit immer neuen Datenvergleichen eindeckte. Oftmals sah sie keinen Sinn in seinen Anweisungen, die ihr manchmal wie konstruierte Versuche vorkamen, mit Gewalt ein Ergebnis herbeizuzwingen.
An diesem Dienstag war sie allerdings versucht, bei ihm anzuklopfen, als sie ein freudiges »Ich hab' es« durch die Tür dringen hörte. Die darauf folgenden trampelnden Geräusche erinnerten sie an einen afrikanischen Fruchtbarkeitstanz.
Und Schmidt war auch erfreut, aufgeregt zudem, allerdings stampfte er jetzt nicht mehr mit den Füßen auf, sondern saß konzentriert vor dem Telefon, hielt einen Stift in der Hand und fuhr mit ihm über die Tasten des Apparats. Dabei murmelte er die Zahlen vor sich hin, die er eben antippte. »Zwei, sieben und neun ergibt einen Winkel oder ein nach der rechten Seite offenes Dreieck«, sprach er laut mit sich selbst, während er eine gedachte Linie zwischen den Zahlen zog, »und wenn ich von der Drei zur Null weitergehe, dann entsteht die komische Vier von Jonas' Zettel.«
Er sprang auf, setzte sich vor den Monitor und fragte die geometrischen Abbildungen von Jonas' Zettel auf dem Bildschirm ab. Er ließ sie ausdrucken und setzte sich dann wieder an seinen Platz. »Und bei eins, fünf, sechs, neun und acht kommt dieses Gebilde hier heraus«, murmelte er erregt und deutete auf ein kleines b, dessen senkrechter Balken nach links gekippt war.

»Mann, ist das genial«, zollte er demjenigen Respekt, der sich diesen Code ausgedacht hatte. Aber Schmidt, der sich schon als erfolgreicher Kryptograph wähnte, erlebte eine Enttäuschung nach der anderen, als er mit Hilfe der Zahlenanordnung auf dem Telefon den Zettel von Jonas zu dechiffrieren versuchte.
»Sind leider viel zuwenig Zahlen, um alle Buchstaben abzudekken«, sagte er sich. »So können die nie eine Nachricht übermitteln.« Plötzlich von einer schon verloren geglaubten kämpferischen Anspannung erfüllt, suchte er nach Papier, malte ein Tastentelefon auf und begann mit seinen Kombinationen.
Es nützte alles nichts, er mußte sein Modell erweitern, um die Buchstaben des Alphabets unterzubringen. Er spielte dabei die leichteste Möglichkeit durch, indem er einfach auf seinem Blatt das drei mal vier Quadrate umfassende Raster der Tastatur durch einen äußeren Kranz auf fünf mal sechs erweiterte. Aus den ehemals zwölf kleinen Quadraten wurden somit dreißig. »Genug für die sechsundzwanzig Buchstaben«, faßte er zusammen und bemühte sich erneut, die geometrischen Figuren in sein Schema einzupassen.
Schmidt, am Anfang so ungemein euphorisch, fiel in den nächsten Stunden mehr und mehr in sich zusammen. Trotz aller Bemühungen fand er nicht den Schlüssel, nach dem die Buchstaben angeordnet sein konnten, damit sie einen Sinn ergaben.
Der Abend störte ihn, weil er schon wieder in die Diskothek Tarantel fahren mußte, wie in den letzten Tagen auch, um nach diesem Harry, besser gesagt, nach dessen seltsamem Anhänger mit dem Totenkopf Ausschau zu halten.

Schmidt hatte gegen Mitternacht genug von seiner selbstauferlegten Mission – die, wie viele seiner anderen Aktionen auch, im Widerspruch zu der mit Harings getroffenen Vereinbarung stand, derzufolge er selbst keine Ermittlungen zu führen hatte – und wollte sich auf den Heimweg machen.
»Mensch, Harry, lange nicht mehr gesehen«, hörte er zwei Meter weiter und durch viele Körper getrennt eine freudige Begrüßung.
»Hallo, Jo«, antwortete der, der Harry sein mußte, und Schmidt

sah ihm voll ins Gesicht. Gut sah Harry aus, wie Schmidt zugeben mußte, groß war er, dunkler Lockenkopf und mit einem gepflegten Kinnbart ausgestattet. Das Hemd mindestens drei Knöpfe weit geöffnet, trug er auf braunem Solariengrund stolz seinen Brustteppich spazieren, in dessen Gekräusel eine dünne Linie verschwand, die Schmidt als Lederriemen identifizierte. Und dann war Harry mit einemmal im Gewühl verschwunden, obwohl Schmidt mit aller ihm zur Verfügung stehenden Schnelligkeit hinter ihm herzuhetzen versuchte. Harry war weg.

Zu Hause in der Villa war Schmidt viel zu aufgedreht, um sich gleich ins Bett zu legen. In seinem Büro begutachtete er im Stehen seine Arbeit vom Nachmittag und frühen Abend, ging zum Schrank und schenkte sich einen Cognac ein, dessen Volumen allenfalls rechtfertigte, einen Sieg zu feiern. Schmidt kam das zwar im Augenblick noch etwas verfrüht vor, aber er hatte seit langem mal wieder einen Punkt erreicht, der ihn optimistisch stimmte. Also trank er.

Dann setzte er sich hin, spielte immer wieder neue Varianten durch und probierte unentwegt, mit welchen Mitteln er dem von ihm konstruierten Modell eine Nachricht entlocken konnte.

»Wenn ich mein Alphabet auf dem jetzt fünf mal sechs Quadrate großen Raster oben links beginnen und im Uhrzeigersinn weiterlaufen lasse, dann bringt das nichts. Testen wir einfach mal das Zickzackmuster«, gab er sich hoffnungsvoll und notierte die Buchstaben in der ersten Reihe von links nach rechts und der darunter von rechts nach links. Vier seiner dreißig Quadrate blieben leer. In die neue Version bemühte er sich dann Jonas' geometrische Figuren einzupassen und den entsprechenden Eckpunkten einen Buchstaben zuzuweisen. Aber außer einem Buchstabensalat ohne jegliche inhaltliche Bedeutung kam nichts bei diesem Unterfangen heraus. Bis in die frühen Morgenstunden brütete er über der Entschlüsselung. Als er an seinem Schreibtisch kurz einnickte und erschrocken hochfuhr, weil sein Ellenbogen rutschte und er beinahe mit dem Kinn aufgeschlagen wäre, stand er schließlich auf und ging hoch in das Schlafzimmer.

Silke wunderte sich über Schmidt, der nach wenigen Stunden Schlaf gemeinsam mit ihr aufstand, trotz alledem ausgeruht zu sein schien, frühstückte und sich sofort in sein Büro verkroch. Dort die gleiche Prozedur wie in der Nacht zuvor, auch mit dem gleichen Ergebnis: nichts.

»Sag du mir, was es noch für Möglichkeiten gibt«, bat er Silke am Nachmittag um Rat.

Sie betrachtete die Figuren von Jonas und meinte dann, auf eine bestimmte Stelle deutend: »Was hat denn hier dieser Punkt zu bedeuten? Und hier wieder?«

»Weiß nicht. Bei Kugelschreibern kommt es öfters vor, daß du ungewollt einen Punkt machst, wenn du den Stift abgesetzt hast und neu beginnst.«

»Möglich«, antwortete sie, ohne ganz überzeugt zu sein. »Hat der Schreiber den Punkt jedoch bewußt gesetzt, dann hat er was zu bedeuten.« Silke konnte nicht ahnen, wie sie mit ihrem Einwand Schmidts Aktivitäten beeinflußte: Er orientierte nun seine Buchstabenkombination an diesem Punkt und ließ dort das Alphabet beginnen.

Eine Stunde später erklärte er enttäuscht: »Bringt auch nichts, scheint keine Bedeutung zu haben.«

Weil die Diskothek Tarantel donnerstags geschlossen war, gelang es Silke, Schmidt zu einer Pizza zu überreden. Erst als sie ihm die Flasche Tabasco aus der Hand nahm, wurde ihm bewußt, wo er die ganze Zeit mit den Gedanken gewesen war: bei der Dechiffrierung.

»Ansgar, wenn du das Problem gelöst hast, dann taucht sogleich ein zweites auf.«

»Wieso?« Seine Gabel verharrte mit einem Stück Pizza vor dem Mund, und dann noch mal: »Wieso?«

»Nun, ich denke mir einfach, es müßte noch eine andere Art von Nachrichtenübermittlung geben.«

Schmidt überlegte, kaute angestrengt und fragte erneut: »Wieso eigentlich?«

»Zum einen kommt es auf den Inhalt an. Sagst du zum Beispiel am Telefon zu mir: ›Wir treffen uns morgen um zwölf Uhr‹, dann kann

ich mit dieser Information erst etwas anfangen, wenn ich weiß, wo wir uns treffen wollen.«
»Hm. So ein Hinweis könnte möglicherweise in den geometrischen Figuren enthalten sein. Brauchen nur noch den Code zu knacken, dann wissen wir es genau.«
»Aber ich frage mich«, Silke ließ nicht locker, »wie man die Nachricht übermittelt hat. Bestimmt nicht per Post. Und dann frage ich mich, woher der Empfänger wußte, daß er eine Nachricht zu erwarten hatte. Verstehst du, was ich meine?«
»Nein.« Schmidt schüttelte den Kopf.
Silke atmete tief durch. »Macht auch nichts. Warten wir mal ab, bis du hinter die Verschlüsselung gestiegen bist. Vielleicht weißt du dann, was ich meine.«

Schmidt kam in den nächsten Tagen zwar nicht mit seinen Symbolen und Figuren weiter, aber zwei Abende später gelang es ihm, Harry aufzulauern. Wenige Minuten nach 22 Uhr war der mit seinem Sportcoupé vorgefahren und in der Tarantel verschwunden. Schmidt, der sich aus bestimmten Gründen nicht so oft in der Diskothek blicken lassen wollte, hockte derweil draußen in seinem Auto gleich an der Ecke. Es wurde eine lange Warterei und eine kalte dazu. Vier Stunden später tauchte Harry in Begleitung eines Mädchens auf, bei dessen Anblick Schmidt geschworen hätte, daß es dem Alter nach keinen Führerschein besitzen durfte. Harry, so schien es, war unsicher auf den Beinen, öffnete galant die Beifahrertür und ließ seinen Gast einsteigen. Und genauso galant fuhr er dann auch an: ein sogenannter Kavaliersstart mit durchdrehenden Rädern.
Schmidt wäre mit seinem schwachmotorisierten Auto ohne Chance gewesen, hätten die Ampeln nicht ein Einsehen gehabt und das einseitige Rennen mit Rot zu regulieren versucht. In Offenbach durfte Schmidt zudem auch noch die Technik des Autoclinchs bewundern. Die lange Rotphase verschaffte Harry ausreichend Gelegenheit, halb auf den Beifahrersitz zu krabbeln und sich mit seiner Partnerin zu beschäftigen. Bei Gelb saß er aber wieder am Steuer, und kurz vor Grün schoß er davon. Am Verteilerkreis von Offenbach kurvte Harry mit quietschenden Reifen um die Ecke und

steuerte auf ein Hochhaus zu. Harry und das Mädchen stiegen aus, er schloß den Wagen ab und legte einen Arm um ihre Schultern. Schmidt, ganz unschlüssig, wie er sich verhalten sollte, blieb vorerst im Auto sitzen und starrte das Hochhaus an. Als dann in einer Wohnung in der Mitte des Gebäudes das Licht anging, zählte Schmidt die Stockwerke ab, kam auf zwölf und sprintete zum Eingang. Die Hausherren hatten auch an die hilflosen Besucher gedacht und die Namensschildchen der Mieter nach Geschossen geordnet angebracht. Harry hieß nicht nur Harry, sondern Harry Bongartz, wenn das H vor Bongartz denn Harry bedeutete. Sonst gab es im zwölften Stock keinen, dessen Vorname mit H begann.
Schmidt, im Innersten nach wie vor Beamter, wollte es genau wissen. Er drückte gegen die Eingangstür, sie war verschlossen. Vorsichtig schlich er um das Gebäude, entdeckte eine Tür, zu der einige Stufen hinunterführten, und stand wenig später im riesigen gemeinschaftlichen Waschkeller. Sofort fand er den Ausgang zum Treppenhaus, betätigte den Fahrstuhlknopf und schwebte hoch bis ins 14. Geschoß. Hier stieg er aus und schlich vorsichtig, so, wie er es aus Filmen kannte, die Treppen runter in die zwölfte Etage. Dort huschte er im Dunkeln von Tür zu Tür und lauschte. Nur hinter einer hörte er um diese frühe Morgenstunde noch Lärm. Allerdings konnte Schmidt die Geräusche nicht eindeutig als solche einordnen, die der Fortsetzung des Autoclinchs entsprangen. Sich mutig gebend, betätigte er die Flurbeleuchtung und las den Namen auf dem Schild: Harry Bongartz.
Aufgewühlt von einem Gemisch aus Zufriedenheit und Unsicherheit, fuhr Schmidt zurück nach Frankfurt.

In den nächsten Tagen war Schmidt von einer Emsigkeit, die auf Silke ansteckend und zugleich beängstigend wirkte. Mit wenigen Stunden Schlaf kam er aus, was nie und nimmer seine Euphorie bewirken konnte. Auf seinen Zustand angesprochen, meinte er lapidar: »Es tut sich langsam was.«
Als erstes suchte er Harry Bongartz in seiner selbsterstellten Datei. Siehe da, er war vorhanden, ein weiterer Grund, Schmidts Stimmung zu erhöhen. Noch besser fühlte er sich, als er feststellen konnte, daß das BKA nichts über seinen Harry wußte, er demnach

erkennungsdienstlich noch nicht erfaßt war. Entweder liege ich ganz falsch, räumte er zögernd ein, oder es gibt noch keine Verbindung zwischen Harry und den anderen Gespeicherten, deren Personenkontakte automatisch mit in den BKA-Computer wandern.

Schmidt glaubte in der Folgezeit, der Doppelbelastung gewachsen zu sein: dem Dechiffrieren der geometrischen Muster und der Beschattung des Harry Bongartz, der ausgerechnet dann, wenn Schmidt der Ruhe bedurfte, zu unerwarteter Aktivität auflief.

Harry hatte eigentlich keinen Beruf, obwohl in der Datei vermerkt war, daß er Steuergehilfe sei. Aber Harry stand nie vor zwölf Uhr morgens auf, was Steuergehilfen höchstens während ihres Jahresurlaubs wagen dürfen, hatte schon seit über zehn Jahren keinen Beitrag mehr an die gesetzliche Rentenversicherung geleistet, war nicht krankenversichert und auch kein Mitglied in einem eingetragenen Verein. Doch Geld schien er genügend zu haben, was die Wohngegend, das Sportcoupé und die nächtlichen Exkursionen signalisierten, die er immer mit großen Scheinen finanzierte.

Am vierten Abend stieß Schmidt bei Harrys Überwachung auf das unscheinbare Lokal Schatulle in der Frankfurter Innenstadt, deren Bsucher sich alle gerne etwas exzentrisch und dazu akademisch angehaucht gaben, so dunkel gekleidet, wie sie waren, und so lasziv traurig, wie sie sich in weltverachtender Manier unterhielten und bewegten. Was für ein intellektueller Gegensatz zum Darmstädter Tempel! Oder zur Diskothek Tarantel.

Schmidt konnte, am Nebentisch sitzend, bruchstückhaft ein Gespräch zwischen Harry und einem noch unbekannten Dritten verfolgen, in dem es um Informationen über eine Rüsselsheimer Firma ging. Als der Unbekannte eine Mappe über den Tisch schob, Harry diese aufschlug und es Schmidt dann auch noch gelang, im Aufstehen einen Blick hineinzuwerfen, da ahnte er, wovon Harry lebte: Er kaufte und verkaufte Informationen. Harry war Nachrichtenhändler. Das Bündel Geldscheine, das nachher den Besitzer wechselte, untermauerte Schmidts Verdacht.

Von diesem Zeitpunkt an hatte er ein weiteres Problem, das er allerdings in den nächsten Tagen ruhiger anging. Denn jetzt wußte er genau, wo Harry meistens anzutreffen war.

Ein anderes Problem stand kurz vor der Auflösung und sollte ein noch größeres nach sich ziehen, was Schmidt aber zu diesem Zeitpunkt nicht ahnen konnte.
Den geometrischen Abbildungen oder Symbolen, seltsam bis obskur in der Anordnung, konnte Schmidt nach und nach ihr Geheimnis entlocken. Es war genauso, wie er und Silke schon anfänglich vermutet hatten. Jeder Abbildung lag eine Information zugrunde, die entweder aus einem Wort oder aus einer Zahlenreihe bestand. Und Silkes Punkt, den er als zufällig entstandenen Kugelschreiberpunkt beim Absetzen oder beim Neubeginn betrachtet hatte, wies auf den Verschlüsselungscode hin. Zahlen gab es nicht, sie wurden als Wörter ausgeschrieben.
Er dechiffrierte auf diese Art zuerst den zeitlich jüngeren Zettel, von den BKA-Leuten und bei der Durchsuchung der Trierer Wohnung in der Wasserkanne entdeckt, in den jemand, vermutlich Jonas, seinen Stoff eingewickelt hatte. Er las:
Arenz, Stuttgart, 19. Dezember, Hotel Graf Zeppelin.
Schmidt richtete sich auf, starrte die Wand an, starrte durch die Wand hindurch und sah die Verbindung zwischen Pillond und Jonas überdeutlich, von deren Existenz das BKA noch nicht einmal ahnte. Wie kommt Jonas an diesen Zettel? Kannte er die Bedeutung der geometrischen Abbildungen? Hat er sie auftragsgemäß an einen ihm Unbekannten weitervermittelt? Und wann war das? Schmidt gelang es wenig später auch auf Anhieb, den Symbolen auf dem Zettel aus Jonas' Auto eine Bedeutung zu geben, was ihn in noch größeres Erstaunen versetzte.
Eröffnung 26. 10. um 23 Uhr 45 konnte er jetzt lesen.
Schmidt wußte sogleich, was gemeint war: das schreckliche Attentat von Luxemburg.
Und mit der genauen Angabe der Uhrzeit wurde der Empfänger darüber aufgeklärt, für wann die Rückreise der Minister geplant war. Zwei Dinge konnte Schmidt nicht aus den Symbolen ersehen: zum einen die Zeit, die dem Informanten zur Verfügung stand, um seine Nachricht weiterzuleiten, und zum anderen die Anzahl der Tage, die der Attentäter dann noch bis zur Ausführung hatte. Aber allzu wichtig erschien ihm dieser Aspekt nicht. Falls der Attentäter die Örtlichkeiten kannte und auch die Art, wie er seine Opfer

umzubringen gedachte, und davon ging Schmidt aus, genügte vielleicht sogar nur eine knappe Vorbereitungszeit von ein oder zwei Tagen.

Schmidts Gefühlswelt, die in den letzten Monaten aus Höhen und Tiefen bestanden hatte, wurde um eine neue Variante bereichert. Der stolze Eindruck, etwas äußerst Wichtiges herausgefunden zu haben, schrumpfte durch die Erkenntnis, daß die Angelegenheit eine Nummer zu groß für ihn war. Im Zwiespalt zwischen Euphorie und Unsicherheit erwuchs in ihm eine physisch spürbare Angst, deren Wogen höher und höher schwappten und ihn zu verschlingen drohten.

Schmidt kam sich mit einemmal klein und hilflos vor, die zu bewältigende Aufgabe erschien ihm unlösbar wie die Besteigung der Eigernordwand. Und in seinem Gegner, den er überhaupt nicht kannte, sah er die Personifizierung des Durchtriebenen und Perversen schlechthin.

Jonas hilft Pillond im Auftrag eines geheimnisvollen Dritten. Also gibt es ihn tatsächlich, den Auftraggeber. Wer ist es? Wie kommt er an Jonas heran? Welche Verbindung besteht zu Pillond? Und die wichtigste Frage überhaupt war: Warum tut er so etwas? Warum gibt er Attentate und Morde in Auftrag?

Bei der Suche nach dem Motiv tat er sich schwer. Für einen Mord hätte er noch eins gefunden. Aber Söldner anheuern, um Terrorakte zu begehen, da setzte bei ihm die Vorstellungskraft aus.

Schmidt, der sich nach der von Silke ungewollt verursachten Flaute wieder voll in seine Aufgabe verbissen hatte, sah keine andere Möglichkeit, als auf seine Art zu handeln, was für ihn zugleich ein Höchstmaß an vorausschauender Vorsicht bedeutete. Seit jeher ein Einzelgänger, verschloß er sich sogar vor sich selbst, noch mehr aber vor jedem anderen, so auch vor Silke. Allerdings hatte sie es längst aufgegeben, in seine verkapselte Gedankenwelt einzudringen, war doch Beton gegenüber seiner Introvertiertheit eine weiche Paste.

Als erstes besorgte sich Schmidt heimlich in der Treburerstraße in Kelsterbach, gleich am Main vor den Toren Frankfurts, ein möbliertes Zimmer, mietete es auf drei Monate und bezahlte im voraus. An seine neue Adresse schickte er wenig später einen leistungsfähigen Computer mit einer Speicherfähigkeit von hundert Megabyte. Aus all den Informationsquellen, die ihm zur Verfügung standen, zog er nur diejenigen Fakten heraus, die ihm in nächster Zeit nützlich erschienen. Dann kaufte er sich einen Koffer voll neuer Kleidung, verfiel ohne Silkes Beratung bei der Auswahl wieder dem modischen Charme eines knöchernen, weltfremden Beamten und deponierte die Neuanschaffungen gleichfalls in dem angemieteten Zimmer.

Geld stand ihm immer noch genügend zur Verfügung. Den zweiten Eingang zur Villa wollte er auch weiterhin für seine gelegentlichen Aktivitäten nutzen, aber davon wissen sollte niemand. So verfiel er auf eine wenig originelle Idee und versuchte, Silke von einer zweiwöchigen Arbeitspause zu überzeugen, die beiden guttun würde, da sie bestimmt auch ihre Kreativität fördere. Silke, zuerst dafür, weil sie dachte, es sei ein Urlaub zu zweit, war dann um so mehr enttäuscht, als er damit herausrückte, er müsse unbedingt für sich allein sein.

»Weißt du, ich habe mich in den letzten Monaten so engagiert, ich war dermaßen eingespannt, ich brauche mal für eine Weile absolute Ruhe.«

»Wo willst du denn hinfahren?«

»Weiß ich noch nicht.«

»Wenn es nicht zu weit ist, ich meine, wenn du wieder ins Mittelgebirge fährst, dann darf ich dich sicher mal besuchen kommen, oder?«

Schmidt sagte ja und meinte nein.

»Schreibst du mir, wenn du angenkommen bist?

»Ja«, log Schmidt.

Warum er Silke so unfair behandelte, wußte er nicht, erst recht nicht, wenn er an seine Empfindungen für sie dachte, die ihn in einem hohen Himmel hätten landen lassen können, meilenweit über dem siebten.

»Was machst du denn in den zwei Wochen?« wollte er von ihr wissen.

»Interessiert dich das denn überhaupt?«

»Ja, natürlich«, antwortete er und nickte.

»Da es hier ja ohne dich für mich nichts zu tun gibt, werde ich wohl die meiste Zeit bei mir zu Hause sein.« Sie kam, ohne es zu wissen, Schmidts Vorstellung entgegen.
»Gut, dann werde ich dich mal anrufen.«

Und so wurde Schmidt zum Tagflüchter und zum Flüchter vor seinen Vorstellungen und Visionen, der einer unbekannten Gefahr dadurch zu begegnen versuchte, daß er sich vor ihr versteckte. Überall sah er die Gefahr, wenn er des Nachts seine Gedanken in der Innenstadt von Frankfurt spazierentrug, weil er meinte, tagsüber seien sie ihm zu deutlich sichtbar ins Gesicht geschrieben. So nutzte er die Dunkelheit für seine ungewöhnliche Form der Entfaltung, lief zu später Stunde den Schatten nach, wenn er von Harry Bongartz' Beobachtung nach Hause strebte, machte einen Bogen um hellerleuchtete Schaufenster und drückte sich in die Nischen der Passagen, der U-Bahn-Abgänge. Unbeabsichtigt lernte er viele andere Tagflüchter kennen, die ihm mit stumpfen und geröteten Augen nachsahen. Ihre Einladungen, allesamt mit der Wermutflasche gewunken, schlug er aus.

Schmidt hatte sich zwei Dinge vorgenommen, die er mit aller Macht anstrebte: zu ergründen, was Harry Bongartz mit alledem zu tun hatte, und dahinterzusteigen, wie der zweite Teil der Nachrichtenübermittlung abgelaufen war, weil er davon ausgehen konnte, daß Jonas seine geometrischen Figuren nicht mit der Post verschickt hatte. Schmidt zweifelte mittlerweile daran, daß Jonas überhaupt wußte, welche Bedeutung seinen Bildern zukam. Er war nur der Kurier, der Überbringer, der möglicherweise sogar seine Funktion überschätzte, aber sich nicht für den Inhalt zu interessieren hatte. War er so unbedeutend, wie Schmidt meinte, dann durfte Jonas unter keinen Umständen dem Endabnehmer begegnen, dann mußte die Übergabe so stattfinden, daß jeder direkte Kontakt zwischen Kurier und Adressat vermieden wurde – ein Grundprinzip der Geheimhaltung. Warum sollten sich ausgerechnet Söldner nicht daran halten? Oder der verdeckt im Hintergrund agierende Auftraggeber, für den die Geheimhaltung mehr als nur existentiell wichtig war?

Tagsüber beschäftigte sich Schmidt mit dieser Aufgabe, nachts beschattete er weiterhin Harry, dessen Touren zum Teil bis nach Wiesbaden, Mainz und Darmstadt führten, aber immer ihr glückliches Ende mit einem neuen Mädchen fanden.
Und weil Schmidt sehr wenig schlief, sich außerdem nur noch sporadisch ernährte, und zwar dann, wenn ihm danach war und wenn er Zeit dazu fand, nahm er schnell ab. Seine Bundweite schrumpfte um zwei Konfektionsgrößen, er mußte in den Gürtel weitere Löcher stechen. Und Schmidt sah in all den Tagen kein Bedürfnis, sich landfein zu machen. Sein Bart sproß zuerst nur dünn und ungleichmäßig, aber nach zwei Wochen war er dicht und entstellend. Schmidt selbst wäre es schwergefallen, sich wiederzuerkennen.

Dann, eines Nachts, als er den zweiten Ausgang benutzt hatte und heimlich in die Villa zurückkehrte, wartete Silke auf ihn. Sie erschrak. »Was ist mit dir geschehen?« stammelte sie. »Wie hast du dich verändert?«
Schmidt, der nicht auf diese Begegnung gefaßt war, lächelte verlegen, trat auf sie zu, nahm sie in den Arm und wollte sie küssen.
»Wie riechst du denn«, beschwerte sie sich und rümpfte die Nase. »Komm, hoch ins Bad mit dir.«
Schmidt ließ sich gerne überreden.
In dieser Nacht erinnerte er sich wohlig an ihr erstes Zusammensein. Und er war glücklich, zwar nur für einige Stunden, in denen es ihm endlich wieder einmal gelang, sich seinen Gefühlen hinzugeben.
»Denkst du manchmal noch an die Diele?« Sie sah ihn von der Seite an. Mit den Fingerspitzen krabbelte sie auf seiner Brust umher und zuppelte leicht an den Haaren.
»Ja.« Schmidts Gesicht wurde weich, so weit sein Bart die Veränderung sehen ließ. »Ja«, wiederholte er und suchte ihre Augen. »Ich denke sehr gerne daran zurück. Du hast mir damals mit deiner Spontaneität enorm geholfen. Allein hätte ich nie aus meiner verbarrikadierten Gefühlsburg herausgefunden.«
»Und wie ist es heute? Wie geht es dir jetzt in deiner Burg? Hast du nicht zu sehr die Zugbrücke hochgezogen?«

Schmidt starrte an die Decke. »Mag schon sein«, gab er zögernd zu. »Ich weiß es wirklich nicht. Manchmal habe ich das Gefühl, mich emotionell in eine Sackgasse manövriert zu haben. Und ich bin im Zwiespalt, wegen meiner Aufgabe. Ich fixiere mich jetzt mit all meiner Vorstellungskraft nur auf sie, als hinge mein Leben davon ab. Schlimm, nicht?«
»Ja. Aber das erklärt mir auch, wieso du mir so wankelmütig vorkommst. Und so unstet. Bei Kant waren es Pflicht und Neigung, bei dir sind es Gefühl und Berufsauffassung. Ihr seid mir schon ein ulkiges Völkchen, ihr Beamten.«
Schmidt wirkte abwesend, als er sagte: »Wankelmütig und unstet war ich, als ich noch kein Ziel hatte. Das gebe ich zu. Aber jetzt kommt mir mein Ziel wie ein Magnet vor, der mich erst dann wieder losläßt, mich erst dann wieder freigibt, wenn ich es erreicht habe.«
»Oder er zerquetscht dich. Schöne Aussichten.«
Schmidt lächelte unsicher. »Hoffentlich nicht!«
Sie hingen ihren Gedanken nach und benutzten sie als Ausstieg aus dem belastenden Thema, das sie für einen Augenblick durch Schweigen verdrängten. »Und hier drinnen?« fragte Silke nach einer Weile mit belegter Stimme und tippte auf seine Brust. »Wie steht es da? Empfindest du wenigstens etwas für mich?«
»Und du?« stellte er die Gegenfrage.
Sie legte den Kopf auf seine Schulter, ihre langen Haare kitzelten ihn, er versuchte sie wegzublasen. »Sehr viel, Ansgar. Ich wollte es eigentlich nicht, aber ich empfinde sehr viel für dich.«
»Und warum willst du es nicht?«
»Weil ich fühle, wie sich in mir eine Abhängigkeit aufbaut.«
Er lächelte, schloß die Augen und war zufrieden, höchst zufrieden wegen ihrer Abhängigkeit. Nie hatte er zu hoffen gewagt, daß sich ihre Beziehung so weit entwickeln würde.
»Aber du hast mir meine Frage noch nicht beantwortet. Wie sieht es mit dir aus?«
Aus der Zufriedenheit heraus antwortete er: »Ich habe es immer als eine Phrase empfunden, wenn man sagt, der Partner sei ein Teil von einem selbst. Da bin ich jetzt anderer Auffassung. Ich brauche dich, ich liebe dich.«

Silkes krabbelnde Hand verharrte. Sie stützte sich auf, sah ihn an, beugte sich zu ihm, und ihre Lippen verschmolzen mit den seinen. Drängend und fordernd gab sie ihre Gefühle für ihn weiter, umschlang kraftvoll seinen Nacken, öffnete die Beine und umklammerte mit ihren Schenkeln Schmidts Hüfte. Ihr heißer, rhythmischer Druck peitschte ihn auf, erreichte aber seiner momentanen Stimmung entsprechend zunächst seinen Verstand, der ihm unmißverständlich signalisierte, diese Frau will ich für immer haben, und pflanzte sich dann fort in seine pulsierenden Lenden. Mit einer Heftigkeit, für die er sich vor Monaten noch geschämt und entschuldigt hätte, drang er in sie ein. In wilden Zuckungen befreite sich die aufgestaute Last, und Schmidt besiegte zumindest in diesem Augenblick einen seiner vielen Gegner: sich selbst...

Sie lagen zusammengekuschelt auf der Seite, als genüge ihnen die Wärme des Zimmers nicht, und lauschten den Beach Boys, die von Sonne, Sand und Meer sangen.
»An der Musik kann man erkennen, wie alt man wird«, sinnierte Schmidt und biß ihr zärtlich ins Ohrläppchen.
»So alt bist du nun auch noch...«, gurrte Silke und wand sich in seinen Armen.
»Aber ich fühle mich manchmal so verdammt alt.«
»Magst du nur diese Art von Musik?«
»Nein, andere auch.«
»Welche zum Beispiel?«
»Früher oder heute?«
»Heute natürlich.«
»Phil Collins.«
Über die Schulter sah sie ihn an, als glaube sie ihm nicht. »Wirklich?«
»Ja.« Schmidt lächelte. »Und denk mal an, er ist sogar noch um einiges älter als ich. Vor zwei Jahren war ich in einem Konzert von ihm.«
»Du?« Sie schien ihm jetzt wirklich nicht mehr zu glauben.
»Ja, in der Berliner Waldbühne, und jeder Besucher befand sich gerade im Rausch der zu erwartenden Wiedervereinigung. Es war phantastisch. Phil Collins war phantastisch.«

Die Beach Boys intonierten jetzt Good Vibrations. Etwas mehr als sechs Minuten gab Silke ihm noch, genausoviel Zeit, wie das Lied dauerte, dann stellte sie ihn zur Rede.

»Warum dieses Versteckspiel? Meinst du, ich hätte nicht die ganze Zeit gewußt, daß du heimlich nachts in die Villa kommst?«

Schmidt fühlte sich daraufhin verpflichtet, ihr von seinen Ergebnissen zu berichten. Silke erschrak, löste sich von ihm, sah ihn unsicher an und meinte zaghaft: »Glaubst du denn wirklich, daß es diesen Auftraggeber gibt?«

»Weisel glaubt es auch.« Schmidt behielt dessen Vermutung, es könne sich nur um einen ausländischen Staat handeln, für sich.

»Aber wenn du schon so weit mit deiner Arbeit bist, dann mußt du unbedingt die Behörden unterrichten.«

»So? Was habe ich denn für sie? Nichts, rein gar nichts«, gab er mit einem Anflug von Verbitterung von sich. »Und der Mann im Hintergrund wird nur vorzeitig gewarnt.«

»Du sprichst von einer Person. Kann es nicht auch ...«

»Alles kann es sein.« Schmidt lachte hart. »Ein Mann ist vielleicht untertrieben, aber eine Gesellschaft, eine Organisation, auch eine Verschwörung, so unzeitgemäß es auch klingen mag, alles kommt in Frage. Nenne es, wie du willst.«

»Du hast Angst.«

Der Satz stand im Raum. Schmidt schwieg.

»Du hast Angst, Ansgar. Noch mehr Angst als nach deiner Verschleppung. Gib es zu.«

»Ja.« Schmidt schluckte, sein Hals war strohtrocken. »Ja, und diese Angst frißt an mir. Vielleicht ist sie sogar der Hauptgrund für mein Verhalten. Kann ich ihr denn anders entgehen als dadurch, daß ich mein Ziel erreiche, mein Problem löse?«

»Angst ist ein schlechter Partner.«

»Dann nimm sie mir! Ich gebe sie dir gerne.« Beleidigt drehte er sich zur Wand.

»Und was müßte getan werden, jetzt getan werden, damit du deine Angst in den Griff bekommst?«

Er zuckte mit den Schultern.

»Ansgar, du hast doch sonst keine Schwierigkeiten, dich zu artikulieren. Also?«

»Das Bindeglied fehlt mir. Jonas bekommt von irgend jemandem die komischen geometrischen Figuren zugeschoben. Und er gibt sie weiter. In zwei Fällen weiß ich, daß sie an Claude Pillond gegangen sind. Die Frage ist, auf welchem Weg? Bedenke bitte, Silke, ein persönlicher Kontakt ist nicht erwünscht, muß sogar unter allen Umständen vermieden werden, sonst wird das System löchrig. Auf welche Weise also wandert die Information weiter?«
»Anzeige. Eine Anzeige in der Zeitung?« meinte Silke.
»Möglich, aber unwahrscheinlich. Einer müßte dann nämlich die Anzeige aufgeben. Und genau das wäre die Schwachstelle.«
»Telefonisch?« warf sie zögernd ein.
»Das gleiche Spiel. Jonas hätte eine Telefonnummer, die auf den Empfänger deuten würde.«
»Und wenn sie ständig wechselt?«
»Dann muß aber auch Jonas immer wieder über die neue Nummer unterrichtet werden.«
»Stimmt. Und wie wäre es mit Hilfe eines Computers? Brauchst dazu nur ein Modem.«
Schmidt lächelte. »Du bist gut«, lobte er sie und drehte sich zu ihr. »Habe ich mir auch schon überlegt. Ist aber zu umständlich. Zum einen müssen Jonas und der Adressat die Übertragungsgeräte mit sich schleppen, zum anderen wäre es erforderlich, eine Telefonverbindung aufzubauen. Das gleiche Problem wie anfangs also.«
»Post fällt auch flach«, schränkte Silke die Möglichkeiten weiter ein. »Toter Briefkasten ist nicht mehr in, bei den heutigen technischen Möglichkeiten. Außerdem könnte jeder in Versuchung kommen, den anderen zu beobachten. Und wie wäre es mit einem Telefax?«
»Auch dazu brauchst du zwei Geräte. Ich kann mir nicht vorstellen, daß sich Leute wie Pillond mit solchen Dingern belasten. Außerdem wären sie für einige Zeit an einen Ort gebunden wie bei den Computern auch. Viel zu risikoreich.«

Früh am Morgen stand Schmidt auf, zog sich an und ging hinunter in sein Büro. Silke folgte in einen Bademantel gehüllt und benutzte die Gelegenheit, ihn wieder einmal über die Doublettenfahrzeuge zu informieren.

»Die Polizei hat noch keins von den gesuchten Autos aufgespürt. Die fünfzehn Verkehrsübertretungen waren allesamt im Raum Hamburg–Hannover, aber in den Kernstädten selbst wurde keine einzige registriert. Ob sich dort etwas zusammenbraut?«
»Waren auch fünfzehn Fahrzeuge beteiligt?«
»Nein. Eines hatte drei Übertretungen, ein anderes zwei.«
»Sonderbar. Was meint man bei der Polizei?«
Silke schnürte den Bademantel enger und schob die Hände in die Taschen. »Dort geht man von einer neuen Gruppierung aus, möglicherweise der RAF nahestehend, man kann sie aber zum jetzigen Zeitpunkt noch nicht genau einordnen.«
Schmidt, nachdenklich geworden, gab zu bedenken: »Wer sagt denn überhaupt, daß man nur ein Fahrzeug kopiert hat. Können es nicht auch zwei oder drei sein, alle vom selben Typ und mit gleicher Farbe, die mit derselben Nummer in der Gegend herumfahren?«
»Du meinst...« Silke neigte leicht den Kopf. »Und warum?«
»Was weiß ich? Eine neue Variante.«
Schmidt ging zu seinem Schreibtisch und blickte auf die Unterlagen. Silke stellte sich neben ihn.
»Sind das die Zahlen, die man beim toten Pillond gefunden hat?« Sie deutete auf einen Zettel.
»Ja.« Er verschränkte die Arme vor der Brust. »Müssen was zu bedeuten haben. Hat keine Papiere bei sich, keine Halskette, keinen Ring, nicht einmal eine Armbanduhr, aber diese mysteriösen Zahlen.«
»Und wenn sie mit alledem nichts zu tun haben, er nur vergessen hat, sie aus der Tasche zu nehmen?«
Schmidt sah sie von der Seite an. »Auch dann haben sie eine Bedeutung.« Er war sich sicher. »Allein schon deswegen, weil sie in seinem Besitz waren.«
»Komm, laß mich die Zahlen mal anschauen«, bat Silke und griff nach dem Zettel. »Zwei siebenstellige und eine achtstellige. Alle haben sie hinter der letzten Stelle ein null Komma fünf. Sonderbar, warum nicht null Komma drei oder null Komma sieben?«
Schmidt wußte es nicht und packte einige Dinge zusammen, die er heute benötigte.

»Wenn das Komma fünf nicht angehängt wäre, dann sähen sie aus wie... wie...«
»Wie Telefonnummern«, half ihr Schmidt. »Oder Telefax oder... oder...«
»Ja oder wie Kennummern von Wertpapieren.«

Während Schmidt die deutschen Mittelgebirge bevorzugte, pflegte Staatssekretär Augustin mehr in die Höhe zu streben, und die fand er nur in den Alpen. Aber ein Ort, in dem er jedes Jahr eine Woche vor Ostern seinen Kurzurlaub zu verbringen gedachte, sollte kein normaler Skiort sein. Sölden mit seinen Gletschern Rettenbachferner und Tiefenbachferner war ihm da ganz recht. Zum einen, weil mit über 3000 Metern die Höhe stimmte und weil, zum anderen, die Erreichbarkeit durch eine gutausgebaute Gletscherstraße gewährleistet schien. Und abends gab es genügend Möglichkeiten zum Entspannen, wenn man das entsprechende Kleingeld hatte.
Promenieren entlang der einzigen Hauptstraße war ein gesellschaftliches Muß. Jeder glaubte jeden zu kennen, was man durch ein freundliches Nicken andeutete, nicht zu früh und nicht zu auffällig, vorausgesetzt, die Kongruenz der Kleidung mit den anderen Statussymbolen stimmte. Da man ja schlecht einen Zwölfzylinder auf den Schultern durch die Gegend spazierentragen konnte, klimperte man zumindest ab und zu mit dem entsprechenden Autoschlüssel.
Augustins Frau dachte anfänglich, von Obergurgl nach Sölden, beides im Ötztal gelegen und nur 15 Kilometer voneinander entfernt, sei nicht nur höhenmäßig ein Abstieg. Ihre Befürchtungen erwiesen sich als grundlos, zudem überzeugte sie mit der Zeit der Komfort des Hotels Bergland, noch mehr allerdings die Prominenz aus Kunst, Fernsehen und Wirtschaft, die hier mit Vorliebe logierte und jedem anderen Urlauber durch Automarke oder Armbanduhr anzeigte: Schaut her, ich bin wer.
Sogar ein leibhaftiger deutscher Minister soll schon in diesem Hotel gesehen worden sein. Zumindest verkündete das sein Foto –

dekorativ eingerahmt von bekannten Skiassen, zwei Filmsternchen, die in einem James-Bond-Film Lift fahren durften, und dem Jodlerkönig von Tirol – im schmiedeeisernen verschnörkelten Schaukasten gleich im luxuriösen Eingangsbereich, dessen animatorische Aufgabe nur auf Insider gemünzt war. Und zwar Insider mit mindestens acht Zylindern unter der Motorhaube, wenn möglich, zwölf, sechs waren seit langem nur noch geduldetes Mittelmaß.

Augustin saß in dem Café des Hotels und wartete auf seinen Besucher, den es im Urlaub in ungefähr gleiche Höhen zog und der im Berufsleben auch eine vergleichbar hohe Position bekleidete. Von Hintertux reiste er extra an, wollte, falls erforderlich, in Sölden übernachten und dann am nächsten Tag wieder zurückfahren. Es traf sich gut, daß sich Frau Augustin in ausdauernder Gesellschaft der Gräfin Hohenfels befand. Ein Umstand, der ihrem Gatten gestattete, ausreichend Zeit für seinen Besucher zu erübrigen.

Harings reiste standesgemäß an. Genauso standesgemäß parkte er gleich vor dem Eingang, beachtete nicht die Proteste des Hotelangestellten und betrat in weltmännischer Manier das Foyer. Ein schneller Blick ins Café, sofort steuerte er auf Augustin zu.

»Gut erholt siehst du aus, Herbert«, versuchte er sich in einem Kompliment, nachdem er seinen Mantel ausgezogen, sie sich begrüßt und hingesetzt hatten.

»Du aber auch. Was darf ich dir bestellen?«

Harings vertiefte sich zuerst einmal in die Karte, wählte einen Irish Coffee und dazu ein Stück Sachertorte.

»Wie war die Fahrt?«

»Gut.« Harings nickte. »Kein Schnee auf den Straßen. Ging fix voran.«

»Wie lange bleibst du noch in Hintertux?«

»Bis zum Wochenende. Und du?«

»Wir reisen am kommenden Dienstag ab. Acht Tage in den Bergen genügen.«

Der Irish Coffee und die Sachertorte kamen in Begleitung eines 32 Jahre alten Tennessee-Straight-Whiskys, den Augustin wie seine zweite Liebe betrachtete.

»Was gibt es Neues in Bonn?« fragte Harings beiläufig, während die Gabel in die Torte eindrang.

»Weißt du, Dirk, es wiederholt sich alles. Die Rangeleien sind die gleichen, bald ist wieder Konjunktur für die Postenjäger, da der Kanzler sein Kabinett umbilden will. Und das so kurz vor den Landtagswahlen in einigen Bundesländern. Denkbar schlechter Zeitpunkt, wird bestimmt Auswirkungen haben. Und ob es ihm was nützt, ist auch noch die Frage.«

»Wie ist es denn mir dir? Drängt es dich nicht zu einem Ministeramt?«

Auf Augustins Gesicht erschien ein undefinierbares Lächeln, und er zog es vor, mit gesenktem Kopf den Whisky zu betrachten.

»Drängen schon, wenn ich ehrlich bin. Und an Fachkompetenz mangelt es mir auch nicht, wie du weißt.«

Harings nickte, wie von ihm erwartet wurde.

»Aber ich bin nicht mehr der Jüngste. Und ich habe die ewige Kämpferei satt. Sich elegant auf dem Bonner Parkett zu bewegen ist schwieriger, als versteckten Bärenfallen auszuweichen.«

»Ja, ja, die Jugend«, seufzte der 55jährige Harings. »Sie macht dem Alter überall zu schaffen. Auch bei uns im Konzern meinen die Mittzwanziger, sie müßten den Schnellaufzug nehmen. Am besten gleich als Direktor anfangen.« Er schob den Kuchenteller beiseite, trank einen Schluck und nickte Augustin zu. Der empfand das als Auftakt und erkundigte sich sogleich nach Schmidt, dem eigentlichen Grund für ihr Treffen.

»Wie macht er sich denn, unser Schmidt?«

Harings konnte sich nicht für eine bestimmte Reaktion entscheiden. »Gut ist er allemal, darüber gibt es überhaupt keinen Zweifel. Aber auch ein bißchen eigenmächtig. Und er nimmt nichts an.« Deutlich war der Tadel aus seinen Worten herauszuhören.

»Ja, ja«, schmunzelte Augustin, »wer weiß das besser als ich? Aber verzichten könnte ich auf so einen Mann nie. Der weiß, was er will, der geht seinen Weg. Man muß ihn nur entsprechend anleiten!«

Harings seufzte. »Hast du von seinem Coup gehört?«

»Meinst du den mit dem Franzosen? Den mit Claude Pillond?«

Harings nickte.

Augustin grinste diebisch. »Und gerissen ist er auch, mein Schmidt. Habe ich dir das nicht von Anfang an gesagt?«

»Hast du.«

»Geht einfach hin und besorgt sich eine ausgesprochen wirkungsvolle Lebensversicherung.« Augustin fand das eine Anerkennung wert. »Allein schon auf die Idee zu kommen, dann auch noch nach Amerika zu fliegen ...«
»Was uns jeden Monat fünfzigtausend Dollar gekostet hat«, beschwerte sich Harings. »Aber das ist ja nun Gott sei Dank vorbei.«
»Wie, gibt es die ...?«
»Police abgelaufen«, erklärte Harings sarkastisch.
»Weiß Schmidt davon?«
»Nehme ich an. Er wird ja seinen Vertrag mit Celudano kennen. Die ziehen ihre Beschützer immer sofort zurück, wenn sie einmal zum Einsatz gekommen sind. Muß sein.«
Augustin senkte den Kopf und sagte verhalten: »Dann könnte der nächste Killer wohl mehr Glück haben.« Er sah auf. »Meinst du, es gibt einen nächsten?«
»Nein.« Harings war sich absolut sicher.
»Aber wieso gab es denn den ersten? Weshalb wollte man Schmidt beseitigen?«
Harings schlug die Beine übereinander. »Das scheint noch nicht klar ersichtlich zu sein, meint zumindest Weisel vom BKA, wenn ich ihn richtig verstanden habe. Und einen zweiten Anschlag gibt es seiner Meinung nach bestimmt nicht mehr. Trotzdem spielt Schmidt verrückt, als würde es ihn geben. Bist du informiert?«
»Du meinst seine Heimlichtuerei?«
Harings nickte.
»So war er schon immer, seit ich ihn kenne. Find' ich gar nicht mal so übel«, zollte ihm Augustin Respekt. »Introvertiertheit begünstigt zweifellos die Diskretion. Das liegt ja in unserem Interesse!«
»Mag sein. Aber ich sehe eine andere Gefahr bei Schmidt. Er wird unberechenbar, mein Guter. Er lädt sich emotional auf, hat sogar mich angeschrien und gedroht, mich hinauszuwerfen. Und das in unserem Hause, in dem der Gesellschaft, meine ich. Ist doch kein Benehmen, so etwas.«
»Bist du nur gekränkt, oder steckt mehr dahinter?«
Harings schwieg einige Augenblicke, sah einer adretten Serviererin nach, bis sie wieder außer Hörweite war, und sprach, sich mäßig

rechtfertigend, weiter: »Du müßtest mich eigentlich kennen. Nein, es geht um Schmidts diffizilen Job. Wenn er sich solche Eskapaden leistet, ist er nicht mehr einschätzbar – dann können wir ihn nicht brauchen.«
»Und seine Erfolge? Hat er nicht dieses Puzzle mit den Figuren gelöst? Hat er nicht dem BKA auf die Sprünge geholfen? Ich denke da besonders an seine Tätertheorie in Luxemburg. Schon fast genial, das Ganze.«
All das mußte Harings zugeben. »Ich will einen Schmidt, der eine kalkulierbare Größe für uns ist. Seine Berichte kommen nur noch zögernd, er soll sich außerhalb von Frankfurt ein Zimmer genommen haben, läuft in der Gegend herum, erscheint nur sporadisch an seinem Arbeitsplatz, und das auch noch nachts. Ist keine Art! Wir sind seriöse Unternehmen, die seriös vertreten sein wollen. Auch in so einer delikaten Angelegenheit.«
Augustin ließ die Worte auf sich wirken. So, wie er dabei den Kopf bewegte, schien er Für und Wider abzuwägen. »Und was ist, wenn sich ausgerechnet durch seine Methode der Erfolg einstellt?«
Harings antwortete nicht.
»Dann fragt keiner mehr, wie er es angestellt hat. Vielleicht hat er Erfolg?«
Harings rieb sich das Kinn, schüttelte dann skeptisch den Kopf. Augustin registrierte das. »Willst du Schmidt loswerden?« fragte er ihn geradeheraus.
»Nein, nein«, protestierte Harings und hob schnell die Hände, als gelte es, eine Gefahr abzuwehren. »Auf keinen Fall.«
»Was dann?«
»Schmidt hat Geld zur Verfügung, genügend Geld. Er darf aber nicht länger solche Mätzchen machen, wie das letzte Mal. In so einem Fall hat er uns schon zu fragen.«
»Und weiter?«
»Außerdem muß er immer erreichbar sein. Wenn sein Büro nicht besetzt ist, wie will er da auf Nachrichten reagieren? Wie will er da seine Computer befragen und die Daten auswerten können?«
»Sehe ich auch so«, gab sich Augustin kooperativ. »Wenn ich dich richtig verstehe, dann muß ich wohl einmal in Ruhe mit Schmidt reden. Ist es das?«

»Ja. Und er soll sich mehr an das BKA halten, an diesen Weisel«, fügte Harings hinzu. »Scheint mir ein fähiger Kopf zu sein.«
Sie bestellten jeder einen Whisky, den alten Tennessee Straight, und prosteten sich zu. Augustin, der Harings lange beobachtete, kam zu einem bestimmten Eindruck. »Sag mal, hast du jetzt auf einmal Angst vor der eigenen Courage?«
»Wie... wie bitte?« stotterte Harings, der aus seinen Gedanken gerissen wurde. »Du meinst wegen der«, er blickte sich um und sprach gedämpft weiter, »wegen der privaten Terrorismusfahndung?«
»Genau das meine ich.«
»Nun«, gab Harings zu, »es wäre schon peinlich, wenn etwas davon an die Öffentlichkeit dringen würde. Zumindest zum jetzigen Zeitpunkt, wo wir noch nicht die entsprechenden Erfolge vorweisen können.«
Augustin senkte gleichfalls die Stimme. »Ich kenne dich jetzt lange genug, du kannst mir nichts vormachen. Wie ich dich einschätze, denkst du schon die ganze Zeit an die möglichen Konsequenzen.«
»Welche Konsequenzen...?« wollte Harings protestieren, aber Augustin winkte ab. »Es kann für dich nichts schiefgehen, falls Schmidt durchdrehen sollte.«
»Hast du etwa auch...?«
»Schon von Anfang an, bevor Schmidt sich überhaupt entschieden hat, obwohl ich ja, wie du weißt, mit alledem nichts zu tun habe. Nur weil ich deine Idee gut fand, außerhalb von einengenden Kontrollinstanzen gegen den Terror vorzugehen, habe ich dir unter die Arme gegriffen. Dazu stehe ich immer noch. Frage ist also: Was kann Schmidt eventuell vorweisen? Bei mir und im Ministerium nichts, absolut nichts. Hat sich auf seinen eigenen Wunsch hin beurlauben lassen, um für eine gemeinnützige Stiftung wissenschaftlich tätig zu sein. Und zwar die deines Konzerns. Das ist nun mal aktenkundig.«
Als Harings erneut seine Bedenken äußerte, bemühte sich Augustin, ihn zu beruhigen. »Du hast mir mal von deinem vernetzten Datensystem erzählt.«
Harings nickte.

»Wenn du in der Konzernzentrale einen Befehl eingibst, dann sind alle Computer von Schmidt tot. Oder nicht?«
Harings lächelte. »Ja, mausetot. Mit Ausnahme einiger Informationen unserer Gesellschaft und der von befreundeten Banken, die Schmidt nun mal für seine wissenschaftliche Tätigkeit braucht.«
»Na also! Was willst du noch mehr an Sicherheit.«
Harings hob die Schultern.
»Daß der Minister endgültig abgelehnt hat, weißt du sicherlich schon«, warf Augustin ohne Übergang ein.
»Was? Äh ... du meinst ... Knokke, nicht?«
Augustin nickte. »Unsere Nachbarn sind ganz schön verprellt, glaube ich. Kann ich ihnen nicht verdenken.«
»Du klingst so enttäuscht. Hast du denn etwas anderes erwartet?«
Augustin wiegte den Kopf. »Eigentlich nicht. Hat sich schon lange abgezeichnet, bei der Übervorsicht des Ministers. Um Himmels willen nur keinen Fehler machen. Lieber tut er gar nichts.« Augustin lachte abfällig. »Der wird die Kabinettsumbildung nicht überleben. Kann ich mir einfach nicht vorstellen.«
»Vielleicht ist das eine neue Chance für den potentiellen Nachfolger?«
Augustin verneinte. »Die Absage ist definitiv, und glaube mir, ich habe es schon lange geahnt. Schon damals, als ich euch Schmidt vermittelt habe. Heute bin ich froh darum, Dirk.« Sein Gesicht war jetzt ungewöhnlich ernst, als er Harings anblickte. »Ihr müßt einfach Erfolg haben. Sag deinen Partnern und Freunden, ich stehe voll hinter dem Ganzen. Aber halte mich bitte offiziell weiterhin aus allem heraus, ja?«
»Selbstverständlich.« Harings schien leicht verstimmt.
Mit einem erleichterten, aber vorsichtigen Lächeln versprach Augustin: »Und ich werde mich um Schmidt kümmern.«

Was Augustin versprach, das bemühte er sich auch zu halten – ausnahmslos. Wiederholt rief er nach seinem Urlaub in Frankfurt an, Schmidt war jedoch nie zu erreichen. Silke Kadenbach vertröstete ihn von Mal zu Mal und bot sich an, Schmidt sofort über die Anrufe zu informieren. Aber sie wisse leider auch nicht, wo er sich

aufhalte, erklärte sie Augustin bedauernd auf seine stereotype Frage.
In Bonn versuchte es Augustin gleichfalls, fuhr persönlich und wegen der entwürdigenden Umstände mit verhaltenem Groll zu Schmidts Wohnung, schob sogar einen Zettel in den Briefkasten. Und wartete.

Schmidt ging weiter seiner Wege, die ihm nicht vorgegeben waren, sich nirgends abzeichneten und oft nur spontanen Entschlüssen entsprangen. Wegen der wunderschönen Nacht mit Silke in seinen Gefühlen bestätigt, machte er es sich einfach und legte ihre Zuneigung als Freibrief dafür aus, sich weiter seinen Vorstellungen entsprechend zu verhalten. Sie liebt mich, also versteht sie mich.
Schmidt fixierte sich ganz auf Harry Bongartz, dem er unbedingt eine Verbindung zu diesem Heinfried Jonas nachweisen wollte. Gelänge ihm das, dann wäre sein Puzzle zum größten Teil aufgegangen.
Harry war unstet wie ein launischer Westwind, der Sonne und Regen zugleich verspricht. Dem gleichen Kaliber ordnete Schmidt die Personen zu, mit denen er sich manchmal unter absonderlichen Bedingungen traf. In der U-Bahn war ja noch fast normal, auf der Toilette auch. Aber im zehnten Stock eines im Rohbau stehenden Hochhauses? Wo der Wind so um die Stahlstützen pfiff, daß es sich wie ein jammervolles Klagelied anhörte?
Irgendwann nach einer Woche etwa fragte sich Schmidt, wie er an Harry herankommen könnte. Er lebt von Nachrichten, welche kann ich ihm unbesonnen anbieten? Was macht mich in seinen Augen interessant? Während er Harry in der Schatulle beobachtete und herausgefunden hatte, daß es dort einen Stammplatz für ihn gab, kam ihm die Idee. Noch in der Nacht setzte Schmidt sie in die Tat um. Er zog sich aus den Dateien der Versicherungen und der Banken seine Informationen heraus, mischte sie bis zur Unkenntlichkeit und ließ sie dann ausdrucken. Mit einem unübersehbaren Paket an Druckerpapier ausgestattet, setzte er sich zwei

Abende später gleich neben Harrys Stammplatz und wartete. Kurz nach Mitternacht kreuzte Harry auf, vielleicht, weil er mit jemandem verabredet war.
Schmidt gab sich in Maßen auffällig, blätterte geräuschvoll in seinen Unterlagen, murmelte wie im Selbstgespräch und gerade noch für den Nebentisch verständlich Dinge vor sich hin, die nach einiger Zeit Harrys Interesse weckten. Als Schmidt aus den Augenwinkeln dessen seltsam verdrehten Kopf und das ihm zugewandte Ohr bemerkte, erhob er sich, blieb einige Sekunden unschlüssig stehen, ließ seine Unterlagen offen liegen und ging zum Telefon. Schon ungewöhnlich, wenn einer um Mitternacht noch anruft. Genau diesen Eindruck beabsichtigte Schmidt zu vermitteln. Allerdings konnte Harry nicht wissen, daß der so eifrig palavernde und gestikulierende Schmidt, der ihm halb den Rücken zuwandte, seine eigene Nummer gewählt hatte.
Grinsend und sich die Finger reibend, kam Schmidt an den Tisch zurück und tat so, als sei sein Anruf sehr erfolgreich gewesen. Was Harry, der Schmidt jetzt unauffällig zu beobachten versuchte, nicht wissen konnte, war der Grund für Schmidts Freude. Der hatte nämlich während des Telefonats im Glas eines Bilderrahmens gesehen, wie Harry mit langem Hals in seinen Daten schnüffelte.
Schmidt bestellte sich einen Baccardi Lemon, nippte genießerisch, sah auf seine Uhr, blätterte einige Seiten weiter, studierte sie und machte sich nach wenigen Minuten auf den Weg zur Toilette. Als Schmidt wieder auf seinem Platz saß, wußte er, Harry hatte angebissen, denn sein Köder lag eine Nuance anders auf dem Tisch als vorher. Ein weiterer Blick auf die Uhr, jetzt schon leicht ungeduldig, und dann vertiefte sich Schmidt wieder in seine Unterlagen.
»Na, auch versetzt worden?« sprach Harry ihn nach einer Weile an.
»Was? Wie bitte?« Schmidt zeigte sich erstaunt und abweisend zugleich.
»Sie warten auf jemanden, nicht?«
Schmidt setzte sich aufrecht. »Tue ich das?«
Harry nickte und bemühte sich um ein freundliches Lächeln. »Darf ich Sie zu einem Drink einladen?«

Schmidt gab sich reserviert. »Aber ich kenne Sie doch überhaupt nicht.«
»Dem kann man abhelfen«, meinte Harry gut gelaunt, gab dem Kellner ein Zeichen und stand auf. »Ist es gestattet?« fragte er und deutete auf den Platz neben Schmidt.
»Bitte«, willigte dieser zögernd ein.
»Noch beruflich zu tun?« Harry deutete auf die ausgedruckten Unterlagen.
»Geht Sie nichts an«, sagte Schmidt kurz angebunden, raffte seine Aufstellungen zusammen und deponierte sie neben sich auf dem Sitz.
Harry war nicht beleidigt, weil sich Schmidt so ablehnend verhielt. Im Gegenteil, er zeigte vollstes Verständnis. Wohl deshalb suchte er das Gespräch, schaffte es auch nach und nach, Lockerheit aufkommen zu lassen, und bot Schmidt schließlich an, das Lokal zu wechseln.
Auf dessen naive Frage »Warum denn?« meinte er augenzwinkernd: »Wir könnten uns vielleicht noch etwas amüsieren.«
Schmidt, schon mit schwerer Zunge behaftet, erwiderte: »Das geht aber nicht« und blickte auf seine Uhr. »Warte auf einen Abnehmer.«
»Einen Abnehmer?« Harry wirkte zuvorkommend, vielleicht auch höflich interessiert, aber nicht neugierig.
Schmidt nickte, weil ihm das leichter fiel als das Sprechen.
»Wann wollte er denn kommen?« erkundigte sich Harry, abschätzend, wie lange er noch auf sein nächtliches Amüsement zu warten hatte.
»So gegen Mitternacht.«
»Jetzt ist es aber schon nach zwei.«
»Was!« Schmidt ruckte hoch und wirkte verstört, als er sich mit einer Hand über das Gesicht fuhr. »Schon nach zwei?« Er blickte auf seine Uhr und murmelte kaum verständlich: »Was mache ich denn bloß? Brauche unbedingt das Geld. Hat sich bisher noch nie verspätet!«
In beruhigendem Ton wollte Harry wissen, als liege darin möglicherweise die Verspätung begründet: »Wo kommt er denn her?«
»Aus...« Schmidt zögerte, grinste einfältig mit schiefen Augen

und drohte mit dem Zeigefinger. »Aushorchen wollen Sie mich, mein Bester«, gab er mit dicker Zunge von sich. »Und dabei kenne ich noch nicht einmal Ihren Namen.«
»Harry. Mein Name ist Harry.«
»Ha ... Ha ... Harry?«
Harry nickte ernst. »Und Sie? Wie heißen Sie?«
»Ich? Ich heiße ... äh, Schmidt heiße ich. Ganz einfach Schmidt.«
Harry konnte sich vor Lachen kaum noch halten. »Seltener Name«, grinste er. »Wirklich, sehr selten.«
Schmidt verfiel ins Brüten, hockte stoisch auf seinem Platz, bemühte sich erfolglos, das zunehmende Schwanken seines Oberkörpers auszupendeln, und starrte gebannt und wie einem inneren Zwang folgend auf den Eingang, als könne er seinen Abnehmer herbeizaubern. »Kommt wohl nicht mehr«, gab er nach einigen Minuten stoßweise von sich. »Was mache ich denn jetzt?«
Schmidt wollte aufstehen, aber es klappte nicht so recht. Harry bot sich hilfreich an, bezahlte und geleitete Schmidt zu dessen Auto. »So, so, aus Bonn kommen Sie.« Er deutete auf das Kennzeichen. »Schöne Stadt.«
»Muß zurückfahren«, stotterte Schmidt. »Muß unbedingt zurückfahren. Heute noch.«
Harry umklammerte Schmidts Oberarm, als fühle er sich für ihn verantwortlich. »Aber nicht in Ihrem Zustand. Das ist ja lebensgefährlich.«
»Alle Hotels in Frankfurt ausgebucht. Schon viel zu spät. Muß noch unbedingt ...«
Harry knuffte Schmidt in die Seite, daß diesem die Luft wegblieb. »Kein Problem, kommen Sie doch einfach mit zu mir. Habe eine große Wohnung.«
Widerstrebend ließ sich Schmidt überreden, zwängte sich in Harrys Sportcoupé, schälte sich am Offenbacher Verteiler wieder heraus und landete im zwölften Stock jenes Hochhauses, das er schon so oft beobachtet hatte.
Schmidt, unsagbar müde, wie seine halbgeschlossenen Augen bekundeten, sank sogleich auf das Wohnzimmersofa, streckte sich aus und war nach wenigen Minuten eingeschlafen.

Harry nutzte die Gelegenheit, sich Schmidts Unterlagen genauer anzusehen, blätterte ausgiebig darin und bekam nach einer Weile ein verklärtes Gesicht. Da ist eine Menge Geld herauszuschlagen, sagte er sich und verzog sich nach einem letzten Blick auf die schnarchende Zufallsbekanntschaft in sein Schlafzimmer.
Immer noch schnarchend, erhob sich Schmidt nach einer Viertelstunde und versuchte sich im Dunkeln in der Wohnung zu orientieren. Er entdeckte ein kleines Zimmer, dessen Tür unverschlossen war, blickte hinein, erlaubte sich, für einige Sekunden das Licht einzuschalten, und begab sich dann wieder auf sein Sofa. Schmidt war mehr als zufrieden. Er hatte ein Telefaxgerät in der Ecke des kleinen Zimmers stehen sehen und dazu auch noch einen Kopierer.

Am nächsten Morgen ließ Harry seinen Gast von dannen ziehen, ohne ihn noch mal auf seine Unterlagen anzusprechen. Allerdings verabredete er sich mit ihm für denselben Abend in der Schatulle, falls er bis dahin seinen Abnehmer noch nicht kontaktiert habe. Vielleicht gibt es einen Weg, einen anderen Abnehmer aufzutreiben, meinte Harry gut gelaunt.
Schmidt, mit einem Frohlocken im Bauch, wie es größer kaum sein konnte, weil er schon in der Nacht sämtliche Einsatzmöglichkeiten eines Telefaxgerätes in der Kombination Pillond–Jonas mit Harry als Vermittler durchgespielt hatte, ließ sich mit einem Taxi zu seinem Auto bringen. Anschließend grübelte er den ganzen Tag in seiner möblierten Wohnung vor sich hin. Aber es waren keine Einbahnstraßen mehr, in denen er sich gedanklich bewegte.

Harry war pünktlich, Schmidt ließ ihn noch eine halbe Stunde zappeln. Sichtlich zerknirscht betrat er dann kurz vor Mitternacht die Schatulle und setzte sich vorerst einmal an einen Nebentisch, um nicht zuviel Vertrautheit mit Harry zu bekunden.
»Ist er gekommen?« fragte Harry halblaut.
»Nein«, antwortete Schmidt kurz angebunden und schickte verärgert hinterher: »Der verdammte Kerl. Läßt mich auf meinen Unkosten sitzen.«
»Ist es so schlimm?«

Schmidt verdrehte die Augen. »Habe dreitausend vorschießen müssen. Jetzt hänge ich tief damit drin.«
»Und Sie wollen heute nacht noch nach Bonn?«
»Natürlich. Bin schon viel zu lange hier.«
Harry stand auf und setzte sich zu Schmidt. Er stützte seine Unterarme auf, rutschte näher über den Tisch und begann vertraulich: »Was wäre zum Beispiel, wenn ich den Abnehmer spielte?«
Schmidt stellte sich stur. »Kommt nicht in Frage. Stehe zu meinem Wort.«
»Ich meine ja auch nur vorübergehend. Sie bieten mir Ihre Unterlagen an, ich zahle den verabredeten Preis. Von Bonn aus informieren Sie zwischenzeitlich Ihren Abnehmer. Ich treffe mich mit ihm und gebe alles an ihn weiter. Mit einem kleinen finanziellen Aufschlag natürlich.«
Schmidt schüttelte den Kopf. »Ich sagte es bereits, stehe zu meinem Wort.«
Harry lachte dünn und zeigte damit an, er hätte im umgekehrten Fall nicht soviel Solidarität gezeigt. Mit ironischem Unterton meinte er: »Hat er Sie denn nicht schon zweimal versetzt?«
»Zweimal?«
»Ja. Heute abend wird er auch nicht kommen. Passen Sie mal auf.«
Schmidt antwortete nicht und starrte auf den dicken Computerausdruck, der vor ihm auf dem Tisch lag. Und dann, als habe er Harry ertappt, fragte er ihn: »Warum wollen Sie eigentlich den Abnehmer spielen? Sie wissen doch gar nicht, was ich Ihnen anzubieten habe.« Demonstrativ legte er seine Hände auf die Unterlagen, als versuche er sie zu schützen.
Ungemein freundlich log Harry, der sich nicht zu Unrecht sagte, nach so einem Quantum Baccardi Lemon könne sich keiner mehr richtig erinnern: »Sie haben mir gestern einiges erzählt.«
Schmidt erschrak fast zu Tode. »Habe ich das?« Schuldbewußt schlug er die Augen nieder und starrte auf seine unruhigen Finger.
»Ja. Aber keine Angst, ich kann den Mund halten.«
Schmidt schien etwas erleichtert zu sein, verhielt sich aber immer noch abweisend.

»Sie haben bestimmt Unkosten gehabt«, bohrte Harry. »Wer ersetzt Ihnen die jetzt?«
Schmidt zuckte mit den Schultern.
»Sehen Sie. Was wollte Ihnen denn der Abnehmer zahlen?«
Schmidt schwieg.
»Ich gebe Ihnen zehntausend.«
»Was?« Schmidt schluckte. »Für das bißchen hier?« Ungläubig suchte er in Harrys Augen nach einer Widerlegung des Angebots, entdeckte aber nichts.
Harry wiederholte sein Angebot. »Bar auf die Hand, jetzt sofort, wenn Sie einverstanden sind.«
Schmidt kämpfte mit sich und sagte schließlich: »Kann ich nicht machen.«
Nach einer halben Stunde tauschte Schmidt seine Unterlagen gegen 11 000 Mark ein. Beide waren sie zufrieden, wenn man Cognac und Zuprosten als Zeichen eines gelungenen Geschäftsabschlusses auslegt.
Harry begutachtete nun zum erstenmal offiziell die Daten, die Schmidt ihm verkauft hatte. »Alles Luxemburger Konten?«
Schmidt lächelte wissend. »Ja. Von angesehenen Bürgern aus unserem Land, wie Sie an den Berufsbezeichnungen erkennen können.«
»Hm. Interessant. Inoffiziell, nehme ich an.«
»Wie meinen Sie das?«
»Nun ... äh ... das Finanzamt, Sie verstehen, das weiß davon sicherlich nichts.«
Ohne Harrys Verdacht zu bestätigen, was auch nicht erforderlich war, bot Schmidt an: »Wenn Sie noch mehr von diesen Dingen gebrauchen können, ich ...«
»Wirklich?« Harrys Kopf verharrte in angespannter Schräglage.
»Habe gute Verbindungen zu ... ja, habe gute Verbindungen«, ließ Schmidt den Satz unvollendet. »Komme an alles heran. Wirklich alles.«
Schmidt ließ sich am nächsten Tag einen Schlüssel von Harrys Wohnung nachmachen. Man konnte ja nie wissen.

Bei seiner Stippvisite in Bonn, die allein seinem Sohn Volker galt, beachtete Schmidt die Nachricht von Augustin nicht weiter, die er im Briefkasten vorfand. Nur zu leicht konnte er sich den Grund dafür ausrechnen. So weit war es also schon mit ihm gekommen, daß er nicht mehr auf das Ersuchen eines Staatssekretärs reagierte.
Am frühen Abend rief er Dolling an, um seinen Besuch anzukündigen. Mia erklärte, ihr Mann sei nicht da und werde erst spät nach Hause kommen, wie sie ihn kenne.

»Endlich finde ich dich«, beschwerte sich Dolling auf seine kautzige Art und steuerte auf Schmidt zu, der in seiner Stammkneipe gleich um die Ecke zu Abend gegessen hatte.
»Habe sämtliche Lokalitäten abgeklappert. Na, hat es wenigstens geschmeckt?« Dolling deutete auf den Teller, in der Mitte des Tisches. »Schnitzel mit Pommes und Salat. Stimmt's? Bist ja noch ganz der alte.«
»Sag mal, was machst du denn hier?« Groß sah Schmidt den Älteren von unten herauf an.
»Wie ich schon sagte, ich habe dich gesucht.« Dolling zog die Jacke aus, setzte sich neben Schmidt und bestellte ein Bier.
»Denk an deinen Zucker«, warnte Schmidt.
Mit einer wegwischenden Handbewegung untermalte Dolling seine Worte: »Soll sich gefälligst zurückhalten. Mir ist nach einem Bier. Basta!«
»Und warum hast du mich gesucht, wenn ich fragen darf?«
»Du hast doch bei Mia angerufen, oder weißt du das schon nicht mehr?«
»Aber sie sagte mir, du kämst ...«
»Kontrollanruf zwischendurch. Mußt du dir auch angewöhnen. Darfst den Frauen nie das Gefühl geben, sie seien unbeobachtet.«
»Wie lange bist du jetzt verheiratet?« platzte Schmidt heraus, der sich vor Lachen kaum noch halten konnte.
»Zweiundvierzig Jahre.«
Schnell wurden sie ernst, als Dolling fragte, warum Schmidt ihn zu sprechen wünsche.

»Richard, seit einigen Tagen quält mich eine Frage.«
»Nur eine?«
Schmidt ging nicht auf die Anspielung ein. »Angenommen, es hätte all die Attentate nicht gegeben, von Anfang an nicht gegeben, keinen Benno Ohnesorg und ...«
Dolling verzog das Gesicht. »Aber es hat sie gegeben. Wäre sonst viel zu schön gewesen für uns, die ganzen Jahre.«
»Genau das interessiert mich. Wie sähe es bei uns ohne Attentate, ohne Terroristen und ohne Angst vor Greueltaten aus?«
»Wir sind nicht die einzigen auf der Welt. Unsere Nachbarn haben das Problem auch. Kommen wir jetzt nicht zu sehr ins Spekulieren?«
»Laß es uns einfach mal versuchen.«
Dolling seufzte und tat Schmidt den Gefallen: »Nun, zum einen könnten etliche Herren viel besser schlafen, obwohl sie es nicht verdient haben.«
»Aus Politik und Wirtschaft.«
Dolling nickte.
»Weiter«, forderte ihn Schmidt auf.
»Auf was willst du wirklich hinaus?«
Bedächtig antwortete Schmidt: »Ganz einfach gesagt: Welche Konsequenzen ergaben sich für den Staat und die Bundesländer aus dem Terror an sich?«
»Aha. Also einmal eine Reihe von verschärfenden Gesetzen. Das Vermummungs- und Demonstrationsverbot gäbe es andernfalls zum Beispiel so nicht. Gäbe es vielleicht gar nicht.«
»Denkbar.«
»Dann die Hochsicherheitstrakte in den Gefängnissen, man hätte sie unter Umständen nie gebaut.«
Als Schmidt daraufhin nichts sagte, sprach Dolling weiter: »Die Polizei wäre anders strukturiert und weniger stark bewaffnet, das BKA nur halb so groß, Sonderkommandos zum Teil überflüssig ...«
»Die Fahndung liefe anders ab, etliche der Dateien existierten möglicherweise nicht«, ergänzte Schmidt.
Dolling sah ihn an. »Ist es das, was du wissen willst?«
»Ja. Und wenn man bedenkt, welche Parteien sich auch heute

noch für eine weitere Verschärfung bei der Bekämpfung des Terrorismus einsetzen, trotz der neuen Strategie, dann... dann... Kommen dir dann nicht auch komische Gedanken?«
Dolling schüttelte den Kopf. »Nein. Sollten sie?«
»Schau mal«, versuchte es Schmidt zu erklären, »ich bin inzwischen der Meinung, daß etliche der Attentate in Auftrag gegeben worden sind. Du selbst hast es im Fall Pillond auch zugegeben. Erinnerst du dich noch?«
Dolling nickte zögernd.
»Wenn man etwas in Auftrag gibt, dann taucht sogleich die Frage auf, wem es nützt. Terror nützt allein dem, der ein Geschäft mit der Angst machen will. Oder sehe ich das falsch?«
»Siehst du nicht. Und genau das unterstellst du indirekt dem Staat, wenn ich dich richtig verstehe.«
Schmidt schwieg, aber sein Gesichtsausdruck war Antwort genug.
Dolling beugte sich vor. »Ansgar«, sagte er eindringlich, »komm von deinem Horrortrip herunter.«
»Ist es wirklich ein Horrortrip?«

Am nächsten Morgen wartete Schmidt auf dem Bahnhof in Bonn auf seinen Schnellzug, der Verspätung hatte, wie er über Lautsprecher hören konnte: »Der Intercity 523 Rheinfels von Hannover nach München, planmäßige Abfahrt um 13 Uhr 16, wird sich voraussichtlich um zehn Minuten verspäten. Ich wiederhole...«
Schmidt saß schließlich auf seinem rheinseitigen Fensterplatz, blickte hinaus, erstarrte in der Bewegung und vergaß für einige Sekunden das Atmen. Der Intercity 523, planmäßige Abfahrt 13 Uhr 16... das ergab aneinandergereiht die Zahl... 5231316. 5231316 wiederholte er immer wieder. Und dann begannen seine grauen Zellen zu funktionieren, aktivierten sich gegenseitig und forderten Leistung.
Eine der Zahlen auf Pillonds Zettel begann auch mit 523, endete aber mit 1203,5 erinnerte er sich. Dieses Komma fünf hatte ja Silke als erste irritiert, sie hatte ihn darauf gebracht. Welchen Zusammenhang gab es? Was hat... Es gibt keinen Zusammenhang, redete sich Schmidt ein und blickte aus dem Fenster. Aber es gab

einen, zumindest in seinem Kopf, denn er konnte sich von der Vorstellung, der Lösung näher gekommen zu sein, nicht mehr befreien.
Schmidt sah neben sich auf dem leeren Sitz einen der IZB-Zugbegleiter liegen, aus dem er ersehen konnte, wann der Intercity 523 Rheinfels welchen Bahnhof anlief und wieder verließ. Und Hotels warben in der Broschüre um Gäste, waren meist in der Nähe des Bahnhofs angesiedelt.
Als Schmidt die Abfahrtszeit des Zuges 523 auf dem Essener Hauptbahnhof las, die nach Plan um 12 Uhr 03 sein sollte, da hatte er seine Zahl von 5231203,5 beinahe zusammen. Nur das Komma fünf fehlte noch, das verflixte Komma fünf.
Erneut versuchte er sich einzureden, es sei Zufall. Aber bei siebenstelligen Zahlen gibt es nicht oft den Zufall, daß sie identisch sind. Das erkannte Schmidt auch und fragte sich logischerweise: Was hat denn Pillond in Essen auf dem Hauptbahnhof zu suchen gehabt?
Unvermittelt fiel ihm die Zuschlagkarte des Intercity ein, die er in Pillonds Wohnmobil an sich genommen und die Silke in seiner uringetränkten Hose gefunden hatte. Und er war in Essen, versteifte sich Schmidt jetzt, er muß dort gewesen sein. Ich will es so. Nur das Komma fünf... Im Auswerten von Zahlen und Statistiken geübt, ließ Schmidt nicht locker, bis er auch diesen Punkt geklärt zu haben glaubte. Und dabei bewies er ein erstaunliches Maß an Phantasie, wie er sich selbst gegenüber zugeben mußte.
Wenn der Zug um 12 Uhr 03 abfährt, dann ist er 0,5 Minuten später erst einige hundert Meter auf der Strecke, gerade aus dem Bahnhof heraus, wenn überhaupt. Folglich kann 1203,5 nur bedeuten, daß es hinter Essen in Richtung Duisburg etwas geben muß, was Pillond ungemein interessiert hat. Was aber könnte das gewesen sein?
In Koblenz stieg Schmidt aus, benutzte den Gegenzug nach Bonn und fuhr an der Bundeshauptstadt vorbei weiter nach Köln. Dort nahm er die nächste Gelegenheit wahr, um nach Essen zu gelangen. Per Schnellzug, da der IC 523 nur zu bestimmten Zeiten fährt, machte sich Schmidt anschließend von dort auf den Weg nach Duisburg und wartete während der Fahrt darauf, daß sich die

Eingebung bei ihm meldete. Gleich zweimal legte er an diesem Tag die Strecke Essen–Duisburg zurück, blickte angestrengt aus dem Fenster, besonders intensiv kurz nach dem Auslaufen aus dem Essener Bahnhof, leider ohne Erfolg, wie er meinte.
In seinem Essener Hotelzimmer lag er die halbe Nacht wach und versuchte sich zu vergegenwärtigen, was er heute erlebt hatte. Ohne greifbares Ergebnis bemühte er sich anschließend, seine Bilder und Eindrücke aus Pillonds Sicht zu betrachten. Immer vorausgesetzt, daß seine Annahme, die Zahl müsse etwas mit Essen und dem Bahnhof zu tun haben, auch stimmte. Übermüdet schlief er gegen Morgen ein.
Spontan kaufte sich Schmidt am nächsten Tag eine Videokamera, fuhr die Strecke Essen-Duisburg mehrfach ab und filmte abwechselnd in beiden Richtungen, was sich draußen tat. Kamera und Videobänder im Gepäck, traf er gegen Abend in Frankfurt ein.
Mit nicht mehr zu überbietender Konzentration und einer Anspannung, die ihn dazu zwang, sich wieder und wieder die Videoaufnahmen anzuschauen, saß Schmidt vor dem Fernseher: Der Zug fährt an, rollt langsam aus dem Bahnhof, ein Gegenzug läuft ein, viele Gleise, Brücken, bunt angepinselt in Graffiti-Manier, noch einige Brücken, auch bunt, genauso wie die Stützmauern aus Beton, schließlich die freie Strecke.
Gleich darauf die Aufnahmen, die er bei der Rückfahrt von der anderen Bahnhofseite gemacht hatte. Hier fast das gleiche Bild, kaum ein Unterschied zu vorher, nichts Nennenswertes also, was ihm auffiel oder ihn gestört hätte. »Sehen irgendwie alle gleich aus, die Bahnhöfe«, knurrte er vor sich hin, stand auf und schenkte sich einen Cognac ein. Mit dem Glas in der Hand betrachtete er die Aufnahmen erneut, ließ sie in Zeitlupe ablaufen, hielt sie sogar an, als er glaubte, das Komma fünf, eine halbe Minute, sei vorbei.
Die riesige Plakatwand einer Zigarettenreklame erblickte er, die eine Weltreise versprach, vorausgesetzt, man gehörte zu den fünf Glücklichen. Frauenunterwäsche bot man gleich daneben und dazu noch schön drapiert an, und dann der deutschen liebstes Kind: Werbung für ein Auto. Und zwischendurch auf jedem einigermaßen geeigneten Untergrund die Sprühdosenkunst, seit etlichen Jahren salonfähig, seit dem Züricher Sprayer-Urteil.

Die Mitte der Nacht lag längst hinter ihm, als sich Schmidt entschloß, zu Bett zu gehen. Vier Stunden später, der Morgen begann sich gerade dämmernd zu entfalten, stand er auf und machte sich auf den Weg zu seinem möblierten Zimmer.

Übermüdet schlief er dort wenig später wieder ein. Dann sah er sich plötzlich im Bett sitzen. War es ein Traum, der ihn geweckt hatte? Oder ein Geräusch? Vielleicht auch ein Gedanke? Es war weniger ein Gedanke als eine Art Vorstadium, eine Eingebung, unscheinbar und unwesentlich, die ihn hochschrecken ließ. Er duschte hastig, zog sich an und fuhr in die Villa.

Silke Kadenbach, die mittlerweile vieles von ihm gewohnt war, aber seit zwei Wochen vergeblich auf einen Tagesbesuch gewartet hatte, sah ihn mit zwiespältigem Gefühl an.

»Ist was nicht in Ordnung?« fragte sie vorsichtig.

»Schon gut, schon gut. Will nicht gestört werden. Bin nicht da. Kapiert?«

Silke zeigte wieder mal Verständnis, verzieh Schmidt den barschen Ton und nickte. Schmidt sah das schon nicht mehr, so schnell hatte er sich in seinem Büro verschanzt und Videorecorder samt Fernseher angestellt. Er brauchte das Band nicht lange vorlaufen zu lassen, bis er die Stelle entdeckte, die ihn aus dem Schlaf hatte hochfahren lassen. Das Standbild mit großen Augen fixierend, rückte er näher und näher an den Bildschirm heran. Ohne richtig hinzuschauen, schnappte er sich vom Schreibtisch ein Lineal und tippte mit ihm bestimmte Punkte an, als wolle er zwischen ihnen eine Verbindung herstellen. Er wiederholte den Vorgang, dann noch ein drittes Mal, zeichnete die von ihm entwickelte Form auf ein Blatt Papier. Und dann war es Schmidt, als gäbe es einen hilfreichen Geist, der ihm aus unerfindlichen Gründen half, zentimeterweise einen dichten Vorhang zur Seite zu ziehen. Das Bild darunter wurde klarer, war mit einemmal eindeutig, war eine Erlösung! Die Erlösung aus langen Wochen der Ungeduld, des Selbstzweifels, der inneren Zerrissenheit. Schmidt hatte endlich den genialen Kommunikationsweg zwischen Jonas und Pillond aufgedeckt. Und er war der Sieger, der uneingeschränkte Sieger!

Mit dem vermeintlichen Sieg tauchten Zweifel auf, auch neue Befürchtungen, meldete sich die Unsicherheit. Schmidt bewegte sich schon seit längerer Zeit gegenüber jedermann in einem Vertrauensvakuum und wußte nicht, inwieweit er sich auf die anderen verlassen konnte. Und da machte Silke keine Ausnahme. Aber allein und nur auf seine Daten gestützt, käme er nie ans Ziel. Deshalb lud er sich Besuch ein. Weisel hatte zufällig in Frankfurt zu tun, wie er am Telefon sagte.

»Herr Weisel, Sie kennen Richard Dolling, den ehemaligen Ministerialbeamten, nicht wahr?«
»Ja«, antwortete Weisel zurückhaltend und wartete erst einmal ab, was Schmidt von ihm wollte.
»Er sagte mir, Sie hätten früher gut zusammengearbeitet.«
»Sehe ich auch so.«
»Und er hat mir den Rat gegeben, mich an Sie zu wenden, wenn ich ... wenn es Schwierigkeiten gebe oder ich nicht mehr weiterwisse.«
Weisel lächelte. »Was bisher offensichtlich noch nicht der Fall war. Ist es jetzt soweit?«
Schmidt starrte aus dem Fenster und beobachtete Spatzen, die mit akrobatischen Flugübungen auf der Suche nach Futter um das Vogelhäuschen kurvten und sich gegenseitig die Körner wegschnappten.
»Ich sehe, jetzt ist es soweit. Um was geht es denn?«
Immer noch blickte Schmidt zum Fenster hinaus, ließ seine Augen die kahlen, knorrigen Äste einer Akazie entlanggleiten und schwieg.
Um ihm zu helfen, verriet Weisel: »Richard, ich meine, Herr Dolling, er hat mich schon vor einiger Zeit angerufen.«
»Tatsächlich?« Prüfend sah Schmidt jetzt den Beamten des BKA an.
»Er meinte, manchmal fiele es Ihnen schwer, über Ihren Schatten zu springen.«
»So, meinte er das?«
Und als Schmidt auch weiterhin nicht reagierte, kam es vorwurfsvoll von Weisel: »Soll ich jetzt etwa raten, um was es geht?«

»Nein.« Schmidt atmete tief durch. »Was ich Ihnen heute mitzuteilen habe, weiß dann außer Ihnen und mir niemand.«
»Und dabei soll es bleiben, wenn ich Sie richtig verstehe.«
»Genau.«
»Und weshalb?«
Schmidt druckste herum. »Nichts Konkretes, nur so ein Gefühl.«
»Mißtrauisch?«
»Ja.«
»Gegen jeden und alle?«
Schmidt nickte.
»Kenn' ich, das Gefühl. Und wie ist das mit Herrn Harings? Und Herrn Augustin?«
»Ich weiß, es ist nicht ganz fair, auch nicht gegenüber Frau Kadenbach, aber was soll ich ...«
»Und warum wollen Sie ausgerechnet mich einweihen?«
Offen gab Schmidt zu: »Weil ich Sie brauche.«
Weisel lachte hart auf. »Verstehe. Nur deshalb also.«
»Nein, denn Sie brauchen mich auch, wie Sie gleich sehen werden. Noch viel mehr als ich Sie.«
»Okay. Um unser Verfahren abzukürzen, Herr Schmidt: Alles, was Sie mir heute mitteilen, bleibt vorerst unter uns. Es sei denn, ich müßte Ihre Informationen benutzen, um eine Straftat zu vereiteln. Können wir es dabei belassen?«
»Habe ich Ihr Wort?«
»Ja.«
Zögernd ließ Schmidt anschließend Weisel an seinem Sieg teilhaben. Als gäbe es noch die letzten Zweifel zu beseitigen, es war ja kein Beamter des BKA, der die Lösung entdeckt hatte, irrte Weisels Blick zwischen dem Fernseher, der Zeichnung und Schmidt hin und her. Weisel konnte Schmidt verstehen, wie dieser da stolz neben ihm saß, es aus ihm heraussprudelte, er alle Fakten, die wochenlang in ihm geschlummert hatten, loswerden mußte. Und er konnte jetzt auch verstehen, warum Schmidt so überaus mißtrauisch war. Er wäre es in vergleichbarer Situation an dessen Stelle auch.
»Es ist so einfach und gleichzeitig so wirkungsvoll«, schwärmte

Schmidt von der Übermittlungsart des Gegners. »Wir suchen nach den unmöglichsten Dingen, setzten all unsere Technik ein, und was ist? Ein Sprayer läuft durch die Gegend und sprüht die Botschaft einfach auf die Wand. Tolle Idee. Fällt ja nicht auf, zwischen all den bunten Klecksen.«
Weisel gelang es nicht, Schmidt zu dämpfen, als er sich von ihm die bildlichen Darstellungen erklären ließ.
»Hier, diese Punkte und Dreiecke, die in der Zwischenzeit zum Teil wieder übersprüht worden sind, habe ich einfach verbunden. Gut, an zwei, drei Stellen habe ich etwas nachgeholfen. Aber es stimmt.«
Weisel deutete auf die Fotos, die auf dem Tisch lagen. »Und die haben Sie an Ort und Stelle gemacht?«
»Ja. Allerdings erst, nachdem ich die darüberliegende Farbe abgekratzt und, wo es nicht mehr anders ging, einfach übermalt hatte.«
Weisel wurde ungeduldig: »Was steht denn jetzt auf der Betonwand geschrieben?«
»In Symbolen dasselbe wie auf dem Zettel, den wir zwei Wochen nach dem Mord in Trier in der Kanne entdeckt haben. *Arenz, Stuttgart, 19. Dezember, Hotel Graf Zeppelin.*«
Schmidt grinste. Als müsse er Weisel die Tatsache noch mehr verdeutlichen, ließ er auf seinem Monitor den bewußten Zettel erscheinen und bedeutete dem Mann vom BKA, die Abbildung mit denen auf den Fotos zu vergleichen.
Zögernd, als sei die Erkenntnis für ihn noch zu frisch, nahm Weisel die Fotos, sein Blick ging hin und her. »Kein Zweifel«, meinte er dann voller Anerkennung. »Es stimmt. Aber warum auf diese umständliche Art?«
»Umständlich?« Schmidt lachte und warf den Kopf zurück. »Umständlich sagen Sie? Ich sage, es ist genial, denn diese Übermittlung erfüllt alle Kriterien der Geheimhaltung zu hundert Prozent.«
»Inwiefern?«
Schmidt schlug die Beine übereinander und zählte auf: »Erstens kann jeder, wenn er so einen Zettel als Vorlage hat«, er deutete auf den Monitor, »mit einer Sprühdose die Abbildungen an allen glat-

ten Flächen in Bahnhofsnähe anbringen. Er muß nicht wissen, was die Symbole zu bedeuten haben, er braucht nicht zu wissen, für wen sie bestimmt sind. Okay?«

Immer noch zögernd, nickte Weisel.

»Zweitens macht sich nun der Empfänger auf, fährt einfach an der Stelle vorbei, filmt sie, entschlüsselt zu Hause oder in einem Hotel die Nachricht und weiß Bescheid, was er zu machen hat.«

Zögernd trug Weisel auch seine Bedenken vor: »Aber auf welchem Weg hat Jonas, und daß er es war, steht ja nun unzweifelhaft fest, wie hat er denn seine Symbole erhalten?«

Schmidt hob die Hände, als bedauere er, nicht helfen zu können, obwohl sich in seinem Hinterkopf allmählich eine Möglichkeit herauskristallisierte, die er vorerst allerdings noch für sich behalten wollte. »Muß ich noch herausfinden.«

Weisel akzeptierte das. »Aber, Herr Schmidt, einen Schwachpunkt gibt es in Ihrem ansonsten ausgesprochen dichten Argumentationsfeld.«

»Hoffentlich ist das BKA in der Lage, ihn auszubügeln«, pflaumte Schmidt. »Darf ich fragen, was Sie in der Zwischenzeit herausgefunden haben?«

»War nicht so gemeint«, lenkte Weisel ein. »Ich will Ihren Erfolg unter keinen Umständen schmälern. Aber die Frage ist doch: Woher hat der Adressat überhaupt wissen können, daß er genau an dieser Stelle nach der für ihn aufgesprühten Nachricht Ausschau zu halten hatte?«

Schmidt wußte, auf was Weisel hinauswollte. »Natürlich an der Zahl, der siebenstelligen, die wir bei Pillond auf dem Zettel gefunden haben. Sie hat ihm die Zugnummer und die Ankunftszeit angegeben. Und das Komma fünf am Ende sollte in Verbindung mit An- oder Abfahrtszeit ein Hinweis dafür sein, daß die Nachricht kurz vor oder hinter einem Bahnhof zu erwarten war. In den Bahnhöfen duldet die Deutsche Bundesbahn nämlich keine Graffiti.«

All das leuchtete Weisel ein, alle Erklärungen von Schmidt akzeptierte er. »Hauptaspekt zum jetzigen Zeitpunkt ist, auf welchem Weg der Empfänger darüber unterrichtet wurde, wo er zu suchen hatte. Anders ausgedrückt: Wie hat man ihm die siebenstellige Zahl übermittelt?«

Schmidt hob die Schultern. »Leider weiß ich auch noch nicht, woher Jonas wissen konnte, bei welchem Bahnhof er die Nachricht zu sprühen hatte. Was wir definitiv von ihm haben, sind allein die Symbole, ohne jeden Hinweis auf seinen Einsatzort.«
Weisel dachte für einen Augenblick, Schmidt habe seine anfängliche Euphorie eingebüßt, wirkte er doch bei den letzten Anmerkungen in sich gekehrt und selbstzweiflerisch. Als er dann aber in Schmidts Augen sah, deren Glühen schon ins Fanatische überging, wußte er, er hatte sich getäuscht. Und Schmidt sah auch keinen Grund, nach all den Erfolgen in hemmende Lethargie zu verfallen, denn immerhin hatte er einen äußerst wichtigen Etappensieg errungen. Und daraus schöpfte er genügend Motivation für sein weiteres Vorgehen.
»Was ist mit Ihnen?« fragte er Weisel, dessen Gesicht Nachdenklichkeit ausstrahlte. »Stimmt etwas nicht?«
»Nein, nein, schon alles in Ordnung«, beeilte sich Weisel zu sagen. Und dann gab er skeptisch zu: »Mir will das alles noch nicht richtig in den Kopf. Ich meine den Übertragungsmodus. Scheint mir ... ja, wie soll ich sagen, scheint mir ...«
»... an den Haaren herbeigezogen zu sein?« vervollständigte Schmidt Weisels Satz.
Weisel schüttelte den Kopf. »Aber ungewöhnlich ist er schon. Müssen Sie selbst zugeben, nicht?«
Schmidt seufzte bei soviel Uneinsichtigkeit. »Was ist Ihnen denn noch unklar?«
Weisel zuckte einfach mit den Schultern, als müsse Schmidt von selbst drauf kommen. Der sprang auf, griff sich einen Filzstift und malte auf die Wand, wo bis vor zwei Wochen noch ein Aquarell gehangen hatte, ein fünf mal sechs Kästchen großes Rechteck. An der oberen Ecke des Rechteckes setzte er einen Punkt und bemerkte dazu leicht ungeduldig: »So wie auf dem Zettel von Jonas. Bis hierhin alles klar?«
Weisel warf einen Blick auf den Monitor und nickte.
»Bei der Botschaft aus Trier begann das Alphabet genau an dieser Stelle.« Mit dem Filzstift schrieb Schmidt die ersten Buchstaben auf, zeigte den weiteren Verlauf an und erklärte dabei: »Spiralförmig bis zur Mitte. Hier ist das Z. Ende.«

Er blickte Weisel an, der sich wie ein Schüler vorkam und auch so ähnlich verhielt. Gerade als Schmidt nach der Sprühdose greifen wollte, die auf seinem Schreibtisch stand, ertönte der Gong der Eingangstür. »Wer könnte denn das...?« Unschlüssig blickte Schmidt den Beamten des BKA an.
»Imst vielleicht. Hatte auch noch was in Frankfurt zu erledigen.«
»Imst?« Schmidt runzelte die Stirn. »Kann ich ihm auch so vertrauen wie Ihnen?«
»Ja.« Mehr sagte Weisel nicht. Aber mit der Betonung dieses Wortes gab sich Schmidt zufrieden.
Silke Kadenbach klopfte, öffnete die Tür und kündigte an: »Herr Imst.«
Imst betrat den Raum, nickte Weisel und Schmidt zu und setzte sich in den verchromten Rohrstuhl, den Schmidt ihm anbot und dessen Leder bei jeder Bewegung leicht knarrte.
In knappen Sätzen unterrichtete Weisel seinen Kollegen über den bisherigen Verlauf des Gesprächs, so auch über die zeitlichen Zusammenhänge zwischen den Anschlägen in Luxemburg und Stuttgart und dem Auffinden der sonderbaren Zeichen jeweils einige Wochen später. Imst stellte keine Zwischenfrage, nickte wiederholt und kaute dabei unentwegt. Diesmal auf einem Zahnstocher.
Als Weisel ihm Schmidts Wunsch nach Verschwiegenheit weitergab, hob er leicht eine Augenbraue und murmelte: »Geht in Ordnung.«
Schmidt schnappte sich die Sprühdose und begann mit seinem Werk. Innerhalb des fünf mal sechs Kästchen großen Rasters zog er verschiedene Linien, ohne die Dose abzusetzen. Heraus kam ein eckiges Muster, dem jede erkennbare Struktur fehlte.
Schmidt stellte die Dose ab, stemmte die Arme in die Seite und sah die BKA-Leute an.
»Scheißkerl«, knurrte Imst.
Schmidt grinste.
»Was ist?« Weisels Augen irrten zwischen Schmidt und Imst hin und her.
»Scheißkerl«, wiederholte Imst und lachte. Mit einer Hand deutete er auf die Wand und fügte hinzu: »Steht dort.«

»Ach so.« Weisel atmete erleichtert aus.
»Sehen Sie, so einfach ist das. Geht sekundenschnell. Und wenn ich will, dann kann ich in einer anderen Farbe eine zweite Information auf das Raster sprühen.«
»Oder einen anderen Modus verwenden und ein neues Muster anlegen«, komplettierte Weisel.
»Genau.« Schmidt malte ein zweites Raster auf die Wand und sprühte dasselbe Wort nach einem anderen Schlüssel auf. Zwischen beiden Kombinationen gab es nicht die Spur einer Ähnlichkeit.
Imst sprang auf und stellte sich mit verschränkten Armen vor die Wand. Immer wieder schüttelte er den Kopf. »Mehr als zweitausend sitzen in Wiesbaden in der Zentrale«, murmelte er schließlich, »sechzig Spezialisten für Kryptographie haben wir, und wer löst das Rätsel?« Über die Schulter blickte er zu seinem älteren Kollegen, der ihn mit großen Augen ansah, platt, wieviel Imst heute von sich gab.
»Schmidt löst das Rätsel«, beantwortete Imst seine Frage selbst und deutet auf den Genannten, der verschmitzt lächelte und die Bemerkung als Lob auffaßte. »Ein Beamter aus dem Ministerium, ein ehemaliger Beamter«, verbesserte sich Imst und schüttelte wieder den Kopf, als könne er es nicht lassen. Von der Seite fragte er Schmidt: »Darf ich auch mal?«
Der deutete auf die Sprühdose, den Filzstift und dann auf eine freie Fläche an der Wand. »Bitte.«
Imst malte nun seinerseits ein Raster auf, kennzeichnete den Punkt des Beginns und sprühte anschließend munter drauflos.
»Idiot«, las Schmidt aus dem Gebilde und grinste wieder. Dieses Mal zuckte Weisel nicht mehr zusammen.
»Idiot«, wiederholte Imst und nickte dazu mit einem verächtlichen Lächeln auf dem Gesicht. »Verpiß dich«, fügte er wenig später hinzu und deutete auf das um zwei Wörter erweiterte Muster. Er stellte die Sprühdose ab und ging zu dem Rohrstuhl, um leicht wippend sein Produkt aus einer gewissen Entfernung zu betrachten.
Nur noch halbherzig bemühten sich anschließend Weisel und Imst, ihre berufsbedingte Skepsis einzubringen. Sie gaben sich scheinbar

nicht mit der offensichtlichen Lösung zufrieden, obwohl ihre Blicke immer wieder zur Wand irrten, um sich zu vergewissern, sondern klopften alle Indizien nach einem nur ihnen bekannten negativen Auswahlmodus ab. Leicht ungeduldig stand Schmidt schließlich auf, ging in das Obergeschoß und kam mit der Intercity-Zuschlagkarte zurück.

»Hier, habe ich bei Pillond gefunden.«

»Ich dachte, Sie hätten nichts...«, erstaunte sich Weisel.

»War mir entfallen. Meine Mitarbeiterin hat die Karte in einer Hose entdeckt.«

»Soso«, griente Imst. »In einer Hose also.« Dazu lachte er anzüglich.

Schmidt überhörte das und erklärte die Zeichen auf der Rückseite der Karte, die vom Schaffner stammten, der sie entwertet hatte. »Die letzten Zahlen 523 zeigen an, daß es sich um den Intercity Rheinfels mit der Zugnummer 523 gehandelt hat, Herr Weisel. Laut Plan erreicht er Essen-Hauptbahnhof um 12 Uhr 01 und verläßt ihn wieder um 12 Uhr 03. Wenn Sie die Karte umdrehen, dann können Sie auf der Vorderseite auch das Datum lesen.«

»12. Dezember«, murmelte Weisel. »Genau eine Woche vor dem Mord an Arenz. Paßt lückenlos. Darf ich die Zuschlagkarte bitte haben?«

Schmidt war nach einigem Zögern einverstanden.

»Herr Schmidt, haben Sie die anderen Zahlen, die man bei Pillond gefunden hat, auch überprüft?«

»Ja. Die 6161412,5 besagt, daß der Intercity Friedrich Schiller 616 gemeint ist. Um 14 Uhr 13 kommt er normalerweise in Dortmund an. Und 1412,5 bedeutet, daß kurz vor dem Bahnhof eine Nachricht zu erwarten ist. Sie lautet wie folgt: *Eröffnung 26. 10. um 23 Uhr 45.*«

»Luxemburg!« knurrte Imst.

»Richtig. Hier, schauen Sie es sich bitte an.« Schmidt gab Weisel und Imst je ein Blatt Papier, auf dem die Symbole, die man in Mainz in Jonas' Auto gefunden hatte, zusammen mit der Auflösung zu sehen waren. Daneben legte er seine Fotos vom Hauptbahnhof in Dortmund. »In diesem Fall kommt noch ein verstärkendes, ein unwiderlegbares Indiz für Jonas als Übermittler hinzu:

der Tankbeleg aus Dortmund vom 16. Oktober letzten Jahres, den die Mainzer Polizei gleichfalls in seinem Auto entdeckte. Exakt zehn Tage vor dem Attentat in Luxemburg ist er demnach in Dortmund gewesen. Genügt das immer noch nicht?«
»Jetzt haben Sie mich endgültig überzeugt«, gab Weisel zu. »Jetzt glaube ich wirklich, daß es so abgelaufen sein könnte.« Wie zur Bestätigung stülpte er die Lippen vor.
Ihr anschließendes Schweigen resultierte aus der Erkenntnis, daß sie zwar die erste verwertbare Spur in Händen hielten, aber das Ziel immer noch nicht ausmachen konnten.
»Wir haben auch etwas zu bieten«, meinte Weisel nach einer Weile und richtete das Wort an Imst. »Hat sich unser Verdacht bestätigt?«
Imst sah zu Schmidt, erinnerte sich dann an die Übereinkunft und antwortete: »Ja, voll.«
»Das ist gut.« Weisel wandte sich in Schmidts Richtung, der immer noch vor der Wand stand. »Zwei der Fotos, die Sie uns haben zukommen lassen, können wir einordnen.«
»Die Wiese?« riet Schmidt, der gleichzeitig hoffte, daß das BKA noch nicht auf die Spur von Harry Bongartz gestoßen war. Er wählte den Grad seiner Offenheit so, wie er ihm ins Konzept paßte.
»Ja, die Wiese mit dem Zaun im Hintergrund. Ist ein Flugplatz.«
»Frankfurt?«
Weisel schüttelte den Kopf. »München-Riem, Südostecke.«
»Und was hat das zu bedeuten?«
»Eigentlich gar nichts«, meinte Weisel. »Was wollen die auf einem deutschen Flugplatz? Werden vollständig überwacht. Da ist für sie nichts drin.«
Schmidt war zwar anderer Auffassung, behielt seine Meinung aber für sich.
»Und wir haben noch etwas anzubieten«, verkündete Weisel. »Erinnern Sie sich an die Liste, die wir von den Franzosen erhalten haben? Ich habe Sie Ihnen gezeigt. In Darmstadt, an der Bushaltestelle.« Weisel lächelte verklärt und sah sicherlich das Luxusauto samt Luxusinhalt vor sich.

»Die mit den verschwundenen Söldnern und den in der Zwischenzeit abgelaufenen Aktionen?«
Weisel nickte. »Genau die.«
»Was ist damit?«
»Zwei Personen, die draufstehen, sind bei uns im Land aufgetaucht.«
»Interessant.« Schmidt setzte sich auf seinen Bürostuhl und überlegte. »Und was hat das Ihrer Meinung nach zu bedeuten?«
»Wissen wir noch nicht genau.«
»Wo sind sie aufgetaucht?«
»Einen haben wir bei der Einreise beobachtet, den anderen, als er sich einen Mietwagen besorgte. Beide Male in Kehl am Rhein, allerdings zu unterschiedlichen Zeiten.«
»Kamen demnach von Straßburg«, folgerte Schmidt. »Gut, Sie wissen nicht genau, was sie vorhaben, aber was vermuten Sie?«
»Spektakulärer Anschlag«, meinte Imst. »Ganz große Kiste«, fügte er hinzu und nickte bedeutungsvoll.
»Mein Kollege meint, daß es sich um etwas Aufsehenerregendes handeln muß. Und zwar in großer Dimension, damit die Öffentlichkeit an unserem Staat und seinen Methoden zu zweifeln beginnt.«
»Sprengstoffanschlag?«
»Kann sein.«
»Oder Kidnapping?«
»Kann auch sein. Zumindest haben wir den Personenschutz der Gefahrengruppe I und II enorm verstärkt. Ist manchen Damen und Herren gar nicht so recht. Besonders die von der Opposition, die immer behaupten, die Regierungspartei male Gespenster an die Wand.«
»Eventuell eine Flugzeugentführung?«
»Nein, gerade das glauben wir nicht.«
»Aber die Fotos von Jonas, die den Flughafen München-Riem zeigen, deuten in diese Richtung«, gab Schmidt zu bedenken.
»Sind mittlerweile mindestens vier Monate alt«, konterte Weisel. »Da besteht kein Zusammenhang mehr.«
»Das sehe ich anders«, widersprach Schmidt. »Wir nehmen für uns das Recht in Anspruch, die sichersten Flugplätze, die genauesten

Kontrollen und die besten Sicherheitskräfte zu haben. Gerade das ist ein unwiderstehlicher Reiz, es uns zu zeigen.«
»Trotzdem.« Weisel schüttelte den Kopf. »Zu gefährlich für Terroristen.«
»Und für Söldner? Für Leute, die das Kriegspielen bis zur Perfektion beherrschen?«
Weisel zögerte etwas und antwortete schließlich überzeugt: »Auch für die. Obwohl sie genügend Geld in der Kasse haben müßten.«
»Sie denken dabei an das Lösegeld, das Harings gezahlt hat?«
»Ja. Und wir denken inzwischen auch, daß der Entführer entweder Pillond oder einer seiner Kollegen war.«
Schmidt war derselben Ansicht, ließ sich aber in seiner Auffassung nicht beirren, wie sein nächster Versuch zeigte. »Erinnern Sie sich noch an den Flugzeugabsturz von Lockerbie? Vor ein paar Jahren war das.«
Weisel und Imst nickten.
»Dann erinnern Sie sich sicherlich auch, wie vehement die deutschen Stellen anfangs gegen die angebliche britische Unterstellung protestiert haben, die Bombe könne nur in Frankfurt am Main in den Jumbo gelangt sein.«
Weisel und Imst nickten wieder.
»Was liegt also näher, als den endgültigen Beweis anzutreten, daß die deutschen Sicherheitsvorkehrungen zu überwinden sind? Genau wie alle anderen auch?«

Schmidt war wieder allein und beschäftigte sich nicht länger mit einer möglichen Flugzeugentführung, die zudem nur seiner Phantasie entsprungen war. Ihn interessierten seine Zahlen mehr und ganz besonders der Weg, auf dem Pillond sie möglicherweise erhalten hatte. Den Kopf in beide Hände gestützt, hockte er am Schreibtisch und konzentrierte sich. Nach einer Weile stand er auf, machte es sich in einem Sessel bequem, um mit geschlossenen Augen in seiner Tätigkeit fortzufahren. Aus unerklärlichen Gründen drängte sich aber immer wieder Harry Bongartz dazwischen.
Silke verabschiedete sich durch die geschlossene Tür, ihr Arbeitstag war beendet, und sie wollte noch einkaufen gehen. Schmidt

reagierte nicht. Sie öffnete die Tür, verabschiedete sich zum zweitenmal. Und als Schmidt immer noch nicht reagierte, fragte sie: »Sag mal, schläfst du etwa die ganze Zeit?«
»Bitte stör mich nicht«, erwiderte er, ohne die Augen zu öffnen.
Sie schloß die Tür, war beruhigt, daß sich Schmidts Zustand der Abgeschiedenheit stabilisiert hatte, und verließ das Haus.
Schmidt ließ seine Gedanken treiben, die sich bei Harry festsetzten. Warum drängt er sich mir immer so auf? fragte er sich.
Eine halbe Stunde später fuhr er zu seinem möblierten Zimmer, suchte den Nachschlüssel zu Bongartz' Wohnung und machte sich gleich darauf auf den Weg in die Frankfurter Innenstadt. In einem Schnellimbiß aß er eine Currywurst, trank einen Kaffee dazu und wartete anschließend vor der Diskothek Tarantel auf Harry. Vergeblich.
Dann rief er in der Schatulle an und verlangte Harry zu sprechen. Harry war da und kam gleich ans Telefon. Schmidt gab vor, in Bonn zu sein, und bot weiteres Material zum Kauf an. Harry war interessiert, und Schmidt verabredete sich noch für den Abend mit ihm in der Schatulle. In etwa zwei Stunden könne er dort sein, versicherte er.
Anschließend fuhr Schmidt an dem Lokal vorbei, sah Harry auf seinem Stammplatz sitzen und erreichte wenig später das Hochhaus am Offenbacher Verteiler.
Vor einigen Monaten noch hätte Schmidt bestimmt Skrupel gehabt, mit Hilfe eines Nachschlüssels in eine fremde Wohnung einzudringen. Aber mittlerweile hatte er sich Freiheiten angeeignet, zu denen auch sein jetziges Vorgehen zählte. Und er war noch nicht einmal aufgeregt, als er vorsichtshalber klingelte, dann, da sich keiner meldete, die Wohnungstür aufschloß und sich in den Räumen umsah, die er ja schon von seiner vorgeblich durchzechten Nacht her kannte.
Schmidt, noch ungeübt im Durchsuchen einer Wohnung, da ihm die neuralgischen Punkte nicht bewußt waren, die als sicheres Versteck in Frage kommen, zog sämtliche Schubladen heraus, öffnete alle Schranktüren, sah an der Wand hinter jedes Bild, ohne zu wissen, was er eigentlich zu finden hoffte.
Zwischendurch rief er in der Schatulle an und teilte Harry mit, daß

er wahrscheinlich einige Minuten später käme. Aber es würde sich lohnen, noch etwas zu warten, verriet er ihm.
Dann suchte er weiter.
Nach zwei Stunden, inzwischen hätte er längst in der Schatulle auftauchen müssen, setzte er sich auf Harrys Sofa und war ratlos. Von durch den Zeitdruck provozierter Unruhe getrieben, sprang er auf, ging ein zweites Mal in das kleine Zimmer, in dem Harrys Telefax und Kopierer standen, besah sich argwöhnisch die Geräte und die Ablagefächer darunter, las erneut die gefaxten Briefe, die Harry in einem Ordner gesammelt hatte. Nichts.
Noch ein Rundgang durchs Wohnzimmer, noch ein Blick auf die Preisliste für Getränke und Zigaretten, die zu Anfang sein Herz hatte höherschlagen lassen, denn sie stammte aus einem Flugzeug der Lufthansa, dann machte er sich auf den Rückweg.
Und er tat gut daran. Kaum saß er in seinem Auto, brauste Harry vors Haus und lief hinein. Ob er Verdacht geschöpft hatte?

In der Nacht überlegte sich Schmidt eine Taktik, wie er Harry und dessen Umfeld in Zukunft begegnen wollte. Er verdrängte abermals die Frage, warum er sich so auf diesen Typen versteifte. All die Aktivitäten nur, weil Billes Harry auf dem Foto erkannt hatte? Und er, Schmidt, Harrys Verbindung mit Jonas und indirekt auch die mit Pillond, dieses seltsame Dreiecksverhältnis, als erwiesen ansah?
Ihn kam sein Konstrukt selbst wie ein schmaler Steg vor, vielleicht zu schmal, um ihn benutzen zu können.
Da Harry ihn inzwischen persönlich kannte und wegen des geplatzten Arrangements verärgert war, wie Schmidt vermutete, sah er keine andere Möglichkeit, als dessen Personenkontakte unter die Lupe zu nehmen, wie er es sporadisch schon vor einigen Wochen getan hatte. Als einziges Ergebnis, dabei viel zu dürftig, um es überhaupt als solches zu werten, blieb ein Aufkleber auf einem Kombi übrig, der einem von Harrys Besuchern gehörte. Es war der blaue Kranich auf gelbem Grund, das Emblem der deutschen Lufthansa. Und der Kombi trug als Aufdruck den Hinweis auf einen Lieferservice für Partys und andere Festlichkeiten.

Silke Kadenbach, die längst bemerkt hatte, wie berechnend Schmidt geworden war, fragte sich, was hinter seiner überraschenden Einladung für ein Grund stecken könnte. Will er mir tatsächlich nur sein möbliertes Zimmer zeigen?
Nein, das wollte Schmidt bestimmt nicht, wie Silke schnell bemerkte, und eine andere Absicht konnte zu ihrem Bedauern auch nicht dahinterstecken, so, wie sich ihr seine Behausung bot. Blümchentapeten und furnierte Eichenmöbel konkurrierten miteinander, sich an Geschmacklosigkeit zu überbieten, und fanden einen gleichwertigen Gegner in dem Teppichboden, dessen wildes Muster nur noch erahnt werden konnte, abgenutzt, wie er war. Ob die Vormieter ihn immer mit dem Rasenmäher gereinigt hatten? Unterstellt man einem Beamten Ordnungssinn, dann hatte Schmidt zumindest diese Eigenschaft in der letzten Zeit erfolgreich bekämpft. Nicht einmal aufgeräumt war sein Zimmer, das Bettzeug lag aufgetürmt am Fußende, Pappbecher standen auf dem Tisch oder auf dem Boden, längliche Plastikschälchen, dazu benutzt, um von einem Schnellimbiß Fertiggerichte nach Hause zu tragen, quollen mit zu Kugeln zerknüllten Zeitungen aus dem übervollen Papierkorb. Auf der Tischplatte grenzte Ring an Ring von getrockneten Kaffeeresten, nur aus Bequemlichkeit hatte es Schmidt bisher versäumt, ihn nach dem Frühstück feucht abzuwischen. Kleidungsstücke, auf allen Ablagemöglichkeiten drapiert wie bei einer Kunstausstellung, vervollständigten das chaotische Bild. Eine Unterhose steckte in der Blumenvase – welch eine Zier, und so romantisch!
Zumindest standen im Kühlschrank einige Büchsen Bier, die anfänglich Schmidts und Silkes Verlegenheit zu überspielen halfen. Aufratschen, einschenken, trinken – sich anzusehen gelang unbefangener, wenn man ein Glas in der Hand hielt. Und dann wartete Silke.
»Es ist nur eine ganz vage Idee von mir«, startete Schmidt das Gespräch, ohne darauf einzugehen, was denn vage sei und welche Idee er habe. Sogleich wechselte er auch das Thema, wie es schien. »Du hast doch mal in einer anderen Abteilung gearbeitet. In der Versicherung, meine ich. Nicht wahr?«
»Ich habe in mehreren gearbeitet«, verbesserte Silke und verbarg

nicht ihre Enttäuschung, da sie sich mehr vom Abend versprochen hatte.
»Zu mir hast du gesagt, du hättest auch mit Wertpapieren zu tun gehabt. Stimmt das?«
Silke nickte.
»Komm, erzähl, wie spielte sich das ab!«
Sie schlug die Beine übereinander, blickte sich in Schmidts Zimmer um, sah die billigen Poster an den Wänden, deren blasse Farben keine Sehnsucht mehr nach dem Süden aufkommen ließen, den in die Jahre gekommenen Schrank, dessen eine Tür schief in den Angeln hing, und den vergammelten Teppichboden, dem auch eine Generalreinigung nicht mehr helfen konnte.
»Unsere Gesellschft ist ein Allfinanzinstitut. Du kannst dich nicht nur gegen alles mögliche versichern, sondern auch einen Kredit beantragen, falls du dir ein Haus kaufen möchtest, oder dein Geld in Fonds anlegen. Ich habe für einen Wertpapierfonds gearbeitet.«
»Interessant. Dann habt ihr also täglich Aktien gekauft und verkauft.«
»Vielleicht nicht täglich, aber des öfteren«, bestätigte Silke. »Und dann immer in größeren Mengen. Erfolge hatten wir damit auch«, schob sie sogleich hinterher, weil sie glaubte, dadurch Schmidts nächster Frage zuvorzukommen.
Aber das wollte er gar nicht wissen. »Wenn ihr Aktien geordert habt, wie ging denn das vor sich?«
Silke sah Schmidt spöttisch an. »Sag nur, du beschäftigst dich neuerdings mit Geldanlagen.«
Schmidt schüttelte den Kopf. »Bitte beantworte meine Frage«, forderte er sie ernst auf. Und erst jetzt bemerkte Silke, wie angespannt und konzentriert er war.
»Wir haben fast nur über unsere Hausbank geordert«, kam sie seiner Aufforderung nach. »Sind ja auch zu knapp fünfzig Prozent an ihr beteiligt«, lieferte sie sogleich die Begründung. »Wenn unsere Strategen gemeint haben, es sei gut, im Automobilbereich zu investieren, dann haben wir die entsprechenden Aktien gekauft.«
»Hast du auch geordert?«

»Natürlich.«
»Soundso viel von der Firma und soundso viel von einer anderen?«
Silke lächelte flüchtig. »Etwas anders lief es schon ab«, meinte sie. »Wir haben stets zu festen Preisen am Markt eingekauft. Ich habe dann bei der Bank angerufen und gesagt, wir wollen fünfhundert Aktien zu dem und dem Basispreis haben. Oder ich habe es in meinen Computer eingegeben, der mit dem Terminal der Bank verbunden war. Schon war der Fall erledigt.«
»Was hast du eingegeben?«
Silke, immer noch unschlüssig, auf was Schmidt hinauswollte, antwortete: »Menge, Preis, Börsenplatz und Wertpapierkennummer.«
Schmidt senkte den Kopf, nickte mehrmals, als habe er diese Antwort erwartet.
»Die Nummer, die Kennummer. Hat jede Aktie eine?«
»Ja.«
»Und warum?«
»Damit Mißverständnisse während der Übertragung vermieden werden. Besonders bei Optionsscheinen kann es dazu kommen, weil oftmals von einem Konzern zur selben Zeit mehrere Scheine auf dem Markt zu kaufen sind.«
»Und die Nummer ist sechsstellig?«
»Meines Wissens, ja.«
Schmidt stand auf, stellte sich ans Fenster, verschränkte die Hände auf dem Rücken und blickte hinaus in die Dunkelheit. Nach einer Weile zog er die Vorhänge zu, deren wilde Farbkombination jede Ästhetik unterlief, und lehnte sich gegen die Wand.
»Es gibt doch bestimmt ein Kommunikationssystem zwischen den Banken und den Versicherungen. Ich meine, ein System, das die Interessenten über alle Vorgänge an der Börse informiert.«
»Ja, aber da gibt es mehrere.«
»Kann man durch sie erfahren, wie sich die anderen Börsen entwickeln? Ich meine die von Tokio, Sydney oder New York.«
»Natürlich.«
»Könntest du das bitte mal für mich tun?«
»Was soll ich?«

Schmidt deutete auf den Personalcomputer, der auf einem niedrigeren Tisch stand. »Ruf bitte mal New York ab, und frag nach dem Trend.«
Silke sah ihn erstaunt an. »Das geht nicht von hier aus. Da mußt du erst einmal an ein Datennetz heran.«
»Bitte.«
Silke zuckte mit den Schultern, setzte sich an den Computer, um Schmidt den Gefallen zu tun und um ihm zu zeigen, wie unsinnig sein Unterfangen war. Sie schaltete das Gerät ein und wartete, bis das Programm geladen war. Er wählte in der Zwischenzeit und verband dann Telefonhörer, Modem und Computer miteinander.
»Gib jetzt bitte deine Daten ein«, forderte er sie auf, stellte sich neben sie und beobachtete ihre Finger.
Silke war überrascht, als sie sich in das ihr von der Versicherung her bekannte Börseninformationsnetz einschalten und die Daten von New York abrufen konnte. Der Dow-Jones-Index war um fünfzehn Punkte gestiegen, Rohstoffaktien allerdings waren auf breiter Front gefallen.
»Sag mal, wie kann das funktionieren?«
Schmidt lächelte fahrig. »Wir sind mit der Villa verbunden.« Er deutete auf den Hörer. »Muß ständig auf dem laufenden sein, wenn ich hier in meiner feudalen Wohnung hocke.«
»Du kannst wirklich alles . . .?«
Er nickte. »Dauert zwar etwas länger, weil die Übertragungskapazität nicht allzu hoch ist, aber es funktioniert, wie du siehst. Ruf bitte auch noch Tokio ab.«
»Die Börse ist längst geschlossen.«
»Vielleicht gibt es eine vorbörsliche Meldung?«
Nach wenigen Sekunden konnten sie auf dem Bildschirm lesen, welche Entwicklung die Experten für den kommenden Tag in Japan erwarteten. Banken und Versicherungen lagen in der Käufergunst, Chemie ebenfalls. Rohstoffe dagegen schienen nicht gefragt zu sein, genau wie in New York.
»Und jetzt noch bitte den Schlußkurs vom . . .«, Schmidt blätterte in einem Kalender, »vom 11. Januar, einem Freitag.«
Auch diesen Wunsch erfüllte ihm Silke, indem sie ins Archiv wanderte und die Daten abrief.

Schmidt hatte genug gesehen, er stellte den Computer ab.
Prüfend sah Silke ihn von der Seite an. »Jetzt möchte ich nur noch von dir wissen, warum du mich heute hierherbestellt hast.«
Schmidt antwortete nicht, setzte sich auf die Tischkante und vergrub die Finger der rechten Hand in seinem Bart, als sei er auf der Suche nach etwas.
»Um mich über Börsenvorgänge auszufragen?«
Er antwortete immer noch nicht.
»Oder befürchtest du, daß man in der Villa Wanzen versteckt hat?« Durch ihre eigene Bemerkung verunsichert, schüttelte sie den Kopf. »Traust du denn keinem mehr?«
Er sah sie lange an. Und prüfend. »Kann ich dir denn trauen?«
»Wie ... wie meinst du das?«
»Kann ich dir trauen?« wiederholte er. »Kann ich sicher sein, daß alles, was wir besprechen, auch unter uns bleibt?«
Sie stand auf, schnappte sich ihre Handtasche und wandte sich zur Tür. »Du bist nicht mehr normal, Ansgar. In welcher Welt lebst du eigentlich? Siehst du denn nur noch Feinde um dich herum?«
»Ja.«
Wortlos ging sie hinaus.

Schmidt hatte sein Programm für den nächsten Tag. Als erstes suchte er in der Innenstadt die Filiale einer Großbank auf. Er bat darum, mit einem der Berater über seine Vermögensstrategie sprechen zu dürfen. Höflich, da die Handelszeit an der Börse noch nicht angebrochen war, beantwortete dieser alle seine Fragen. Er sei an Optionsscheinen interessiert, gab Schmidt vor. Und zwar besonders an dem Schein eines Stromversorgers und dem eines Chemiekonzerns, die beide noch eine lange Laufzeit hätten.
Das sei eine ausgezeichnete Anlageentscheidung, lobte der Berater und bearbeitete die Tastatur seines Eingabegerätes. »Nur wenig mehr als fünf Prozent Aufgeld«, meinte er kurz darauf und fügte hinzu: »Ungemein billig, auf die lange Laufzeit bezogen. Und dann auch noch der Hebel! Zwei Komma dreifach.«
Schmidt, der mit diesen Begriffen nichts anzufangen wußte, fragte nach, was denn die Experten von den Scheinen hielten. Und zwar die richtigen Experten direkt an der Börse.

Der Berater ließ sich seine Verstimmung wegen der ihm indirekt von Schmidt unterstellten mangelnden Kompetenz nicht anmerken, gab einen Code ein und drehte den Monitor mit versteinertem Gesicht zu seinem Kunden, damit er die Einschätzung selbst ablesen konnte.
Schmidt war überaus zufrieden, mit dem, was er gesehen hatte, bedankte sich, bat um Bedenkzeit, da es immerhin um eine sechsstellige Summe gehe, und verabschiedete sich.
Der Berater, unsicher hinsichtlich des zu erwartenden Geschäfts, sah ihm mit gemischten Gefühlen nach.
Nicht viel später saß Schmidt einem Mitarbeiter der Presseagentur Reuter gegenüber, die auch einen weltumspannenden Börseninformationsdienst unterhält. Er als Journalist interessiere sich dafür, wie die Nachrichten zusammengestellt würden.
Korrespondenten und Experten vor Ort, lautete die Auskunft, gäben alle Informationen an die Zentrale, die nach Schwerpunkten auswähle und zusammenfassend über die ausländischen Märkte berichte. Kurse stünden für sich und bedürften lediglich eines erläuternden Kommentars.
»Berichten immer dieselben Leute über die einzelnen Börsenplätze?«
»Ja. Und die meisten schon seit Jahren.«
»Und von wie vielen Bank- und Sparkassenfilialen werden Ihre Börseninformationen abgerufen?«
»In Deutschland haben wir alles in allem knapp fünftausend Abnehmer.«
»Leider kann ich mit der Zahl nichts anfangen.«
Schmidts Gesprächspartner lächelte. »Wir sind die größten am Markt.«
Schmidt gab sich beeindruckt. »Eine technische Frage noch: Was haben denn die Zahlen zu bedeuten, die in Klammern gesetzt unter jedem Bericht stehen?«
Jetzt mußte sich der Mitarbeiter der Agentur erst selbst vergewissern, was Schmidt meinte. »Ist eine interne Kontrollnummer. Damit können wir die Nachrichten besser zurückverfolgen.«
»Wenn zum Beispiel etwas aus New York eingeht, wird dann noch viel am Text verändert?«

Der Mann schüttelte den Kopf. »Selten. Die Kommentare kommen so in Umlauf, wie sie eingehen.«
»Sie überprüfen also nicht...?«
»Schauen Sie, Herr Schmidt«, unterbrach ihn der Reuter-Angestellte, »ich finde es ja schön, daß sich Ihre Zeitung für unsere Arbeit interessiert. Zwischenfrage: Werden Ihre Artikel auch noch mal von einem Dritten auf ihren Wahrheitsgehalt hin kontrolliert?«
»Nein.«
»Sehen Sie?« Freundlich lächelnd lehnte er sich zurück. »Wir tun es auch nicht.«
»Und wenn jemand eine falsche Kontrollnummer angibt?«
»Na und? Wer will denn das überprüfen können?«

Schmidt glaubte endlich sein Wie gefunden zu haben. Er probierte gleich aus, ob der Modus auch in Wirklichkeit praktikabel war, ging in eine x-beliebige Sparkasse und konnte in der Börsenecke, wie man dort das kundenfreundliche Terminal bezeichnete, die gewünschten Informationen auf sämtlichen Aktienmärkten abrufen. Und unter jedem ausländischen Börsenplatz stand in Klammern eine sechs- oder siebenstellige Zahl.
Aber über sein Wie war Schmidt gar nicht so glücklich, denn den vermuteten Auftraggeber einzukreisen oder ihm auf die Spur zu kommen war ihm noch längst nicht gelungen.
Trotzdem fühlte er auf dem Weg zur Villa eine sich stetig steigernde innere Zufriedenheit darüber, ein weiteres Glied der Kommunikationskette entdeckt zu haben: Jonas sprüht in der Nähe von Bahnhöfen seine geometrischen Muster auf Brückenpfeiler und Betonwände, der Vollstrecker wird über den internen Zahlencode eines Börseninformationssystems darauf aufmerksam gemacht. Er zerlegt die Zahlen und lokalisiert mit Hilfe von Zugnummer und Abfahrtszeit exakt den Bahnhof, wo er seinen Auftrag in Empfang zu nehmen hat. Dann muß er nur noch Jonas' teuflische Kunst entschlüsseln. Perfekt ausgeklügelt!

Schmidt hatte bei Silke, bei der Bank und bei Reuter gut aufgepaßt. Er kannte jetzt drei Möglichkeiten, sich über die Daten-

Headline des Versicherungskonzerns in die Informationsdienste einzuschalten. Endlich im Programm, gelang es ihm auch, in die Verzeichnisse einzusteigen. Und dann ging er gezielt vor, denn er wollte seine Vermutung bestätigt sehen, ob es im Vorfeld des Luxemburger Anschlags und des Mordes an dem Chemieboß die besagten Informationen gegeben hatte.
Unter dem 9. Dezember des vergangenen Jahres wurde er fündig, als er im Bericht über die Börse von Hongkong den entsprechenden Hinweis in Form der ihm längst bekannten Zahl 5231203,5 fand. Intercity 523 Rheinfels, täglich Hannover–München, 1203 gleich Abfahrtszeit 12 Uhr 03 in Essen, spulte sein Gehirn automatisch ab.
Nur mäßig aufgeregt über seine Entdeckung, wanderte Schmidt weiter zurück bis Anfang Oktober. Auch hier der Hinweis 6161412,5 auf den Intercity 616 Friedrich Schiller mit der planmäßigen Ankunftszeit 14 Uhr 13 in Dortmund. Der Übermittlungskreislauf war bis auf eine kleine Lücke geschlossen: Wie konnte Jonas in Erfahrung bringen, wo er zu sprühen hatte? Schmidt schaltete seine Geräte ab, lehnte sich in seinem Bürosessel zurück und konzentrierte sich. Er war mehr und mehr bestrebt, sich die Denkweise seines Gegenspielers anzueignen, von dem er noch nicht einmal wußte, wo er ihn zu suchen hatte. Für Schmidt genügte es zu diesem Zeitpunkt jedoch, genau zu wissen, daß es ihn gab.
Wie er darauf kam, konnte er später nicht mehr sagen. Aber plötzlich hatte er eine Art Eingebung, auch die Börsenberichte der jüngsten Zeit zu überprüfen. Schmidt schaltete seinen Computer wieder ein und wanderte vom aktuellsten Datum langsam zurück. Bereits nach wenigen Minuten sprang er auf. Er starrte auf den Monitor, als müsse er sich vergewissern, blieb einen Augenblick ratlos stehen und schnappte sich dann das Telefon.
Nach dem Anruf schrieb er sich die achtstellige Nummer auf einen Zettel, steckte ihn ein, rannte aus seinem Büro, griff sich in der Diele die Jacke und stürmte aus dem Haus.
Als Schmidt in Koblenz ankam, wartete Weisel bereits auf ihn. In wenigen Worten informierte er den BKA-Mann über seine Entdeckung, reagierte nicht auf dessen verwunderten Blick und forderte

ihn auf, mit ihm die Gleise entlangzumarschieren. »Wenn ich mich nicht total verfranzt habe, dann finden wir in einigen hundert Metern Entfernung eine neue Nachricht.«
»Wie alt?« fragte Weisel nur und folgte Schmidt, der sich schon auf den Weg gemacht hatte.
»Knapp eine Woche.«
Ohne um Erlaubnis zu ersuchen, aber auch ohne angehalten zu werden, erreichten sie nach weniger als fünf Minuten eine Brücke, die über die Strecke Koblenz–Trier führte. Schmidt steuerte zielsicher auf den Betonpfeiler zu, der wegen seiner vielen abstrakten bunten Bilder ein farbenprächtiges Bild bot, und deutete auf eine bestimmte Stelle. »Hier, schauen Sie selbst.«
Als dieser die Symbole bemerkte, ähnlich denen, die er schon kannte, und dann in Schmidts Gesicht blickte, konnte er erahnen, was in diesem vorging. »Können Sie es entziffern?«
»Nicht auf Anhieb.« Schmidt zückte einen Block, malte die Symbole ab und unterlegte sie mit vorgefertigten Rastern und Entschlüsselungsmöglichkeiten. »Gehe aber jede Wette ein, daß ich mit meiner These recht habe«, knurrte er.
Wenig später ließ er den Block sinken, sah Weisel an und sagte: »Gewonnen. Ich hätte neulich im Büro die Wette gewonnen.«
Weisel, geballt nervös, raunzte: »Los, heraus damit! Was haben Sie entdeckt?«
Mit tonloser Stimme antwortete Schmidt: *»Lufthansa, Frankfurt, 31. März.«*
Weisel schluckte, seine Augen weiteten sich. »Das bedeutet, daß am ...«
»Daß in vier Tagen eine Maschine der Lufthansa entführt werden soll. Oder man will sie sprengen«, fügte Schmidt kaum hörbar hinzu. Er fotografierte die Abbildungen und blickte sich erschrokken um. »Verdammt. Wenn gerade jetzt im Augenblick der ... dann hätten wir uns verraten.«
Unverzüglich machten sie sich auf den Weg zurück zum Bahnhof und setzten sich in einen Schnellimbiß neben der Wartehalle.
»Ich muß Ihnen noch ein Geständnis machen«, leitete Schmidt seine notwendig gewordene Beichte ein und drehte das Glas mit Mineralwasser in seinen Händen. »Sie wissen, daß ich Billes be-

sucht habe. Von ihm erhielt ich einen äußerst wichtigen Tip, wie ich jetzt zumindest glaube. Und zwar den Tip auf einen gewissen Harry Bongartz.« Ohne Weisel anzuschauen, berichtete Schmidt von seinen Recherchen. Er schloß mit den Worten: »Wenn mich nicht alles täuscht, dann könnte dieser Nachrichtenhändler das fehlende Glied zwischen dem Auftraggeber und Jonas sein.«
Weisel schmunzelte. »Ich muß Ihnen auch ein Geständnis machen, Herr Schmidt«, begann er amüsiert. »Wir wissen längst von diesem Bongartz, obwohl er noch nicht in unseren Dateien gespeichert ist. Wir wissen auch längst, daß Sie von ihm wissen. Wir haben Sie nämlich beobachten lassen.«
Schmidts Kopf ruckte hoch. »Sie haben mich...?« Er schluckte. »Warum?«
Weisels Augen baten um Verzeihung: »Wir sind von Diez informiert worden. Seit Jahren schon existiert eine interne Anweisung an das Wachpersonal von inhaftierten Terroristen und deren ebenfalls einsitzenden Sympathisanten, über alle Gespräche ein Gedächtnisprotokoll anzufertigen. Außer über die mit den Anwälten, weil dabei kein Wachpersonal zugegen ist.«
Schmidt war erstaunt. »Davon habe ich noch nie etwas gehört.«
»Interne Anweisungen haben es an sich, aus bestimmten Gründen nicht allzu publik zu sein«, erklärte Weisel verschmitzt.
Schmidt schluckte, als könne er dadurch seine aufkommende Verärgerung loswerden. Allerdings hatte er dazu keinen Anlaß, wie er zugeben mußte. War er nicht derjenige gewesen, der Weisel alle Informationen über diesen Harry Bongartz vorenthalten hatte? »Die Berichte über mich, ich meine, die Observation. Wo...?« Leicht verunsichert sah Schmidt Weisel an.
»Ich habe sie. Sind alle auf meinem Schreibtisch gelandet.« Und dann mit einem entschuldigenden Seitenblick: »Allerdings ist mir ein Mißgeschick passiert. Ich weiß, dürfte es beim BKA nicht geben. Ist auch allein meine Schuld. Aber ich muß sie verlegt haben. Finde sie einfach nicht mehr.«
Zuerst wagte Schmidt nur zaghaft zu lächeln, bis er in Weisels von Falten durchzogenes Gesicht blickte, in dem der Schalk sich eingenistet hatte. Und als Weisel ihn dann auch noch in die Seite knuffte, konnte Schmidt nicht mehr an sich halten.

»Sie sehen, daß ich zu meinem Wort stehe«, sagte Weisel, nachdem sich Schmidt wieder beruhigt hatte. »Und das auch schon lange vor unserem Abkommen.«
Schmidt wurde wieder ernst. »Was auf uns zukommt, ist ja jetzt offensichtlich.« Er deutete mit dem Kopf in Richtung Brücke.
Weisel nickte ahnungsvoll. »Wie es aussieht, lagen Sie mit Ihrer Vermutung tatsächlich richtig: entweder ein Anschlag auf ein Flugzeug oder eine Entführung. Aber beides ist aus meiner Sicht unvorstellbar. Es kann einfach nicht gelingen«, fügte er so überzeugt hinzu, als gebe es für ihn nicht den geringsten Zweifel. »Die Kontrollen sind lückenlos.«
Schmidt war skeptisch. »Ich habe mal in einem internen Bericht gelesen, daß man das Reinigungspersonal und die Arbeitskräfte, die das Essen anliefern, ebensowenig überwacht wie Tankwarte und Mechaniker, die sich an den Maschinen zu schaffen machen. Die Flughafenverwaltungen sollen sich lediglich damit begnügen, ihren Mitarbeitern einen Firmenausweis auszustellen.«
Weisel winkte ab. »Da liegen Sie aber heute falsch. Hat sich vieles geändert in der letzten Zeit.«
Schmidt sprach unbeirrt weiter: »Piloten und andere Flugbegleiter brauchen nur ihren Ausweis in das Eingangstor zu stecken, so hörte ich, und es öffnet sich vollautomatisch, wie bei den anderen Beschäftigten auch. Was nennen Sie daran sicher?«
Weisel hatte Geduld mit Schmidt. »Inzwischen stehen Beamte des Bundesgrenzschutzes offen auf dem Vorfeld und überprüfen jede Putzfrau und jeden Mechaniker. Absolut nichts können die an den Maschinen manipulieren. Noch wirkungsvoller sind allerdings die verdeckt operierenden Sicherheitbeamten. Die bekommen alles mit. Glauben Sie mir doch, die Kontrollen sind lückenlos.«
»Man wird es aber zumindest versuchen«, versteifte sich Schmidt, dem die Symbole auf dem Koblenzer Bahnhof Warnung genug waren. »Sie werden es versuchen.«
Obwohl Weisel äußerlich ernst wirkte, schien er sich über Schmidts Schwarzmalerei zu belustigen. »Wenn Sie mir eine Lücke im System nachweisen können, dann lade ich Sie zum Essen ein, wo immer Sie wollen«, versprach er. »Kommen Sie mit nach Frankfurt, überzeugen Sie sich.«

Sie standen auf der weit in das Vorfeld ragenden sechseckigen Besucherplattform und beobachteten einen startenden Airbus.
»Achten Sie mal auf alle Zu- und Abgänge. Sehen Sie die Posten des Bundesgrenzschutzes?« schrie Weisel hinter vorgehaltener Hand gegen den Lärm an.
»Längst bemerkt.«
»Und unten bei den Maschinen«, Weisel deutete mit einer Hand in die Richtung, »stehen Einsatzfahrzeuge des Sonderkommandos. Überall Doppelposten. Dort drüben bei dem Jumbo, da werden gerade die Ausweise des Reinigungspersonals kontrolliert, wenn ich mich nicht täusche. Und in die kleinen Reinigungscontainer schaut man auch. Na, was habe ich Ihnen gesagt?« Weisel sah Schmidt von der Seite an. »Wie soll da einer durchkommen und manipulieren können?«
Schmidt lächelte kalt. »Ich zumindest würde es auf diese Art nicht versuchen.«
»Wie dann?«
Er hob die Schultern. »Weiß es noch nicht.«
»Über die Gepäckabfertigung hätten sie genausowenig eine Chance. Von den Personenkontrollen ganz zu schweigen.«
»Und über das Frachtzentrum?«
»Sie denken an einen Sprengstoffanschlag?«
Schmidt nickte.
»Wäre aber wenig spektakulär, denn in den Frachtflugzeugen sitzt nur die Besatzung. Außerdem wird jedes Paket nach Sprengstoff untersucht, gleichfalls alle Gepäckstücke der Reisenden, die man zudem noch mit der Passagierliste vergleicht.«
»Nehmen Linienmaschinen keine Fracht mit?«
»Schon. Aber wie gesagt: Wird alles bis ins letzte kontrolliert.«

Eine Stunde später saßen sie dem Leiter des Sicherungsdienstes, Tutzing, gegenüber, mit dem Weisel schon öfter Kontakt gehabt haben mußte, wie sich für Schmidt im Verlauf der Unterhaltung zeigte. Hinweise auf einen Anschlag, manchmal mehr als vage, gebe es immer wieder, meinte Tutzing zu Schmidt und Weisel gewandt. Und man gehe allen Hinweisen nach, seien sie auch noch so abwegig und unsinnig. »Erklären Sie bitte einmal meinem Kol-

legen ihr Ferotec-System«, bat Weisel ihn und beförderte Schmidt stillschweigend zu einem Mitarbeiter des BKA.
Tutzing kam ins Schwärmen, als er nachfragte: »Auch schon davon gehört, was?«
»Leider nichts Genaues«, wich Schmidt aus.
»Dann kommen Sie mal bitte mit.«
Tutzing ging voraus und führte sie im Zentralgebäude in einen fensterlosen Raum, in dem zwei Männer vor diversen Monitoren hockten.
»Hier sitzt unser neues Sicherheitsherz, Herr Schmidt. Sehen Sie die vielen Apparaturen und Skalen?«
Schmidt sah sie, konnte aber mit ihnen nichts anfangen.
»Fahren Sie bitte einmal auf Abflug B, internationale Airlines«, sagte Tutzing zu einem der Männer. Der bearbeitete einige Tasten, und auf dem Monitor baute sich langsam eine Skala auf.
»Diese Skala ist gekoppelt mit einer Kamera«, verdeutlichte der Sicherheitschef. »Jeder Fluggast, der durch einen der vielen Eingänge kommt, wird mit Hilfe spezieller Sensoren nach Metall abgetastet. Natürlich merkt er nichts davon. Dabei wird nicht nur die Metallmenge aufgelistet, sondern auch die Zusammensetzung. Hier können Sie sehen, was dieser Gast so alles bei sich hat.« Er deutete auf den Monitor, auf dem ein gesetzter älterer Herr zu sehen war, der einen Koffer und eine Reisetasche trug.
Tutzing sah sich die Daten auf dem Monitor an und kommentierte: »Hat keine Kamera bei sich, dafür aber einen Rasierer, einen batteriebetriebenen«, präzisierte er, »weiterhin normale Toilettenartikel, einige wenige Gramm an Edelmetallen, wahrscheinlich im Mund oder sein Ehering, vielleicht auch eine Halskette. Alles andere ist unbedeutend, nur diverse Legierungen, enthalten in Gürtelschnallen, Schuhen, Armbanduhren und so weiter.«
Schmidt blickte zu Weisel und wieder zu Tutzing. »Eine Waffe wäre also demnach nicht drin? Die hätten Sie sofort entdeckt?«
Tutzing nickte. »Bestünde der Verdacht, dann würden wir unseren Mann nicht mehr aus den Augen lassen. Er selbst würde allerdings auch davon nichts merken.«
»Und wie ist es mit Sprengstoff? Plastiksprengstoff?«
Schmidt hatte den wunden Punkt in Tutzings Sicherheitssystem

entdeckt. »Soweit sind wir noch nicht. Aber in ein oder zwei Jahren ...?«

Schmidt wanderte mit Weisel durch die Abfertigungshallen A, B und C. Anschließend tranken sie an einer Getränkebar einen Kaffee.
»Schon beeindruckend, was Ferotec kann, nicht?«
Schmidt nickte.
»Sobald ein Gast die Schalterhallen betritt...«
»Gibt es denn keine andere Möglichkeit? Ich meine, auf Umwegen oder sonstwie.«
Weisel schüttelte den Kopf. »Unmöglich.«
»Über den Zaun?«
»Doppelt gesicherte Überwachungsanlage.«
»Und was machen wir jetzt mit all diesen Lufthansaflügen, die am 31. März starten?« Schmidt deutete auf die Liste vor ihnen.
Weisel antwortete nicht.
»Die Flüge 254, 803 und 883 nach Wien, Bremen und Nürnberg können wir vergessen.«
Weisel schwieg noch immer.
»Aber hier, da sind auch einige ganz illustre Ziele dabei. Flug 562 nach Accra und Lagos, der 320er nach Istanbul, Flug 404 nach New York, 632 Dubai, 452 Los Angeles und San Francisco, 560 Lagos, 630 Abu Dhabi, 436 nach Miami. Alles mit Maschinen der Lufthansa.«
Weisel seufzte. »Wir gehen der Sache schon nach, Herr Schmidt. Wird nichts dabei herauskommen, werden Sie sehen.«

Schmidt war sich da nicht so sicher, als er sich wieder wie ein Eremit in seinem möblierten Zimmer verschanzte. Und es wird was passieren, murmelte er wie im Trotz vor sich hin und vertiefte sich in die Sicherheitspläne des Frankfurter Flughafens, die er von Weisel zu treuen Händen erhalten hatte.
Als erstes nahm er sich sämtliche Zu- und Abgänge vor. Falls die angegebenen Systeme alle einwandfrei arbeiteten, gab es für ungebetene Fluggäste wirklich kein Durchkommen. Zu dieser Auffassung kam er nach zwei Stunden.

Dann besah er sich die Außenanlagen, die mit Kameras und Infrarotmeldern überwacht wurden. Zusätzlich lagen noch Induktionsschleifen im Erdreich, die auf einem Streifen von zwanzig Metern Breite innerhalb der Abgrenzung jede über zehn Kilogramm hinausgehende Belastung sofort weitermeldeten. Eine Katze konnte demnach durchschlüpfen, ein mittelgroßer Hund jedoch nicht.

Am nächsten Tag, es war ein Sonntag, beschäftigte sich Schmidt mit den Kontrollen für das Personal, weil er nun mehr denn je der Überzeugung war, nur hier könnte es eine durchlässige Stelle geben. Weisels Versicherung, daß die Angestellten entsprechend ihrer Funktion in verschiedene Sicherheitskategorien eingeteilt seien und man die der höchsten Kategorie besonders unter die Lupe genommen habe, ließ er nicht gelten. Besonders die Flugkapitäne und Stewardessen hatten die Möglichkeit, etwas an Bord zu schmuggeln. An diesem Punkt sagte Schmidt stopp, weil er zu der Einsicht gelangte, seine Bedenken maßlos zu übertreiben. Außerdem gab es ja noch das BKA, das sich in dem Metier viel besser auskannte als er.

Aber noch ein weiterer Aspekt trieb ihn dazu, mit seinen Überlegungen aufzuhören. Er hatte noch ein für ihn vorrangiges Problem zu lösen: die Suche nach dem Auftraggeber der Attentate.

Schmidt schaffte es an diesem Sonntag nicht, sich auf seine Aufgabe zu konzentrieren. Deshalb hielt er am Montag an seiner vorgegebenen Marschrichtung fest und suchte einen bestimmten Anwalt in Frankfurt auf, den er nach dem Gespräch um höchste Diskretion bat. Noch am Montag nachmittag fuhr Schmidt daraufhin nach München, meldete sich gegen Abend bei einer Dame an, trug sein Anliegen vor und wurde überraschenderweise hereingebeten. Ein Anruf aus Frankfurt wäre nicht so wirkungsvoll gewesen, sagte er sich.

Am nächsten Morgen, Schmidt war mit seiner Mission zufrieden und saß wieder im Zug Richtung Frankfurt, sammelte er, da er einige Stunden Zeit dazu hatte, in seinen Gedanken all die Teile zusammen, die in irgendeiner Verbindung zum Flughafen standen. Schmidt erinnerte sich auch wieder an die Getränkekarte der Lufthansa, die er in Harry Bongartz' Appartement auf dem Wohnzim-

mertisch entdeckt hatte. Und an das Emblem des Kranichs auf dem Kombi eines Liefer- und Partyservice.
Zurück in Frankfurt, wußte er nach zwei Telefonaten, daß die Firma auch einige Fluggesellschaften belieferte. Als Schmidt das hörte, klingelten bei ihm alle Alarmglocken auf einmal. Er konnte nicht anders handeln, er mußte Weisel unterrichten. Der sagte sofort sein Kommen zu und traf drei Stunden später in der Villa ein, als Silke gerade auf dem Weg nach Hause war.
»Ich weiß, es gibt für meinen Verdacht keinen konkreten Anhaltspunkt«, wollte sich Schmidt entschuldigen, als Weisel abwinkte.
»Was denken Sie, warum ich hier bin? Was denken Sie, warum morgen dreißig Mitarbeiter des BKA auf dem Flugplatz sein werden? Uns zumindest genügt Ihr Verdacht. Ich nehme ihn auch ernst.«

Sie hatten noch den Abend und die ganze Nacht, um dahinterzukommen, welche Teufelei für den nächsten Tag, den 31. März, geplant war. Zuerst einmal bemühten sie sich herauszufinden, welche Flüge von dem Partyservice beliefert wurden. Ihr Anruf bei der betreffenden Firma zu so später Stunde blieb erfolglos, sie war geschlossen, das Personal längst zu Hause. Als sie sich daraufhin an den Flugplatz wandten, konnte man ihnen dort auch nicht weiterhelfen. Der verantwortliche Sachbearbeiter sei erst wieder ab sechs Uhr in der Früh erreichbar, erklärte man ihnen.
»Entweder wir erwischen trotz allem noch den Inhaber der Firma oder den Sachbearbeiter«, fluchte Weisel. »Oder ich sehe unsere Chancen schwinden.«
Der Sachbearbeiter blieb unauffindbar. Aber mit dem Firmeninhaber hatten sie Glück. Er zeigte sich ausgesprochen kooperativ und eilte von einer Geburtstagsfeier gleich in den Betrieb, wo Schmidt und Weisel schon auf ihn warteten.
Herr Vinz, so sein Name, hörte sich in seinem Büro ihr Problem an, ließ sich vielleicht auch von Weisels Dienstmarke beeindrukken, denn er antwortete prompt auf dessen entsprechende Frage: »In meinem Betrieb arbeiten mit mir einundzwanzig Personen, darunter auch meine Frau, mein Schwiegersohn und meine Tochter.«

»Können Sie uns bitte eine Liste aller Beschäftigten zusammenstellen?«
Vinz stand auf, ging zu einem Personalcomputer und ließ sie ausdrucken. »Bitte, meine Herren.«
Sogleich vertieften sich Weisel und Schmidt in die Liste. »Alle seit mehr als einem Jahr beschäftigt«, murmelte Schmidt vor sich hin, der mit seinem Zeigefinger als erstes die Einstellungsdaten abwanderte. »Haben Sie auch noch Aushilfskräfte?« fragte er im Aufschauen.
»Nein.«
»Und wer fährt mit dem Firmenauto durch die Gegend?«
»Mit welchem?«
»Dem Kombi.«
»Ich habe vier Kombis.«
Damit war Schmidt vorerst am Ende, und er befaßte sich wieder mit der Aufstellung.
»Dürfen wir die behalten?« Weisel hob das Blatt hoch.
»Bitte.«
Plötzlich fiel es Schmidt wieder ein. »Nachts, wer benutzt nachts ein Firmenauto?«
Vinz überlegte. »Normalerweise niemand. Aber jeder kann sich einen Wagen mit nach Hause nehmen, wenn er länger arbeitet oder am nächsten Morgen sehr früh geschäftlich irgendwohin muß.« Als ahne er, auf was seine Besucher aus waren, fügte er unaufgefordert hinzu: »Leider kann ich nicht kontrollieren, welche Privatfahrten in der Zwischenzeit von meinen Mitarbeitern gemacht werden.«
Weisel wollte unbedingt von Vinz wissen, wie viele der 62 von Frankfurt ausgehenden Lufthansaflüge seine Firma am nächsten Morgen beliefern würde.
Vinz stellte nicht viele Fragen und sah in einem Verzeichnis nach. »Inlandsflüge beliefern wir morgen vier, allerdings nur mit kleinen Snacks. Das wären die ...«
»Herr Vinz, wir interessieren uns nur für Auslandsflüge«, unterbrach Weisel ihn, weil er mit Schmidt der Auffassung war, es müsse eine große Maschine mit entsprechender Reichweite und Passagieren verschiedener Nationalitäten sein.

Vinz blätterte weiter und zählte neun Flüge auf. Darunter auch Madrid, London und Paris, die mit einem Imbiß versorgt würden. Aber für die restlichen sechs habe er eine volle Mahlzeit zusammenzustellen. Als er dann die Zielflughäfen nannte, unter ihnen auch New York, Los Angeles und Miami sowie Lagos, Moskau und Abu Dhabi, da sahen sich Weisel und Schmidt ahnungsvoll an.
»Können Sie uns eine Essenszusammenstellung ausdrucken?« bat Schmidt, dem im Augenblick nichts Besseres einfiel.
Vinz tat ihnen auch diesen Gefallen, und sie konnten sich davon überzeugen, daß keine Mahlzeit mit der anderen identisch war.
»Strenge Vorgaben von seiten der Fluggesellschaften«, erklärte Vinz auf ihre Frage.
»Und wo sind die Essen jetzt?«
»Schon auf dem Flughafen. In der Kühlkammer.«

Wieder in der Villa, verschanzte sich jeder zuerst einmal hinter seinen Gedanken. Schmidt stand zwischendurch auf und brühte Kaffee. Wortlos tranken sie, lächelten einander aufmunternd an, denn es war nicht viel, was sie vorzuweisen hatten.
»Die verpackten Mahlzeiten werden immer kontrolliert«, meinte Weisel, als er seine Tasse abstellte. »Auf dem Weg läuft also nichts mit Sprengstoff und so.«
»Wir müssen uns zuerst einmal darüber klarwerden, welcher Flug überhaupt in Frage kommt.«
Weisel schüttelte den Kopf. »Bei einem Sprengstoffanschlag spielt das kaum eine Rolle. Es geht denen allein um den Knall.«
»Es sei denn, es sind Palästinenser«, gab Schmidt zu bedenken. »Die wollen nur zwei Länder treffen: Israel und Amerika.« Als Weisel nichts sagte, sprach er nachdenklich weiter: »Und da es sich aller Wahrscheinlichkeit nach um Söldner handeln wird, kommt für mich eine Bombe nicht in Betracht.«
Mit hochgezogenen Augenbrauen sah ihn Weisel an. »Und wieso nicht?«
»Söldner sind gekaufte Krieger. Die wollen ihr Leben und das Geld genießen. Fürs Märtyrerspielen sind die nicht so sehr! Folglich werden sie versuchen, egal, aus welchen Gründen, eine Maschine in ihre Gewalt zu bekommen.«

»Hm.« Weisel grübelte. »Kommt mir zwar noch nicht allzu stichhaltig vor, Ihre Entführungsthese, wir können sie aber ruhig mal durchdiskutieren, denn nach Bomben werden die Maschinen sowieso durchsucht.«
»Ist aber gar nicht so einfach, sich eine herauszupicken.«
»Wenn Sie mich fragen, dann Istanbul oder Abu Dhabi«, antwortete Weisel sofort. »Sind ja dann gleich um die Ecke zu Hause.«
Schmidt schüttelte den Kopf. »Glaube ich nicht, daß die Entführer in der Gegend zu suchen sind.«
Bei Weisel regte sich Widerspruch. »Und warum nicht? Wer steckt denn meistens hinter den Entführungen?«
»Weil es in diesem Fall allem Anschein nach keine Terroristen sind, die eine Maschine kapern wollen, sondern ausgesuchte und bezahlte Söldner.«
»Aber das ist allein Ihre Meinung, Herr Schmidt. Wir vom BKA...«
»Wer hat mir denn die Aufstellung der Franzosen gezeigt?« unterbrach ihn Schmidt und spielte auf die nächtliche Unterhaltung in Darmstadt an. »Sind nicht zwei von diesen Typen in Kehl aufgetaucht?«
»Schon, aber...«
»Na also. Glauben Sie mir, es sind Söldner. Alles andere ergibt für mich keinen Sinn.«
»Puh. Sie können einem ganz schön zusetzen.« Weisel rieb sich die Augen. »Somit käme jede Maschine in Betracht.«
»Richtig, sehe ich auch so.«
Als rezitiere er aus einem Lehrbuch, sagte Weisel: »Damit wäre das Grundprinzip des Terrors erfüllt: keine Logik und keine Systematik in den Aktionen erkennen lassen. Abwehrchance demnach gleich Null.«
Schmidt hatte nicht richtig zugehört. »Es geht nur noch über die Fluglisten«, faßte er nach wenigen Augenblicken zusammen. »Meiner Meinung nach werden sie erst kurz vorher anreisen, und zwar gleich nach Frankfurt.«
»Etwa mit dem Flugzeug?«
»Oder mit dem Zug«, meinte Schmidt und dachte an die Zuschlagkarte des Intercity, die er Pillond entwendet hatte.

»Steigen im Untergeschoß aus, fahren die Rolltreppe hoch und sind schon beim Einchecken. Aber zumindest werden sie keine Waffen bei sich tragen. Wenn doch, dann schnappen wir sie uns schnell mit Ferotecs Hilfe. Vorausgesetzt, das Gerät funktioniert wirklich einwandfrei und lokalisiert exakt alle Metalle, wie man uns im Flughafen demonstriert hat.«
»Ich frage mich schon die ganze Zeit: Wo bekommen sie die Waffen her?«
Weisel reagierte nicht, denn er sah jetzt aus der Sicht des BKA-Beamten ein anderes Problem als vordergründig an. »Welches Flugzeug schnappen sie sich?«
Spontan antwortete Schmidt: »Ich würde eines wählen, das in die USA fliegt.«
»Und warum?«
»Aus mehreren Gründen. Zum einen, weil man auf dieser Route nicht so sehr mit einer Entführung rechnet wie auf den anderen.«
Weisel akzeptierte Schmidts Begründung erst nach einiger Überlegung, wie sein Nicken zeigte. »Und zum anderen?«
»Wie kann man die Unfähigkeit bei der Bekämpfung und die Stärke des Terrorismus für die Öffentlichkeit besser dokumentieren, als die USA und Deutschland gemeinsam bloßzustellen?«
»Ist aber eine Lufthansamaschine und keine der Pan Am«, widersprach Weisel.
Schmidt ging nicht darauf ein. »Und der wichtigste Punkt: Unter den Passagieren geht dann auch auf den sogenannten sicheren internationalen Strecken die Angst um. Genau das ist es, was die Entführer bezwecken. Was der Auftraggeber bezweckt«, fügte er hart hinzu. »Angst auf allen Ebenen.«

Schmidt und Weisel, der in der Villa übernachtet hatte, standen um fünf Uhr früh auf. Er wolle sich um die Passagierlisten kümmern, verkündete Weisel während des kargen Frühstücks, das lediglich aus einer Tasse starkem Kaffee bestand. »Wo kann ich Sie im Laufe des Tages erreichen? Hier?«
»Wenn nicht hier, dann ab zehn Uhr unter dieser Nummer.« Schmidt schob ihm einen Zettel zu.

Weisel, der schon in der Tür stand, verharrte unschlüssig und schien zu überlegen. »Sagen Sie mal«, setzte er an, rieb sich das Kinn und drehte langsam den Kopf in Schmidts Richtung, »sagt Ihnen das Wort Kassiopeia etwas?«

»Nein.«

»Laut griechischer Mythologie ist Kassiopeia die Mutter der Andromeda. Den Weltraumnebel kennen Sie, nicht?« Weisel deutete gegen die Decke.

Schmidt nickte. »Und was ist mit Kassiopeia?«

Weisel lehnte sich an den Türpfosten, verschränkte die Arme und antwortete: »Vor drei Jahren war es, glaube ich, da hat uns der israelische Geheimdienst Mossad via BND vor einem bevorstehenden Anschlag gewarnt. Und zwar sollte unter dem Decknamen Kassiopeia eine spektakuläre Aktion mit einer Flugzeugbombe bevorstehen, vergleichbar in etwa der von Lockerbie. Der Hinweis stammte übrigens von einem Mossad-Spitzel, der an einem Geheimtreffen palästinensischer Terrorgruppen beim libyschen Revolutionsführer Gaddafi teilgenommen hatte.«

»Wie kommt denn einer vom Mossad . . .?«

Weisel zog die Schultern hoch. »Fragen Sie mich bloß das nicht. Aber das Ziel der Aktion war uns sofort klar: Man wollte die in Deutschland inhaftierten Gesinnungsgenossen und die im Ausland einsitzenden Kämpfer der PFLP/GC, also der *Volksfront für die Befreiung Palästinas/Generalkommando,* freipressen. Im Negativfall hätte man die Maschine samt den Passagieren in die Luft gejagt.«

»Aber dazu ist es nicht gekommen, wie wir beide wissen«, merkte Schmidt an.

»Gott sei Dank. Allerdings will ich auf etwas anderes hinaus. Im Rahmen der Operation Kassiopeia fanden Leute des BND einen wichtigen Hinweis in ihrem *Nadis*-Computer. Sie stießen auf einen Palästinenser und über ihn auf ein geheimes Erdversteck namens Deponie Buchschlag. Wissen Sie, Herr Schmidt, wo das Erdversteck liegt?«

Schmidt schüttelte den Kopf.

»Südlich des Frankfurter Flughafens.«

Und als Schmidt trotz hochgezogener Augenbrauen nicht nachfragte, fügte Weisel hinzu: »Das allein macht uns nicht zu schaffen.

Sondern vielmehr die Tatsache, daß uns das Versteck noch aus RAF-Zeiten bekannt ist.«
»Interessant. Wenn ich Sie richtig verstehe, dann bedeutet das, es gibt einen eindeutigen Zusammenhang zwischen den Palästinensern und der RAF.«
»Ja.«
»Auch heute noch?«
»Auch heute noch. Und genau deshalb, mein lieber Herr Schmidt, finde ich Ihre Annahme, es könne sich um eine Flugzeugentführung handeln, jetzt gar nicht mehr so abwegig.«

Kurz vor acht Uhr rief Weisel zum erstenmal vom Flughafen an. »Noch nichts Genaues«, dämpfte er sofort Schmidts aufkeimende Hoffnung. »Die Passagierlisten geben kaum etwas her. Sie glauben ja nicht, wie viele französisch klingende Namen es gibt. Wir vergleichen jetzt alle mit denen, die wir aus Paris erhalten haben. Wird aber kaum etwas dabei herauskommen, weil ich mir nämlich nicht vorstellen kann, daß die Herren Söldner unter ihrem richtigen Namen zur Arbeit schreiten.« Als Schmidt nicht antwortete und Weisel seinen resigniert klingenden Seufzer durchs Telefon hörte, versuchte er ihn mit einem Zwischenergebnis aufzumuntern: »Wie wir es hier vor Ort sehen, kommen möglicherweise zwei Maschinen nicht mehr in Betracht: die nach Istanbul und die nach Lagos. Aber die waren ja bei Ihnen sowieso nicht in engerer Wahl.«

Schmidt fragte sich nicht lange, ob sein weiteres Vorgehen auch richtig sei, sondern suchte entschlossen einige Unterlagen zusammen und machte sich wenig später auf den Weg zur U-Bahn. Bereits nach vier Stationen stieg er aus, um die restliche Strecke zu Fuß zurückzulegen. Er wollte Zeit herausschinden zum Überlegen. Handle ich richtig? Ist das der einzig gangbare Weg? Oder kneife ich etwa? Antworten auf seine Fragen fand er nicht, denn seine geistige Flexibilität paßte sich der Monotonie seiner Schritte an. Sein Denken war blockiert.
Schmidt kam sich schon lange abgestumpft vor und eingeigelt in einer verschrobenen, ihm auferzwungenen Welt, in der er sich nicht wohl fühlte. Außer seinen selbstauferlegten Pflichten und

Denkmodellen nahm er kaum noch etwas wahr, sein Horizont schien geschrumpft zu sein und gab nur den Blick in die einzige ihm noch verbliebene und vorgegebene Richtung frei. Und es war die vorgegebene Richtung, die ihn in seiner Entfaltung hemmte, die seine Kreativität, falls überhaupt jemals vorhanden, zur Bedeutungslosigkeit verkümmern ließ. Die Resultate dieses abgezirkelten, schablonenhaften Denkens kamen ihm vor wie von einem Unbekannten diktiert und manipuliert obendrein.

Heute wirkte das Gebäude nicht so pompös auf ihn wie bei seinem ersten Besuch. Den Marmorbelag registrierte er nicht, obwohl seine Schritte laut in den Gängen hallten, auch nicht die farbenprächtigen Gemälde an den Wänden, Originale von teuren Künstlern, wie die Messingschildchen andeuteten, und die kostspielige Holzvertäflung aus Edelholz.
Schmidt hatte sich kaum im Vorzimmer in einen von diesen bequemen Sesseln sinken lassen, aus denen man so ungern wieder aufsteht, als er schon vorgelassen wurde.
Freundlich lächelnd kam ihm Harings entgegen, streckte beide Hände zur Begrüßung aus, bot Schmidt einen Platz an und fragte, was er ihm zu trinken anbieten könne.
»Bitte nur Mineralwasser«, antwortete Schmidt mit Katermine, die Harings gleich zu der Bemerkung veranlaßte: »Ist gestern wohl etwas spät geworden, was?«
Schmidt nickte, denn es war lange nach Mitternacht gewesen, als er und Weisel schlafen gingen.
»Was gibt es denn, mein lieber Schmidt?« wollte Harings wissen, während er sich gleichfalls hinsetzte.
Schmidt wartete, bis Harings' Sekretärin die Getränke abgestellt und den Raum verlassen hatte.
»Meine Arbeit ist beendet«, gab er dann ohne Emotion zur Antwort.
Harings kniff die Augen zusammen. »Beendet? Wie soll ich das verstehen?«
Schmidt zuckte mit den Schultern und trank.
»Kommen Sie nicht weiter?«
Schmidt schwieg.

»Was ist es dann?«
»Sie vermuten schon richtig, ich komme nicht weiter«, gab Schmidt zögernd zu. »Und wenn ich sage beendet, dann heißt das lediglich, für mich gibt es nichts mehr zu tun. Das bedeutet allerdings nicht, die von Ihnen gestellte Aufgabe gelöst zu haben.«
»Jetzt verstehe ich gar nichts mehr«, wunderte sich Harings und schlug die Beine übereinander. »Sie reden so verschroben, so... entschuldigen Sie bitte den Ausdruck, so durchgeistigt.«
»Bin ich wohl auch etwas geworden. Aber das hat nichts mit meiner Einschätzung zu tun.« Unsicher lächelnd sah er Harings an, der in Schmidts Gesicht vergeblich nach einem Hinweis auf dessen Gemütsverfassung suchte.
»Also heraus damit, was gibt es denn?« bemühte sich Harings um einen ungezwungenen Ton. »Haben Sie Probleme? Sie haben doch Probleme, legen Sie los.«
Schmidt sah aus dem Fenster, ohne das Panorama von Frankfurt zu würdigen. Die Sonne verlieh der Stadt einen sauberen und anheimelnden Glanz, den sie seiner momentanen Stimmung entsprechend nicht verdient hatte.
»Weisel liegt mit seiner Meinung richtig.«
»Wer ist... ach, Sie meinen den Mitarbeiter des BKA?«
Schmidt wandte sich Harings zu und nickte.
»Und womit liegt er richtig?«
»Es gibt einen Drahtzieher.«
Harings reimte sich zusammen, daß Schmidt dies im Zusammenhang mit seiner Aufgabe meinte. »Einen Drahtzieher für was?«
»Für die Attentate, für den Terror«, entgegnete Schmidt, ohne seine Stimme zu heben, womit er anzeigte, daß er die ungewöhnliche Tatsache als gegeben und nicht mehr weiter aufregenswert einstufte.
Harings aber wunderte sich schon, wie seine aufgerissenen Augen bewiesen, die sich dann wieder in aufkommender Skepsis aufs Normalmaß verengten. Vorsichtig setzte er die Worte: »Sie sind also beide der Überzeugung, wenn ich Sie richtig verstanden habe, daß der Terror gesteuert wird? Von einem Drahtzieher gesteuert wird, wie Sie ihn nennen?«
Schmidt erfaßte mit einem Rundblick das große Büro von Harings

und ließ seine Augen zum Schluß langsam über die gegenüberliegende reinweiße Wand gleiten, als sei er auf der Suche nach etwas.

»Drahtzieher, Hintermann, besser noch, Organisation«, bot er weitere Definitionen an, »denn für einen allein dürfte es zu aufwendig sein.«

Harings reagierte lange nicht. Mit dem Zeigefinger strich er sich über die Narbe auf der Wange, als wolle er sie vorsichtig ausradieren. Abwartend sah er dann Schmidt an, den nun nichts mehr im Büro zu interessieren schien, so in sich gekehrt, wie er wirkte. »Das müssen Sie mir bitte näher erklären.«

»Geht deutlich aus meinen Berichten hervor«, bemerkte Schmidt knapp.

»Sie meinen die von Frau Kadenbach?«

»Ja.«

»Den letzten habe ich vor mehr als zwei Wochen erhalten. Was geht aus den Berichten hervor?«

»Meine Vermutung.«

»Folglich existiert noch kein Beweis?«

»Für mich schon.«

Harings wurde allmählich ungeduldig, weil Schmidt sich dermaßen verklausuliert ausdrückte.

»Wenn Sie mich bitte aufklären wollen, Herr Schmidt, ich wäre Ihnen sehr verbunden.«

In komprimierter Form informierte Schmidt seinen Auftraggeber darüber, was Weisel und er über den vermutlichen Zusammenhang zwischen den verschiedenen Terrorakten und dem Einsatz von Söldnern herausgefunden hatten.

Anschließend war Harings wieder mit seiner Narbe beschäftigt. »Klingt schlüssig, was Sie da sagen«, gab er schließlich zu. »Den Mord an Arenz kann man demnach diesem Pillond nachweisen?«

»Ja, vollständig.«

»Und das Attentat in Luxemburg auch?«

Dieses Mal kam Schmidts Ja etwas verzögert. »Zumindest den Indizien nach.«

»Soso. Und warum Luxemburg?«

Schmidt erklärte die Umstände und kam abschließend auf einen Punkt, der seine eigene Theorie allerdings teilweise in Frage stellte. »Bei einem Test des Bundesgrenzschutzes in Köln war zwar die Trefferquote mit einer Panzerfaust der Marke *Armbrust* enorm hoch, aber die Spezialisten werden an sämtlichen Waffen ausgebildet. Sie können demnach auch mit einer Panzerfaust umgehen.«
»So wie Söldner?«
»Ja.«
»Und wenn man Terroristen an einer solchen Waffe ausbildet, könnten sie es natürlich auch?«
Schmidt schwieg.
»Es soll ja weiter im Osten immer noch etliche von diesen Trainingscamps geben, wo man das lernen kann«, fügte Harings hinzu.
Schmidt ging nicht auf die Bemerkung ein. »Pillond hatte ungefähr sechzehn Stunden, um von einem Kran zum anderen zu schweben. Genau gesagt, standen ihm nur zwei oder drei zur Verfügung, weil die Schußposition in der Mitte der Autobahn am günstigsten war. Und das mußte er unbedingt ausnutzen.«
Harings kam wieder auf den Auftraggeber zu sprechen. »Herr Schmidt, wenn man Terrorakte bestellen kann, dann muß es logischerweise zwischen Auftraggeber und Ausführendem eine Verbindung geben, zumindest eine Art der Nachrichtenübermittlung. Wie weit sind Sie in diesen Bereich vorgestoßen?«
Weil Schmidt nicht mehr wußte, was in seinem letzten Bericht gestanden hatte, antwortete er lapidar: »Bis zum endgültigen Nachweis.«
Harings setzte sich zurecht und schien sehr interessiert zu sein. »Dann sind Sie ja weiter, als ich zu Anfang gedacht habe«, meinte er und legte die Stirn in Falten. »Bitte, lassen Sie mich die Fakten endlich wissen.«
Schmidt begann bei Heinfried Jonas und dessen Zetteln mit den seltsamen geometrischen Gebilden, bewies anhand der zwei Tankbelege, daß er zu bestimmten Zeiten an bestimmten Orten gewesen war, um in der Nähe von Bahnhöfen seine Nachrichten weiterzugeben. Schmidt öffnete seine Mappe und legte einige Fotos auf den Tisch, die seine Hypothese untermauern sollten. Ausführlich er-

klärte er dann Harings das Übermittlungssystem und dessen mühevolle Dechiffrierung.
Harings warf vorerst keinen Blick auf die Fotos und beobachtete statt dessen Schmidt aus den Augenwinkeln. Er kam ihm sonderlich vor, als ginge ihn das Ganze überhaupt nichts an. Wegen dieses irritierenden Eindrucks wägte Harings ab, für wie glaubhaft er ihn halten durfte. Nur um sich zu vergewissern, fragte er: »Das BKA, ist es der gleichen Auffassung wie Sie?«
»Ja.«
Harings stutzte, weil er nicht mit diesem Ja gerechnet hatte. Er beugte sich nach vorn und sah sich jetzt die Fotos an. Dank Schmidts Erläuterungen konnte er schließlich dessen Aussage nachvollziehen. »Das ist ja ein tolles Ding«, gab er wenig später überrascht zu und hob den Kopf. »Nicht zu vergessen auch Ihre Leistung, Herr Schmidt. Allerhand, wie Sie dahintergestiegen sind. Ich hätte noch eine Frage, wenn Sie erlauben: Auf welche Weise hat Jonas den Sprühauftrag erhalten?«
Schmidt seufzte. »Das weiß ich leider bis jetzt nicht.«
»Aha.« Harings schob mit den Fingerspitzen die Fotos zusammen. »Kann ich die behalten?«
»Bitte.«
Diskret meldete sich das Telefon mit einem melodischen Dingdong. Harings stand auf, ging um den Schreibtisch herum und hob ab. »Ich wollte doch nicht gestört werden«, beschwerte er sich. Trotzdem nahm er sich Zeit, setzte sich und sprach mit dem Anrufer. Schmidt gab sich unbeteiligt und wandte sich erneut dem sonnenbeschienenen Panorama von Frankfurt zu.
Nach wenigen Minuten kam Harings zurück an seinen Platz. Ohne Vorwurf stellte er fest: »Sie haben mit meiner geschiedenen Frau gesprochen?«
Schmidt wirkte verlegen, so, wie er die Augen niederschlug. »War zufällig in München«, rechtfertigte er sich schwach.
Harings beließ es dabei und wandte sich wieder dem eigentlichen Thema zu. »Auf welchem Weg Jonas den Auftrag erhalten hat, wissen Sie also noch nicht?«
»Nein. Kann mir aber vorstellen, wie es im Prinzip ablaufen könnte.«

»Wie denn?«
»Jonas bekommt von einem noch unbekannten Dritten den Zettel mit der Aufforderung, die abgebildeten Symbole an einem bestimmten Ort aufzusprühen.«
»Einfach so?«
»Versteckt natürlich.«
Harings lächelte leicht überheblich. »Klingt wenig überzeugend, finden Sie nicht?«
»Wieso? Jonas muß noch nicht einmal wissen, welche Nachricht er weitergibt.«
»Klingt noch weniger überzeugend«, tadelte Harings. »Ein gesuchter und gefährlicher Terrorist, der etwas tut, ohne zu wissen, was er tut?« Bedenklich schüttelte er den Kopf.
»Jonas ist kein Terrorist im herkömmlichen Sinne«, verbesserte ihn Schmidt. »Und gefährlich ist er auch nicht. Gut, man sucht ihn, aber es wird sich herausstellen, daß er nur ein unbedeutender Mitläufer ist, den man als Alibi braucht.«
Harings' zweifelnde Mimik veranlaßte Schmidt, seine Annahme zu präzisieren: »Wenn ich der Unbekannte wäre, der Auftraggeber, und ich hätte eine bestimmte Intention, nämlich die, gewisse Attentate einer terroristischen Gruppe zuzuschustern, dann ginge ich genauso vor. Jonas wird in die Aufgabe eingebunden, er und die angeblich gefährliche *Gruppe 9. November.* Alle Welt schreibt über ihre Verbrechen, die vermeintlichen Terroristen machen Schlagzeilen, festigen in der Szene ihre zweifelhafte Position, fühlen sich voll bestätigt und unternehmen natürlich nichts gegen den unberechtigten Ruhm. Welche Möglichkeit hätten sie auch? Sich an die Presse zu wenden? Oder meinen Sie, man glaubt ihnen, wenn man sie faßt?«
»Abenteuerlich, sehr abenteuerlich, Ihre Vermutung, Herr Schmidt.«
Harings bemühte sich nicht, den Spott zu verbergen. »Gibt es noch jemanden, der Ihre Version teilt?«
»Das BKA.«
»Wirklich?«
»Allerdings nur zum Teil«, schränkte Schmidt ein.
»Das hört sich schon anders an. Noch mal zurück zu diesem Jonas.

Er erhält den Auftrag von einem noch unbekannten Dritten, erhält möglicherweise auch den Lohn für seine Bemühungen von ihm. Ist es so?«

»Aller Wahrscheinlichkeit nach ja.«

»Und Jonas mit seiner Gruppe ist Ihrer Auffassung nach nur das Alibi für den echten Terroristen, den gefährlichen?«

»Und für den Auftraggeber. Er suggeriert Jonas dessen Wichtigkeit ein.«

»Das haben Sie bereits durchblicken lassen«, erklärte Harings. »Wenn dieser Jonas so unbedarft ist, wie Sie behaupten, wie kommt dann der Ausführende an seine Informationen?«

»Über die Symbole. Darüber reden wir doch die ganze Zeit.«

»Ja, ja, schon gut. Aber ich will eigentlich auf etwas anderes hinaus. Er, der Ausführende, muß wissen, vorausgesetzt, er kennt die Stelle, wo er zu suchen hat, was die Symbole bedeuten.«

»Das weiß er.«

»Und von wem?«

Schmidt schwieg.

»Und woher weiß er, wo er zu suchen hat?«

Erneut ging das Telefon. Abermals erhob sich Harings, setzte sich an den Schreibtisch und sprach einige Minuten.

»Bei einem bestimmten Anwalt waren Sie also auch.«

»Hat er gerade angerufen?«

»Ja.«

Schmidt schüttelte den Kopf. »Können auch kein vertrauliches Gespräch für sich behalten.«

Unerbittlich griff Harings seine Frage wieder auf, und Schmidt erklärte, daß der Übertragungsmodus mit Hilfe eines Börseninformationsdienstes abgelaufen sei, den man in jeder Bank- und Sparkassenfiliale abfragen könne.

Schmidt erkannte nach einem Blick in Harings' Gesicht, daß dieser immer mehr an seiner Kompetenz zweifelte. Erst als er ihm, jetzt mit Eifer und voller Energie, bis ins letzte Detail die Zusammenhänge um die sonderbaren Zahlen mit dem Komma fünf am Ende verdeutlichte, dazu die Karte des Intercity erwähnte, die er damals ohne Absicht in dem Wohnmobil an sich genommen hatte, wurde Harings zunehmend nachdenklicher.

»Das will alles nicht in meinen Kopf«, sprach er mehr zu sich selbst, nachdem Schmidt seine Ausführungen beendet hatte. »Aber so, wie Sie es erklären, scheinen Ihre Beweise Hand und Fuß zu haben.«
Schmidt faßte die Bemerkung nicht als Lob auf und entgegnete ernst: »Herr Harings, mein Gegenspieler, ja, er ist mittlerweile für mich zu einem Gegenspieler geworden, auch wenn es eine Organisation oder eine Art Syndikat sein sollte, die hinter alldem steckt, also dieser Gegenspieler ist mir überlegen. Ich komme einfach nicht an ihn heran.«
»Sie sagen das in einer Art, als ... als zollten Sie ihm Respekt?« Harings war verwundert.
Schmidt nagte auf den Lippen. »So seltsam es klingen mag, ich zolle ihm Respekt. Nein, nicht wegen der Attentate, die sind verabscheuungswürdig, wie alles in meinen Augen verabscheuungswürdig ist, was mit Gewalt zusammenhängt. Ich meine allein seine gedankliche Leistung. Mir ist nichts bekannt, das es an Durchtriebenheit mit der Inszenierung meines Gegners aufnehmen könnte.«
Harings schüttelte unwillig den Kopf, als das Telefon zum drittenmal anschlug.
»Verdammt, wer kann es denn jetzt schon wieder sein«, fluchte er, sprang auf und schnarrte »Harings« in den Apparat. »Für Sie, Herr Schmidt«, sagte er nach wenigen Sekunden und hielt Schmidt den Hörer hin. Der stand auf, stellte sich mit dem Rücken zum Fenster und meldete sich mit Namen.
»Weisel hier. Herr Schmidt, wie es aussieht, kommen drei Maschinen in Betracht.«
»Darf ich das Gespräch auf Mithören stellen? Bin gerade bei Herrn Harings.«
»Natürlich.«
Und dann konnte Harings alles klar und deutlich verfolgen.
»Welche Maschinen meinen Sie?«
»Einmal Flug 404 nach New York, dann der 452er nach Los Angeles und San Francisco und Flug Nummer 436 nach Miami.«
»Und welcher ist am meisten gefährdet?«
»Alle.«

»Kein besonderer Hinweis?«
»Nein.«
»Was machen Sie jetzt?«
Weisel lachte durchs Telefon. »Glücksspiel, mein lieber Schmidt, reines Glücksspiel. Bleibt uns nichts anderes übrig, als nach Plan vorzugehen. Schon ganz schön schwierig, in einem Bergwerk einen Neger zu suchen.«
»Rufen Sie gleich wieder an?«
»Aber erst, wenn die Maschinen nach und nach zum Start gerufen werden. Sind Sie weiter unter dieser Nummer zu erreichen?«
Nachdenklich legte Schmidt den Hörer auf und blickte halb über die Schulter aus dem Fenster, als käme Böses auf Frankfurt zu.
Harings räusperte sich vornehm. »Um was geht es denn, wenn ich fragen darf?«
Schmidt sah Harings lange mit einer Mischung aus Nachdenklichkeit und geistiger Abwesenheit an, bevor er schließlich antwortete: »Wir, ich meine, das BKA hat gesicherte Erkenntnisse, daß auf dem Frankfurter Flughafen eine Schweinerei geplant ist.«
»Unmöglich!« entfuhr es Harings, und er fügte gleich als Begründung hinzu: »Bei den Kontrollen?«
»Hat Weisel auch gesagt, als ich mit ihm über meine Vermutung sprach.«
»Wie, stammt die etwa auch von Ihnen?«
Schmidt nickte, setzte sich wieder und berichtete Harings, wie er mit Hilfe seiner bisherigen Ergebnisse auf die Nachricht außerhalb des Koblenzer Bahnhofs gestoßen war. »Der einzige Anhaltspunkt ist eine Firma, die bestimmte Fluglinien mit Essen versorgt«, meinte er abschließend.
»Und was hat das BKA jetzt vor?«
»Ganz einfach: die Beamten in die Maschinen zu verteilen. Eine andere Möglichkeit gibt es nicht.«
»Und die Waffen? Hat man wenigstens eine Ahnung, wo die Waffen versteckt sein könnten?«
»Nein.«
Und dann, als erinnere sich Harings wieder an den Anfang des Gesprächs: »Sagen Sie nur, da stecken auch angeworbene Ex-Söldner dahinter.«

»Ich zumindest bin der Auffassung. Über die Fingerabdrücke wird Weisel hoffentlich noch an sie herankommen.«
»Fingerabdrücke?«
»Die französischen Kollegen waren so nett, ihm die zukommen zu lassen. Man kennt die Herren bereits in unserem Nachbarland. Weisel hat sie wohl mittlerweile alle durch den Pinductor geschleust. Jeder muß nach der Leibesvisitation die Tür zur Kabine öffnen. In der Klinke ist das Gerät eingebaut.«
Harings' Gesicht nahm eine leichte Rötung an, seine schlecht durchblutete Narbe schimmerte bleich wie immer. »Und wieso erfahre ich erst heute davon? Warum haben Sie mir das alles verschwiegen?« brauste er auf. »Sie vergessen wohl, in wessen Dienst Sie stehen.«
Schmidt schüttelte den Kopf. »Das vergesse ich bestimmt nicht, Herr Harings. Aber Sie waren es doch, der mir Wege und Methoden meiner Arbeitsweise überlassen hat. Erinnern Sie sich nicht mehr?«
»Schon gut«, lenkte Harings ein und blickte auf seine Uhr. »Gibt es sonst noch etwas?« fragte er kurz angebunden, als hätte er heute schon genügend Neuigkeiten erfahren.
»Ich möchte noch auf Weisels Anruf warten, wenn Sie erlauben. Aber vorher muß ich mal zur Toilette.«
»Über den Gang, zweite Tür rechts.«
Schmidt war nach wenigen Minuten zurück und fand Harings am Schreibtisch vor, Briefe unterschreibend. Unaufgefordert ließ er sich wieder auf dem Besuchersessel nieder.
Er schrak hoch, als das Telefon klingelte. Harings schaltete zuerst den Lautsprecher aus, hob ab und winkte ihn sofort zum Apparat.
»Ich bin es, Weisel. Bei uns geht es chaotisch zu!«
»Ist die Maschine immer noch nicht bekannt?«
»Nein.«
»Ich glaube, es ist die nach Miami.« Schmidt war sich sicher. Harings blickte ihn von unten herauf an. Schmidt bedeutete ihm mit einer Handbewegung, den Lautsprecher einzuschalten, damit er wieder mithören konnte.
»Wie kommen Sie gerade auf die aus Miami?«

»Ist die Maschine ausgebucht?« wollte Schmidt wissen, ohne auf Weisels Frage einzugehen.
»Nein, höchstens zu einem Drittel belegt.«
»Und die Maschine fliegt die südlichste Route, nicht?«
»Ja.«
»Hat es also gar nicht so weit bis nach Nordafrika.«
»Das ist mir im Augenblick egal. Wo sind die Waffen?« drängte Weisel, ungeduldig werdend.
Schmidt, der sich seit seiner Rückreise aus München in jeder freien Minute fast ausschließlich mit diesem Punkt beschäftigt hatte, hob ratlos die Schultern. »Weiß ich auch nicht.« Unvermittelt schien er von einer starken Spannung befallen zu werden, so jedenfalls war es für Harings beinahe körperlich spürbar, als er in Schmidts verkniffenem Gesicht die zu Schlitzen zusammengepreßten Augen bemerkte.
»Eine Möglichkeit könnte es geben«, begann Schmidt zögernd und mit leiser werdender Stimme.
»Welche?« stieß Weisel hastig hervor.
»Es hat schon was mit der Bordverpflegung zu tun«, deutete Schmidt an. »Aber nicht mit dem Essen, sondern mit den Behältern, die man durch den Gang schiebt. Die schmalen, hohen. Wissen Sie, welche ich meine?«
»Die jeweils von einer Stewardeß ...«
»Genau die. Ich könnte mir vorstellen, daß es zuunterst, gleich neben den Rädern, einen Hohlraum gibt, wo man ... Sind schon alle Maschinen in der Luft?«
»Ja.«
»Und die nach Miami?«
»Auch. Seit einer halben Stunde.«
»Mensch, dann beeilen Sie sich, Herr Weisel. Ihre Leute müssen unbedingt verhindern, daß die Verpflegung ausgegeben wird.«

Als Schmidt im Fahrstuhl nach unten schwebte, der zu allem Übel auch noch in fast jedem Stockwerk hielt, um Benutzer ein- oder aussteigen zu lassen, fühlte er sich unsicher und innerlich zerrissen. Nervös spielten seine Finger mit der Mappe, die er wie einen dürftigen Schutzschild vor den Bauch geklemmt trug.

Als im Erdgeschoß die Türen aufglitten, wunderte sich Schmidt über die menschenleere Vorhalle, sogar vom Wachpersonal keine Spur, und strebte hastig dem Ausgang zu. Durch das Glas der Drehtür sah er sie draußen stehen. Sie gestikulierten wild, deuteten auf eine Stelle schräg vor ihnen, dann in die Höhe. Schmidt drückte sich durch die Glastür, schob Männer und Frauen zur Seite, machte noch einen Schritt weiter nach vorn und konnte schließlich am Blumenkübel vorbeischauen. Er würgte. Dann blickte er hoch, glaubte im 19. Stock einen Kopf verschwinden zu sehen, sah wieder zum Blumenkübel aus Beton, aus dessen rundem Kranz ein Stück herausgebrochen war. Das muß genau die Stelle gewesen sein, auf die der Körper aufgeschlagen ist, überlegte er. Neben dem Kübel sah Schmidt unnatürlich verdreht einen schleimigen Klumpen von Kopf nahezu lose an einem zerschmetterten Körper. Daß es sich um Harings handelte, erkannte er nur noch an der Farbe des Anzugs, der von Blut durchtränkt und dessen Stoff von zackigen Knochen durchstoßen war. Schmidt würgte erneut, stolperte zu einer Hecke und übergab sich.

Das Wetter spielte mit, Silke war in guter Stimmung, Volker ebenfalls, der nicht genug von dem Kettenkarussell bekommen konnte und um eine weitere Fahrt bettelte.

Nur Schmidt, er stand etwas abseits neben einem Stand für Popcorn, nahm weder Leute noch Geruch, noch das Juchzen seines Sohnes wahr.

»Was ist mit dir?« fragte Silke, während sie Volker beobachtete, der bei jeder Drehung des bunten Karussells ängstlich und forsch zugleich zu ihnen herunterblickte.

»Wie bitte?« Schmidt drehte sich in Silkes Richtung.

»Wo bist du mit deinen Gedanken?« Sie tippte ihm an die Stirn. »Komm herunter von deinem Stern, und sei lustig mit uns.«

Ein fahriges Lächeln. »Okay.« Aber es blieb bei dem Versuch, denn bereits nach wenigen Stunden verdüsterte sich seine Miene wieder.

Am frühen Abend brachten sie Volker nach Hause. Schmidts geschiedene Frau schoß boshafte Pfeile in Form von spitzen Bemerkungen und giftigen Blicken auf Silke ab, die nicht verstand, wie jemand eine solche Abneigung gegen einen Menschen empfinden konnte, den er zum erstenmal sah.
»Sieht gut aus, deine Frau«, meinte sie auf dem Rückweg.
»Ich weiß.«
»Warum ging denn die Ehe in die Brüche?«
»Weiß nicht.«
»Was weißt du eigentlich?« wurde sie lauter. »Weißt du wenigstens, warum du mich mit nach Bonn genommen hast?«
Schmidt sah sie wie abwesend an und begann dann zaghaft zu lächeln. Er wirkte verlegen wie ein kleiner Junge. »Damit mein Sohn Volker nicht immer nur die vielen Onkels kennenlernt. Ich meine, die Freunde meiner geschiedenen Frau.«
Silke schwieg, und Schmidt sprach weiter: »Oder hattest du den Eindruck, daß er dich nicht mag?«
Ernst antwortete sie: »Nein.«
»Siehst du.«
Schmidt starrte wieder geradeaus, da auch dieser Punkt für ihn abgehakt war. Deshalb konnte er nicht den prüfenden Blick von Silke bemerken.

Immer noch in Bonn, gingen sie am Abend in ein Weinlokal gleich am Remigiusplatz. Sie entschieden sich für einen trockenen Saarwein der Lage Wiltinger Kupp, tranken in kleinen Schlucken, sahen sich an und senkten wie ertappt die Augen.
»Bist du immer noch nicht zufrieden?« Silke gab sich betont aufgeschlossen und bemühte sich, unbefangen zu lächeln und freundlich zu sein.
Schmidt drehte das Glas, betrachtete die blaßgelbe Flüssigkeit und schwieg.
Silke atmete tief durch. »Warum freust du dich denn nicht, daß endlich alles ausgestanden ist?«
Schmidt zeigte keine Reaktion.
»Mich hat es ganz schön getroffen, daß Harings hinter allem stekken soll. Kann ich immer noch nicht richtig glauben.«

»Und warum nicht?« brauste er auf und sah sie an. »Was hast du denn noch für Zweifel?«
Silke hoffte, Schmidt endlich zum Reden zu bringen. Seit vier Tagen blockte er alle Versuche, ihr die Zusammenhänge darzulegen, mehr oder weniger brüsk ab. Deshalb antwortete sie vorsichtig: »Ich kenne ihn schon seit vielen Jahren. Nie wäre mir das in den Sinn gekommen.«
»Wen kennt man schon«, gab Schmidt barsch zurück und starrte wieder in sein Glas.
»Soll das eine Anspielung sein?«
Er zuckte nur mit den Schultern.
»Traust du mir denn immer noch nicht?«
Er hob wieder die Schultern.
Sie bohrte weiter: »Komm, gib schon zu, daß du mir all die Zeit mißtraut hast.«
»Gut, gebe es zu«, brummte er vor sich hin.
»Und warum? Habe ich dir dazu einen Grund gegeben?«
Stockend kam sein Nein.
»Ansgar, manchmal glaube ich, daß du dir noch nicht einmal selbst traust. Weshalb sonst bist du in das möblierte Zimmer gezogen?«
»Aus Vorsicht.«
»Vor wem?«
»Vor den Wänden. Weil ich zu dem Zeitpunkt die Vermutung hegte, sie könnten Ohren haben.«
»Was meinst du mit Ohren? Etwa versteckte Mikrofone?«
»Ja.«
»Bedeutet das, du hattest Harings schon so früh in Verdacht?«
Er drehte das Glas eine Weile, bevor er antwortete: »Ich habe jeden in Verdacht gehabt, der die Möglichkeit dazu hatte.«
»Aber Harings?« Sie schüttelte den Kopf und beobachtete zwei Besucher, die das Lokal betraten.
»War schon geschickt von ihm, wie er alle an der Nase herumgeführt hat«, knurrte Schmidt. »Spielt sich als deutscher Saubermann auf, heuert auch noch mich an, als Alibi, denn ein Pastor in der Familie läßt die ganze Sippschaft fromm erscheinen, und initiiert dabei die Schweinereien selbst. Pervers.«

Silke hörte deutlich heraus, wie verärgert er über den Umstand war, von jemandem benutzt worden zu sein. »Aber wie bist du ...? Was war der Anlaß?«
Schmidt hob langsam den Kopf. »Es war anfänglich nichts Konkretes, das auf Harings deutete. Vielmehr reihten sich nach und nach die Verdachtsmomente zusammen. Richtig auf ihn gestoßen bin ich erst, als auch Weisel plötzlich meine Meinung teilte und von einem Auftraggeber sprach, den er damals allerdings noch in einem fremden Staat vermutete.«
»Und über die Art der Kommunikation, über die datentechnischen Möglichkeiten, die er hatte, bist du ...?«
Schmidt runzelte die Stirn. »Das auch«, gab er zu. »Vor einigen Wochen, als ich mit der Tafel zu arbeiten begann ... Du weißt.«
Sie nickte und sah Schmidt vor sich, wie er fluchend damit beschäftigt war, Verbindungen zwischen den einzelnen Personen zu konstruieren, besonders zwischen Jonas und Pillond.
»Es konnte nur eine Organisation oder eine Einrichtung sein beziehungsweise deren Sprecher, Vorsitzender oder egal, was, dem alles zur Verfügung stand: uneingeschränkte Informationsvielfalt, weitreichende Beziehungen, Geld.«
»Trifft voll auf Harings zu.«
»Und auf die Konzerne und Firmen, in deren Auftrag er zu handeln vorgab.«
»Meinst du wirklich ...? Oder hat er sie benutzt? So, wie er dich benutzt hat?«
Schmidt kam sich bloßgestellt vor. Erregt antwortete er: »Was weiß ich? Interessiert mich auch nicht mehr.«
»Nicht so laut«, versuchte Silke ihn nach einem Blick ins Lokal zu beruhigen. »Die anderen Gäste ...«
»Was stören mich die ...« Dann, etwas leiser und fast zischend: »Was stören mich die anderen Gäste?«
Trotzdem beugte er sich weiter über den Tisch, zog den Kopf ein und sprach gedämpft weiter: »Jetzt fehlt mir nur noch eine Verbindung.«
»Welche?«
»Die zwischen Harings und Bongartz. Harry Bongartz, dem Nachrichtenhändler.«

»Weil du vermutest, daß Harings, wie der inhaftierte Billes auch, diesen Bongartz auf dem Foto erkannt hat?«
Schmidt nickte. »Das würde dann auch erklären, warum er Pillond auf mich ansetzte. Harings hat gespürt, daß ich ihm zu nahe kommen könnte.«
Sie schwiegen jetzt. Silke bestellte kleine Käsewürfel, garniert mit Trauben und Oliven, die sie zwischendurch aßen. Schmidt lehnte sich zurück und verschränkte die Arme vor der Brust. Unruhig wanderten seine Augen im Lokal umher, als seien sie auf der Suche. Ohne Silke anzuschauen, kam er unvermittelt auf ein Thema zu sprechen, das ihm unverständlich erschien. »Hast du vorgestern in der Zeitung die vielen Todesanzeigen und Beileidsbekundungen gesehen?«
Als bemühe sie sich, erst Schmidts Gemütsverfassung einzuschätzen, zögerte sie mit der Antwort. »Ja«, sagte sie schließlich.
»Und was sagst du dazu? ... durch einen bedauerlichen Unfall aus dem Leben geschieden ...«
»Klingt doch besser als Selbstmord«, meinte sie leichthin und wollte unbedingt vermeiden, ihn zu reizen.
»Ist aber eine Lüge, eine verdammte Lüge.«
»Aus Pietät dulde ich manchmal Lügen. Er ist tot, warum soll man seine Familie darunter leiden lassen?«
Schmidt sah sie nur an. Aber die Art, wie er das tat, ließ sie erschaudern.
»Er hat eine junge Frau und ein kleines Kind. Warum also?«
So demonstrativ, wie Schmidt vom Tisch wegrückte, die Stirn in Falten legte und die Unterlippe vorschob, dabei aus den Augenwinkeln zum Nachbartisch schielte, als beschäftige ihn das in die Jahre gekommene Paar, dessen diskret ausgetauschte Zärtlichkeiten ihm fremd und unpassend vorkamen, erkannte Silke: Er war anderer Auffassung als sie. Diplomatisch ging sie auf Schmidt ein und meinte: »Gut, Harings scheint der Auftraggeber gewesen zu sein.« Sie bedeutete ihm mit einer Handbewegung, wieder näher zu kommen. Widerwillig, wie es schien, kam er ihrer Aufforderung nach und wartete. In der Absicht, ihn wieder in ein Gespräch zu verwickeln, fragte sie: »Aber wie paßt die Entführung seiner Familie in das Bild?«

Schmidts Gesicht überzog ein geringschätziges Lächeln. »Ein Fehler zuerst, der sich dann aber für ihn in einen ausgesprochen glücklichen Umstand wandelte.«
»Wie das?«
»Ganz einfach: Seine Familie sollte nicht entführt werden.«
Groß sah sie ihn an. »Nein?«
Schmidts Blick wirkte durchtrieben, als sei er der Initiator des Ganzen gewesen. Mit einem unangenehmen Lachen sagte er: »Nein. Kennst du die Umstände genau?«
»Nur das, was in den Akten steht.«
»Das genügt. Ist dir dabei nichts aufgefallen?«
Nach kurzem Nachdenken schüttelte sie den Kopf.
»Die Autos, denk mal an die beiden Autos. An das von Harings' Frau und das ihrer Stiefschwester.«
»Tut mir leid, ich sehe keinen Zusammenhang.«
»Die Einfahrt neben dem Wochenendhaus ist schmal, es passen nur zwei Autos hinein. Und zwar hintereinander.«
Silke sah ihn konzentriert an.
»Und das von Harings' Frau stand als erstes in der Einfahrt.«
Ihre Augen signalisierten, daß sie immer noch keinen Zusammenhang erkannte.
»Harings und seine Frau haben zu Protokoll gegeben, daß sie öfter zu Gast bei den Baumanns gewesen seien.«
Silke nickte. »Ich weiß es noch von früher. Außerdem spricht sich so etwas schnell herum.«
»Siehst du?« Schmidt erwartete jetzt, daß sie alles verstand.
Bedauernd hob Silke nach einer Weile die Hände.
»Sie haben weiterhin ausgesagt, daß die Familie Baumann jeden Morgen in den Ort fährt, um beim einzigen Bäcker fürs Frühstück frische Brötchen einzukaufen.«
»Und da der PKW von Rebecca, Harings' Frau, vom Auto ihrer Stiefschwester Vera blockiert wurde, hätte demnach nur Vera die Brötchen ...?«
Schmidt grinste. »So ist es.«
»Aber warum ist die dann nicht ...?«
Schmidt stützte den Kopf in beide Hände. »Einfach zu erklären. Weil Frau Harings, ganz in der Rolle des Gastes, ihrer Stiefschwe-

ster, mit der sie sich gut verstehen soll, helfen wollte. Sie bot sich an, die Brötchen zu holen.«
Es dauerte einige Minuten, bis sich Silkes Erstaunen gelegt hatte.
»Demnach war also Harings' Verzweiflung nicht gespielt?«
»Zum Teil nicht. Aber es war wohl anfänglich mehr der Schreck, daß sein Plan fehlgelaufen zu sein schien. Denn Frau und Tochter seines entfernten Schwagers sollten in Wirklichkeit entführt werden, um Lösegeld zu erpressen. Möglicherweise wäre die Summe bei einem Bankdirektor höher ausgefallen als diejenige, die Harings mit Hilfe seiner Versicherung gezahlt hat.«
»Und er stand unschuldig und rein da, wie ein aufrichtiger Familienvater.«

Nach zwei weiteren Glas Wein steigerte sich Schmidt mehr und mehr in Erzähllaune. Silke erfuhr von ihm, daß die Entführung für ihn eine Mahnung gewesen war, sich eine Absicherung einfallen zu lassen. Über die Daten der sogenannten »Pizza Connection« – Silke lachte über den Namen, wurde aber schnell ernst, als er erklärte, diese Organisation erpresse Schutzgelder von italienischen Landsleuten – kam er auf einen Beschuldigten, der sich immer wieder aus der Affäre ziehen konnte: Barloni. Von dem in Nürnberg lebenden Italiener, der froh war, einem vermeintlichen hohen Beamten des Ministeriums einen Dienst erweisen zu können, erhielt er die Anschrift eines Landsmannes in Genua, mit Namen Patrella, und von ihm den des amerikanischen Cosa-Nostra-Bosses Celudano. Auch Hurtington, dem Experten von *Control Risks,* der Antikidnapping-Gesellschaft von Lloyd's, waren der Name Celudano und dessen geheimnisumwitterte Tätigkeit geläufig, die Schmidt für sich ausnutzte, indem er sich Schutz bei dem Gangsterboß erkaufte. Mit Harings' Geldern, wie Schmidt süffisant hinzufügte. »War im Endeffekt eine Angelegenheit von knapp zwei Stunden, wenn man einmal die Flugzeit und den Aufenthalt in New York unberücksichtigt läßt, mich mit Celudano zu arrangieren. Geld verschafft dir in solchen Kreisen alle Möglichkeiten.«
Silkes Kommentar »An Durchtriebenheit kaum noch zu überbieten« nahm er ohne Regung hin.

»Wo aber liegen Harings' Motive? Warum hat er das alles getan?« Schmidts Mimik drückte alles und nichts aus. »Geh an die Spitze eines Konzerns, geh in die Wirtschaft, geh in die Politik und versuche zu ergründen, warum die Korruption dort ihren besten Nährboden hat, warum sich Unregelmäßigkeiten und Mauscheleien einschleichen, denn gerade bei den Persönlichkeiten an den Schaltstellen der Macht vermuten die meisten Bürger ein über dem Durchschnitt liegendes Maß an Verantwortungsbewußtsein. Du wirst enttäuscht sein, weil du es nicht vorfindest. Schmink dir endgültig den Glauben an die stereotype Floskel der Politiker ab *Zum Wohle des deutschen Volkes*, denn sie tun alles überwiegend und allein aus Eigeninteresse, aus Profilierungssucht. Oder an die Sprüche eines Bankdirektors, der sich für seine Kunden aufopfert, das Gelabere eines Konzernchefs, der stolz ist, den Aktionären einen Gewinn mitteilen zu können, aber geschickt verschweigt, wieviel er dabei selbst verdient hat. Du weißt, Silke, es geht immer und überall nur um die Macht und um Geld, das zum willigen Machtmittel für denjenigen wird, der es geschickt einsetzen kann. Aber jedes Stück hinzugewonnene Macht muß bei einem anderen abgeknapst werden, da der Machtkuchen nicht unendlich groß ist. Man intrigiert, sabotiert, demontiert den vermeintlichen Gegner, untergräbt dessen Glaubwürdigkeit mit noch geschickteren Lügen. Es ist ein altes Spiel.«
Nach wenigen Sekunden fragte sie: »Und Harings? Hat er sich auch aus Machtgelüsten zu einer solchen Handlung hinreißen lassen?«
Schmidt zögerte mit der Antwort. »Meiner Meinung nach ja. Aber im nachhinein ist es schwer, seine Beweggründe zu verstehen. Vielleicht kam er sich gut vor, als sein erster Coup, die Entführung von Korting, geglückt war? Glaubte, allen anderen überlegen zu sein? Fand Spaß am intriganten Spiel mit Geld und Macht? Ich weiß es nicht.«
»Schauspielern konnte er demnach auch, so, wie er dir gegenüber mit seiner Loyalität zum Staat operiert hat. Dabei warst du ihm als Verbindungsglied zum Ministerium gerade recht. Schaut her, wie ernst ich es meine. Nehme mir sogar einen Experten aus dem Ministerium.«

»Loyalität?« Schmidt lachte abfällig. »Alles Lüge! Taktik! Mittel zum Zweck! Nenn es, wie du willst. Die wahre Absicht wird oft geschickt hinter hohlen Phrasen versteckt, die etwas vortäuschen, was viele nur zu gerne hören möchten. Und zwar, weil in ihren Köpfen noch die sogenannte heile Welt herumspukt, die man sich herbeisehnt. Glaubst du etwa auch an die heile Welt?«
»Du redest so abfällig. Warst du immer schon so negativ eingestellt, oder haben dich die letzten Wochen geprägt?«
Schmidt schnappte sich den letzten Käsewürfel und schob ihn in den Mund. Er kaute, trank einen Schluck Wein und begann ausweichend: »Ich erkenne mich selbst kaum wieder. Ich habe Gefühle und Einsichten bei mir entdeckt, die ich noch vor Monaten nie in mir vermutet hätte.« Und dann, mit Trotz in der Stimme: »Aber ich mache mir weiter keine Gedanken mehr darüber. Ich nehme mich«, Schmidt setzte ein spitzbübisches Lächeln auf, »ich nehme mich ab sofort nur noch so, wie ich bin.«
Silke strahlte ihn an. »Ich dich auch.«

Am nächsten Morgen fuhren sie zurück nach Frankfurt, um in den darauffolgenden Tagen die Villa zu räumen. Als Schmidt sich an seinen Computer setzte, stellte er erstaunt fest, daß alle wichtigen Daten gelöscht waren.
Er fragte Silke, die neben ihm stand: »Hast du dir hier zu schaffen gemacht?«
»Nein.«
Zweifelnd blieben seine Augen auf sie gerichtet.
»Nicht schon wieder das alte Mißtrauen!«
Er schüttelte den Kopf. »Okay, ab sofort keins mehr. Ich verspreche es dir.«
Aber die Daten blieben verschwunden, so auch die von ihnen erstellte Datei EXTRAKT, die Dateien des BKA und die anderer offizieller Stellen.
»Hier hat jemand ein Großreinemachen veranstaltet«, mutmaßte Schmidt. »Gar nicht so dumm. Wer könnte das wohl gewesen sein?«
»Wann hast du das letzte Mal eine Information abgerufen?«
»Wird schon einige Tage her sein.«

»Vor oder nach Harings' ... na, du weißt schon.«
»Ich glaube, es war am Morgen, kurz bevor ich zu ihm ging.«
»Dann war es Harings«, behauptete Silke und nickte dazu. »Nur er kann es gewesen sein.«
»Und wie konnte er das bewerkstelligen?«
»Was weiß ich? Weil die Villa wahrscheinlich durch eine verdeckte Leitung mit dem Konzerngebäude verbunden ist.«
Als Schmidt nichts sagte, fuhr sie fort: »Er brauchte keine Wanzen, wie du vermutet hast. Wenn Harings auch nur annähernd so durchtrieben war, wie du es ihm unterstellst, dann wäre es von ihm eine schwere Unterlassungssünde gewesen, dich hier unkontrolliert arbeiten zu lassen. Er mußte unbedingt über jeden deiner Schritte informiert sein. Siehst du das nicht auch so?«
Schmidt stimmte ihr zu. »Allerdings habe ich noch einiges in meiner gemieteten Bleibe zu bieten. Damit können wir zur Not auch etwas anfangen.«
»Was denn zum Beispiel?«
»Hm, es Weisel anbieten.«

Sie irrten sich, denn als er und Silke in Schmidts möbliertes Zimmer kamen, fanden sie die 100-Megabyte-Speichereinheit leer vor, die er sich extra angeschafft hatte. Die Vermieterin beteuerte, daß sie niemanden gesehen, zu keinem gesprochen und nichts Auffälliges bemerkt habe.
Obwohl er sich ärgerte, war es für ihn vertane Zeit, sich auf die Suche nach den verschwundenen Daten zu machen. Er wollte nur noch eines: so schnell wie möglich ausziehen. Koffer und Karton genügten, um die privaten Dinge zu verstauen.
Als die beiden dann am Nachmittag in der Konzernzentrale aufkreuzten, stellte sich schnell heraus, daß Silkes Vermutung stimmte: Es gab eine verdeckte Datenleitung zur Villa. Der Konzernsprecher versicherte sich erst ihrer Verschwiegenheit, bevor er umständlich erklärte, sie sei ausschließlich dazu benutzt worden, um bei geheimen Sitzungen auf alle wichtigen Informationen zurückgreifen zu können.
Über den Einfluß erstaunt, den Harings noch über den Tod hinaus auszuüben schien, machten sie sich auf den Rückweg zur Villa. Am

Abend gingen sie in ein argentinisches Steak House. Bewußt vermieden sie während des Essens das allgegenwärtige Thema und starrten die meiste Zeit auf ihren Teller oder ihre Hände. Zäh schleppte sich die Zeit hin.

Endlich wieder zu Hause. Silke lag neben ihm, und er spürte ihre zarte Haut, roch ihren warmen und frischen Körper, der ihn nach wie vor erregte. Sie kuschelte sich an ihn, vergrub den Kopf zwischen Oberarm und Brust und spielte mit seinen Haaren.

»Immer noch kein Sieg?«

Sie merkte, wie er den Kopf schüttelte.

»Was muß denn noch passieren, damit du endlich mal zufrieden bist?«

Er atmete tief durch.

»Nicht, daß Harings zu einem Trauma für dich wird.«

Schmidt lachte auf. »Das glaube ich kaum. Er war nicht der Übermensch, für den man ihn auf den ersten Blick hätte halten können.«

»Und wieso nicht?«

»Weil der Anfang seiner Aktivitäten, die sogenannte Initialzündung, einer seiner Schwächen entsprungen ist.«

Silke hob den Kopf, ihre langen Haare glitten kitzelnd über seine Haut. »Wie meinst du das?«

»Gegenfrage: Wie lange kennst du Harings schon?«

Sie blickte ihn an, als könne sie den tieferen Sinn der Frage in seinen Augen ablesen. »An die zehn Jahre.«

»Und du kanntest ihn gut!«

Das war eine Feststellung, zu der Silke nur nickte. »Allerdings nicht privat«, schränkte sie ein.

»Vor etlichen Jahren hat er sich scheiden lassen. Weißt du den Grund?«

Silke stützte das Kinn auf ihre Hände, die auf seiner Brust lagen, und sah Schmidt schräg von unten herauf an. »Nicht genau. Aber man hat so einiges gemunkelt.«

»Was zum Beispiel?«

»Nun«, begann sie zögernd, »es soll da einen Nebenbuhler gegeben haben.«

»Wer?«
»Nichts Konkretes, nur ein Gerücht.«
Schmidt lächelte mit einem verächtlichen Zug um den Mund. »Kein Gerücht, alles konkret«, verbesserte er sie.
Silke fragte reserviert: »Bist du dir da sicher?«
Schmidt nickte. »Harings' terroristischer Wahn liegt im Seitensprung seiner damaligen Frau begründet. Sie hatte ein Verhältnis mit dem Konzernvorsitzenden.«
»Mit Korting?« Silke ruckte hoch, stützte sich auf seiner Brust ab und hakte nach: »Mit Dr. Korting etwa?«
»Genau.«
»Und das war damals die von dir so bezeichnete Initialzündung?«
Ohne auf ihre Frage einzugehen, wollte er wissen: »Welche Funktion hatte Harings seinerzeit innerhalb der Versicherung, als man Korting entführte?«
Silke überlegte. »Ich weiß es nicht mehr genau, aber ich glaube, er war der Chef des Sicherheits- und Wachdienstes.«
»Er war der Chef.«
»Sag mal, Ansgar, es klingt so bedeutungsvoll, wie du das aussprichst. Was steckt denn dahinter?«
Silke rutschte von seiner Brust und legte sich neben ihn. Schmidt wandte sich ihr zu: »Als Sicherheitschef bist du immer der bestinformierte Mann in einem Konzern. Harings hatte, wenn man die Zweigstellen mitzählte, mehr als zweihundertfünfzig Leute unter sich, allesamt Spezialisten auf ihrem Gebiet. Viele waren ehemalige Polizeibeamte, darunter auch einige von der Kripo, nicht zu vergessen die ausländischen Experten.«
»Aus Frankreich etwa?«
»Und aus anderen Staaten, so aus Rumänien, der damals noch existierenden DDR, aus...«
»Willst du damit etwa behaupten, einige von ihnen könnten ehemalige Agenten gewesen sein?«
»Ja, es waren auch ehemalige Agenten dabei«, antwortete er ruhig. »Dabei ist es in meinen Augen unwesentlich, ob Harings gezielt oder zufällig an sie herangekommen ist.«
»Und Söldner?«

»Söldner auch, allesamt in Frankreich in unterschiedlichen Büros registriert. Kommen sie ins Alter, dann sehen sich viele nach einer anderen gutbezahlten und ruhigen Tätigkeit um.«
»Woher weißt du das?«
»Weisel hat die Personalakten aller im Sicherheitsdienst Beschäftigten überprüft und die Daten mit dem westlichen Nachbarn ausgetauscht.«
»Etwa auf einen Tip von dir hin?«
Schmidt nickte. »Die Franzosen haben sich bestimmt gefreut, endlich wieder eine Spur von ihren Pappenheimern zu entdecken.«
»Weisel hat das tatsächlich herausgefunden?«
»Ja.«
»Und sie arbeiten immer noch im ... im Sicherheitsdienst des Konzerns?« Unsicher sah Silke ihn an.
»Nicht nur bei euch in der Versicherung, auch in vielen anderen Gesellschaften. Scheinen bewährte und gesuchte Kräfte zu sein. Außerdem gibt es keine Handhabe gegen sie, sind unbescholtene Bürger.«
»Aber du möchtest auf etwas anderes hinaus, nicht?«
Schmidt lächelte. »Kluges Mädchen. Der entführte und dabei ermordete Korting war also der Liebhaber von Harings' erster Frau. Der setzte, als er einen Verdacht bekam, seine Leute auf das sich heimlich treffende Paar an und ließ es überwachen. Mit Hilfe eines ehemaligen Söldners inszenierte er Kortings Entführung. Harings, der damals das Geld zu überbringen hatte, blieb bei der Wahrheit und beschrieb ihn als groß und dunkel.«
»Doch nicht etwa ...?«
»Ja, Pillond. Meiner Meinung nach ist es Pillond gewesen, der Korting entführt und umgebracht hat. Auf Harings' Wunsch hin. Vielleicht klingt aber Befehl oder Auftrag besser.«
»Ein Mord, nur wegen eines Seitensprungs?« wunderte sich Silke.
Schmidt schüttelte den Kopf. »Ein Mord, allein wegen einer Kränkung.«
»War Pillond auch im Sicherheitsdienst angestellt?«
»Das wäre zu durchsichtig gewesen. Harings erfuhr vor Jahren von ehemaligen deutschen Söldnern, die mittlerweile für seine Versi-

cherung arbeiteten, von der Existenz gewisser Anwerbebüros in Frankreich. So, wie Weisel vermutet, daß die angeschlagene und kaum noch aktionsfähige *Action Directe* bei diesen Soldaten in Wartestellung Attentate bestellt, vermute ich, daß Harings bei ihnen die Entführung in Auftrag gegeben hat. Ich kann mir vorstellen, daß Söldner so etwas als Trockentraining betrachten. Lukrativ scheint es auch noch gewesen zu sein.«

Silke schüttelte den Kopf. »Sind das jetzt Tatsachen oder Spekulationen?«

Schmidt drehte sich auf den Rücken und verschränkte die Hände hinter dem Nacken. »Beides, wenn ich ehrlich bin. Aber es paßt alles zusammen.«

Silke seufzte, schien beruhigt zu sein und gab Schmidts Spekulationen den Vorrang. »Dann zeig mir mal, wie alles zusammenpaßt, ohne daß du es allzusehr in eine bestimmte Richtung biegst.«

Schmidt schloß die Augen. »Die Verbindung von der *Action Directe* zu ehemaligen Söldnern ist nachgewiesen, was auch einige generalstabsmäßig ausgeführte Attentate erklärt. Die Franzosen haben darüber das BKA ausführlich unterrichtet. Für Weisel war das nichts Neues, wie er auch schon lange von der Verbindung zwischen der *Action Directe* und der RAF weiß. Schleicher, ein ehemaliges Mitglied der französischen Terrorgruppe, hat es bei seiner Verhaftung zugegeben. Und sein Nachfolger, Georges Cipriani, baute die Kontakte zur RAF aus, was seit Januar 1985 durch ein gemeinsam veröffentlichtes Papier bekannt ist. Ende Januar '85 ermordeten beide Gruppen den französischen General René Audran, der im Verteidigungsministerium für internationale Rüstungslieferungen zuständig war. Wenige Tage später wurde der Chef der deutschen Firma Motoren-und-Turbinen-Union getötet, gleichfalls von beiden Terrorgruppen. Höhepunkt der Zusammenarbeit waren der tödliche Sprengstoffanschlag auf ein Vorstandsmitglied von Siemens und die Ermordung des Renault-Chefs Georges Besse, beides ein Jahr später. Eine der bei Georges Besse benutzten Waffen wurde schon einmal bei einem Überfall auf ein Waffengeschäft in Maxdorf in der Pfalz eingesetzt, hinter dem man die RAF vermutet.«

»Und Jonas werden gleichfalls Kontakte zur RAF nachgesagt, wenn ich mich recht erinnere«, warf Silke ein.

»So ist es. Unsere heutigen Erkenntnisse, ich meine, die von Weisel und mir, hatte Harings durch seine Kontakte zu den Ex-Söldnern schon viele Jahre früher. Nach dem erfolgreichen Kidnapping und Mord an Korting traten andere Konzerne an die Versicherung heran und unterbreiteten ihre Version der privaten, von der Wirtschaft unterstützten Terrorismusbekämpfung. Harings bestellte man zum Koordinator und Sprecher. So zumindest hat er es mir erklärt.
Möglicherweise kam er durch einen der Söldner, und damit über die *Action Directe*, an Jonas. Er baute ihn auf, baute die *Gruppe 9. November* auf, die in Wirklichkeit so harmlos ist wie ein von der vermummten Meute isolierter Chaot.«
»Es fehlt nur noch die Verbindung zu Bongartz, um die letzte Lücke zu schließen«, meinte Silke und zeigte damit an, daß sie indirekt Schmidts Ansicht zustimmte.
Sie schwiegen, und es schien, als lauschte jeder den gleichmäßigen Atemzügen des anderen. Schließlich beugte sich Schmidt zur Stereoanlage und schob eine Kassette ein. Anklagend begann eine dunkle, traurige Stimme zu singen.
»Wer ist das?«
»Roberts von der Gruppe Elkin.«
»Und wie heißt das Lied?«
»Runner in the Shadow.«
»Schattenläufer? Was für ein seltsamer Titel. Welche Bedeutung hat er?«
»In dem Lied wird ein Mann beschrieben, der sich sein Recht selbst sucht, weil ein bestochenes Gericht den Mörder seiner kleinen Tochter für unzurechnungsfähig erklärt und in eine Anstalt steckt, anstatt ihn zu hängen.«
»Und wie sucht er sein Recht?«
»Er bringt die Tochter des Richters um.«
»Wie schrecklich. Wollte er auch in die Anstalt eingewiesen werden?«
»Ja. Aber ihn hängt man.«

Silke war eingeschlafen. Schmidt lächelte zufrieden, als sie suchend eine Hand nach ihm ausstreckte. In Gedanken summte er immer

wieder die Melodie des Liedes »Runner in the Shadow«. Und dabei fielen ihm viele Worte ein, die mit Schatten begannen oder damit in Verbindung standen. Bei dem Begriff *In den Schatten gehen* verweilte er einen Augenblick, bedeutete er doch nichts anderes, als daß man in den Untergrund verschwand und sich dem Terror zuwandte. Terror als Lebensprinzip? Terror als Droge?
Warum tun Menschen so schreckliche Dinge? überlegte er und dachte dabei nicht nur an Harings. Was geht in ihnen vor? Woher kommen der Haß und die Mißachtung gegenüber anderen Menschen? Was haben sie davon, wenn sie die Angst als Waffe einsetzen?
Und dann versuchte er eine weitergehende Abgrenzung des Begriffs Terror. Ist es schon eine Version des Terrors, wenn in der Hauptreisezeit die Fluglotsen streiken und so viele Tausende Urlauber, darunter auch kleine Kinder, die sich auf die wichtigsten drei Wochen Erholung freuen, als Druckmittel für ihre oftmals überzogenen Forderungen benutzen? Ist es Terror, wenn Bauern in der Urlaubszeit mit ihren Traktoren die Autobahnen blockieren, um auf ihre Interessen aufmerksam zu machen? Oder die LKW-Fahrer, die Grenzübergänge besetzen, woraufhin sich kilometerweit die Autos stauen?
Vielleicht beginnt Terror auch erst dort, wo Unschuldige Angst um ihr Leben haben müssen, man bei brutalen Aktionen bewußt deren Tod in Kauf nimmt. Wie die IRA, die sich mehr und mehr auf sogenannte weiche Ziele fixiert, ungeschützte und mit der ursprünglichen Idee in keiner Weise in Zusammenhang stehende Personen, weil man an die geschützten Gegner nicht herankommt. Eine neue Variante des Terrors in Form des Billardeffekts?
Welche Art von Terror übt ein Staat auf seine Bürger aus, wenn er Heranwachsenden suggeriert, sie zögen in einen heiligen Krieg, und dazu noch versäumt, sie mit den entsprechenden Waffen auszurüsten? Körper und Religion gegen Kanonen? Terror, eine glaubhafte, hochstehende Philosophie für die einen oder einfach eine platte Phrase all derjenigen, die ihn zielgerichtet im Laufe der Geschichte einzusetzen vermochten? Allemal eine furchtbare Geißel für seine Opfer. Solange keine politischen Anschauungen mitspielten, die er wenigen unterdrückten Gruppierungen noch als zur

Not akzeptables Argument zugestand, fiel Schmidt die Einordnung leicht, war die Grenze zwischen einem Mörder und einem Terroristen fließend und zum Teil nur graduell bedingt. Darum graduell und somit fast unbedeutend, weil oft obskure politische Anschauungen als Lüge, als plumpe Rechtfertigung herhalten müssen. Was hat die Welt schon alles unter dem Deckmantel sozialer Verbesserungen erduldet, die sich später lediglich als unerfüllbare Versprechungen entpuppten? Wie einfach ist es für jemanden, das scheinbare Wohl der Allgemeinheit als Stimulans für seine verdeckten Interessen einzusetzen?
Schmidt wollte sich mit schöneren Dingen beschäftigen, streichelte Silkes Oberarm, dann ihre Schulter, aber die Erinnerungen an die unterschiedlichsten auf deutschem Boden begangenen Terrorakte verfolgten ihn, als hätte er, Schmidt, im Namen der Opfer eine Hypothek einzulösen. München und die Olympischen Spiele von 1972 kamen ihm in den Sinn, untrennbar verbunden mit der Terrororganisation *Schwarzer September* und dem Namen Abu Daud, der für den Anschlag verantwortlich war. Gemeinsam verantwortlich mit jenem Abu Hassan, auch Hassan Salameh genannt, der vom Mossad bereits 1979 liquidiert wurde. Lange Zeit hatte Abu Daud, als »Tarek« getarnt, unter dem Schutz oder zumindest mit Duldung der damaligen DDR-Regierung in Ost-Berlin im Palasthotel residiert. Sogar noch 1988 und zu Beginn des Jahres 1989 war er gesehen worden. Die einen suchten Daud immer noch, die anderen versteckten und schützten ihn. Ist Terror eine Sache der Definition? Der politischen Anschauung? Die blutigen Siebziger, wie ein Minister einmal die Terrorjahre von 1970 bis 1980 genannt hatte, machten der makabren Bezeichnung alle Ehre und setzten sich mit Morden an einem Kammergerichtspräsidenten, einem Generalbundesanwalt und einem Bankdirektor fort. Aber Kugeln allein genügten nicht mehr, es mußte eine spektakuläre Entführung her, und zwar die eines Arbeitgeberpräsidenten, denn er personifizierte die höchste Form der Ausbeutung in den wirren Köpfen der Täter. Eine Entführung allein verursacht jedoch nicht das angestrebte Maß an Angst, das man erst erreicht, indem man den Eindruck einer möglichen Freilassung erweckt, um das Opfer schließlich auf brutale Art umzubringen.

Die achtziger Jahre hielten das, was die siebziger andeuteten. Kugeln lösten kein Problem, auch wenn sie gegen einen Diplomaten gerichtet waren, kamen langsam aus der Mode. Bomben mußten her, die auf drastische Weise die Nichtigkeit eines Lebens bekundeten, das auszulöschen es nur eines Funkbefehls und einer Lichtschranke bedurfte. Der Manager eines Konzerns wurde auf diese Art ermordet, ein Bankpräsident, ein weiterer Industrieller. Zwei Ministerialbeamte entkamen glücklicherweise diesen Anschlägen, der letzte hatte sich vor 18 Monaten sogar gleich vor der Haustür des Innenministeriums ereignet. Wie sagte Dolling sinngemäß: Terroristen sind immer da, wo du sie nicht vermutest.

Als hätten Terroristen eine Antenne für das Abstumpfen der Öffentlichkeit gegenüber solchen Greueltaten, suchten sie nach immer aufrüttelnderen Methoden, um auf sich aufmerksam zu machen.

International beachtet kaum noch einer die in Italien zum kriminalistischen Volkssport ausgeartete Variante des Kidnappings und Lösegelderpressens, ging es Schmidt durch den Kopf. Selbst das Szenario der Palästinenser – scheinbar willkürlich Ausländer in ihre Hand zu bringen und sie erst nach Jahren, wenn überhaupt, wieder freizulassen – wurde Ende der Achtziger fast schon zur Alltäglichkeit. Nun mußten Flugzeugentführungen her, möglichst mit blutigem Ausgang. Und selbstgebastelte Bomben benutzte man, um sich spektakulär in die Luft zu sprengen. Dann der Anschlag in Luxemburg, begangen mit einer Panzerfaust, der eine neue militärische Komponente des Terrors eröffnete. Dann der Anschlag auf… Schmidt konnte gar nicht mehr aufhören.

Rückblickend verfluchte er die Zeit im Ministerium, wo er zwangsläufig mit derlei Greueltaten beschäftigt gewesen war. Was habe ich eigentlich all die Jahre empfunden? fragte er sich. Wie hat mich meine Arbeit geprägt? Außer einer ihn aushöhlenden Mutlosigkeit fiel ihm nichts ein. Vielleicht noch eine verbitterte Form von Resignation, weil er als Ministerialbeamter Hintergründe kannte, die dem Bürger für immer verborgen bleiben würden. Als »Verschlußsache« bezeichnete man all die Vorfälle, die dem Demokratieverständnis eines normal denkenden Menschen schwer zusetzen würden, denn wie sollte man diesen erklären, daß der deutsche Staat

auf höchster Ebene geheime Verhandlungen mit palästinensischen Terroristen geführt hat? Ihnen auch noch ein Lösegeld zahlte, was man immer bestritt, der Handel aber perfekt wurde, nachdem ein moslemischer Golfstaat der Transaktion zugestimmt hatte.
Was für eine Farce, wird sich jeder mit gesundem Menschenverstand sagen, der die Hintergründe des Anschlags der von Abu Nidal geleiteten Gruppe *Fatah/RC* erfährt, bei dem man fünf Personen von Bord eines Schiffes kidnappte. Ein Possenspiel, wenn man bedenkt, daß die Freilassung von zwei Mädchen auf die Intervention des Revolutionsführers Gaddafi zurückzuführen war, wie die libysche Nachrichtenagentur Jana stolz verkündete. Dagegen verkündete man nicht, daß eben dieser Abu Nidal – der seine Revolution laut Interview auch weiterhin gegen Kinder führen will und der für die blutigen Anschläge auf die Flughäfen von Rom und Wien verantwortlich ist – finanziell von Gaddafi unterstützt wird. Kreiert man vielleicht in Zukunft auf politischer Ebene eine neue, perverse Form der Öffentlichkeitsarbeit, wie sie der Ölstaat am nördlichen Rande Afrikas schon einige Male demonstrierte? Etwa nach dem Motto: Ich bezahle heimlich die Terroristen, und wenn man auf meine Intervention hin die Entführten wieder freiläßt, heimse ich das Lob aller ein.
Bisher zeigten sich besonders die Israelis als unnachgiebig, wenn es um die Palästinenser und deren Form des Terrors ging. Das hinderte sie aber nicht daran, geschäftliche Beziehungen mit dem Iran aufzunehmen, ihm Öl abzukaufen und im Gegengeschäft Waffen anzubieten, und das, um drei israelische Soldaten und die Leiche eines weiteren Soldaten freizukaufen. Obendrein noch boten sie den Iranern bei Aussicht auf Erfolg einen Scheich als kostenlose Zugabe an sowie 140 schiitische Terroristen.
Und die Amerikaner wandten die gleiche Technik an: bei allen Gelegenheiten den Terrorismus bekämpfen, aber im Falle des Eigeninteresses mit den Drahtziehern verhandeln. So geschehen vor Jahren mit schiitischen Gruppen, die daraufhin amerikanische Staatsbürger in die Freiheit entließen, aber erst, nachdem in den Medien mehrfach von der bevorstehenden Freilassung berichtet worden war, die man immer wieder aus unerklärlichen Gründen verschoben hatte. Verschoben, weil es dadurch die weltweite Publi-

city umsonst gab? Ist der Terror eine tauschbare Ware geworden? Wird mit ihm gehandelt, um ihn gepokert, wird er gezielt bei der Durchsetzung gewisser Ziele eingesetzt? Ist der Terror nichts weiter als ein willkommener Unruhestifter, mit dessen Hilfe man hervorragend die eigenen politischen Fähigkeiten beweisen kann? Wird Terror zu einem Spiel? Einer Art lokaler Ersatzkrieg? Komm mir nicht zu nahe, oder ich ... Und sind es nicht gerade diejenigen, die am meisten Angst vor Anschlägen haben müssen, Despoten, Diktatoren, sogenannte Revolutionsführer und Führer fanatischer Gruppierungen, die den Terror nähren? Erzeugen Angst und die Unfähigkeit, sich aus ihr zu lösen, zwangsläufig eine Gegenkraft: den Terror? Terror, der Bruder des Fanatismus?

Schmidt wußte keine Antwort, während er auf dem Rücken lag und hoch zur Decke starrte. Ein kurzer Blick zu der neben ihm schlafenden Silke zauberte zwar für einige Sekunden ein zärtliches Lächeln auf sein Gesicht, aber seine Gedanken verdrängen konnte ihre Nähe nicht.

Und wie paßt Harings in mein Bild der Terrors? sinnierte er weiter. War es allein die Macht, die ihn dazu trieb, die Grenzen seines verschrobenen, kriminellen Denkens auszuloten? Inwieweit handelte er dabei im Auftrag der Konzerne und Firmen, von denen er immer wieder gesprochen hat?

Seine vage formulierten gedanklichen Ansätze halfen Schmidt nicht, Harings in sein Schema einzuordnen. Ist auch nicht mehr meine Aufgabe, überlegte er. Dafür ist jetzt das BKA, dafür sind jetzt die Gerichte zuständig, falls Harings nicht noch mehr manipuliert und dadurch seine Spuren total verwischt hat.

Ist Manipulation auch schon eine Form von Terror? Manipulation der Art, daß man Dinge tut, die man in freier Entscheidung nie getan hätte? Wenn ja, was bin dann ich? fragte sich Schmidt. Oder hänge ich genau dazwischen? Laufe denen nach, die in den Schatten gehen. Bin ich etwa auch schon ein Schattenläufer? Nein, das nicht. Aber manipuliert komme ich mir vor, so gezielt, wie Harings mich ausgewählt, so gezielt, wie er mein Verhältnis zu Frauen in sein Kalkül mit einbezogen hat. Augustin wird ihn auch darüber unterrichtet haben! Wie sonst ist zu erklären, daß er die überaus attraktive Silke Kadenbach als Computerexpertin abstellte? Er

konnte sich meine Reaktion ausrechnen, samt den demotivierenden Folgen für meine Arbeit. Harings muß darauf gebaut haben. War Silke eine konstante Größe in seiner Rechnung, ohne daß sie und ich es wußten?
Das Telefon klingelte. Schmidt sah auf die Uhr: kurz vor drei. Silke regte sich neben ihm und murmelte im Schlaf.
»Ja bitte?«
»Weisel hier. Haben Sie heute nacht noch etwas vor?«
»Natürlich habe ich noch etwas vor: schlafen«, knurrte Schmidt und hörte Weisel kurz auflachen.
»Ist das Bett neben Ihnen warm?«
»Geht Sie überhaupt nichts an.«
»Fein. Dann bringen Sie Frau Kadenbach bitte mit.«
»... was soll ich?«
»Stehe hier neben einem Mannschaftswagen der Polizei und beobachte ein Hochhaus gleich in Ihrer Nähe.«
»In Offenbach etwa?« Schmidt setzte sich auf. Silke war inzwischen wach geworden, strich sich die Haare aus dem Gesicht und beobachtete ihn verschlafen.
»Im zwölften Stock ist hinter einem Fenster Licht. Geht Ihnen auch eins auf?«
»Bongartz, Harry Bongartz. Was wollen Sie von ihm?«
»Er wird bald Besuch bekommen.«
»Kenne ich ihn?«
»Vielleicht nicht persönlich, aber Sie sind hinter ihm her. Bildlich gesprochen wie der Teufel hinter der armen Seele.«
»Heraus damit, wer ...«
»Jonas schleicht hier in der Gegend herum«, kam es trocken durch die Leitung.
Schmidt schluckte, schielte hinüber zu Silke und dann zu seinen Kleidungsstücken, die über einem Stuhl lagen. »Wir sind gleich bei Ihnen.«

Sie standen zu dritt neben dem Kombi der Polizei und starrten hoch auf das schwacherleuchtete Fenster im zwölften Stock.
»Jonas ist gerade im Gebäude verschwunden. In genau fünf Minuten stürmen wir die Wohnung«, flüsterte Weisel übervorsichtig von

der Seite. »Dann wollen wir mal sehen, was es Interessantes zu entdecken gibt.«

Bei der Erstürmung gab es keine Gegenwehr, zu überrascht war Jonas. Sein Blick irrte umher, als hätte er die Situation noch nicht richtig erfaßt. Eingeschüchtert und ängstlich war er obendrein, stand mitten im Wohnzimmer und streckte unaufgefordert die Hände so in die Höhe, als wolle er die darüberliegende Decke abstützen. Kein Wunder, denn er sah in die Läufe von mindestens fünf großkalibrigen Schußwaffen und in die drohenden Gesichter darüber: Die Männer des Sonderkommandos wirkten wegen der Schußwesten plump und aufgedunsen.

Als Schmidt, Weisel und Silke in die Wohnung traten, klickten gerade die Handschellen zu, mit denen man ihm die Hände auf dem Rücken fesselte. Von Beamten an den Oberarmen gehalten, stand er gebeugt. Jonas sah genauso aus, wie Billes ihn beschrieben hatte: knapp mittelgroß, unscheinbar, schon schütteres Blondhaar, dafür aber ein rötlich-blonder üppig wuchernder Vollbart, Nickelbrille mit dicken Gläsern und dahinter weit aufgerissene Augen.

Jonas wurde an Schmidt vorbeigeschleift, ohne daß er reagierte.

»Und wo ist Bongartz?«

Ein Beamter zog Weisel auf die Seite und flüsterte ihm etwas ins Ohr.

Schmidt wurde unruhig. »Was ist mit ihm?«

»Liegt nebenan. Kein schöner Anblick.«

Schmidt trat zu Weisel, und als Silke Kadenbach gleichfalls mit in den Nebenraum gehen wollte, hielt ein Beamter sie davon ab.

Schmidt würgte, als er in Bongartz' Schlafzimmer den Toten auf dem Bett liegen sah. Er zählte mehrere Einschüsse im Oberkörper und einen mitten auf der Stirn. Wahrscheinlich ein Aufsetzschuß, der Bongartz die hintere Schädelhälfte abgesprengt hatte. Blut und Gehirnmasse lagen verklumpt auf dem Kopfkissen.

Schmidt hatte das Gefühl, sich übergeben zu müssen, und wandte sich hastig ab. »Was ist denn das für ein penetranter Geruch?«

Ein Beamter des Sonderkommandos deutete auf den Toten. »Liegt schon ein paar Tage hier. Fünf bis sechs schätze ich. Leichenstarre voll eingetreten. Erste Verwesungserscheinungen.«

Schmidt flüchtete ins Wohnzimmer, kippte ein Fenster und atmete tief die kühle Nachtluft ein. Silke, die alles mitgehört hatte, stellte sich stumm neben ihn.

»Ist Jonas der Täter?« fragte Schmidt.

Weisel, der ihm gefolgt war, verneinte. »Traue ich ihm auch nicht zu. Was hätte er denn für einen Grund gehabt, nochmals zurückzukommen?«

»Wer dann?«

Weisel zuckte mit den Achseln. »Das hier ist zweifellos eine Art Hinrichtung. Die Schüsse in den Oberkörper hätten vollauf genügt. Wozu noch der Kopfschuß? Nur Profikiller gehen so vor. Vielleicht Harings' letzte Aktion, einen Mitwisser auszuschalten. Von der Zeit her könnte es hinkommen.«

»Harings?« fragte Schmidt skeptisch.

»Wer sonst!«

Ein Polizist trat zu ihnen. »Das hier haben wir Jonas abgenommen. Wollte es sich in den Mund stecken.« Er reichte Weisel eine Zellophanhülle, die einen zerknitterten Zettel enthielt.

Weisels Gesicht wirkte vor Anspannung und Konzentration wie gegossen. Nach einer Weile ein Seufzer, verständnisloses Kopfschütteln, langsam drehte er sich zu Schmidt. »Schauen Sie sich das mal an.«

Durch Weisels Reaktion vorgewarnt, starrte Schmidt auf den Zettel, hob ratlos den Kopf, steuerte auf einen Sessel zu und ließ sich hineinfallen. »Das gibt es doch nicht«, murmelte er immer wieder und blickte hilfesuchend in die Runde, als könnten die anderen ihm die Unmöglichkeit bestätigen.

»Was gibt es nicht?« Silke trat näher.

Wortlos deutete er auf den Zettel, auf dem die auch ihr so bekannten geometrischen Symbole zu sehen waren.

»Aber Harings ist...« Groß starrte sie ihn an.

Schmidt rieb sich mit einer hilflos anmutenden Geste die Stirn.

»Wie kommt dann aber Jonas an diese Nachricht? Ist sie schon älter?«

Schmidt deutete auf das mittlerweile fünf Tage zurückliegende Datum, das zuoberst auf dem Zettel stand, was ihn zweifelsfrei als Teil einer Telefaxübermittlung auswies.

»Und von wem stammt die Nachricht?«
»Oben links sind die Nummer des Absenders und dessen Adresse abgerissen worden. Wahrscheinlich hat das noch Bongartz getan«, schaltete sich Weisel ein. »Sicherlich in der Absicht, als gewissenhafter Nachrichtenübermittler seinen Kunden zu schützen. Demnach kann er noch nicht länger als fünf Tage tot sein.«
Wie zur Bestätigung seiner These kam ein Beamter aus dem Bad, der ihnen mit einer Pinzette einen Fetzen Papier entgegenhielt. »Aus dem Klo gefischt. Muß lange drin gelegen haben. Schon viel Wasser verdunstet in der Schüssel«, erklärte er Weisel und dämpfte dessen aufkommende Hoffnung sogleich mit der Bemerkung: »Steht aber leider nichts drauf.«
Weisel verglich den Schnipsel mit dem Zettel in der Zellophanhülle und meinte sofort: »Kein Zweifel, paßt. Obwohl ich glaube, daß uns die Anschlußnummer des Absenders auch nicht weitergebracht hätte. Telefaxen kann man heutzutage aus jedem Copy-Shop.« Er deutete auf den Schnipsel. »Gibt es davon noch mehr im Klo?«
Der Polizist verneinte.
Als sich Schmidt dann an die Entschlüsselung machte und nach weniger als zehn Minuten den Text laut vorlas, stieß Silke einen erstickten Schrei aus, den sie vergeblich mit vor den Mund gepreßten Händen zu unterdrücken versuchte.

Zwei Stunden später saßen sie im Erdgeschoß der Villa, tranken starken Kaffee und grübelten. Die Stimmung war mehr als gedrückt und hatte wegen des schon lange andauernden Schweigens, das wegen der überraschenden Entwicklung der Lage irgendwie unangemessen wirkte, etwas Irreales. Schmidt, sichtlich nervös, massierte fortwähend seine Hände, fuhr sich mit den Fingern durch den Bart, zupfte an einzelnen Haaren und starrte alle paar Sekunden zum Fenster, hinter dem sich fahlgrau der Morgen ankündigte.
»Was hat das zu bedeuten?« murmelte er plötzlich vor sich hin, als erwache er aus seinen Gedanken. »Harings ist längst ... Ich versteh' das nicht.«
Weisel bemühte sich um einen sachlichen Ton, konnte allerdings

das Vibrieren in seiner Stimme nur unvollständig kaschieren. »Herr Schmidt, was auf dem Zettel steht, besagt noch gar nichts. Jonas wollte Bongartz aufsuchen, weil dieser aus verständlichen Gründen einen verabredeten Termin nicht eingehalten hatte. Für den Notfall konnte Jonas in der Schatulle einen Schlüssel zu dessen Wohnung abholen. Dort fand er die Nachricht. Aber das Wichtigste: Jonas gelang es nicht, seine Informationen weiterzugeben, wie Sie selbst wissen. Bewahren Sie also mal Ruhe.«
Schmidt lachte gekünstelt. »Sehr aufmunternd, was Sie mir da sagen. Ich möchte Sie mal sehen, Herr Weisel, wenn man Ihnen auf diese Art Ihr Todesurteil zukommen läßt.« Schmidt schnappte sich die Entschlüsselung und las laut vor:
»Schmidt, Ansgar, Bonn-Ippendorf, Buchholzstraße, sofort. Na, Sie sind ja jetzt so schweigsam?«
Weisel wich Schmidts Blick aus und wiederholte: »Noch weiß keiner von diesem Auftrag, falls es überhaupt einer ist. Jonas konnte die Symbole bisher nicht an die Wand sprühen.«
»Sind Sie da so sicher?«
»Klar. Harings ist jetzt fünf Tage tot. An dem Morgen, als Sie ihn aufsuchten, hat er noch den Auftrag gegeben, Sie zu liquidieren. Warum sonst war Jonas bei Bongartz? Doch nur, um die Symbole abzuholen. Schauen Sie aufs Datum.«
»Harings also. Wissen Sie auch das so genau?« Und als Weisel nicht antwortete: »Wir werden gleich zu einer Bankfiliale fahren und uns die Bestätigung holen.«
Nach und nach beruhigte sich Schmidt etwas, wozu auch Weisels Versicherung beitrug, das BKA würde ihn zu schützen wissen und seine Familie natürlich auch.
Als Silke wenig später Weisel auf den ausführlichen Bericht im Wirtschaftsteil einer großen Zeitung ansprach, in dem man die Leser über Harings' bedauerlichen Unfall unterrichtete und das Selbstmordgerücht vehement bestritt, da Experten zweifelsfrei festgestellt hätten, daß die Arretierung des Fensters nicht vorschriftsmäßig funktioniert habe, sprang Schmidt auf. »Und was gibt es dazu zu sagen?« stieß er gereizt hervor und postierte sich vor Weisel. »Ein Unfall, so wird es jetzt also ausgelegt.«
Er schlug sich mit der flachen Hand gegen die Stirn. »Kaum zu

glauben, das Ganze. Harings' Verdienste werden gewürdigt, die Versicherung trauert um ihn, die Banken trauern um ihn, die ganze Wirtschaft trauert um ihn. Ich bin der Narr, der Gelackmeierte. Ich bin der Idiot aus dem Ministerium, der einem ehrbaren Bürger etwas unterjubeln will. Verklagen sollte man mich!«
Silke stellte sich neben ihn, legte ihm sanft eine Hand auf den Unterarm. »Bitte, Ansgar, es bringt doch nichts, wenn du dich aufregst.«
Er schüttelte ihre Hand ab und fuchtelte mit der Rechten in der Luft herum. »Nicht aufregen soll ich mich, das auch noch.« Er blickte sie wild an: »Sag mal, habe ich denn alles nur geträumt?«
Schmidt ließ sich auf einen Stuhl fallen. Aufschauend und sich zur Ruhe zwingend, fragte er Weisel: »Was ist mit dem Tonband?«
»Alles zu verstehen.«
»Na und? Ist das denn kein Beweis?«
»Tonbänder werden vor Gericht...«
»Ist mir bekannt«, unterbrach Schmidt ihn grob. »Aber ihr wolltet Harings' Telefon nicht anzapfen. Moralische Bedenken, was? Das BKA gibt sich sauber. Kaum zu glauben.« Er lachte schrill.
»Wir wollten schon, durften nur nicht«, verbesserte Weisel ihn.
»Und warum nicht? Direktion von oben?«
So, wie Weisel reagierte, konnte Schmidt sich ausrechnen, daß er mit seiner Vermutung nicht allzu verkehrt lag. Daraufhin bagatellisierte er bewußt, um den unermüdlichen und treuen Weisel nicht bloßzustellen und in Rechtfertigungszwang zu bringen: »Kommt sowieso aufs gleiche raus.« Und nach einigen Sekunden: »Was für Beweise will man denn noch?«
Weisel antwortete nicht.
Schmidt wollte es anfänglich dabei belassen, schien es sich dann anders überlegt zu haben. Nach wenigen Sekunden schoß er hoch, eilte in sein Büro, kam mit einer Kassette zurück und schob sie in den Recorder. Leicht gedämpft, aber trotzdem deutlich war eine Stimme zu hören: *»Im Flugzeug nach Miami, Flug Nummer 436, ist eine Bombe versteckt. In genau achtzig Minuten wird die Maschine in die Luft gesprengt.«*
Schmidt stellte den Recorder ab. »Kommen Sie mir ja nicht mit der Ausrede, meine Mappe hätte zuviel verschluckt«, warnte er.

Weisel schüttelte den Kopf. Er war voller Verständnis, was Schmidt betraf, und zugleich traurig, was seine Funktion anbelangte. Mit müder Stimme erklärte er: »Keine Sorge. Der Test mit dem Stimmpulator hat eindeutig ergeben, daß Harings der anonyme Anrufer war. Und das wissen Sie selbst ganz genau.«
»Was aber ist die Konsequenz?« Schmidt sah ihn so eindringlich an, als müsse er seine Frage mit den Augen untermauern.
In der gleichen müden Stimmlage fügte Weisel hinzu: »Und auf dem Airport ist der Anruf auch eingegangen, exakt um 10 Uhr 52.«
Schmidt hatte ein kaltes Grinsen im Gesicht. »Genau zu dieser Zeit war ich auf der Toilette. Die Sekretärin von Harings kann es bestätigen.«
»Hat sie ja auch.«
Schmidt ließ die Kassette bis zu einer bestimmten Stelle zurücklaufen. Wieder war Harings' Stimme zu hören. *»Und die Waffen? Hat man wenigstens eine Ahnung, wo die Waffen versteckt sein könnten?«*
Schmidt stellte den Recorder ab. »Erst durch diesen Satz bin ich mir absolut sicher gewesen, daß Harings hinter allem steckte und daß ein Flugzeug entführt werden sollte. Ich habe nämlich nur von einer Schweinerei gesprochen, die man für Frankfurt erwarte. Er aber fragte nach den Waffen. Und die braucht man nicht, wenn man ein Flugzeug mit einer luftdruckgesteuerten Bombe in die Luft sprengen will.«
»Ich weiß.«
»Und weiter?« Wieder dieser eindringliche Blick.
Weisel zog die Schultern hoch. Die Art, wie er das tat, ließ Resignation erkennen. »Wie gesagt, nichts zu machen. Leider fehlen . . .«
»Leider fehlen noch weitere stichhaltige Beweise«, beendete Schmidt den Satz. »Die Waffen und die Handgranaten hat man in der Maschine genau an der von mir beschriebenen Stelle entdeckt, in einem präparierten Hohlraum an der Unterseite des Servierwagens. Genügt das immer noch nicht?«
Weisel schwieg und sah auf seine Finger.
»Und die Franzosen sind auch vernommen worden. Ist es nicht kurios, daß alle drei so ziemlich das gleiche sagen, obwohl sie sich angeblich nicht kennen?«

»Genügt auch nicht.«
»Hätten sie denn erst die Maschine kapern und, wie vermutlich von ihnen geplant, nach Algerien entführen sollen?« knurrte Schmidt in ungewohnter Aggressivität.
Weisels unsicheres Lächeln wirkte fehl am Platz. »Natürlich nicht. War schon besser so, wie es gelaufen ist. Gott sei Dank haben Fluggesellschaft und Kapitän mitgespielt.«
Für einige Sekunden legte sich die Erregung. Schmidt schenkte sich einen weiteren Kaffee ein, rührte umständlich in der Tasse und legte den Löffel beiseite.
»Der Computer spielt verrückt«, Schmidt schielte zum Monitor, der neben ihm auf dem Tisch stand, »die Daten hat man gelöscht, Harings ist durch einen Unfall ums Leben gekommen, Waffen allein genügen nicht, die potentiellen Hijacker hat man auch.« Verständnislos schüttelte er den Kopf. »Es will mir einfach nicht hinein.« Demonstrativ schlug er sich mit der flachen Hand gegen die Stirn. »Und das Übermittlungssystem samt ausgetüftelter Funktionsweise hat das BKA nach eingehender Überprüfung akzeptiert. Alles habt ihr akzeptiert. Und was ist jetzt?«
»Nichts dran zu ändern, wie es momentan aussieht.« Was wie eine fadenscheinige Rechtfertigung klang, gehörte nur zu einer Begründung, die für Schmidt vieles erklärte. »Sie, Herr Schmidt, sind in den Augen der anderen der beste Beweis für Harings' Integrität. Warum sonst hätte er sie, einen Ministerialbeamten, im Auftrag der Konzerne anheuern sollen?«
»Wen interessiert das jetzt noch?«
»Viele, weil sie sich immer in ihrer Argumentation auf diesen Umstand berufen werden.«
»Wer sind die anderen?«
»Diejenigen, über deren Schreibtisch jede Anfrage, jede Notiz, jedes Ersuchen wandert, das Harings betrifft: bei uns im BKA, in Ihrem Ministerium, bei der Staatsanwaltschaft, falls überhaupt etwas so weit vordringen sollte.«
Silke, die mit frischem Kaffee aus der Küche zurückkam, füllte die Tassen und setzte sich Schmidt gegenüber auf ihren Platz. Verstohlen beobachtete sie ihn, sah, wie es in seinem Gesicht arbeitete, er die Augen zu Schlitzen zusammenkniff und mit einemmal ver-

schlagen wirkte, was wohl auf seine schlimmen Gedanken zurückzuführen war. Sie konnte seine Enttäuschung verstehen.
»Und ich handele auch nur auf Anweisung von oben«, sprach Weisel weiter und fügte enttäuscht hinzu: »Was habe ich denn sonst für eine Möglichkeit? Außerdem wissen Sie selbst, in unserem Rechtsstaat ist erst dann jemand ...«
»Hören Sie mir auf mit dem Rechtsstaat«, blaffte Schmidt ihn an. Und dann einsichtiger: »Entschuldigung, war nicht so gemeint. Sie können ja nichts dafür.«
»Wenn Sie mich fragen, dann hat Harings noch viele Freunde.« Weisel senkte den Kopf, als hätte er schon zuviel verraten.
»Die ihn decken müssen. Ist es das, was Sie mir die ganze Zeit schonend beizubringen versuchen?«
Weisel nickte unmerklich.
»Und dann gibt es vielleicht noch, wie so oft im Leben, den großen Unbekannten. Einen, der hinter Harings gestanden hat.«
»Wie kommen Sie denn darauf?« Abwägend blickte Weisel zu Schmidt.
»Nur so. Stellen Sie sich mal vor, Harings steckt nicht hinter dem Mordauftrag. Was dann?«

Einige Stunden später wußten sie, daß es den Auftrag, Schmidt zu liquidieren, tatsächlich gab. Im Börseninformationsdienst einer Bank entdeckten sie den entsprechenden Hinweis, der allerdings erst zwei Tage alt war. Dieses Mal stand die Zahl für einen Zug, der täglich um die Mittagszeit von Würzburg nach Nürnberg fuhr.
Schmidts These vom Unbekannten nahm deutlichere Konturen an, denn Harings kam ja als Initiator nicht mehr in Betracht.
Die Diskrepanz von drei Tagen ließ sich auch erklären und zeigte an, wieviel Zeit man Jonas für die Weitergabe seiner Sprühnachricht zugestand.
»Lassen Sie einfach den Zug überwachen«, schlug Schmidt vor.
»Werden wir. Erfolg verspreche ich mir davon keinen, wenn Sie mich fragen.«
»Wieso nicht?«
»Zum einen ist ungewiß, wann der Ausführende den Zug benutzt,

das geht ja nicht aus den Informationen hervor. Zum anderen wird er sich unauffällig benehmen. Außerdem können wir unmöglich jeden festnehmen lassen, der mit einer Videokamera durch die Gegend läuft. Vielleicht macht er sich auch zu Fuß auf, so wie wir in Koblenz?«

»Schöne Aussichten.« Schmidt wirkte enttäuscht. Er rieb sich die geröteten Augen und sah Weisel an. »Was aber geschieht, wenn der gedungene Mörder auf seiner Reise nichts findet?«

Weisel konnte darauf keine Antwort geben. Als sie aus der Bank ins Freie traten, hielt er Schmidt zurück.

»Haben Sie sich nicht auch schon einige Fragen bezüglich meiner Person gestellt?«

Schmidt bedeutete Silke, die stehengeblieben war, einen Moment zu warten. »Habe ich. Privat wie auch dienstlich.«

»Und zu welchem Ergebnis sind Sie gekommen?«

»Zum Beispiel, daß man Sie schon sehr früh über mich und meine wahre Tätigkeit informiert hat. Womöglich schon letztes Jahr Anfang Dezember.«

»Früher«, antwortete Weisel trocken.

»Aber ich habe doch erst im Dezember ...« Schmidt stockte und wiederholte ungläubig: »Früher?«

Weisel nickte. »Im November war es. Ende November.«

»Wer hat Sie ...?«

»Darf ich Ihnen nicht sagen, können Sie sich aber leicht ausrechnen, wenn Sie wissen, wie die Befehlsstruktur bei uns im Amt aussieht.«

»Aha, von weit oben also.« Als Schmidt in Weisels Augen sah, legte er dessen Lidschlag als Zustimmung aus.

»Beachten Sie bitte bei Ihren Überlegungen den Pyramideneffekt«, gab ihm Weisel eine Hilfe.

»Den was?«

»Pyramideneffekt. Je höher die Positionen der Sager und Macher aus Banken, Wirtschaft, Politik und Medien, desto näher kommen sie sich zwangsläufig. An der Spitze sogar so nahe, daß sie sich berühren!«

»Was wollen Sie damit andeuten?«

Weisel hob die Schultern. »Finden Sie es heraus.«

Schmidt warf einen schnellen Blick zu Silke, die auf und ab spazierte und sich notgedrungen für die geparkten Fahrzeuge interessierte. »Und Ihnen hat man signalisiert, sich mir gegenüber kooperativ zu zeigen?«
Weisel nickte.
»Sie sollten mein Vertrauen gewinnen, damit ich Ihnen alle meine Bedenken erzähle«, spann Schmidt seine Überlegungen weiter.
Weisel nickte abermals.
»Haben Sie getan, was man von Ihnen verlangt hat?«
Weisel lächelte. »Zu keiner Zeit. Ihnen gegenüber bin ich nicht erst seit dem Moment loyal gewesen, als wir uns gegenseitig zur Verschwiegenheit verpflichtet haben.«
Schmidt fragte erstaunt. »Aber warum waren Sie es überhaupt?«
Mit freundschaftlicher Geste legte Weisel ihm eine Hand auf die Schulter, sah ihn eindringlich an und erklärte: »Sie haben mir zwar nicht immer alles erzählt, mein lieber Herr Schmidt, mich aber auch nie belogen. Weshalb also hätte ich es tun sollen?«
»Aber Sie mußten doch … von Berufs wegen, da wären Sie …«, stotterte Schmidt.
»Herr Schmidt, auch wenn Sie und Imst und ich und noch ein paar andere das Salz in dieser großen, faden, dreckigen Suppe sind, so sind wir trotzdem nie in der Lage, sie zu würzen. Aber immerhin schmeckt man uns, wenn es einer darauf anlegt. Ist es das nicht wert?«

Tohuwabohu nennt die hebräische Mythologie den Zustand während der Geburtsstunde des Universums, der jegliche Systematik vermissen läßt, aus dem entgegen allen Gesetzmäßigkeiten aber schließlich eine Einheit erwuchs. Die Naturwissenschaftler gehen da rabiater vor, besonders die Physiker, die sich auf das Wort Urknall geeinigt haben. Beiden Zuständen, Tohuwabohu und Urknall, liegt eine über die Vorstellungskraft hinausgehende Unordnung zugrunde: das Chaos.
Schmidt befand sich in der Phase, in der er nur noch Chaos sah, folglich auch nur noch chaotisch denken konnte. All seine Rechts-

und Moralbegriffe, ein Produkt aus Erziehung und Aneignung, waren über den Haufen geworfen. Pulverisiert durch die Erkenntnis, daß es keine Untersuchung im Fall Harings geben würde, seine ihm noch verbliebenen Beweise nicht ausreichten, eine Ermittlung in Gang zu bringen, obwohl Weisels Intervention bedeutend mehr als nur eine Pflichtübung war, wie man sie gemeinhin in vergleichbaren Fällen von Mitarbeitern des BKA erwartete.
Schmidts chaotische Gedankenprozesse wurden noch übertroffen von seinen Handlungen, deren Hektik einem unbedingten, aber einseitigen Wollen entsprang. Allein, sein Wollen war nicht entscheidend. Entscheidend war die Auffassung höheren Orts, wie Weisel sich ausdrückte, wo man, zusammenfassend betrachtet, keinen Ansatzpunkt für eine Verfehlung von Harings sah. Genüßlich wies man darauf hin, daß Schmidt, zweifellos ein untadeliger Ministerialbeamter, während seiner Beurlaubung indirekt für die Versicherung tätig gewesen sei, dies aber doch sicherlich nur, weil er Harings als Person sowie als Vorgesetzten geschätzt habe. Zudem sei Harings ja tot, man könne ihn also nicht mehr selbst befragen. Was scheinbar bedauerlich klang, kam Schmidt vor wie die Erleichterung, nicht schon wieder einen Skandal heraufzubeschwören, der die Öffentlichkeit erregen könnte. Gab es doch leider schon genug davon.
Schmidt selbst verfiel in einen Zustand, der auf Silke manchmal hypnotisch wirkte, wenn er mit offenen Augen stundenlang einen Punkt anstarrte, schließlich seufzte, sich wieder in der Wirklichkeit einfand und nicht mehr erinnern konnte, an was er die ganze Zeit gedacht hatte.
Nach derartigen Zuständen stand er langsam und bedächtig auf wie ein alter Mann, der bemüht war, sich zu sammeln, und wanderte, wohl mehr aus Verlegenheit, in seinem Büro umher.
Schmidt ging auch oft hinunter in den großen Saferaum, über dessen Existenz und Funktionsweise er Silke zwischenzeitlich längst unterrichtet hatte, postierte sich inmitten des schutzversprechenden kühlen Stahls, starrte die Tresore an und kam sich wie ein solcher vor. Allerdings mit dem Unterschied, daß er den Tresor, der vor ihm stand, öffnen konnte, zu seinem eigenen inneren allerdings keinen Zugang hatte. Sowenig wie zu einer seiner Kernfra-

gen: Welche *tatsächlichen* Beziehungen bestanden zwischen Harings, als Abgeordnetem der Versicherung, und den anderen Konzernen und Firmen, die es sich zum Ziel gesetzt hatten, auf eigene Initiative den Terror zu bekämpfen? Ein Umstand übrigens, der mittlerweile von allen Beteiligten heftig bestritten und in das Reich Schmidtscher Fabelei verwiesen wurde. Nicht ohne Grund, wie Schmidt zugeben mußte, falls man im Streitfall als Beweis den Vertrag vorlegte, den er mit der versicherungseigenen Ruger-Stiftung abgeschlossen hatte und der ihn ausschließlich in eine wissenschaftliche Tätigkeit einband. Auch die letzten Skeptiker würden durch die Daten überzeugt werden, die sich noch in seinem Rechner befanden und exakt auf diese Tätigkeit hindeuteten. War er in seinen Überlegungen zu dieser Phase gelangt, dann kam automatisch die nächste Kernfrage: Wie *offen* war Harings den anderen Konzernen und Gesellschaften begegnet? Waren sie eingeweiht? Ein Ja hätte Schmidt noch mehr aufgeregt, bedeutete es in seinen Augen, daß Harings' Werk irgendwann weitergeführt würde. Wie sich ihm die Dinge darstellten, gab es aber nur ein Ja als Antwort – bester Beweis war für ihn der bei Jonas gefundene Mordauftrag. Weil Schmidt nicht glauben wollte, was nicht sein durfte, hämmerte er sich auf der Suche nach einem Ausweg immer wieder ein, daß eine solch gewaltige Ungesetzlichkeit nie so lange im verborgenen hätte grassieren können. Diese willkürliche Annahme erschien ihm schlüssig, so, wie ihm zu dem Zeitpunkt jede Variante schlüssig erschien, die er sich, aus welchen Gründen auch immer, zurechtlegte.

Aber gleichgültig, wie intensiv er sich in der Folgezeit bemühte, und sooft Weisel, der voll mitspielte und dabei seine Befugnisse mehrfach überschritt, auch nachhakte, keiner der Konzerne war bereit, Fragen zu beantworten. Noch schlimmer als die gehässigen ablehnenden Bescheide empfand es Schmidt, daß man ihn nicht ernst nahm, ihm sogar unverhohlen zu verstehen gab, er laufe einem Phantom nach, da sich Harings' Tod als Unfall erwiesen habe. Unfall! Schmidt konnte das Wort nicht mehr hören. Sogar der Umstand, daß die Initialzündung zu Harings' Selbstmord allein von seinen, Schmidts, fortgeschrittenen Ergebnissen ausgegangen war, befriedigte ihn nicht, sondern warf sogleich eine neue

Frage auf: Warum verübte er Selbstmord, wo sich im nachhinein herausgestellt hat, daß es keinen Ansatzpunkt gibt, ihm etwas nachzuweisen? Genau das mußte Harings am besten gewußt haben, bei der Informationsvielfalt, die er besaß, und bei den hochkarätigen Kontakten, die er pflegte. Warum also? Schmidt war nur noch mäßig erbost, wenn er auf seine vielen Fragen keine Antwort fand, vielmehr rechnete er jetzt schon damit, sobald eine auftauchte. Zum Beispiel die der für ihn noch ungeklärten Konstellation zwischen Harings und den anderen Firmen: Wie weit war die Beziehung durch das kriminelle Virus verseucht? Oder liege ich ganz falsch, und die tatsächliche Verquickung stellt sich noch viel komplizierter dar: Harings hat die anderen hintergangen und arbeitete mit einem ... Unbekannten zusammen?
Schmidt fluchte. Immer dann, wenn er mit seinem Gedankenspiel nicht weiterkam, besuchte ihn der große Unbekannte, als könnte sich dadurch alles aufklären.
Ich will dem Unbekannten ein Gesicht geben. Oder: Ich reiße den Firmen die Maske herunter. So sahen Schmidts Alternativen aus, allesamt wenig geeignet, ihn zu neuen Taten zu motivieren.

Je tiefer man ins Chaos steigt, desto systematischer erscheinen einem die Strukturen, da sie urplötzlich eine nie vermutete Gesetzmäßigkeit erkennen lassen. Schmidt durcheilte sein Chaos, schob die wirren, weil nicht faßbaren Gedanken beiseite und beschäftigte sich mehr und mehr mit dem Aspekt: Welche ursächliche Motivation – und hier klammerte er bewußt die überzogene Reaktion eines betrogenen Ehemannes als Grund aus – trieb Harings zu seinen Taten? Allein das Streben nach Macht? Schon glaubhaft, gab Schmidt zu, aber ihm genügte das nicht als Erklärung, denn Harings' Position innerhalb des Versicherungskonzerns war in der Hierarchie sehr weit oben angesiedelt. Zudem konnte er die Macht als Auftraggeber des Terrors nie auskosten, denn allein die Geheimhaltung gewährte ihm Schutz vor Aufdeckung. Und Aufdekkung mußte man um so mehr fürchten, je sicherer man sich fühlte, je mehr man zu verlieren hatte. Und Harings, da gab es keinen Zweifel, hatte sehr viel zu verlieren. Vielleicht deshalb der frühe Selbstmord? Sozusagen in weiser Voraussicht, weil er sich leicht

ausrechnen konnte, daß man mit seinem Tod alle Ermittlungen einstellen oder erst gar nicht erst aufkommen lassen würde?
Schließlich fand sich noch ein Gesichtspunkt, recht abwegig, wie er Schmidt selbst anfangs erschien: Überschätzte Harings ihn möglicherweise? Fühlte er sich durch ihn in die Enge getrieben? Vielleicht aus dem Grund in die Enge getrieben, weil auf seinen, Schmidts, Wunsch Harings' geschiedene Frau und deren Anwalt am Morgen der versuchten Flugzeugentführung angerufen hatten, um sich über den angeblichen Spitzel und dessen merkwürdige Fragen zwei Tage zuvor zu beschweren? Schmidt schwenkte zum x-tenmal über zur Motivation: Was hatte Harings dazu bewegt, Terror zu verbreiten und Angst zu ernten? Wirklich nur allein das Streben nach Macht? Als eine Form der Befriedigung allemal eine Erklärung, aber in diesem Fall kaum.
Der Drang, den Staat bloßzustellen?
Sicher nicht. Was also dann?
Schmidt kam nach und nach zum Ausgangspunkt seiner und Dollings Überlegungen zurück. Sie waren vor Tagen schon den umgekehrten Weg gegangen und hatten zu ergründen versucht, was sich geändert hätte, wären all diese in Auftrag gegebenen Attentate nicht geschehen.
Die Bevölkerung könnte beruhigter sein, denn die Angst hätte ihre schreckliche Dimension verloren. Der Staat brauchte sich nicht mehr dermaßen in Zugzwang zu fühlen, wäre nicht nur in die Defensive gedrängt und zum Handeln gezwungen, hätte viele der verschärften Gesetze nicht zu verabschieden brauchen. Und die jungen Polizisten würden sich nicht mehr so sträuben, falls man sie wieder einmal in die ungeliebten Regionen, in die Zentren des terroristischen Umfeldes, versetzen wollte. Hamburg und Frankfurt hätten ihren diesbezüglichen schlechten Ruf verloren!
Der Staat, Schmidts ehemaliger Arbeitgeber, ein künstliches und kunstvolles Gebilde, im Laufe der Geschichte aus der Notwendigkeit entstanden, den Bürger nach demokratischen Spielregeln zu schützen und zu leiten: War ihm wirklich daran gelegen, mit weniger Druck auszukommen, mit weniger Gesetzen, mit weniger Polizeipräsenz? Zögernd beantwortete sich Schmidt diese Frage mit Ja, da er die starke Opposition im Parlament als bedeutungsvolles

Regulativ einschätzte. Zögernd auch deshalb, weil sogar das Land mit der gelungensten Umsetzung der Demokratie in eine Regierungsform, seiner Ansicht nach die Schweiz, äußerst seltsame Wege ging, um ihre Bürger zu schützen. Mehr als eine Million Schweizer wurden heimlich erfaßt! Schutz durch Präventivkontrolle? Den Mörder letztendlich erst gar nicht auf die Welt kommen lassen?
Schmidts zögernde Bereitschaft, dem Staat und damit der Regierung weniger Druck bei der Umsetzung ihrer Politik zu attestieren, löste sich mehr und mehr auf. Unwillig erinnerte er sich an das interne Positionspapier RA/VIII/2J, das sein Ministerium schon zu Dollings Zeiten vom BND erhalten hatte. Offen gab man darin zu, daß man zwar genau wisse, wo die RAF-Terroristen abgeblieben seien – sogar ihre Tarnnamen, Adressen und Arbeitsplätze in der DDR kenne man –, es aber aus taktischen Gründen sinnvoll erscheine, ihnen weiterhin ein Mindestmaß an Attentaten zuzusprechen. Die Öffentlichkeit dürfe nicht das Gefühl haben, daß die Gefahr des Terrors geringer geworden sei. Ansonsten reagiere sie sensibler auf staatliche Maßnahmen und sehe deren Notwendigkeit nicht im erforderlichen Umfang ein.
Schmidts geistiges Karussell drehte sich schneller und schneller, gab ihm immer neue Einsichten, je nachdem, von welcher Position und unter welcher Prämisse er ausging. Wer sagt denn, daß die Regierung allein dahintersteckt? überlegte er. Kann es nicht auch die Opposition sein? Erscheint nicht gerade sie deshalb so unverdächtig, weil man ihr so etwas nicht zutraut? Abel erschlägt Kain und gibt sich fortan als Kain aus!
Und der nächste Gesichtspunkt: Wer hat bei uns einen Vorteil von diesem Staat? Von dessen Art zu regieren? Von seiner Außen-, Handels- und Steuerpolitik? Und zwar einen Vorteil, der über die schmale Bandbreite hinausgeht, wie sie der Bürger bei den häppchenweisen Steuererleichterungen verspürt?
Die Wirtschaft! Ihr kam die Form der Politik am meisten zugute. Mit der Opposition am Ruder würden ihre Gewinne schrumpfen, die Möglichkeiten der Abschreibungen, die des Geldtransfers ins Ausland und erst recht die immer noch vorhandenen ökologischen Freiheiten. Demnach mußte der Wirtschaft daran gelegen sein, die

Regierung zu stützen. Aber nicht in der skandalösen Art der Vergangenheit, als das Allheilmittel Parteispenden noch ausreichte, ein günstiges Meinungsbild zu schaffen.
Die Argumentationskette weiterstrickend, folgerte Schmidt: Die Wirtschaft hat ein Interesse am Erstarken des Terrors, weil dadurch der Regierung geholfen wird!
Er kam ins Grübeln wegen dieses vermeintlichen Trugschlusses. Aber nicht lange. Harings' Verbündete im Kampf gegen den Terror waren finanzstarke Konzerne, die gerne an entscheidender Stelle mitgestalten und ihre Interessen zu verwirklichen suchten. Weil Harings allem Anschein nach überhaupt nicht an die Bekämpfung des Terrorismus dachte, haben da die Konzerne und Gesellschaften auch...
Schmidt konnte sich nicht so recht mit dem Gedanken anfreunden, der in letzter Konsequenz besagte, daß die vielen Opfer aus der Wirtschaft, die der Terror bisher in Deutschland gefordert hatte, zum Teil billigend in Kauf genommen worden waren. Zumindest in den letzten Jahren, seit Beginn von Harings' Aktivitäten. Oder hatte dieser lediglich ein perfides Erbe übernommen? Existierten die noch unbekannten Mechanismen der Selbstregulierung schon länger? Erkannte die Wirtschaft oder ein Teilbereich von ihr die Möglichkeit, den Terror auf perverse Art als Interessenregulativ ins Kalkül einzubeziehen?
Schmidt spürte den Faradayschen Umkehreffekt, wonach er sich vorkam, als würden seine Gedanken eine Kugel umschließen, in der er saß, und sie für ihn zu einem Gefängnis machen.
War Harings der Erbe? Der Erbe von wem? Oder war er der Kronprinz? Vielleicht beides. Wer aber ist dann der König?
Schach dem König! Durch den Läufer in seinem Schatten, den Schattenläufer!

Der stetige Nieselregen eiferte dem Schnee nach, der, zwar an immer weniger Tagen im Jahr, zumindest für eine kurze Zeit die Erde zu bedecken vermochte, um alles unter unschuldigem Weiß zu verbergen. Was den Schneeflocken gelang, versuchten die

feinen Tropfen, die aus dem Nichts zu fallen schienen, durch eine schmutziggraue Trübe zu erzielen, die dem Rheintal die Konturen stahl, das Wasser noch ungesünder erscheinen ließ, Orte und Städte zu düsteren Ansiedlungen degradierte, die lediglich durch feuchtglänzende Schieferdächer auffielen.
Lustlos durchpflügten Schiffe die Wasser des Rheins, die in Richtung Holland etwas schneller, während die stromauf fahrenden in protestierendem, dieseltuckerndem monotonem Trotz eine höhere Bugwelle vor sich her schoben.
Der einzige Gast auf dem Oberdeck des zur weißen Rheinflotte gehörenden Fahrgastschiffes wurde an der Anlegestelle in Koblenz mitleidig belächelt. Einer tippte sich sogar an die Stirn, weil er zusammengesunken unter einem Regenschirm in der letzten Reihe saß und durch seine Haltung den Eindruck erweckte, als habe ihn der Regen schrumpfen lassen.
Das Schiff legte ab, glitt in die Flußmitte, und niemand bekam mit, daß sich noch ein Gast auf dem Oberdeck bewegte, gleichfalls mit einem Regenschirm. Er bemühte sich vergeblich, mit einem Taschentuch das Holz der Sitzbank trockenzureiben, setzte sich dann in der Hoffnung, sein Regenmantel hielte die Feuchtigkeit ab, zu dem wesentlich Älteren, blickte ihn von der Seite an, der sah zurück, ihre Augen trafen sich. Flüchtig lächelten sie sich für einen Augenblick zu.
»Warum dieser ungewöhnliche Ort?« fragte der Neuankömmling und beschrieb mit der rechten Hand einen Halbkreis. »Und das auch noch bei dem Wetter.«
»Muß in der Öffentlichkeit vorsichtig sein«, erhielt er zur Antwort. Mit einem unnötigen Rundumblick vergewisserte sich der Sprecher, daß sie wirklich unbeobachtet waren.
»Weshalb?«
»Immerhin haben Sie für Harings gearbeitet.«
»Aber das weiß keiner.«
Der Ältere lächelte unmerklich. »Viele wissen es, mein lieber Schmidt. Viel mehr, als Sie glauben.«
»Nur deshalb die Vorsicht? Nur, weil es einige wissen?«
Der Ältere schüttelte den Kopf. »Nein, auch wegen der Umstände.«

»Umstände?« fragte Schmidt mit gerunzelter Stirn. Ihm mißfiel die sonderbare Art der Unterhaltung.
»Gerüchte. Besser gesagt, wegen der Gerüchte.«
»Um Harings' Tod?«
»Und die anderen Gerüchte.«
»Herr Augustin, es war ein Unfall«, sagte Schmidt in offenem Sarkasmus. »Offiziell war es ein Unfall.« Er lachte abfällig.
»Ich weiß.«
»Aber was vermuten Sie als Staatssekretär?«
»Ich vermute nie etwas, ich halte mich nur an Tatsachen. Und Harings' Unfall ist für mich nun mal eine Tatsache, eine offiziell bestätigte Tatsache.«
»Verstehe. Dann zu den anderen Gerüchten. Welche meinen Sie?«
Von der Seite beobachtete Schmidt den Staatssekretär, dessen straffe Haut auch heute makellos rasiert war und große Wangenporen zeigte.
»Wissen Sie doch am besten.« Augustin drehte sich zu Schmidt. »Darf ich?« Ohne eine Antwort abzuwarten, tastete er ihn mit der freien Hand ab.
»Was soll denn das?« protestierte Schmidt und machte unwillkürlich eine Abwehrbewegung.
»Bei Harings sollen Sie ein Tonband bei sich getragen haben.«
»Das war etwas ganz anderes.«
»Man kann nie wissen. Sie haben immerhin für ihn gearbeitet.«
»Das höre ich jetzt schon zum zweitenmal. Offiziell war es ein Unfall, aber es gibt viele Gerüchte, und mich behandeln Sie, als sei ich der Verursacher. Ist das nicht ein bißchen verdreht?«
Augustin schüttelte den Kopf und blickte geradeaus. »Ich an Ihrer Stelle würde den Bart wieder abrasieren«, wechselte er abrupt das Thema.
Verdutzt sah Schmidt ihn an.
»Ist natürlich nichts dran an den Gerüchten«, kam Augustin wieder zum Ausgangspunkt zurück. »Schließlich habe ich Harings gut gekannt. Kann es mir einfach nicht vorstellen.«
»Wenn nichts dran ist, dann verstehe ich ...«
Augustin hob eine Hand. »Darum geht es nicht. Ich muß in meiner Position aufpassen, was ich sage, wann ich mich mit wem treffe,

welche Kontakte ich pflege. Sonst werde ich Teil des Gerüchts oder Mittelpunkt eines neuen. Genau das kann ich mir nicht leisten!«

»Berufliche Rücksichtnahme nennt man das, wenn ich mich nicht irre.«

»Auch gesellschaftliche, mein lieber Schmidt.«

»Soso. Und welche Rolle spiele ich dabei?«

Augustin lächelte, wodurch sein Gesicht noch glatter wirkte, wie in Zellophan eingeschweißt.

»Wir kennen uns schon lange, mein lieber Schmidt. Habe Sie immer geschätzt. Kamen gut miteinander aus, stimmt's?«

Schmidt nickte vorsichtig. Noch wußte er nicht, auf was Augustin hinauswollte.

»Habe nie den Vorgesetzten bei Ihnen herausgekehrt, war auch nicht notwendig, so eigenständig, wie Sie gearbeitet haben. Und so gut«, fügte er mit Betonung hinzu.

Schmidt sah immer noch keinen Grund, etwas zur Unterhaltung beizusteuern.

»Wenn man so will, dann haben wir uns immer gegenseitig vertraut.«

Aufmunternd blickte Augustin Schmidt an. »Oder liege ich da falsch?«

»Nein«, erwiderte Schmidt nach einigen Sekunden.

Augustin hatte die Antwort erwartet und nickte zustimmend, noch bevor Schmidt sein Nein ausgesprochen hatte.

»Das soll auch in Zukunft so bleiben.«

»Sie meinen, wenn ich wieder im Ministerium bin?«

»Ja. Dauert aber noch eine Weile. Schließlich haben Sie sich für zwei Jahre beurlauben lassen.«

»Und vorzeitig ...«

Bedauernd schüttelte Augustin den Kopf. »Nicht zu machen, wie ich die sturen Bürokraten kenne. Fassen eine Beurlaubung immer als persönliche Beleidigung auf.«

Schmidt schien nicht weiter enttäuscht zu sein, so, wie er in sich hineinlächelte; er hatte mit einer solchen Antwort gerechnet.

»Aus gegebenem Anlaß muß deshab unser heutiger Besuch auch diskret behandelt werden. Und unsere Absprache ebenfalls«, ergänzte Augustin.

Schmidt sah auf der linken Rheinseite das Andernacher Industriegebiet im Dunst des Regens auftauchen, Neuwied lag schon halb rechts hinter ihnen. Beiläufig fragte er: »Klären Sie mich noch über diese Absprache auf?«
Augustin senkte den Kopf, schien nachdenklich geworden zu sein. »Befinde mich da in einer Zwickmühle.« Er gab sich zerknirscht.
»Wegen Harings?«
»Ja.«
»Aber es war ein Unfall.«
»Spielt in diesem Zusammenhang nur eine untergeordnete Rolle. Immerhin war ich es, der Sie mit Harings bekannt gemacht hat. Ich habe Sie empfohlen, mein lieber Schmidt. Erinnern Sie sich?«
»Außer Ihnen und mir weiß das keiner.«
»Wirklich nicht?«
Schmidt versicherte es erneut.
Augustin atmete tief durch. »Das ist gut so.« Dann, als erinnere er sich wieder: »Aber was ist mit Dolling?«
»Schön, ich geb's zu, ich habe ihm davon berichtet.«
»Weniger schön.«
Schmidt wurde zunehmend ungeduldig. »Auf was wollen Sie eigentlich hinaus? Darf davon keiner etwas erfahren? Ich meine, von Ihrer Empfehlung.«
Augustin blickte sich um, als habe gerade jetzt, da sie mitten auf dem Rhein fuhren, ein Belauscher die Möglichkeit, die entscheidenden Worte aufzuschnappen. Aber das Oberdeck war immer noch menschenleer. Lediglich der Fahrtwind meldete sich schwach und drückte halbherzig von vorn gegen die Regenschirme. Tropfen hingen an den waagerechten Geländerstäben und liefen an anderer Stelle dem Gefälle nach, das Schiffsparkett aus Eichenholz, gelegt in Längsriemchen und an den Rändern mit Bitumen abgedichtet, glänzte wie vereist.
»Genau darum geht es. Um Harings existieren zwar nur Gerüchte, die ich nicht glaube, aber wenn sich das einrichten ließe?«
»Kein Problem.« Schmidt zeigte sich entgegenkommend.
»Wie ist es mit Dolling?« hakte Augustin sofort nach.
»Werde mit ihm reden. Er wird es auch für sich behalten.«

»Also wenn Sie das ...« Augustin grinste unsicher. »Also wenn Sie das ... dann wäre ich Ihnen sehr verbunden.«
»Macht mir keine Umstände. Wie aber wollen Sie Ihren privaten Kontakt zu Harings erklären?«
»Es gibt so viele, die mit ihm privat Kontakt hatten. Sie können nicht jeden ...« Wieder schlich sich ein unsicheres und jetzt von Hoffnung durchzogenes Grinsen auf Augustins Gesicht, während er sich Schmidt zuwandte. »Sie verstehen.«
»Und das BKA?«
»Ist schon alles von mir geregelt.« Augustin wirkte mit einemmal zufrieden. »Und mein Fahrer kann gegebenenfalls auch bestätigen, daß damals meine Abwesenheit, als ich Sie mit Harings in dem Intercity-Hotel in Köln bekannt gemacht habe, nur wenige Minuten gedauert hat. Genausolange, wie man braucht, um einen Blumenstrauß zu kaufen.«
»Der Notarvertrag. Was ist damit?«
Augustin stülpte die Lippen vor. »Nun ... ich meine, da sich Ihre Tätigkeit ... wie soll ich sagen, da sie sich von selbst erledigt hat, habe ich mir erlaubt, den Notar um Vernichtung zu bitten. Wie von uns für einen solchen Fall vorgesehen.«
»Hm. Mein Auftrag war ja sowieso nie eine geheime Mission.« Schmidt drehte seinen Regenschirm in der Hand und beobachtete die tangential abdriftenden Tropfen.
»Ist noch was?« wollte Augustin wissen.
»Ja, aber an und für sich unbedeutend.«
»Kommen Sie, schießen Sie los.«
»Sie baten mich seinerzeit, Sie über alles zu informieren.«
Augustin nickte. »Sie haben sich aber leider nicht daran gehalten«, beschwerte er sich ohne allzuviel Vorwurf in der Stimme.
»Tut mir leid. Inzwischen haben sich deswegen bei mir einige Unterlagen angesammelt.«
»Von ... von dem Toten?«
»Ja.«
»Und was ist damit?«
»Ich weiß nicht, was ich mit dem Zeug anfangen soll.«
»Wichtig? Ich meine, stehen wichtige Dinge drin?«
Schmidt sah Augustin an, und der wußte sofort, wie wichtig sie

waren. Jovial erklärte er: »Können Sie einfach mir überlassen. Sind da in besten Händen.«
Schmidt war damit einverstanden. »Wo und wann treffen wir uns das nächste Mal?«
Augustin blickte ihn belehrend an. »Sie kommen einfach zu mir ins Ministerium, mein lieber Schmidt.«
Vor Verwunderung weiteten sich Schmidts Augen. »Aber ich dachte, unsere ... ich dachte, es müsse alles diskret ...« Schmidt schluckte.
Augustin klopfte ihm vertraulich auf den Oberschenkel. »Jetzt nicht mehr, wo wir uns über den einen Punkt geeinigt haben. Außerdem haben wir nichts zu verbergen. Und daß wir uns schon seit Jahren kennen, ist hinlänglich bekannt.«

Zwei Tage später, immer noch hingen schwere Regenwolken wie eine stetige Drohung am Himmel, besuchte Schmidt den Statssekretär im Ministerium.
»Ah, frisch rasiert, mein lieber Schmidt. So gefallen Sie mir viel besser.«
»Und die Haare geschnitten.«
Augustin gab sich freundlich, lud ihn zu einem Cognac ein und deutete auf die Aktentasche in seiner Hand. »Sind das die Unterlagen?«
Schmidt nickte. »Ja.«
»Dann wollen wir sie gleich mal in Sicherheit bringen«, schlug Augustin vor. »Man kann ja nie wissen.« Er streckte eine Hand nach der Tasche aus, ging mit ihr zum Wandsafe und deponierte dort den Inhalt. Mit der leeren Tasche kam er wieder zurück und setzte sich, ein gewinnendes Lächeln im Gesicht. »Erledigt. Und nun, mein lieber Schmidt, plaudern wir noch ein bißchen.«
Nach einer knappen halben Stunde störte sie das Telefon. »Ja, bitte«, meldete sich Augustin vom Schreibtisch her. »Was gibt es denn?«
Schmidt konnte nicht hören, was der andere Teilnehmer sagte.
»Dann bringen Sie mir das seltsame Blatt bitte«, meinte Augustin leicht ungehalten und legte auf. »Soll gerade eine komische Mitteilung über Telefax reingekommen sein«, erklärte er und verdrehte

die Augen. »Na ja, was Fräulein Ahlers wohl unter komisch versteht. Ist ein bißchen spät dran, das altmodische Mädchen.«
Schmidt, der Augustins Sekretärin auch schon lange kannte, hatte noch nie diesen Eindruck gehabt.
Nach einem zaghaften Klopfen und Augustins forschem »Herein« öffnete sich die Tür, Fräulein Ahlers trat wortlos zu ihnen und legte das bewußte Blatt auf den Tisch. Ohne Gruß ging sie hinaus.
»Und schüchtern ist sie auch noch«, raunte Augustin hinter vorgehaltener Hand. Dann erstarrte er in der Bewegung. Seine Hand schwebte vor dem Mund, sein Oberkörper wanderte langsam näher an den Tisch, näher zum Blatt. Kraftlos sackte die Hand nach unten, fand Halt auf dem Oberschenkel. Seine Augen klebten jetzt an dem Blatt, irrten aber nach einigen Sekunden zwischen diesem und Schmidt hin und her.
Schnell griff Augustin nach dem Telefax, hielt es vor sein Gesicht, so daß Schmidt nur noch die Rückseite sehen konnte. Aber die genügte ihm auch, denn gegen das Licht schimmerten deutlich die seltsamen geometrischen Figuren durch das dünne Papier.
»Wirklich komisch«, murmelte Augustin abwesend, stand zögernd auf, stellte sich ans Fenster und konnte die Augen nicht von dem Papier lösen.
Nach einigen Minuten hob er den Kopf, stöhnte auf und lehnte sich mit einer Schulter gegen die Wand. »Das kann nicht sein«, krächtzte er, schluckte, hüstelte. Und dann, als erinnere er sich wieder an Schmidts Anwesenheit, straffte er sich, zog seine Jacke glatt und drehte sich langsam in dessen Richtung.
»Schlimme Nachricht?« fühlte sich Schmidt verpflichtet zu fragen.
Der Gegenwart entrückt und mit leeren Augen, schüttelte Augustin den Kopf. »Kam nur so überraschend«, lieferte er eine Begründung für sein Verhalten nach. »Wirklich überraschend.«
Dann ging ein Ruck durch seinen Körper, er wuchs um zwei Zentimeter, drückte den Rücken durch und sagte, zu Schmidt gewandt, mit belegter Stimme: »Sie entschuldigen mich bitte für einige Sekunden. Muß nur sofort etwas nachschauen.«
»Soll ich in der Zwischenzeit hinausgehen?«
Augustin antwortete nicht, stakste unbeholfen in die gegenüberlie-

gende Ecke zu seinem Nußbaumsekretär mit dem modernen Innenleben, öffnete die Klappe, setzte sich und startete den Computer. Flüchtig blickte er zu Schmidt hinüber, während das aufgerufene Programm eingeladen wurde, als müsse er sich von dessen Anwesenheit überzeugen.
Augustin bearbeitete wenig später die Tastatur, gab einige Befehle ein, und Schmidt konnte im Glas des hinter Augustin stehenden Schrankes erkennen, wie sich der Bildschirm veränderte. Schmidt nickte unmerklich und mehr als Bestätigung für sich selbst, denn die Informationsquelle, die Augustin aufgerufen hatte, kannte er dank Silkes Hilfe auch. Noch ein weiterer Befehl, Augustin betätigte die Taste *Page down,* blätterte mit ihrer Hilfe, suchte eine bestimmte Stelle und sprang auf. Entsetzen überflutete sein Gesicht und ließ es zu einer angstvollen Grimasse erstarren. Zentimeterweise beugte er sich tiefer zum Bildschirm, als müsse er sich nochmals vergewissern, aber das Entsetzen blieb. Automatisch und roboterhaft mutete die Bewegung an, mit der er sich über die dünnen Haare strich, an der Krawatte zerrte und den Kragen zu lockern versuchte.
»Ist Ihnen nicht gut?«
Augustin reagierte nicht.
»Kann ich Ihnen helfen?«
Keine Reaktion.
Schmidt stand auf und trat näher. »Soll ich nach einem Arzt rufen?«
Als er Augustin fast erreicht hatte, zuckte dieser zusammen. Er riß den Kopf herum, öffnete den Mund wie zu einem Schrei und stellte sich mit dem Rücken vor den Bildschirm, als versuche er diesen vor Schmidts Blicken zu verbergen. Sein Mund schloß sich allmählich, er würgte mehr, als daß er schluckte. »Hm... was... wie meinen Sie?« stammelte er.
»Kann ich Ihnen helfen?« wiederholte Schmidt.
»Nein... äh... schon gut«, nuschelte Augustin und tastete mit der linken Hand hinter sich. Mit einem Klick fiel das Bild auf dem Schirm in sich zusammen.
»Sie sehen furchtbar blaß aus.«
»Ja... äh... wirklich?« Augustin seufzte, atmete durch, strich sich

erneut über die Haare, die wie eine Kapuze anlagen, zwinkerte mit den Augen, um ihr unstetes Flackern zu unterdrücken.
»Geht schon wieder«, meinte er dann, schob eine Hand unter sein Jackett und rieb kreisend die Herzgegend.
»Wenn Sie mich bitte jetzt allein lassen würden«, wurde Schmidt durch einen müde klingenden Augustin aus seiner Unschlüssigkeit erlöst. Als müsse er sich überwinden, fügte dieser hinzu: »Ich habe leider noch zu tun.«
»Ist es nicht vielleicht besser, wenn . . .?«
»Nein, es geht schon«, antwortete Augustin, dessen Stimme wieder an Festigkeit und Klarheit gewann.
Schmidt ging zurück zu seinem Platz, ergriff die leere Aktentasche, verabschiedete sich mit einem knappen Gruß, da Augustin seine ausgestreckte Hand übersah. Schmidt nahm es ihm nicht übel, denn ihm kam es vor, als blicke er durch ihn hindurch.
Als Schmidt draußen über den Gang eilte, wirkte er elastisch und agil, so, wie er bei jedem Schritt nach dem Abrollen federnd mit der Fußspitze nachdrückte. Sein Oberkörper war hoch aufgerichtet und gestrafft, die Augen von einem durchsetzungsstarken Blick erfüllt, das glattrasierte Kinn angriffslustig nach vorn gereckt. Seine Lippen formten ein O, und er begann leise eine Melodie vor sich hin zu pfeifen. Er lächelte, seine Züge wurden weich, es war sein Lieblingslied, das im Original, mit trauriger Stimme gesungen, einen noch traurigeren Text wiedergab.
Schmidt war an der frischen Luft und schritt auf sein Auto zu. Im Vorbeigehen glaubte er hinter einer Gardine von Augustins Arbeitszimmer in Kopfhöhe einen bleichen Schemen auszumachen.
Schmidt öffnete den Kofferraumdeckel und legte die Aktentasche neben die Sprühdosen. Er hatte noch mehr als eine Nacht Zeit, denn sein Zug, der Zug Nummer 523 des Schattenläufers, würde erst um 11 Uhr 40 im Dortmunder Hauptbahnhof einlaufen. Genauer gesagt, um 11 Uhr 39,5.

Es sind die breit eingekerbten Gebirgstäler, die die Berge so wuchtig und majestätisch erscheinen lassen. Mittendrin kommt man sich klein, eingeengt und ohne Weitblick vor. Gleichzeitig erwecken sie in einem den Wunsch, hoch hinauf bis zur Spitze des Berges zu steigen, von wo aus man alle Täler überblicken kann. Und noch vieles mehr.

Lange Zeit sah Schmidt ihn nur vor sich, den Berg, aufgetürmt aus Zweifeln und Ungewißheit. Jetzt stand er endlich oben, hatte ihn und sich bezwungen, konnte nach vorn und zurück, konnte in sich und über sich hinaus blicken, genoß ausgiebig die neugewonnene Freiheit, die für immer all seine Beklemmungen und Befürchtungen hinwegschwemmte wie unnützen Ballast.

Aufrecht stand er auf seinem Berg in der Sonne und stolz, während er an den dunklen Weg dachte, der hinter ihm lag. Und in ihm war eine Ruhe, die ihre Kraft aus dem Sieg schöpfte, der sich aus einem anfänglich harmlosen, zaghaften Glimmen zum lodernden, alles verzehrenden Feuer entwickelt hatte.

Es war allein sein Sieg!

Tag für Tag aufs neue tauchte Schmidt in ihn ein, erfüllt von physischer und psychischer Harmonie und der Erkenntnis, seines getan zu haben, es vorbildlich getan zu haben. Seit Wochen schon verklärte sich sein Gesicht, wenn er an die Vergangenheit dachte. Vergessen war die Angst, vergessen die Verbitterung, vergessen auch die Gefahr, in der er lange schwebte. Was zählte, war allein das Ergebnis, war allein der Erfolg. Und Erfolge braucht man nicht für sich zu behalten, wie schon vor längerer Zeit Staatssekretär Augustin zu ihm gesagt hatte. Schmidt, von der Mentalität her immer noch ganz und gar Beamter, wollte jedoch sicher sein und verkündete den Erfolg auf seine Art.

»Es gibt keine andere Möglichkeit, ich muß es einfach tun«, hatte er zu Silke gesagt, die ihn nicht verstehen konnte. »Es ist für mich kein Opfer wie bei Abraham, im Gegenteil. Es ist ein Gewinn, ein Gewinn für die Gesellschaft. Sei bitte nicht so traurig.«

Silke hatte Ansgar Schmidt anfänglich nicht ernst genommen, weil sein Vorhaben so ganz im Gegensatz zu ihrer Einschätzung stand.

»Wenn Gewalt Gewalt nährt, wie ist es dann mit dem Terror?«

Silke schwieg auf seine Frage. Was hätte sie sagen sollen, jetzt, wo sie glaubte, ihren Ansgar endlich für sich allein zu haben?
»Wenn Macht den Ohnmächtigen kaputtmacht, wie kann ich ihr vorzeitig begegnen?«
Silke wußte keine Antwort und wurde immer trauriger.
»Wenn Intrigen zum Bestandteil des Lebens werden und ich es dann nicht mehr lebenswert finde, wie gelingt mir der Ausstieg?«
Silke sah ihn an, ohne ihn zu verstehen.
»Wenn das Perverse sich den Anschein der Normalität gibt, muß ich dann nicht auch Perverses tun, um normal zu wirken?«
Silke schlug die Hände vors Gesicht und weinte.

Schmidt dachte an die langen Abende mit Silke, die jetzt auch schon eine Weile zurücklagen, und lächelte. Gesehen hatte er sie öfter, aber berührt, innig berührt, wie er es eigentlich gewollt hätte, schon lange nicht mehr. Immer noch brannten in ihm die Gefühle zu ihr wie ein zweites Feuer, das es als Gegenbrand beinahe geschafft hatte, das größere zu verhindern. Aber nur beinahe. Gott sei Dank nur beinahe!
Schmidt wollte sich gerade wieder in zufriedener Selbstvergessenheit den Bildern der Vergangenheit zuwenden, als er gestört wurde. Nur mäßig unwillig, weil er damit gerechnet hatte, blickte er zur Tür, in deren Schloß von außen ein Schlüssel gesteckt und umgedreht wurde.
»Ich soll Sie nach oben bringen, Herr Schmidt«, verkündete ihm verlegen ein Mann in Uniform.
Schmidt erhob sich von der Liege, zog seine Jacke an, richtete die Krawatte, warf einen Blick in den Spiegel, lächelte sich an und ging auf den Beamten zu.
»Sind die Herren schon soweit?«
Der Beamte nickte, ohne ihn anzuschauen. Dann geleitete er ihn über einen langen Gang, zwei aufsteigende Treppen und einen weiteren Gang bis vor eine große Tür.
»Viel Glück, Herr Schmidt. Sie haben es verdient.«
Schmidt nickte automatisch zu der aufmunternden Bemerkung des Mannes, dessen Aufrichtigkeit und Anteilnahme ihn berührten. Der Uniformierte klopfte an, öffnete die Tür, und Schmidt ging an

ihm vorbei in den Raum. Drei Männer saßen an einem Schreibtisch und sahen ihn ernst an. Einer von ihnen deutete auf einen Stuhl.
»Ihr Anwalt ist auf dem Weg, Herr Schmidt«, begann der mittlere. Er hatte kaum ausgesprochen, als sich die Tür öffnete und der Anwalt das Zimmer betrat.
»Kann ich mit meinem Mandanten noch einige Worte wechseln?« fragte er, nachdem er sich für die Verspätung entschuldigt und Platz genommen hatte.
Die drei Männer sahen sich an. »Wird aus unserer Sicht nicht nötig sein«, verkündete der mittlere.
»Wenn Sie meinen, Herr Oberstaatsanwalt.« Triumphierend, wie es schien, blickte der Anwalt zu Schmidt.
Der Oberstaatsanwalt räusperte sich, verständigte sich durch einen Blick mit seinen Kollegen, schlug die vor ihm liegende Mappe auf und begann vorzulesen: »Das Ermittlungsverfahren gegen Schmidt, Ansgar, geboren in Siegburg, eingeleitet wegen der von ihm erfolgten Selbstanzeige, in der er sich der Beihilfe zum Mord an Staatssekretär Augustin bezichtigt, wird eingestellt. Herr Schmidt, damit ist auch Ihre Untersuchungshaft beendet.«
Schmidt sackte in sich zusammen, verstand die Welt nicht mehr: Einstellung des Verfahrens, kein Prozeß, kein Interesse der Medien, damit auch keine Aufklärung der Öffentlichkeit. Und dafür hatte er so lange gekämpft! Alles umsonst, kein Sieg, kein noch so kleiner, statt dessen eine vernichtende Niederlage, und das im Namen der Staatsanwaltschaft.
Sein Anwalt klopfte ihm auf die Schulter, Schmidt reagierte nicht und übersah auch die Hand, die sich ihm zur Gratulation hinstreckte.
»Die Staatsanwaltschaft sieht sich zu einer ausführlichen Begründung veranlaßt, damit die während der Untersuchung aufgetretenen Andeutungen, Vermutungen und Beschuldigungen vollständig ausgeräumt werden.« Geräuschvoll blätterte der Oberstaatsanwalt um.
»Die Staatsanwaltschaft kann nach sorgfältiger Prüfung Ihrer Selbstbeschuldigung, Herr Schmidt, wonach Sie der Auftraggeber für das Erschießungskommando waren, nicht folgen, da Sie gleich-

zeitig einräumen, die beiden Motorradfahrer weder mit Namen gekannt noch jemals zuvor gesehen zu haben. Zwar schilderten Sie uns deutlich die Art der Kommunikation, wie Sie den Mordauftrag weitergegeben haben wollen, auch die von Ihnen vorgelegten Symbole scheinen dies zu belegen, wenn man in der Lage ist, sie zu deuten. Allerdings steht alldem die Aussage des Bundeskriminalamtes gegenüber, der sich die Staatsanwaltschaft nach reiflicher Überlegung anschließt. Sie besagt eindeutig, daß die in der Nähe des Dortmunder Hauptbahnhofs aufgesprühten Symbole willkürlich von Ihnen, Herr Schmidt, zur Deutung herangezogen worden seien. Zufällig habe sich daraus ein Hinweis interpretieren lassen, der auch mit viel Phantasie nicht als Mordauftrag gewertet werden könne, lautete er doch lediglich: *Staatssekretär Augustin, Innenministerium, dringend.* Aus diesen wenigen Worten einen Auftrag zum Mord abzuleiten, erscheint mehr als spekulativ.
Weiterhin verweist das BKA in einem ausführlichen Gutachten darauf, daß es absolut keinen Zusammenhang zwischen diesen Symbolen, die man der sogenannten Graffitikunst zuordnet, und anderen oder ähnlichen gibt, die in der Vergangenheit an unterschiedlichen Stellen aufgetaucht sind. Daran ändert auch der Umstand nichts, daß Sie, Herr Schmidt, angeblich in der Lage sind, die seltsamen Gebilde in Ihrem Sinne zu entschlüsseln.
Auch die in einem Börseninformationssystem aufgetauchte Zahl steht laut Gutachten in keinem Zusammenhang mit dem Mord, da sie nach Aussage des Informationsdienstes eindeutig auf einen Übertragungsfehler zurückgeht. Gleiches ist in der Vergangenheit schon des öfteren vorgekommen.
Die Staatsanwaltschaft schließt sich nach sorgfältiger Prüfung in allen Punkten der Meinung des Bundeskriminalamts an, die indirekt durch Sie, Herr Schmidt, bestärkt wird, denn Sie haben für die Tatzeit ein unwiderlegbares Alibi. Wir können Ihrer vagen Rechtfertigung, Sie hätten nicht wissen können, für welchen Zeitpunkt der Anschlag auf den Staatssekretär geplant gewesen sei, nicht folgen.
Des weiteren ist die Staatsanwaltschaft zur Auffassung gelangt, daß Ihre Theorie, nach der in Deutschland der Terrorismus durch Interessengruppen gesteuert wird, nicht nachvollziehbar ist. Be-

sonders die von Ihnen erwähnten Gesellschaften und Konzerne bestreiten energisch und unter Androhung von Klage, sich ungesetzlich verhalten zu haben. In höchstem Maße absurd erscheint der Staatsanwaltschaft Ihr Vorwurf, Wirtschaft und Politik bedienten sich zum Teil des Terrors, um unbequeme Personen zu beseitigen. Die von Ihnen als Beweise vorgebrachten Beispiele, so die Ermordung des Herrn Arenz, Vorsitzender eines Chemiekonzerns, und der Anschlag in Luxemburg, der dem bundesdeutschen Verkehrsminister wegen seiner automobilfeindlichen Politik galt, gemeint sind Tempolimit und die erneute Forderung nach Benutzungsgebühren auf Autobahnen sowie die hohe Besteuerung des Benzins, kann die Staatsanwaltschaft nicht akzeptieren und weist sie als vollkommen unglaubwürdig zurück. Die Staatsanwaltschaft kann auch Ihre Verschwörungstheorie, Herr Schmidt, in keinem Punkt nachvollziehen und warnt ausdrücklich davor, sie weiter in Umlauf zu bringen, da sie weiß, wie schnell gewisse Gruppierungen sie sich zu eigen machen möchten.
Ferner ist die Staatsanwaltschaft ungehalten über Ihren Vorwurf bezüglich der Person des durch einen tragischen Unfall verstorbenen Dirk Harings, Direktor des Versicherungskonzerns, den Sie als Rädelsführer und Drahtzieher bezeichnen. Die Staatsanwaltschaft stellt es der Witwe anheim, Klage wegen Verleumdung einzureichen. Weiterhin kommt die Staatsanwaltschaft...«
Schmidt hörte nicht mehr zu. In seinen Ohren rauschte es, in seinem Kopf schwirrten die Gedanken. Nach vorn gebeugt saß er auf seinem Platz und gab ganz den Eindruck eines Büßers wieder. Eines Büßers und Lügners. Endlich war es vorbei. Hölzern stand er auf, nickte automatisch den drei Herren zu, strich sich mit einer Hand übers Haar und war erstaunt, daß er nicht die Fäden spürte, so marionettenhaft, wie er sich fühlte.
Auf dem Flur warteten Silke und Weisel. Sie hakte sich bei ihm unter, küßte ihn auf die Wange und versuchte erst gar nicht, ihre Freude zu verbergen.
»Wollt ihr denn nicht wissen, wie es gelaufen ist?« fragte er die beiden verwundert, während seine irritierten Augen in ihrem Gesicht zu lesen versuchten.
»Sind längst informiert.«

»Wie bitte?« Schmidts Kopf ruckte zu Weisel.
»Der Anwalt hat es uns zugesteckt. Er weiß es seit zwei Tagen.«
Sie stiegen die Stufen hinunter und gingen auf den Ausgang zu. Durch das Glas der Tür sah Schmidt seine geschiedene Frau und Volker warten.
»Woher … was …?« Mit der Rechten deutete er in ihre Richtung.
»Wenn Sie mich fragen, Herr Schmidt, dann ist sie nur gekommen, um Ihren Untergang mitzuerleben. Wird jetzt aber enttäuscht sein, die Arme.«
Sie traten ins Freie. Volker riß sich von seiner Mutter los und stürmte auf Schmidt zu. Er beugte sich nach unten, hob seinen Sohn hoch und drückte ihn an sich. Mit geschlossenen Augen lächelte er.
»Ich habe beim Amtsgericht beantragt, dein Besuchsrecht zu beschneiden. Du bist eine Gefahr für den Jungen«, zischte Judith und störte mit unverhohlener Boßhaftigkeit die Idylle. Schmidt sah sie an, setzte Volker ab und sagte nichts.
Judith schnappte sich Volker, hielt die Nase hoch und eilte mit dem sich sträubenden Kind davon.
»Komm, Ansgar, wir gehen in die Stadt etwas essen.« Silke umfaßte seinen Oberarm und zog den willenlos Wirkenden mit sich.
»Ich kann auch einen Bissen vertragen.« Weisel schloß sich ihnen an.

Schmidt reagierte nicht auf ihre Bemerkungen, fühlte sich bei ihren gutgemeinten Worten nicht angesprochen, starrte unentwegt vor sich auf den Tisch und schwieg beharrlich.
Wieder an der frischen Luft, machten sie sich auf den Weg zum Parkhaus. »Ich habe es Ihnen ja gesagt, kommt nichts bei raus«, versuchte Weisel ihn zu trösten. »Die Staatsanwaltschaft konnte nicht anders entscheiden. Sie haben ja selbst mitbekommen, wie das Innenministerium, das BKA und andere Stellen abgeblockt haben. Die Pyramidenspitze funktioniert und hält zusammen.«
Schmidt schwieg.
Eindringlich und mitfühlend sprach Weisel weiter: »Wird auch in Zukunft nichts mehr zu machen sein. Ich rate Ihnen: Geben Sie es auf. Sonst gehen Sie vor die Hunde.«

Schmidt blieb stehen und sah Weisel an. Der senkte nach wenigen Sekunden den Kopf, räusperte sich und zuckte mit den Achseln.
»Wir sind das Salz in dieser großen, faden, dreckigen Suppe, ja?« Schmidts Stimme strotzte vor Ironie.
Weisel reagierte nicht.
»Aber immerhin schmeckt man uns, wenn es einer drauf anlegt. Ist es nicht so?«
Weisel nickte unmerklich, als gestehe er ein, daß er sich geirrt habe. Oder war es Resignation?
»Ansgar, bitte, laß es gut sein«, bat ihn Silke von der Seite und verstärkte den Druck ihrer Hände.
Schmidt drehte den Kopf in ihre Richtung. Dann blickte er genau zwischen ihr und Weisel hindurch. Nach einer Weile folgten sie seinen Augen.
»Na, wie ist es? Wollen wir mal nachschauen gehen?« forderte er sie mit einem lauernden Unterton auf.
»Bitte, Ansgar, du zerfleischst dich nur selbst!«
»Ph.« Er warf den Kopf in den Nacken. »Kann ich das denn überhaupt noch?«
Schmidt löste sich aus Silkes Griff und strebte auf die getönte Glastür zu. Er stieß sie auf, sie folgten ihm. Im Schalterraum der Bonner Sparkasse umrundete er den Raumteiler, hinter dem sich die Börsenecke befand. Unschlüssig, als genehmige er sich eine letzte Chance der Besinnung, blieb er vor dem Monitor stehen.
»Laß uns gehen, Ansgar!« flehte Silke.
»Nein!«
Er setzte sich an die Tastatur und gab einige Befehle ein. Nach wenigen Augenblicken liefen die Berichte der einzelnen Börsenplätze vor ihnen ab. Bei Zürich wurde er fündig.
»Das kann nicht sein!« schrie Silke erstickt, als sie die Zahl erblickte. Ihre weit aufgerissenen Augen versuchten vergeblich, den Monitor zur Korrektur zu bewegen.
Weisel beugte sich vor, setzte seine Brille auf und starrte den Monitor feindselig an.
»Von heute?« flüsterte er.
»Ja.«
»Unglaublich. Wirklich von heute?« Sein Seitenblick zu Schmidt

war mehr als eine Frage, mehr als eine Vorahnung. Ihm kam die Erkenntnis.
»Wir müssen sofort zur Staatsanwaltschaft«, schlug Silke vor. »Hier ist der endgültige Beweis.«
Schmidt schüttelte den Kopf.
»Ich werde der Sache nachgehen, Herr Schmidt. Das verspreche ich Ihnen.«
Schmidt schüttelte erneut den Kopf. »Kommt nichts bei raus«, gebrauchte er Weisels Worte von vorher.
»Aber wir müssen doch ... wir müssen ... ich muß sofort ...«
Schmidt hielt Weisel, der davoneilen wollte, mit einer Handbewegung zurück. Langsam und bedächtig stand er auf, blieb einige Sekunden reglos stehen. Ein Lächeln überzog sein Gesicht, ein grimmiges, hartes Lächeln. Unnatürlich ruhig meinte er dann: »Ich weiß gar nicht, was ihr wollt. Die Staatsanwaltschft hat eindeutig festgestellt, daß es so etwas nicht gibt. Nie bei uns geben kann. Sind alles Hirngespinste von mir.«
»Aber das hier ist etwas ganz anderes«, widersprach Weisel und deutete auf den Bildschirm. »Sie können es nicht eingegeben haben, Sie saßen die letzten Wochen in Untersuchungshaft.«
»Fehler im Informationssystem«, bemerkte Schmidt lapidar. »Kommt öfter vor.«
Sprachlos und hilflos zugleich starrten sie ihn an. Schmidt wandte sich ab und schlenderte davon. Laut pfiff er ein Lied, mit einer Inbrunst, die seine Augen strahlen ließ. Die geballten Fäuste in den Hosentaschen konnte niemand sehen, und vor seinen düsteren Gedanken, die ihn von nun an mit aufpeitschender Besessenheit zur Verwirklichung drängen würden, hatte er unbeschreibliche Angst.
»Was ... was ist mit ihm?« Weisel löste sich aus seiner Fassungslosigkeit.
Silke schluckte. »Der Schattenläufer«, flüsterte sie.
»Wie bitte?«
»Ach, nichts.« Silke sah Weisel an, mit einer Traurigkeit, die auf ihn schmerzlich wirkte. Tränen quollen aus ihren Augenwinkeln, rollten die Wangen herab – und dann lief sie los.